W0223807

Lienert/Raatz

Testaufbau und Testanalyse

Lienert/Raatz

Testaufbau und Testanalyse

5., völlig neubearbeitete
und erweiterte Auflage

HANDAPPARAT Ungültig! Schwedt

Fachr. Psychol. Univ. d. Saarl. Ungültig!
Inv.-Nr. 23734 Sign. CG 16 n

Universität des Saarlandes
FR 5.3 Psychologie
AE Sozialpsychologie
Sekretariat / Tel. 0681-3023123
Postfach 15 11 50
66041 Saarbrücken
Ungültig!

BELTZ

PsychologieVerlagsUnion

FACHRICHTUNG PSYCHOLOGIE
BIBLIOTHEK
UNIVERSITÄT DES SAARLANDES
POSTFACH 11 50
D-66041 SAARBRÜCKEN

Anschrift der Autoren:

Professor Dr. Dr. Gustav A. Lienert
Institut für Psychologie
Erziehungswissenschaftliche Fakultät der Universität Erlangen-Nürnberg
Regensburger Str. 160, 90478 Nürnberg

Prof. Dr. U. Raatz
Fb 2 Erziehungswissenschaft – Psychologie – Sport
Universität – Gesamthochschule Duisburg, 47048 Duisburg

Lektorat: Ralf Horn

Wissenschaftlicher Beirat der Psychologie Verlags Union:

Prof. Dr. Dieter Frey, Institut für Psychologie, Sozialpsychologische Abteilung, Universität München, Leopoldstraße 13, 80802 München
Prof. Dr. Ernst-D. Lantermann, Universität Kassel, GH, FB 3, Psychologie, Holländische Straße 36, 34127 Kassel
Prof. Dr. Rainer K. Silbereisen, Fachbereich Psychologie, Justus-Liebig-Universität Gießen, Otto-Behaghel-Straße 10, 35394 Gießen
Prof. Dr. Bernd Weidenmann, Universität der Bundeswehr München, Fakultät für Sozialwissenschaften, Werner-Heisenberg-Weg 39, 85579 Neubiberg

1. Auflage 1961 Verlag Julius Beltz, Weinheim, Berlin, Basel
2. überarbeitete Auflage 1967 Verlag Julius Beltz, Weinheim, Berlin, Basel
3., durch einen Anhang über Faktorenanalyse ergänzte Auflage 1969 Verlag Julius Beltz, Weinheim, Berlin, Basel
4., neu ausgestattete Auflage 1989 Psychologie Verlags Union, München

Die Deutsche Bibliothek – CIP-Einheitsaufnahme

Lienert, Gustav A.: Testaufbau und Testanalyse / Lienert ; Raatz. – 5. völlig neubearb. und erw. Aufl. – Weinheim : Beltz, Psychologie-Verl.-Union, 1994
ISBN 3-621-27120-1
Ne: Raatz, Ulrich:

Alle Rechte, insbesondere das Recht der Vervielfältigung und Verbreitung sowie der Übersetzung, vorbehalten. Kein Teil des Werkes darf in irgendeiner Form (durch Photokopie, Mikrofilm oder ein anderes Verfahren) ohne schriftliche Genehmigung des Verlages reproduziert oder unter Verwendung elektronischer Systeme verarbeitet, vervielfältigt oder verbreitet werden. Soweit im Text Warennamen aufgeführt sind, so ist dies ohne Hinweis auf bestehende Patente, Gebrauchsmuster oder Warenzeichen geschehen. Das Fehlen eines solchen Vermerks bedeutet nicht, daß solche Namen ohne weiteres von jedermann benutzt werden dürfen.

Umschlaggestaltung: Dieter Vollendorf, München
Herstellung: Goldener Schnitt, Sinzheim
Satz, Druck und Bindung: Druckhaus „Thomas Müntzer“, Bad Langensalza
Printed in Germany
© 1994 Psychologie Verlags Union, Weinheim
ISBN 3-621-27120-1

VORWORT

Endlich liegt die lang erwartete Neubearbeitung des nun schon klassischen Werkes „Testaufbau und Testanalyse“ vor, das vor nunmehr 30 Jahren erschienen ist. Das Buch dürfte inzwischen zur Grundausstattung aller Psychologen gehört, die Tests einsetzen oder selbst entwickeln müssen. Die Bedeutung des Werkes läßt sich daraus erkennen, daß inzwischen insgesamt 4 Auflagen erschienen sind. Eine Neubearbeitung war schon lange überfällig.

An der bewährten didaktischen Konzeption des Werkes wurde nichts geändert. Wieder wurden nur sehr geringe Kenntnisse aus der deskriptiven Statistik vorausgesetzt. Die einzelnen Schritte bei der Entwicklung eines Tests und die Anwendung der verschiedenen Formeln wurden an einschlägigen Beispielen erläutert. Auf Ableitungen wurde wieder weitgehend verzichtet. Hier muß der interessierte Leser auf die Spezialliteratur verwiesen werden.

Viele der Formeln sind in entsprechenden Computerprogrammen enthalten, die der Anwender bei der Testentwicklung einsetzen kann. Leider besteht in diesem Falle oft die Gefahr, daß die Rechenergebnisse kritiklos übernommen werden, und daß im Endeffekt nicht durchschaut wird, was der Computer mit den Daten anstellt. Deshalb sei dem Leser empfohlen, bei den Beispielen die einzelnen Rechenschritte genau nachzuvollziehen.

Die Gliederung des Werks wurde beibehalten. Bei der Schreibweise der Formeln konnten moderne Satztechniken verwendet werden.

Die größten Veränderungen gegenüber den früheren Fassungen sind natürlich inhaltlicher Art. Hier wurden aus der zwischenzeitlich erschienenen Literatur zur Testtheorie und -konstruktion alles das übernommen, was für die Praxis unmittelbar relevant zu sein schien. Viele, in dieser Hinsicht vielleicht nicht ganz so bedeutsame Aspekte konnten nur erwähnt werden. Die meisten Veränderungen und Ergänzungen haben wohl die Kapitel über die Reliabilität und die Validität erfahren. Hier konnten auch einige eigene neue Ideen eingebracht werden.

In die Neubearbeitung wurden zwei Kapitel der Erstfassung nicht übernommen, das Kapitel über die Standardisierung projektiver Tests und das Kapitel mit den Hinweisen zur Publikation von Tests. Auf projektive Testverfahren lassen sich in den meisten Fällen die strengen Prinzipien der klassischen Testtheorie und die daraus folgenden Konstruktionsregeln kaum anwenden. Deshalb haben wir auf dieses Kapitel zugunsten der Stringenz des Aufbaus des Werks verzichtet. Spezielle Hinweise zur Publikation von Tests sind heutzutage nicht mehr so notwendig wie früher, da Tests heute in Zusammenarbeit zwischen Autor und Testverlag entstehen und die Verlage für ihre Testreihen eigene Prinzipien und Richtlinien entwickelt haben, an denen sich der Testautor orientieren kann.

Die Einhaltung der Standards wird von der wissenschaftlichen Öffentlichkeit kontrolliert. Eine wichtige Rolle spielt in diesem Zusammenhang das „Testkuratorium“, einer Einrichtung der deutschen Psychologenverbände.

Wir haben lange überlegt, inwieweit in dieser Neubearbeitung modernere Testtheorien dargestellt und für die Praxis der Testentwicklung und -durchführung nutzbar gemacht werden könnten.

Im Laufe der Zeit kamen wir jedoch mehr und mehr zu der Überzeugung, daß eine Beschränkung auf die klassische Testtheorie und die entsprechenden Konstruktionsverfahren am sinnvollsten wäre.

Die probabilistische Testtheorie, insbesondere der Ansatz von RASCH, hat sich im deutschen Sprachraum vor allem Dank des Engagements der Wiener Schule (FISCHER, 1974) entwickelt. Diese verwendet das RASCH-Modell für die Aufgabenselektion und hat auch bereits mehrere Tests auf dieser Grundlage entwickelt, so. z. B. den Wiener Matrizentest WMT (FORMANN und PISWANGER, 1979), das Adaptive Intelligenzdiagnostikum AID (KUBINGER und WURST, 1985) und den Dreidimensionalen Würfeltest (GITTLER, 1990). Einige weitere RASCH-skalierte Tests – außerhalb der Wiener Schule – findet der Leser bei JÄGER (1986).

Über das RASCH-Modell hinaus hat sich verallgemeinernd die sog. Item-Response-Theorie (IRT) in der Psychometrie entwickelt, wie sie in dem noch immer genutzten Standardwerk von LORD und NOVICK (1968) vertreten wird.

Wenn man die geringe Anzahl dieser Tests mit der großen Zahl von Verfahren, die auf der Grundlage der klassischen Testtheorie entwickelt wurden und im Augenblick verfügbar sind, vergleicht, und wenn man bedenkt, daß auch heute noch die meisten Tests und Fragebögen „klassisch" entwickelt werden, dann muß man feststellen, daß die klassische Testtheorie trotz der schwerwiegenden Kritik, welcher sie seit den 60er Jahren ausgesetzt war, in der angewandten Testpsychologie immer noch den gebräuchlichen Standard darstellt. Das RASCH-Modell konnte sich trotz überlegener (statistischer) Theorie in der Testpraxis bisher nicht entsprechend durchsetzen.

Über mögliche Gründe hierfür kann man nur spekulieren. Sicher dürfte sein, daß das RASCH-Modell weniger „anwenderfreundlich" ist, nämlich einen größeren mathematisch-statistischen Aufwand und entsprechende Kenntnisse erfordert. Eine entsprechende Darstellung in diesem Buch hätte dessen Umfang stark erhöht und vom Leser bedeutend mehr mathematisch-statistische Voraussetzungen verlangt, was einer Grundintention dieses Werks widersprochen hätte.

Deshalb haben wir uns entschlossen, auch in der vorliegenden Neubearbeitung nur die Entwicklung und die Analyse von Tests auf der Grundlage der klassischen Testtheorie ausführlich zu behandeln. Dabei haben wir den Psychologen in der Praxis im Auge, der Tests „klassisch" entwickelt, „klassische" Tests einsetzt und nur wenige spezielle mathematische Vorkenntnisse besitzt.

Mein Dank gebührt in erster Linie Prof. Lienert, der mir bei der Bearbeitung freie Hand ließ, mit Anregungen, aber auch mit Kritik weiterhalf und mir bei Schwierigkeiten immer wieder Mut machte. Ich möchte auch der Psychologie Verlags Union danken, deren Lektoren diese Bearbeitung betreut haben und soviel Verständnis für die aufgetretenen Verzögerungen hatten. Bedanken möchte ich mich außerdem herzlich bei Frau Margot Hüfken, Frau Katja Korun und Frau Juliane Feldner, die Schreibarbeiten durchgeführt, das Literaturverzeichnis zusammengestellt und Korrektur gelesen haben.

Ich würde mich freuen, wenn die Neubearbeitung genauso wohlwollend aufgenommen und so intensiv genutzt würde wie das ursprüngliche Werk.

Düsseldorf, im Februar 1994 Ulrich Raatz

EINLEITUNG

Zwischen der elementaren Erfahrung, ob eine Leistungsprüfung alter Art – wie beispielsweise Rechen- und Rechtschreibproben – ihren Zweck erfüllt, und dem modernen standardisierten Testsystem, dessen Grad der Bewährung quantitativ definiert ist, liegt eine lange Entwicklung, eine Entwicklung, wie sie etwa mit der vom Heimwebstuhl zur Tuchfabrik vergleichbar ist. Der systematische und stufenweise kontrollierte Aufbau von *Leistungs-* und *Eignungstests* ist in den letzten fünf Jahrzehnten so fortgeschritten, daß es selbst für den Fachmann schwierig ist, sich ein zutreffendes Bild vom gegenwärtigen Stand der sogenannten Testkonstruktion zu machen.

Die Technik der *modernen Testentwicklung* hat sich auf einer breiten wissenschaftlichen Grundlage entfaltet, ohne die ein Verständnis ihrer Wege und Ziele nahezu unmöglich erscheint. Es ist die Theorie der *objektiven Diagnostik*.

Damit sehen wir uns bei der Behandlung unseres Themas vor die Notwendigkeit gestellt, auf beide, die **Testkonstruktion** und ihre **theoretischen Grundlagen**, in diesem Rahmen einzugehen. Leider – in der Tat leider – ist auch die Interpretation objektiver Testergebnisse in gleichem Maße mit der Testtheorie verquickt, so daß es auch dem kritischen Diagnostiker nicht erspart bleibt, sich mit diesem, wegen seines statistischen Gehaltes wenig beliebten Gegenstand auseinanderzusetzen. Die Psychologie in Deutschland beschäftigte sich lange Zeit mit der grundsätzlichen Frage: **Testen** oder **Nicht-Testen.** Von einer gewissenhaften Vorhersage aus gesehen ist diese Frage durchaus ernst zu nehmen. Wer Tests anwendet, sie lobt und fördert, ohne beurteilen zu können, was sie tatsächlich leisten, macht sich zu einem schlechten Anwalt einer an sich guten Sache. Er sollte lieber das Testen aufgeben und die Schar der Skeptiker vermehren.

Für den diagnostisch aufgeschlossenen Psychologen kann es heute gar nicht mehr darum gehen, ob er Tests verwenden soll oder nicht, sondern nur darum, zu prüfen, ob der in Frage stehende Test die Anforderungen erfüllt, die ihn zu einem geeigneten Hilfsmittel bei der Aussage über Persönlichkeitsmerkmale und der Voraussage von Leistung und Eignung machen. Solche Entscheidungen erfordern Einsicht in die grundlegenden Tatbestände der Testentwicklung, Einsicht in das Wesen der Eigenschaften, die einen guten Test auszeichnen, Einsicht in die Möglichkeiten und Grenzen der Interpretation der erhaltenenen Testresultate.

Das vorliegende Buch gibt eine ausführliche Darstellung der theoretischen und praktischen Gesichtspunkte einer **systematischen Testentwicklung.** Es wird alle diejenigen, die mit Tests zu tun haben, in den Stand setzen:

1. Bisher verwendete Tests alter Art zu analysieren und auf ihre Qualifikation hin zu prüfen.

2. Bisher verwendete Tests gegebenenfalls so zu verändern, daß sie den besonderen Anforderungen des praktisch tätigen Psychologen entsprechen.
3. Moderne wie alte Tests auf die besonderen Bedingungen ihres Einsatzes, z. B. als Ausleseverfahren, abzustimmen.
4. Unter mehreren verfügbaren Tests den oder die für den speziellen Zweck bestgeeigneten auszuwählen.
5. Selbständig neue Tests zu entwickeln und zu standardisieren.
6. Die Ergebnisse aus Einzeltests und Testsystemen exakt zu interpretieren.

Ein kurzer Streifzug durch das Buch mag den Leser über seinen Inhalt orientieren. Fünf in der Übersicht nicht ausdrücklich gekennzeichnete Abschnitte behandeln die wesentlichen Probleme der Testentwicklung wie folgt:

Im ersten Abschnitt (Kap. 1 bis 3) wird gewissermaßen das „Rohmaterial", aus dem sich Tests aufbauen, gesichtet, geordnet und qualifiziert. Er ist der **Testaufgabe** als dem Einzelelement des Tests gewidmet und für jedermann instruktiv, der in die Lage gerät, über einen Test diskutieren zu müssen.

Der zweite Abschnitt (Kap. 4 bis 9) stellt dar, wie man – von wissenschaftlicher Intuition oder praktischer Notwendigkeit geleitet – selbständig psychologische Tests plant und von den Grundfesten bis zum Rohbau fertigstellt. Besondere Beachtung wurde dabei der **Aufgabenanalyse** und **Aufgabenauswahl** als einem Schwerpunkt in der modernen Testentwicklung gewidmet.

Ehe man mit einem neu erstellten oder „quasi bewährten" Test verantwortungsbewußt arbeiten kann, muß man ihn auf seine Brauchbarkeit hin überprüfen. *„Testing the test"* ist eben das Thema, womit sich der folgende Abschnitt (Kap. 10 bis 12) methodisch detailliert auseinandersetzt. **Reliabilitäts-** und **Validitätskontrollen** sowie die anschließende **Eichung** sind die notwendigen Voraussetzungen für einen *standardisierten* Test. Und nur solche Tests sollten heutzutage überhaupt noch verwendet werden.

Im vierten Abschnitt (Kap. 13 und 14) werden bereits spezielle, aber darum nicht weniger wichtige Probleme der Testentwicklung erörtert. Auf die in der Praxis so gefragten **Parallelformen** für den Gruppentest, auf die für Auslese und Arbeitsplatzeinsatz so erstaunlich leistungsfähigen **Testbatterien** und auf die bei der Interpretation so beliebten **Testprofile** wird hier eingegangen.

Der **Interpretation** und der praktischen **Bewertung** des individuellen Testresultates dient der letzte Abschnitt (Kap. 15). Er wird besonders den Psychologen ansprechen, dessen berufliche Aufgabe vor allem in der Eignungsbeurteilung und Bewerberauslese besteht. Neben den modernen Voraussagemethoden aufgrund standardisierter Einzeltests werden neue Wege aufgezeigt, wie durch Kombination *„schwacher"* Tests eine gute Vorhersage erzielt werden kann.

Zum formalen Aufbau des Buches wäre zu sagen: *Systematische* und *chronologische* Gesichtspunkte wurden so weit wie möglich in den Vordergrund gerückt, um dem Leser die Orientierung über die sachlich sehr verwobene Materie zu erleichtern. *Stilistische* Glätte mußte gegenüber begrifflicher Klarheit zurückstehen.

Etwas unbefriedigt läßt die Verfasser der Umstand, daß die angeführten Formeln weder mathematisch-statistisch abgeleitet, noch bezüglich der ihnen eigenen Logik näher begründet werden konnten. Der Leser, der sich hierfür interessiert, muß auf die Originalarbeiten verwiesen werden. Zu empfehlen ist die Lektüre von

Lehrbüchern, die in die Testtheorie einführen, wie z. B. die von HORST (1971), DIETERICH (1977), KRANZ (1979) und WOTTAWA (1980). Für anspruchsvollere Leser seien die Werke von FISCHER (1974) oder LORD und NOVICK (1968) genannt. Außerdem sei auf die kurzen, aber gut verständlichen Einführungen von MOOSBRUGGER bzw. KUBINGER in dem Lehrbuch von JÄGER (1988) hingewiesen.

Die statistischen Symbole wurden im allgemeinen so definiert, daß für das gesamte Buch eine einheitliche Schreibweise zustande kam. Von den unvermeidlichen, vor allem teststatistischen Fachausdrücken, die meist aus dem Englischen stammen, ist nur ein Teil verdeutscht. Zur Angleichung an die internationale Nomenklatur wurden die Termini *„Zuverlässigkeit“* und *„Gültigkeit“*, die im deutschen Sprachgebiet keineswegs einheitlich verwendet werden (vgl. MICHEL, 1964), durch *„Reliabilität“* und *„Validität“* ersetzt.

Die Geschichte der Testentwicklung folgt einem merkwürdigen *Chronologismus*. Zweifelsohne ist die *Testdiagnostik*, vor allem die *Testkonstruktion*, eine amerikanische Domäne. Andererseits sollte man jedoch daran denken, daß deutsche Forscher, wie RIEGER, KRAEPELIN und die Mitarbeiter des WUNDT'schen Instituts es waren, die als Wegbereiter der Testmethode angesehen werden dürfen. Den auf individuelle Nutzanwendung bedachten Amerikanern blieb es jedoch vorbehalten, diese Ergebnisse für die Praxis auszuwerten, und zwar zu einer Zeit, wo in Deutschland andere psychologische Schulen die experimentelle Tradition abzulösen begannen. Nur einige wenige, darunter Wissenschaftler wie BOBERTAG und HYLLA, haben die leistungsmessenden Ansätze der Frühzeit aufgenommen und erfolgreich weitergeführt.

Gehen wir noch kurz darauf ein, welche **Bedeutung** der Test in der Gegenwart und im deutschen Sprachraum gewonnen hat. Seit BINET bis in unsere Tage wird die *klinische Diagnose* des Schwachsinns vorwiegend auf allgemeine oder speziell adaptierte Intelligenztests gestützt. Auch die *Auslese* für die Sonderschule bleibt selten allein dem Lehrerurteil überlassen. Die *Empfehlung* für den Besuch bestimmter weiterführender Schulen wird von fortschrittlichen und psychologisch aufgeschlossenen Grundschullehrkräften nicht ohne Anwendung objektiver Leistungs- und Intelligenztests ausgesprochen. Regelmäßige *Kontrollen* darüber, inwieweit die gesteckten Lehrziele von dem einzelnen Schüler erreicht worden sind, und die *Analyse von Lernschwierigkeiten* mit Hilfe von speziellen Tests haben – seit Gründung der Reihe „Deutsche Schultests“ durch INGENKAMP und die damalige Hochschule für internationale pädagogische Forschung in Frankfurt am Main im Jahre 1965 – in der Schule erfolgreich Eingang gefunden. Allerdings ist in diesem Bereich z. Zt. ein Rückgang zu verzeichnen (KÜHN, 1992, RAATZ, 1992). Fachschulen bedienen sich vereinzelt der objektiven *Aufnahmeprüfung*. Erwähnt werden müssen auch die seit dem Wintersemester 1980/81 eingeführten *Hochschuleingangstests* für einige medizinische Studiengänge.

Zu der wichtigen Frage, ob Lehrer, also Nicht-Psychologen, testen dürfen, läßt sich nicht allgemeinverbindlich Stellung nehmen. Wir meinen, daß gegen die Durchführung von Schultests durch Lehrer kein Einwand zu erheben ist, sofern sie mit den Grundlagen der Testdiagnostik vertraut sind.

Das Hauptanwendungsgebiet der objektiven Testverfahren liegt allerdings nach wie vor im Bereich der *psychologischen Diagnostik*, innerhalb welcher *Test-*

ergebnisse neben *Anamnese*, *Exploration*, *Ausdrucks*- und *Verhaltensbeobachtung* und *Fragebogen* ein Kernstück der Persönlichkeitsbeurteilung bilden. In diesem Rahmen ist der Test für den Psychologen, der in Kliniken und Beratungsstellen, in der Arbeits- und Sozialverwaltung, in der Jugendhilfe und im Strafvollzug, im Betrieb und in der Personalverwaltung oder in Schulen tätig ist oder freiberuflich arbeitet, oder auch für den Lehrer, der mit diagnostischen Aufgaben betraut ist, ein ebenso wichtiges Hilfsmittel geworden, wie es für den Arzt das Laboratorium und das Röntgengerät sind.

Nicht zuletzt wäre noch an die Bedeutung des Tests als *Forschungsmittel* der angewandten Psychologie zu erinnern. Über diese hinaus ist aber auch die Allgemeine Psychologie bei der Bearbeitung vieler experimenteller Fragestellungen auf Tests angewiesen, ganz zu schweigen von der Differentiellen Psychologie, die überhaupt erst nach Einführung der Testmethode als Spezialwissenschaft anerkannt wurde.

So gesehen erscheint die Lehre über Aufbau und Analyse von Tests nicht allein als theoretisches Fundament der praktischen Diagnostik, sondern darüber hinaus als methodologischer Angelpunkt jeder empirischen Psychologie.

INHALTSVERZEICHNIS

Kapitel 1

GRUNDSÄTZLICHES ÜBER DEN TEST

1.1 Wesen und Bedeutung des Tests

1.1.1 Zur Begriffsbestimmung des Wortes „Test"

Das Wort „*Test*" stammt bekanntlich aus dem englischen Sprachgebrauch und bedeutet soviel wie Probe. Dieser Begriff ist inzwischen in den deutschen Sprachschatz eingegangen, wobei sich für den Plural die englische Form „Tests" durchgesetzt hat.

Das Wort „Test" hat eine *mehrfache* Bedeutung. Man versteht darunter:

a) Ein Verfahren zur Untersuchung eines Persönlichkeitsmerkmals.
b) Den Vorgang der Durchführung der Untersuchung.
c) Die Gesamtheit der zur Durchführung notwendigen Materialien.
d) Jede Untersuchung, sofern sie Stichprobencharakter hat.
e) Gewisse mathematisch-statistische Prüfverfahren (z. B. χ^2-Test).
f) Kurze, außerplanmäßige „Zettelarbeiten" im Schulunterricht.

Unter diesen Bedeutungen ist die erste die weitaus wichtigste; sie soll in der folgenden Definition in ihren in diesem Zusammenhang wesentlichen Punkten festgelegt werden:
Definition: Ein Test ist ein wissenschaftliches Routineverfahren zur Untersuchung eines oder mehrerer empirisch abgrenzbarer Persönlichkeitsmerkmale mit dem Ziel einer möglichst quantitativen Aussage über den relativen Grad der individuellen Merkmalsausprägung. [1])

Die Bedeutung des Wortes „Test" ist also hier in mannigfacher Weise *eingeschränkt*: nicht jede beliebige zu diagnostischen Zwecken angestellte Untersuchung kann als Test gelten, sondern nur eine solche, die erstens wissenschaftlich begründet ist; zweitens routinemäßig – also unter Standardbedingungen mehr oder weniger handwerksmäßig – durchführbar ist; drittens eine relative Positionsbestimmung des untersuchten Individuums innerhalb einer Gruppe von Individuen oder im Bezug auf ein bestimmtes Kriterium, z. B. ein Lehrziel, ermöglicht; und viertens bestimmte empirisch – also verhaltens- und erlebnisanalytisch, phänomenologisch und nicht etwa rein begrifflich – abgrenzbare Eigenschaften, Verhaltensdispositionen, Fähigkeiten, Fertigkeiten oder Kenntnisse prüft.

Bedingt und nicht ausdrücklich wird vorausgesetzt, daß das untersuchte Merkmal eindimensional und metrisch ist, daß es also entlang einer *Einheitskala* meßbar ist, was keineswegs für alle in der Persönlichkeitsbeschreibung üblichen

---

[1]) Die Definition lehnt sich unter Hervorhebung der wesentlichen Merkmale eng an: WARREN (1934).

Begriffe gesichert zu sein scheint. Diese Einschränkung kommt in der Formulierung „möglichst quantitative Aussage" zum Ausdruck.

Die vorgenannte Definition des Wortes „Test" erhebt naturgemäß keinen Anspruch auf Allgemeingültigkeit, sondern dient lediglich als mehr oder weniger operationale Umschreibung für den hier zu erörternden Tatbestand.

1.1.2 Die geschichtlichen Stadien der Testentwicklung

Die ersten Versuche einer quantitativen Erfassung von Persönlichkeitsmerkmalen galten den *Intelligenzdefekten* und gingen demgemäß von psychiatrischer Seite aus. RIEGER hat 1885 als einer der ersten einen „Entwurf zu einer allgemein anwendbaren Methode der Intelligenzprüfung" ausgearbeitet. Darin werden Anweisungen erteilt, wie man verschiedene psychische Funktionen, wie Perzeption, Apperzeption, Gedächtnis, Kombinationsfähigkeit usw. untersuchen kann. Die Wahl der konkreten Aufgabe blieb weitgehend dem Untersucher überlassen.

Ein Jahrzehnt später formuliert ZIEHEN in den „Prinzipien und Methoden der Intelligenzprüfung" 1897 seine Aufgaben bereits im Sinne der heutigen Tests. ZIEHEN ahnt das Kriterium der Trennschärfe von Aufgaben voraus, wenn er darauf dringt, daß man nicht – wie dies noch RIEGER tat – naiv entscheiden könne, welche Antwort normal und welche anormal sei, sondern daß man prüfen müsse, ob und wie oft unzureichende Antworten von Normalen gegeben würden. Erst dadurch bekäme man einen Einblick in die normale Schwankungsbreite.

Ein wenig später beginnen die individuellen Differenzen auch für die *experimentelle Psychologie* interessant zu werden. In seinem Buch „Mental Tests and Measurements" von 1890 schlägt der WUNDT-Schüler McKEEN CATTELL zwei Prüfreihen vor, die sich vorwiegend auf *elementare* psychische und psychophysische Funktionen wie Schwellen- und Reaktionszeitbestimmungen beschränken (die Untersuchung komplexer Phänomene, wie z. B. Intelligenzleistungen, wurde von der Leipziger Schule nicht durchgeführt). CATTELL befürwortet in seiner Arbeit bereits eine Vereinheitlichung, ein einheitliches System von Prüftests, damit die Ergebnisse verschiedener Untersucher vergleichbar würden. KRAEPELIN, MÜNSTERBERG, MOEDE und vor allem EBBINGHAUS und MEUMANN greifen die Anregungen auf und wenden sich in ihren Testvorschlägen mehr den *höheren* psychischen Funktionen, wie Auffassen, Einordnen, Lernen und Gedächtnis zu. Immer noch aber sind die Aufgabenbereiche des Tests als Prüf- und als Forschungsexperiment – Begriffe, die später von STERN geprägt wurden – nicht klar geschieden.

Mit der Jahrhundertwende geht die von HYLLA (1927) so benannte *Vorperiode der Testentwicklung* zu Ende. Die nachfolgende Zeit ist durch ein zweifaches Bemühen gekennzeichnet: sie will nicht mehr psychische Einzelfunktionen, sondern „die Intelligenz" erfassen, und weiter will sie diese nach Maß und Zahl bewerten.

In diese Zeit fällt der Einbruch *mathematisch-statistischer Methoden*, als deren Begründer und langjähriger Proponent im Bereich der psychologischen Forschung

Ch. SPEARMAN gelten darf. Er war es, der in „General Intelligence Objectively Determined and Measured" im Jahre 1905 die theoretischen Grundlagen der modernen Testentwicklung geschaffen hat.

Um dieselbe Zeit erhält die Testpraxis einen großartigen Aufschwung durch die Veröffentlichung der „Testserie zur Auslese Minderbegabter" durch BINET und SIMON, die in ihrer Revision von 1908 bereits eine Art *Aufgabenanalyse* bei der Ausschaltung ungeeigneter Aufgaben anwandten. BOBERTAG hat seit 1911 die BINET-Methode den deutschen Verhältnissen erfolgreich angepaßt.

Ebenfalls seit 1911 hat W. STERN als bedeutendster deutscher Testforscher drei wichtige Schriften veröffentlicht: die erste als eine Zusammenschau der bisherigen Ergebnisse unter theoretischen und systematischen Gesichtspunkten: „Die differentielle Psychologie und ihre methodischen Grundlagen" (1911), die zweite unter vorwiegend praktischem Blickpunkt: „Die Intelligenzprüfung an Kindern und Jugendlichen" (1912) mit der *klassischen* Definition des *Intelligenzquotienten* ($IQ = 100 \cdot JA/LA$) die dritte Schrift 1920 ist eine Zusammenfassung und Neubearbeitung der Schrift von 1912.

In Amerika hat sich die Standford-Universität unter L. M. TERMAN seit 1916 der BINET'schen Methode angenommen und verschiedene Revisionen durchgeführt, von denen der Stanford-BINET-Test bis auf den heutigen Tag verwendet wird. Die deutsche Bearbeitung stammt von LÜCKERT (1965). TERMAN ist auch die *psychometrische Verallgemeinerung* der klassischen Definition des STERN'schen IQ ($IQ = 15 \cdot (X - \bar{X}) + 100$) zu verdanken (s. Kap. 12).[1])

Ein neuer Umbruch in der Testentwicklung beginnt mit der Einführung des *Gruppentests* durch die amerikanische Armee im 1. Weltkrieg (TERMAN 1916). Dadurch wurde die Testmethode erst ökonomisch. Zugleich aber warf der Gruppentest neue Probleme auf, die sehr viel zur Förderung der modernen Testanalyse beitrugen und früh zur Entwicklung von Parallelformen führten. In der Monographie „The Reliability and Validity of Tests" hat L. L. THURSTONE dann 1931 die Leitsätze zur Entwicklung von standardisierten Gruppentests aufgestellt. Mit seinem Schüler GULLIKSEN (1950) ist die „*Klassische Testtheorie*" entstanden (siehe Kap. 10).

Seit dem 1. Weltkrieg wurden zunehmend auch andere als kognitive Persönlichkeitsbezüge durch objektive Tests untersucht. Der *Persönlichkeitsfragebogen* wurde durch das „Personal Data Sheet" von WOODWORTH (1920) begründet. Diesem Fragebogen folgten andere über Interessen und Einstellungen.

Die die objektiven Tests ergänzenden *projektiven Techniken* gehen bekanntlich auf RORSCHACH's Formdeuteversuch (1921) zurück; sie strecken hinsichtlich ihrer wissenschaftlichen Analyse allerdings bis heute noch in den Anfängen, von wenigen Ausnahmen, beispielsweise FISCHER's (1972) probabilistischen Zugang, abgesehen.

Ähnliches gilt für die in den 20er Jahren von HARTSHORNE und MAY propagierten *Situationstests*. Sie bieten eine Fülle diagnostischer Möglichkeiten auf der Grundlage von Ausdrucks- und Verhaltensbeobachtung.

---

[1]) Die Zahl 15 kommt folgendermaßen zustande: Die empirische Standardabweichung des „klassischen" IQ in verschiedenen Intelligenztests bei Kindern und Jugendlichen liegt zwischen 14 und 16. Um den „psychometrischen" IQ, der für Kinder und für Erwachsene gelten soll, diesem klassischen IQ anzugleichen, hat man hier die Streuung auf 15 festgelegt.

Kriterienorientierte Tests werden seit Anfang der 60er Jahre diskutiert. Sie messen, ob ein Individuum durch eine „Behandlung" im weitesten Sinne (z. B. Therapie, Unterricht) ein vorher festgelegtes Kriterium erreicht hat oder nicht, und wenn ja, wie gut. Diese Verfahren können in der Therapie (z. B. SCHOTT 1973), insbesondere aber als „*lehrzielorientierte Tests*" in der Schule (KLAUER 1972) eingesetzt werden. Ihre testtheoretischen Grundlagen stellen z. B. FRICKE (1974) und KLAUER (1987), ihre Konstruktionsprinzipien HERBIG (1976), das zugrundeliegende Konzept der *Kontentvalidität* KLAUER (1984) dar. Eine allgemeinere Anwendung von kriterienorientierten Tests stößt allerdings z. Z. noch auf eine Reihe von theoretischen und praktischen Schwierigkeiten.

Seit der Einführung des Army-α-Tests durch die US-Armee 1917 hat sich der Gruppentest in seiner ihm ureigensten Form als „*Papier- und Bleistift*"-*Test* in allen Ländern und Sprachen ein weites Feld erobert. Die *Reliabilität* dieser Tests (s. Kap. 10) ist in der Regel außerordentlich gut, ihre *Validität* (s. Kap. 11) jedoch oft begrenzt. Die neuere Testkonstruktion versucht auf verschiedene Weisen, dieser Schwierigkeiten Herr zu werden. So gewinnt z. B. das Konzept der *Inhaltsvalidität* eine immer größere Bedeutung (KLAUER 1984). Bei der Konstruktvalidierung von Tests, insbesondere von Intelligenztests, werden zunehmend komplexere Methoden, wie z. B. die Faktorenanalyse, eingesetzt. Das gesamte Validitätskonzept (s. Kap. 11) wird unter Zugrundelegung entscheidungstheoretischer Ansätze und Kosten – Nutzen-Überlegungen neu formuliert (CRONBACH und GLESER 1957). In diesem Zusammenhang wird auch die „*Testfairness*"[1]) untersucht (z. B. MÖBUS, 1983). Schließlich schränkt man den Geltungsbereich (s. Kap. 3) eines Tests ein, um seine Validität zu erhöhen.

Diesen Ausweg wählen zunehmend viele Praktiker, z. B. Lehrer in der Schule oder Psychologen in Betrieben oder Kliniken. Sie entwicklen sog. „*informelle Tests*" nur für ihre eigenen Zwecke. Diese Tests haben zwar einen stark eingeschränkten Geltungsbereich und sind meist nicht so reliabel wie käufliche Gruppentests. Sie besitzen aber oft eine höhere Validität, da sie exakt auf ein spezifisches Kriterium, z. B. einen ganz bestimmten Arbeitsplatz oder einen speziellen Lehrplan, hin entwickelt worden sind. Informelle Tests gewinnen in der Schule zunehmend an Bedeutung (WENDELER, 1969, RAPP, 1975, INGENKAMP, 1985).

Bei konventionellen Tests werden allen Pbn alle Aufgaben vorgelegt. Dieses Vorgehen ist insbesondere bei Pbn mit extremen Merkmalsausprägungen unökonomisch (warum soll ein besonders guter Pb auch alle leichten Aufgaben bearbeiten?), für die schlechteren Pbn im schwereren Testteil oft frustrierend, für die besseren Pbn in leichterem Testeil langweilig. Dieses Problem läßt sich durch das sog. „*Adaptive Testen*" lösen, bei dem jeder Pb andere Items entsprechend seinem Leistungsvermögen erhält (z. B. HORNKE 1977). Diese Technik erfordert jedoch in der Regel für die jeweilige Aufgabenauswahl, die Vorgabe und die Auswertung den Einsatz von PC's, was inzwischen auch bei uns kein Problem mehr sein dürfte.

---

[1]) Ein Test ist dann fair, wenn gleiche Testwerte bei Angehörigen verschiedener Gruppen zu den gleichen Entscheidungen führen.

Einen Überblick über die letzten 50 Jahre in der Geschichte der psychologischen Diagnostik gibt ANASTASI (1985). Eine lesenswerte Darstellung der Geschichte der verschiedenen Schulen, der Trends und der Strategien der Diagnostik findet man in dem Lehrbuch von JÄGER (1988).

Die testtheoretische Grundlage der Testkonstruktion bildet die sog. *Klassische Testtheorie*, die von GULLIKSEN (1950) entwickelt und u. a. später durch *entscheidungstheoretische Ansätze* ergänzt wurde. Von großer theoretischer, aber z. Z. noch von geringerer praktischer Bedeutung sind die *probabilistischen* Meß- bzw. Testtheorien, insbesondere die Modelle von RASCH, die seit der Mitte der 60er Jahre diskutiert und angewendet werden (z. B. LORD u. NOVICK 1968, FISCHER 1968, 1974, KUBINGER in Jäger 1988), neuerdings auch das „klassische latent-additive Testmodell" (KLA-Modell) von MOOSBRUGGER und MÜLLER (1981). Die Klassische Testtheorie, sowie die daraus abgeleiteten Prinzipien der Testkonstruktion sind in den letzten Jahren bei uns in Handbuchartikeln, Monographien und in einzelnen Kapiteln von diagnostischen Lehrbüchern mehr oder weniger ausführlich dargestellt worden. Hier sind über die bereits genannten Autoren hinaus z. B. noch MICHEL (1964), VUKOVICH (1964), MAGNUSSEN (1969), GUTJAHR (1971), HORST (1971), DIETERICH (1973), SARRIS und LIENERT (1974), GRUBITZSCH und REXILIUS (1978), LEICHNER (1979), KRANZ (1979), WOTTAWA (1980) SCHELTEN (1980) oder MOOSBRUGGER (1988) zu nennen.

Klassische Testtheorie und *Probabilistische Testtheorien* bestehen heute nebeneinander, sie ergänzen sich (z. B. KLAPPROTH, 1981). Die meisten Tests und Fragebogenverfahren werden immer noch „klassisch" konstruiert, obwohl die theoretischen Schwächen dieses Ansatzes seit langem bekannt sind (FISCHER 1968, 1974). Probabilistische Ansätze werden nur zur Überprüfung der Eindimensionalität oder beim Aufbau eines Aufgabenpools herangezogen. Beim Adaptiven Testen sind sie unabdingbar.

Die große Zahl von Veröffentlichungen zur Testtheorie und Testkonstruktion darf aber nicht darüber hinwegtäuschen, daß in der diagnostischen Praxis leider immer noch eine große Zahl von Verfahren „zusammengebastelt" werden. Hier sind nach wie vor Warnung, Aufklärung und Anleitung notwendig.

1.1.3 Die Bestandteile eines Tests

a) Die **Materialbestandteile** eines Tests, wie sie bei standardisierten Tests vorliegen, setzen sich zusammen aus:

- dem *Testmanual*, in dem Beschreibung, Entstehung und wissenschaftliche Grundlage des Tests dargestellt, sowie Durchführungs- und Interpretationsanweisungen samt Normen enthalten sind,
- dem *Testmaterial*, das Testhefte, Antwortbogen, Material zur Bearbeitung und Verarbeitung umfaßt,
- den *Auswertungshilfen*, wie Kontrollblätter, Lochfolien, Schablonen, Meßgeräte usw.

b) Die **Durchführungsbestandteile** eines Tests lassen sich methodisch und zugleich testchronologisch wie folgt gliedern:

- Die *Testanweisung* instruiert den Testleiter über Bedingungen, Durchführung und Auswertung des Tests und den Probanden (Pb) darüber, was von ihm als Testleistung verlangt wird.
- Die *Testdurchführung* kann in einer motorischen Reaktion (z. B. Tapping), einer sensorischen Apperzeption (z. B. Tachistoskop-Auffassung), einer manuellen oder geistigen Routinetätigkeit (z. B. Perlen-Reihen, Rechnen nach PAULI), einer konkreten oder abstrakten Problemlösung (z. B. SCHULZE-Pumpe aufbauen, Denkaufgaben lösen) oder in einer Stellungnahme zu einer Verhaltens-, Erlebnis- oder Einstellungsfrage bestehen. Die Durchführung kann sich auf eine einzige oder auch auf viele Aufgaben beziehen. Die Aufgaben ihrerseits können einen einfachen oder komplexen Inhalt haben, ihre Schwierigkeit kann annähernd gleich oder auch sehr verschieden sein.
- Die *Testauswertung* kann intuitiv, regelmäßig, schematisch oder automatisch erfolgen und besteht darin, daß das Ergebnis der Testdurchführung in einem oder mehreren Punktwerten gekennzeichnet wird.

1.1.4 Die Aufgaben des Tests

Ein Test im Sinne der von uns gegebenen Definition hat folgende Aufgaben zu erfüllen:

a) Als Hilfsmittel im Dienste der Querschnittsdiagnose.

- Kennzeichnung der Stellung des Einzelindividuums innerhalb einer Gruppe vergleichbarer Individuen hinsichtlich einer bestimmten *Leistung* oder eines bestimmten *Persönlichkeitsmerkmals*.
- Feststellung von Unterschieden hinsichtlich der *Gradausprägung* der Leistung oder des Persönlichkeitsmerkmals,
  zwischen verschiedenen Individuen,
  zwischen verschiedenen Gruppen.
- Entscheidung über *Erfüllung* oder *Nichterfüllung* einer Bedingung, über Vorhandensein oder Nichtvorhandensein eines geforderten Merkmals oder über den Grad einer Merkmalsausprägung (Auslese).
- Feststellung individueller Merkmalskombinationen (Persönlichkeits- oder Leistungsprofil).

b) Als Hilfsmittel im Dienste der Längsschnittdiagnose.

Feststellung von *Merkmalsveränderungen* innerhalb definierter Zeitspannen (Verlaufsprofil),
bei Einzelindividuen,
bei Gruppen, besonders Altersgruppen.

c) Als Hilfsmittel der Forschung[1]).

- Im Dienste der *Persönlichkeitsforschung*.

---

[1]) In dieser Anwendung dient der Test als Hilfsmittel zur Datenerhebung z. B. bei Experimenten, ist aber selbst kein Experiment (KLAUER, 1973). Denn es fehlt die Bedingungsvariation.

a) Feststellung „Lokaler" Merkmalszusammenhänge (Eigenschaftstrauben, Persönlichkeitstypen) durch Typenanalyse [1]).
b) Analyse „globaler" Merkmalszusammenhänge (Cluster- und Faktorentechniken).

– Im Dienste der *allgemeinpsychologischen Forschung*.
Feststellung von Merkmalsveränderungen unter planmäßig variierten Bedingungen,
bei Einzelindividuen (Versuchsreihe),
bei Gruppen (Planversuch).

Die Aufgaben des primär diagnostischen Zielen dienenden Tests reichen also weit in das Gebiet der wissenschaftlichen Forschung hinein, weshalb ein Test als Meßinstrument für psychologische Merkmale gewissen, in der Folge behandelten, Forderungen genügen muß.

1.2 Die Gütekriterien eines Tests

Ein guter Test soll als *Hauptgütekriterien* folgende drei Forderungen erfüllen:
– er soll objektiv,
– er soll reliabel,
– er soll valide sein. [2])

Daran schließen sich vier *Nebengütekriterien* als bedingte Forderungen:
– er soll normiert,
– er soll vergleichbar,
– er soll ökonomisch,
– er soll nützlich sein.

1.2.1 Die Objektivität eines Tests

Unter *Objektivität* eines Tests verstehen wir den Grad, in dem die Ergebnisse eines Tests unabhängig vom Untersucher sind. Ein Test wäre demnach vollkommen objektiv, wenn verschiedene Untersucher bei denselben Pbn zu gleichen Ergebnissen gelangten. Man spricht deshalb auch von „interpersoneller Übereinstimmung" der Untersucher [3]).

---

[1]) Eine detailliert ausgearbeitete Methode der Typenanalyse ist die Konfigurationsfrequenzanalyse (KFA) (LIENERT, 1968). Sie operationalisiert Typen (Syndrome) als überzufällig oft auftretende Kombinationen von Merkmalen (Symptomen). Eine zusammenfassende Darstellung gibt KRAUTH (1993). Weitere Arbeiten zur KFA sind bei LIENERT (1988), LAUTSCH und v. WEBER (1990) und von EYE (1990) zusammengestellt.

[2]) Reliabilität und Validität können als Sonderfälle experimenteller Präzision verstanden werden (LIENERT und ORLIK, 1965).

[3]) Der Begriff der Objektivität wird in der anglo-amerikanischen und deutschen Literatur recht unterschiedlich gefaßt. Über zahlreiche mögliche Definitionen orientiert SCHEIER (1958).

Als Maß für die interpersonelle Übereinstimmung oder Objektivität verschiedener Untersucher könnte der durchschnittliche Korrelationskoeffizient zwischen den durch verschiedene Untersucher an einer Stichprobe von Pbn erhobenen Testbefunden gelten. Je nachdem, in welcher Phase der Testdurchführung allfällige Nicht-Übereinstimmungen auftreten bzw. ausgelöst werden, unterscheidet man verschiedene *Aspekte* der Objektivität.

a) Die sog. **Durchführungsobjektivität** betrifft den Grad der Unabhängigkeit der Testergebnisse von zufälligen oder systematischen Verhaltensvariationen des Untersuchers während der Testdurchführung, die ihrerseits zu Verhaltensvariationen des Pbn führen und dessen Ergebnis beeinflussen. Soll die Durchführungsobjektivität maximal hoch werden, dann muß die Instruktion an den Untersucher (schriftlich) so genau wie möglich festgelegt und die Untersuchungssituation so weit wie möglich standardisiert werden. Das läuft in aller Regel darauf hinaus, die soziale Interaktion zwischen Untersucher und Pb auf ein unumgängliches Minimum zu reduzieren (bekanntlich ist dies bei projektiven Tests nicht im gleichen Maße wie bei Leistungstests möglich).

b) Die sog. **Auswertungsobjektivität** betrifft die numerische oder kategoriale Auswertung des registrierten Testverhaltens nach vorgegebenen Regeln. Bei Leistungstests und Fragebogen, in welchen die *Schlüsselrichtung* der Aufgabenbeantwortung („Richtig" oder „Falsch") festliegt, ist die Auswertungsobjektivität praktisch vollkommen verwirklicht; das gilt zumindest für Leistungstests mit Auswahlbeantwortung, in welchen der Pb lediglich diejenige Antwort von mehreren vorgegebenen Antworten, die ihm als richtig oder auf ihn zutreffend erscheint, anzukreuzen hat. Etwas geringer ist die Auswertungsobjektivität bei Leistungstests oder Fragebogen mit *freier* Aufgaben- oder Fragebeantwortung, da hier der Untersucher bzw. Auswerter entscheiden muß, ob eine frei gegebene Antwort in die Schlüsselrichtung weist oder nicht. Am relativ niedrigsten ist die Auswertungsobjektivität im allgemeinen bei projektiven Tests, z. B. bei der Beantwortung eines Rorschach-Tests, wo die kategoriale Zuordnung der Antworten („Signierung") durch verschiedene Auswerter i. a. nur unvollkommen übereinstimmt.

c) Die sog. **Interpretationsobjektivität** betrifft den Grad der Unabhängigkeit der Interpretation des Testergebnisses von der Person des interpretierenden Psychologen, der nicht mit dem Untersucher oder Auswerter identisch zu sein braucht. Die Interpretationsobjektivität ist dann gegeben, wenn aus den gleichen Auswertungsergebnissen (verschiedener Pbn) *gleiche* Schlüsse gezogen werden. Die Interpretationsobjektivität ist vollkommen und zugleich trivial, wenn es sich um normierte Leistungstests oder Fragebogen handelt, in welchen die Auswertung einen numerischen Wert liefert, der die Position des Pb entlang der Testskala festgelegt; sie ist nicht trivial, wenn – wie bei projektiven Tests – die Auswertung nur als notwendige und nicht zugleich auch als hinreichende Voraussetzung für eine Aussage oder eine Entscheidung über den Pb gelten kann. Hier wird die Interpretation umso objektiver sein, je genauer die Angaben des Testautors in der Handanweisung den Interpreten lenken und in seinen Freiheitsgraden einengen.

Je nach den verschiedenen Aspekten der Objektivität muß sie ggfs. in entsprechender Weise erfaßt werden: So wäre die Durchführungsobjektivität zu bestimmen, indem eine Stichprobe von Pbn von zwei (oder mehreren) Untersuchern getestet und die aufgrund einer absolut objektiven Auswertung resultierenden Ergebnispaare korreliert werden. Die Auswertungsobjektivität wäre dadurch zu prüfen, daß man die Antworten einer Stichprobe von Pbn zwei (oder mehreren) Auswertern zur Rohwertbestimmung übergibt und die unabhängig erhaltenen Rohwertpaare korreliert. Die Interpretationsobjektivität schließlich wäre zu bestimmen, indem man dem Interpreten einschlägige Interpretationskategorien zur Auswahl stellt und prüft, ob zwei (oder mehrere) Interpreten gleich zuordnen. Als Objektivitätsmaß wäre hier der Kontingenzkoeffizient einer aus den Interpretationskategorien gebildeten Kontingenztafel oder Kappa (LIENERT 1978) zu ermitteln.

1.2.2 Die Reliabilität eines Tests

Unter der *Reliabilität* oder Zuverlässigkeit eines Tests versteht man den Grad der Genauigkeit, mit dem er ein bestimmtes Persönlichkeits- oder Verhaltensmerkmal mißt, gleichgültig, ob er dieses Merkmal auch zu messen beansprucht (welche Frage ein Problem der Validität ist).

Ein Test wäre demnach vollkommen reliabel, wenn die mit seiner Hilfe erzielten Ergebnisse den Pb genau, d. h. fehlerfrei beschreiben bzw. auf der Testskala lokalisieren. Diese Genauigkeit betrifft lediglich den beobachteten Meßwert und nicht auch seinen Interpretationswert, also nicht die Frage, ob er auch das mißt, was er messen soll.

Der Grad der Reliabilität wird durch einen *Reliabilitätskoeffizienten* bestimmt, der angibt, in welchem Maße unter gleichen Bedingungen gewonnene Meßwerte über ein und denselben Pbn übereinstimmen, in welchem Maße also das Testergebnis reproduzierbar ist.

Wie bei der Objektivität, so müssen auch bei der Reliabilität eines Tests verschiedene *Aspekte* unterschieden werden. Jeder dieser Aspekte schließt (wie bei der Objektivität) einen anderen operationalen Zugang zu seiner Bestimmung mit ein. Damit ist gesagt, daß die Reliabilität eines Tests per se nicht existiert, sondern nur verschiedene ihrer methodischen Zugänge[1]). Diese Zugänge bzw. die ihnen entsprechenden Begriffe der Reliabilität sind:

a) Die **Paralleltest-Reliabilität**: Sie wird in der Weise bestimmt, daß einer Stichprobe von Pbn zwei miteinander streng vergleichbare Tests (Paralleltests) vorgelegt und deren Ergebnisse korreliert werden *(Paralleltest-Methode)*.

b) Die **Retest-Reliabilität** wird mittels der Testwiederholungsmethode bestimmt: Man gibt ein und denselben Test einer Stichprobe von Pbn zweimal vor und ermittelt die Korrelation der beiden Ergebnisreihen *(Retest-Methode)*.

c) Die **innere Konsistenz** eines Tests[2])

– Nach der Methode der **Testhalbierung**. Die Halbierungsreliabilität oder -konsistenz gewinnt man durch folgendes Vorgehen: Ein Test wird

---

[1]) Besonders CRONBACH (1947) hat hierauf in einem lesenswerten Aufsatz hingewiesen.

[2]) Den theminologischen Empfehlungen der APA (1986) folgend, werden hier die Methoden der Testhalbierung und der Konsistenzanalyse der „inneren Konsistenz“ eines Test zugeordnet.

einer Stichprobe von Pbn vorgegeben, und zwar nur ein einziges Mal. Dann werden die Elemente (Aufgaben, Fragen, Feststellungen) des Tests in zwei gleichwertige Hälften geteilt („gesplittet") und das Testergebnis eines einzelnen Pb für jede Testhälfte gesondert ermittelt (Split-half-Methode).
Schließlich werden die Testergebnisse der beiden Hälften korreliert und der (für den halbierten Test geltende) Reliabilitätskoeffizient so aufgewertet, daß er für den ganzen Test Geltung beanspruchen kann (Halbierungs- oder Split-Half-Konsistenzkoeffizient).

– Nach der Methode der **Konsistenzanalyse**. Hier handelt es sich darum, die Elemente eines Tests als multipel halbierte Testteile aufzufassen, und die Reliabilität über bestimmte Kennwerte dieser Testelemente (Aufgabenschwierigkeits- und Trennschärfenstatistiken) auf indirektem Wege zu ermitteln und nicht wie oben durch Korrelation von Testwertepaaren. Wir werden auf diese Methode später genauer eingehen.
Wendet man auf ein und denselben Test alle vier genannten Methoden der Reliabilitätsbestimmung an, so erhält man in der Regel numerisch mehr oder weniger unterschiedliche Reliabilitätskoeffizienten, wobei freilich – wie wir noch sehen werden – bestimmte Gesetzmäßigkeiten zwischen diesen Koeffizienten bestehen. Immerhin ist allen Methoden gemeinsam, daß sie Schätzwerte für den Anteil liefern, in dem ein einzelner Testwert fehlerbehaftet ist oder sein kann. Die numerischen Unterschiede resultieren daraus, daß jede der vier Methoden mehr oder weniger spezifische *Meßfehlerarten* und *-anteile* berücksichtigt.

1.2.3 Die Validität eines Tests

Die *Validität* oder Gültigkeit eines Tests gibt den Grad der Genauigkeit an, mit dem dieser Test dasjenige Persönlichkeitsmerkmal oder diejenige Verhaltensweise, das (die)er messen oder vorhersagen soll, tatsächlich mißt oder vorhersagt.

Ein Test ist demnach vollkommen valide, wenn seine Ergebnisse einen unmittelbaren und fehlerfreien Rückschluß auf den Ausprägungsgrad des zu erfassenden Persönlichkeits- oder Verhaltensmerkmals zulassen, wenn also der individuelle Testpunktwert eines Pb diesen auf der Merkmalsskala eindeutig lokalisiert.

Auch bei der Validität können verschiedene *Aspekte* unterschieden werden, worüber ausführlich in Kap. 11 diskutiert wird. Hier seien drei grundsätzliche Unterscheidungen vorangestellt.

a) **Inhaltliche Validität** (Content validity). Der Test bzw. seine Elemente sind so beschaffen, daß sie das zu erfassende Persönlichkeitsmerkmal oder die in Frage stehende Verhaltensweise repräsentieren, mit anderen Worten: Der Test selbst stellt das optimale Kriterium für das Persönlichkeitsmerkmal oder die Verhaltensweise dar. Beispielsweise würde ein Schulkenntnistest, etwa in Geographie, dann inhaltlich valide sein, wenn seine Aufgaben inhaltlich eine repräsentative Auswahl aus dem Unterrichtsstoff (Curriculum) darstellen. Ebenso ist es evident, daß eine Schreibprobe inhaltlich valide ist für die Erfassung der Schnelligkeit und Genauigkeit, mit der eine Sekretärin Maschine schreiben kann.

Inhaltliche Validität wird einem Test in der Regel durch ein Rating von Experten als „Konsens von Kundigen" zugebilligt.

b) **Konstruktvalidität.** Aufgrund theoretischer – sachlogischer und begrifflicher – Erwägungen und anhand von sich daran anschließenden empirischen Untersuchungen wird entschieden, ob ein Test ein bestimmtes Konstrukt zu erfassen vermag. Die Konstruktvalidität zielt direkt ab auf die psychologische Analyse der einem Test zugrunde liegenden Eigenschaften und Fähigkeiten, also auf Beschreibungsmerkmale, die nicht in eindeutiger Weise operational erfaßbar, sondern theoretischen Charakter haben, wobei freilich eine empirische Basis gegeben ist. Ein Test etwa, der den individuellen Ausprägungsgrad von Angst messen soll, hätte dann eine hinreichende Konstruktvalidität, wenn nachgewiesen wurde, daß das vom Test erfaßten Merkmal in genügender Übereinstimmung mit dem theoretischen Konstrukt „Angst" steht.

c) Die **kriterienbezogene** Validität (criterion validity). Während sich im Fall der beiden oben genannten Validitätsaspekte im allgemeinen keine Maßzahl für den Grad der Validität eines Tests ermitteln und angeben läßt, ist dies bei der kriterienbezogenen Validität dadurch möglich, daß man die Testergebnisse einer Stichprobe von Pb mit einem sog. *Außenkriterium* korreliert, das vom Test unabhängig erhoben wird. Man kann dann entweder direkt von der Testleistung auf die Kriterienleistung schließen, oder man kann das Kriterium als einen ausreichend validen Repräsentanten für das Persönlichkeitsmerkmal, das es zu erfassen gilt, ansehen und so indirekt Aussagen über dieses Merkmal machen.

Betrachten wir nur die kriterienbezogene Validität eines Tests bzw. dessen *Validitätskoeffizienten*, so hängt des letzteren Höhe im wesentlichen von drei Faktoren oder Einflußgrößen ab; und zwar

– von dem Grad dessen, was an „Gemeinsamkeit" durch den Test und das Kriterium erfaßt und oft als „Zulänglichkeit" des Tests bezeichnet wird, wobei von der Reliabilität des Tests und des Kriteriums abgesehen wird.[1])
– von der Reliabilität des Tests und
– von der Reliabilität des Kriteriums.

Je größer die Gemeinsamkeit des von Test und Kriterium erfaßten Merkmalsanteils, umso größer ist die kriteriumsbezogene Validität eines Tests. Andererseits ist diese umso geringer, je geringer die Reliabilitätskoeffizienten ausfallen bzw. zu veranschlagen sind.

1.2.4 Die Normierung eines Tests

Unter den Güte-Kriterien der *Normierung* versteht man, daß über einen Test Angaben vorliegen sollen, die als Bezugssystem für die Einordnung des individuellen Testergebnisses dienen können. Danach werden die Ergebnisse verschiedener Tests vergleichbar. Bei eindimensionalen Tests läuft die Normierung schlicht darauf hinaus, daß man die *Verteilung* der Testwerte einer Population

---

[1]) Ein Koeffizient zur Kennzeichnung der „Zulänglichkeit" ist nicht gebräuchlich.

von Pbn zu ermitteln trachtet, diese Verteilung nötigenfalls normaltransformiert und sie mit bestimmten Verteilungsparametern (z. B. bei der Intelligenzquotientenskala mit einem Durchschnitt von 100 und einer Standardabweichung von 15) ausstattet. Zu jedem sog. Testrohwert gehört dann ein bestimmter Teststandardwert, der die Position eines Pbn eindeutig fixiert und unabhängig vom Schwierigkeitsgrad und von der Aufgabenzahl des Tests ist.

Die Normierung kann für die Gesamtpopulation eines Areals *(Gesamtnormen)*, für die Population einer bestimmten sozialen Gruppe *(Gruppennormen)* oder für mehrere solche Populationen erfolgen. Es ist einleuchtend, daß ein Test, der zwar die Hauptgütekriterien erfüllt, aber nicht normiert ist, keine oder nur sehr geringe diagnostische Brauchbarkeit besitzt, wiewohl er als Forschungsinstrument (wo es in aller Regel nur um den Vergleich von Gruppen geht) durchaus geeignet erscheint.

1.2.5 Die Vergleichbarkeit eines Tests

Ein Test ist dann *vergleichbar*, wenn:

a) ein oder mehrere Paralleltestformen vorhanden sind,
b) validitätsähnliche Tests verfügbar sind.

Die Parallelform eines Tests gestattet gewissermaßen einen Vergleich des Tests mit sich selbst. Sie ermöglicht eine intra-individuelle Reliabilitätskontrolle, indem man einen bestimmten Pb mit beiden Testformen untersucht und die Ergebnisse vergleicht.

Validitätsgleiche oder -ähnliche Tests prüfen dasselbe oder ein nahe verwandtes Persönlichkeitsmerkmal. Wenn die Korrelation zwischen zwei validitätsähnlichen Tests bekannt ist, so ist eine intraindividuelle Validitätskontrolle möglich, indem man den gleichen Pb mit diesen beiden Tests untersucht und die Ergebnisse vergleicht.

1.2.6 Die Ökonomie eines Tests

Ein Test ist dann *ökonomisch*, wenn er:

- eine kurze Durchführungszeit beansprucht,
- wenig Material verbraucht,
- einfach zu handhaben,
- als Gruppentest durchführbar,
- schnell und bequem auszuwerten ist.

Ein Test ist demgemäß sehr ökonomisch, wenn er alle oder die wichtigsten dieser Bedingungen erfüllt, und er ist minder ökonomisch oder sogar unökonomisch, wenn er nur einen Teil oder keine der genannten Voraussetzungen erfüllt.

Wie für alle übrigen Nebenkriterien, so gibt es auch für die Ökonomie eines Tests keinen zahlenmäßigen Kennwert.

1.2.7 Die Nützlichkeit eines Tests

Ein Test ist dann *nützlich*, wenn er ein Persönlichkeitsmerkmal oder eine Verhaltensweise mißt oder vorhersagt, für dessen Untersuchung ein praktisches Bedürfnis besteht. Ein Test hat demgemäß eine hohe Nützlichkeit, wenn er in seiner Funktion durch keinen anderen Test vertreten werden kann, und er hat eine geringe Nützlichkeit, wenn er ein Persönlichkeitsmerkmal prüft, das mit einer Reihe anderer Tests ebenso gut untersucht werden könnte.

1.2.8 Die Wechselbeziehungen zwischen den Gütekriterien

Ein vereinfachendes Schema der wechselseitigen Abhängigkeit der ersten beiden Gütekriterien und der kriterienbezogenen Validität würde wie folgt aussehen:

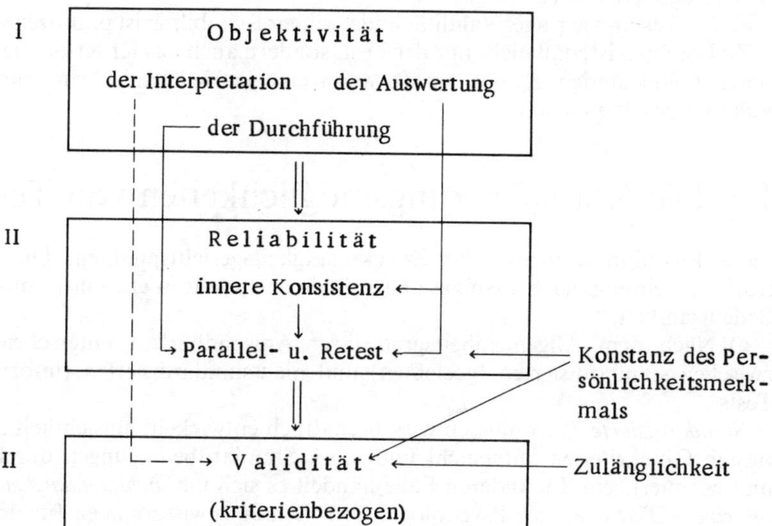

Aus dem obigen Schema lassen sich folgende Regeln[1]) für die Beziehungen zwischen den Gütekriterien ableiten:

a) Die Parallel- oder Retest-Reliabilität eines Test kann nicht höher sein als seine Konsistenz oder seine Objektivität; ferner ist ein Test – kriterienbezogen – nicht valider als er reliabel ist.

b) Ein Test mit einer hohen kriterienbezogenen Validität muß notwendigerweise auch hohe Objektivität, Konsistenz und Zulänglichkeit besitzen. Die Feststellung einer hohen kriterienbezogenen Validität entbindet somit in gewissem Maße von der Überprüfung der übrigen Gütekriterien.

---

[1]) Diese Beziehungen gelten in der Theorie, in der Praxis sind jedoch Ausnahmen möglich.

c) Ein Test mit einer ausreichenden Validität und einer geringen Konsistenz muß eine hohe Zulänglichkeit besitzen. Solch ein Test hat ausgezeichnete Verbesserungschancen, da man die Konsistenz testtechnisch im allgemeinen leicht erhöhen kann[1]), während man gegenüber einem Mangel an Zulänglichkeit machtlos ist.

Ein Test mit geringer Reliabilität eignet sich bestenfalls als Forschungsinstrument zum *Vergleich von Gruppen* hinsichtlich des zu untersuchenden Merkmals – hierfür ist eine Reliabilität von r_{rr} zwischen 0,5 und 0,7 ausreichend – nicht hingegen für eine individuelle Differenzierung.

d) Ein Test mit einer geringen Validität und einer hohen Reliabilität muß notwendigerweise eine geringe Zulänglichkeit haben. Ohne inhaltliche Umarbeitung gibt es für diesen Test keine Verbesserungsmöglichkeit. Er eignet sich zwar gut zur Differenzierung von Individuen, jedoch hat man keine Gewißheit darüber, aufgrund welchen Persönlichkeitsmerkmals diese Differenzierung erfolgt. Man kann ihn höchstens zur Auslese von Extremfällen einsetzen (siehe dazu CRONBACH und GLESER, 1965).

e) Ein Test mit geringer Validität und geringer Reliabilität ist praktisch wertlos.

Zu beachten ist, daß nicht nur der Test, sondern auch das Kriterium den beiden ersten Gütekriterien genügen muß, wenn eine befriedigende kriterienbezogene Validität resultieren soll.

1.3 Die Klassifizierungsmöglichkeiten von Tests

Jedes Einteilungsprinzip folgt Zweckmäßigkeitsgesichtspunkten. Die hier getroffene Reihung der Klassifizierungsgründe entspricht in etwa ihrer praktischen Bedeutsamkeit.

a) Nach dem Allgemeinheitsgrad ihrer Anwendbarkeit unterscheidet man zwischen standardisierten (geeichten) und nichtstandardisierten (informellen[2])) Tests.

Standardisierte Tests müssen wissenschaftlich entwickelt, hinsichtlich der wichtigsten Gütekriterien untersucht und unter Standardbedingungen durchführbar und normiert sein. Im anderen Falle handelt es sich um *nichtstandardisierte* oder *informelle* Tests, wie sie Psychologen und Lehrer gewissermaßen für den Hausgebrauch benützen und auswerten. Es sei jedoch darauf hingewiesen, daß viele der im deutschsprachigen Raum publizierten Tests nicht den Anforderungen eines standardisierten Tests genügen. Normen allein machen jedenfalls noch lange keinen geeichten Test aus.

b) Bei einer Unterscheidung nach der Art des zu erfassenden Persönlichkeitsmerkmals gilt die nachstehende weitverbreitete Einteilung:

Intelligenztests:
- allgemeine Intelligenztests
- spezielle Intelligenztests oder Begabungstests

---

[1]) Vgl. dazu Kap. 10.5.

[2]) Der englische Ausdruck „informal test" läßt sich nicht voll zutreffend durch einen deutschen Ausdruck ersetzen. Für informelle Schultests wird auch der Begriff „Standardarbeiten" oder „teacher-made Tests" benutzt.

Leistungstests:
- motorische Leistungstests (z. B. Perlenreih-Test)
- sensorische Leistungstest (z. B. STILLING'sche Farbtafeln)
- kognitive Leistungstests (z. B. Rechentest)

Persönlichkeitstests:
- Eigenschaftstests
- Interessentests
- Einstellungstests
- Charaktertests
- Typentests

Nach der Anzahl der zu erfassenden Persönlichkeits- oder Leistungsaspekte unterscheidet man **eindimensionale** (z. B. K-L-T von DÜKER, MMQ von EYSENCK) und **mehrdimensionale** (z. B. IST-70 von AMTHAUER, P-I-T von MITTENECKER und TOMAN) Tests.

c) Wenn für einen Test, gleichgültig welcher Art, die *prognostische* Absicht im Hinblick auf einen Beruf in den Vordergrund des Interesses rückt, spricht man von einem **Eignungstest**. Einige Autoren, z. B. PATERSON und DARLEY (1936), fordern für einen „echten" Eignungstest, daß Lernen und Übung für den Testerfolg keine wesentliche Rolle spielen dürfen[1]). Eignungstests müssen stets auf praktische Validität überprüft worden sein.

d) Ein teststatistisch bedeutsamer, aber nur für Leistungstests relevanter Unterscheidungsgrund ist die Zeitbemessung.

Schnelligkeitstests (Speed-Tests) enthalten leichte oder mittelschwere Aufgaben in einer solchen Anzahl, daß kein Pb in einer bestimmten vorgegebenen Testzeit alle Aufgaben beantworten kann. Es kommt hier im wesentlichen auf die Schnelligkeit (speed) bei der Lösung der Aufgaben an (z. B. Rechentest nach PAULI und ARNOLD (1953)).

Niveautests[2]) (Power-Test) enthalten Aufgaben, die in ihrem Schwierigkeitsgrad kontinuierlich so weit ansteigen, daß die letzten Aufgaben trotz fehlender oder großzügiger Zeitbemessung kaum von einem Pb richtig beantwortet werden können. Hier kommt es darauf an, „Denkkraft" und „geistiges Niveau" (power) zu beweisen; Schnelligkeit spielt keine Rolle.

In der Mehrzahl sind die gebräuchlichen Tests hinsichtlich dieses Einteilungsprinzips Mischformen.

---

[1]) „Aptitude tests are those measures of achievement which will predict some future development, but which will not themselves increase or change significantly with any future development". Definition nach PATERSON und DARLEY (1936).

[2]) Der englische Ausdruck „power" oder „level test" wird in Übereinstimmung mit H. HORN in der Übersetzung von EYSENCK (1953a) als Niveautest bezeichnet. MITTENECKER nennt sie „Höhen-Tests". Inzwischen haben die englischen Begriffe Speed- und Power-Tests auch im deutschen Sprachgebrauch Eingang gefunden (vgl. ISELER, 1970).

e) Nach dem Interpretationsbezug gibt es bekanntlich **direkte** oder *psychometrische* Tests (z. B. Fragebogen, Leistungstests) und **indirekte**[1]) oder *projektive*[2]) Testverfahren (z. B. TAT).

Unter den projektiven Verfahren wird verschiedentlich zwischen **realistischen** (z. B. TAT) und **symbolischen** Tests unterschieden.

f) Der Umfang, in dem das Testergebnis durch das subjektive Urteil des Auswerters mitbestimmt ist, veranlaßt zu einer Gruppierung in **objektive** und **nichtobjektive** Tests. Diese Einteilung deckt sich praktisch mit der in direkte und indirekte Tests insofern, als direkte Tests zugleich objektiv und indirekte Tests i. A. nicht objektiv sind.

g) Je nach der Art der Testdurchführung und der dabei benötigten Materialien spricht man von **Befragungstests**[3]) (z. B. Poll-Interview), **Papier-** (und **Bleistift**)-**tests** (dazu gehört die Mehrzahl der gebräuchlichen Tests) und **Materialbearbeitungstests** (z. B. BLUMENFELD'scher Würfel).

h) Nach dem Grade der Abhängigkeit eines Tests vom Sprachverständnis und zugleich nach der Art der Testbeantwortung unterscheidet man **verbale** und **nonverbale** Tests; letztere dienen nicht nur zur Untersuchung Sprachunkundiger, Taubstummer und Analphabeten, sondern sie werden auch bevorzugt, wenn die anschauliche Problemerfassung geprüft werden soll (vgl. dazu Abb. 1.1). Außerdem sind die Ergebnisse nichtverbaler Tests i. a. weniger sozialschicht- oder kulturabhängig (culture-fair tests).

i) Eine weitere, inhaltlich nicht näher zu begründende Einteilung ist die in **Individual-** und **Gruppentests**.

j) Wenn man die formale Struktur eines Tests als Unterscheidungskriterium heranzieht, so kommt man grob schematisierend zu **einfachen** und **komplexen**

Aufgabenkonzept	Verbale Aufgabe	Nicht-verbale Aufgabe
Nr. 12 Anwendung der Hebelgesetze auf einen aus der Erfahrung bekannten Tatbestand	Hans und Peter schaukeln auf einer Wippe. Hans ist 36kg schwer und sitzt 2m vom Querbalken entfernt. Wieviel wiegt Peter, wenn er 3m vom Querbalken entfernt sitzen muß? Antw.: A B C D E / 48 30 24 18 ?	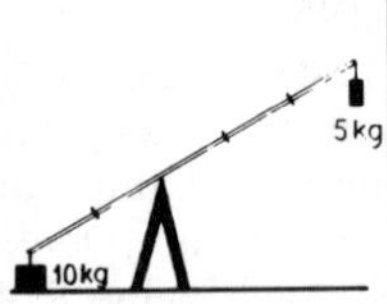 R F

Abb. 1.1: Umwandlung eines Aufgabenkonzepts für einen Test über technisches Verständnis einmal in eine verbale Aufgabe, zum anderen in eine nichtverbale Aufgabe.

---

[1]) Die Bezeichnung „direkt" und „indirekt" decken sich hier mit den Auffassungen ALLPORTs; MEILI (1961, S. 26) verwendet aus anderer Sicht beide Begriffe im umgekehrten Sinne.

[2]) Der Begriff „Projektionstest" wird häufig FRANK zugeschrieben. Allerdings wurde er schon mehrere Jahre vorher von WRIGHT (1933) verwendet. Der projektive Test ist meist kein Test im Sinne der von uns vorangestellten Definition. Vgl. dazu EYSENCK (1953b).

[3]) Die Auffassung von WELLEK, daß nichtstandardisierte Fragebogen nicht als Tests gelten könnten, ist insofern zutreffend, als es unzulässig ist, die Antworten auf die verschiedenen Fragen inhaltlich zu interpretieren; nur deren Gesamtheit liefert einen Kennwert, der entsprechend dem Grade der Reliabilität und Validität des Fragebogens interpretiert werden darf.

Tests. Einfache Tests ergeben als Testresultat nur einen einzigen Punktwert. Komplexe Tests ergeben mehrere Punktwerte, die entweder zu einem Gesamtpunktwert vereinigt oder unabhängig nebeneinander bestehen bleiben und im Sinne eines Testprofils interpretiert werden.

Die komplexen Tests kann man noch unterteilen in **Mehrfach-Auswertungstests** (z. B. RORSCHACH), bei denen, wie der Name sagt, jede Antwort nach mehreren Gesichtspunkten ausgewertet wird (Erfassungsmodus, Determinanten, Inhalt und Häufigkeit), und **Testsysteme**, die man weiter gliedern kann in Testserien, Testprofile und Testbatterien.

k) Nach der Art der Bezugsgröße und dem Zweck wird zwischen **normorientierten** und **kriterienorientierten** (lehrzielorientierten) Tests unterschieden. Bei normorientierten Tests wird das individuelle Testergebnis zum Populationsmittelwert in Beziehung gesetzt und ein Normwert bestimmt. Bei kriterienorientierten Tests wird das Ergebnis auf die Gesamtzahl der Aufgaben bezogen. Normorientierte Tests sollen Pbn möglichst gut differenzieren, kriterienorientierte Tests sollen prüfen, ob ein Kriterium (Lehrziel, Therapieziel) erreicht worden ist oder nicht.

l) Nach der formalen Struktur der Aufgaben gibt es **hochstrukturierte** und **niedrigstrukturierte** Tests. Hochstrukturierte Tests (alle Intelligenzstests) setzen sich zusammen aus Aufgaben, die nur eine einzige richtige Lösung zulassen; sie sind voll objektiv auswertbar. Mit abnehmenden Strukturgrad wird die Zahl der möglichen richtigen oder teilrichtigen Antworten größer bis zu einer Stufe, auf der man von richtigen oder falschen Antworten nicht mehr sprechen kann[1]) (z. B. RORSCHACH).

m) Die Art der Aufgabenbeantwortung erlaubt die Einteilung in Tests mit **freier** und in solche mit **gebundener** Aufgabenbeantwortung. Muß der Pb selbst eine Antwort auf die gestellte Testaufgabe finden, so spricht man von einem Test mit freier Aufgabenbeantwortung; sind dagegen mehrere Antworten in der Aufgabe bereits vorgegeben, aus denen der Pb die richtige oder die auf ihn zutreffende auswählen soll, so liegt ein Test mit gebundener Aufgabenbeantwortung vor.

Zu den Tests mit freier Aufgabenbeantwortung gehören:
- Schlüsselwortergänzungstests
- Aufsatztests
- Lückentests
- alle nichtobjektiven Tests.

Zu den Tests mit gebundener Aufgabenbeantwortung gehören:
- Richtig-Falsch-Antwort-Tests
- Mehrfach-Wahl-Antwort-Tests
- Aufgaben-Zuordnungstests
- Neu-Anordnungstests.

[1]) Diese Einteilung deckt sich sachlich weitgehend mit der Einteilung in direkte und indirekte, sowie der in objektive und nicht objektive Tests.

1.4 Die Testaufgabentypen

Die zuletzt genannten Testeinteilungen beziehen sich vor allem auf die formale Struktur der Testaufgaben. Unter „*Aufgabentypus*" versteht man die Art und Weise, in der die Beantwortung einer Testaufgabe erfolgt; sie ist für Durchführung, Auswertung und Ökonomie eines Test sehr bedeutsam.

Eine Aufgabe besteht grundsätzlich aus zwei Elementen:

a) dem Problem (bei Intelligenz- und Leistungstests) oder der Frage, bzw. der Aufforderung zu einer Stellungnahme (bei Fragebogen).

b) der Problemlösung (bei Intelligenz- und Leistungstests) oder Schlüsselantwort (bei Fragebogen).

In der Folge sollen die gebräuchlichen Aufgabentypen und Untertypen an Hand von Beispielen erläutert werden.

1.4.1 Die gebundene Aufgabenbeantwortung

„*Gebundene Aufgabenbeantwortung*" bedeutet, daß dem Pb mehrere Möglichkeiten, die ihrerseits festgelegt sind, für die Beantwortung vorgeschlagen werden, wobei er an diese „gebunden" ist. Sie steht im Gegensatz zur freien Aufgabenbeantwortung, bei welcher der Pb Form und Inhalt der Antwort nach Ermessen wählen kann.

a) Der einfachste, wenn auch nicht am häufigsten verwendete Aufgabentyp ist der *Richtig-Falsch-Antworttyp* (RF-Aufgabe)[1]), bei dem der Pb zwischen einer richtigen und einer falschen, einer „Ja"- oder einer „Nein"-, einer „Stimmt"- oder einer „Stimmt nicht"-, einer „Plus"- oder einer „Minus"-Antwort zu wählen hat.

Die RF-Aufgabe kann in die Form einer Frage gekleidet sein:

Gehen Sie gern zu Tanzveranstaltungen?
Ja Nein

Die für den Pb zutreffende Antwort soll irgendwie durch Unterstreichen oder Durchkreuzen von ihm selbst oder dem Testleiter gekennzeichnet werden.

Die RF-Aufgabe kann in die Form einer Feststellung gekleidet sein:

Ich würde lieber Organist als Keramiker sein.
Stimmt Stimmt nicht

oder

281 − 117 = 174 R F

Eine Sonderform der später zu nennenden Mehrfach-Wahl-Aufgabe wird meist zum RF-Typ gerechnet, nämlich die sog. **Zweifach-Wahl-Aufgabe**:

Der Pottwal ist
1: Ein Säugetier
2: Ein Raubfisch 1) 2)

[1]) Da später von allen Aufgabentypen im Text nur noch die Abkürzungen verwendet werden, bitten die Vf. den Leser, sich diese Abkürzungen einzuprägen.

b) Der heute am meisten verbreitete Aufgabentyp ist die **Mehrfach-Wahl-Aufgabe** (MW-Aufgabe) oder multiple choice-Aufgabe (MC-Aufgabe). Der Pb hat hierbei aus mehreren zur Wahl gestellten Antwortmöglichkeiten diejenige zu kennzeichnen, die er für richtig, für zutreffend oder annehmbar hält. Dazu zwei Beispiele:

Welche der folgenden Buchstabengruppen unterscheidet sich von den drei anderen?

ABCD QRST MNPO WXYZ

Ein Kommentar ist ein(e)
a) Gerichtsurteil
b) Verordnung
c) Erläuterung
d) Feststellung
e) Beschluß

Auch hier kann die Aufgabe in Frageform (1) wie in Feststellungsform (2) gekleidet sein.

MW-Aufgaben enthalten meist nur eine einzige „richtige" Antwort, die in Fragebogen als *Schlüsselantwort*, in Leistungstests als *Bestantwort* bezeichnet wird; wenn die Aufgaben jedoch mehrere (z. B. stets zwei) oder abwechselnd verschieden viele (z. B. Aufg. 3 eine, Aufg. 4 drei) Bestantworten enthalten, wollen wir sie als **Mehrfach-Antwort-Aufgaben** (MA-Aufgaben) bezeichnen.

MW-Aufgaben werden im Persönlichkeitsfragebogen vielfach auch zur Kennzeichnung der Gradausprägung des untersuchten Persönlichkeitsmerkmals herangezogen, sog. **Stufen-Antwort-Aufgaben** (SA-Aufgaben). Hier wird jede Antwort gewertet und gewichtet.

Ich habe unbegründet Ängste.
Nie (1) Selten (2) Manchmal (3) Häufig (4)

Bei der Auswertung wird für jede Antwort eine entsprechende Punktzahl (z. B. 1, 2, 3, 4 Punkte oder -2, -1, 0, $+1$, $+2$ Punkte) für den Gesamttestpunktwert verrechnet.

Es versteht sich von selbst, daß bei MW-Aufgaben die Bestantwort nicht stets den gleichen oder einen systematisch veränderten Platz in der Reihenfolge der Antwortmöglichkeiten einnehmen darf, sondern zufällig (Würfelwurf) plaziert werden muß.

Die Bestantworten werden vielfach als „*Attraktoren*", die übrigen Antwortmöglichkeiten als „Alternativ-Antworten" oder „*Distraktoren*" bezeichnet.

c) Eine besonders bei Wissens- und Kenntnisprüfungen benutzte Aufgabenform ist die **Zuordnungs-Aufgabe** (ZO-Aufgabe). Hier müssen die beiden Elemente einer Aufgabe – Problem und Lösung, Frage und Antwort – zusammengefügt, einander zugeordnet werden:

Eine Aufgabe aus einem Test über Kenntnisse aus der Literaturgeschichte könnte so aussehen:

Was wurde von wem geschrieben?		Antwortbogen
1. Die Räuber	a) Goethe	1. a ~~b~~ c d e
2. Der grüne Heinrich	b) Schiller	2. a b c ~~d~~ e
3. Schulmeisterlein Wuz	c) Freytag	3. a b c d ~~e~~
4. Werthers Leiden	d) Keller	4. ~~a~~ b c d e
5. Wilhelm Tell	e) Jean Paul	5. a ~~b~~ c d e
6. Maria Stuart		6. a ~~b~~ c d e

Bezüglich der Schwierigkeitsanordnung gilt dasselbe Prinzip wie für den ganzen Test, nur wenige Pbn sollen die einzelne Aufgabengruppe punktlos passieren und nur ebenso wenige sollen alle Zuordnungen treffen. Bewertet wird meist jede Zuordnung für sich etwa mit einem Punkt (im Beispiel also maximal 5 Punkte). Eine Zeitbegrenzung für die einzelne Aufgabengruppe erfolgt in der Regel nicht, da ZO-Aufgaben meist nur für Niveautests verwendet werden.

d) Ebenso wie die ZO-Aufgaben finden auch die sog. **Umordnungs-Aufgaben** (UO-Aufgaben) nur in begrenztem Umfang Verwendung. Bei diesen wird der Pb aufgefordert, Buchstaben, Worte oder Figuren entsprechend einer ursprünglichen Ordnung umzustellen:

Geben Sie die richtige Wortfolge durch Einsetzen von Zahlen in die unter den Worten stehenden Klammern an!

seinen	ein	rettete	treuer	Herrn	Hund
(5)	(1)	(4)	(2)	(6)	(3)

UO-Aufgaben werden häufig bei sog. „form-board tests“ verwendet und hier mit dem Prinzip der Mehrfach-Wahl gekoppelt. Aufgaben, bei denen in Wörtern Buchstaben umgeordnet werden müssen, nennt man *Anagramm-Aufgaben* (AEV = Eva).

e) **Check-List-Aufgaben** sind Eigenschafts- oder Zustandsbeschreibungen in Form von Adjektiven, die in Listen zusammengestellt werden (z. B. die Eigenschaftswörterlisten EWL von JANKE und DEBUS, 1979). Der Pb soll die auf ihn zutreffenden Adjektive ankreuzen und/oder die auf ihn nicht zutreffenden streichen.

1.4.2 Die freie Aufgabenbeantwortung

Die *freie Aufgabenbeantwortung* ist dadurch gekennzeichnet, daß der Pb nach freiem Ermessen die gestellte Aufgabe verbal oder nonverbal (z. B. durch die Bearbeitung von Material oder eine zeichnerische Darstellung) beantworten soll.

a) Von den Typen mit freier Aufgabenbeantwortung kommt der **Ergänzungs-Aufgabe** (EG-Aufgabe) – auch Schlüsselwortergänzungs- oder Offenantwort-Aufgabe genannt – nach MW- und RF-Aufgaben die größte Bedeutung zu. Die EG-Aufgabe ist die einzige Form der freien Aufgabenbeantwortung, die in standardisierten Tests heute noch zulässig ist. Es kommt bei ihr darauf an, eine Aufgabe durch ein Wort (Schlüsselwort) oder durch eine kurze Darstellung (z. B. ein Symbol, eine Zeichnung) zu vollenden. Dazu 5 Beispiele:

In welchem Land liegt die Stadt Lima? Peru
Der absolute Nullpunkt liegt bei −273 Grad Celcius
Apfel verhält sich zu Obst wie Weizen zu Getreide

oder:

Hier siehst Du ein Mädchen, sag, was an ihm nicht richtig gezeichnet ist!
Setzen Sie bitte das vorgezeichnete Muster weiter fort!

Ein anderes Konzept einer EG-Aufgabe ist das *Lückendiktat*, bei dem richtige Wörter in Textlücken eingesetzt werden müssen. In der Sprachdiagnostik gehören in diese Gruppe CLOZE-Tests und C-Tests, bei denen in verstümmelten Texten ganze Worte bzw. Worthälften rekonstruiert werden müssen (RAATZ und KLEIN-BRALEY, 1983, 1992). Auch dazu je ein Beispiel:

Ergänzen Sie bei dem folgenden Text die fehlenden Worte:

Auf der Grundlage der _____ Einzelfällen gewonnen Erfahrungen erhebt _____ häufig die Frage, ob _____ an dem einen oder _____ Patienten einer bestimmten Behandlungsgruppe _____ Ergebnisse auch an weiteren _____ mit ähnlichen Störungen replizierbar _____.
usw.

Ergänzen Sie bei dem folgenden Text die fehlenden Worthälften:

Auch we_____ die Festl_____ das Vergleichsm_____ noch die_____ Definition b_____ einer kriteriumso_____ Vorgehensweise i_____ einzelnen ni_____ von d_____ Verteilung d_____ interess_____ Merkmals i_____ der betref_____
usw.

(Texte aus JÄGER, 1988)

Bei der statistischen Analyse solcher Tests ergeben sich allerdings Schwierigkeiten, da die eingesetzten Lösungen *inhaltlich* abhängig sind und deshalb nicht als „Items" im *klassischen* Sinne betrachtet werden dürfen. Deshalb werden hier ganze Texte als Items aufgefaßt.

b) Die einfachste Form der Aufgabenbeantwortung ist die des freien schriftlichen – eventuell auch mündlichen – **Kurzaufsatzes** (KA- oder Essay-Aufgabe). Die KA-Aufgabe wird, soweit sie in objektiven Tests überhaupt noch verwendet wird, auf eine gewisse maximale Anzahl von Worten beschränkt, um den Pb zur inhaltlichen Präzisierung seiner Antwort zu zwingen. Als äußerstes Maximum gilt eine Wortzahl von 150. Die Schwierigkeit einer objektiven Auswertung solcher KA-Aufgaben zeigt das folgende Beispiel:

Wie kommen Sommer und Winter zustande?
Antworten:
Die Sonne steht im Winter am tiefsten und im Sommer am höchsten.
Die Sonne scheint im Sommer lang, im Winter hingegen nur kurz.
Die nördliche Halbkugel der Erde, auf der wir leben, ist der Sonne im Sommer zugewandt, im Winter abgewandt.
Die Wetterlage und die klimatischen Bedingungen ändern sich rhythmisch.

Es ist schwierig, eine dieser Antworten eindeutig als richtig und andere als eindeutig falsch zu bezeichnen. Zweifellos könnte die dritte Antwort als Bestantwort gelten und sollte mit dem höchsten Punktwert verrechnet werden, während etwa die letzte Antwort als absolut unzureichend gelten und punktlos bleiben müßte. Am besten wäre es, die Antwort mit der höchsten Trennschärfe als richtig zu bezeichnen (s. Kap. 5).

1.4.3 Atypische Aufgabenbeantwortung

Außer den bisher genannten typischen Aufgabenformen haben sich verschiedene Kombinationen einzelner Aufgabentypen und mehr oder weniger selten angewandte Spezialformen gelegentlich bewährt.

a) McCLUSKY (1934) hat die RF-Aufgabe mit der EG-Aufgabe in der Weise kombiniert, daß er nach der RF-Wahl noch eine Begründung dieser Wahl in Klammern dahintersetzen läßt. Auf diese Weise wurden *Zufallslösungen* leicht als solche identifiziert.

b) CURTIS und WOODS (1928) wiederum haben die MW-Aufgabe mit der EG-Aufgabe vereinigt. Sie fordern die Pbn in der Testanweisung auf, neben ihrer Wahl aus den vorgegebenen Antwortmöglichkeiten noch eine weitere, womöglich bessere Antwort selbst zu erfinden und diese auf eine punktierte Linie zu schreiben. Es zeigte sich, daß leichtfertige Wahlen unter diesen erschwerten Bedingungen seltener getroffen wurden. Der Problemcharakter einer Aufgabe trat mehr in den Vordergrund dadurch, daß die Pbn zu eigenständigem produktivem Denken veranlaßt wurden.

Man kann sich die Methode – von den Pbn mehr oder weniger *plausible* Wahlantworten finden zu lassen – für die Konstruktion von Wahlantworten zunutze machen. Wissenschaftlich begründet und praktisch genutzt wird diese Methode in der freien Wirkungsbeschreibung von Psychopharmaka zu dem Zweck, optimal-valide Wirkungsfragen zu erstellen (KOHNEN und LIENERT, 1979).

c) Einige Tests enthalten Aufgaben, für die jeweils eine *Separatanweisung* (following direction) gegeben wird, während im allgemeinen eine *General-Anweisung* für mehrere oder für alle Aufgaben eines Tests in gleicher Weise Gültigkeit hat. Dazu ein Beispiel aus dem Army-Alpha-Test:

Wenn ich sage „los", ziehen Sie bitte eine Linie durch jede gerade Zahl, die sich nicht in einem Quadrat befindet, und ebenso durch jede gerade Zahl, die sich in einem Quadrat mit einem Buchstaben befindet:

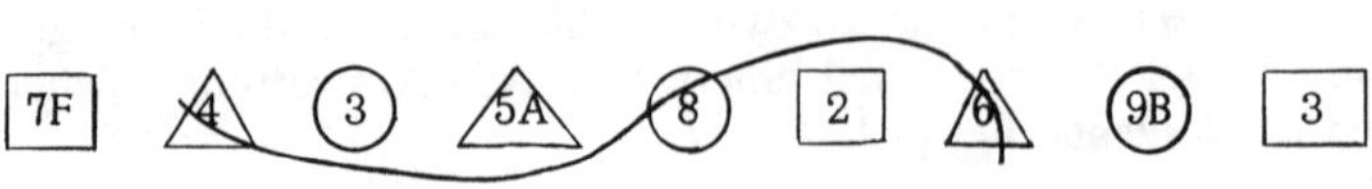

Bei diesem Aufgabentyp ist die Anweisung zur Aufgabe bereits ein wichtiger Teil des Problems, es soll hier die Schnelligkeit und Gewandtheit des denkenden Erfassens angesprochen werden.

d) Eine Variation des MW-Aufgabentyps sind die – wie man sie nennen könnte – **Aussagen-Vergleichs-Aufgaben** (AV-Aufgaben), die vor allem zur Prüfung des logischen Urteilsvermögens herangezogen worden sind wozu sich kein anderer objektiver Aufgabentyp ebenso gut eignet:

Welche(r) der untergeordneten Sätze (1, 2, 3, 4) steht zu dem übergeordneten Satz D im Widerspruch?

Satz D: Der Kantsche Imperativ ist eine allgemein gültige sittliche Norm.

1. Nicht alle Menschen halten sich an den Kantschen Imperativ.
   Widerspruch – kein Widerspruch
2. Der Kantsche Imperativ ist für den gläubigen Christen unmaßgeblich.
   Widerspruch – kein Widerspruch
3. Sittliche Normen kann es nicht geben, da jeder Mensch nur seinem Gewissen verantwortlich ist.
   Widerspruch – kein Widerspruch
4. Der Kantsche Imperativ ist den meisten Menschen unbekannt.
   Widerspruch – kein Widerspruch

Wenn alle vier Aufgaben richtig beantwortet wurden hinsichtlich der Frage des Widerspruchs zum übergeordneten Satz, werden vier Punkte auf das Testergebnis angerechnet. Es sei darauf hingewiesen, daß es bei diesem Aufgabentyp nicht darauf ankommt, Zustimmung oder Ablehnung gegenüber den Aussagen zu bekunden, sondern lediglich die logische Vereinbarkeit oder Unvereinbarkeit der zu vergleichenden Feststellungen zu berurteilen.

Der AV-Aufgabentyp ist nicht zu verwechseln mit einem einfachen MW-Aufgabentyp, der Vergleiche zum Ziele hat (z. B. Sätze vergleichen im BINET-Test), da bei dem hier vorliegenden Typ jede Antwort von der anderen *unabhängig* ist und separat bewertet wird. Neben Widerspruch können natürlich auch Subsummierbarkeit, Verallgemeinerung oder Konkretisierung als Unterscheidungskriterien festgelegt werden. Weitere Formen von Testaufgaben beschreibt RÜTTER (1973).

1.4.4 Der Komplexitätsgrad der Aufgaben

Nach dem Grade der inhaltlichen Komplexität der Testaufgaben kann man sie in nachfolgende Gruppen einteilen:

a) Aufgaben, die lediglich eine *Stellungnahme* von seiten des Pb erfordern (z. B. Einstellungs-, Interessen-, Werthaltungsfragen). Die Aufgabenbeantwortung erfolgt bei dieser Gruppe im wesentlichen über Motivationsakte.

b) Aufgaben, die *Tatsachenwissen* zur Voraussetzung haben: ihre Beantwortung erfolgt vorwiegend vermittels der Gedächtnisleistung.

c) Aufgaben, die die Anwendung von Wissen und Kenntnissen verlangen: hier wird die sog. *praktische Intelligenz* angesprochen.

d) Aufgaben, die Einsicht in komplexe Zusammenhänge erfordern. Die erfolgreiche Lösung solcher Aufgaben wird der sog. *theoretischen Intelligenz* zugeschrieben.

e) Aufgaben, die das Sozialverhalten betreffen. Hier spricht man von der sog. *sozialen Intelligenz*.

Es erübrigt sich, zu vermerken, daß diese Einteilung einem abstrahierenden Ordnungsprinzip folgt und nur wenig praktische Bedeutung hat. Praktisch wichtiger ist eine Einteilung aufgrund der Taxonomie von BLOOM (1972), die man auf Aufgaben in Schultests anwenden kann. Hiernach unterscheidet man Aufgaben, die Kenntnisse, Verständnis, Anwendung, Analyse, Synthese oder Bewertung prüfen.

Kapitel 2

PLANUNGSPROBLEME

2.1 Die Wahl des Aufgabentypus

Um beim Aufbau eines neuen Tests eine zweckmäßige Wahl des *Aufgabentypus* treffen zu können, muß man die Eigenarten sowie die Vor- und Nachteile der verschiedenen Typen kennen und berücksichtigen. Als Auswahlsgesichtspunkte sind relevant:

- Leichte Verständlichkeit
- Einfache Durchführbarkeit
- Kurze Lösungszeit
- Geringer Material- bzw. Papierverbrauch
- Leichte Auswertbarkeit
- Geringe Häufigkeit von Zufallslösungen
- Komplexitätsgrad der Aufgabe
- Abhängigkeit von Gedächtnisleistung

2.1.1 Vor- und Nachteile der RF (Richtig-Falsch)-Aufgabe

Wir beginnen mit dem einfachsten Aufgabentyp und fragen uns, wie es bei der *RF-Aufgabe* hinsichtlich der genannten Kriterien bestellt ist. Testanweisung und Auswertung sind hierbei höchst einfach, die Lösungszeit kurz; das sind ihre wesentlichen Vorteile. Ein gewisser Nachteil besteht darin, daß es nicht immer leicht ist, eine Frage oder ein Problem so zu formulieren, daß es eindeutig mit ‚Ja' oder ‚Nein' beantwortet werden kann. Dies ist jedoch eine unabdingbare Voraussetzung, bei deren Nichterfüllung zweckmäßigerweise der Mehrfach-Wahl-Aufgabentyp auszuwählen wäre. (Dort gibt es ja neben der Bestantwort mehrere ‚weniger gute' Alternativantworten.) Im allgemeinen gilt: je komplexer der Aufgabeninhalt, um so weniger wird sich der RF-Aufgabentyp für die Einkleidung der Aufgabe eignen; dann wird der Ergänzungs-Aufgabentyp oder allgemein die freie Aufgabenbeantwortung Besseres leisten.

Ein großer Nachteil des RF-Aufgabentyps ist die große Zahl (50%) der möglichen Zufallslösungen. Hierdurch wird die Reliabilitätserwartung herabgesetzt, was allerdings durch eine Vermehrung der Aufgabenzahl oder u. U. durch eine entsprechende *Zufallskorrektur* hinreichend ausgeglichen werden kann (vgl. Kap. 5.3.2.

Bei Persönlichkeitsfragebogen kann der RF-Aufgabentyp im allgemeinen mit gutem Erfolg verwendet werden, obzwar auch hier die Entscheidung zwischen zwei Alternativen nicht immer leicht fällt. Gelegentlich wird deshalb auch noch eine dritte Antwortmöglichkeit (fraglich, 0, unbestimmt) erlaubt. Entweder wird eine solche Ambiguitätsantwort überhaupt nicht oder, wenn sie hinreichend trennscharf ist, nur mit einem halben Punkt auf den Testrohwert angerechnet.

Die Wahl von RF-Aufgaben ist im allgemeinen dann als zweckmäßig zu betrachten, wenn:
- ein Test schnell aufgebaut, bzw. improvisiert werden soll,
- die Testdurchführung wenig Zeit beanspruchen soll,
- der Test durch Hilfspersonal ausgewertet werden soll,
- der Aufgabeninhalt leicht verständlich ist,
- Informationen über ein Persönlichkeitsmerkmal auf möglichst breiter Basis durch möglichst viele Aufgaben oder Fragen erzielt werden sollen,
- gedankliche Verarbeitung und Gedächtnisleistung keine Rolle spielen,
- Zufallslösungen irrelevant sind oder bei der Auswertung berücksichtigt werden.

2.1.2 Vor- und Nachteile der EG (Ergänzungs)-Aufgabe

Der *EG-Aufgabentyp* ist in der Entwicklungsreihe der Aufgabenformen der älteste und hat einen bislang noch unübertroffenen Vorteil, er ist fast frei vom Zufallseinfluß. Allerdings besteht die Gefahr einer Suggestivwirkung insofern, als durch die Art der Frage oder der Problemstellung eine bestimmte Antwort dem Pbn nahegelegt werden kann.

Ein Vor- und ein Nachteil zugleich ist der Umstand, daß die EG-Antwort nach freiem Ermessen formuliert wird, wodurch die inhaltliche Auswertung möglicherweise zwar bereichert, die formal-statistische jedoch zweifelsohne erschwert wird. Außerdem werden Pbn mit Formulierungsschwierigkeiten benachteiligt. Ein weiterer Nachteil muß darin gesehen werden, daß die EG-Aufgaben bei der Bearbeitung und Auswertung im allgemeinen erheblich mehr Zeit in Anspruch nehmen als andere Aufgabentypen, weshalb EG-Aufgaben nur selten bei Schnelligkeitstests Anwendung finden. Eine Ausnahme bilden vielleicht Mathematiktests (RAATZ, 1975).

Andererseits werden die Pbn durch EG-Aufgaben zu gründlichem Nachdenken veranlaßt, insofern als hierbei nicht wie bei Mehrfach-Wahl-Aufgaben ein gewisses „Fingerspitzengefühl" oder bloßes Wiedererkennen genügt, um die richtige Aufgabenlösung zu finden. Da jedoch zufolge der freien Formulierung keinesfalls immer eindeutig der Grad der Richtigkeit entscheidbar ist, somit also eine mangelnde Objektivität besteht, wird der EG-Aufgabentyp seit BINET mehr und mehr von den objektiven Aufgabentypen verdrängt.

Der EG-Aufgabentyp wird jedoch unter folgenden Bedingungen auch heute noch vorteilhaft sein:
- wenn die Lösungsfindung selbsttätig erfolgen soll,
- wenn der Lösungsweg interessiert (z. B. Einfallslösung oder einfallsfreie Lösung),
- wenn das Erraten der richtigen Lösung oder das Wählen der nächstbesten Antwort verhindert werden soll,
- wenn der Test nur wenige Aufgaben enthält, die ihrerseits inhaltlich komplex sind (z. B. Denkprobleme),

- wenn neben der quantitativen auch eine qualitative Auswertung beabsichtigt ist (z. B. ob der Pb neben falschen auch absurde, neben richtigen auch originelle Antworten gibt),
- wenn der Zeitfaktor keine Rolle spielt,
- wenn ausgeschlossen ist, daß Pbn durch mangelnde Formulierungsfähigkeit Nachteile erwachsen – falls nicht eben diese Formulierungsfähigkeit geprüft werden soll.

2.1.3 Vor- und Nachteile der MW (Mehrfach-Wahl)-Aufgabe

Der *MW-Aufgabentyp* ist in der modernen Testkonstruktion absolut vorherrschend. Er vereinigt gewissermaßen die Vorteile des Richtig-Falsch- und des Ergänzungs-Aufgabentyps: Durchführung und Auswertung sind ebenso ökonomisch und objektiv wie bei ersterem, relative Zufallsunabhängigkeit besteht ebenso wie bei letzterem, falls eine hinreichende Anzahl von Antwortmöglichkeiten angeboten oder eine Zufallskorrektur verwendet wird.

Das Auffinden guter Wahlantworten macht jedoch im allgemeinen einige Schwierigkeiten, da möglichst nur eine Bestantwort und mehrere Alternativantworten gegeben werden sollten. Die Alternativen (Distraktoren) müssen ihrerseits möglichst plausibel erscheinen; so daß sie für denjenigen Pb, der die richtige Lösung nicht kennt, eine gewisse Anziehungskraft ausüben. Die Alternativantworten sollen außerdem unter sich möglichst gleichwertig sein, d. h. sie sollen von dem nichtwissenden Pb mit etwa gleicher Wahrscheinlichkeit gewählt werden. Ob jeweils bei einer MW-Aufgabe beide Bedingungen hinreichend erfüllt sind, kann nur im Rahmen der späteren *Aufgabenanalyse* entschieden werden, so daß der Gebrauch von MW-Aufgaben bei nicht analysierten Tests einer Disqualifikation dieser Tests gleichkommt; die Mehrfach-Wahl-Möglichkeit reduziert sich hier oft genug zu einer Alternativ-Wahl-Möglichkeit, wodurch der Zufall einen sehr viel stärkeren Einfluß auf das Ergebnis bekommt als bei gleichwertigen Alternativen.

Es empfiehlt sich, MW-Aufgaben aus EG-Aufgaben zu entwickeln. Häufig vorkommende Falschantworten bei EG-Aufgaben sind u. U. geeignete Distraktoren für MW-Aufgaben. Der Aufbau von MW-Aufgaben erfordert darüber hinaus viel psychologische Einfühlung, Erfahrung, Sorgfalt und Mühe, weswegen er in erster Linie für standardisierte Tests lohnend erscheint.

Ein relativ unbedeutsamer Nachteil der MW-Aufgabe besteht darin, daß durch die Mitvorgabe der Lösung die Spontanaktivität und die ‚Denkkraft' nicht hinreichend gefordert werden. In Wissens- und Kenntnistests wird z. B. durch MW-Aufgaben i. A. bereits das schon latente, durch Ergänzungs-Aufgaben aber erst das manifeste Lerngut reproduziert.

Ein weiterer Nachteil von MW-Aufgaben besteht darin, daß risikofreudige Pbn mit Testerfahrung (Test sophistication) etwas besser abschneiden (ROWLEY, 1974) als risikoscheue Pbn. Allerdings konnte die öfter aufgestellte Behauptung, daß durch die Vorgabe von falschen Antwort-Alternativen falsche Informationen gelernt würden, empirisch nicht bestätigt werden (PRESTON, 1965).

Zusammenfassend läßt sich feststellen, daß für geeichte Tests MW-Aufgaben die günstigsten Anwendungsmöglichkeiten haben. Nur in zwei Fällen werden sie weniger empfehlenswert sein, erstens wenn die Lösungsfindung selbsttätig erfolgen soll, und zweitens wenn die Erstellung genügend vieler plausibler Alternativantworten Schwierigkeiten bereitet.

2.1.4 Vor- und Nachteile der ZO (Zuordnungs)-Aufgabe

Die *ZO-Aufgaben* eignen sich relativ gut zur Feststellung erworbenen Wissens. Im übrigen haben sie etwa die gleichen Güteeigenschaften wie die Mehrfach-Wahl-Aufgabe, zumal sie ja auch testkonstruktiv von diesen hergeleitet werden können.

Man sollte ZO-Aufgaben möglichst *nicht* so aufbauen, daß sich eine *vollständige* Zuordnung der Elemente ergibt, da hierbei die Lösung der letzten Zuordnung einer Aufgabe durch die Lösung aller vorhergehenden Zuordnungen notwendigerweise eindeutig bestimmt, also richtig oder falsch ist. Besser ist es, ein oder zwei nicht zuordenbare Elementepaare mit einzustreuen, so daß in jeder Aufgabe mit n Paaren von Elementen nur n-1 bzw. n-2 Zuordnungen möglich oder richtig sind. Die relative Häufigkeit, mit der eine *„Rest"-Zuordnung* getroffen wird, kann als Punktwert für Leichtgläubigkeit, mangelnde Kritikfähigkeit, Suggestibilität oder Ja-Sagetendenz (Aquiescence) verrechnet werden, wenn dieser Aspekt für die Interpretation von Bedeutung erscheint.

Eine andere Erschwerungsmöglichkeit für ZO-Aufgaben besteht darin, daß man die eine Teilaufgabengruppe *größer* als die andere macht, so daß zwei oder drei Aufgaben keinen Zuordnungspartner finden (s. S. 19). Ganz raffiniert aufgebaute Zuordnungstests enthalten in unregelmäßiger Abfolge *vollständige* und *unvollständige* Zuordnungsgruppen.

Spezielle Vorteile der ZO-Aufgaben sind:

a) Der Test informiert schnell und objektiv über einen ausgedehnten Bereich elementaren Tatsachenwissens.

b) Eine große Anzahl von Aufgaben kann auf einer relativ kleinen Fläche untergebracht werden, sofern es sich um verbale Aufgaben handelt.

c) Entsprechend der Anzahl der richtigen Zuordnungen ist eine Stufenbewertung der Aufgaben möglich.

2.1.5 Vor- und Nachteile der UO (Umordnungs)-Aufgabe

UO-Aufgaben werden vielfach bei Materialbearbeitungstests bevorzugt, die zu einem größeren Teil nicht standardisiert werden und nur aus wenigen oder sogar nur aus einer einzigen Aufgabe (Single- oder Uni-Item-Test) bestehen (z. B. BLUMENFELDscher Würfel). Soweit sie bei Papier- und Bleistifttests verwendet werden, kommen nur Umordnungen von Worten und Zeichen in Betracht.

Wenn zwei oder mehrere prinzipiell richtige Lösungsmöglichkeiten bestehen, von denen die eine qualitativ besser ist (vgl. Abb. 2.1), so muß ihr Punktwert nach Erfahrung oder aufgabenanalytisch höher oder niedriger festgelegt werden. Die UO-Aufgaben nehmen als Papier- und Bleistifttests in der Regel viel Platz ein und haben dementsprechend einen hohen Materialverbrauch, besonders wenn statt der üblichen allgemeinen eine Separatanweisung je Item gegeben wird.

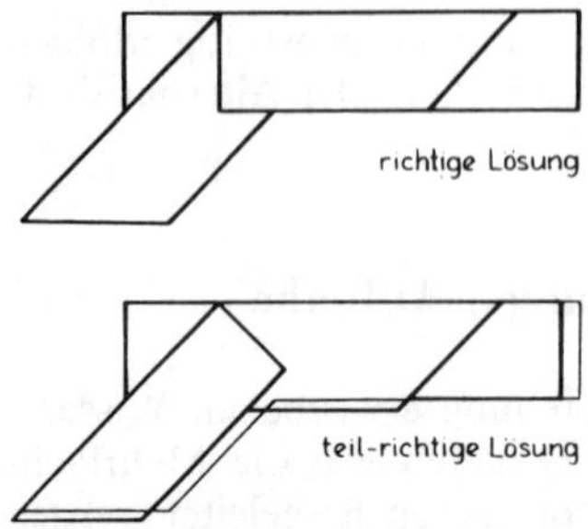

Abb. 2.1: Beispiel aus einem Formlegetest. Oben die richtige Lösung im Sinne der Aufgabe, unten eine qualitativ schlechtere, aber doch noch als teilrichtig zu wertende Lösung

2.1.6 Vor- und Nachteile der KA (Kurzaufsatz)-Aufgabe

KA-Aufgaben werden in modernen Tests kaum mehr verwendet, vielleicht etwas zu Unrecht. Bei ihnen besteht die Schwierigkeit einer objektiven Auswertung wegen der Vielfalt der Bewertungsgesichtspunkte, die für den Auswerter in Frage kommen. Für den erfahrenen Psychologen und Pädagogen ist jedoch diese Aufgabenart nach wie vor eine wichtige Informationsquelle, beispielsweise bei informellen oder „teacher-made" Tests. Stilistische Begabung etwa kann nur auf diesem Wege erfaßt werden.

2.1.7 Zusammenfassung

Die Darstellung der verschiedenen Aufgabentypen soll nur einige Anhaltspunkte geben. Nichts verpflichtet zu der ausschließlichen Verwendung eines Aufgabentyps. Im großen und ganzen haben sich die genannten Aufgaben jedoch für alle Testbedürfnisse als zureichend erwiesen.

Zur Frage, ob man nur einen einzigen oder zugleich mehrere Aufgabentypen innerhalb eines Tests verwenden sollte, gilt folgende Regel: Bei einem einfachen Test sollte man mit einer Aufgabenart auskommen, wogegen in einem Testsystem – schon aus Gründen einer gewissen formalen Abwechslung – der Aufgabentyp von einem Teiltest (Subtest) zum anderen geändert werden sollte.

Die Reihung der Aufgabentypen in einem Testsystem sollte so vorgenommen werden, daß

a) die subjektiv schwierigeren, d. h. höhere Konzentration erfordernde Teiltests und die entsprechenden Aufgabentypen mehr an den Anfang gestellt werden,

b) Subtests mit leichten (RF-) und schweren (EG-)Aufgaben wechselweise aufeinander folgen.

Über die Zuordnung von Aufgabeninhalt und Aufgabentyp läßt sich keine Regel aufstellen. Prinzipiell kann jeder Aufgabeninhalt in jede Form gekleidet werden, was vor allem für Intelligenzaufgaben gilt. Für Persönlichkeitsfragebogen sind in der Testpraxis bisher vorwiegend RF- und MW-Aufgabentypen und die als Stufenantwort-Aufgabe gekennzeichnete Sonderform des MW-Aufgabentyps verwendet worden, bei Einstellungs- und Meinungsbefragungen insbesondere der letztgenannte Typ.

2.2 Die Kriterien einer guten Testaufgabe

Es wurde bereits darauf hingewiesen, daß ein Test in möglichst hohem Grade objektiv, reliabel und valide sein soll. Diese Qualitäten kann ein Test nur dann besitzen, wenn auch die einzelnen Aufgaben objektiv, reliabel und valide sind.

2.2.1 Die Objektivität der Aufgabe

Eine Aufgabe ist dann *objektiv*, wenn ihre Beantwortung von verschiedenen Beurteilern übereinstimmend als richtig oder falsch, als kennzeichnend für das Vorhandensein oder Fehlen bzw. einen stärkeren oder schwächeren Ausprägungsgrad des untersuchten Persönlichkeitsmerkmals gewertet wird.

Im Gegensatz zu der „richtigen (falschen)" Beantwortung in kognitiven Aufgaben spricht man bei nicht-kognitiven Aufgaben von einer Beantwortung „im Sinne der Erwartung (in Schlüsselrichtung)" bzw. „gegen die Erwartung". Wenn ein Pb beispielsweise die Frage des Maudsley-Persönlichkeitsinventars MPI (EYSENCK, 1956) „Pflegen Sie schnell und sicher zu handeln?" mit „nein" beantwortet, hat er ebenso in *Schlüsselrichtung* für das Persönlichkeitsmerkmal „Neurosebereitschaft" geantwortet, wie wenn er die Frage „Sind Sie leicht verstimmt?" mit „ja" beantwortet hätte.

Nur wenn alle Beurteiler oder Testauswerter im ersten Fall das „nein" und im zweiten Fall das „ja" als Punkt für Neurosebereitschaft werten, sind die beiden Aufgaben objektiv.

2.2.2 Die Reliabilität der Aufgabe

Hier können zwei Reliabilitätsarten, die Retest- und die Paralleltest-Reliabilität, zugrundegelegt werden.

Eine Aufgabe ist dann *retest-reliabel*, wenn ihre Beantwortung bei Wiederholung in einem angemessenen Zeitintervall in derselben Weise erfolgt wie bei der erstmaligen Vorgabe, vorausgesetzt, daß sich das Persönlichkeitsmerkmal (als trait) selbst während dieser Zeit in keiner Weise verändert hat. Persönlichkeitsfragen, die stark aktualitätsbedingtes Verhalten (als state) erfassen (wie z. B. aktuelle Angst = state anxiety), sind beispielsweise weniger reliabel als solche, die durchgehendes Verhalten (wie z. B. habituelle Ängstlichkeit = trait anxiety) untersuchen, das keinerlei tatsächlicher Veränderung mehr unterworfen ist, obwohl eine gewisse Erinnerungsmodifikation auch hier noch im Sinne einer Reliabilitätsreduzierung wirksam sein kann.

Paralleltest-Reliabilität besteht dann, wenn eine Aufgabe in einer Serie A und eine dazu streng vergleichbare Aufgabe in einer Serie B in derselben Weise beantwortet werden.

2.2.3 Die Validität einer Aufgabe

Eine Aufgabe ist dann *valide*, wenn sie von dem Pb mit starker Merkmalsausprägung häufiger im Sinne der Erwartung beantwortet wird als von dem Pb mit geringer Merkmalsausprägung. Eine Intelligenzaufgabe z. B. ist dann valide, wenn sie von vielen intelligenten Pbn und nur von wenigen unintelligenten Pbn richtig beantwortet wird.

Letztere Feststellung erscheint zunächst trivial, jedoch gibt es auch Aufgaben, die eine sogenannte inverse oder negative Validität haben, wie das folgende Beispiel aus einem Test über physikalisches Wissen demonstrieren soll:

Alle Materie besteht aus Protonen, Neutronen und Elektronen.
Stimmt — Stimmt nicht

Die Antwort im Sinne der Erwartung wäre „Stimmt". Die physikalisch genauer orientierten Pbn werden aber diese Frage wahrscheinlich mit „Stimmt nicht" beantworten, da die Protonen sich weiter aufspalten lassen, während die Pbn mit mäßigem oder geringem physikalischen Wissen gerade noch von Protonen und Elektronen als Atombausteinen gehört haben und sich deshalb für „Stimmt" entscheiden werden. Die physikalisch gänzlich unorientierten Pbn lassen diese Frage entweder unbeantwortet oder sie raten.

Meist prüft man die Validität einer Aufgabe nicht direkt an dem entsprechenden Merkmal (z. B. am physikalischen Wissensstand, wie er sich durch ein Prüfer-Rating ermitteln ließe), sondern am *Gesamtpunktwert* des Tests. Hierbei setzt man die Validität des Tests bereits voraus, um die Validität einer seiner Aufgaben zu bestimmen. Wir werden für diesen Aspekt der Aufgabenvalidität ausschließlich den Begriff der „**Trennschärfe**" verwenden, worin zum Ausdruck kommen soll, daß die Aufgabe die ‚guten' Pbn mit hohem Gesamttestpunktwert von den ‚schlechten' Pbn mit niedrigem Punktwert mehr oder weniger scharf trennt.

Wir fassen zusammen: Eine Aufgabe soll als *valide* bezeichnet werden, wenn sie mit dem Validitätskriterium des Tests genügend hoch positiv korrelierte; sie soll andererseits als **trennscharf** bezeichnet werden, wenn sie mit dem Gesamtpunktwert des Tests, von dem sie ein Teil ist, hinreichend korreliert (vgl. dazu Kap. 6).

2.2.4 Die Schwierigkeit einer Aufgabe

Neben Objektivität, Reliabilität, Validität und Trennschärfe, ist ein weiteres wichtiges Kriterium einer Testaufgabe ihre *Schwierigkeit*. Während ein (normorientierter) Test insgesamt notwendigerweise immer eine etwa mittlere Schwierigkeit im Verhältnis zu dem Kollektiv, auf das er angewendet werden soll, haben wird, da er so am besten differenziert, kann die einzelne Testaufgabe sowohl sehr leicht (von vielen Pbn) wie auch sehr schwer (von wenigen Pbn) zu lösen sein. Hier ist zu betonen, daß der Begriff „schwierig" kein psychologischer, sondern ein statistischer Begriff ist. Bei Intelligenztests sind allerdings beide Bedeutungen sinnvoll und stimmen oft überein: Diejenigen Aufgaben, die als schwierig empfunden werden (psychologischer Aspekt), werden nur von relativ wenigen Pbn gelöst (statistischer Aspekt). Bei Fragebogen tritt jedoch allein der statistische Begriff in Erscheinung. Wenn im MMQ eine Frage heißt:

Vor einiger Zeit hatte ich einen Nervenzusammenbruch.
Ja – Nein

so werden wahrscheinlich nur wenige Pbn mit ‚Ja' antworten; die Aufgabe ist demgemäß schwierig im statistischen Sinne, was aber nicht heißt, daß sie auch schwer zu beantworten sei, d. h. die Entscheidung über ‚Ja' oder ‚Nein' dem Pb schwerfalle. Der statistische Aspekt der Schwierigkeit bei Fragebogen-Items wird neuerdings als *Popularität* bezeichnet. Nach dieser Bezeichnungsweise ist die obige MMQ-Frage von geringer Popularität.

Während Objektivität und Reliabilität einer Aufgabe nicht speziell überprüft werden – obzwar dies ohne weiteres möglich wäre –, werden Trennschärfe und Schwierigkeit bzw. Popularität im Rahmen der später zu erörternden Aufgabenanalyse exakt untersucht und durch statistische Indizes gekennzeichnet.

2.2.5. Die Beziehung zwischen den einzelnen Aufgabenkriterien

Die Beziehung zwischen den einzelnen Aufgabenkriterien läßt sich wie folgt veranschaulichen:

Objektivität → Reliabilität →
Validität
Schwierigkeit → Trennschärfe →

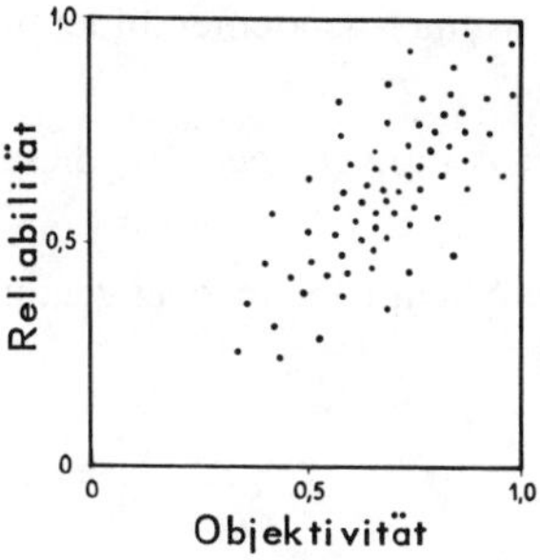

Abb. 2.2a: Die Beziehung zwischen Reliabilität und Objektivität. Es besteht eine lineare Abhängigkeit: je größer die Objektivität, umso höher im allgemeinen die Reliabilität.

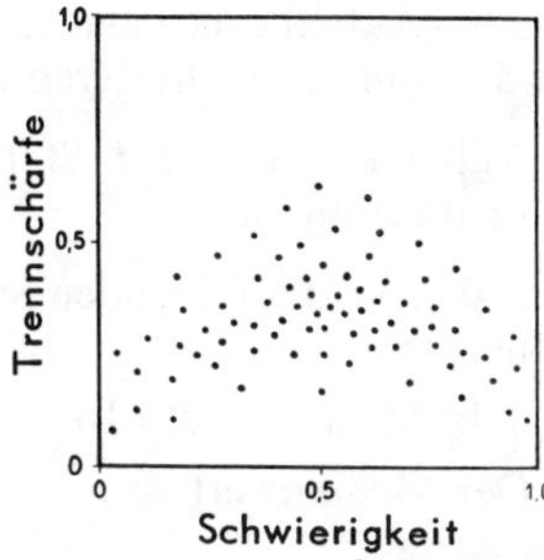

Abb. 2.2b: Die Beziehung zwischen Trennschärfe und Schwierigkeit. Es besteht eine parabolische Abhängigkeit bei mittlerer Schwierigkeit kann die Trennschärfe am größten sein.

Zwischen Reliabilität und Objektivität besteht eine einseitige, monotone Abhängigkeit, d. h. je größer die Objektivität einer Aufgabe, desto höher ist im allgemeinen auch ihre Reliabilität (Abb. 2.2a). Zwischen Trennschärfe und Schwierigkeit jedoch besteht i. a. eine paraboloide Abhängigkeit (Abb. 2.2b),

d. h. bei geringer Schwierigkeit einer Aufgabe ist auch ihre Trennschärfe gering, mit ansteigender Schwierigkeit kann die Trennschärfe wachsen und bei einer mittleren (50%igen) Schwierigkeit ihr Maximum erreichen; erhöht sich die Schwierigkeit weiter, so nimmt die Trennschärfe wieder ab bis zu einem Minimum bei höchster Schwierigkeit.

Daher bieten Aufgaben von mittlerer Schwierigkeit bzw. Popularität die besten Voraussetzungen für eine hohe Trennschärfe.

Wenn man allerdings bei der Berechnung der Trennschärfe eine spezielle „*Schwierigkeitskorrektur*" durchführt, verschwindet dieser parabolische Zusammenhang (siehe Kap. 6). Schwierigkeitsindizes und Trennschärfenkoeffizienten werden im Zusammenhang mit der Aufgabenanalyse genauer definiert.

2.2.6 Die inhaltlichen Kriterien einer guten Testaufgabe

Außer den genannten, teilweise quantifizierbaren Kriterien ist für die einzelne Aufgabe auch ihre *inhaltliche Gestaltung* von Bedeutung. Dazu sollen noch einige wichtige Hinweise gegeben werden:

a) Die Aufgabe als inhaltliche Ganzheit soll einen wesentlichen Aspekt des untersuchten Persönlichkeitsmerkmals betreffen.

Beispiel: Aufsatztest über Erfassung geschichtlicher Zusammenhänge.

Unwesentlicher Aspekt	Wesentlicher Aspekt
Welches Ereignis hat den 30jährigen Krieg ausgelöst?	Was war der eigentliche Grund für den Ausbruch des 30jährigen Krieges?

b) Jede Aufgabe soll von jeder anderen inhaltlich unabhängig sein. Die Lösung einer bestimmten Aufgabe darf keinen Hinweis für die Lösung irgendeiner anderen enthalten und schon gar nicht deren Lösung bedingen.

Beispiel: Aufgaben aus einer Statistik-Klausur für Anfänger, bei der diese Bedingung nicht erfüllt ist.

Aufgabe 5: Welche der folgenden Statistiken teilt eine Stichprobe in zwei genau gleiche Hälften?

a) $\bar{x}$ b) Mdn c) Mo d) Q_2

Aufgabe 9: Der Medianwert ist eine Statistik für ....

a) die Schiefe b) die Gipfellage
c) die zentrale Tendenz d) die Streuung

Ein Pb, der die Aufgabe 5 des Tests gelöst hat, wird ohne zusätzliche Kenntnisse auch die Aufgabe 9 lösen können. Diese beiden Aufgaben sind also inhaltlich nicht unabhängig voneinander.

c) Jede Aufgabe soll – soweit dies mit dem Testziel vereinbar ist – speziell, konkret und wirklichkeitsnah (ökologisch) gestaltet sein, nicht hingegen allgemein, abstrakt und wirklichkeitsfern.

2.3 Testlänge und Testzeit

Der Begriff „*Testlänge*" meint scheinbar zweierlei, erstens die Anzahl der Testaufgaben und zweitens die zu ihrer Beantwortung notwendige Zeit. Zur begrifflichen Klärung für die Verwendung in diesem Buch seien folgende Definitionen gegeben.
Definitionen:
Testlänge = Anzahl der Testaufgaben.
Testzeit = die zur Beantwortung der Testaufgaben vorgegebene Zeit.
(Testdauer = die Zeitspanne von der Testanweisung bis zur Testauswertung.)
Wir fassen also Testlänge und -zeit als 2 unterschiedliche Begriffe auf. Naturgemäß wächst bei gleicher Aufgabenkomplexität die Testzeit mit der Testlänge.

2.3.1 Die Testlänge

Die *Testlänge*, also die Anzahl der für einen Test notwendigen Aufgaben, hängt ab:

a) Vom Grad der sog. *Homogenität* bzw. *Heterogenität* des zu erfassenden Merkmalsbereichs (die Äußerungsformen der neurotischen Fehlanpassung sind vielgestaltiger als die der Selbstbehauptung und Unterordnung; daher werden im ersten Fall mehr Fragen gestellt werden müssen als im zweiten).

b) Von dem Grad der erwünschten *Reliabilität* des Tests (lange Test sind im allgemeinen reliabler als kurze).

Die Grenzen der Testlänge liegen zwischen einer einzigen und einigen 100 Aufgaben. Ein Test, der nur aus einer einzigen Aufgabe besteht, läßt nur eine zweistufige Unterscheidung zu, wenn man von einer Verhaltensanalyse Abstand nimmt. Der Pb kann nach einer von der Aufgabenschwierigkeit abhängigen Grenze zu der besseren Gruppe gezählt werden, wenn er die Aufgabe löst, oder zu der schlechteren, wenn die Lösung mißlingt. Bei zwei Aufgaben ergeben sich drei Unterscheidungsmöglichkeiten (null Punkte, ein Punkt, zwei Punkte), bei drei Aufgaben sind es vier Unterscheidungsmöglichkeiten, bei n Aufgaben gibt es schließlich $n + 1$ Möglichkeiten. Bei diesem Vorgehen wird nur die Gesamtzahl der richtigen Lösungen betrachtet.

Man kann allerdings auch untersuchen, welche der zu bearbeitenden Aufgaben jeweils richtig bzw. in Schlüsselrichtung gelöst wurden. In diesem Falle entstehen *Antwortmuster*, die zusätzliche Informationen enthalten können. Eine auf solchen Antwortmustern basierende Methode der Unterscheidung von Probanden ist die *Konfigurationsfrequenzanalyse* (KFA) (KRAUTH und LIENERT, 1973, LIENERT, 1988, LAUTSCH und v. WEBER, 1990). Kurze Tests sind also bei einer RW-Auswertung gröbere und, wie später gezeigt wird, auch weniger reliable Differenzierungsmittel. Hier ist die KFA besser geeignet.

In einfachen *Leistungstests* sind im Durchschnitt 20 bis 40 Einzelaufgaben enthalten, wenn es sich um standardisierte Tests handelt; in *Testsystemen* das entsprechende Vielfache. Nicht zu eichende, informelle Tests können sich auch mit einer geringeren Aufgabenzahl begnügen.

Leistungstests, die nur eine oder zwei Aufgaben enthalten (z. B. die Drahtbiegeprobe), können unter Umständen in Teilaufgaben zerlegt (z. B. Proportionen von Länge und Richtung der einzelnen Geraden, gemessen an der Drahtbiegevorlage) und diese wie unabhängige Aufgaben bewertet werden.

Persönlichkeitsfragebögen enthalten meist mehr als 40 Fragen, da sie ein vielgestaltiges Verhalten und Erleben untersuchen. Außerdem nimmt die Beantwortung der einzelnen Fragen ja nur sehr wenig Zeit in Anspruch, so daß eine größere Aufgabenzahl nicht so ins Gewicht fällt wie bei Leistungstests.

Natürlich hängt die Zahl der Aufgaben auch wesentlich von deren Komplexität bzw. deren mittlerer Lösungszeit ab. Denkprobleme können nur in beschränkterer Anzahl dargeboten werden als etwa Zahlenreihen.

Vielfach ist die Aufgabenzahl durch testökonomische Bedingungen in enge Grenzen verwiesen. Ein Schulleistungs-Test darf eben höchstens so lange dauern wie eine oder zwei Unterrichtsstunden.

2.3.2 Die Testzeit

Die *Testzeit*, also die für die Aufgabenbeantwortung vorzugebende Zeit, kann **bemessen** oder **nicht bemessen** sein. Nur typische Niveautests (Power-Tests) dürfen und sollen ohne Zeitbegrenzung (Zeitlimit) vorgegeben werden, während bei Mischtypen von Niveau und Schnelligkeit oder bei reinen Schnelligkeitstests (Speed-Test) die Testzeit so bemessen werden muß, daß auch die Pbn mit der größten Leistungsfähigkeit nicht alle Aufgaben in der vorgegebenen Zeit richtig beantworten können. Aus dem bisher Gesagten ergibt sich bereits, daß die Frage der Testzeitbegrenzung nur für Intelligenz- und Leistungstests relevant ist.

Ob die Testzeit straff (genau 8 Min. 30 Sek.) oder großzügig (etwa 8 Min. oder evtl. auch 10 Min.) bemessen werden soll, hängt davon ab, ob

a) der Test mehr als Schnelligkeits- oder mehr als Niveautest gelten soll – je größer die Schnelligkeitskomponente, um so straffer die Zeitbegrenzung.

b) der zu erwartende empirische gegenüber dem theoretisch möglichen Streuungsbereich der Testpunktwerte wesentlich eingeengt ist. Wenn in einem Test theoretisch 0 bis 60 Punkte erzielt werden können, man tatsächlich aber nur einen Streuungsbereich von 0 bis 30 Punkten erwartet, dann kommt nur eine großzügige Zeitbegrenzung in Frage, und es braucht unter Umständen gar keine empirische Vorprobe bezüglich der Zeitbemessung durchgeführt zu werden.

Die zu wählende absolute Testzeit ist direkt proportional erstens zur Anzahl der Aufgaben und zweitens zu ihrer mittleren Beantwortungszeit.

Einfache Intelligenz- und Leistungstests haben meist eine Testzeit bis zu einer halben Stunde, Testsysteme eine solche über eine Stunde.

2.3.3 Schnelligkeit und Niveau

Zur Alternative Schnelligkeit oder Niveau[1]) – soweit sie sich dem Testautor überhaupt als solche stellt – seien noch folgende Hinweise gegeben:

---

[1]) Eine ältere Zusammenfassung des Problems und seiner Lösungsversuche vom Inhaltlichen her geben CLAPAREDE, COURTHIAL und VAN DE STADT (1932). Eine ausführliche teststatistische Erörterung dieses Problems findet sich bei GULLIKSEN (1950, Kap. 17). Nähere Erwähnung finden Schnelligkeit und Niveau noch im Zusammenhang mit der Behandlung der Testreliabilität. Grundsätzlich und kritisch wird das Problem durch ISELER (1970) behandelt. EBERLE (1980) vermittelt einen Überblick über die Speed-Power-Problematik bei der Intelligenzmessung.

a) Wenn es nicht möglich ist, Aufgaben mit ansteigender Schwierigkeit zu gewinnen und die Testzeit zu lockern, so sollte man möglichst Aufgaben von gleicher Schwierigkeit bei straffer Testzeit geben, um ein Höchstmaß an Reliabilität zu erreichen.

b) Wenn man in der Schwierigkeit unterschiedliche Aufgaben zwar erstellen, die Schwierigkeit der Aufgaben aber nicht so weit steigern kann, daß trotz beliebig langer Testzeit kaum einer der Pbn alle Aufgaben richtig beantwortet, dann wird man in der Regel diejenige Zeitbegrenzung vornehmen, die eine symmetrische RW-Verteilung bewirkt und eine möglichst gute individuelle Differenzierung gewährleistet; man ist hierbei weitgehend auf „Versuch und Irrtum" angewiesen.

c) Wenn alle Voraussetzungen für den Aufbau reiner Niveau-Tests gegeben sind, wird man – wenn überhaupt – eine großzügige Zeitbegrenzung nach den testökonomischen Bedingungen (z. B. eine Schulstunde) festlegen.

Neben der Testzeit sind noch einige andere Momente bei der Planung eines Tests zu berücksichtigen.

d) Je mehr ein Test auf Schnelligkeit angelegt ist, um so schwerer läßt sich sein Validitätsbereich abgrenzen, denn offenbar gehen bei der Bearbeitung eines Schnelligkeitstests eher mindestens zwei Faktoren mit ein als bei Niveau-Tests, die mehr an spezielle Fähigkeiten gebunden und damit eher eindimensional sind.

Der Grund, warum Schnelligkeitstests in der Regel einen geringeren Validitätskoeffizienten aufweisen, dürfte wohl darin liegen, daß sie alle auch einen gemeinsamen Faktor, den P-Faktor von THURSTONE (1944), einbeziehen. Dieser Faktor der Auffassungsschnelligkeit (speed of perception) ist – seiner dynamischen Interpretation entsprechend – relativ sehr altersabhängig; dies erklärt auch die Beobachtung, daß ältere Pbn in Schnelligkeitstests weniger gut abschneiden als in vergleichbaren Niveautests.

e) Da die Leistung in einem Schnelligkeitstest mehr von der dynamischen Ausstattung des Pbn abhängt als die – kognitive – Leistung in einem Niveautest, ist es nicht verwunderlich, daß sich die Testmotivation in Schnelligkeitstests viel deutlicher auswirkt als in Niveautests. SPITZER (1957) hat z. B. das als Schnelligkeitstest ausgewiesene Rechenverfahren nach DÜKER (1949) sowie den als Niveautest bekannten Figure-Reasoning-Test von DANIELS (1949) ohne Zeitbegrenzung bei geringer und hoher Motivation an unabhängigen Zufallsstichproben durchgeführt; der Leistungsunterschied im Niveautest betrug 6%, der im Schnelligkeitstest 25% zugunsten einer hohen Motivation.

f) Wird ein Niveautest bei sehr straffer Zeitbegrenzung dargeboten, so wird natürlich eine Schnelligkeitskomponente mit hineingetragen; trotzdem behält er den Niveaucharakter in hohem Maße bei. Entscheidend für die Dimension Schnelligkeit vs. Niveau ist eben mehr an die Art der Aufgaben – vor allen an ihre Schwierigkeit – als an die Darbietungszeit gebunden.

g) Unter Umständen muß der Testautor auch die Ansicht der zukünftigen Pbn berücksichtigen. Diese geht dahin, daß Schnelligkeit bei Intelligenztests „Stress" bedeute und deshalb das Ergebnis kein Maßstab für die „wahre Leistungsfähigkeit" eines Pb sein könne. Daher werden die Ergebnisse aus Niveautests im allgemeinen eher vom Pb akzeptiert.

i) In einem Testsystem sollten möglichst beide Aspekte berücksichtigt werden, indem einzelne Untertests das Hauptgewicht auf Schnelligkeit, andere auf Niveau legen; auf diese Weise wird die Begünstigung des einen oder anderen Pb kurzerhand ausgeschaltet.

2.4 Homogenität und Validität des Aufgabeninhaltes

2.4.1 Homogenität und Heterogenität

Die Aufgaben eines Tests können mehr oder weniger *homogen* und im Grenzfall *heterogen* sein. Homogenität bedeutet dabei *inhaltliche Einheitlichkeit* bei vollkommen erhaltener formaler Unabhängigkeit der einzelnen Aufgaben voneinander. Homogene Tests sind z. B. der Frankfurter Wortschatztest als allgemeiner Intelligenztest, Formlegetests zur Erfassung des räumlichen Vorstellungsvermögens, Zahlenreihentests zur Beurteilung des schlußfolgernden Denkens.

Solche homogenen Tests erfassen gewöhnlich nur ein eng umschriebenes Persönlichkeitsmerkmal, wie schon aus den genannten Beispielen hervorgeht; sie haben meist eine relativ hohe Reliabilität, und man kann daher mit verhältnismäßig wenigen Aufgaben auskommen.

Obwohl homogene Tests nur eine ganz spezielle Fähigkeit prüfen, sind sie nicht selten auch für allgemeinere Kriterien valide. Es hat sich z. B. erwiesen, daß die erwähnten Formlegetests als beste Meßmittel für das, was man als praktische Intelligenz bezeichnet, gelten können.

Unter Heterogenität von Aufgaben versteht man ihre *inhaltliche Vielgestaltigkeit*, wie sie zweckmäßigerweise bei Tests angestrebt wird, die ein schwer abgrenzbares Persönlichkeitsmerkmal oder einen ganzen Merkmalskomplex erfassen sollen. Hierher gehört unter den bekannten Tests für allgemeine Intelligenz etwa der HAWIE, der die vielseitigen Äußerungsformen der Intelligenz berücksichtigt. Von den Persönlichkeitsfragebogen wäre der P-I-T von MITTENECKER und TOMAN oder sein Vorbild, der MMPI, zu nennen. Aber auch dann, wenn man nur an einen Fragebogen über Extraversion und Introversion denkt, wird man leicht erkennen, in wie vielfältiger Weise sich dieses Persönlichkeitsmerkmal im Verhalten manifestieren kann. Dementsprechend müssen in einem solchen Fragebogen sehr viele relativ heterogene Fragen aufgenommen werden.

2.4.2 Statistische und psychologische Validität

Die Aufgaben eines Tests weisen neben ihrer Vielgestaltigkeit oder Einförmigkeit noch ein anderes wichtiges inhaltliches Merkmal auf. Sie können von seiten des Pb als im engen Zusammenhang mit der zu untersuchenden Eignung erkannt werden, sie besitzen – wie man zu sagen pflegt – **psychologische Validität** (face validity = Augenscheingültigkeit).

Ein Bewerber für die kaufmännische Laufbahn wird es z. B. durchaus in der Ordnung finden, wenn man ihm eingekleidete Rechenaufgaben im Rahmen eines

Eignungstestverfahrens darbietet; der Test hat für ihn und die spätere Berufsabsicht offenkundige Validität. Dabei braucht dieser Test mit dem kaufmännischen Berufserfolg gar nicht positiv zu korrelieren, also keine **Vorhersagevalidität** zu besitzen. Umgekehrt wird ein Lehrlingsbewerber für Feinmechanik es nicht einsehen wollen, daß Formlegeaufgaben irgendetwas mit seiner späteren Berufstätigkeit zu tun haben sollen, auch wenn deren hohe Vorhersagevalidität über die „mechanisch-technische" Eignung gesichert ist; hier liegt zwar eine statistische, jedoch keine psychologische Validität vor.

Höchst wünschenswert ist natürlich der Fall, daß sowohl statistische wie auch psychologische Validität vorhanden sind, dies trifft beispielsweise zu, wenn der Mechaniker-Lehrlingsbewerber einen Test über physikalisch-technisches Verständnis durchführen muß.

Die psychologische Validität ist allgemein recht wünschenswert, jedoch darf sie niemals als conditio sine qua non gewertet werden. Das entscheidende Kriterium für den Vorhersagewert eines Tests ist stets seine statistische Validität, allerdings unter der Voraussetzung, daß das Validitätskriterium repräsentativ für das zu untersuchende Persönlichkeitsmerkmal ist.

2.5 Die Arbeitsteilung im Rahmen der Testentwicklung

Zu den vordringlichen Planungsproblemen gehört auch die Frage der *Arbeitsteilung*, die – obwohl erst an dieser Stelle erörtert – schon in das Frühstadium der Planung gehört.

Es kommt nur selten vor, daß standardisierte und repräsentativ normierte Tests von einem einzelnen Autor entwickelt werden, wenn dies auch prinzipiell möglich erscheint. Die mindeste Hilfe, die ein Testautor wohl in Anspruch nehmen muß, ist diejenige von Hilfskräften, die das anfallende Zahlenmaterial laufend ordnen und verarbeiten und das Testmaterial ergänzen. Es wird dann vorausgesetzt, daß der Testautor alle statistischen und Verarbeitungstechniken beherrscht und demgemäß alle notwendigen Anweisungen an das Hilfspersonal geben kann. Er muß dabei in jedem Stadium des Testaufbaus alle Zusammenhänge klar übersehen und über alle möglicherweise auftauchenden Schwierigkeiten informiert sein. Ist der Testautor statistisch nicht hinreichend ausgebildet, so wird er sich unbedingt der Mitarbeit eines teststatistisch erfahrenen Psychologen oder Teststatistikers versichern müssen. Es ist heutzutage nahezu aussichtslos, ohne grundlegende teststatistische Kenntnisse ein modernes diagnostisches Prüfverfahren erstellen zu wollen.

Soweit Leistungs- und Eignungstests für Zwecke der Berufsberatung, der Industrie, der Wirtschaft, der Schule oder eines anderen, dem Fachpsychologen nicht vollkommen vertrauten Anwendungsgebietes entwickelt werden sollen, wird die Mitarbeit eines Fachmannes, eines *Experten*, nicht entbehrlich sein. Man denke etwa beispielsweise an den Betriebspsychologen, der die Eignung zum Kranführer beurteilen soll, und man wird sofort erkennen, daß eine enge Zusammenarbeit zwischen ihm und dem Werkmeister oder dem Betriebsingenieur für die Entwicklung eines oder mehrerer brauchbarer Auslesetests unumgänglich ist.

Grundsätzlich ist in diesem Falle für die Sammlung geeigneter Aufgaben und ihrer Gruppierung zu Teiltests bzw. Testbatterien eine *Arbeitsanalyse* des zu untersuchenden Leistungs- und Eignungsbereiches notwendig. Sie kann z. B. bei der Entwicklung eines betrieblichen Eignungstests bestehen:

a) in einer Befragung von Arbeitern, Angestellten usw. nach Art und Grad der an sie gestellten Leistungsanforderungen, insbesondere nach denjenigen Einzeltests, die ihnen subjektiv am schwierigsten erscheinen;

b) in einer Befragung des Werkmeisters, des Betriebsingenieurs, des Abteilungsleiters oder des Ausbilders über die in dem jeweiligen Beruf oder der jeweiligen Spezialtätigkeit gestellten allgemeinen und speziellen Anforderungen;

c) in einer systematischen Beobachtung und dem Versuch einer Analyse des Arbeitsvorganges über eine hinreichend lange Zeitspanne, die der Psychologe selbst oder in Zusammenarbeit mit einem Fachmann durchführen sollte;

d) in einer persönlichen Teilnahme des Fachpsychologen an dem Arbeitsprozeß nach einer eventuell notwendigen Einführung oder Anleitung durch einen Fachmann;

e) in einer experimentellen Analyse des Arbeitsvorganges mit Variation der Arbeitsbedingungen.

Bei der Entwicklung eines *Schulleistungstests* wären entsprechend Lehrplananalysen, Lehrbuchanalysen, Befragungen von Lehrern und Unterrichtsbeobachtungen und -analysen notwendig.

Stufen der Testentwicklung	Hauptverantwortlich	Mitarbeitend	Beratend
1. Planungsprobleme	Psychologe	Experte	Statistiker
2. Testentwurf	Psychologe	Experte	Statistiker
3. Aufgabenkonstruktion			
a) in inhaltlicher Hinsicht	Experte	Psychologe	Statistiker
b) in formaler Hinsicht	Psychologe	Statistiker	Experte
4. Aufgabenanalyse			
a) Analysendurchführungstechnik	Psychologe	Statistiker	Experte
b) Rechnerische Aufgabenanalyse	Statistiker	Psychologe	–
c) Verwertung der Analyseergebnisse	Psychologe	Statistiker	Experte
5. Verteilungsanalyse	Statistiker	Psychologe	–
6. Kriterienkontrolle			
a) Reliabilitätskontrolle	Psychologe	Statistiker	–
b) Validitätskontrolle	Psychologe	Experte	Statistiker
7. Eichung	Psychologe	Statistiker	–

Die beste Arbeitsteilung besteht nach übereinstimmenden Erfahrungen in der Zusammenarbeit eines Fachpsychologen, eines Teststatistikers und eines Experten, der nach Möglichkeit selbst psychologisch vorgebildet sein soll. Sie übernehmen gegebenenfalls die Leitung eines weiteren Mitarbeiterstabes und sind in den einzelnen Phasen der Testentwicklung in unterschiedlichem Maße an der Verantwortung für das Gelingen beteiligt, wobei jedoch laufend Absprachen und Vereinbarungen zur Bewältigung aller eventuell auftretenden Schwierigkeiten getroffen werden müssen.

Das Schema (s. S. 38) gibt in Anlehnung an ADKINS (1947) eine Übersicht über die Zuständigkeits- und Verantwortlichkeitsteilung zwischen den drei genannten *Hauptmitarbeitern* bei der Entwicklung eines Tests.
Bei der Planung größerer und über eine regionale Anwendung hinausgehender Tests wird eine Teamarbeit mehrerer Psychologen – besonders hinsichtlich repräsentativer Eichstichproben – unbedingt lohnend sein. Eine gute Zusammenarbeit zwischen allen Mitarbeitern ist für die Verwirklichung eines solchen Testprogrammes unerläßlich.

Kapitel 3

DER TESTENTWURF

3.1 Die Abgrenzung von Validitäts- und Geltungsbereich

Nachdem alle im vorigen Kapitel erörterten Planungsprobleme durchdacht worden sind, erheben sich bestimmte konkrete Fragen für die Festlegung des vorläufigen *Testentwurfs*. Der vorläufige Charakter des Entwurfs ist dabei zu betonen, weil im Verlaufe der Weiterentwicklung ständig Revisionen des ursprünglichen Entwurfs notwendig werden.

Folgende Fragen sind für den vorläufigen Testentwurf von grundlegender Bedeutung:

a) Welchen Validitätsbereich soll der Test haben, und welches Validitätskriterium ist in Aussicht genommen?

b) Welchen Geltungsbereich soll der zukünftige Test haben?

3.1.1 Der Validitätsbereich

Die Bedeutung der Frage nach dem *Validitätsbereich* soll an einem Beispiel veranschaulicht werden. Wenn man beabsichtigt, einen Auslesetest für die Einstellung von Büropersonal zu entwickeln, so kann man verschiedene Validitätsbereiche im Auge haben, z. B. daß alle in einem Büro anfallenden Arbeiten zu möglichst großer Zufriedenheit erledigt werden. Hier handelt es sich um einen weiten Validitätsbereich, denn unter „anfallende Büroarbeiten" sind viele unter sich z. T. recht verschiedene Leistungsanforderungen zu verstehen, die in einem Einzeltest allesamt gar nicht erfaßbar sind; dazu gehören z. B.: die geistige Leistungsfähigkeit für Routinetätigkeiten, Schnelligkeit der Auffassung und des Hantierens, Sorgfalt, Umstellbarkeit als Fähigkeiten, sowie anderseits Maschinenschreiben, Stenographie, Buch- und Karteiführung oder Bedienung eines Computers als Fertigkeiten. Um alle diese Anforderungen quantitativ zu erfassen, wären zweifellos viele Einzeltests, evtl. eine gesamte Testbatterie einzusetzen.

Wenn man hier nicht nur eine hohe inhaltliche Validität anstrebt, sondern auch eine *kriterienbezogene* Validität bestimmen will, kommt bei diesem sehr weiten Validitätsbereich auch nur ein entsprechend umfassendes Validitätskriterium in Frage, etwa der durch ein Rating-Verfahren mehrerer erfahrener Büroleiter ermittelte Punktwert nach Art von Schulnoten für den einzelnen Bewerber. Allgemein kann man sagen: je vielschichtiger ein Validitätsbereich ist, umso mehr wird man auf subjektive Validitätskriterien angewiesen sein, je einheitlicher und konsistenter hingegen ein solcher Bereich ist, umso eher wird man ein objektives Kriterium der Berufsleistung (z. B. Karteisortieren, Maschineschreiben, EDV-Bedienung) gewinnen können.

Wollte man mit einem einfachen Test einen *weiten* Validitätsbereich erfassen, so würde man von einem solchen Test zweifellos zu viel fordern. Aus teststatistischen Überlegungen heraus wäre es besser, eine entsprechend *enger* umrissenes Validitätskriterium auszuwählen. Beispielsweise könnte man bei Verwendung eines Rechentests zur Untersuchung der Leistungsfähigkeit für Routinetätigkeiten die Validität dieses Tests an dem Kriterium „Bewältigung einer häufig anfallenden Büroarbeit bestimmter Art unter Akkordbedingungen" überprüfen. Es ist wahrscheinlich, daß die Validität hier zahlenmäßig höher ausfiele als diejenige einer Testbatterie, die an einem subjektiven Kriterium, z. B. einem Rating-Verfahren, gemessen wurde.

Anderseits aber werden durch ein enges Validitätskriterium die Interpretationsmöglichkeiten sachlich eingeengt. Auch darf man sich als Untersucher bei der Interpretation von Testergebnissen nicht allein von einem inhaltsleeren Validitätskoeffizienten leiten lassen, sondern muß die effektive Beweiskraft des Kriteriums mit in Betracht ziehen: Obwohl das subjektive Urteil eines Büroleiters über Eignung oder Nichteignung zufolge seiner mangelnden Reliabilität berechtigt anfechtbar sein mag und somit die Repräsentativität des Validitätskriterium in Frage gestellt erscheint, so ist es doch eine unumstößliche Tatsache, daß kein anderer als der Büroleiter über Eignung und Nichteignung entscheidet – auch wenn feststeht, daß er sie selbst nur unzureichend erfassen kann. Der über ein *subjektives* und teilweise anfechtbares Valitätskriterium ermittelte – wahrscheinlich nur mäßig hohe – Validitätskoeffizient besitzt zufolge seines weiteren Validitätsbereichs einen größeren praktischen Wert als ein über ein *objektives* und repräsentatives Kriterium ermittelter hoher Validitätskoeffizient mit einem engen Validitätsbereich. Diese Feststellungen gelten zumindest für Eignungs- und Auslesetests.

Wir fassen zusammen: Es ist bereits im Stadium des Entwurfs – also vor der Aufgabensammlung – entscheidend wichtig, welches Validitätskriterium in Erwägung gezogen wird; denn durch dieses – und allein nur durch dieses Kriterium – ist der tatsächliche Validitätsbereich bestimmt. Es nützt nichts, sich hoffnungsvolle Gedanken darüber zu machen, welche offenkundigen und tiefgründigen Aspekte des zu untersuchenden Persönlichkeitsmerkmals wohl mit dem geplanten Test erfaßt werden könnten, sondern es entscheidet allein die realistische Überlegung, ob man für das zu untersuchende Persönlichkeitsmerkmal überhaupt ein Validitätskriterium gewinnen kann und welcher Bereich des Merkmals gegebenfalls durch dieses Kriterium umschlossen wird.

3.1.2 Der Geltungsbereich

Die Frage nach dem *Geltungsbereich* hängt eng mit der Absicht einer späteren Eichung oder Normierung zusammen. Ein Test kann nicht nur für einen speziellen Zweck, sondern auch für einen ganz speziellen Personenkreis in Frage kommen, wie z. B. als Erfolgstest für Kursteilnehmer oder als Auslesetest für einen bestimmten Arbeitsplatz im Betrieb. Hier muß man sich bei dem Testentwurf ganz auf die Bedingungen des Geltungsbereichs – also auf die Fähigkeiten der Pbn und den Grad ihrer interindividuellen Unterschiede – einstellen. Wenn es sich um ein – sagen wir – Interessenprofil für Abiturienten handelt, kann man sich auf einen entsprechenden Bildungsstand und eine ‚intellektuelle' Interessendifferenzierung einstellen, während man einen allgemeinen Interessenfragebogen auf viel breiterer Grundlage aufbauen müßte, denn dessen Fragen müßten auch bescheidensten Interessenrichtungen genügen und überdies dem einfachsten Bildungsstand angemessen sein.

Wenn ein Test also einen *breiten* Geltungsbereich – der sich eventuell über ein Lebensalter oder sogar über die gesamte Bevölkerung erstreckt – beansprucht, dann muß er viel allgemeineren Bedingungen genügen als bei einem engen Geltungsbereich. Die Aufgabenschwierigkeit muß in einem größeren Bereich streuen, der Aufgabeninhalt wird im allgemeinen vielgestaltiger, heterogener und Anweisung und Durchführung einfacher sein müssen; die teststatistische Analyse – vor allem die Aufgabenanalyse – wird noch genauer durchzuführen sein, und die Gütekriterien werden erhöhte Ansprüche befriedigen müssen.

Sowohl für enge wie auch für weite Geltungsbereiche ist es wichtig, schon im Entwurf mit einzukalkulieren, wie sich die *Analysenstichprobe* zusammensetzen wird, ob und inwieweit sie in Bezug auf das zu untersuchende Merkmal repräsentativ ist für die später mit dem Test zu untersuchenden Pbn. In diesem Sinne kann man z. B. einen Test zur Ermittlung der allgemeinen Intelligenz nicht an einer Stichprobe von Studenten analysieren, wohl aber einen Test über Handgeschicklichkeit oder Lateraldominanz. Die *Validitätskontrolle* eines Tests sollte nicht an derselben Stichprobe, an der die Aufgabenanalyse erfolgte, durchgeführt werden – auch dann nicht, wenn etwa die Analysenstichprobe in hohem Grade repräsentativ für den Geltungsbereich ist. Denn es können sich systematische, jedoch dem Beobachter nicht zugängliche Fehlerquellen einschleichen, die man nur durch eine sog. *Kreuzvalidierung* entdecken kann. „Kreuzvalidierung" meint in diesem Falle also den Tatbestand, daß Aufgabenanalyse und Validitätskontrolle jeweils an einer anderen Stichprobe von Pbn aus dem Geltungsbereich des Tests durchgeführt werden.

3.1.3 Rationales oder empirisches Testkonzept

Im Zusammenhang mit der Frage nach Validitäts- und Geltungsbereich eines Tests steht die andere Frage, nach welcher psychologischen Grundkonzeption ein Test entwickelt werden soll.

Zwei Wege sind gangbar: Man kann ein Persönlichkeitsmerkmal oder einen Verhaltensbereich von der Selbst- und Verhaltensbeobachtung her analysieren oder abstrahieren und nach diesem *rationalen* Grundkonzept den Inhalt des Tests bestimmen. d. h. geeignete Testaufgaben entwickeln. So verfährt man in der Regel, wenn der Validitätsbereich klar umgrenzt ist: Bei Intelligenz- und Leistungstests, bei Persönlichkeits- und Einstellungsfragebogen. In diesen Fällen verbürgt der Testinhalt gewissermaßen die Validität des Tests. Was der Test prüft, sagt der Test selbst, er ist logisch bzw. inhaltlich valide.

Der zweite Weg ist hypothesenfrei. Nicht ein psychologisch abstrahiertes Persönlichkeitsmerkmal soll mittels eines Tests untersucht werden, sondern ein Verhalten soll *vorhergesagt* werden, dessen psychologische Bedingungen nicht weiter interessieren. Welche Persönlichkeitseigenschaften und Fähigkeiten man besitzen muß, um ein guter Flugzeugführer zu werden, ist dann gleichgültig, wenn man ein Prüfinstrument verfügbar hat, das richtige Vorhersagen ermöglicht und damit eben jene undefinierten Eigenschaften und Fähigkeiten erfaßt. Im Grenzfall ist es durchaus zulässig, daß Testinhalt und Validitätsbereich nach „psychologischem Ermessen" nichts oder nur wenig gemein haben. Dieses rein *empirische* Grundkonzept spielt bei den Eignungs- und Personalauslesetests eine Rolle und begründet die empirische Validität eines Tests.

Nach Möglichkeit sollen bei einem empirischen Testkonzept auch rationale und psychologische Momente erwogen werden. Ergeben sich dabei Widersprüche, so ist nach der Ursache zu forschen [1]).

3.2 Merkmalsanalyse und Teststruktur

3.2.1 Die Merkmalsanalyse

An den Anfang eines guten Testentwurfs gehören Überlegungen, die sich auf eine psychologische und inhaltliche Analyse des zu untersuchenden Merkmals beziehen und damit die Ausgangsbasis für eine erfolgreiche inhaltliche Gestaltung der Testaufgaben schaffen. Man führt eine „Bestandsaufnahme" (METZGER, 1952, S. 143) durch, indem man untersucht, ggfs. anhand einiger Versuchspersonen, was es überhaupt an Inhalten, Eigenschaften oder Verhaltensweisen in dem fraglichen Merkmalsbereich gibt.

Was mit dem Begriff der *psychologischen Merkmalsanalyse* gemeint ist, soll wieder an einem Beispiel demonstriert werden: Wenn man einen Fragebogen über kindliche Fehlanpassung erstellen will, so sind zunächst die Äußerungsformen der Fehlanpassung etwa in folgender Weise zu gruppieren:

Auffälligkeiten

a) der körperlichen und geistigen Leistungsfähigkeiten,
b) des sozialen Verhaltens,
c) der Affektivität und Reagibilität,
d) des Ausdrucks und der Motorik,
e) der Strebungen und Interessenrichtungen,
f) des schulischen Verhaltens,
g) der körperlichen Befindlichkeit,
h) der vegetativen Symptomatik.

Diese erste Stufe der Analyse, die sich streng an *Beobachtungsdaten* orientieren muß und nicht etwa vom Begrifflichen hergeleitet werden darf, kann von einer zweiten und evtl. von einer dritten gefolgt sein, auf der die vorher genannten

---

[1]) TRAVERS (1951) wies auf, welche Gefahren in einer rein empirischen Betrachtungsweise liegen: Erfolgsrelevante biographische Daten wurden mit dem Erfolg in der Verwaltungslaufbahn korreliert. Die Aufgabenvaliditäten deuteten darauf hin, daß Pbn, die aus Kaufmannsfamilien stammten, ungeeignet seien. Die Nachforschungen über dieses seltsame Resultat ergaben, daß die Beurteiler in dem Erfolgsrating antisemitisch eingestellt waren.

Verhaltenskategorien weiter differenziert werden. Zur Kategorie „Auffälligkeiten im schulischen Verhalten" gehören z. B. Störungen von Lernmotivation, Aufmerksamkeit, Verträglichkeit, Fleiß usw. Nun kann der Testautor aus allen diesen Teilbereichen der Fehlanpassung entsprechende Fragen formulieren, allerdings erst nachdem er sich neben dem Studium der Fachliteratur über die Symptomatik der Fehlanpassung mit verschiedenen Experten (Erzieher, Lehrer, Jugendpsychiater, Heimleiter usw.) besprochen hat.

Zu einem guten Testentwurf gehört somit, daß das zu untersuchende Merkmal nach der psychologischen Analyse gegebenfalls in *Teilbereiche* aufgegliedert wird und daß diese Teilbereiche, wenn es möglich oder sogar notwendig ist (z. B. bei Testprofilen), voneinander abgegrenzt werden.

3.2.2 Der strukturelle Aufbau des Tests

In dem letzten Beispiel könnten alle Aufgaben in einem Test untergebracht werden, wie dies in einem Fragebogen üblich ist. In derselben Weise wird man auch bei vielen Leistungstests verfahren können, vor allem dann, wenn das Merkmal nicht allzu komplex ist. Anderenfalls wird eine *Testbatterie* (vgl. Kap. 14.3) einem einfachen Test vorzuziehen sein. Auch hierbei geht man von der eben besprochenen Merkmalsanalyse aus und ordnet den verschiedenen Merkmalsbereichen entsprechende *Untertests* zu, wie dies in dem folgenden Beispiel eines Berufseignungstests für Sekretärinnen geschehen ist.

Berufseignungstest-Entwurf für Sekretärinnen

Merkmalsanalyse	Spezielle Testvorschläge
Welche Kenntnisse, Fähigkeiten, Fertigkeiten, Eigenschaften usw. müssen Sekretärinnen besitzen?	Mittels welcher Testaufgaben lassen sich diese Kenntnisse, Fähigkeiten, Fertigkeiten, Eigenschaften usw. repräsentativ erfassen?
1. Maschinenschreiben 2. Kurzschrift 3. Englische Sprachkenntnisse 4. Orthographische Sicherheit 5. Allgemeine intellektuelle Leistungsfähigkeit 6. Protokollniederschriften aus der Erinnerung anfertigen 7. Gute soziale Anpassung 8. Überdurchschnittliche Selbstsicherheit 9. EDV-Grundkenntnisse	1. 5 Maschinenschreibproben 2. 2 Stenogrammproben 3. Englischer Lückentest 4. Diktat mit orthographisch schwierigen Wörtern 5. Wortschatztest als allgemeiner Intelligenztest 6. Merkfähigkeitstest für Sinnzusammenhänge 7. Neurotizismus-Fragebogen 8. Dominanz-Subordination-Fragebogen 9. Arbeitsprobe am PC

In der Folge werden dann jedem der acht Untertests spezielle Aufgaben in geeigneter Anzahl – entsprechend der Bedeutung des jeweiligen Untertests – zuzuordnen sein, z. B. entsprechend dem nachstehenden Schema:

Untertest	Arten der Aufgaben
1. Maschinenschreibproben	a) Abschreiben eines deutschen Textes b) Abschreiben eines englischen Textes c) Schreiben nach mäßig schnellem Diktat über 3 Minuten d) 2 Min. mit Höchstgeschwindigkeit schreiben e) Übertragung eines begrenzten Textes vom Diktaphon
4. Rechtschreibtest	Text mit 30 schwierigen Wörtern von einer Bandaufnahme abschreiben (Parallel, Giro)
6. Merkfähigkeitstest	22 Fragen aus dem Inhalt einer einmal vorgelesenen geschäftlichen Vereinbarung beantworten (z. B. welche Zeugen waren beim Geschäftsabschluß anwesend?)

Der nächste Schritt besteht nun darin, die Aufgaben inhaltlich und formal festzulegen. Ein weiterer Schritt wäre, die Aufgaben absolut, oder relativ zu ihrer Bedeutung, mit Punkten zu bewerten. Bei unserem Beispiel kann etwa bei Aufgabe 1a für jede begonnene Minute ein Punkt von 10 vorgegebenen Punkten abgezogen werden, d. h. je schneller eine Bewerberin den Normtext abschreibt, umso mehr Punkte erhält bzw. behält sie. Bei Aufgabe 1c könnte mit den Schreibfehlern als Negativpunkten entsprechend verfahren werden. Bei Aufgabe 1d würde man etwa je 30 Anschläge einen Testpunkt bewerten usw. Auf die allgemeineren Gesichtspunkte der Aufgabenbewertung im Rahmen des Testentwurfs geht der folgende Abschnitt näher ein.

3.3 Testanweisung und Aufgabenbewertungsplan

3.3.1 Die Testanweisung

Noch ehe man die Aufgaben selbst sprachlich endgültig formuliert, muß die *Testanweisung* im Entwurf festliegen. Diese kann generellen, speziellen oder separaten Bezug auf die Testdurchführung haben. Im einzelnen ist darunter folgendes zu verstehen:

a) Die generelle Testanweisung

Bei der *generellen Testanweisung* wird die Information über die Durchführung des Tests, bzw. die Beantwortung der Aufgaben durch den Pb, grundsätzlich vor Beginn der Testdurchführung gegeben und gegebenenfalls soweit interpretiert, daß aus den folgenden Übungsbeispielen – die in keinem Test mit genereller Anweisung fehlen dürfen – klar und eindeutig hervorgeht, daß der Pb die Anweisung verstanden hat und sie zu befolgen imstande ist. Die generelle Testanweisung ist sehr ökonomisch und wird praktisch stets bei Tests oder Testbatterien mit homogenen Aufgaben angewendet.

b) Die spezielle Testanweisung

Spezielle Testanweisungen werden dann gegeben, wenn sich ein Test aus mehreren Gruppen mit unter sich homogenen Aufgaben zusammensetzt, wobei jedoch die einzelnen Aufgabengruppen verschiedene Aspekte des zu untersuchenden Merkmals erfassen. Ferner ist die spezielle Testanweisung in jedem Testsystem, das sich aus mehreren Untertests zusammensetzt, gebräuchlich. In einfachen Tests wie auch in Testsystemen gibt es wiederum zwei Möglichkeiten der Anweisungsvorgabe:

– Die Anweisung für die verschiedenen Teiltests kann ausschließlich schriftlich erfolgen und in die *Gesamttestzeit* mit einbezogen werden, so daß die Pbn von einer Aufgabengruppe nach Kenntnisnahme der nächsten Spezialanweisung gleich zu der folgenden Aufgabengruppe bzw. dem nächsten Teiltest übergehen. Hier geht naturgemäß die Auffassungsschnelligkeit hinsichtlich der Anweisung in den Gesamtpunktwert mit ein. Wenn solche Tests mehr Niveau- als Schnelligkeitscharakter haben, spielt dieser Faktor keine Rolle, und der Test kann ohne weiteres auch als Gruppentest in der vorgesehenen Weise durchgeführt werden. Bei Tests mit einem hohen Schnelligkeitsanteil besteht eine andere Möglichkeit. Man kann der Pbn-Gruppe nach Ablauf der Teilzeitspanne für die einzelnen Teiltests jeweils ein Zeichen geben, jetzt zur nächsten Testanweisung überzugehen, und gleichzeitig ausdrücklich erlauben, daß jeder Pb, der bei einem Teiltest vorzeitig zu Ende kommt, an einem nicht vollendeten Teiltest weiterarbeiten darf und soll (was man bei einem etwaigen Verbot sowieso nicht verhindern könnte)[1]). Auch bei diesem Verfahren geht die Testanweisung als Spezialanweisung in die Zeitbegrenzung und ebenso in die Normen mit ein.
– Von einer anderen Durchführungsweise wird bei Spezialanweisungen häufiger Gebrauch gemacht. Die Anweisungen werden jeweils schriftlich gegeben und durch nachfolgende Beispiele erläutert. Für jede Aufgabengruppe bzw. für jeden Teiltest wird eine besondere festgelegte Teiltestzeit eingehalten. Diejenige Zeit, die zum Verständnis der Anweisungen und zur Durcharbeitung der Aufgabenbeispiele benötigt wird, ist *nicht* festgelegt. Das Testheft muß dann für Zwecke des Gruppenversuchs – wo eine Kontrolle des einzelnen Pb nicht exakt durchführbar ist – so eingerichtet werden, daß jeweils die neue Aufgabengruppe auf der linken Heftseite erscheint, während auf der rechten Heftseite Anweisung und Beispiele für den folgenden Teiltest stehen. Dieses Prinzip wird weitaus am häufigsten in Anspruch genommen[2]). Zwischen den einzelnen Teiltests wird dann eine genügend lange Zeitspanne freigelassen. Bei

---

[1]) Nach diesem Prinzip ist beispielsweise das Begabungstestsystem BTS von HORN (1956) aufgebaut.

[2]) Dieses Prinzip wird z. B. beim IST-70 von AMTHAUER als Gruppentest angewendet.

diesen Verfahren wird also die Anweisung nicht mit in die Zeitbegrenzung und die Normen aufgenommen.

c) Die separate Testanweisung

Die *separate Testanweisung* wurde bereits bei der Besprechung der Aufgabentypen erwähnt (vgl. Kap. 1.4); sie ist unlösbar mit dem Aufgabeninhalt verbunden und kann nur begrifflich von ihr getrennt werden. Das Charakteristikum dieser Anweisungsart ist es also, daß zu jeder einzelnen Aufgabe eine separate Anweisung gegeben werden muß, wie es z. B. bei den verschiedenen Kleinkinder- und Entwicklungstests gar nicht anders denkbar ist. Schon aus dieser Tatsache läßt sich entnehmen, daß innerhalb solcher Tests im allgemeinen eine besonders ausgeprägte Heterogenität des Aufgabeninhaltes besteht.

Die *Formulierung* der Testanweisung muß ebenfalls standardisiert werden. Zunächst wird sie aber erst einmal provisorisch festgelegt und an der laufenden Erfahrung ad optimum korrigiert. Die Testanweisung muß auch bei mündlichem Vortrag unbedingt dem Wortlaut folgen, wogegen von seiten der Untersucher oft gröblichst verstoßen wird. Dadurch wird die *Durchführungsobjektivität* herabgesetzt und die Testleistungen werden verfälscht (z. B. BELLMANN und SARGES, 1980, LAUTH und WIEDL, 1985, KEBECK und LOHAUS, 1985).

Verschiedentlich wird bei RF- und MW-Aufgaben anläßlich der Formulierung der Testanweisung die Frage erörtert, ob man auf die bestehende Möglichkeit, bei Nichtwissen der Antwort zu *raten*, hinweisen, oder ob man im Gegenteil vor dem Raten warnen soll, indem man etwa darauf hinweist, daß bei Fehllösungen Strafpunkte gegeben werden.

Die Ergebnisse verschiedener Studien über die Wirkungen des Ratens auf die Reliabilität zeigen hier zu folgendes:

- Wenn garantiert niemand rät, ist der Rohpunktwert zwar 10% bis 20% niedriger, die Reliabilität ist aber höher (RUCH & STODDARD, 1925).
- Wenn einige Pbn raten, andere nicht, wird die Reliabilität herabgesetzt (FRARY & ZIMMERMAN, 1970). Das kann durch eine sog. *Zufallskorrektur* (vgl. Kap. 5.3) bei der Auswertung ausgeglichen werden.
- Wenn alle Pbn blind raten, wird die Reliabilität ebenfalls herabgesetzt (RUCH u. STODDARD, 1925, FRARY, 1969). In diesem Falle ist die Anwendung der Zufallskorrektur sinnlos, da sie nur zu einer Lineartransformation der unkorrigierten Rohwerte führt und deshalb die Reliabilität nicht verändert.
- Wenn *nicht* geraten, sondern durch Kombinieren und durch die Auswertung von Zusatzinformationen die richtige Lösung gefunden wird, senkt die Anwendung der Zufallskorrektur die Reliabilität (FRARY 1969, ZIMMER, 1984).
- Wenn man nicht weiß, ob die Pbn raten, und man ihre spezielle Strategie nicht kennt, dann kann nach der Anwendung der Zufallskorrektur die Reliabilität sowohl über- als auch unterschätzt werden (SCHAEFER, 1976, BUSE, 1977).

Daraus ergibt sich, daß man keinesfalls zum blinden Raten auffordern, sondern ein gewisses „Fingerspitzengefühl" beim Suchen der Lösung empfehlen sollte, und daß man dann lieber auf die Zufallskorrektur verzichten sollte.

Um ein Kriterium für die Güte einer Testanweisung zu gewinnen, können die Zwischen- und Ergänzungsfragen von Seiten der Pbn gezählt und analysiert werden.

Es ist klar, daß eine Anweisung umso weniger allgemein verständlich ist, je mehr solcher Fragen auftauchen. Die endgültige Formulierung der Testanweisung muß spätestens vor der Kriterienkontrolle des Tests erfolgen (vgl. Kap. 10 und 11).

Die Wahl geeigneter *Übungsbeispiele* ist sehr bedeutungsvoll. Sie müssen leicht sein – damit die schwächsten Pbn nicht schon durch sie entmutigt werden, sie müssen eindeutig sein – damit keine Zweifel am Lösungsweg bestehen bleiben, und sie müssen selbstverständlich charakteristisch für den formalen und inhaltlichen Aufbau der Aufgabengruppe oder des ganzen Tests sein.

3.3.2 Die Testvorgabe

Bei der *Testvorgabe* muß dafür gesorgt werden, daß dem Pb keinerlei unerlaubte Hilfen zuteil werden können und daß vor allem im Gruppenversuch das Abschreiben und das Vergleichen verhindert wird, wogegen als wirksamstes Mittel die Entwicklung zweier *Parallelformen* eines Tests und deren alternierende Vorgabe an benachbarte Pbn gelten kann.

Die Aufgaben des Testleiters während der Durchführung – im Einzel- wie im Gruppenversuch – müssen explizit festgelegt und nicht als selbstverständlich dem jeweiligen Untersucher überlassen werden. Das Gleiche gilt für die Durchführungsbedingungen – besonders im Hinblick auf den Gruppenversuch –, aber auch bezüglich banaler Situationsbedingungen wie z. B. Sitz- und Schreibgelegenheit oder Beleuchtungsverhältnisse. Insbesondere darf der Testleiter keine individuellen Hilfen geben (KEBECK und LOHAUS, 1985).

3.3.3 Die Aufgabenbewertung

Im Testentwurf ist auch bereits die Art der *Aufgabenbewertung* vorwegzunehmen. Als Leitprinzip muß gelten, sie so einfach wie nur irgend möglich zu gestalten.

a) Die tatsächlich einfachste Art der Bewertung besteht darin, daß jede richtig beantwortete Aufgabe eines Leistungstests mit einem und nur einem Punkt in Anrechnung gebracht wird. Bei Persönlichkeitsfragebogen wäre analog dazu jede „Ja-Antwort" bzw. jede Antwort in Schlüsselrichtung mit einem Punkt zu bewerten. So verfährt man stets bei homogenen Aufgaben, und hier wiederum speziell bei solchen mit genereller Testanweisung. Entscheidend ist das „psychologische Gewicht" der einzelnen Aufgabe im Rahmen des gesamten Tests. Man soll in diesem Sinne möglichst gleich gewichtige Aufgaben wählen, damit nicht von vornherein eine unterschiedliche Bewertung – die nachträglich noch oft genug vorgenommen werden muß – notwendig wird.

Das Streben nach *einfacher Aufgabenbewertung* hat auch noch einen anderen Grund: die zu erwartende Häufigkeitsverteilung der Testpunktwerte nähert sich erfahrungsgemäß dann am stärksten der Normalverteilung, wenn jede Aufgabe mit einem Punkt verrechnet wird (vgl. Kap. 7.3). Dabei wird vorausgesetzt, daß die Zahl der Aufgaben nicht zu klein ist, und daß sie symmetrisch in fester Reihenfolge nach ansteigender Schwierigkeit (von $P = 80$ über $P = 50$ bis $P = 20$) vorgegeben werden, sofern sie nicht alle gleich schwierig sind, wie z. B. bei reinen Speed-Tests, z. B. mit $P = 90$.

b) Unter Umständen können Aufgaben eine höhere Punktzahl erhalten, wenn sie komplexer sind, eine deutlich längere Bearbeitungszeit erfordern oder schwieriger erscheinen. Letzteres ist vor allem dann gerechtfertigt, wenn die Pbn anweisungsgemäß die Aufgaben in beliebiger Reihenfolge bearbeiten dürfen.

c) Eine andere Möglichkeit der unterschiedlichen Aufgabenbewertung besteht darin, daß man hinsichtlich des untersuchten Persönlichkeitsmerkmals bedeutsamere Aufgaben höher, z. B. mit 2 oder 3 Testpunkten, bewertet als weniger bedeutsame Aufgaben. Man spricht hier von *validitätsbezogener Aufgabenbewertung*. Um Verteilungsirregularitäten zu vermeiden, sollten jedoch nicht mehr als ein Viertel der Aufgaben mit 2 Punkten und nicht mehr als ein Achtel mit 3 Punkten verrechnet werden.

d) Bei sehr komplizierten oder eine lange Lösungszeit erfordernden Testaufgaben sollte der Versuch gemacht werden, diese in Teilaufgaben zu zergliedern und diese Teilaufgaben dann separat und adäquat mit je einem Punkt zu bewerten. Diese Maßnahme ist besonders bei Tests mit wenigen Aufgaben zu empfehlen.

Die hier genannten Gesichtspunkte für die Aufgabenbewertung gelten nur bis zum Stadium der Aufgabenanalyse, dann muß auf alle Fälle eine Neuprüfung erfolgen. Es zeigt sich oft, daß die vom psychologischen Aspekt her erfolgte sog. *Primärbewertung* – wenn sie überhaupt unterschiedlich war – der empirisch statistischen *Sekundärbewertung* nicht entspricht; daß also etwa eine Aufgabe, die als relativ bedeutsam eingestuft wurde, zwischen erfolgreichen und erfolglosen Pbn nur unzureichend differenziert, so daß sie nicht mehr wie ursprünglich mit zwei oder drei, sondern nur noch mit einem Punkt verrechnet werden kann.

Zur *Technik der Aufgabenbeantwortung* sei darauf hingewiesen, daß es zweckmäßig ist, bereits bei den Vorarbeiten einen besonderen Antwortbogen zu benutzen, um Material zu sparen und die Auswertung zu vereinfachen. Wenn daran gedacht ist, den Test später duch Belegleser automatisch auswerten zu lassen, sollten hier bereits computerlesbare Antwortbögen eingesetzt werden.

Allerdings sollte bedacht werden, daß Kinder oft Schwierigkeiten mit dieser Technik der Beantwortung haben und selbst bei geeigneten Vorübungen noch Übertragungs- oder Markierungsfehler machen. RAMSEYER und CASHEN (1971) und GAFFNEY und MAGUIRE (1971) haben gezeigt, daß Antwortbögen bis zur 3. Klasse ungeeignet sind, und daß selbst noch in der 4. und 5. Klasse eine Einübungsphase notwendig ist.

Andernfalls kann die Beantwortung auch im Testheft oder auf dem Aufgabenblatt erfolgen, das allerdings später dann nicht mehr verwendbar ist. Im großen und ganzen sollte man die Bedingungen der Aufgabenbeantwortung sowohl für die Vorarbeiten wie auch für die spätere endgültige Testform möglichst gleichartig halten, da erstaunlicherweise oft ganz irrelevante Faktoren, wie die des Testmaterials, bedeutsamen Einfluß auf die statistischen Daten haben.

Es ist überall üblich, für die Testentwicklung bis unmittelbar vor das Stadium der Eichung Kopien als Testmaterial zu verwenden. Handelt es sich nicht um Papier- und Bleistifttests, sondern wird handfestes oder formbares Testmaterial benötigt, so ist von vornherein an die späteren Material- und Herstellungskosten zu denken.

Kapitel 4

DIE AUFGABENKONSTRUKTION

Nachdem eine psychologische Merkmalsanalyse durchgeführt und der strukturelle Testaufbau im Prinzip entworfen ist, folgt die Konstruktion konkreter Aufgaben. Die *Aufgabenkonstruktion* gliedert sich in drei Phasen:

a) die Materialbeschaffung für die Aufgabenkonzepte,

b) die Umwandlung von Aufgabenkonzepten in konkrete Aufgaben nach den Regeln für den sprachlichen Aufgabenaufbau,

c) der provisorische Testaufbau und die Festlegung der Aufgabenbewertung (Sekundär- oder Definitivbewertung).

4.1 Das Aufgabenkonzept

Bevor eine Testaufgabe entsteht, wird zunächst ein sog. *Aufgabenkonzept* entwickelt, d. h. die Aufgabe wird inhaltlich abgegrenzt, indem sie mit einem oder mehreren Sätzen zwanglos beschrieben wird. In einem solchen Konzept soll enthalten sein, welches Problem oder welche Frage dem Pb gestellt werden soll und welche Antworten als richtig und welche als falsch gewertet werden sollen.

Es gibt verschiedene Quellen, aus denen man Aufgabenkonzepte für den jeweiligen Validitätsbereich gewinnen kann:

a) Die Merkmalsanalyse

Die Merkmalsanalyse hat eine große Bedeutung, wenn ein Test mit einer hohen inhaltlichen Validität entwickelt werden soll. Hier muß das zu messende Merkmal, z. B. die Qualifikation zu einer Bürotätigkeit oder bei einem Schulleistungstest die auf einen Lehrplan oder ein Curriculum bezogenen erforderlichen Kenntnisse, genau analysiert, strukturiert und gegebenfalls operationalisiert werden. Auf Grund dieser Analyse können Aufgaben entwickelt werden, die repräsentativ für den gesamten Merkmalsbereich oder das Curriculum sind. Entsprechende Strategien, speziell für *kriteriumsorientierte Tests*, findet man z. B. bei FRICKE (1974). Wenn sich der Test auf einen bestimmten Lehrtext beziehen soll, so können die Aufgaben nach einem bei FEGER (1984) beschriebenen Verfahren unmittelbar aus dem Text entwickelt werden.

Die Merkmalsanalyse spielt ebenfalls eine bevorzugte, ja ausschlaggebende Rolle, wenn es sich um die Untersuchung einer Fähigkeit, Fertigkeit oder Eigenschaft handelt, die bisher noch nicht oder nur unzulänglich mit einem Test erfaßt worden ist. Da man hierbei gewissermaßen Neuland betritt, ist die Konzeptbildung aus den Ergebnissen der Merkmalsanalyse ein sehr mühevolles und meist auch langwieriges Unterfangen, das von einem einzelnen Testautor kaum erfolgreich bewältigt werden kann.

b) Validitätsähnliche Tests

Man darf Aufgabenkonzepte auch aus bereits verwendeten, eventuell *fremdsprachlichen Tests* entnehmen. Dabei kann nicht genug Nachdruck auf den Begriff des Konzeptes gelegt werden, denn nur dieses sollte übernommen werden, indem es von der vorliegenden Testaufgabe abstrahiert wird. Unmittelbare Übernahme oder einfache Übersetzung einer Aufgabe ist nicht zu empfehlen, obzwar verschiedentlich auch von dieser Möglichkeit Gebrauch gemacht wird. Die Rückwandlung einer bewährten Aufgabe in ein Aufgabenkonzept ist meist schon deshalb unumgänglich, weil der Aufgabentyp des vorhandenen Tests nur selten dem für den neuen Testentwurf vorgesehenen oder noch zu bestimmenden Aufgabentypus gleicht.

Oft kann man auch Aufgaben dadurch erzeugen, daß man die in validitätsähnlichen Tests vorhandenen Items systematisch verändert, beispielsweise in Matrizentests durch eine Veränderung des Materials, der Regel oder der Richtung der Regelgeltung (HORNKE und HABON, 1984).

c) Ergebnisse der Persönlichkeitsforschung

Bei der Aufgabenkonzeption für Persönlichkeitstests kann man auch auf empirische oder theoretische *Forschungsergebnisse* in dem entsprechenden Persönlichkeitsbereich zurückgreifen. Man denke etwa nur an die Resultate der Faktorenanalyse des Globalmerkmals Intelligenz durch THURSTONE (1938). Konzepte für die Primärfaktoren der Intelligenz nach Thurstone, nämlich

V = Verbal Comprehension (Sprachverständnis)
W = Word Fluency (Wortflüssigkeit)
R = Inductive (and deductive) Reasoning (Schlußfolgerndes Denken)
N = Number facility (Rechengewandtheit)
S = Spatial Orientation (Räumliches Denken)
M = Associative Memory (Assoziatives Gedächtnis)
P = Speed of Perception (Auffassungsschnelligkeit)

lassen sich leicht aus den faktorrepräsentativen Tests der *Primary Mental Abilities* (PMA) abstrahieren, wie dies z. B. in den Intelligenztests von HORN (1963) und JÄGER (1970) geschehen ist. Wollte man die 7 Primärfähigkeiten durch informelle Tests innerhalb einer Schulklasse erfassen, so würden sich hierzu Aufgabenkonzepte der folgenden Art als geeignet anbieten:

V = Oberbegriffe, Synonyme und Analogien bilden
W = Reime und Alliterationen finden
R = Reihen fortsetzen, eingekleidete Rechenaufgaben lösen
N = Additionen oder Multiplikationen ausführen

S = Schnittfiguren zusammensetzen, Buchstaben als verdreht oder gespiegelt erkennen
M = Vokabeln und Begriffspaare zuordnen lernen
P = Druckfehler entdecken, Adressen vergleichen.

In ähnlicher Weise wie faktorenanalytische Merkmalskonzepte lassen sich *phänomenologische Konzepte*, wie Reife und Persönlichkeit (ALLPORT, 1959), oder theoretische Konzepte, wie Modi der Konfliktverarbeitung (Sensitizer vs. Repressor, vgl. HERRMANN, 1974) oder Leistungsmotivation (HECKHAUSEN, 1980) durch viele vorformulierte Verhaltens- und Erlebnisweisen beschreiben. Eine Fundgrube für persönlichkeitstheoretische Konzepte zur Konstruktion von Fragebogen gibt das Lehrbuch von HERRMANN (1974). Eine weitere Fundgrube ist die *freie Konzeptualisierung* von Pbn nach dem Muster der freien Wirkungsbeschreibung bei Psychopharmaka (KOHNEN und LIENERT, 1979).

Die *Zahl* der Aufgabenkonzepte sollte möglichst groß sein, denn einmal lassen sich erfahrungsgemäß nicht alle Konzepte in Aufgaben umwandeln – z. B. einfach deswegen, weil für einen MW-Aufgabentyp keine plausiblen Alternativ-Antworten zu finden sind – zum anderen erweist sich ein Teil der tatsächlich erstellten Aufgaben aufgrund der Ergebnisse der späteren Aufgabenanalyse als unbrauchbar.

Ein vorbereitendes Konzept ist nicht für alle Aufgabenarten in gleicher Weise nötig. Homogene Aufgaben mit genereller Testanweisung (z. B. Zahlenreihen, begriffliche Qualifizierung, Buchstabenserien, Figuren Wiedererkennen usw.) werden gewissenmaßen am Schreibtisch gleich endgültig fertiggestellt. Bei anderen Aufgaben wird wiederum eine mehrfache Veränderung des Konzeptes angebracht sein, um die Aufgabe in den Gesamtrahmen aller übrigen Aufgaben sinnvoll ergänzend einzuordnen.

4.2 Regeln für den sprachlichen Aufbau von Aufgaben

- Man vermeide beim sprachlichen Aufbau von Aufgaben die Begriffe, die mehrere Bedeutung haben; im Zweifelsfalle sollte man unbedingt ein Wörterbuch zu Rate ziehen.
- Man vermeide Begriffe und Formulierungen, die nur einem Teil des später zu testenden Personenkreises geläufig sind.
- Man lege jeder Aufgabe nur einen sachlichen Inhalt oder Gedanken zugrunde.

Beispiel:

Falsch!
Aufg. 30: Müssen Sie am Morgen gewöhnlich geweckt werden, bzw. fühlen Sie sich nach dem Erwachen häufig unausgeschlafen?
Ja – Nein

Richtig!
Aufg. 30: Müssen Sie am Morgen gewöhnlich geweckt werden?
Ja – Nein
Aufg. 31: Fühlen Sie sich nach dem morgendlichen Erwachen häufig unausgeschlafen?
Ja – Nein

Es erweist sich also oft als zweckmäßig, den Inhalt einer *komplexen* Frage in zwei oder mehrere Einzelfragen aufzulösen.

- Man benütze möglichst positive Anweisungen, Aussagen, Fragen und vermeide insbesondere doppelte Negationen.
- Man vermeide Verallgemeinerungen jeglicher Art, besonders aber solche, die nur unter bestimmten Bedingungen Gültigkeit haben.
- Man vermeide umständliche Länge ebenso wie telegraphische Kürze; erstere führt zu unnötiger Testzeitverlängerung, letztere häufig zu Mißverständnissen.

Sobald die Aufgaben fertig bereit liegen, um gereiht und für die Aufgabenanalyse vorbereitet zu werden, sollte man sie noch einer Kontrolle hinsichtlich folgender Punkte unterwerfen:

a) Man prüfe die *Eindeutigkeit* der Frage oder des Problems und damit die Objektivität der Aufgabenbeantwortung, indem man jede einzelne Aufgabe noch einmal daraufhin untersucht, ob sie klar und unmißverständlich formuliert ist. Noch besser ist eine empirische Überprüfung in der Weise, daß man eine Gruppe von Pbn zu den einzelnen Aufgaben hinsichtlich der inhaltlichen Eindeutigkeit Stellung nehmen läßt (z. B. vollkommen eindeutig – nicht ganz eindeutig – unklar).

b) Man untersuche die *Testanweisung* auf ähnliche Art wie den Aufgabeninhalt hinsichtlich des Grades ihrer Eindeutigkeit und klaren Verständlichkeit.

c) Man beobachte möglichst viele Pbn in Einzel- und Gruppensituation bei einer *probeweisen Aufgabenbeantwortung* und verlange gegebenfalls verbale Umschreibungen für die an sie ergangenen Anweisungen und Fragen. Man wird auf diese Weise verschiedene Anhaltspunkte für Mängel der Aufgabenanweisung und des Aufgabenverständnisses entdecken.

Nur bei genügender Beachtung aller dieser Punkte kann man mit einer hinreichenden Objektivität und damit einer ebenfalls hinreichenden Reliabilität des späteren Tests rechnen.

4.3 Der provisorische Testaufbau

Sind alle Aufgaben nochmals revidiert worden, so kann man daran gehen, sie zu ordnen, zu gruppieren und zu reihen, wie es dem Testentwurf entspricht.

a) Zum **Ordnen** der Aufgaben legt man sich am besten eine Kartei an, in der jeder Aufgabe ein separates Karteiblatt zukommt, in welches die Ergebnisse der Aufgabenanalyse eingetragen werden (vgl. Tab. 1 und 2). Hier kann ein PC von großem Nutzen sein.

b) Die **Gruppierung** der Aufgaben erfolgt – wenn überhaupt – in erster Linie nach verschiedenen Aufgabentypen und den zugehörigen Spezialtestanweisungen, in zweiter Linie nach inhaltlichen Kategorien, wie dies bei Testsystemen allgemein üblich ist.

c) Die **Reihung** der Aufgaben wird je nach Durchführungstechnik bei der Aufgabenanalyse (vgl. Kap. 5) entweder zufällig oder nach einer bestimmten

Gesetzmäßigkeit, z. B. nach ansteigenden – geschätzten – Schwierigkeitsgraden, vorgenommen.

d) Wenn Reihung und Gruppierung für die Probevorgabe festgelegt sind, soll noch eine psychologische *Vorrevision* hinsichtlich des Aufgabeninhaltes vorgenommen werden, wobei psychologisch wenig wichtige und deutlich valide Aufgaben entsprechend gekennzeichnet werden.

e) Das letzte Stadium des provisiorischen Testaufbaus ist die technische Vorbereitung des Tests zur Aufgabenanalyse.

Ad a: Zu der Empfehlung, eine *Aufgabenkartei*, vielleicht in einem PC, anzulegen, die eine rasche Orientierung, die laufende Signierung und eine schnelle Information über die Analysedaten ermöglicht, seien zwei Beispiele von Karteikarten in den Tab. 1 und 2 veranschaulicht.

Ad b: Unter Umständen ist es zweckmäßig, nicht nur eine, sondern zwei oder drei Karteien zu führen, von denen jede die einzelnen Testaufgaben nach einem anderen Gesichtspunkt gruppiert enthält.

Tabelle 4.1: Intelligenz-Struktur-Test

Aufgabe Nr.: 46 Untertest Nr.: III (Analogien) Form: A			
Frage: Blumen: Vase = Vogel:?			
Wahlantworten: a) Nest b) Luft c) Hecke d) Käfig e) Baum			
Bestantwort: d) Käfig			
Ursprung der Aufgabe: Original des Autors			
Billigung durch: 3-er Rating			
Analyse gegründet auf N = 214 Pbn			
Qualifikation der Aufg.: brauchbar		P	P_{sup} P_{inf}
Revision der Aufg.: c) Himmel statt Hecke	d)	63	(41 + 22)
Empirische Kontrolle der Revision:	a)	10	(2 + 8)
nicht durchgeführt	b)	7	(1 + 6)
Schwierigkeit der Aufg.: P = 63	c)	0	(0 + 0)
Trennschärfe der Aufg.: r_{tet} = 0,38	e)	16	(6 + 10)

Tab. 4.1 stellt einen Vorschlag für eine Karteikarte dar, deren Daten aus einer einfachen Aufgabenanalyse an dem Gesamttestwert gewonnen werden sollen, während Tab. 4.2. ein Schema für einen *doppelten* Analysenvorgang – nämlich sowohl an dem Gesamttestpunktwert wie auch an einem Validitätskriterium – repräsentiert (vgl. Kap. 5)

Ad c: Die Reihenfolge der Aufgaben innerhalb einer Kartei braucht nicht mit der Reihenfolge übereinstimmen, in der sie an die Analysenstichprobe vorgegeben werden soll. Die zu wählende *Abfolge der Aufgaben* hängt eng mit der Durchführungstechnik der Aufgabenanalyse zusammen und wird später noch erörtert werden (vgl. Kap. 5.2).

Als Regel für den *endgültigen Testaufbau* sollte jedoch gelten, daß bei zeitlich nicht begrenzten Tests – also praktisch bei Niveautests – und bei reinen Speed-Tests keine bestimmte Reihenfolge eingehalten zu werden braucht, während bei zeitbegrenzten Niveautests (speeded-Power-Tests) die Aufgaben im allge-

Tabelle 4.2: Analyseschema

Test: ..... Teil: ..... Form: ..... Aufgaben Nr.: ..... Autor:					In dieser Spalte wird die aus dem Aufgabenheft ausgeschnit-tene Aufgabe aufgeklebt.
Binnenkriterium: = Rohwert Datum der Analyse:			Außenkriterium: = Berufserfolg Datum der Analyse:		
N	Obere Gruppe	Untere Gruppe	Positive Bewährung	Negative Bewährung	
a					
b					
c					
d					
e					
Ausge-lassen:					
Nicht bear-beitet:					
Korri-giert:					
Schwierigkeitsindex: P = ...			Schwierigkeitsindex: P = ...		
Trennschärfenindex: $_{tet}r_{it}$ = ...			Validitätskoeffizient: $_{tet}r_{ic}$ = ...		

meinen nach aufsteigendem Schwierigkeitsgrad geordnet werden müssen. Dabei können ein oder zwei ganz leichte Aufgaben als sog. Eisbrecheraufgaben vorangestellt werden, um die Testmotivation durch „Hoffnung auf Erfolg" zu erhöhen.

Bei Persönlichkeitsfragebögen, die stets „Niveautests" sind, ist eine Reihung der Fragen nicht erforderlich, man kann die Fragen für die Vorgabe zur Aufgabenanalyse entweder entsprechend ihrem Inhalt gruppieren oder aber bunt durcheinander würfeln.

Ad d: Die psychologische *Vorrevision* als letzte Gelegenheit, den Validitätsbereich der Testvorform noch zu verändern, sollte besonders bei Fragebogen vorgenommen werden. Der Testautor und seine Mitarbeiter prüfen sämtliche Aufgaben nochmals daraufhin, ob sie tatsächlich allesamt für das zu untersuchende Persönlichkeitsmerkmal relevant sind. Nach Möglichkeit sollten die Aufgaben von jedem einzelnen Vorrevisionsteilnehmer nach Art eines *Ratingverfahrens* gekennzeichnet werden.

Wenn etwa ein Fragebogen über das Verhalten erziehungsschwieriger Kinder erstellt wurde, so wird neben dem Fachpsychologen auch ein erfahrener Sonderschulpädagoge, ein Jugendpsychiater, ein Pädiater und ein Erzieher das Wort haben. Sie alle können unabhängig voneinander als *Experten* zur Validität der einzelnen Aufgaben Stellung nehmen und gegebenenfalls auch Ergänzungsvorschläge für vermißte Äußerungsformen und Erziehungsschwierigkeit machen.

Eine solche Vorrevision ist unter Umständen dann überflüssig, wenn beabsichtigt ist, die Aufgabenanalyse zusätzlich an einem äußeren Validitätskriterium durchzuführen, d. h. den empirisch ermittelten Validitätskoeffizienten darüber entscheiden zu lassen, ob eine Aufgabe Symptomwert, bei unserem Beispiel für Erziehungsschwierigkeiten, besitzt oder nicht.

Ad e: Zu den technischen Vorbereitungen der Aufgabenanalyse gehört die Bereitstellung des Aufgabenmaterials in einer geeigneten Form. Gewöhnlich werden die Aufgaben einzeln oder in Gruppen mit Schreibmaschine oder PC geschrieben oder gezeichnet und dann kopiert. Die einzelnen Aufgaben sollten räumlich gut voneinander abgesetzt und übersichtlich angeordnet sein. Wichtiges im Aufgabentext sollte durch Unterstreichen, Sperren und Umranden hervorgehoben werden. Sind für die Testendform Antwortbögen vorgesehen, so sollten solche auch bereits für die Aufgabenanalyse verwendet werden.

Bei Materialbearbeitungstests ist Vorsorge zu treffen, daß durch unsachgemäßes Hantieren mit dem Aufgabenmaterial keinerlei Schäden und Veränderungen eintreten können, die andere Bedingungen für die Aufgabenlösung schaffen.

Kapitel 5

DIE AUFGABENANALYSE

5.1 Das Ziel der Aufgabenanalyse

Die Aufgabenanalyse, d. h. die Darbietung der Testvorform an eine Analysenstichprobe, verfolgt einen zweifachen Zweck:

a) *Revision* des Tests im Hinblick auf eine höhere Reliabilität und Validität durch Ausschaltung und Verbesserung nicht genügend geeigneter Aufgaben.

b) Überprüfung der *Testpunkteverteilung* hinsichtlich einer höheren Reliabilität und einer besseren Normierbarkeit.

Außerdem sollen die *Durchführungsmodalitäten* des Tests, z. B. die Testanweisung, überprüft werden.

5.1.1 Bedeutung der Qualität der Aufgaben

Unter den *Kriterien* einer guten Testaufgabe wurden in Kap. 2.2 die drei Begriffe „Schwierigkeit", „Trennschärfe" und „Validität" als wesentlich herausgestellt. Es sind diejenigen Kriterien, die empirisch ermittelt und durch einen Kennwert bezeichnet zu werden pflegen. Sie werden an dieser Stelle operational definiert:

Der **Schwierigkeitsindex** (Popularitätsindex einer Frage) einer Aufgabe ist definiert durch die prozentuale Häufigkeit, mit der sie von einer repräsentativen Stichprobe von Pbn richtig (bzw. in Schlüsselrichtung) beantwortet wird.

Der **Trennschärfekoeffizient** einer Aufgabe ist definiert durch den punktbiserialen oder einen anderen geeigneten Korrelationskoeffizienten (vgl. Kap. 6.2) zwischen der Aufgabenbeantwortung der Pbn (Ja – Nein, Richtig – Falsch) einerseits und den von ihnen erzielten Rohwerten im Gesamttest andererseits.

Der (seltener verwendete) **Validitätskoeffizient** einer Aufgabe ist definiert durch den punktbiserialen oder einen anderen geeigneten Korrelationkoeffizienten zwischen der Aufgabenbeantwortung einerseits und dem Grad der Merkmalsausprägung – gemessen an einem Außenkriterium – andererseits.[1])

Welche relative Bedeutung haben nun Schwierigkeit und Trennschärfe, und welche konventionellen Forderungen hinsichtlich Schwierigkeit und Trennschärfe sind an eine Aufgabe zu stellen? Die Beantwortung dieser Frage hängt davon ab, ob es sich um einen Schnelligkeits- oder einen Niveautest handelt.

– Für „reine" Schnelligkeitstests haben Schwierigkeit und Trennschärfe als Aufgabenkriterien relativ wenig Bedeutung. Alle Testaufgaben sollten eine geringe ($P \rightarrow 100$) und untereinander gleiche Schwierigkeit haben. Die Trenn-

---

[1]) Zu beachten ist, daß es neben dem Validitätskoeffizienten einer Aufgabe – definiert analog dem Validitätskoeffizienten eines Tests – noch den Validitätsindex einer Aufgabe gibt; vgl. S. 111

schärfe der Aufgaben eines Schnelligkeitstests wird ebenso wie die Schwierigkeit gering sein, da ja beide Kriterien nur unter Niveaubedingungen – also bei großzügiger oder fehlender Zeitbegrenzung – sinnvoll zu definieren sind. Schon daraus geht hervor, daß die Aufgabenanalyse bei reinen Schnelligkeitstests praktisch ohne Bedeutung bleibt.

– Für Niveautests ist im allgemeinen die Trennschärfe von größerer Bedeutung als die Schwierigkeit. Die Trennschärfe soll möglichst hoch sein, die Schwierigkeit dagegen soll je nachdem entweder etwa bei 50% liegen (enger Geltungsbereich) oder über einen möglichst großen Bereich um 50% streuen (weiter Geltungsbereich), so daß Aufgaben von minimaler wie solcher von maximaler Schwierigkeit im Test vorkommen. Für „reine" Niveautests spielt also die Aufgabenanalyse eine entscheidende Rolle.[1])
– Die weitaus meisten der gebräuchlichen Tests sind Kompromißresultanten aus Schnelligkeit und „Denkkraft" (partly speeded power Tests), bei welchen Schwierigkeit und Trennschärfe immerhin eine bedeutsame Rolle spielen.

Was für den Trennschärfenkoeffizienten gesagt wurde, gilt in gleicher Weise auch für den Validitätskoeffizienten einer Aufgabe.

5.1.2 Bedeutung der Testpunktverteilung

Die Durchführung der Aufgabenanalyse und ihre Ergebnisse sollen auch darüber Auskunft geben, ob der Test eine hinreichende *Streuung* der Punktwerte – von manchen Autoren als *Differenzierungsfähigkeit*[2]) bezeichnet – besitzt und ob die Testpunktwerte annähernd normal verteilt sind. Hinreichende Streuung, Symmetrie und Eingipfligkeit der Rohwertverteilung (wie bei einer Normalverteilung) sind zwar keine notwendigen Bedingungen eines guten Tests, jedoch für die spätere Eichung sehr wünschenswert.

Wir schließen daher der Aufgabenanalyse in Kap. 8 eine *Analyse der Rohwerte* an, da in diesem Stadium der Testentwicklung noch mühelos geeignete

---

[1]) Als Nebenbedingungen zur Schwierigkeits-Homogenisierung der Aufgaben kann gefordert werden, daß alle Aufgaben paarweise gleichhoch korrelieren und gleichschwierig sind (Axialsymmetrie) (LIENERT und RAATZ, 1981)

[2]) Der Begriff der Differenzierungsfähigkeit umfaßt zwei Aspekte eines Tests: Erstens den der Testpunktestreuung und zweitens den der Reliabilität. MEILI (1961, S. 280) widmet der Streuung der Testpunkte einen eigenen Abschnitt, aus dem man den Eindruck gewinnt, daß die Streuung ein wichtiger Faktor für die Differenzierungsleistung eines Tests ist. Die anglo-amerikanischen Lehrbücher vernachlässigen demgegenüber diesen Gesichtspunkt nahezu vollkommen und sehen die Differenzierungsfähigkeit eines Tests ausschließlich im Lichte seiner Reliabilität. Die Sachlage ist wohl die: Wenn die Streuung des Tests im Vergleich zu seinem Standardmeßfehler (vgl. Kap. 17.1) groß ist, was wiederum eine hohe Reliabiltät voraussetzt, dann lassen sich die Pbn besser in mehrere voneinander verschiedene Gruppen differenzieren. Ein wenig streuender Test – im Grenzfall also ein Test mit nur einer Aufgabe – teilt die Pbn selbst bei höchster Reliabilität nur in zwei Gruppen. Hohe Reliabilität und große Streuung sind also beide notwendige Voraussetzungen für eine gute Differenzierungsleistung des Tests (s. dazu auch LEHRL und KINZEL, 1973).

Korrekturen für die Durchführung (z. B. Testzeitveränderung) oder Auswertung (z. B. unterschiedliche Aufgabenbewertung) im Sinne einer günstigeren Testpunkteverteilung vorgenommen werden können.

5.2 Planung und Durchführung der Aufgabenanalyse

Die erstmalige Darbietung eines provisorischen Tests, einer sog. *Testvorform*, zum Zwecke der Aufgabenanalyse kann in verschiedener Weise geschehen. In der Folge werden einige der gebräuchlichen Techniken beschrieben. Planung und Durchführung werden im Zusammenhang behandelt.

5.2.1 Die Wahl des Analysenkriteriums

Soll die Aufgabenanalyse nur zur sog. *inneren Konsistenz* des Tests als Meßinstrument beitragen, so genügt als Analysekriterium der individuelle Gesamttestpunktwert, der als Rohwert bezeichnet werden soll. Durch die Korrelation des Kriteriums „Rohwert“ mit der positiven oder negativen Beantwortung der Aufgabe ist – wie schon erwähnt – der Trennschärfenkoeffizient bestimmt. Je höher die Trennschärfenkoeffizienten liegen, *um so höher ist die Reliabilität; und unter sonst gleichen Bedingungen ist auch die Validitätserwartung höher*. Die Aufgabenanalyse an einem *Binnenkriterium* – so wird der Rohwert als Analysenkriterium verschiedentlich genannt – führt also mittelbar auch zu einer Validitätsverbesserung des Tests[1]).

Soll die Aufgabenanalyse direkt zu einer Erhöhung der Validität des Tests führen, dann muß ein *„Außenkriterium“* herangezogen werden, also ein Kriterium, das sich unmittelbar an dem untersuchten Persönlichkeitsmerkmal orientiert. Als Außenkriterium kommt z. B: bei Eignungstests eine objektive Einstufung nach dem Berufserfolg, bei Persönlichkeitsfragebogen ein Ratingverfahren in Frage. Die Bewertung des Außenkriteriums kann entweder eine *qualitative* (z. B. guter oder schlechter Berufserfolg) oder eine *quantitative* (z. B. Fertigungsstückzahl pro Stunde) sein. Dementsprechend müssen bei der Berechnung des Aufgaben-Validitätskoeffizienten Vierfelder- oder biseriale Korrelationsrechnungen zur Anwendung kommen.

Die Außenkriterienanalyse von Aufgaben kann natürlich nur dann in Betracht gezogen werden, wenn

a) ein solches Außenkriterium gewonnen werden kann, und
b) dieses Kriterium auch hinreichend reliabel ist.

Auch wenn ein taugliches Außenkriterium gewonnen werden kann, wird für Zwecke der Aufgabenanalyse nur in besonderen Fällen davon Gebrauch gemacht, da die Ermittlung des Außenkriteriums für die Analysestichprobe eine erhebliche

[1]) Aber eben nur mittelbar! Deswegen ist es nicht statthaft, die Durchführung einer Trennschärfenanalyse als Begründung für das Vorhandensein einer ausreichenden Validität anzuführen, wie es dann und wann geschieht.

testökonomische Belastung darstellt. Darüber hinaus besteht das Gebot der Kreuzvalidierung, wonach die Aufgabenanalyse an einem Binnenkriterium und die Validierung an einem Außenkriterium oder aber Aufgabenanalyse und Validierung jeweils an einer anderen Stichprobe vorgenommen werden sollten[1]). Es ist zweckmäßiger – zumindest für verhältnismäßig homogene Tests – das Außenkriterium erst für die Validitätskontrolle heranzuziehen.

Wenn man schlechthin von Aufgabenanalyse spricht und in diesem Zusammenhang kein Kriterium nennt, so meint man gewöhnlich die Analyse nach einem Binnenkriterium, also dem individuellen Rohwert.

5.2.2 Die Wahl der Analysenstichprobe

Grundsätzlich gilt, daß man zur Aufgabenanalyse eine Stichprobe von Pbn heranziehen sollte, die in höchstmöglichem Maße für das später zu testende Kollektiv repräsentativ ist. Dieser Forderung wird man nicht immer voll nachkommen können, da man oft genug testökonomische Gesichtspunkte berücksichtigen muß und zur Aufgabenanalyse eine Stichprobe heranzieht, die sich eben anbietet oder die man auf einfache Weise gewinnen kann. Man muß jedoch bei dieser Kompromißlösung zumindest die Gewißheit haben, daß sich die *Analysenstichprobe* nicht offensichtlich von dem späteren Testkollektiv unterscheidet. Wenn man z. B. die Schüler des ersten Jahrgangs einer Berufsschule als Analysenstichprobe vorsieht, so wäre diese voll repräsentativ für die Gruppe der hauptschulentlassenen Jugendlichen, die zur Berufsberatung anstehen; sie wäre aber unter Umständen auch für das Kollektiv aller 14-jährigen genügend repräsenstativ, während hingegen etwa 14-jährige Oberschüler für den selben Zweck absolut ungeeignet wären.

In den meisten Fällen wird man die Pbn-Stichprobe nicht direkt ziehen, sondern in einem *zweistufigen* Vorgehen zuerst eine Stichprobe von Testleitern, die ihrerseits wieder mehr oder weniger zufällig Pbn auswählen. In der Regel nehmen die Testleiter, z. B. Betriebspsychologen, Lehrer oder Psychologen an Kliniken oder Erziehungsberatungsstellen, freiwillig an der Testerprobung teil. Ob dadurch die Repräsentativität der Pbn-Stichprobe zusätzlich beeinträchtigt wird, sollte jeweils geprüft werden.

Im allgemeinen gilt, daß Unterschiede hinsichtlich des Mittelwertes der Testleistung zwischen Analysenstichprobe und spätere *Eichstichprobe* u. U. nicht so schwer wiegen wie Unterschiede in der Streuung. Daher sollte man bezüglich der Wahl von Analysenstichproben darauf achten, daß sie weder zu wenig noch zu viele Extremfälle enthalten. Statistisch formuliert: Für die Analysen- und Eichstichprobe darf die Hypothese, daß beide aus derselben Population stammen, nicht widerlegt werden können.

Gewöhnlich werden ca. 400 Pbn einer Aufgabenanalyse zugrundegelegt, jedoch kommt man unter günstigen Umständen auch mit einer Stichprobe von 200 Pbn

---

[1]) Die Forderung nach einer „cross-validation" (MOSIER et. al., 1951) wird gegenwärtig sehr betont, da sich verschiedentlich erwiesen hat, daß Tests, die an ein und derselben Stichprobe analysiert und validiert worden sind, außerhalb dieser Stichprobe nicht das leisteten, was sie aufgrund ihrer Gütekriterien versprachen.

aus. Solche „günstigen" Umstände sind im allgemeinen gegeben, wenn der Test nur bei einer relativ *homogenen* Grundgesamheit (z. B. Studenten) angewendet werden soll.

Wenn die Stichprobe geschichtet oder „geklumpt" ist, also z. B. aus ganzen Schulklassen besteht, muß sie größer sein, als wenn sie nur einzelne, zufällig ausgewählte Pbn enthält. Darüber hinaus müssen die ausgewählten Klassen als „Zufallsklumpen" aus der untersuchten Schülerpopulation gelten dürfen.

5.2.3 Das Erprobungs-Ernstfall-Dilemma

Grundsätzlich gilt, daß man die *Testerprobung* im Rahmen der Aufgabenanalyse unter denselben motivationalen Bedingungen durchführen sollte, wie sie auch später beim Ernsteinsatz des Tests gelten. Das bedeutet, daß die Testdurchführung Ernstfallcharakter haben muß. Denn wenn die Pbn wissen, daß der Test nur erprobt werden soll, und daß die Ergebnisse für den einzelnen Pbn ohne Bedeutung sind, dann kann man nicht erwarten, daß die Pbn den Test mit der notwendigen Aufmerksamkeit und mit dem erforderlichen Interesse und Engagement bearbeiten. Die Analysedaten können dann nicht auf den Ernstfall verallgemeinert werden.

Andererseits wirft es ethische Probleme auf, wenn man den Test unter Ernstfallbedingungen erprobt und dann auch wirklich zur Grundlage von Entscheidungen macht. Denn es handelt sich um eine – noch recht unvollkommene – Probeversion, deren Ergebnisse stark fehlerbehaftet sein können.

Wenn man den Probetest aber unter Ernstfallbedingungen durchführt und ihn entsprechend ankündigt, die Ergebnisse aber schließlich doch nicht verwertet, macht man sich u. U. unglaubwürdig, wenn die Pbn dies später erfahren. Hier könnte man bei jeder weiteren Testdurchführung Schwierigkeiten bekommen.

Um diesem *Dilemma* zu entgehen, wird folgender Ausweg vorgeschlagen: Der neue, zu analysierende Test wird zusammen mit anderen bereits standardisierten Verfahren unter Ernstfallbedingungen durchgeführt. Es fällt dann nicht auf, wenn nur die Ergebnisse der standardisierten Tests für die Entscheidungsfindung berücksichtigt werden. Manchmal mischt man sogar neue, noch unerprobte Testaufgaben unter die Aufgaben einer bereits standardisierten Testversion, um sie unter Ernstfallbedingungen zu erproben.

5.2.4 Einzel- und Gruppendurchführung bei der Aufgabenanalyse

Aus Gründen der Ökonomie wird allgemein der *Gruppenversuch* für Analysezwecke bevorzugt. In der Praxis wird die vorgesehene Analysenstichprobe meist in mehrere *Untergruppen* zu 20 bis 30 Pbn aufgeteilt – oder sie setzt sich natürlicherweise bereits aus solchen Untergruppen (z. B. Schulklassen) zusammen –, und die Untergruppen werden in der Gruppensituation getestet.

Der *Einzelversuch* wird für die Aufgabenanalyse noch bei Ausleseverfahren in Industrie und Wirtschaft in Frage kommen, wo Gruppen von Arbeitern und Angestellten nicht gleichzeitig zur Verfügung stehen. Darüber hinaus müssen natürlich alle später ausschließlich als Individualtests verwendeten Testvorformen auch im Einzelversuch analysiert werden.

5.2.5 Die Darbietungstechniken von Aufgaben

Die Testvorformen bzw. die einzelnen Testaufgaben können grundsätzlich in zweierlei Weise dargeboten werden:

a) Die Gesamtdarbietung der Aufgaben

Sie besteht darin, daß die Aufgaben in derselben Weise wie bei der späteren Testdurchführung dargeboten werden. Da die Testdurchführung aber mit und ohne Zeitbegrenzung ablaufen kann, sind auch für die Gesamtvorgabe *zwei homologe Techniken* möglich.

Die vollständige Gesamtdarbietung

Sie soll bei reinen Niveautests und bei solchen mit einer großzügigen Zeitbegrenzung angewendet werden und besteht darin, daß die Testvorform bei konstanter Reihenfolge der Aufgaben *vollständig* an die Analysenstichprobe zur Beantwortung dargeboten wird, wobei jeder Pb sich für jede Aufgabe theoretisch so viel Zeit nehmen kann, wie er dazu benötigt, wenn auch praktisch oft eine Zeitgrenze festgesetzt wird, innerhalb der alle Aufgaben von allen Pbn in Angriff genommen werden können. Persönlichkeitsfragebogen, die meist mit dieser Technik analysiert werden, werden stets ohne Zeitbegrenzung gegeben.

Die unvollständige Gesamtdarbietung

Die Testvorform wird bei konstanter Aufgabenreihung zeitlich so begrenzt, daß der einzelne Pb in der Regel nicht alle Aufgaben in Angriff nehmen kann, obwohl der größere Teil der Pbn dazu in der Lage sein wird, so daß es sich zwar um eine Gesamtdarbietung handelt, diese aber notwendigerweise *unvollständig* bleibt.

Eine solche Technik, findet bei Mischtypen von Schnelligkeit und Niveau Anwendung, und zwar vorwiegend dann, wenn auch die Gütekriterienkontrolle an der Analysenstichprobe vorgenommen werden soll, was zwar eigentlich nicht statthaft ist, aber doch gelegentlich dann geschieht, wenn der Test im Anschluß an die Aufgabenanalyse keine wesentliche Änderung mehr erfährt.

Die *Zeitbemessung* für die nach Schwierigkeit geordneten Aufgaben erfolgt dabei global, d. h. es bleibt dem einzelnen Pb überlassen, wieviel Zeit er für die eine oder andere Aufgabe verwendet und ob er in der vorgegebenen Zeit nur einen größeren Teil oder alle Aufgaben zu beantworten sucht. Noch verbleibende Zeit kann der Pb dazu benutzen, um ausgelassene Aufgaben nachzuholen oder andere zu überprüfen.

Die *Festlegung der Testzeit* erfolgt am einfachsten auf empirischem Wege. Man gibt die Testvorform einigen Pbn zur Beantwortung, von denen man eine durchschnittliche Testleistung erwartet. Die durchschnittliche Zeit, die sie zur Beantwortung aller Aufgaben bzw. deren In-Angriff-Nahme benötigen, kann als Minimal-Schätzwert für die Analysentestzeit bei unvollständiger Gesamtdarbietung angesehen werden. Manchmal ist es zweckmäßig, diese Zeit mehr oder weniger zu überschreiten[1]), damit nicht nur die besseren, sonderen etwa 60% bis 80% der Pbn alle Aufgaben in Angriff nehmen können. Es kommt jeweils auf den Anteil von „speed" und „power" an, ob man die Testzeit lockerer oder knapper bemißt.

Für die rechnerische Schwierigkeits- und Trennschärfenanalyse nach dieser Darbietungstechnik müssen speziell adaptierte Formeln herangezogen werden, die einen erheblichen Mehraufwand an Rechenarbeit verursachen. Ein anderer Nachteil dieser Methode liegt darin begründet, daß die am Ende der Testvorform befindlichen Aufgaben wegen der geringeren Pbn-Zahl weniger verläßlich beurteilt werden können. Gerade diese letzten, sehr schwierigen Aufgaben sollten jedoch hinsichtlich ihrer Trennschärfe gut gesichert sein, damit nicht eine brauchbare von diesen Aufgaben etwa eliminiert und eine unbrauchbare zurückbehalten wird; dadurch leidet unter Umständen die Differenzierung zwischen den guten Pbn.

Schließlich ist die Pbn-Teilstichprobe, die die letzten Aufgaben noch bearbeitet, *nicht* mehr repräsentativ, denn sie enthält nur die schnell arbeitenden und/oder die besonders guten Pbn. Deshalb werden diese Aufgaben bei der Analyse eher leichter eingeschätzt, als sie in Wirklichkeit sind. Einigermaßen richtig wird die Schwierigkeit der reihungsletzten Aufgaben nur dann eingeschätzt, wenn in einer Voruntersuchung festgestellt wurde, daß sie von den Pbn, die sie nicht mehr bearbeiten können, falsch gelöst worden wären.

b) Die Einzeldarbietung der Aufgaben

Die Technik der Einzeldarbietung der Aufgaben eignet sich für alle zeitbemessenen Tests, die sowohl Niveau wie Schnelligkeit prüfen. Sie wird in der Praxis relativ häufig angewendet und besteht darin, Analysenbedingungen solcher Art zu schaffen, daß jede Aufgabe der ganzen Testvorform erstens die gleiche Chance hat, in Angriff genommen zu werden, und zweitens eine ihrer Schwierigkeit entsprechende Chance hat, beantwortet zu werden.

Bei der *zeitbemessenen Einzeldarbietung* wird eine für alle Aufgaben konstante Beantwortungszeit festgesetzt, d. h. der einzelne Pb kann nicht nach Belieben bei einer Aufgabe verweilen, sondern muß die Aufgabe am Ende der Darbietungszeit beantwortet haben oder sie ungelöst lassen, selbst wenn er unmittelbar vor der Problemlösung stehen sollte. Ferner darf dem Pb keine Gelegenheit gegeben werden, die ihm etwa bei den Aufgaben mit geringer Schwierigkeit verbleibende Zeit zur Beantwortung oder zur Kontrolle anderer Aufgaben zu verwenden. Die technische Durchführung dieses Planes erfolgt im Gruppenversuch vorwiegend nach einer der beiden folgenden Methoden:

Die Gruppen-Simultan-Darbietung

Die einzelnen Aufgaben der Testvorform werden hierbei in der festgelegten Reihenfolge mittels eines *Projektionsapparates* auf einem Bildschirm dargeboten,

---

[1]) Die geschätzte Minimalzeit wird um so mehr überschritten werden können und sollte auch um so mehr überschritten werden, je mehr Fehllösungen bei der Probedurchführung beobachtet worden sind, da diese ein Hinweis darauf sind, daß der Test mehr Niveaucharakter hat.

und zwar so lange, wie es die festgelegte Darbietungszeit erfordert. Unmittelbar darauf folgt die nächste Aufgabe. Den Pbn werden zweckmäßigerweise anstelle von Antwortbogen Antwortheftchen ausgegeben, die so eingerichtet sind, daß jeweils auf einer Seite nur eine Antwort niederzuschreiben ist und die Reihungsnummern der Aufgaben auf den gradzahligen Heftseiten hin und auf den ungradzahligen zurücklaufen. Dadurch werden die Pbn veranlaßt, nach jeder Exposition *umzublättern*, was die Kontrolle des Einhaltens der Darbietungszeit durch den Testleiter (Tl) erleichtert. Selbstverständlich muß jegliches Abschreiben durch entsprechende Aufsichtsmaßnahmen verhindert werden.

Die Gruppen-Sukzessiv-Darbietung

Man schreibt oder druckt hierbei die Aufgaben auf Kärtchen und ordnet sie entsprechend der Testform. Dann stellt man in der Gruppensituation eine solche Sitzordnung her, daß die Kärtchen der Reihe nach von einem zum anderen Pb weitergereicht werden können, ohne daß ein wechselseitiges Abschreiben möglich ist. Nun erhält der erste Pb von Tl die erste Aufgabe ausgehändigt, beantwortet sie auf seinem Antwortblatt oder -heft und gibt sie auf ein Zeichen des Tl an seinen Nachbarn weiter, worauf er selbst von Tl die zweite Aufgabe zugeteilt erhält. Beim nächsten Zeitzeichen (z. B. Glockenschlag) rückt jede der beiden Aufgabenkärtchen um einen Pb weiter usf., bis die ersten Kärtchen beim letzten Pb ankommen, der sie dann an den Tl zurückgibt.

Will man die Zeit sparen, während welcher die erste Aufgabe vom ersten zum letzten Pb wandert, oder will man verhindern, daß die wartenden Pbn unruhig oder ungeduldig werden – wie es beispielsweise in der Schulklassensituation leicht der Fall sein kann –, so kann man so viele Aufgaben zufällig auswählen, wie Pbn vorhanden sind, und gleichzeitig an jeden Pb eine Aufgabe ausgeben. Die restlichen Aufgaben behält der Tl zunächst bei sich. Beim ersten Zeitzeichen gibt er dann eine der zurückbehaltenen Aufgaben an den ersten Pb aus und erhält gleichzeitig eine andere vom letzten Pb zurück, so daß er in den Kreislauf gewissermaßen als Aufgabenspeicher eingeschaltet ist.

Die *optimale* Darbietungszeit für die Aufgaben wurde in dem bisher Gesagten als bereits ermittelt vorausgesetzt. Die Schätzung einer geeigneten Darbietungszeit nach gutem Glauben ist nicht zu empfehlen, man ist mit der Festsetzung der Zeitbegrenzung bei der Einzeldarbietung genauso auf Probieren und Experimentieren angewiesen wie bei der Gesamtdarbietung. Am besten geht man dabei so vor:

Man gibt einigen guten Pbn einige schwierige Aufgaben und registriert die mittlere Beantwortungszeit. Daraufhin gibt man einigen schlechten Pbn einige leichte Aufgaben und bestimmt ebenfalls die mittlere Lösungzeit. Stimmen die beiden mittleren Beantwortungszeiten in etwa überein, so liegt offenbar eine Schwierigkeitsabstufung vor, die der Spannweite der Merkmalsausprägung adäquat ist. In diesem Falle wird die mittlere Beantwortungszeit muliplіziert mit der Anzahl der Aufgaben als Darbietungszeit für alle Aufgaben des Tests dienen können. Vorsichtshalber sollte man jedoch diese so ermittelte Darbietungszeit etwas – vielleicht um 10 bis 20% der mittleren Beantwortungszeit – erhöhen[1]), damit auch bei den schwierigen Aufgaben genügend viele Beantwortungen zustande kommen.

Wenn die beiden eben erwähnten mittleren Lösungszeiten nicht übereinstimmen, sollte die längere Lösungszeit als Darbietungszeit übernommen werden. Meist wird es so sein, daß die schlechten Pbn für die leichten Aufgaben eine kürzere Lösungszeit benötigen als die guten Pbn für die schwierigen Aufgaben, da man zur Ermutigung oft eine Anzahl sehr leichter Aufgaben (*Eisbrecher-Aufgaben*) als reihungserste in einem Leistungstest oder Intelligenztest mit aufzunehmen pflegt.

Oft genug wird es sich empfehlen, mit der gewählten Darbietungszeit zunächst einmal eine Probe an einer kleinen Stichprobe vorzunehmen.

Die unvollständige Gesamtdarbietung mit Zufallsreihung

Diese Darbietungstechnik stellt eine Möglichkeit dar, gleiche Bedingungen für die Beantwortung jeder Aufgabe – wie sie bei der Einzeldarbietung erzwungen werden – auch dann herzustellen, wenn nur eine Gesamtdarbietung in Frage kommt.

Die Reihenfolge der Aufgaben der Testvorform wird für jeden Pb nach Zufall geändert. Das kann man erreichen:

- indem man jede Aufgabe auf eine separate Karte schreibt und das Kartenpäckchen mit den Aufgaben der Testvorform wie ein Kartenspiel durchmischt, bevor man an jeden Pb jeweils ein Päckchen mit Zeitbegrenzung ausgibt;
- indem man auf einem einheitlichen Aufgabenblatt die Reihenfolge der Aufgaben für jeden Pb permutativ oder zufällig – durch entsprechende Numerierung – ändert und die Pbn anweist, diese Reihenfolge einzuhalten.

Die Zeitbegrenzung erfolgt in der gleichen Weise wie bei der unvollständigen Gesamtdarbietung mit konstanter Aufgabenreihung (siehe S. 62).

Der mit der Zufallsreihung verbundene testökonomische Mehraufwand wird dadurch wettgemacht, daß man keine speziell adaptierten Formeln benötigt, die den Tatbestand der unvollständigen Darbietung berücksichtigen müssen. Durch die Zufallsreihung kann man das Problem der nicht in Angriff genommenen Aufgaben weitgehend außer Acht lassen, da jede Aufgabe ungefähr gleich oft aus Zeitnot nicht bearbeitet werden wird.

Nach dem formalen Gliederungsprinzip wäre diese Darbietungstechnik als eine Unterform der unvollständigen Gesamtdarbietung aufzufassen:

Gesamtdarbietung	vollständig	mit konstanter Aufgabenreihung
	unvollständig	mit zufälliger Aufgabenreihung

An dieser Stelle wäre noch für alle unvollständigen Gesamtdarbietungen eine wichtige zusätzliche Testanweisung nachzutragen:

---

[1]) Diese Erhöhung wird bei kleinen Analysenstichproben eher geboten sein als bei großen.

Alle Pbn müssen die *letzte Aufgabe*, die sie vor Ablauf der Testzeit in Angriff genommen haben, in einer vereinbarten Weise z. B. durch ein Kreuz bezeichnen, da es einen Unterschied bedeutet, ob nach der letzten richtig oder falsch beantworteten Aufgabe – diese ist unter allen Unständen eindeutig festzustellen – noch eine oder mehrere Aufgaben nicht beanwortet werden konnten oder ob diese gar nicht mehr bearbeitet wurden.

5.2.6 Die Kontrolle der Testdurchführung

In der Regel wird der Test nur selten allein vom Testautor selbst erprobt, sondern meist von Testleitern, etwa von Psychologen aus der Praxis oder von Lehrern. In diesem Falle ist es zweckmäßig, zur *Kontrolle der Testdurchführung* einen Begleitbogen zu entwickeln, der vom jeweiligen Testleiter unmittelbar während oder nach der Testdurchführung ausgefüllt werden muß. Dieser Bogen sollte die folgenden Punkte enthalten: Datum, Ort, Beginn und Ende der Testdurchführung, Anzahl der Pbn bei Gruppenuntersuchungen, die Zeiten, wann der erste, wann 10%, wann 50%, wann 90% und wann der letzte der Pbn fertig waren (bei vollständiger Gesamtdarbietung), besondere Vorkommnisse, Bemerkungen und Kritik an der Instruktion, an einzelnen Testaufgaben oder am Test insgesamt.

Die auf diese Weise erhaltenen Informationen dienen nicht nur der Kontrolle der Testdurchführung, sie sind auch eine wertvolle Hilfe bei der Verbesserung des Tests.

5.3 Die Rohwertermittlung bei der Analysenstichprobe

Sobald die Durchführung des Tests für die Aufgabenanalyse beendet ist, kann die Auszählung der gelösten Aufgaben und der in Schlüsselrichtung beantworteten Fragen und die weitere Verarbeitung der Daten beginnen.

Zuerst werden alle Kontrollbögen daraufhin durchgesehen, ob der Test jeweils ordnungsgemäß durchgeführt worden ist. Ferner werden alle Testhefte bzw. Antwortbögen daraufhin überprüft, ob sie auswertbar sind.

Der nächste Schritt besteht in der Ermittlung der positiven *(richtigen)* und negativen *(falschen)* Aufgabenbeantwortungen, der Auslassungen („weiß nicht" bei Ja-Nein-Fragen) und der nicht mehr in Angriff genommenen Aufgaben, die als „*unbearbeitete*" Aufgaben bezeichnet werden sollen. Jede einzelne Aufgabe, die einem beliebigen Pb dargeboten worden ist, muß also unter eine der vier folgenden Kategorien fallen:

Richtig beantwortete Aufgaben	(R-Antwort)
Falsch beantwortete Aufgaben	(F-Antwort)
Ausgelassene Aufgaben	(A-Antwort)
Unbearbeitete Aufgaben	(U-Antwort)

Dabei unterscheiden sich A-Antworten von U-Anworten dahingehend, daß auf eine A-Antwort noch eine R- oder F-Antwort oder die Markierung der zuletzt bearbeiteten Aufgabe folgt, auf eine U-Antwort nicht.

Jeder Pb erhält also *maximal vier* verschiedene Punktwerte, indem die Anzahl seiner R-Antworten, die seiner F-Antworten und evtl. die seiner A- und U-Antworten durch einfaches Auszählen ermittelt werden.

Wenn für einen bestimmten Pb i

R_i = Anzahl seiner richtigen Antworten,
F_i = Anzahl seiner falschen Antworten,
A_i = Anzahl seiner ausgelassenen Aufgaben,
U_i = Anzahl seiner unbearbeiteten Aufgaben,
n = Gesamtzahl aller Aufgaben,

bedeutet, so gilt bei n Aufgaben eines Tests die Beziehung

$$R_i + F_i + A_i + U_i = n\,. \tag{5.1}$$

Da diese Beziehung gleicherweise für alle N Pbn der Analysenstichprobe gilt, so resultiert die Summengleichung

$$\sum_i R_i + \sum_i F_i + \sum_i A_i + \sum_i U_i = n \cdot N \tag{5.2}$$

oder

$$\sum_i (R_i + F_i + A_i + U_i) = n \cdot N\,. \tag{5.3}$$

Diese beiden Gleichungen sind von praktischer Bedeutung, da sie eine *Kontrolle der Auszählungsergebnisse* ermöglichen.

Tabelle 5.1

Pbn	Aufgabennummern						Summe			
n = 120	1	2	...	12	13	...	R	F	A + U	n
Fa	R	R	...	F	A	...	18	4	3	25
Os	R	F	...	U	U	...	6	2	17	25
Ki	R	R	...	R	A	...	13	7	5	25
...	...	...	...	...	...	...	...	...	...	...
N_R	90	102		78	63		1602			
N_F	21	15		24	27			814		
$N_A + N_U$	9	3		18	30				584	

In dieser Tabelle bedeuten:
R, F, A, U = Anzahl der R-, F-, A-, U-Anworten eines beliebigen Pb[1]),
N_R, N_F, N_A, N_U = Anzahl der Pbn, die auf eine beliebige Aufgabe eine R-, F-, A-, U-Antwort gegeben haben.
N = Anzahl der Pbn der Stichprobe,
n = Anzahl der Aufgaben im Test.

---

[1]) In dieser Tab. wurden A- und U-Antworten zusammengefaßt, weil dieses Beispiel einmal als Schnelligkeitstest, ein andermal als Niveautest aufgefaßt ist.

In dem Beispiel (s. S. 67) sind die Antworten für Aufgabe 1 und 2 sowie für Aufgabe 12 und 13 eines Tests mit 25 Aufgaben, die an einer Stichprobe von 120 Pbn analysiert worden sind, aufgeführt. In solcher oder ähnlicher Weise, wie es Tab. 5.1 für drei Pbn zeigt, kann man bei der Auszählung eines jeden Analysenergebnisses vorgehen.

5.3.1 Die einfache Rohwertermittlung

a) Die Punktwertzuteilung an die einzelnen Pbn der Analysenstichprobe geschieht am häufigsten und zugleich am einfachsten in der Weise, daß jedem Pb für jede R-Antwort ein Punkt zuerkannt wird. Der *Rohwert* X_i eines Pb i ist also wie folgt definiert

$$X_i = R_i \tag{5.4}$$

b) Verschiedentlich wird der Rohwert auch unter Berücksichtigung der Anzahl der F-Antworten ermittelt, indem bei jedem Fehler ein Minuspunkt verrechnet wird. Demgemäß würde der fehlerreduzierte Rohwert X_i eines Pb i wie folgt definiert werden

$$X_i = R_i - F_i\,. \tag{5.5}$$

Häufiger wird jedoch ein Bruchteil oder ein Vielfaches der F-Antworten von den R-Antworten subtrahiert. Dieser Bruchteil bzw. das Vielfache kann empirisch oder per definitionem festgelegt werden. Wenn er den Betrag k ausmacht, so lautet die fehleradjustierte Rohwertdefinition

$$X_i = R_i - k \cdot F_i\,. \tag{5.6}$$

Dabei beträgt dann k z. B. $\frac{2}{3}$ oder $\frac{1}{3}$ oder $\frac{1}{5}$.

c) Wenn die Aufgaben sehr ungleich gewichtig in ihrer Bedeutung für den Test sind, können einzelne auch mit 2, 3 oder mehr Punkten bewertet werden, wenn sie richtig, und mit 0 Punkten, wenn sie falsch gelöst wurden. Das Gewicht G_j, das man einer Aufgabe j zuerkennt, geht natürlich in die Berechnung des aufgabengewichteten Rohwertes X mit ein

$$X = G_1 + G_2 + \ldots G_n$$

oder

$$X = \sum_j G_j\,. \tag{5.7}$$

Allgemein gilt, daß die Aufgaben nach Möglichkeit nicht verschieden bewertet werden sollten; die im folgenden behandelte *Zufallskorrektur* erweist sich zumeist als zweckmäßiger als eine Gewichtung der Aufgabenbeantwortung.

5.3.2 Die Rohwertermittlung mit Zufallskorrektur

Da bei RF- und MW-Aufgaben eine richtige Antwort durch *Raten* zustande kommen kann, werden unkritische Pbn begünstigt und kritische Pbn dagegen benachteiligt. Wenn man die Annahme macht, daß alle F-Antworten durch Raten entstanden sind, so ergibt sich für die Ermittlung des Rohwertes die Rate-Korrektur

$$X_i = R_i - \frac{F_i}{m - 1} \tag{5.8}$$

bei m = Anzahl der Antwortmöglichkeiten.

> Rechenbeispiel Nr. 5.1:
> Ein Pb hat in einem 4-fach-Wahltest 62 R-Antworten und 12 F-Antworten gegeben, dann berechnet sich sein ratekorrigierter Rohwert
>
> $$X = 62 - \frac{12}{4 - 1} = 58\,.$$

Ein RF-Aufgabentest hat nur eine Alternative zur R-Antwort, daher reduziert sich die Korrekturformel zu Formel (5.5)

$$X_i = R_i - F_i\,.$$

Man wird die Zufallskorrektur naturgemäß nur dann anwenden, wenn der Test das Raten nahelegt oder wenn man bei der Durchsicht an der Häufigkeit der F-Antworten feststellt, daß tatsächlich in beachtlichem Umfange geraten wurde. Zur Frage, ob und wann eine Zufallskorrektur im allgemeinen vorgenommen werden sollte, mögen noch folgende Hinweise dienen (siehe auch S. 47).

a) Wenn der Test eine große Anzahl von Aufgaben enthält, so wird es kaum einen Unterschied machen, ob man mit oder ohne Zufallskorrektur arbeitet. Bei 10 RF-Aufgaben kann z. B. ein Pb durch Raten wohl 7 statt 4 richtige Antworten erzielen; es wird ihm aber nicht gelingen, bei 100 Aufgaben 70 statt 40 Aufgaben zu lösen.

b) Bei MW-Aufgaben wird eine Zufallskorrektur dann angezeigt sein, wenn nur 4 oder noch weniger Wahlmöglichkeiten bestehen, jedoch auch nur unter der Bedingungen, daß der Test relativ wenig Aufgaben enthält.

Außer bei MW- und RF-Aufgaben in standardisierten Tests wird eine Zufallskorrektur kaum jemals angewendet.

5.3.3. Die Rohwertermittlung mit empirischer Fehlerkorrektur

Für manche Tests – wie etwa zeitbemessene Rechentests –, die sowohl eine quantitative *(Mengenleistung)* wie eine qualitative *(Fehlerleistung)* Bewertung ergeben, mag es wünschenswert sein, die Testleistung in einem *einzigen* Punktwert anzugeben, der Qualität und Quantität in einem entsprechenden Maße berücksichtigt[1]). Hier wäre es ungerechtfertigt, wenn man eine per definitionem festgesetzte Korrektur oder eine zufällige Fehlerkorrektur anbringen würde, da die Hypothese, alle Fehler seien durch Raten zustande gekommen, offenbar nicht zutrifft.

Eine sinnvolle Korrektur der quantitativen Leistung aufgrund unterschiedlicher Qualität kann in der Tat erst ermittelt werden, wenn die Aufgabenanalyse des Tests an einem Außenkriterium bereits durchgeführt worden ist, das rechnerische Verfahren soll aber hier schon vorweggenommen werden. Man bestimmt zunächst wie üblich die R- und F-Antworten von jedem Pb und korreliert jeden dieser zwei Punktwerte mit dem Kriteriumwert und ebenso die R- und F-Punktwerte untereinander. Mit diesen drei Koeffizienten kann man bei Annahme einer trivariaten Normalverteilung nach der multiplen Korrelationsgleichung, einer von THURSTONE (1925, S. 76–82) entwickelten Formel, das „Fehlergewicht" G_F errechnen.

$$G_F = \frac{s_R \cdot (r_{RC}r_{RF} - r_{FC})}{s_F \cdot (r_{FC}r_{RF} - r_{RC})}. \tag{5.9}$$

In dieser Formel bedeuten:
s_R = Standardabweichung der R-Punktwerte,
s_F = Standardabweichung der F-Punktwerte,
r_{RF} = Korrelation zwischen R- und F-Punktwerten,
r_{RC} = Korrelation zwischen R- und Kriteriumpunktwerten,
r_{FC} = Korrelation zwischen F- und Kriteriumpunktwerten.

Mit diesem Fehlergewicht G_F muß der Fehlerpunktwert F multipliziert werden, bevor er zu dem R-Punktwert algebraisch hinzugezählt werden darf

$$X_i = R_i + G_F \cdot F_i. \tag{5.10}$$

Da das Gewicht G_F praktisch meist ein *negatives* Vorzeichen hat[2]) läuft die Rechenoperation zur Ermittlung des empirisch korrigierten Rohwertes auf eine *Subtraktion* hinaus.

Rechenbeispiel Nr. 5.2:

Ein Rechentest habe eine R-Antwort-Streuung von $s_R = 20$ und eine Fehlerpunktestreuung von $s_F = 4$. Die Korrelation zwischen R- und F-Antworten betrage $r_{RF} = 0{,}1$. Als Kriterium der Büroleistung diene die Anzahl der pro Stunde richtig ausgefüllten und eingeordneten Karteikarten. Es bestehe eine hohe Korrelation zwischen Büroerfolg und Rechenleistung von $r_{RC} = 0{,}7$ und andererseits – wie zu erwarten – eine geringe negative Korrelation zwischen Büroerfolg und Rechenleistungsgüte von $r_{FC} = -0{,}2$.

[1]) Die Zusammenfassung zweier Bewertungsgesichtspunkte ist nur dann erlaubt, wenn sie sich reziprok verhalten, wenn also z. B. bei einer Erhöhung der Leistungsmenge die Leistungsgüte abnimmt oder umgekehrt.

[2]) Das Vorzeichen kann u. U. dann positiv sein, wenn im Validitätskriterium die Schnelligkeit der allein dominierende Faktor ist; in diesem Falle sind Fehler sogar positiv zu werten, denn sie erhöhen immerhin die, wenn auch weniger gute, Mengenleistung.

Daraus ergibt sich nach Formel (5.9) ein Fehlergewicht von

$$G_F = \frac{20 \cdot [0{,}7 \cdot 0.1 - (-0{,}2]}{4 \cdot [(-0{,}2) \cdot 0{,}1 - 0{,}7]} = -1{,}87\,.$$

Wenn man also dem Kriterium des Büroerfolgs durch einen einzigen Punktwert im Rechetest möglichst gerecht werden will, so muß man nach Formel (5.10) dem Pb Ru, der 102 Rechnungen richtig und 12 falsch gelöst hat, einen korrigierten Rohwert von

$$X_{Ru} = 102 + (-1{,}87) \cdot 12 = 80$$

zuerkennen. Etwas vereinfacht könnte man das Doppelte der Fehler von der richtigen Zahl der Lösungen abziehen, um in diesem Beispiel den fehleradjustierten Rohwert zu erhalten.

Bei reinen Schnelligkeitstests, die nach Quantität und Qualität separat ausgewertet werden sollen, kann auch die Anzahl der überhaupt bearbeiteten Aufgaben als Rohwert für die Quantität der Testleistung angesetzt und die Qualität als *Fehlerprozent* definiert werden wie z. B. beim PAULI-ARNOLD-Test [1]).

5.3.4 Die Testzeit als Rohwert

Grundsätzlich kann man als Punktwerte einmal für die geleistete Testarbeit, zum andern aber auch für die dazu benötigte Testzeit vergeben [2]). Von der zweiten Möglichkeit wird bei objektiven Tests nur noch selten Gebrauch gemacht. Das ist wohl in erster Linie eine Folge der Tendenz, durchweg Gruppentests zu entwickeln. Überdies scheinen gerade bei der Bewertung nach Testzeit nicht relevante persönlichkeitsbedingte Faktoren eine noch größere Rolle zu spielen, als dies bei Schnelligkeitstests im allgemeinen der Fall ist.

Eine gewisse Bedeutung kommt dem *Zeitmaß-Rohwert* bei objektiven Tests, die nur aus einer einzigen Aufgabe bestehen (single item test) und bei beliebig langer Zeit schließlich fast von jedem Pb gelöst werden, auch gegenwärtig noch zu. Man erzielt durch diese Zeitbewertung eine *Streuung* der Testresultate, wo man sonst nur eine Alternative „gelöst" – „nicht gelöst" erhalten könnte.

Will man negativ gepolte Zeitmaße t (mit hohen Werten für geringe Leistungen) in positiv gepolte Leistungsmaße X umwandeln, so bedient man sich am besten einer *Reziprok-Transformation* $X = C/t$, wobei C eine frei wählbare Konstante ist. Im Unterschied zu den meist linkspipflig verteilten Zeitmaßen sind die X-Leistungsmaße meist symmetrisch verteilt.

---

[1]) In diesem Falle geht man von der Voraussetzung aus, daß jede bearbeitete Aufgabe bereits einem definierten Leistungsquantum entspricht.

[2]) Im Englischen spricht man von „time-limited" und „work-limited tests", wobei die zeitbegrenzten Tests nach Leistung und die arbeitsbegrenzten Tests nach Zeit ausgewertet werden.

5.3.5 Die Rohwertermittlung bei „gewogener" Aufgabenbewertung

EG-Aufgaben haben im allgemeinen noch eine recht hohe Objektivität, so daß verhältnismäßig leicht entschieden werden kann, ob eine Antwort positiv oder negativ bewertet werden soll; bei KA-Aufgaben dagegen wird man wegen ihrer geringen Objektivität wohl kaum um eine *mehrstufige Bewertung* der Antworten herumkommen. Dazu sind unbedingt genaue Bewertungskriterien zu definieren. Unter Umständen sollte ein Ratingverfahren bei der Bewertung angewandt werden.

Gewogene Bewertungen müssen auch für Tests vorgesehen werden, die wenige Aufgaben von sehr unterschiedlicher Schwierigkeit oder sehr unterschiedlicher Lösungszeit enthalten, sofern diese nicht nach ansteigender Schwierigkeit geordnet dargeboten werden oder es dem Pb freigestellt bleibt, mit welcher Aufgabe er beginnt und welche er als zweite, dritte usw. bearbeitet.

Bei gewogener Aufgabenbewertung kann sich sehr leicht eine *irreguläre Testpunkteverteilung* ergeben (vgl. Kap. 8), weshalb man gut daran tut, mehrere Bewertungsmöglichkeiten auszuprobieren und diejenige als die vorläufig beste anzunehmen, die eine relativ regelmäßige und symmetrische Rohwertverteilung ergibt.

Wenn die Anzahl der Testaufgaben gering ist ($n < 10$) oder wenn es sich um Persönlichkeitsfragebogen mit mehr als zwei Antwortstufen (z. B. nie – selten – oft) handelt, so hat die gewogene gegenüber der nicht gewogenen Aufgabenbewertung nachgewiesenermaßen Vorteile. Die Gewichte müssen allerdings aufgrund der Daten der Aufgabenanalyse festgesetzt werden; ein entsprechendes Verfahren wird später (vgl. Kap. 7.3.1) beschrieben.

Kapitel 6

BERECHNUNG VON SCHWIERIGKEITS-INDEX, TRENNSCHÄRFENKOEFFIZIENT UND AUFGABENINTERKORRELATION

6.1 Die Schwierigkeitsanalyse

6.1.1 Die Bedeutung des Schwierigkeitsindex

Der erste und einfachere Teil der Aufgabenanalyse betrifft die Schwierigkeit der einzelnen Testaufgaben, die durch einen *Schwierigkeitsindex* zu kennzeichnen sind.

Definition: Der Schwierigkeitsindex einer Aufgabe ist gleich dem prozentualen Anteil P der auf diese Aufgaben entfallenden richtigen Antworten in einer Analysenstichprobe von der Größe N; der Schwierigkeitsindex liegt also bei schwierigen Aufgaben niedrig, bei leichten hoch[1]).

Da in der Definition von „richtigen" Antworten die Rede ist, so gilt sie primär für Intelligenz- und Leistungstests. Die Definition läßt sich jedoch sinngemäß auch auf Fragebogen übertragen, bei denen es weder richtige noch falsche Antworten im eigentlichen Sinne des Wortes gibt, wohl aber Zustimmung und Ablehnung, Bejahung und Verneinung. Hier zählt diejenige Antwort als „richtige" Antwort, die bei der Auszählung mit einem oder mehreren Punkten bewertet wird *(Schlüsselantwort)*. In einem Fragebogen für vegetative Labilität wird z. B. die Frage

Erröten Sie leicht? Ja — Nein

dann als schwierig — im statistischen Sinn — zu gelten haben, wenn nur wenige Pbn sie mit der Schlüsselantwort „Ja" beantworten; der Schwierigkeitsindex P wird in diesem Falle also niedrig sein. Hingegen wird die andere Frage aus demselben Fragebogen

Schlafen Sie abends prompt ein? Ja — Nein

dann als schwierig zu betrachten sein, wenn nur wenig „Nein"-Antworten gegeben werden, da in diesem Fall die Nein-Antwort die Schlüsselantwort ist, die zur Punktvermehrung — und damit zur Labilitätserhöhung beiträgt. Bezeichnet man die statistische Schwierigkeit von Fragebogen-Items als deren *Popularität* (vgl. Kap. 2.2.4), dann gilt eine Frage, die oft in Schlüsselrichtung beantwortet wird, als populär. Der *Popularitätsindex* bezeichnet dann sinngemäß den Anteil

---

[1]) An diese Umkehrung des statistischen Begriffes gegenüber dem psychologischen Begriff muß sich der Leser gewöhnen. In den folgenden Ausführungen wird der Begriff „Schwierigkeit" im psychologischen, der Begriff „Schwierigkeitsindex" im statistischen Sinn gebraucht

der Pbn in der Analysenstichprobe, die die Frage in Schlüsselrichtung beantwortet haben.

6.1.2 Die Bestimmung des Schwierigkeitsindex

Die Ermittlung des Schwierigkeitsindex einer Testaufgabe hängt von der Art des Tests hinsichtlich Schnelligkeit und Niveau, also von dem Grade der notwendigen Zeitbegrenzung wesentlich ab[1]).

a) Sie ist am einfachsten bei reinen *Niveautests*, die entweder überhaupt keine Testzeit vorschreiben oder nur eine solche, innerhalb der alle Pbn alle Aufgben in Angriff nehmen können, so daß sich der höchstmögliche Punktwert der einzelnen Pbn jeweils nur um die Anzahl der Fehllösungen und Auslassungen vermindert.

Nach der Definition muß die Formel für den Schwierigkeitsindex bei Niveautestaufgaben lauten[2])

$$P = 100 \cdot \frac{N_R}{N}. \tag{6.1}$$

In dieser Formel bedeuten:

N_R = Anzahl der Pbn, die die Aufgabe richtig beantwortet haben,
N = Gesamtzahl der Pbn.

Rechenbeispiel Nr. 6.1:

a) Auf das Beispiel der Aufgabe 2 aus Tab. 5.1 angewendet, berechnet sich der Schwierigkeitsindex

$$P = 100 \cdot \frac{102}{120} = 85 \quad \text{(leichte Aufgabe).}$$

b) Für Aufgabe 13 derselben Tabelle ergibt sich ein Schwierigkeitsindex von

$$P = 100 \cdot \frac{63}{120} = 52{,}5 \quad \text{(mittelschwere Aufgabe).}$$

Die Formel (6.1) sollte man jedoch nur dann verwenden, wenn bei der Aufgabenbeantwortung ein Zufallseinfluß unmöglich ist (z. B. bei EG-Aufgaben) oder vernachlässigt werden kann (z. B. bei ZO-Aufgaben oder MW-Aufgaben mit mehr als vier

---

[1]) Genau genommen ist der Schwierigkeitsindex überhaupt nur unter Niveaubedingungen sinnvoll definierbar, jedoch kann man durch Kunstgriffe, wie z. B. die zeitbemessene Einzeldarbietung der Aufgaben, einen Schwierigkeitsindex von relativer Bedeutung gewinnen.

[2]) Bei einem Teil der Formeln in diesem Kapitel wurde der Index j für die Aufgabe weggelassen, um die Lesbarkeit der Formeln zu erhöhen.

Wahlmöglichkeiten), bzw. wenn bei der Rohwertermittlung keine *Zufallskorrektur* angewandt worden ist.

b) Die *zufallskorrigierte* Formel für den Schwierigkeitsindex von MW-Aufgaben lautet in Analogie zur Rohwertformel (5.8)

$$P = 100 \frac{N_R - \frac{N_F}{m-1}}{N}. \tag{6.2}$$

In dieser Formel bedeuten:
N_F = Anzahl der Pbn, die die Aufgabe falsch beantwortet haben
m = Anzahl der Wahlmöglichkeiten in einer MW-Aufgabe.

Durch die Zufallkorrektur wird zwar der Schwierigkeitsindex einer Aufgabe numerisch verändert, seine relative Position unter den übrigen Schwierigkeitsindizes aber bleibt praktisch konstant. Wenn es daher – wie im Falle einer Aufgabenreihung nach ansteigender Schwierigkeit – nur auf die *relative* Schwierigkeit der Aufgaben ankommt, wird man auf die Korrektur verzichten. Ergänzend ist noch zu bemerken: Gelegentlich ergeben sich durch Zufallskorrektur negative Schwierigkeitsindizes, die naturgemäß nicht zu interpretieren sind; sie geben aber einen Hinweis in dem Sinne, daß es sich um eine sehr schwierige, aber leichter aussehende, d. h. zu einer falschen Lösung ermutigende Aufgabe handelt.

Rechenbeispiel Nr. 6.2:
Wenn die in Beispiel 6.1a genannte Aufgabe eine vom 4-fach-Wahltypus wäre, würde sich ihr zufallskorrigierter Schwierigkeitsindex errechnen zu

$$P = 100 \frac{102 - \frac{15}{4-1}}{120} = 100 \frac{97}{120} = 80{,}8\,.$$

Wenn die relative Fehlbeantwortungshäufigkeit wie in diesem Beispiel nur gering ist, dann ändert sich an der Größenordnung des Schwierigkeitsindex nur wenig.

Der von FRISBIE (1981) vorgeschlagene *relative zufallskorrigierte Schwierigkeitsindex* RDR_i liegt zwischen −1 (Aufgabe von keinem gelöst) und +1 (Aufgabe von allen gelöst). Er ist durch eine einfache lineare Transformation in Formel (6.2) überführbar.

c) Die Anwendung von Formel (6.2) setzt voraus, daß die falschen Alternativen (Distraktoren) gleich wahrscheinlich sind, also ungefähr gleich oft von den Pbn gewählt werden. Das ist dann der Fall, wenn die Pbn bei Nichtwissen wirklich zufällig ankreuzen.

In der Praxis wenden die Pbn natürlich andere Strategien an, und die Alternativen sind i. a. auch nicht gleich wahrscheinlich. Für diesen Fall hat HORST (1971) den *plausibilitätskorrigierten Schwierigkeitsindex* entwickelt:

$$P = 100 \cdot \frac{N_R - N_{F\,max}}{N}. \tag{6.3}$$

Dabei ist $N_{F\,max}$ die Anzahl der Pbn, die die plausibelste, d. h. die meistfrequentierte falsche Alternative gewählt haben. Für den Fall gleicher Plausibilität der falschen Alternativen geht Formel (6.3) in Formel (6.2) über.

Rechenbeispiel Nr. 6.3:
Angenommen, in Rechenbeispiel Nr. 6.2 verteilen sich die Lösungen folgendermaßen auf die richtige Alternative A und die falschen Alternativen B, C und D:

A: 102 B: 5 C: 7 D: 3

Dann würde man den plausibilitätskorrigierten Schwierigkeitsindex P nach (6.3) berechnen zu

$$P = 100 \cdot \frac{102 - 7}{120} = 79{,}2$$

während sich nach (6.2) P = 80,8 ergeben hätte.

d) Wenn man bei der Aufgabenanalyse eine *unvollständige Aufgabendarbietung* gewählt hat, wenn also nicht alle Aufgaben von allen Pbn bearbeitet werden konnten, so darf man die Zahl der R-Antworten nicht zur Gesamtzahl der Pbn in Beziehung setzen, sondern muß die Gesamtzahl um die Anzahl derjenigen Pbn vermindern, die die Aufgabe nicht in Angriff nehmen konnten. Wir schlagen die Bezeichnung „Inangriffnahme-Korrektur“ vor.

Die entsprechenden Formeln für den *Schwierigkeitsindex mit Inangriffnahme-Korrektur* lauten:

ohne Zufallskorrektur
$$P = 100\,\frac{N_R}{N_B}, \tag{6.4}$$

mit Zufallskorrektur
$$P = 100\,\frac{N_R - \dfrac{N_F}{m-1}}{N_B}. \tag{6.5}$$

In dieser Formel bedeutet:
N_B = Anzahl der Pbn, die die Aufgabe bearbeitet (in Angriff genommen) haben.

Rechenbeispiel Nr. 6.4:

Wenn man aus Tab. 5.1 für Aufgabe 13 unter der Annahme eines 4-fach-Wahl-Aufgabentypus und $N_A = 0$ den Schwierigkeitsindex bestimmen wollte, so ergäbe sich $N_B = N - N_u = 120 - 30 = 90$ und

$$P = 100 \frac{63 - \frac{27}{4 - 1}}{90} = 60{,}0 .$$

Hätten wir die Tatsache, daß 30 Pbn die Aufgabe 13 nicht bearbeitet haben, nicht berücksichtigt, dann hätte sich ein Schwierigkeitsindex von $P = 45$ ergeben; die Aufgabe wäre also schwieriger erschienen, als sie tatsächlich ist.

e) FLANAGAN (1939) hat vorgeschlagen, Schwierigkeit und Trennschärfe von Aufgaben nicht aufgrund der gesamten Analysenstichprobe zu berechnen, sondern hierzu nur jeweils 27% der Pbn als *Extremgruppen* von je einem Ende der Rohwertverteilung auszuwählen[1]). Dadurch erspart man Rechenarbeit und hat überdies noch den Vorteil, die – hier nicht aufgenommene – Berechnungstafel von FLANAGAN benutzen zu können. Das arithmetische Mittel der Schwierigkeitsindizes beider Extremgruppen ergibt eine gute Schätzung der Aufgabenschwierigkeit für die Gesamtgruppe

$$P = \frac{100}{2} \left[\frac{N_{R\,sup} - \frac{N_{F\,sup}}{m-1}}{N_{B\,sup}} + \frac{N_{r\,inf} - \frac{N_{F\,inf}}{m-1}}{N_{B\,inf}} \right]. \tag{6.6}$$

In dieser Formel bedeuten:

$N_{R\,sup}$ = Anzahl der Pbn in der oberen 27%-Gruppe, die die Aufgabe richtig beantwortet haben.

$N_{R\,inf}$ = Anzahl der Pbn in der unteren 27%-Gruppe, die die Aufgabe richtig beantwortet haben,

$N_{F\,sup}$ = Anzahl der Pbn in der oberen 27%-Gruppe, die die Aufgabe falsch beantwortet haben.

$N_{F\,inf}$ = Anzahl der Pbn in der unteren 27%-Gruppe, die die Aufgabe falsch beantwortet haben.

$N_{B\,sup}$ = Anzahl der Pbn in der oberen 27%-Gruppe, die die Aufgabe bearbeitet haben,

$N_{B\,inf}$ = Anzahl der Pbn in der unteren 27%-Gruppe, die die Aufgabe bearbeitet haben.

Diese Formel (6.6) ist für eine unvollständige Aufgabendarbietung gedacht und entspricht der Formel (6.5). Durch Vereinfachung von Zähler und Nenner können

[1]) Neuerdings haben D'AGOSTINO und CURETON (1975) gezeigt, daß schon jeweils 21% der Pbn ausreichen, da die beiden Enden der Rohwertverteilung voneinander abhängig sind. Die Formeln ändern sich dadurch nicht, das Verfahren wird nur etwas ökonomischer.

die FLANAGANschen Varianten zu Formel (6.2) und Formel (6.4) leicht wie folgt hergestellt werden.

$$P = \frac{100}{2}\left[\frac{N_{R\,sup} - \frac{N_{F\,sup}}{m-1}}{N_{Sup}} + \frac{N_{Rinf} - \frac{N_{Finf}}{m-1}}{N_{Sup}}\right], \qquad (6.7)$$

$$P = \frac{100}{2}\left[\frac{N_{Rsup}}{N_{Bsup}} + \frac{N_{Rinf}}{N_{Binf}}\right]. \qquad (6.8)$$

Die Formeln (6.6) bis (6.8) gelten nur für normal verteilte Rohwerte.

6.2 Die Trennschärfenanalyse

6.2.1 Die Bedeutung des Trennschärfekoeffizienten

Der zweite und kompliziertere Teil der Aufgabenanalyse ist die Ermittlung der Trennschärfe der Aufgaben, die durch ihren *Trennschärfenkoeffizienten* charakterisiert werden.

Definition: Der Trennschärfenkoeffizient einer Aufgabe j ist gleich der Korrelation zwischen dem Aufgabenpunktwert – meist 0 oder 1 – und dem Rohwert eines jeden von N Pbn der Analysenstichprobe[1]).

Ein hoher Trennschärfenkoeffizient besagt also, daß die entsprechende Aufgabe „gute" von „schlechten" Pbn deutlich unterscheidet, indem gute Pbn die Aufgabe meist richtig und schlechte Pbn die Aufgabe meist falsch beantworten oder auslassen. Ein Trennschärfenkoeffizient um 0 bringt zum Ausdruck, daß die Aufgabe von guten und schlechten Pbn etwa gleich häufig richtig beantwortet wird; solche Aufgaben sind unbrauchbar.

Ein *negativer* Trennschärfenkoeffizient besagt, daß die Aufgabe von den guten Pbn öfter verfehlt und von den schlechten meist richtig beantwortet wird, z. B. weil die Anweisung von den guten Pbn mißverstanden wurde. Theoretisch könnte man in einem solchen Fall die Bewertung umkehren, also eine falsche Antwort oder eine Auslassung mit einem Punkt bewerten und die richtige Antwort mit null Punkten verrechnen; in der Praxis sollte man dies jedoch nie tun, weil man als Tl solche Aufgaben vor dem Pb nicht rechtfertigen kann, ohne auf statistische Paradoxien einzugehen.

Zur rechnerischen Ermittlung von Trennschärfenkoeffizienten (wie des Validitätskoeffizienten) gibt es verschiedene Methoden, über deren Zweckmäßigkeit im Zusammenhang mit ihrer Darstellung diskutiert werden wird.

---

[1]) Anstelle von „Trennschärfe" verwendet VUKOVICH (1964) daher den Terminus „Item-Rohwertkorrelation". – Für Tests mit Aufgaben, die mehrstufig beantwortet werden, wie z. B. Persönlichkeitsfragebogen, lassen sich analoge Koeffizienten berechnen.

6.2.2 Die Bestimmung des Trennschärfenkoeffizienten bei einem quantitativen Analysenkriterium

a) Bei vollständiger Aufgabendarbietung

Als *quantitatives Analysenkriterium* dient in weitaus den meisten Fällen der Rohwert der Testvorform als sog. *Binnenkriterium*, von dem der Trennschärfenkoeffizient abgeleitet wird.

Wie korreliert man nun eine bestimmte Aufgabe des Tests mit dem Gesamtpunktwert? Von der Aufgabe weiß man lediglich, ob sie von einem bestimmten Pbn gelöst oder nicht gelöst worden ist; man besitzt von ihr nur eine sog. *Alternativ-Information.* Der Testpunktwert des Pb, der diese Aufgabe gelöst oder verfehlt hat, entspricht einer Maßzahl.

Zwei Variablen, von denen die eine (die Aufgabe) echt alternativ, die andere (der Testpunktwert) quantitativ verteilt ist, werden nach der Methode der sog. **punktbiserialen Korrelation** auf ihren Zusammenhang geprüft:

$$_{p\,bis}r_{jt} = \frac{\bar{X}_R - \bar{X}}{s_x}\sqrt{\frac{p}{q}}, \tag{6.9}$$

wobei $p = N_R/N$ und $q = 1 - p$ ist.

In dieser Formel bedeuten:

$\bar{X}$ = arithmetisches Mittel aller Testrohwerte
$\bar{X}_R$ = arithmetisches Mittel der Testrohwerte von denjenigen Pbn, die die Aufgaben richtig beantwortet haben,
s_x = Standardabweichung der Testrohwerte aller Pbn,
N = Anzahl aller Pbn,
N_R = Anzahl derjenigen Pbn, die die Aufgaben richtig beantwortet haben.

Schreibt man für $\bar{X}_R$, $\bar{X}$ und s_x die Rohwertformeln, so ergibt sich, wenn man

$$\sqrt{\frac{P}{q}} = \sqrt{\frac{N_R}{N(1 - N_R/N)}} = \sqrt{\frac{N_R}{N - N_R}}$$

setzt, für hinreichend große Stichprobenumfänge ($N - 1 \sim N$) sofort

$$_{p\,bis}r_{jt} = \left(\frac{\sum\limits_i X_{Ri}}{N_R} - \frac{\sum\limits_i X_i}{N}\right)\sqrt{\frac{N_R}{N - N_R}} \cdot \frac{N}{\sqrt{N\sum\limits_i X_i^2 - \left(\sum\limits_i X_i\right)^2}}. \tag{6.10}$$

Diese Formel geht von der Summe und der Quadratsumme der Rohwerte aus, die durch einfache Auszählung zu erhalten sind, wie in dem folgenden Rechenbeispiel demonstriert wird. In Formel (6.10) kommt nur ein noch nicht definiertes Symbol vor:

X_{R_i} = Testrohwert des Pb_i, der die Aufgabe richtig beantwortet hat.

Rechenbeispiel Nr. 6.5:

Für die Aufgabe 13 aus Tab. 5.1 wurden die revelanten Daten in Tab. 6.1 zusammengestellt und ausgezählt.

Tabelle 6.1

		A			B		C			D	
a)	Kriterium-wert = Rohwert der Test-form	Anzahl der Pbn, die den jeweiligen Kriteriumwert erreicht haben.			Anzahl der Pbn mit d. Rohwert X, die Aufg. 13 richtig beantwor-tet haben.		Anzahl der Pbn mit dem Rohwert X, die die Aufg. 13 bear-beitet haben.			Anzahl der Pbn mit dem Roh-wert X, die Aufg. 13 verfehlt f_F oder nicht bearbei-tet haben f_U.	
X′	X	f	fX	fX^2	f_R	f_RX	f_B	f_BX	f_BX^2	$f_{(F+A)}$	f_U
−9	1	0	0	0							
−8	2	1	2	4							1
−7	3	4	12	36							4
−6	4	1	4	16							1
−5	5	3	15	75							3
−4	6	4	24	144			1	6	36	1	3
−3	7	5	35	245			0	0	0	0	5
−2	8	6	48	384	1	8	2	16	128	1	4
−1	9	4	36	324	1	9	2	18	162	1	2
0	10	8	80	800	2	20	5	50	500	3	3
1	11	7	77	847	2	22	4	44	484	2	3
2	12	11	132	1584	5	60	10	120	1440	5	1
3	13	6	78	1014	4	52	6	78	1014	2	0
4	14	10	140	1960	5	70	10	140	1960	5	0
5	15	8	120	1800	6	90	8	120	1800	2	
6	16	9	144	2304	7	112	9	144	2304	2	
7	17	7	119	2023	6	102	7	119	2023	1	
8	18	6	108	1944	5	90	6	108	1944	1	
9	19	5	95	1805	5	95	5	95	1805	0	
10	20	5	100	2000	4	80	5	100	2000	1	
11	21	4	84	1764	4	84	4	84	1764	0	
12	22	2	44	968	2	44	2	44	968	0	
13	23	0	0	0	0	0	0	0	0	0	
14	24	3	72	1728	3	72	3	72	1728	0	
15	25	1	25	625	1	25	1	25	625	0	
–	–	120 N	1594 $\sum X$	24394 $\sum X^2$	63 N_R	1035 $\sum X_R$	90 N_B	1383 $\sum X_B$	22685 $\sum X_B^2$	27 N_F	30 N_U

[a]) Will man nicht mit mehrstelligen Zahlen rechnen, so kann man eine sog. X′-Skala wählen, mit der man genau so rechnet wie mit den X-Werten, da der Nullpunkt der Skala für die Höhe der Korrelation irrelevant ist. (Vgl. das sog. „Verfahren des angenommenen Durchschnittswertes" in HOFSTÄTTER und WENDT (1966), S. 27ff.)

Zur Kontrolle der Tabellenrechnung setzen wir in die folgenden Gleichungen ein:

$$N_R + N_F + N_U = N\,, \qquad 63 + 27 + 30 = 120\,,$$

$$N_R + N_F = N_B\,, \qquad 63 + 27 = 90\,.$$

In Tab. 6.1 betrachten wir zunächst nur die Spalten A und B; wir nehmen also an, es handle sich um einen reinen Niveautest, bei dem alle Aufgaben von allen Pbn bearbeitet worden seien. (Die Spalten C und D enthalten die Werte für ein später folgendes Rechenbeispiel eines partiellen Schnelligkeitstests).

Zur Erklärung, wie die Tabelle zustande gekommen ist, greifen wir eine beliebige Zeile heraus, z. B. die zehnte Zeile von oben. Wir lesen dort, daß $f = 8$ Pbn in unserer Stichprobe gefunden wurden, die einen Rohwert von $X = 10$ Punkten erzielt haben. Die nächsten beiden Spalten fX und fX^2 werden einfach durch Multiplikation von $8 \cdot 10 = 80$ und $8 \cdot 10^2 = 800$ erhalten. In der Spalte B finden wir nun in der gleichen Zeile die Anzahl derjenigen Pbn von den 8 mit dem Punktwert 10, die die Aufgabe 13 richtig beantwortet haben. Von diesen 8 Pbn haben nur $f_R = 2$ Pbn die Aufgabe 13 richtig beantwortet. Die nächste Spalte $f_R X$ errechnet sich zu $2 \cdot 10 = 20$. Indem wir die 5 Spalten summieren, erhalten wir die Ausgangswerte für die Substitution in Formel (6.10).

$$_{\mathrm{pbis}}r_{13-t} = \left(\frac{1035}{63} - \frac{1594}{120}\right)\sqrt{\frac{63}{120-63}} \cdot \frac{120}{\sqrt{120 \cdot 24394 - 1594^2}}$$

$$= 3{,}15 \cdot 1{,}05 \cdot 0{,}192 = 0{,}64\,.$$

Aufgabe 13 ist also ziemlich trennscharf, denn sie korreliert hoch mit dem Testpunktwert. Anders ausgedrückt: Aufgabe 13 wird von vielen leistungsfähigen und nur von wenigen leistungsschwachen Pbn richtig beantwortet.

Für die Berechnung der vielen Trennschärfenkoeffizienten eines Tests wird man zweckmäßigerweise den 2. Faktor, den Wert $\sqrt{p/q}$, aus Tafel 3 des Anhangs ablesen und sich den 3. Faktor der Formel (6.10) im voraus bereithalten, da er für alle Aufgaben konstant ist.

b) Bei unvollständiger Aufgabendarbietung

Die unter 1. verwendeten Trennschärfenformeln (6.9) und (6.10) hatten zur Voraussetzung, daß alle Aufgaben von allen Pbn bearbeitet werden konnten, daß es sich also um eine vollständige Aufgabendarbietung – wie sie bei einem reinen Niveautest die Regel ist – handelt.

Bei *unvollständiger Aufgabendarbietung* dürfen Mittelwert und Standardabweichung des Tests nur aus denjenigen Pbn berechnet werden, die die betreffende Aufgabe bearbeitet haben. Auch p ist in diesem Falle entsprechend definiert, nämlich $p_B = N_R/N_B$. Die Formel für den Trennschärfenkoeffizienten bei unvollständiger Aufgabendarbietung – also bei einem partiellen Schnelligkeitstest – lautet folglich:

$$_{p\,bis}r_{jt} = \frac{\bar{X}_R - \bar{X}_B}{s_B}\sqrt{\frac{p}{q}}\,. \tag{6.11}$$

Oder entsprechend Formel (6.10) ausgedrückt:

$$_{p\,bis}r_{jt} = \left(\frac{\sum_i X_{Ri}}{N_R} - \frac{\sum_i X_{B_i}}{N_B}\right)\sqrt{\frac{N_R}{N_B - N_R}} \cdot \frac{\sqrt{N_B(N_B - 1)}}{\sqrt{N_B \sum_i X_{B_i}^2 - \left(\sum_i X_{B_i}\right)^2}}\,. \tag{6.12}$$

In diesen Formeln kommen drei bisher nicht verwendete Symbole vor:

X_{B_i} = Testrohwerte des Pbn i, der die Aufgabe bearbeitet hat,
$\bar{X}_B$ = arithmetisches Mittel der Testrohwerte von den Pbn, die die Aufgabe bearbeitet haben,
N_B = Anzahl der Pbn, die die Aufgabe bearbeitet haben.

Rechenbeispiel Nr. 6.6:

Angenommen, die in Tab. 6.1 aufgeführten Daten wären aus einer unvollständigen Aufgabendarbietung gewonnen worden. In diesem Falle müssen wir noch wissen, wie viele Pbn jeweils die Aufgabe 13 in Angriff genommen haben. (Von den Pbn mit unterdurchschnittlicher Gesamtleistung ist sicher ein Teil gar nicht bis zur Aufgabe mit der Rangnummer 13 gekommen!) Wie ermitteln wir die Häufigkeitsziffern für die Bearbeitung der Aufgabe 13, die Spalte f_B unter C in Tab. 6.1 Greifen wir wieder die 8 Pbn mit einem Testrohwert von $X = 10$ heraus; von diesen haben 5 die Aufgabe in Angriff genommen. Diese Häufigkeitsziffer wird anhand der Antwortbogen ausgezählt. 5 Pbn haben Aufgabe 13 oder noch eine ranghöhere Aufgabe richtig oder falsch beantwortet.

Die Auszählung brauchen wir nur für die Pbn mit einem Rohwert $X < 13$ vorzunehmen. Die Pbn mit $X \geqq 13$ müssen notwendigerweise alle die Aufgabe 13 bearbeitet haben, sonst hätten sie diesen oder einen höheren Rohwert nicht erzielen können; wir dürfen daher ab $X = 13$ alle $f_B = f$ einsetzen.

Die Spaltenwerte f_BX und f_BX^2 der Spalte C finden wir entsprechend den Werten der Spalte A.

Zur Kontrolle, ob wir richtig abgezählt haben, können wir uns noch eine Spalte D anlegen, was wir in Tab. 6.1 auch getan haben. In dieser Spalte wurden die Häufigkeiten der falsch gelösten oder ausgelassenen Aufgaben [1]) $f_{(F+A)}$ und der unbearbeiteten Aufgaben f_U registriert. Die Rechenkontrolle besteht nun darin, daß man in jeder Zeile prüft, 1. ob $f_B + f_U = f$ ist, und 2. ob $f_R + f_{(F+A)} = f_B$ ergibt.
Haben wir die Werte für Spalte C ermittelt und summiert, so können wir in Formel (6.12) einsetzen:

$$_{\mathrm{pbis}}r_{13-t} = \left(\frac{1035}{63} - \frac{1383}{90}\right)\sqrt{\frac{63}{90-63}} \cdot \frac{\sqrt{90 \cdot 89}}{\sqrt{90 \cdot 22685 - 1383^2}}$$

$$= 1{,}06 \cdot 1{,}53 \cdot 0{,}250 = 0{,}41\,.$$

Als wir die Tatsache, daß es sich um eine unvollständige Darbietung bzw. um einen partiellen Schnelligkeitstest handelt, unberücksichtigt gelassen hatten, erhielten wir – vgl. Rechenbeispiel Nr. 6.5 – einen Trennschärfenkoeffizienten von 0,64 für Aufgabe 13. Tatsächlich aber besitzt sie eine wesentlich geringere Trennschärfe von 0,41.

Daraus ergibt sich, daß man eine unzutreffend hohe Trennschärfe errechnet, wenn man unvollständig dargebotene Aufgaben nach Formel (6.9) beurteilt.

Die Trennschärfenbestimmung nach Formel (6.11) wird zwar sehr geschätzt, weil man eine Testvorform, die als Endform zeitlich begrenzt werden soll, gleich in der Art darbieten kann, wie sie für die endgültige Durchführung geplant ist; sie hat jedoch die Eigenart, daß die Trennschärfenkoeffizienten mit zunehmender Reihungsnummer der Aufgaben auf zunehmend kleineren und ausgeleseneren Stichproben beruhen.

Diese Eigenart bedeutet insofern einen Nachteil, als die Trennschärfenkoeffizienten der ersten und der letzten Aufgaben streng genommen *nicht vergleichbar* sind; andererseits bedeutet sie aber auch zugleich einen Vorteil, da die letzten Aufgaben ja in der Tat nur zwischen den leistungsfähigen Pbn differenzieren sollen und daher nur für diese – nicht aber für die Gesamtstichprobe – trennscharf zu sein brauchen.

Analoge Überlegungen hätten wir für die Schwierigkeitsindizes bei unvollständiger Aufgabendarbietung anstellen können.

Da echt alternative Zweiklassenvariablen im Bereich der Psychologie kaum anzutreffen sind, werden die Trennschärfenkoeffizienten manchmal auch über die *biseriale Korrelation* bestimmt. Diese beruht auf der Annahme, daß der Dichotomie eine *normalverteilte* Variable zugrundeliegt und daß die Regression auf die Testpunktwerte linear wäre, wenn man die Zweiklassenvariable genauer messen würde. [2]) Unter diesen Bedingungen ist $_{\mathrm{bis}}r$ eine gute Schätzung des

---

[1]) Eine übersprungene Aufgabe zählt wie eine falsch gelöste, da es sich bei beiden nur um verschiedene Grade der Selbstkritik, nicht aber der Leistung handelt.

[2]) Entsprechende Korrelationen stehen für mehrstufig zu beantwortende Aufgaben bereit: triseriale, quadriseriale etc. (JASPEN, 1946; JENKINS, 1956; vgl. PEATMAN, 1963). Gebräuchlicher sind jedoch – nicht immer zu Recht – die Produktmoment-Korrelation und der Kontingenzkoeffizient.

Produktmoment-Koeffizienten. Jedoch sollte ${}_{p\,bis}r$ in der Regel der Vorzug gegeben werden, da $|{}_{bis}r|$ den Wert 1,0 überschreiten kann und erhebliche Überschätzungen zeigt, wenn p stark von 0,5 abweicht.[1])

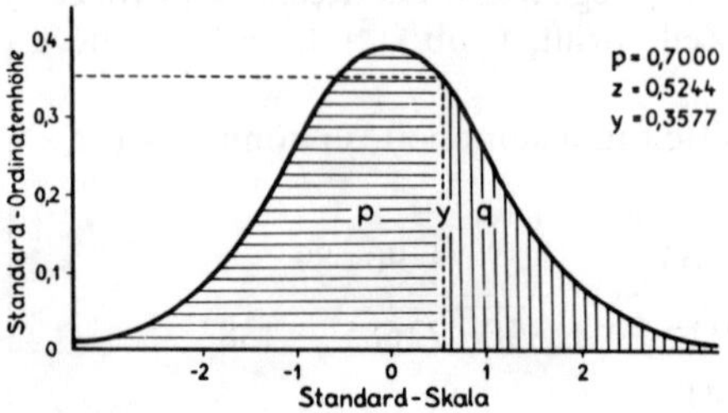

Abb. 6.1: Die Beziehungen zwischen den Größen p, z und y in der Standardnormalverteilung mit M = 0, s = 1, N = 1. Die Ordinate y teilt die Gesamtfläche in zwei Teilflächen, von denen die eine die Größe p, die andere die Größe q hat.

Die Formel für ${}_{bis}r$ lautet bei vollständiger Aufgabendarbietung (bei unvollständiger ist analog der Umwandlung von (6.9) in (6.11) vorzugehen):

$$ {}_{bis}r_{jt} = \frac{\bar{X}_R - \bar{X}}{s_x} \cdot \frac{P}{y}. \qquad (6.13)$$

In dieser Formel ist lediglich y unbekannt.
y = Höhe einer Ordinate in der Standardnormalverteilung, die so liegt, daß die Gesamtfläche der Verteilung in zwei Teilflächen zerlegt wird, von denen die eine den Flächeninhalt p, die andere den Inhalt q hat (vgl. Abb. 6.1). Der einem gegebenen p entsprechende y-Wert ist der Tafel 1 des Anhangs zu entnehmen.

6.2.3 Die Trennschärfenbestimmung bei einem qualitativen Analysenkriterium

Bei der Bestimmung des Validitätskoeffizienten an einem Außenkriterium wird es sich häufig um ein *qualitatives*, z. B. in zwei Klassen vorliegendes *Analysenkriterium* handeln (z. B. „Prüfung bestanden – Prüfung nicht bestanden"). Mit einem solchen Kriterium könnte man jede Einzelaufgabe korrelieren, und zwar – wie nicht anders möglich – nach Art eines Vierfelder-Schemas.

Auch bei einem quantitativ abgestuften Kriterium – also z. B. bei einem Testrohwert – kann man die einfachere und rationellere *Vierfelderkorrelation* anwenden, indem man alle Pbn mit überdurchschnittlichem Kriteriumwert als „gut" in einer oberen Gruppe (Erfolgsgruppe) und alle Pbn mit unterdurchschnittlichem Kriteriumwert als „schlecht" in einer unteren Gruppe (Mißerfolgsgruppe) zusammenfaßt.

---

[1]) Zu den schwierigen Interpretationsproblemen beider Korrelationskoeffizienten vgl. TATE (1954, 1955). Zur Einführung siehe KENDALL und STUART (1961); LINDQUIST (1951); McNEMAR (1962); WALKER und LEV (1953), die auch die Ableitungen darstellen. GUILFORD (1954), S. 427–430, gibt die graphischen Ablesetafeln nach FLANAGAN und DINGMAN wieder, die eine rasche und ausreichend genaue Ermittlung der Koeffizienten gestatten. Die Koeffizienten können nach der Formel ${}_{p\,bis}r = {}_{bis}r \cdot y/\sqrt{pq}$ ineinander umgerechnet werden.

Es gibt verschiedene Vierfelderkoeffizienten. Am gebräuchlichsten sind der sog. *tetrachorische Korrelationskoeffizient*, der dann anzuwenden ist, wenn beide Merkmale normal verteilt sind, und der sog. Punktvierfelderkoeffizient, der anzuwenden ist, wenn mindestens eins der beiden Merkmale nicht normal oder beide Merkmale echt alternativ verteilt sind. Im Falle der Aufgaben-Testkorrelation ist das Testergebnis zwar meist normal, das Ergebnis der einzelnen Aufgabe jedoch alternativ verteilt. Es wären also beide Methoden in gleicher Weise unzureichend. Üblicherweise wird jedoch die tetrachorische Korrelation zur Trennschärfenbestimmung verwendet. Von dieser Möglichkeit wird häufig – ja allzu häufig – Gebrauch gemacht, und zwar vorwiegend deshalb, weil man den tetrachorischen Korrelationskoeffizienten ohne großen Rechenaufwand aus Tabellen, wie denen von THURSTONE oder MOSIER, ablesen kann (s. EDWARDS, 1954).

a) Die Trennschärfenbestimmung bei vollständiger Aufgabendarbietung ohne Zufallskorrektur

In Ermangelung des THURSTONEschen Tafelwerkes empfiehlt sich die Anwendung der sog. Cosinus-Pi-Formel von PEARSON, die eine gute Annäherung an den tetrachorischen Koeffizienten ergibt und relativ wenig Rechenarbeit verursacht. Für den praktischen Gebrauch in der Aufgabenanalyse ist die Genauigkeit des tetrachorischen Korrelationskoeffizienten mehr als hinreichend. Allerdings dürfen die Randsummen der Vielfeldertafel nicht allzu extreme Werte annehmen. Die Formel lautet bei nachstehender Buchstabenkennzeichnung der vier Felder eines Vierfelderschemas

$$r_{tet} = \cos\left[\mathrm{Pi}\,\frac{bc}{\sqrt{bc}+\sqrt{ad}}\right], \tag{6.14}$$

wobei Pi = 180° und a, b, c, d, $\neq 0$ sind.

	Aufgabenantwort +	Aufgabenantwort −	Zeilen-Summen
Obere Gruppe	a	b	a + b
Untere Gruppe	c	d	c + d
Kolonnen-Summen	a + c	b + d	N

In der Regel braucht man r_{tet} nicht selbst nach dieser Formel zu berechnen. Denn DAVIDOFF und GOHEEN[1]) haben eine Tabelle zur schnellen Bestimmung von r_{tet} nach der Cosinus-Pi-Formel veröffentlicht. Sie ist im Anhang als Tafel 7 wiedergegeben. Den für die Tafel erforderlichen Quotienten ad/bc kann man leicht

[1]) Vgl. EDWARDS (1954)

mit einem Taschenrechner ermitteln und braucht dann nur das Intervall aufzusuchen, in dem der gefundene Quotient liegt. Nebenstehend findet man in der Tafel 7 den zugehörigen tetrachorischen Korrelationskoeffizienten.

Rechenbeispiel Nr. 6.7:

In Rechenbeispiel Nr. 6.5 gehören alle Pbn mit einem Rohwert von $X \leqq 13$ zur unteren Gruppe, wie man durch kumulatives Addieren der Häufigkeiten leicht ermitteln kann: $0 + 1 + 4 + \ldots + 6 = 60 = N/2$. Alle übrigen Pbn gehören zur oberen Gruppe. Aufgabe 13 ist von 15 Pbn $(1 + 1 + \ldots + 4)$ der unteren Gruppe und von 48 Pbn $(63 - 15)$ der oberen Gruppe richtig beantwortet worden, wobei wir annehmen, daß es sich um eine vollständige Aufgabendarbietung gehandelt habe. Diese Daten setzen wir in die Vierfelderanordnung ein (die kursiven Zahlen) und errechnen die fehlenden Daten für Aufgabe 13, die von 63 Pn gelöst und von 57 verfehlt wurde.

Aufgabe 13

	+	−	Σ
Obere Gruppe	*48*	12	60
Untere Gruppe	*15*	45	60
Σ	63	57	120

Nach Tafel 7 des Anhangs: $\frac{ad}{bc} = 12$; $r_{tet} = 0{,}76$

Dieses Ergebnis überrascht uns zunächst ein wenig, denn wir hatten mit der biserialen Methode bei Aufgabe 13 einen Trennschärfenkoeffizienten von ${}_{pbis}r_{13-t} = 0{,}64$ gefunden. Dazu ist folgendes zu sagen: der tetrachorische Koeffizient verlangt seiner mathematischen Herleitung gemäß, daß beide miteinander korrelierten Merkmale – also auch das qualitative – normal in der Population verteilt sind. Bei den Testrohwerten kann diese Forderung als erfüllt gelten, hingegen ist die Beantwortung einer objektiven Testaufgabe meist eine echt alternative, man kann sie entweder richtig oder falsch bzw. nicht beantworten. In diesem Falle, wo also das eine Merkmal nicht normal, sondern offensichtlich alternativ verteilt ist, schätzt der tetrachorische Koeffizient die Trennschärfe zu hoch ein, da er eben von einer Voraussetzung ausgeht, die nicht erfüllt ist. Bei geringen Koeffizienten ($r_{tet} \leqq 0{,}3$) macht dies praktisch nichts aus, jedoch werden die Koeffizienten um so mehr überschätzt, je größer sie tatsächlich sind. Wenn man die Eigenart des tetrachorischen Koeffizienten bei der Interpretation berücksichtigt, kann man ohne Bedenken mit ihm arbeiten, zumal es bei der Aufgabenanalyse mehr um die relative als um die absolute Höhe der Trennschärfenkoeffizienten geht.

Bei *alternativen* Analysekriterien kann das Verhältnis der Randsummen u. U. stark von 50 : 50 abweichen. Wenn man dann den tetrachorischen Korrelationskoeffizienten in der angegebenen Art berechnet, wird er auch bei niedrigen Koeffizienten überschätzt. Als eben noch zulässiges Randverhältnis wird oft 30 : 70 angegeben, aber auch dann findet schon eine Überschätzung statt. Das soll an dem folgenden Beispiel gezeigt werden.

Rechenbeispiel Nr. 6.8:
Nehmen wir an, wir hätten die Analysenstichprobe so geteilt, daß alle Pbn mit einem Rohwert von 18 oder weniger zu der unteren Gruppe, alle Pbn mit einem Rohwert von 19 oder mehr zu der oberen Gruppe gezählt würden. Dann würde für Aufgabe 13 nach Tab. 6.1 $N_{R\,inf} = 44$ und $N_{inf} = 100$ sein. Diese beiden Werte genügen zur Bestimmung aller übrigen Felder, da die Spaltensummen unverändert bleiben.

Aufgabe 13

	+	−	Σ
Obere Gruppe	19	1	20
Untere Gruppe	44	56	100
Σ	63	57	120

Nach Tafel 7 des Anhangs: $\frac{ad}{bc} = 24{,}2$; $r_{tet} = 0{,}86$

Das $r_{tet} = 0{,}86$ ist im Vergleich zu dem vorher errechneten Wert von $r_{tet} = 0{,}76$ eine deutliche Überschätzung. RAATZ (1971) hat im Anschluß an CASTELLAN (1966) ein Nomogramm entwickelt, mit Hilfe dessen der *Verzerrungseffekt* extremer Randverhältnisse auf r_{tet} bis zu 90 : 10 korrigiert werden kann. Dieses Nomogramm wurde als Tafel 13 in den Anhang aufgenommen. Der korrigierte Wert für r_{tet} wird folgendermaßen bestimmt:

1. Schritt: Man berechne $p_1 = a/(a + c)$ und $p_2 = d/(b + d)$
2. Schritt: Man suche zu p_1 und p_2 aus der Tabelle der Standardnormalverteilung (Tafel 1) die entsprechenden Werte z_1 und z_2.
3. Schritt: Man addiere diese z-Werte unter Berücksichtigung des Vorzeichens zu $\sum z$.
4. Schritt: Man berechne $p = (a + c)/N$
5. Schritt: Man lese in dem Nomogramm bei $|\sum z|$ und p den Wert für r_{tet} ab und übertrage das Vorzeichen von $\sum z$ auf r_{tet}.

Rechenbeispiel Nr. 6.9:

Wir korrigieren den in Rechenbeispiel Nr. 6.8 erhaltenen Wert:

$$p_1 = \frac{19}{63} = 0{,}3053\,, \qquad p_2 = \frac{56}{57} = 0{,}9826\,,$$

$$z_1 = -\,0{,}51\,, \qquad z_2 = +2{,}11\,,$$

$$\sum z = +\,1{,}60\,, \qquad p = \frac{63}{120} = 0{,}525\,,$$

$$_{corr}r_{tet} = 0{,}78\,.$$

Dieser Wert entspricht dem Ergebnis der Trennschärfenanalyse bei nicht-extremen Randverhältnissen in Rechenbeispiel Nr. 6.7 recht gut.

Es wäre schon längst zu fragen gewesen, warum überhaupt die punktbiseriale Methode mit so viel Mühe behandelt wurde, wenn man doch durch das Vierfelderverfahren viel schneller zum Ziele gelangt. Das letzte Beispiel brachte eine Antwort auf diese Frage: Vierfelder-Koeffizienten haben eine viel geringere Präzision, besonders wenn sie aus einer kleinen Stichprobe stammen. Kleine Analysestichproben ($N \leqq 100$) sollten aus diesem Grunde stets punktbiserial geprüft werden, besonders wenn der Test nur wenige Aufgaben ($n \leqq 20$) enthält. Erst bei großen Analysestichproben ($N \geqq 1000$) spielt die Wahl der Korrelationsmethode keine Rolle mehr.

b) *Trennschärfenbestimmung nach vollständiger und unvollständiger Darbietung mit und ohne Zufallskorrektur*

Bislang wurde angenommen, daß alle Aufgaben die gleiche Chance gehabt hätten, richtig beantwortet zu werden. Ähnlich wie bei der Bestimmung des Schwierigkeitsindex muß auch bei der Ermittlung des Trennschärfenkoeffizienten eine etwaige *unvollständige Augabendarbietung* mit berücksichtigt werden.

Das in Tab. 6.2 abgebildete Vierfelder-Schema ist zunächst für eine vollständige Darbietung verbindlich und erlaubt sowohl die Ermittlung des Trennschärfenkoeffizienten wie auch die des Schwierigkeitsindex.

Man geht in Tab. 6.2 ökonomisch am zweckmäßigsten so vor, daß man lediglich die Häufigkeiten der Felder a, c und (a + b) bestimmt, woraus sich die Häufigkeiten der übrigen Felder durch Addition und Subtraktion ergeben[1]).

[1]) $b = (a + b) - a$
$d = (c + d) - c$
$(a + c) = a + c$
$(b + d) = b + d$
$(c + d) = N - (a + b)$

Tabelle 6.2

	Aufgabe j		
	richtig beantwortet +	nicht oder falsch beantwortet −	$\sum$
Obere Gruppe	$N_{R\,sup}$ Anzahl der Pbn aus der oberen Gruppe, die die Aufgabe j richtig beantwortet haben. a	$N_{sup} - N_{R\,sup}$ b	N_{sup} Anzahl der Pbn in der oberen Gruppe. a + b
Untere Gruppe	c $N_{R\,inf}$ Anzahl der Pbn aus der unteren Gruppe, die die Aufgabe j richtig beantwortet haben.	d $N_{inf} - N_{R\,inf}$	c + d N_{inf} Anzahl der Pbn in der unteren Gruppe.
$\sum$	a + c N_R Gesamtanzahl der Pbn, die die Aufgabe j richtig beantwortet haben.	b + d $N - N_R$	N Gesamtanzahl der Pbn.

– Bei **vollständiger** Darbietung **ohne** Zufallskorrektur kann man a, c und (a + b) einfach auszählen, wie wir dies zur Trennschärfenbestimmung bisher getan haben.

– Bei **vollständiger** Darbietung **mit** Zufallskorrektur werden die Häufigkeiten der Felder a und c wie folgt zu bestimmen sein:

$$a = N_{R\,sup} - \frac{N_{F\,sup}}{m-1}, \tag{6.15}$$

$$c = N_{R\,inf} - \frac{N_{F\,inf}}{m-1}. \tag{6.16}$$

Das Feld (a + b) wird von der Zufallskorrektur nicht betroffen.

– Bei **unvollständiger** Darbietung **ohne** Zufallskorrektur muß der In-Angriffnahme-Korrekturfaktor N/N_B eingesetzt werden:

$$a = \frac{N}{N_B} N_{R\,sup}, \tag{6.17}$$

$$c = \frac{N}{N_B} N_{R\,inf}, \tag{6.18}$$

$$(a + b) = \frac{N}{N_B} N_{sup}. \tag{6.19}$$

– Analog lauten die Formeln für **unvollständige** Darbietung **mit** Zufallskorrektur:

$$a = \frac{N}{N_B} N_{R\,sup} \frac{N_{F\,sup}}{m - 1}, \tag{6.20}$$

$$c = \frac{N}{N_B} N_{R\,inf} - \frac{N_{F\,inf}}{m - 1}, \tag{6.21}$$

$$(a + b) = \frac{N}{N_B} N_{sup}. \tag{6.22}$$

Bei diesen vier möglichen Bedingungen kann der Schwierigkeitsindex einer Aufgabe einfach in der Weise berechnet werden, daß die Häufigkeit des Feldes (a + c) auf den Stichprobenumfang bezogen und in Prozenten ausgedrückt wird.

$$P = 100 \frac{a + c}{N}. \tag{6.23}$$

Rechenbeispiel Nr. 6.10:
Aufgabe 13 in Tab. 6.1 sei unvollständig dargeboten worden, was in der Tat zutrifft. Es soll Schwierigkeit und Trennschärfe nach Methode (4) berechnet werden, die nötigen Daten werden aus Tab. 6.1 (S. 80) entnommen.

$N = 120,$

$(a + b) = \frac{120}{90} 60 = 80,$

$(c + d) = 120 - 80 = 40,$ (als Komplement zu a + b)

$a = \frac{120}{90}\left(48 - \frac{12}{6 - 1}\right) = 61,$

$b = 80 - 61 = 19,$ (als Komplement zu a)

$c = \frac{120}{90}\left(15 - \frac{15}{6 - 1}\right) = 16,$

$d = 40 - 16 = 24.$ (als Komplement zu c)

Aus den Vierfelderfrequenzen berechnet man den Kreuzproduktquotienten

$$\frac{ad}{bc} = \frac{61 \cdot 24}{19 \cdot 16} = 4{,}82$$

für den man in Tafel 7 des Anhangs

$$r_{tet} = 0{,}55$$

ablesen kann.

Die Trennschärfe von Aufgabe 13 ist also bei der Annahme einer unvollständigen Darbietung und unter Berücksichtigung des Zufallseinflusses geringer als nach Beispiel Nr. 6.8.

Für die Schwierigkeit ergäbe sich entsprechend nach Formel (6.23):

$$P = 100 \cdot \left(\frac{61 + 16}{120}\right) = 64{,}2\,.$$

Dieser Schwierigkeitsindex unterscheidet sich kaum von dem nach Beispiel Nr. 6.3 für Aufgabe 13 errechneten Wert 64,0.

6.2.4 Die Bestimmung der Trennschärfe bei einem echt alternativen Analysenkriterium

Bislang wurde stets stillschweigend angenommen, daß das Analysenkriterium, auch wenn es nur alternativ gemessen wurde, in der Population doch normal verteilt sei. Wenn bei Eignungsuntersuchungen einige Pbn als geeignet, andere als ungeeignet beurteilt werden, so ist es einleuchtend, daß es sich hierbei um eine künstliche Zweiteilung handelt, die aus Zweckmäßigkeitsgründen getroffen wurde. Jeder ist überzeugt, daß das Merkmal „Eignung" normal verteilt ist, daß es also verschiedene Grade der Eignung gibt. In der Teststatistik spricht man in solchen Fällen von einem dichotomischen Kriterium.

Nun gibt es aber auch *echt alternativ* oder punktverteilte Merkmale, ein Pb kann entweder farbentüchtig oder farbenblind sein, er kann entweder vorbestraft oder nicht vorbestraft sein. In diesen Fällen ist die Anwendung des tetrachorischen Korrelationskoeffizienten zur Bestimmung der Trennschärfe ungerechtfertigt; er läßt die Trennschärfe höher erscheinen als sie tatsächlich ist. Statt des tetrachorischen sollte hier der sog. *Punkt-Vierfelder-Korrelationskoeffizient*, kurz Vierfelder- oder *Phi-Koeffizient* genannt, als Trennschärfenkoeffizient berechnet werden. Seine Formel lautet unter Beibehaltung der Feldbezeichnungen, wie sie für den tetrachorischen Koeffizienten gegeben wurden

$$_{pf}r_{jt} = \frac{ad - bc}{\sqrt{(a + b)\,(c + d)\,(a + c)\,(b + d)}}\,. \qquad (6.24)$$

Die Häufigkeiten für die Felder können jeweils nach der angegebenen Methode ermittelt werden.

Rechenbeispiel Nr. 6.11:

Die Felderwerte des letzten Beispiels Nr. 6.10 würden einen Vierfelder-Koeffizienten von

$$_{pf}r_{jt} = \frac{61 \cdot 24 - 19 \cdot 16}{\sqrt{(61 + 19)\ (16 + 24)\ (61 + 16)\ (19 + 24)}} = 0{,}36$$

(point-fourfold)

ergeben gegenüber einem tetrachorischen von $r_{tet} = 0{,}69$.

Für den Fall, daß die Analysenstichprobe in zwei gleiche Hälften geteilt ist, hat GUILFORD (1941a) ein Nomogramm analog dem MOSIER'schen entwickelt, aus dem man bei Kenntnis des Anteils der richtigen Antworten in der oberen und unteren Stichprobenhälfte ($P_{R\,sup}$ und $P_{R\,inf}$) den Punkt-Vierfelder-Koeffizienten direkt ablesen kann. Dieses Nomogramm ist im Anhang in Tafel 10 wiedergegeben und genügt hinsichtlich der Ablesegenauigkeit den Anforderungen der Aufgabenanalyse.

Wie schon erwähnt, konnten D'AGOSTINO u. CURETON (1975) zeigen, daß man mit je 21% der Pbn des oberen und des unteren Endes der Verteilung ein ähnliches Analysenresultat erhält wie aufgrund der gesamten Stichprobe. Das bedeutet, daß man bei genügend großer Stichprobe ($N > 1000$) alle genannten Formeln zur Berechnung des Vierfelder-Koeffizienten auch für die extremen 21% der Pbn anwenden kann.

Wenn die Verhältnisse der Randsummen in der Vierfeldertafel (Tab. 6.2) bei Aufgabe und Kriterium verschieden sind *und* von 50:50 abweichen, wird $_{pf}r_{it}$ ebenfalls unterschätzt.

Das hängt in diesem Fall damit zusammen, daß dann der Punkt-Vierfelder-Koeffizient selbst bei Vorliegen eines maximal hohen Zusammenhangs nicht den Wert 1,0 erreichen kann. Diese etwas überraschende Tatsache soll durch das folgende Beispiel verdeutlicht werden:

Rechenbeispiel Nr. 6.12:

Wir nehmen an, die Trennschärfe von Aufgabe 13 in Tab. 6.1 sei zusätzlich noch an einem echt alternativen Außenkriterium (c), dem Ergebnis einer – allerdings recht leichten – Prüfung, bestimmt worden. Das Ergebnis war:

Aufgabe 13

		+	–	Σ
Prüfung	bestanden	58	42	100
	nicht bestanden	5	15	20
		63	57	120

a = 58
b = 42
c = 5
d = 15

nach Formel (6.24):

$$_{pf}r_{13-c} = \frac{58 \cdot 15 - 42 \cdot 5}{\sqrt{100 \cdot 20 \cdot 63 \cdot 57}} = +0{,}25 \,.$$

Der maximal mögliche Zusammenhang hätte vorgelegen, wenn bei denselben Randsummen c = 0 gewesen wäre. Setzt man also c = 0, ergänzt die anderen Werte und bezeichnet die neuen Werte mit A, B, C und D, so ergibt sich:

Aufgabe 13		+	−	Σ
Prüfung	bestanden	63	37	100
	nicht bestanden	0	20	20
	Σ	63	57	120

A = 63
B = 37
C = 0
D = 20

nach Formel (6.24):

$$_{pf}r_{13-t\,max} = \frac{63 \cdot 20 - 37 \cdot 0}{\sqrt{100 \cdot 20 \cdot 63 \cdot 57}} = +0{,}47 \,.$$

JÄGER (1976) hat erstmalig vorgeschlagen, einen Phi-Koeffizienten dadurch zu korrigieren, daß man ihn auf seinen Maximalwert bezieht:

$$_{pf}r_{jt\,corr} = \frac{_{pf}r_{jt}}{_{pf}r_{jt\,max}} \,. \tag{6.25}$$

GEBERT (1977) und BÖSSER (1979) haben diesen Ansatz modifiziert, BÖSSER hat noch eine Nullfeldkorrektur (PLACKETT, 1974) eingeführt.

Nach BÖSSER wird der *Randsummen-* und *Nullfelderkorrigierte Phi-Koeffizient* folgendermaßen bestimmt:

1. Schritt: Man setze in der vorgegebenen Vierfeldertafel den Wert in einer Zelle = 0, und zwar bei positiver Korrelation den kleineren der beiden Werte, b oder c, bei negativer Korrelation den kleineren der beiden Werte a oder d.
2. Schritt: Man ergänze die Werte in den drei übrigen Feldern. Die neuen Werte sind jetzt A, B, C und D.
3. Schritt: Man berechne

$$_{pf}r_{jt\,corr} = \frac{(a + 0{,}5)\,(d + 0{,}5) - (b + 0{,}5)\,(c + 0{,}5)}{(A + 0{,}5)\,(D + 0{,}5) - (B + 0{,}5)\,(C + 0{,}5)} \tag{6.26}$$

als korrigierten Phi-Koeffizienten.

Die Berechnung des korrigierten Phi-Koeffizienten soll in dem folgenden Beispiel erläutert werden:

Rechenbeispiel Nr. 6.13:
Der Vierfelder-Koeffizient aus Rechenbeispiel 6.11 soll korrigiert werden.

Vorgegebenes Vierfelder-Schema Aufgabe 13

	+	−	
obere Gruppe	61	19	80
untere Gruppe	16	24	40
	77	43	120

a = 61
b = 19
c = 16
d = 24

„maximales" Vierfelder-Schema:

	+	−	
obere Gruppe	77	3	80
untere Gruppe	0	40	40
	77	43	120

A = 77
B = 3
C = 0
D = 40

$$ {}_{pf}r_{13-t\,corr} = \frac{61{,}5 \cdot 24{,}5 - 19{,}5 \cdot 16{,}5}{|77{,}5 \cdot 40{,}5 - 3{,}5 \cdot 0{,}5|} = +0{,}38 \, . $$

Der unkorrigierte Wert war +0,46. In diesem Falle hat die Korrektur nur wenig gebracht, da die Randverhältnisse bei Aufgabe und Kriterium zwar beide deutlich von 50 : 50 abwichen, aber ungefähr gleich waren.

Eine andere Korrekturmethode für den Fall von künstlich dichotomierten Merkmalen haben MOOSBRUGGER und ZISTLER (1991) entwickelt. Sie teilen die Stichprobe nicht nach dem Median des Rohwertes wie in Rechenbeispiel 6.7, sondern im Verhältnis von $p_j : q_j$ der Aufgabe j und berechnen dann den Vierfelder-Koeffizienten nach einer modifizierten Formel.

Da es bei der Aufgabenanalyse aufgrund der Trennschärfenanalyse weniger auf die absolute als auf die relative Höhe der Koeffizienten ankommt, ist die Wahl zwischen dem tetrachorischen und dem Vierfelder-Koeffizienten zumindest nicht von prinzipieller Bedeutung.

6.2.5 Andere Trennschärfen-Beurteilungsmethoden

Der Vollständigkeit halber sollen noch einige andere Möglichkeiten zur Kennzeichnung der Trennschärfe einer Testaufgabe erwähnt werden, die insbesondere bei der Entwicklung von informellen Tests Verwendung finden:

a) Zur Berechnung der Trennschärfe bei einem qualitativen, dichotom verteilten Außenkriterium kann man den sog. *Assoziationskoeffizienten* Q von Yule (1900) verwenden, der lange vergessen war und von LIENERT und SPORER (1982) für die Berechnung von Vierfelder-Korrelationen wiederentdeckt und für die Auf gabenanalyse nutzbar gemacht worden ist. (TC-Analyse nach BARTH und LIENERT, 1986). Q ist im Gegensatz zum Phi-Koeffizienten randsummenunabhängig.

Der Nullfeld-korrigierte Yule-Koeffizient Q′ wird aus einer Vierfeldertafel folgendermaßen bestimmt:

$$Q' = \frac{(a+1)\cdot(d+1) - (b+1)\cdot(c+1)}{(a+1)\cdot(d+1) + (b+1)\cdot(c+1)} \tag{6.27}$$

Q′ ist immer größer als r_{pf}; der Unterschied wird mit wachsendem N und steigender Asymmetrie der Vierfeldertafel größer.

b) Man teilt die Analysenstichprobe so auf, daß sich für jede Aufgabe zwei Gruppen von Pbn ergeben, von denen die eine die entsprechende Aufgabe gelöst hat und die andere sie nicht gelöst hat. Das Größenverhältnis p : q der beiden Gruppen ist dann für jede Aufgabe ein anderes. Von jeder Gruppe kann man nun einen mittleren Testpunktwert berechnen. Die Differenz $M_p - M_q$ oder nach VERNON (1948) deren Relation zur Standardabweichung aller Testpunktwerte $(M_p - M_q)/s$ kann als Maßzahl für die Trennschärfe dienen. VERNON hebt hervor, daß sein Index die extrem schwierigen Aufgaben bei der Selektion gegenüber den mittelschweren relativ begünstigt.

c) Nach dem gleichen Prinzip, jedoch rechnerisch einfacher, arbeitet der sog. *D-Index* (DIEDERICH, 1970, AIKEN, 1979)

$$D = \frac{R_{sup} - R_{inf}}{f} \tag{6.28}$$

In dieser Formel bedeuten:
D = Trennschärfenindex,
R_{sup} = Anzahl der richtigen Antworten in der besseren Gruppe,
R_{inf} = Anzahl der richtigen Antworten in der schlechteren Gruppe,
f = Anzahl der Pbn in jeder der beiden gleichgroßen Gruppen (0,21 · N oder 0,5 · N)

d) Dieser D-Index ist von BRENNAN (1972) für den Fall ungleich großer Gruppen verallgemeinert worden:

$$B = \frac{R_{sup}}{f_{sup}} - \frac{R_{inf}}{f_{inf}}. \tag{6.29}$$

f_{sup} und f_{inf} sind die Anzahlen von Pbn in jeder der beiden Gruppen. Bei gleichen Gruppenumfängen geht B in D über.

e) Geht man von der Hypothese aus, daß die P-Skala eine *Ogiven-Funktion* repräsentiert, so kann man nach FERGUSON (1942) wie folgt vorgehen: Man teilt die Analysenstichprobe nach den Rohwerten in 7 Gruppen, deren jede auf der X-Achse der Verteilung eine Strecke von 0,6 s abschneidet. Nun bestimmt man den Schwierigkeitsindex P in jeder dieser 7 Gruppen und stellt den Schwierigkeitsindex als Funktion der Merkmalsausprägung (= Testleistung) dar. Je „steiler" die Ogive, umso besser die Aufgabe.

Häufig vereinfacht man dieses Verfahren, indem man die Analysenstichprobe statt in 7 nur in 4 Teile zerlegt (wobei oft nur *Quartile* zugrundegelegt werden), so kann man eine empirische Trennschärfenkurve festlegen, die – entsprechend der Ogive – von links unten nach rechts oben verläuft, wenn die Aufgabe brauchbar ist (vgl. Abb. 6.2 in F/I). Man nennt diese Kurve auch Operationscharakteristik (OC) der Aufgabe.

Der Aufwand, der mit einer solchen Trennschärfenbestimmung verbunden ist, lohnt sich nur bei Tests mit wenigen und gewichtigen Aufgaben. Die Ogiven-Methode hat jedoch den großen Vorteil, daß sie die Schwierigkeit einer Aufgabe innerhalb der verschiedenen Merkmalsbereiche aufzeigt. Dadurch können bei der Aufgabenauswahl z. B. Aufgaben zurückbehalten werden, die gerade innerhalb der leistungsfähigsten oder leistungsschwächsten Gruppe gut, in den übrigen Gruppen aber überhaupt nicht differenzieren; nach dem üblichen Trennschärfenkoeffizienten würde eine solche Aufgabe wahrscheinlich ausgeschieden werden.

f) Bildet man die Differenz der z-transformierten Schwierigkeitsindizes $D = z(P_{sup} - z(P_{inf})$, so entspricht dieses Vorgehen der sog. *D-Methode* zur Trennschärfenbestimmung, die LAWSHE (1942) durch ein Nomogramm erleichtert hat. Die z-Werte sind in Tab. 2 des Anhangs zu jedem P nachzulesen. Die genannten Indizes finden nur mehr vereinzelt für spezielle Zwecke Verwendung. Hat man die Wahl, so wird man die Korrelationskoeffizienten den Differenzen vorziehen.

6.3 Die Trennschärfe beeinflussende Faktoren

Die Trennschärfe von Testaufgaben kann im wesentlichen durch drei Faktoren verändert werden:

a) durch die Scheinkorrelation gegenüber dem Testrohwert als Analysenkriterium,
b) durch die Stellung der Aufgabe innerhalb des provisorischen Tests,
c) durch den Grad der Reliabilität des Analysenkriteriums.

6.3.1 Scheinkorrelation gegenüber dem Testrohwert

Wenn man als Kriterium für die Trennschärfenanalyse den Rohwert heranzieht, so erhält man einen ein wenig zu hohen Trennschärfenkoeffizienten; und zwar deshalb, weil jede einzelne Aufgabe ein Teil des Tests ist, mit dem diese Aufgabe korreliert wird. Hierbei handelt es sich um einen Tatbestand, den die Statistiker als Korrelation eines Teiles (der Aufgabe) zum Ganzen (dem Test) bezeichnen. Wenn man also exakt vorgehen wollte, so müßte man bei der Auszählung der Rohwerte jeweils die Aufgabe unberücksichtigt lassen, für welche die Trennschärfe berechnet werden soll. In dieser Weise ist z. B. AMTHAUER (1953) vorgegangen. Ein solches Vorgehen ist jedoch eine im Verhältnis zu seiner praktischen Bedeutung kaum zumutbare Mehrbelastung. Die Teil-Ganzheits-Scheinkorrelation *(part-whole-Korrelation)* spielt überhaupt nur dann eine gewisse Rolle, wenn ein Test wenige Aufgaben von mittlerer Schwierigkeit enthält, die untereinander nicht oder minimal korrelieren. Sicher wird es nur selten vorkommen, daß gleichzeitig alle obigen drei Bedingungen für eine Testvorform zutreffen. In einem solchen Fall allerdings wird eine Korrektur des Trennschärfenkoeffizienten nach der part-whole-Korrelation[1]) empfehlenswert sein.

$$r_{j(t-j)} = \frac{r_{jt}s_{jx} - s_j}{\sqrt{s_x^2 + s_j^2 - 2r_{jt}s_xs_j}} \tag{6.30}$$

oder da $s_j = \sqrt{p_jq_j}$ ist (wie später noch gezeigt wird)

$$r_{j(t-j)} = \frac{r_{jt}s_x - \sqrt{p_jq_j}}{\sqrt{s_x^2 + p_jq_j - 2r_{jt}s_x\sqrt{p_jq_j}}} \tag{6.31}$$

In diesen Formeln bedeuten:

$r_{j(t-j)}$ = Trennschärfenkoeffizient der Aufgabe j mit Korrektur der Scheinkorrelation (Korrelation der Aufgabe j zu dem um die Aufgabe j verminderten Test),
$p = P/100$ und $q = 1 - p$

Rechenbeispiel Nr. 6.14:
Für eine Aufgabe von $r_{jt} = 0{,}7$ und $P = 60$ ($p = 0{,}6$ und $q = 0{,}4$) aus einem Test mit einer Streuung von $s_x = 5$ soll eine Scheinkorrelations-Korrektur ihres Trennschärfenkoeffizienten vorgenommen werden.

$$r_{j(t-j)} = \frac{0{,}7 \cdot 5 - \sqrt{0{,}6 \cdot 0{,}4}}{\sqrt{5^2 + 0{,}6 \cdot 0{,}4 - 2 \cdot 0{,}7 \cdot \sqrt{0{,}6 \cdot 0{,}4}}} = 0{,}64$$

6.3.2 Stellung der Aufgabe

Bei unvollständiger, zeitbemessener Darbietung gründen sich die Trennschärfenkoeffizienten wie auch die Schwierigkeitsindizes der reihungsletzten Aufgaben der Testvorform nur auf den – relativ kleinen – Teil der Pbn, die diese Aufgaben in Angriff genommen haben. Das bedeutet, daß diese Kennwerte mit einem relativ großen Stichprobenfehler behaftet und daher recht fragwürdig sind. Darüber hinaus hat MOLLENKOPF (1950) experimentell gezeigt, daß neben den guten Pbn auch verhältnismäßig viele schlechte Pbn die letzten Aufgaben bearbeiten. Dies wird dadurch möglich, daß diese Pbn kritiklos den Test „durcheilen". Auf diese Weise wird N_B als Stichprobe breitgipflig verteilt sein und deshalb eine zu hohe Schätzung des Trennschärfenkoeffizienten ergeben.

Für die Praxis ergibt sich daraus die Folgerung, daß man möglichst eine vollständige Darbietung für die Analyse vorsehen sollte. Wenn dies aus bestimmten Gründen nicht möglich ist, dann sollte die Darbietungszeit für den Test nicht zu knapp bemessen sein oder man müßte – wenn die Darbietungszeit dieselbe wie

[1]) Vgl. McNEMAR (1962), S. 164.

für den späteren Test sein soll – die Analysenstichprobe sehr groß wählen. Jedenfalls sollten sich die Kennwerte aller Aufgaben – also auch der letzten – auf mindestens 100 Pbn stützen können.

6.3.3 Reliabilität des Analysenkriteriums

Mangelnde Reliabilität des Analysenkriteriums (z. B. Testrohwert, IQ, Schulnote) ändert zwar nicht die Reihenfolge der Trennschärfenkoeffizienten, vermindert jedoch deren Präzision. Kennt man den Reliabilitätskoeffizienten des Kriteriums, so kann man die Trennschärfenkoeffizienten in Hinsicht auf die Annahme korrigieren, das Kriterium sei absolut reliabel[1]).

$$_{corr}r_{jc} = \frac{r_{jc}}{\sqrt{r_{cc}}} . \qquad (6.32)$$

In dieser Formel bedeuten:

$_{corr}r_{jc}$ = reliabilitätskorrigierter Trennschärfenkoeffizient,
r_{jc} = originaler Trennschärfenkoeffizient,
r_{cc} = Reliabilitätskoeffizient des Kriteriums.

Die Korrektur spielt vor allem dann eine gewisse Rolle, wenn ein Außenkriterium aufgrund eines *Rating-Verfahrens* gewonnen wurde. Rating-Daten einzelner Beurteiler haben nach allgemeiner Erfahrung eine Reliabilität von 0,5 bis 0,6, die man eventuell ohne empirische Überprüfung der Korrekturformel zugrunde legen darf. Wenn der Testrohwert als Binnenkriterium dient, so erübrigt sich eine Korrektur, da in diesem Falle eine hohe Kriteriumsreliabilität von vornherein erwartet wird.

6.4 Die Bedeutung der Aufgaben-Interkorrelationen

Im Gegensatz zur Bestimmung von Schwierigkeit und Trennschärfe ist es nicht unbedingt erforderlich, auch die korrelativen Zusammenhänge je zweier Testaufgaben j und k zu ermitteln. Das ist eine sehr zeitraubende Angelegenheit, da die Anzahl der möglichen Interkorrelationskoeffizienten r_{jk} progressiv mit der Anzahl der Aufgaben steigt (für 10 Aufgaben z. B. $10 \cdot 9/2$ Kombinationen, für 50 Aufgaben $50 \cdot 49/2$ Kombinationen, für n Aufgaben $n(n-1)/2$ Kombinationen).

Der einzelne Interkorrelationskoeffizient sollte korrekterweise nach der *Punkt-Vierfelder-Methode* errechnet werden, jedoch können wegen seiner geringeren Bedeutung auch die Verfahren der tetrachorischen Korrelation herangezogen werden (siehe S. 85).

Bei asymmetrischen Randsummenverteilungen sollte der Koeffizient entsprechend korrigiert werden (siehe S. 93 und S. 94). Außerdem kann hier der *nullfelder-korrigierte Yule-Koeffizient* verwendet werden (siehe S. 95).

---

[1]) Es handelt sich hier um die berühmt gewordene „Correction for Attenuation" (SPEARMAN 1904), deren Bedeutung im Zusammenhang mit der Bestimmung des Validitätskoeffizienten eines Tests näher erörtert wird.

Die Häufigkeiten der Vierfeldertafel werden nach Tab. 6.3 ermittelt. Da die Randsummen N_{R_j} und N_{R_k} der Interkorrelations-Vierfeldertafel bereits von der Bestimmung der Schwierigkeitsindizes der Aufgaben her bekannt sind, braucht man nur die Anzahl derjenigen Pbn auszuzählen, die sowohl die Aufgabe j wie auch die Aufgabe k, also die beiden miteinander zu korrelierenden Aufgaben, richtig beantwortet haben ($N_{R_{jk}}$).

Tabelle 6.3

		Aufgabe k		$\sum$
		+	–	
	+	$N_{R_{jk}}$ Anzahl der Pbn, die sowohl Aufgabe j wie Aufgabe k richtig beantwortet haben. a	$N_{R_j} - N_{R_{jk}}$ b	N_{R_j} Anzahl der Pbn, die Aufgabe j richtig beantwortet haben. (a + b)
	–	$N_{R_k} - N_{R_{jk}}$ c	$(N - N_{R_j}) - (N_{R_k} - N_{R_{jk}})$ d	$N - N_{R_j}$ (c + d)
$\sum$		(a + c) N_{R_k} Anzahl der Pbn, die Aufgabe k richtig beantwortet haben.	(b + d) $N - N_{R_k}$	N Gesamtanzahl der Pbn.

Was sagt nun der Interkorrelationskoeffizient aus? Er gibt an, wieweit beide Aufgaben den gleichen oder einen verschiedenen Aspekt des untersuchten Persönlichkeitsmerkmals erfassen. Homogene Tests, die ein eng umschriebenes Merkmal prüfen (z. B. Progressive Matrizen von RAVEN) geben wenig unterschiedliche und relativ hohe Interkorrelationskoeffizienten, heterogene Tests hingegen mehr oder weniger differente und relativ niedrige Interkorrelationskoeffizienten (HATTIE, 1985).

Man könnte – obwohl es bisher nicht vorgeschlagen wurde – für jede Aufgabe neben Schwierigkeitsindex und Trennschärfenkoeffizient auch einen *Homogenitätsindex* errechnen, der anzugeben hätte, wieviel die betreffende Aufgabe zur Homogenität des ganzen Tests beiträgt. Der Homogenitätsindex einer Aufgabe wäre dabei als deren mittlere Interkorrelation mit den (n – 1) übrigen Aufgaben zu operationalisieren.

FACHRICHTUNG 6.4 - PSYCHOLOGIE
BIBLIOTHEK
UNIVERSITÄT DES SAARLANDES
POSTFACH 11 50
D-66041 SAARBRÜCKEN

Definition: Die Homogenität einer Aufgabe ist der mittlere Grad, mit dem sie mit allen übrigen Testaufgaben interkorreliert.

$$r_{j-n} = \frac{r_{j1} + r_{j2} + \ldots + r_{jn}}{n-1} = \frac{\sum_k r_{jk}{}^{1)}}{n-1}, \quad \text{wobei } j \neq k. \tag{6.33}$$

Homogenität und Trennschärfe sind nicht abhängig voneinander, wie aus (6.34) hervorgeht. Für einen heterogenen Test wäre zu fordern, daß jede Aufgabe bei einem Maximum an Trennschärfe ein Minimum an Homogenität besitzen und somit jeweils einen anderen Aspekt desselben Persönlichkeitsmerkmals prüfen sollte. Homogene Tests sollen maximal trennscharfe und zugleich maximal homogene Aufgaben enthalten.

Das arithmetische Mittel der Aufgaben-Interkorrelationen kann man unter der Annahme, daß sich die Interkorrelationen größenordnungsmäßig gleichen, nach einer von GAYLORD (1969) im Anschluß an RICHARDSON (1936a) gefundenen Beziehung aus den Trennschärfekoeffizienten abschätzen.

$$_{pf}\bar{r}_{jk} = \frac{n_{p\,bis}\bar{r}^2_{jt} - 1}{n-1} \tag{6.34}$$

$_{pf}\bar{r}_{jk}$ = Mittlere Aufgaben-Interkorrelation, ausgedrückt in einem Punkt-Vierfelder-Korrelationskoeffizienten (Phi-Koeffizienten);

$_{p\,bis}\bar{r}^2_{jt}$ = Quadrat des arithmetischen Mittels aller Trennschärfenkoeffizienten, ausgedrückt als punktbiseriale Korrelationskoeffizienten.

Unter den gleichen Bedingungen kann man auch über die Reliabilität r_{tt} – gewissermaßen retrospektiv – die mittlere Aufgaben-Interkorrelation abschätzen, indem man hierzu die SPEARMAN-BROWN-Formel mit dem Vervielfältigungswert 1/n einsetzt[2]).

$$\bar{r}_{jk} = \frac{r_{tt}}{n + (1-n)\,r_{tt}} \tag{6.35}$$

n = Anzahl der Aufgaben.

Andererseits kann man aber auch die Reliabilität eines Tests ebenso aufgrund der mittleren Aufgaben-Interkorrelation nach SPEARMAN-BROWN in etwa

---

[1]) Der Nenner des Bruches heißt deshalb (n – 1), weil die Selbstkorrelation der Aufgabe r_{ij} nicht mit einbezogen ist. Die Homogenität einer Aufgabe wird bei hohen und sehr unterschiedlichen Interkorrelationen besser über die FISHER z′-Transformation von r_{ij} ermittelt.

[2]) Die Originalform der SPEARMAN-BROWN-Formel lautet:

$$r_{kk} = \frac{k \cdot r_{tt}}{1 + (k-1)r_{tt}}$$

worin k das Vielfache der Testverlängerung bedeutet. Setzt man k = 1/n, verkürzt man also den Test auf eine einzige Aufgabe, so resultiert Formel (6.34) als Korrelation dieser Aufgabe mit einer Parallelaufgabe r(1/n 1/n). Diese ist gleichzusetzen mit $\bar{r}_{jk}$.

vorhersagen

$$r_{tt} = \frac{n \cdot \bar{r}_{jk}}{1 + (n - 1)\,\bar{r}_{jk}}. \qquad (6.36)$$

Hierbei wird gewissermaßen der Test in Teile zu je einer Aufgabe, deren Reliabilität zu $\bar{r}_{jk}$ angekommen wird, zerlegt und von diesen Teilen her die Gesamtreliabilität geschätzt.

6.5 Analyse und Revision der Alternativ-Antworten bei Mehrfach-Wahl-Aufgaben

6.5.1 MW-Aufgaben mit Best-Antwort

Bisher wurde die Aufgabenanalyse nur in Hinsicht auf die R-Antworten behandelt. Bei dem häufigen Aufgabentyp, nämlich dem *MW-Aufgabentyp*, erweist sich jedoch sehr oft eine systematische Analyse der Nicht-R-Antworten, der sog. Alternativ-Antworten oder *Distraktoren*, als fruchtbar.

Schon bei der Beschreibung des MW-Aufgabentyps wurde festgestellt, daß der Zweck dieser Aufgabenform nur dann erreicht ist, wenn den Alternativ-Antworten eine gewisse Wahrscheinlichkeit, ausgewählt zu werden, zukommt. Diese Wahrscheinlichkeit sollte ungefähr gleich sein. Ob die Alternativ-Antworten dieser Forderung entsprechen, kann letztlich nur durch eine statistische Analyse dieser Antworten entschieden werden. Ein entsprechendes Verfahren haben MICHELSEN und MÜLLER (1988) entwickelt, welches im Zusammenhang mit dem folgenden Beispiel erläutert wird.

Theoretisch könnte jede einzelne Alternativ-Antwort in genau der gleichen Weise wie die Best-Antwort analysiert werden, jedoch ist dieses Verfahren im Verhältnis zu seiner Bedeutung zu zeitraubend; zudem sind Indizes für die Alternativ-Antworten ungebräuchlich.

Zur Illustration der Alternativ-Antwort-Analyse einer 5-fach-Wahl-Aufgabe diene das folgende Beispiel:

Tabelle 6.4

Aufgabe 10 (N = 200)

Wahlantwort	P	P_{sup}	P_{inf}
A	9	5	13
B	11	4	18
C	18	20	16
D	0	0	0
E^+	39	55	23
Ausgelassen	11	10	12
Unbearbeitet	12	6	18
Summe	100	100	100

Man mache sich also für alle Aufgaben eines Tests ein Schema wie das für Aufgabe 10 in Tab. 6.4 und betrachte zunächst die Kolonne P:
Da in unserem Beispiel die Best-Antwort (+) von 39% der Pbn, also von 78, gewählt wurde, sollten im Idealfall auf die vier Alternativ-Antworten etwa je $\frac{9 + 11 + 18 + 0}{4} = 9{,}5\%$ der Pbn, also 19, entfallen. Die Alternativ-Antwort D ist jedoch überhaupt nicht gewählt worden, wodurch aus der 5-fach-Wahl praktisch eine 4-fach-Wahl geworden ist. Man wird solch eine Wahl-Antwort, die weit außerhalb der Erwartung liegt, durch eine andere mit mehr „Anziehungskraft" ersetzen und so die Aufgabe in unserem Beispiel hinsichtlich der Alternativ-Antwort D revidieren. Ebenso gut könnte man argumentieren, daß Antwort C als Alternativ-Antwort gegenüber der Erwartung zu häufig gewählt wird und damit der Best-Antwort zu viele „Stimmen" entzogen werden. Auch in diesem Falle wäre eine Revision zu erwägen.

Bei kleineren Stichprobenumfängen könnten extreme Besetzungshäufigkeiten natürlich auch zufällig zustandekommen, und die Aufgabe müßte nicht geändert werden. Dieses Problem läßt sich mit Hilfe von speziellen Tabellen lösen, die MICHELSEN und MÜLLER (1988) entwickelt haben und die als Tafel 14 und 15 in den Anhang aufgenommen worden sind. Diese Tabellen enthalten für MW-Aufgaben mit jeweils 4 bzw. 5 Wahlantworten und ein Signifikanzniveau von 5% zu jeder Fehlerzahl N_F zwischen 20 und 100 vier kritische Grenzen für die einzelne Distraktoren-Häufigkeit (U(U), O(U), U(O) und O(O)). Die Häufigkeit N_d, mit der ein einzelner Distraktor gewählt wurde, kann dann folgendermaßen beurteilt werden:

Tabelle 6.5: Regeln zur Beurteilung der Distraktoren (MICHELSEN und MÜLLER, 1988, S. 134)

Intervallgrenzen für N_d	Hinweis zur Beurteilung der Distraktorenqualität
$O(U) \leqq N_d \leqq U(O)$	Es liegt eine Gleichverteilung vor
$U(U) \leqq N_d < U(O)$	Möglicherweise liegt noch eine Gleichverteilung vor; eine Unterbesetzung dieses Distraktors kann nicht ausgeschlossen werden
$U(O) < N_d \leqq O(O)$	Möglicherweise liegt noch eine Gleichverteilung vor; eine Überbesetzung dieses Distraktors kann nicht ausgeschlossen werden
$N_d < U(U)$	Es liegt keine Gleichverteilung vor; der Distraktor ist unterbesetzt
$O(O) < N_d$	Es liegt keine Gleichverteilung vor; der Distraktor ist überbesetzt

Bei dem Beispiel in Tab. 6.4 war $N_F = 76$. In Tafel 15 im Anhang lesen wir ab:

$$U(U) = 9\,, \quad O(U) = 15\,, \quad U(O) = 23\,, \quad O(O) = 29\,.$$

Nach Tab. 6.5 können wir nun die einzelnen Distraktoren folgendermaßen beurteilen:

Wahlantwort	N_d	Intervall	Entscheidung
A	18	$15 \leqq 18 \leqq 23$	Gleichverteilung
B	22	$15 \leqq 22 \leqq 23$	Gleichverteilung
C	36	$29 < 36$	Überbesetzung
D	0	$0 < 9$	Unterbesetzung

Die statistische Analyse hat also bestätigt, was wir vermutet hatten: Alternative D muß auf jeden Fall attraktiver, Alternative C muß weniger attraktiv gemacht werden.

Nach diesen Überlegungen für eine Revision der Alternativ-Antworten aufgrund der Schwierigkeiten P in Tab. 6.4 müssen die Kolonnen P_{sup} und P_{inf} durchgesehen werden:

Alternativ-Antworten sollten eine *negative Trennschärfe* besitzen, also von der schlechteren Gruppe häufiger gegeben werden als von der guten Gruppe ($P_{inf} > P_{sup}$). Wenn wir daraufhin unser Beispiel betrachten, so fällt auf, daß der Distraktor C erwartungswidrig von den besseren Pbn häufiger gewählt wurde als von den schlechteren. Diese Alternative besitzt also eine positive anstatt einer negativen Trennschärfe, obwohl sie falsch ist. Vielleicht ist sie unklar formuliert oder zweideutig.

Trennschärfeindizes für Alternativ-Antworten (Distraktoren) können wie solche für Best-Antworten auf der Grundlage von Tab. 6.4 berechnet werden, wobei in deren erster Spalte anstatt „richtig beantwortet" z. B. „falsch beantwortet mit C" stehen muß, wenn die Trennschärfe für den Distraktor C ermittelt werden soll.

Behält ein Distraktor trotz Revision seine positive Trennschärfe, dann sollte er in der Endform der Testaufgabe auf jeden Fall ersetzt werden. Prinzipiell wäre es natürlich möglich, ihn als „auch-richtig-Antwort" ebenfalls mit einem Punkt zu bewerten. Dadurch würde jedoch die *Augenscheinvalidität* (face validity) des Tests herabgesetzt; denn ein Testanwender wird nicht verstehen, weshalb eine offensichtlich falsche Antwort trotzdem mit einem Punkt belohnt wird. Jede Testaufgabe sollte eine und nur eine richtige Antwort haben.

Auslassung und Nicht-Bearbeitung von Aufgaben sollten bei der unteren Gruppe häufiger beobachtet werden als bei der oberen Gruppe. In dieser Hinsicht gibt es keine zwingende Gründe für eine Revision der Aufgabe 10 in Tab. 6.4.

In analoger Weise – wie es an diesem Beispiel gezeigt wurde – sollten alle MW-Aufgaben einer Testvorform systematisch durchgesehen werden. Dann sollte sich das Autoren-Team zusammensetzen und über geeignete Revisionsmaßnahmen beraten. Prinzipiell gibt es drei Möglichkeiten, solchen zum Teil revisionsbedürftigen Aufgaben zu begegnen:

a) Man kann die Aufgaben nach besten Wissen, eventuell nach einem Rating-Verfahren, revidieren und sie nochmals einer gleichartigen Analysenstichprobe von kleinerem Umfang darbieten. Das wird man in der Regel dann tun, wenn entweder überhaupt nur wenige Aufgaben zur Verfügung stehen oder die von der Revision betroffenen Aufgaben inhaltlich sehr bedeutsam erscheinen.

b) Man kann die Aufgaben revidieren, ohne sie einer nochmaligen Analyse zu unterwerfen, wenn man die psychologische Ursache für die nicht erwartungsgemäße Häufigkeitsverteilung der Wahlantworten gefunden zu haben glaubt oder wenn die Umstände eine neue Darbietung nicht zulassen und auf die Aufgabe nicht verzichtet werden soll.

c) Man kann die revisionsbedürftigen Aufgaben aus der Testvorform eliminieren. Dies sollte man besonders dann tun, wenn genügend gleichwertige Aufgaben zur Verfügung stehen.

Auf die Revision einer Aufgabe kann verzichtet werden, wenn trotz kleinerer Mängel in den Alternativ-Antworten eine gute oder zumindest befriedigende Trennschärfe für die fragliche Aufgabe ermittelt wurde. In solchen Fällen wird erfahrungsgemäß keine wesentliche Verbesserung durch die Revision erzielt. Umgekehrt ist eine Revision von Aufgaben mit niedriger Trennschärfe und guter psychologischer Validität sehr zu empfehlen, da in diesen Fällen die Trennschärfe oft verblüffend erhöht werden kann.

6.5.2 MW-Aufgaben ohne Best-Antworten

In Persönlichkeitsfragebogen mit Mehrfach-Wahl gibt es – wie wir bereits erwähnten – verschiedentlich Wahlantworten, die mehreren Ausprägungsgraden des untersuchten Persönlichkeitsmerkmals entsprechen. Sie wurden in diesem Zusammenhang als Stufen-Antworten bezeichnet.

Die Analyse solcher Aufgaben wird in Kapitel 15 behandelt.

6.6 Die Beziehungen zwischen Schwierigkeit, Trennschärfe und Aufgaben-Interkorrelation

6.6.1 Schwierigkeit und Trennschärfe

Es wurde schon erwähnt, daß Schwierigkeit und Trennschärfe nicht unabhängig voneinander sind, deshalb ergab sich ein parabolischer Verlauf des Punkteschwarmes im Diagramm von Abb. 3b als Ausdruck der Wechselbeziehung zwischen Schwierigkeit und Trennschärfe. Wenn die Trennschärfe durch den unkorrigierten Vierfelder-Koeffizienten ausgedrückt wird, dann ist die Relation zwischen Schwierigkeit p und Trennschärfe r_{pf} durch folgende Gleichung gegeben

$$r_{pf} = \frac{1}{\sqrt{p(1-p)}} \cdot \frac{ad - bc}{N\sqrt{(a+b)(c+d)}}; \quad \text{wenn} \quad p = \frac{a+c}{N}. \qquad (6.37)$$

Das Verständnis für diesen Zusammenhang zu vermitteln, scheint uns für eine sinnvolle Auswertung der Analysedaten sehr bedeutsam.[1])

---

[1]) Wird r_{pf} randsummenkorrigiert, oder wird der YULE-Koeffizient verwendet, dann hat der Punktschwarm in Abb. 3b natürlich keinen parabolischen Verlauf mehr, sondern entspricht einer Rechteckverteilung.

Die Höhe des *Trennschärfenkoeffizienten* hängt von zwei Faktoren ab:

a) von dem Gemeinsamkeitsgrad dessen, was durch die Aufgabe – ebenso wie durch den ganzen Test – gemessen wird. Im Sinne THURSTONEs: Zahl und Gewicht der Faktoren, die der Aufgabe und dem ganzen Test gemeinsam sind.

b) von der Anzahl der möglichen interindividuellen Differenzierungen, die eine Aufgabe treffen kann; diese Anzahl ist durch den Schwierigkeitsindex funktional bestimmt (vgl. Kap. 2.3.1).

Die Wechselbeziehung zwischen Trennschärfe und Schwierigkeit gründet sich also ausschließlich auf Punkt 2; sie soll auf die folgende einfache Weise verständlich gemacht werden. Wenn eine bestimmte Aufgabe von 50% Pbn aus einer Stichprobe von 100 richtig beantwortet wird, so differenziert diese Aufgabe zwischen jedem der 50 Pbn, der die Aufgabe beantwortet hat, und jedem der 50 Pbn, der die Aufgabe nicht beantwortet hat. Die Aufgabe hat also insgesamt $50 \cdot 50 = 2500$ Unterscheidungen zwischen je zwei Pbn getroffen[1]). Wenn nun eine Aufgabe von 20% aus $N = 100$ Pbn richtig beantwortet wird, so unterscheidet sie zwischen $20 \cdot 80 = 1600$ Pbn-Paaren; wenn sie von 5% richtig beantwortet wird – ebenso auch wenn sie von 95% richtig beantwortet wird –, so ergeben sich $5 \cdot 95 = 475$ Unterscheidungen; und wenn sie schließlich von 1% oder 99% richtig beantwortet wird, so bleibt ein Minimum von $1 \cdot 99 = 99$ Unterscheidungen. Eine Aufgabe von 50%iger Schwierigkeit trifft also weit mehr Unterscheidungen zwischen je zwei Pbn als eine solche von 5%iger oder 95%iger Schwierigkeit und besitzt somit – unter sonst gleichen Bedingungen – bessere Voraussetzungen für eine hohe Trennschärfe.

Mittlere Schwierigkeit verbürgt aber nicht von vornherein auch schon hohe Trennschärfe. Es kommt zusätzlich darauf an, daß die Unterscheidungen, die die Aufgabe trifft, im Sinne der Erwartung ausfallen; daß also z. B. eine Intelligenztest-Aufgabe alle Pbn einer Stichprobe so in zwei Gruppen scheidet, daß diejenigen Pbn mit einem IQ über 100 zu der einen Gruppe, die die Aufgabe gelöst hat, gehören und diejenigen Pbn mit einem IQ unter 100 zu der anderen Gruppe, die die Aufgabe nicht gelöst hat. In diesem Falle hätte die Aufgabe eine ihrer Schwierigkeit entsprechende höchstmögliche Trennschärfe, denn alle Unterscheidungen wären im Sinne der Erwartung ausgefallen. Das hätte jedoch nicht unbedingt der Fall sein müssen, z. B. hätte ein Teil der Pbn mit unterdurchschnittlichem IQ die betreffende Aufgabe lösen, ein anderer Teil mit überdurchschnittlichem IQ sie verfehlen können; dann wäre die Trennschärfe trotz gleicher Anzahl von Unterscheidungen erheblich geringer ausgefallen. Ja, es hätte sogar sein können, daß die zahlreichen Differenzierungen bei der mittelschweren Aufgabe rein zufällig, unabhängig vom IQ der Pbn, erfolgt wären; in diesem Fall wäre der Trennschärfenkoeffizient nahe an Null. Schließlich hätte noch der Fall eintreten können, daß mehr Pbn mit niedrigem IQ die Aufgabe lösen als solche mit höherem IQ; dann wäre der Tatbestand einer negativen Trennschärfe gegeben.

---

[1]) Dieser relativ einfache Sachverhalt ist nach den Kurserfahrungen der Vf. erst bei weiterer Veranschaulichung klargeworden: Man denke sich die 50 Pbn, die die Aufgabe richtig beantwortet haben, in einem Raum versammelt, die 50 Pbn, die sie nicht beantwortet haben, in einem anderen Raum; und nun beglückwünsche jeder Pb im „schlechteren" Raum jeden Pb im „besseren" Raum durch Handschlag zum Lösungserfolg. Auf diese Weise wird 2500mal anerkannt, daß sich je zwei Pbn als Sieger und Besiegte unterscheiden.

Aus dem Gesagten sollte klargeworden sein, daß es bei der Trennschärfe darauf ankommt, wie sich die Prozenthäufigkeit der Pbn, die die jeweilige Aufgabe richtig beantwortet haben, mit zunehmendem IQ als Kriterium für die Trennschärfe ändert. Abb. 6.2 veranschaulicht die Zusammenhänge zwischen Trennschärfe und Schwierigkeit durch theoretische *Trennschärfe-Kurven* (OC-Kurven).

Zur Interpretation der Aufgaben A bis I in der Abbildung 6.2 wären folgende Feststellungen zu treffen:

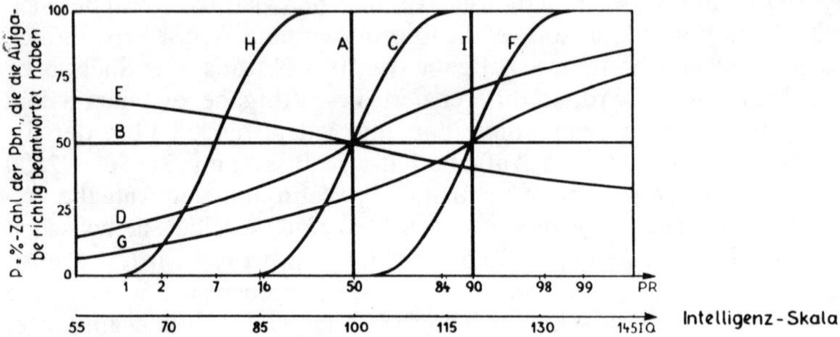

Abb. 6.2: Schematische Darstellung des Zusammenhangs zwischen Trennschärfe und Schwierigkeit von Intelligenztest-Aufgaben. Das Kriterium für die Trennschärfe ist der Intelligenzquotient.[1])

A = absolute Trennschärfe (r_{jt} = 1,0)
B = fehlende Trennschärfe (r_{jt} = 0,0)
C = hohe Trennschärfe (r_{jt} ~ 0,8) } bei P = 50
D = geringe Trennschärfe (r_{jt} ~ 0,3)
E = negative Trennschärfe (r_{jt} ~ − 0,1)
F = hohe Trennschärfe (r_{jt} ~ 0,8) } bei P = 10
G = geringe Trennschärfe (r_{jt} ~ 0,3)
H = hohe Trennschärfe (r_{jt} ~ 0,8) bei P = 93
I = absolute Trennschärfe[2]) (r_{jt} = 1,0) bei P = 10

Aufgabe A ist ideal trennscharf; mit ihr als einziger könnte man entscheiden, ob ein Pb unter- oder überdurchschnittlich intelligent ist. Solche Aufgaben gibt es leider in der Praxis nicht. Dasselbe gilt für Aufgabe I, mittels welcher sich entscheiden ließe, ob ein Pb zu den intelligentesten 10% gehört oder nicht.

Aufgabe B ist vollkommen nutzlos, da sie intelligente von unintelligenten Pbn nicht unterscheidet, obwohl sie zufolge ihrer 50%igen Schwierigkeit die besten Voraussetzungen dafür besäße.

Aufgabe C wird von keinem Pb mit einem IQ unter 85 und von allen Pbn mit einem IQ über 115 richtig beantwortet; sie hat also eine sehr gute Trennschärfe, die in der Praxis nur relativ selten erreicht wird.

Aufgabe D stellt den weitaus häufigsten Fall einer mittleren Trennschärfe bei 50%iger Schwierigkeit dar. Mit Aufgaben solcher Art kann man eine Differenzierung entlang der gesamten Kriteriumskala erreichen.

---

[1]) Die Kurven in Abb. 6.2 nennt man auch Itemcharakteristiken.

[2]) Diese Trennschärfen werden mit punkt-biserialen Korrelationskoeffizienten bestimmt.

Aufgabe E wird von den weniger intelligenten Pbn etwas häufiger gelöst als von den intelligenten; sie hat eine geringe *negative Trennschärfe* und ist somit – ebenso wie Aufgabe B – unbrauchbar. Die Aufgaben F und H differenzieren gut, aber nur in ihren Schwierigkeitsbereichen von P = 10 und P = 93; d. h. sie differenzieren nur zwischen den intelligentesten 10% der Pbn und den übrigen bzw. zwischen den am wenigsten intelligenten 7% der Pbn und den übrigen.

Aufgabe G hat eine mittlere Trennschärfe bei einer Schwierigkeit von P = 10. Die Aufgaben C, F und H haben also z. B. gleiche Trennschärfe, aber unterschiedliche Schwierigkeit, während die Aufgaben A, B, C, D und E gleiche Schwierigkeit und unterschiedliche Trennschärfe haben.

Nach der Testtheorie ist bei Tests mit *schwierigkeitshomogenen Aufgaben* von ausschließlich 50%iger Schwierigkeit die beste Differenzierung zu erwarten, im besonderen gilt dies für mittlere Ausprägungen des untersuchten Merkmals. Da mit steigender Differenzierung der Aufgaben auch die *Testreliabilität* (innere Konsistenz) wächst, sind Tests von durchschnittlicher Schwierigkeit ($P_t \sim 50$) im allgemeinen reliabler als solche von über- oder unterdurchschnittlicher Schwierigkeit.[1]) Dabei ist die Schwierigkeit P_t eines Tests definiert als das arithmetische Mittel der n Aufgabenschwierigkeiten:

$$P_t = \frac{1}{n} \cdot \sum_j P_j\,, \tag{6.38}$$

Noch einfacher ergibt sich die Testschwierigkeit aus dem arithmetischen Mittel $\bar{X}$ der Rohwerte in einer Analysenstichprobe:

$$P_t = 100 \cdot \frac{1}{n} \cdot \bar{X}\,. \tag{6.39}$$

Ist eine *Differenzierung* in einem ganz bestimmten Bereich der Merkmalsskala erwünscht, so wird man hauptsächlich Aufgaben von dieser Schwierigkeitsstufe zu einem Test zusammenstellen. Dazu ein Beispiel: Sollten etwa in einem Eignungstest nur Pbn, die dem oberen Drittel der Bevölkerung hinsichtlich der zu untersuchenden Fähigkeiten angehören, von solchen des mittleren Drittels unterschieden werden, so wären Aufgaben von etwa 33%iger Schwierigkeit (gemessen an einer populationsrepräsentativen Stichprobe) einem solchen Test in besonderer Häufung zugrunde zu legen. In diesem Test würden ein Drittel der

---

[1]) Die Begriffe „durchschnittliche", „über"- und „unterdurchschnittliche Schwierigkeit" eines Tests beziehen sich naturgemäß stets auf die Population, für die der Test angewendet werden soll. Ein Test, der für Berufsschulabsolventen gerade mittelschwer ist, ist für die Abiturienten zu leicht. Die Schwierigkeitsindizes für eine soziologische Gruppe gelten nicht ebenso für eine andere.

Angenommen, der Test für Berufschulabsolventen enthalte 50 Aufgaben, davon lösen die Berufschüler im Durchschnitt 25 Aufgaben. Der Test hat also für die Berufschüler eine Schwierigkeit von $\bar{P} = 100 \cdot 25/50 = 50\%$. Die Abiturienten lösen aber im Durchschnitt 35 Aufgaben; für sie hat der Test daher nur eine Schwierigkeit von P = 70. Der Test wird daher bei der Anwendung für Abiturienten wahrscheinlich eine geringere innere Konsistenz bzw. Reliabilität haben als für Berufschüler.

Bevölkerung überdurchschnittliche und zwei Drittel unterdurchschnittliche Rohwerte erzielen. Als geeignet würden nur die Pbn mit einem überdurchschnittlichen Rohwert gelten.

Man könnte einwenden, daß man ja mit einem Test von 50%iger Schwierigkeit dasselbe erreichen müßte, wenn man nur das obere Drittel der untersuchten Pbn auswählen würde. Das ist richtig; jedoch ist die Wahrscheinlichkeit, daß sich der Test „irrt", d. h. schlechte Pbn ins obere und gute Pbn ins mittlere oder untere Drittel einstuft, bei dem ersten Verfahren erheblich geringer. Der Test mit Aufgaben von durchschnittlich 33%iger Schwierigkeit ist für die ihm gestellte spezielle Aufgabe der Auslese des oberen Drittels reliabler, denn ein Test von dieser Schwierigkeitsstufe – gemessen an der Gesamtpopulation – entspräche ja einem Test von durchschnittlich 50%iger Schwierigkeit gemessen an einer Stichprobe, die sich nur aus den oberen beiden Dritteln der Gesamtpopulation zusammensetzt. Diese ursprünglich erfahrungsgegebenen Zusammenhänge hat RICHARDSON (1936b) mathematisch-statistisch dargestellt.

6.6.2 Schwierigkeit und Homogenität

Die vorausgegangenen Feststellungen über Aufgabenschwierigkeit und Differenzierungsfähigkeit gelten nur unter der Bedingung, daß die Aufgaben-Interkorrelationen niedrig – der theoretischen Forderung nach gleich Null – sind. Man stelle sich den entgegengesetzten Fall vor, daß alle Aufgaben mit $r_{jk} = 1$ interkorreliert seien; wird eine Aufgabe beantwortet, so werden zugleich auch alle anderen beantwortet und umgekehrt. Dann würde der Test nur eine Differenzierung in zwei Gruppen (nichts richtig – alles richtig) gestatten; außerdem würde dazu auch schon eine einzige Aufgabe genügen. Eine vollkommene Interkorrelation und damit eine perfekte *Homogenität* kann nur bei gleicher Aufgabenschwierigkeit bestehen; wenn eine Aufgabe häufiger als eine andere richtig beantwortet würde, wäre eine Interkorrelation von $r_{jk} = 1$ nicht möglich. Je größer die Schwierigkeitsunterschiede sind, um so geringer werden die Interkorrelationskoeffizienten von n Aufgaben sein. Hier zeigt sich, daß nicht allein die inhaltliche Homogenität, sondern auch die Schwierigkeitsunterschiedlichkeit für die Höhe der Interkorrelationskoeffizienten relevant ist. Wenn also inhaltlich vollkommen homogen erscheinende Aufgaben nicht gemäß der Erwartung hoch, sondern nur relativ niedrig interkorrelieren, so kann man bereits daraus schließen, daß die Aufgaben dieses Tests von sehr unterschiedlicher Schwierigkeit sein müssen.[1])

Man sollte also festhalten: Die beiden Differenzierungs- und damit Reliabilitätsbedingungen bestehen entweder bei unkorrelierten (heterogenen) Aufgaben gleicher Schwierigkeit oder bei mäßig positiv korrelierten (homogenen) Aufgaben unterschiedlicher Schwierigkeit.

---

[1]) Wenn zur Berechnung der Interkorrelation jedoch randsummenkorrigierte Phi-Koeffizienten oder YULE-Koeffizienten verwendet werden, dann gilt diese Darstellung nicht mehr.

6.6.3 Die Verteilung der Schwierigkeitsindizes

Die – in Klassen zusammengefaßten – Schwierigkeitsindizes eines Tests bzw. seiner einzelnen Aufgaben können sich in verschiedener Weise entlang der Schwierigkeitsskala verteilen, wie Abb. 6.3 anschaulich darstellt.

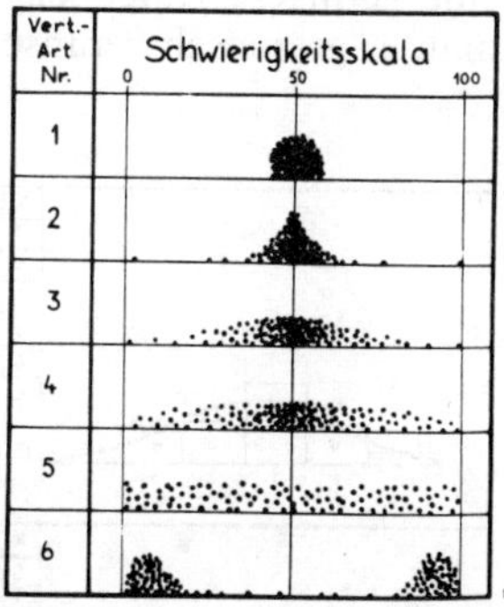

Abb. 6.3: Verteilungsmöglichkeiten der Schwierigkeitsindizes innerhalb eines Tests. Jeder Punkt entspricht einer Aufgabe von einer bestimmten, an der Schwierigkeitsskala ablesbaren Schwierigkeit.

zu 1: Punktförmige Schwierigkeitsverteilung. Alle Aufgaben haben etwa 50%ige Schwierigkeit.

zu 2: Schmalgipflige Schwierigkeitsverteilung. Die meisten Aufgaben haben 50%ige und nur sehr wenige haben extrem hohe oder niedrige Schwierigkeit.

zu 3: Normale Schwierigkeitsverteilung. Die Häufigkeitsverteilung der Schwierigkeitsindizes gleicht einer Normalverteilung.

zu 4: Breitgipflige Schwierigkeitsverteilung. Der Test enthält annähernd ebenso viele Aufgaben mit extremer wie mit mittlerer Schwierigkeit.

zu 5: Rechteckige Schwierigkeitsverteilung. Extrem schwierige Aufgaben sind ebenso häufig vertreten wie Aufgaben mittlerer Schwierigkeit.

zu 6: U-förmige Schwierigkeitsverteilung. Die Anzahl der extrem schwierigen Aufgaben übersteigt erheblich diejenige von mittelschweren Aufgaben.

Die Verteilung der Schwierigkeitsindizes spielt für die Aufgabenauswahl und die Rohwertverteilung eine bedeutsame Rolle, wie später (vgl. Kap. 7.1) noch auszuführen sein wird.

6.6.4 Die Streuung der Aufgabenpunktwerte

So wie es eine Streuung der Punktwerte eines Tests gibt, so gibt es auch eine Streuung der Punktwerte der einzelnen Aufgabe, die *Aufgabenstreuung*[1]), wenn auch diese nicht ohne weiteres zu jener in Analogie steht und man sich zunächst nichts Rechtes darunter vorzustellen vermag.

In den meisten Tests wird jede Aufgabe nur entweder mit einem oder mit null Punkten bewertet. Hat eine Aufgabe mittlere Schwierigkeit, so werden beide Säulen

---

[1]) In Analogie zum dem Begriff der Teststreuung als einer Simplifikation für „Streuung der Testpunktwerte“ wollen wir der Einfachheit halber von der „Aufgabenstreuung“ als der Streuung der Aufgabenpunktwerte sprechen.

des Häufigkeitshistogramms ihrer Punktwerte etwa gleich hoch sein, wie Abb. 6.4b zeigt. Der hypothetisch zugrunde gelegte maximale Streuungsbereich von $\mu \pm 3\sigma$ für eine Normalverteilung reicht bei $P \approx 50$ weit über den tatsächlichen Streuungsbereich von 0 bis 1 hinaus.

Aufgaben geringerer oder größerer Schwierigkeit als $P = 50$ haben durchweg eine geringere Aufgabenstreuung, was man rechnerisch ebenso nachweisen wie man es graphisch veranschaulichen kann (vgl. Abb. 6.4c und d).

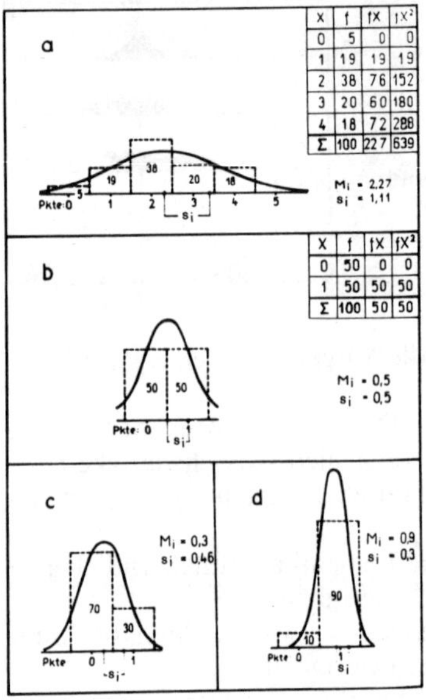

Abb. 6.4: Die Aufgabenstreuung als Funktion der Aufgabenschwierigkeit $s_j = \sqrt{p_j q_j}$

a) bei Bewertung einer Aufgabe von mittlerer Schwierigkeit (P = 50) mit 0 bis 4 Punkten, wobei die Antworthäufigkeiten annähernd normal verteilt sind;
b) bei Bewertung einer Aufgabe von mittlerer Schwierigkeit (P = 50) mit 0 oder 1 Punkt;
c) bei Bewertung einer Aufgabe von geringer Schwierigkeit (P = 70) mit 0 oder 1 Punkt;
d) bei Bewertung einer Aufgabe von großer Schwierigkeit (P = 10) mit 0 oder 1 Punkt.

Man ermittelt die Aufgabenstreuung s_j über die *binomische Verteilung* aus der Aufgabenschwierigkeit P_j wie folgt:

$$s_j = \sqrt{p_j q_j}\,; \quad \text{wobei} \quad p_j = \frac{P_j}{100} \quad \text{und} \quad q_j = 1 - p_j \quad \text{ist}. \tag{6.40}$$

Aus dieser Formel ergibt sich ohne weiteres der in Abb. 6.4b, c, d dargestellte Tatbestand: Wenn $p_j = 0{,}5$ ist, wird s_j mit 0,5 maximal groß; wenn p_j sich dem Wert 0 oder 1 nähert, strebt s_j gegen 0, d. h. die Aufgabe hört auf zu streuen, es werden entweder **nur** richtige oder **keine** richtigen Antworten für diese Aufgaben gezählt.

Welche praktische Bedeutung hat nun die Streuung einer Aufgabe, die – wie erwiesen – allein von ihrer Schwierigkeit abhängt? Durch das Streuungsmaß s_j, der Standardabweichung der Punktbewertung einer Aufgabe, läßt sich in Verbindung mit ihrem Trennschärfenkoeffizienten r_{jt} eine Maßzahl für die Reliabilität einer Aufgabe definieren: $r_{jt} \cdot s_j$ gilt als **Reliabilitätsindex**[1]) einer Testaufgabe. Dieser ist – wovon man sich probeweise durch Substitution überzeugen kann – am größten, wenn die Trennschärfe hoch und die Schwierigkeit etwa P = 50 ist. Auf die Bedeutung dieser mittleren Schwierigkeitsstufe für eine Aufgabe wurde schon hingewiesen, jedoch ist es ohne weiteres evident, daß sie nichts zur Reliabilität der Aufgabe – und mittelbar zur Reliabilität des Tests – beiträgt, wenn die Trennschärfe der Aufgabe niedrig ist. Andererseits leistet aber auch eine Aufgabe mit hoher Trennschärfe und extremer Schwierigkeit kaum einen Beitrag zur Gesamt-Reliabilität des Tests, da sie eben selbst nur einen minimalen Reliabilitätsindex besitzt.

Schon diese kurze Demonstration läßt die Bedeutung des Reliabilitätsindex für die Aufgabenselektion – wie sie im nächsten Kapitel behandelt wird – erkennen.

Wenn die Aufgabenanalyse ausschließlich oder zusätzlich an einem äußeren Validitätskriterium durchgeführt worden ist, wollen wir hier analog von einem **Validitätsindex** der Aufgabe $r_{jc} \cdot s_j$ sprechen und damit zum Ausdruck bringen, daß die Validitität r_{jc} der Aufgabe in diesem Falle an einem als valide erachteten Außenkriterium gemessen worden ist.

Wenn man die Summen der beiden Indizes über alle Aufgaben bildet und den Validitätsindex zum Reliabilitätsindex in Beziehung setzt, erhält man einen Validitätskoeffizienten als Schätzwert für die Testvorform nach der Formel[2])

$$r_{tc} = \frac{\sum_j r_{jc} s_j}{\sum_j r_{jt} s_j}. \tag{6.41}$$

Natürlich ist dieser Validitätskoeffizient für die Testendform nicht verbindlich und erspart nicht eine spätere Validierung des Tests, denn er gründet sich einmal nur auf die Analysenstichprobe und zum anderen nur auf eine vorläufige Aufgabensammlung. Jedoch ist diese Abschätzung des Validitätskoeffizienten ein sehr nützliches Verfahren, um den Effekt der Aufgabenselektion laufend zu kontrollieren.

Man erachtet im allgemeinen eine Zusammenstellung von Aufgaben für die Testendform dann als gut oder doch zufriedenstellend, wenn eine deutliche Erhöhung des Schätzwertes für den Validitätskoeffizienten des Tests erzielt worden ist. Unter Umständen muß man mehrere Zusammenstellungen von Aufgaben für die Testendform daraufhin vergleichend untersuchen, welche von diesen gegebenen Möglichkeiten den höchsten Testvaliditäts-Schätzwert erbringt. Hier zeigt sich, welchen Vorteil es hat, wenn man die Aufgabenanalyse sowohl an dem vorläufigen Testrohwert als Binnenkriterium wie auch zugleich an einem Außenkriterium orientiert. Das gilt selbstverständlich in erster Linie für Tests, die spezifischen Vorhersagecharakter, z. B. in Bezug auf den Schulerfolg, haben und deren Validität

---

[1]) Wenn P_j und r_{jt} optimal sind (0,5 und 1,0) so ist auch $r_{jt} \cdot s_j$ mit 0,5 ein Maximum ($0{,}5 \cdot 1 = 0{,}5$). Will man diesen Index im Sinne eines Korrelationskoeffizienten interpretieren, so muß man mit dem Faktor 2 vervielfachen ($0{,}5 \cdot 2 = 1$). Die Bezeichnung „Reliabilitätsindex" wurde deshalb gewählt, weil, wie aus der Formel (10.27) von GULLIKSEN auf S. 193 hervorgeht, mit steigender Reliabilität der Aufgabe auch die Reliabilität des Tests ansteigt.

[2]) Zur Ableitung dieser Formel siehe GULLIKSEN (1950), S. 380.

später unbedingt ermittelt werden muß. GULLIKSEN (1946, 1949) hat, auf diesen beiden Indizes aufbauend, eine Aufgaben-Selektionsmethode zur Erhöhung der Testvalidität entwickelt, auf die wir später noch eingehen werden.

6.7 Spezielle Probleme der Aufgabenanalyse

6.7.1 Zeitbegrenzung und Aufgabenindizes

Es wurde bereits mehrfach darauf hingewiesen, daß P und r_{jt} bzw. r_{jc} nur unter Niveaubedingungen definierbar sind. Trotzdem wurden auch Formeln zum Gebrauch bei Tests mit mäßiger Zeitbegrenzung angegeben. Der Schwierigkeitsindex P z. B. wurde als Prozent der richtig beantworteten zu den in Angriff genommenen Aufgaben definiert. In analoger Weise lassen sich P_{sup} und P_{inf} definieren, und sie bestimmen als solche auch die Trennschärfenkoeffizienten. Theoretisch ist dieses Vorgehen unanfechtbar. Praktisch läuft es aber darauf hinaus, daß die Indizes der ersten Aufgaben der Tests – der leichten in der Regel – auf der *gesamten* Analysenstichprobe beruhen, während die Indizes der letzten Aufgaben des Tests auf einer kleineren und zugleich auch andersartigen Stichprobe beruhen.

Würde man den anderen Weg wählen und P so bestimmen, daß man jede nicht in Angriff genommene Aufgabe als nicht gelöst ansieht, so würden die letzten Aufgaben im Test schwieriger erscheinen als sie wirklich sind. Die Trennschärfe der Aufgaben würde mit *steigender Reihungsnummer* ebenfalls höher, was WESMAN (1949) dann auch bestätigt hat.

6.7.2 Zufallseinfluß und Aufgabenindizes

Die Bedeutung von *zufällig* durch Raten richtigen Aufgaben für den Schwierigkeitsindex wurde bereits hervorgehoben und die Möglichkeiten, die zufällig richtigen Aufgaben bei der Berechnung von P auszuschalten, aufgewiesen. Soweit die Zufallskorrektur auf P_{sup} und P_{inf} angewendet wird, wirkt sie sich auch auf die Trennschärfenkoeffizienten aus, die auf P_{sup} und P_{inf} beruhen. Allgemein läßt sich sagen: Je schwieriger ein Test ist, desto mehr werden die Trennschärfenkoeffizienten herabgedrückt. Diese Feststellung ist leicht einzusehen, wenn man bedenkt, daß eine leichte Aufgabe, die fast alle Pbn beantworten können, kaum durch Raten gelöst werden wird, wohingegen eine schwierige Aufgabe von einem relativ großen Prozentsatz der Pbn geraten werden wird. Raten beeinträchtigt aber auch die Reliabilität der Testpunktwerte; unreliable Testpunktwerte geben stets eine niedrigere Korrelation mit der Aufgabe als reliable Testpunktwerte.

Auch die Interkorrelationen der Aufgaben werden durch den Zufallseinfluß herabgedrückt. Will man – wie anschließend erörtert wird – eine *Faktorenanalyse* der Aufgaben durchführen, so wird man die Ausgangsdaten vor Berechnung von Korrelationskoeffizienten korrigieren. Ein ökonomisches Verfahren beschreibt CARROLL (1945).

6.7.3 Die Faktorenanalyse der Aufgaben

a) Will man einen homogenen Test entwickeln, so läßt sich die *Homogenität* der Testaufgaben u. U. mit einer Faktorenanalyse der Aufgaben-Interkorrelation prüfen. Hierfür eignet sich am besten der Punkt-Vierfelder-Korrelationskoeffizient (Phi-Koeffizient); der tetrachorische nur dann, wenn die Zweiklassenvariablen (z. B. Richtig – Falsch) als dichotomierte normalverteilte Variablen angesehen werden können.

Bei Homogenität ist i. A. eine *1-Faktor-Lösung* oder zumindest ein varianzstarker erster Faktor zu erwarten. Bei der Aufgabenselektion wird man dann den Aufgaben den Vorzug geben, die auf diesem Faktor hoch laden.

1-Faktor-Lösungen ergeben sich in der Regel bei Aufgaben von *gleicher* (insbes. mittlerer) Schwierigkeit und **gleichen** Vierfelder-Korrelationen (Axialsymmetrie nach LIENERT und RAATZ, 1981).

b) Probleme treten allerdings dann auf, wenn die Testaufgaben ungleich schwierig sind und in ihrer Schwierigkeit stark streuen, oder wenn die Verteilung der Schwierigkeitsindizes unregelmäßig ist. Dann können die seit GUILFORD (1941) bekannten *Schwierigkeitsfaktoren* auftreten, die die Interpretation der Faktorenstruktur und damit die Entscheidung über die Homogenität der Aufgaben erschweren (vgl. HORST, 1971, S. 193, FISCHER, 1968, S. 75 oder WITTE und CASPER, 1976).

Durch die von BÖSSER (1979) vorgeschlagene Schwierigkeitskorrektur des Phi-Koeffizienten, die wir auf S. 93 beschrieben haben, könnte dieses Problem vielleicht gelöst werden. Denn damit sind bessere Chancen für die Extraktion eines Generalfaktors gegeben.[1]) Gleiches leistet die Phi-Korrektur von HAMMOND und LIENERT (1991).

Ein Korrelationskoeffizient, der ohne Korrektur extreme Schwierigkeiten zweier Aufgaben i und j weitgehend ausgleicht, ist das YULEsche Vierfelder-Korrelationsmaß Q (vgl. SPORER und LIENERT, 1982), das wir auf S. 95 vorgestellt haben.

Q-Interkorrelationen sind nicht nur bei ungleich schweren Aufgaben, sondern ganz allgemein numerisch höher als Phi-Interkorrelationen und begünstigen daher die erwünschten Ein-Faktor-Lösungen (BARTH und KOHNEN, 1987).

Ergibt die Faktorenanalyse der schwierigkeitskorrigierten Aufgaben-Interkorrelationen keine Ein-Faktor-, sondern bestenfalls eine Zwei-Faktoren-Lösung, so sind die Aufgaben im faktoriellen Sinne nicht mehr homogen. Es ist dann zu überlegen, ob anstatt eines **inhomogenen** Tests nicht besser zwei homogene Subtests konstruiert werden sollten. Die Faktorenanalyse würde hier zur Aufgabenselektion für die beiden Subtests dienen.

---

[1]) Niedrige Aufgabeninterkorrelationen legitimieren nur dann eine Intervallskala von Testpunktwerten (wie bei einem Generalfaktor), wenn Axialsymmetrie besteht (LIENERT und RAATZ, 1981)

Kapitel 7

DIE VERWERTUNG DER ANALYSEDATEN

7.1 Aufgabenselektion und -revision aufgrund der Analysedaten

Die weitaus wichtigste praktische Konsequenz der Aufgabenanalyse ist die *Ausschaltung* ungeeigneter und die *Revision* verbesserungsbedürftiger Aufgaben. Es muß gleich zu Anfang betont werden, daß man hierbei im allgemeinen nicht schematisch vorgehen kann. Obwohl zahlreiche analytische Schemata entwickelt worden sind[1]), so gelten sie doch nur für spezielle Bedingungen und Testarten.

CONRAD (1948) verdeutlicht den Wert der Aufgabenanalyse durch ein eindruckvolles Experiment: Zwei erfahrene Testpsychologen sollten die 12 schlechtesten Aufgaben aus einem Test von 42 Aufgaben heraussuchen; ebenso sollten sie „nach dem Gefühl“ 15 erwiesenermaßen wertlose Aufgaben aus einem Test von 55 Aufgaben herausfinden. Dabei ergab sich, daß mehr als die Hälfte derjenigen Aufgaben, die von ihnen negativ bewertet wurden, eine gute Trennschärfe besaßen. Auch fanden sie die erwiesenermaßen wertlosen Aufgaben unter den brauchbaren nur zur Hälfte heraus. Diese Untersuchung zeigt, wie wenig das subjektive Urteil als solches für eine zweckmäßige Aufgabenauswahl geeignet ist.

7.1.1 Die Aufgabenselektion

Zwei Fragen sind für die *Aufgabenselektion* bedeutsam:

- Nach welchen Gesichtspunkten sollen Aufgaben aus der Testvorform ausgeschieden werden?
- Welche und wieviele Aufgaben sollen aus der Testvorform ausgeschieden werden?

Beide Fragen gelten dem Kernproblem der praktischen Verwertung von Aufgabenkennwerten. Ihre Beantwortung hängt davon ab, ob man die Analyse am Testrohwert oder an einem Außenkriterium oder an beiden vorgenommen hat, ob es sich um einen Schnelligkeits- oder einen Niveautest handelt, ob eine spätere Validierung beabsichtigt ist oder nicht und ob die Testaufgaben homogen oder heterogen sind.

---

[1]) J. P. GUILFORD (1936), S. 428, führt allein 19 Methoden an, die sämtlich auf dem Trennschärfe-Prinzip beruhen und die Schwierigkeit außer acht lassen. Soweit den Verfn. bekannt ist, wird heute keine davon mehr praktisch angewendet.

a) Leistungstests und Aufgabenselektion

Für *homogene* Niveautests mit Aufgaben von inhaltlicher oder trivialer Validität ist eine *maximale Trennschärfe* das primäre Kriterium, nach dem die Auswahl erfolgen sollte. Aufgaben mit fehlender oder sogar negativer Trennschärfe müssen eliminiert werden. Aufgaben mit geringer Trennschärfe wird man je nach ihrer Schwierigkeit auswählen (selegieren) oder ausschließen (eliminieren). Um auch genügend Aufgaben von geringer und sehr großer Schwierigkeit in der Testendform zu behalten, begnügt man sich bei diesen mit einer geringeren Trennschärfe als bei mittelschweren Aufgaben. Dies ist bei Niveautests besonders dann sehr wichtig, wenn auch in den Extrembereichen des Merkmals noch eine gute Differenzierung erfolgen soll.

Für *heterogene* Niveautestaufgaben hat die Trennschärfe eine relativ geringe Bedeutung, bei ihnen spielt der *Validitätskoeffizient* eine umso größere Rolle[1]). Allgemein gilt: Sind Trennschärfen- und Validitätskoeffizient einer Aufgabe sehr unterschiedlich, sollte man mit mehr Sorgfalt bei der Auswahl vorgehen, als wenn Trennschärfen- und Validitätskoeffizient sich kaum unterscheiden. Dieser Vergleich setzt allerdings voraus, daß die Aufgabenanalyse sowohl am Testrohwert wie auch an einem Außenkriterium durchgeführt worden ist.

Für die Auswahl von Aufgaben nach der *Schwierigkeit* gelten für alle Niveautests folgende Regeln:

- Die Schwierigkeitsindizes sollten über den ganzen Bereich des Persönlichkeitsmerkmals streuen, wenigstens jedoch von $P = 20$ bis $P = 80$.
- In der Testendform müssen so viele Aufgaben mit geringer Schwierigkeit erhalten bleiben, daß kein Pb der Analysenstichprobe punktlos ausgehen würde, und soviele mit hoher Schwierigkeit, daß nur wenige Pbn alle Aufgaben lösen.
- Es ist wünschenswert, daß einige Aufgaben am Anfang des Tests von allen Pbn bewältigt werden. Solche Aufgaben dienen oft nur der Motivierung der Pbn; sie werden in dieser Funktion auch als „Eisbrecher-Aufgaben" bezeichnet und auf den Testrohwert nicht oder rein formal mit je einem Punkt angerechnet.
- Die Schwierigkeitsindizes sollen sich an der Stelle der Schwierigkeitskala häufen, an der eine besonders gute Differenzierung vom Test verlangt wird (vgl. Kap. 6.6.3), oder sie sollen sich – von den „Eisbrecherfragen" abgesehen – in etwa *normal* mit dem Gipfel bei einer Schwierigkeit von $P = 50$ verteilen, wenn eine gleichmäßige Differenzierung erwünscht ist.
- Wenn es sich um ziemlich homogene Testaufgaben mittlerer Trennschärfe (${}_{p\,bis}\bar{r} \sim 0{,}6$) handelt, soll die Verteilung der Schwierigkeitsindizes eher *breitgipflig* sein; bei heterogenen Aufgaben mit einer im allgemeinen geringen Trennschärfe (${}_{p\,bis}\bar{r}_{jt} \sim 0{,}3$) soll sie erfahrungsgemäß eher schmalgipflig sein[2]).

---

[1]) Würde man heterogene Testaufgaben allein nach der Trennschärfe auswählen, würde man den Test „homogenisieren", was ja bei einem heterogenen Test gerade nicht beabsichtigt ist.

[2]) DAVIS (1949) hat eine analytische Lösung der Frage versucht, wie man bei gegebener Stichprobe die Schwierigkeitsindizes verteilen sollte, um eine möglichst gute Differenzierung in dem ganzen Merkmalsbereich zu erzielen. Obwohl ihr eine gewisse Bedeutung zukommt, kann diese Methode wegen ihrer relativen Kompliziertheit hier nicht erörtert werden.

Die *simultane Selektion* von Testaufgaben nach Trennschärfe und Schwierigkeit ist nicht einfach und endet nicht selten mit vielerlei Kompromissen. Man sollte dabei auch immer die psychologische Validität der einzelnen Aufgaben beachten, damit die Testendform auch den Laien in etwa befriedigt. Alle erfahrenen Testbearbeiter – so schreibt DAVIS (1951) – sollten sich bei der Aufgabenselektion jedes Perfektionismus enthalten und ein Fingerspitzengefühl für diese Technik und die hierzu erforderliche Kompromißbereitschaft erwerben. Keine der zahlreichen – bei GUILFORD (1936) beschriebenen – multiplen Korrelationstechniken wird in der Praxis zur Aufgabenauswahl tatsächlich angewendet, da sie einmal zu unökonomisch sind und zum anderen nicht in jeder Hinsicht zufriedenstellen.

Bei Testaufgaben, die inhaltlich oder nach einer Faktorenanalyse in mehrere homogene Gruppen gegliedert sind, ohne daß dies im Testergebnis zum Ausdruck kommt, sollten je Gruppe so viele und solche Aufgaben ausgeschieden werden, daß ein ihrer Bedeutung angemessener Anteil am Gesamttest bzw. der Testendform erhalten bleibt.

Bei Tests mit angestrebter inhaltlicher oder logischer Validität muß bei der Aufgabenselektion darauf geachtet werden, daß die für die Testendform vorgesehenen Aufgaben repräsentativ für das Kriterium bleiben.

b) Eignungstest und Aufgabenselektion

Von Eignungstest wird in viel höherem Maße als von Leistungstests erwartet, daß ihre Aufgaben (1) *heterogen* sind und an einem *validen Außenkriterium* analysiert werden. Ist dies geschehen, so gilt für die Aufgabenauswahl die folgende Regel: man behält diejenigen Aufgaben für die Endform, die mit dem Außenkriterium hoch, aber untereinander niedrig korrelieren. Dabei wird allerdings vorausgesetzt, daß auch die Aufgaben-Interkorrelationen berechnet wurden. Nur auf diese Weise wird die ganze Merkmalsbreite soweit sie sich im Testinhalt widerspiegelt, hinreichend erfaßt.

c) Gulliksen-Selektion

Stehen die Aufgaben-Interkorrelationen nicht zur Verfügung, so kann man nach GULLIKSEN (1946, 1949) folgendermaßen vorgehen: Man berechnet zunächst neben dem Validitäts- auch den Trennschärfenkoeffizienten für jede Aufgabe und multipliziert beide mit ihrer Aufgabenstreuung, so daß man für alle Aufgaben die *Validitäts-* und *Reliabilitätsindizes* erhält. Diese werden in einem Koordinatensystem entsprechend Abb. 7.1 eingetragen.

Zur Auswahl von untauglichen Aufgaben dreht man die Abszisse des Koordinatensystems entgegen dem Sinne des Uhrzeigers soweit, bis so viele Aufgaben innerhalb der zwei Schenkel des durch die Drehung entstandenen Winkels liegen, wie man ausschalten will. Es fallen auf diese Weise – wie man sich anschaulich bei Abb. 7.1 überzeugen kann – diejenigen Aufgaben heraus, die einen im Verhältnis zu ihrem Reliabilitätsindex niedrigen Validitätsindex besitzen. Dieses schematische Verfahren geht davon aus, daß aus einer größeren Anzahl von Aufgaben eine bestimmte minimale Anzahl erhalten bleiben soll.

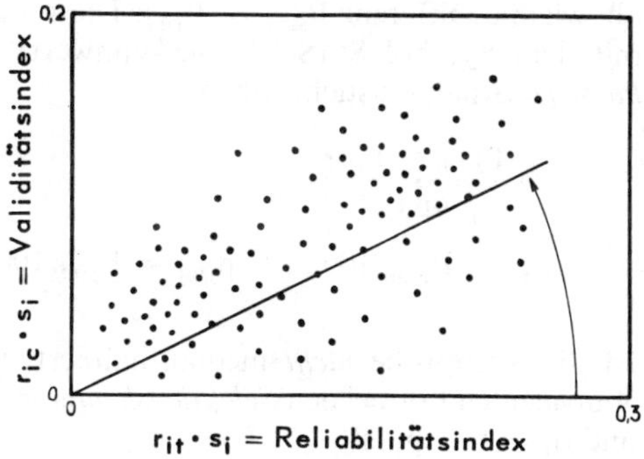

Abb. 7.1: Schema der Aufgabenselektion nach GULLIKSEN. Die innerhalb des Abszissenwinkels liegenden Aufgaben werden ausgeschieden.

Schematische Selektionstechniken wie die eben beschriebene sind von verschiedener Seite entwickelt worden, doch bleiben sie alle mehr oder weniger unbefriedigend, besonders deshalb, weil bei den meisten Verfahren wohl die Trennschärfe, nicht aber – wie nachfolgend – die Schwierigkeit in angemessener Weise bei der Auswahl berücksichtigt wird.

d) Mittenecker-Ebel-Selektion

Bei homogenen Niveautests zur Leistungsmessung in einem weiten Geltungsbereich ist es unbedingt notwenig, genügend schwierige wie auch genügend ganz leichte Aufgaben bei der Auswahl zurückzubehalten, da sonst die Differenzierung in den Extrembereichen des Merkmals leidet. In einem Intelligenztest z. B. können dann die Begabten nicht mehr von den Hochbegabten und die Unbegabten nicht mehr von den Debilen unterschieden werden. MITTENECKER (1951) hat zur Lösung dieses Problems – nämlich Schwierigkeit und Trennschärfe in einem Kennwert zur Darstellung zu bringen – einen interessanten Weg beschritten.

LIENERT hat sich im Zusammenhang mit der Re-Analyse des Figure Reasoning Tests von DANIELS (1949) ebenfalls mit der Aufgabenauswahl für homogene Niveautests befaßt und ist in Weiterführung des MITTENECKERschen Gedankenganges durch EBEL (1959) zu einem Funktionswert gelangt, der die unangemessene Benachteiligung extrem schwieriger Aufgaben wie folgt umgeht.

Wenn man nämlich die Differenz der gruppenspezifischen Schwierigkeitsindizes $P_{j\,sup} - P_{j\,inf}$ als ein für alle Aufgaben vergleichbares Maß ihrer Trennschärfe ansieht – es besteht in der Tat eine funktionale Beziehung zum Trennschärfenkoeffizienten – so kann man über wahrscheinlichkeitstheoretische Überlegungen[1]) nachweisen und in der Testpraxis demonstrieren, daß große Differenzen bei mittelschweren Aufgaben sehr häufig, bei sehr leichten oder sehr schwierigen Aufgaben entsprechend selten vorkommen. Die Standardabweichung einer Aufgabe $s_j = \sqrt{p_j q_j}$ bzw. ihr Quadrat, die Varianz, müßte also die Funktion eines Bezugswertes übernehmen, denn sie nimmt nach beiden Extremen hin ebenso

[1]) Vgl. dazu die Ausführungen in Kap. 6.6.2.

ab, wie die Differenz $P_{jsup} - P_{jinf}$. Diese Funktion wurde empirisch erprobt und mit dem Symbol S (Selektionskennwert) bezeichnet[1]). Sie lautet für *median-halbierte* Analysenstichproben

$$S = \frac{p_{jsup} - p_{jinf}}{4p_j q_j}, \tag{7.1}$$

$$p_{jsup} = P_{jsup}/100\,, \qquad p_{jinf} = P_{jinf}/100\,, \qquad p_j = P_j/100\,, \qquad q_j = 1 - p_j\,.$$

Ist die Stichprobe *nicht* median-halbiert, wird man besser nach der folgenden äquivalenten Formel den *Selektionskennwert* S berechnen, wobei wieder $p_j = P_j/100$ und $q_j = 1 - p_j$ ist

$$S_{jt} = {}_{pf}r_{jt} \cdot \frac{1}{2\sqrt{p_j\, q_j}} \tag{7.2}$$

oder – bei Gültigkeits- statt Trennschärfekoeffizienten

$$S_{jc} = {}_{pf}r_{jc} \cdot \frac{1}{2\sqrt{p_j q_j}}\,. \tag{7.3}$$

Dieser Kennwert erlaubt eine Selektion nach dem Prinzip, daß Aufgaben mit niedrigem S-Wert ausgeschieden werden können, ohne daß man zu befürchten braucht, es würden auf diese Weise zu viele Aufgaben mit extremer Schwierigkeit verlorengehen. Ein Beispiel wird die Anwendung der S-Funktion erläutern.

Rechenbeispiel Nr. 7.1:

Es seien zwei Intelligenzaufgaben (6; 15) im Hinblick auf die Auswahl zu bewerten, und zwar Aufgabe 6 bei median-halbierten Rohwerten aufgrund des Selektionskennwertes S.

Aufgabe 6
(median-halbierte Stichprobe)

		Gruppe		
		sup	inf	Σ
Aufg.	+	40	20	60
	–	10	30	40
Σ		50	50	100

1) Der vorliegende Selektionskennwert wurde von LIENERT in Zusammenarbeit mit EBEL (Zulassungsarbeit 1959, Universität Marburg) entwickelt.

$$P = 60$$

$$P_{sup} = \frac{40 \cdot 100}{50} = 80$$

$$P_{inf} = \frac{20 \cdot 100}{50} = 40$$

$$S = \frac{p_{sup} - p_{inf}}{4pq} = \frac{0,8 - 0,4}{4 \cdot 0,6 \cdot 0,4} = 0,42\,.$$

Bei Aufgabe 15 wurde angenommen, daß die Verteilung der N = 100 Rohwerte nur in der Nähe ihres Medians geteilt werden konnte.

Aufgabe 15
(beliebig zweigeteilte Stichprobe)

		Gruppe sup	inf	Σ
Aufg.	+	9	1	10
	–	37	53	90
Σ		46	54	100

$$P = 10$$

$$_{pf}r_{jt} = \frac{ad - bc}{\sqrt{(a + b)(a + c)(c + d)(b + d)}}$$

$$= \frac{9 \cdot 53 - 1 \cdot 37}{\sqrt{10 \cdot 46 \cdot 90 \cdot 54}} = 0,29\,,$$

$$S_{jt} = {}_{pf}r_{jt} \cdot \frac{1}{2\sqrt{p_j q_j}} = 0,29 \cdot \frac{1}{2\sqrt{0,1 \cdot 0,9}} = 0,48\,.$$

Würde man bei der Auswahl für die Testendform diese zwei Aufgaben allein aufgrund des Trennschärfenkoeffizienten bewerten, so müßte die schwierige Aufgabe vor der mittelschweren Aufgabe ausgeschieden werden; erstere hat indes einen höheren S-Wert als letztere, d. h. sie ist auf ihrer Schwierigkeitsstufe trennschärfer als der Trennschärfenkoeffizient anzeigt; anders betrachtet: Die schwierige Aufgabe würde in einer Stichprobe sehr intelligenter Pbn, für welche

Aufgabe 15 nur mittelschwer wäre, besser differenzieren als Aufgabe 6 dies bei der vorliegenden Stichprobe tut. Wenn man also wünscht, daß der Test auch im rechts-extremen Bereich des Merkmals gut differenziert, wird man Aufgabe 15 eher zurückbehalten als Aufgabe 6.

Zur schnellen *graphischen Ermittlung* des Selektionswertes S befindet sich im Anhang in Tafel 11 ein entsprechendes Nomogramm, das bei gegebenen Vierfelder-Koeffizienten und gegebener Aufgabenschwierigkeit den zugehörigen S-Wert sofort mit hinreichender Genauigkeit abzulesen gestattet.

Es sei noch einmal daran erinnert, daß die Selektion nach diesem Kennwert nur bei homogenen Niveaustests zu empfehlen ist.

e) Selektion nach Häufigkeitsregression

Manche Autoren legen auch noch auf ein anderes Kriterium der Testaufgaben sowohl bei homogenen wie bei heterogenen Tests großen Wert, das unentbehrlich ist, wenn jede Aufgabe im *gesamten* Merkmalsbereich differenzieren soll: Der Anstieg der Trennschärfenkurve bzw. die Linearität der *Häufigkeitsregression.* Was darunter zu verstehen ist, wird ein Beispiel besser erklären als eine theoretische Ableitung.

Rechenbeispiel Nr. 7.2:

Nehmen wir an, wir würden die Analysenstichprobe nach dem Rohwert in vier Quartile anstatt in zwei Hälften teilen. Nehmen wir ferner an, wir hätten zwei Aufgaben mit gleicher Schwierigkeit und gleicher Trennschärfe. Die richtigen Antworten sollen sich bei den beiden Aufgaben auf die vier Quartile wie folgt verteilen:

	Quartil 1.	2.	3.	4.	P
Aufgabe 17	6	11	17	26	60
Aufgabe 18	1	16	25	18	60
beide Aufg.	untere Hälfte 17		obere Hälfte 43		N = 100 $r_{tet} = 0{,}76$

Wenn man die Häufigkeitsverteilung der R-Antworten von N = 100 Pbn beider Aufgaben in einem Diagramm veranschaulicht, so ist der Regressionsverlauf der Häufigkeiten ohne weiteres erkennbar (Abb. 7.2).

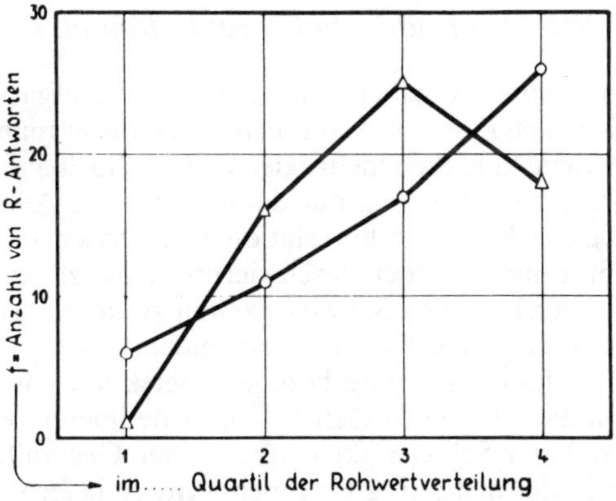

Abb. 7.2: Linearität und Nicht-Linearität der Häufigkeitsregression. Vergleich von zwei Aufgaben.
○ = Aufgabe 17
△ = Aufgabe 18

Aufgabe 17 hat eine nahezu ideal gradlinige Regression. Aufgabe 18 hingegen eine krummlinige. Wäre eine der beiden Aufgaben auszuscheiden, so käme dafür Aufgabe 18 wegen ihrer nicht-gradlinigen Häufigkeitsregression in Frage.

Einige Autoren gehen in der Bewertung der Linearität der Häufigkeitsregression sogar so weit, daß sie einer weniger trennscharfen Aufgabe gegenüber einer trennschärferen den Vorzug geben, wenn die Häufigkeitsregression der ersteren linear, die der letzteren nichtmonoton verläuft. Denn Linearität verbürgt eine gleichmäßige Differenzierung über den gesamten Merkmalsbereich hinweg.

Zweifellos liegt ein gewisser Nachteil darin, daß die Vierfelderkoeffizienten als Trennschärfenkoeffizienten das Kriterium der Linearität verschleiern. Man darf jedoch andererseits nicht darüber hinwegsehen, daß die Regressionslinie oft einen erheblichen Stichprobenfehler einschließt, der von besagten Autoren nicht oder nur mutmaßlich berücksichtigt wird.

f) Selektion nach Aufgaben-Charakteristiken

Wenn man die Anzahl der R-Antworten auf der Ordinate in Abb. 7.2 in Prozente umrechnet und auf der Abszisse die Quartile durch Prozentrangintervalle (z. B. 0–5–16–50–84–95–100) ersetzt, erhält man eine als *Itemcharakteristik* bezeichnete Häufigkeitsregression, wie sie in Abb. 6.2 dargestellt wird. Die in Abb. 6.2 für den Fall hoher Trennschärfen dargestellten *Ogiven* sind in ihrem Mittelteil ebenfalls in guter Näherung linear. Die Methode der Aufgabenauswahl nach Häufigkeitsregression ist also auf diese Weise auch theoretisch begründbar und als Annäherung an die Aufgabenselektion nach ihrer Itemcharakteristik anzusehen.

g) Selektion nach Faktorenladungen

Wurde eine Aufgabenanalyse über die Aufgaben-Interkorrelationen und deren *Faktorenanalyse* vorgenommen, so erwartet man bei inhaltlich homogenen Tests, daß allen Aufgaben mehr oder weniger hoch auf einem *Generalfaktor* laden. Diese Erwartung gilt jedoch nur dann, wenn alle Aufgaben etwa gleiche Schwierigkeit und gleich hohe Interkorrelationen aufweisen, da man andernfalls trotz inhaltlicher Homogenität 2 oder 3 schwierigkeitsindizierende Gruppenfaktoren erhält. Bei sehr verschiedenen Schwierigkeiten sollte man die Phi-Koeffizienten korrigieren oder YULE-Koeffizienten verwenden.

Eine faktorenladungsbezogene Selektion von Aufgaben kommt nur in Frage, wenn diese (1) einen Generalfaktor definieren oder wenn sie (2) bei gleicher bzw. korrigierter Schwierigkeit neben einer Generalfaktorlösung eine *Einfachstruktur* von 2 oder mehr als 2 Gruppenfaktoren liefern. Im Fall (1) wählt man bevorzugt jene Aufgaben der Testvorform für die Testendform aus, deren Ladung im Generalfaktor eine vereinbarte Schranke nicht unterschreiten; im Fall (2) eines faktoriell heterogenen Tests bildet man Subgruppen von Aufgaben, die auf einem und nur einem Faktor substantiell laden, d. h. Subgruppen faktoriell homogener Aufgaben, welche die Grundlage von *Untertests* einer Testbatterie bilden können.

Aufgaben, die in mehr als einem Faktor substantiell laden, eliminiert man, wenn an die Konstruktion faktoriell homogener Untertests gedacht wird. Will man hingegen einen faktoriell heterogenen Gesamttest entwickeln, dessen Aufgaben einen breiten Gültigkeitsbereich abdecken sollen, dann wählt man die Aufgaben nicht nach ihren Ladungswerten und -mustern, sondern nach ihren *Kommunalitätswerten* aus: Aufgaben mit hoher Kommunalität werden bevorzugt vor solchen mit mittlerer Kommunalität. Aufgaben mit niedriger Kommunalität werden ausgeschieden. Faktorenladungen und Kommunalitäten ersetzen in beiden Fällen das Kriterium der Trennschärfe.

Will man die Gültigkeit eines Tests in Bezug auf ein Außenkriterium bereits bei der Aufgabenselektion maximieren, so nimmt man zu den Aufgaben noch das Gültigkeitskriterium (z. B. den Schulerfolg bei Schulleistungstests) hinzu, ehe man die $n + 1$ Variablen faktorisiert. Man rotiert dann so, daß das Kriterium einen Faktor definiert, d. h. auf ihm maximal lädt. Dann wählt man die Aufgaben nach ihren Ladungen auf dem *Kriteriumsfaktor* aus.

h) Selektion nach Aufgabenzahl

Die Frage, wieviele Aufgaben der Testvorform in die Testendform übernommen, bzw. wieviele Aufgaben ausgeschieden werden sollten, ist nach verschiedenen Richtungen hin zu beantworten.

— Es kann dem Testautor vor allem daran gelegen sein, ohne Rücksicht auf ihre Zahl alle Aufgaben auszumerzen, die seinen Wünschen hinsichtlich Schwierigkeit und Trennschärfe nicht genügen. Das mögen einzelne oder auch sehr viele Aufgaben sein. Nicht selten wird ein Drittel und mehr aller Aufgaben ausgeschieden, in besonderen Fällen sogar mehr als die Hälfte. Als Regel gilt, daß man um so mehr Aufgaben eliminieren kann, je homogener die Aufgaben

sind, ohne daß die Validität des Tests dabei vermindert wird. Man muß sich jedoch vor Augen halten, daß die Reliabilität durch eine Verminderung der Aufgabenzahl entsprechend beeinträchtigt wird [1]).
- Der Testautor kann beabsichtigen, eine ganz bestimmte Zahl von Aufgaben in der Testendform unterzubringen. In diesem Fall wird er die ihm am besten qualifiziert erscheinenden Aufgaben in der gewünschten Anzahl aussuchen und alle restlichen Aufgaben zurückstellen.
- Es kann der Fall eintreten, daß unter den analysierten Aufgaben nicht genügend qualifizierte Aufgaben vorhanden sind, so daß man unter Umständen genötigt ist, auch einige weniger geeignete Aufgaben mit in die Testendform aufzunehmen, um eine bestimmte Mindestforderung an die *Testlänge* zu erfüllen. In diesem Falle sollte eine Revision der „schwachen" Aufgaben angestrebt werden.

Die Anzahl der auszuschneidenden Aufgaben kann – wie schon gesagt – sehr gering oder auch sehr groß sein. Im allgemeinen macht man die Erfahrung, daß homogene Tests weniger unzureichende Aufgaben enthalten als heterogene; deswegen sollte gerade bei heterogenen Aufgaben besondere Sorgfalt auf eine zweckmäßige Auswahl gelegt und möglichst auch eine Analyse an dem in Anspruch genommenen Validitätskriterium durchgeführt werden.

7.1.2 Die Aufgabenrevision

Bezüglich der *Revision* von Aufgaben aufgrund der Aufgabenanalyse erheben sich zwei Fragen:

a) Wann soll überhaupt eine Revision von Aufgaben vorgenommen werden?
b) In welchen Maßnahmen besteht eine solche Revision?

Ad a: Ein wichtiger Grund für die Revision von Aufgaben wurde schon genannt: Es ist dies der gelegentlich eintretende Fall, daß nach der ersten vorläufigen Auswahl zu *wenig* Aufgaben für die Testendform übrigbleiben.

Ein anderer Grund ist der, daß man ganz bestimmte Aufgaben, z. B. solche mit besonders ausgeprägter *psychologischer Validität*, für die Testendform behalten möchte. Drittens ist es möglich, daß bei einem Ausschluß von zu vielen Aufgaben der Test nicht mehr inhaltlich valide ist. Ein vierter Grund kann der sein, daß eine weniger brauchbare Aufgabe den Analysendaten nach zu schließen noch leicht verbessert werden kann. Und schließlich kann eine Revision auch dann in Frage kommen, wenn eine Aufgabe gegenüber dem Binnenkriterium gut, gegenüber dem Außenkriterium aber schlecht differenziert oder umgekehrt.

Ad b: Aufgaben können in verschiedener Weise revidiert werden:

- Durch Neuformulierung der ganzen Aufgabe:
  Eine Aufgabe, die keine oder eine negative Trennschärfe hat, aber inhaltlich wertvoll erscheint, sollte neu formuliert werden. Man spricht zu diesem

---

[1]) Vgl. dazu die Ausführungen über die Zusammenhänge zwischen Testlänge und Reliabilität in Kap. 10.5.1.

Zweck am besten mit Pbn, von denen man eine positive Beantwortung erwartet hatte, darüber, was sie zu der Fehlantwort veranlaßt hat und ebensomit einigen Pbn, bei denen mit einer negativen Antwort zu rechnen war. Auf diese Weise wird man einige gute Anhaltspunkte für eine eindeutig verständliche Neuformulierung gewinnen[1]).

Wenn man eine revidierte Aufgabe nicht nochmals empirisch überprüfen kann, so muß sie wenigstens im Rating-Verfahren von kompetenten Beurteilern gebilligt werden. Die Neuformulierung der ganzen Aufgaben kommt relativ häufig bei freier Aufgabenbeantwortung als letzte und einzige Möglichkeit einer wirksamen Revision in Frage.

– Durch Distraktoren-Veränderung der Aufgabe:
Bei MW-Aufgaben kann man oft sofort mit einem Blick auf die Häufigkeitsverteilung der Antwortwahlen erkennen, ob sich Chancen für eine Aufgabenverbesserung bieten.

Eine Alternativ-Antwort (Distraktor) mag der Bestantwort Konkurrenz gemacht haben, indem sie relativ viele Pbn anzog, oder zumindest einige Pbn mit hohem Testrohwert für sich gewann. Wenn man diese *konkurrierende* Alternativ-Antwort durch eine andere mit geringeren Wahlchancen ersetzt, so kann man hoffen, daß sich diejenigen Pbn, die sich zuerst für die eine Alternativ-Antwort entschieden hatten, bei Vorlage der revidierten Aufgabe wenigstens zum Teil für die Bestantwort entscheiden würden. Oft reicht es auch schon, wenn man die Reihenfolge der Alternativen ändert, da die reihungserste Alternative tendenziell etwas häufiger als die reihungsletzten gewählt wird (EHEIM, 1977). Manchmal fällt eine Alternativ-Antwort auch irgendwie optisch heraus, z. b. durch besondere Länge oder Kürze, und wird dadurch häufiger gewählt als die anderen Antworten. Das optische Moment eines Distraktors läßt sich natürlich leicht revidieren.

Systematischer untersucht man in der sog. „*Distraktorenanalyse*“, ob bei einer MW-Aufgabe die einzelnen Distraktoren geeignet sind, oder ob sie revidiert werden müssen.

Gelegentlich beobachtet man, daß z. B. bei einer 5-fachwahl-Aufgabe alle fünf Antworten etwa gleich häufig gewählt wurden. Das kann zwei Gründe haben: Entweder es handelt sich um eine gute Aufgabe mit einem Schwierigkeitsgrad von $P = 20$, deren Trennschärfe z. B. mit $r_{jt} = 0{,}6$ hoch ist, oder es handelt sich um eine schlechte Aufgabe ebenfalls mit einem Schwierigkeitsgrad von $P = 20$, deren Trennschärfe allerdings um 0 liegt, etwa weil sie so schwierig zu beantworten oder so unklar formuliert war, daß alle Pbn, die sie überhaupt in Angriff genommen haben, nur nach Zufall eine der fünf Antworten angekreuzt haben.

Diese beiden Fälle kann man nicht nur – wie schon angedeutet – dadurch unterscheiden, daß man die Trennschärfe in bezug auf die Bestantwort berechnet, sondern daß man auch für die Distraktoren diesen Index ermittelt. Bei der guten Aufgabe muß die Trennschärfe der Bestantwort *positiv* und die aller Distraktoren *negativ* sein. Bei der schlechten Aufgabe werden nicht nur die Trennschärfe der Bestantwort, sondern auch die eines jeden Distraktors nahe bei 0 liegen.

---

[1]) Revisionen in der geschilderten Art haben im allgemeinen nur bei verbalen Aufgaben eine praktische Bedeutung.

Wie bereits in Kap. 6.5.1 beschrieben, ist es zweckmäßig, nicht nur für die Bestantwort, sondern auch für jeden einzelnen Distraktor Schwierigkeit und Trennschärfe bzw. die Gültigkeit zu berechnen und die einzelnen Distraktoren auf der Grundlage dieser Werte auf ihre Eignung hin zu überprüfen. Der Idealfall guter Distraktoren z. b. bei 5-fach-Wahlaufgaben ist dann realisiert, wenn (1) ihre vier Distraktoren denselben Schwierigkeitsgrad $P_d = (1 - P)/4$ haben, wobei P die Schwierigkeit der Bestantwort und P_d die Schwierigkeit des Distraktors d (d = 1, 2, 3, 4) sind, und wenn (2) die vier Distraktoren gleiche, aber natürlich negative oder null-nahe Trennschärfeindizes aufweisen. Man kann dann zur Beurteilung der einzelnen Distraktoren dieselben Kriterien wie bei der Aufgabenanalyse anwenden und von *Distraktorenanalyse* sprechen. Zur Klärung der Frage, ob die Distraktoren „gleich" schwierig sind, können die Tabellen von MICHELSEN und MÜLLER im Anhang herangezogen werden (siehe S. 101).
Aufgaben sollten dann nicht nur nach den Kennwerten P und r_{jt} oder r_{jc} der Bestantwort, sondern auch unter Berücksichtigung der Kennwerte ihrer Distraktoren für die Testendform in Aussicht genommen werden.
Eliminiert oder umformuliert werden sollten demnach Aufgaben, die einen oder mehr als einen *inattraktiven* Distraktor enthalten, der überhaupt nicht oder nur ganz selten gewählt worden ist. Diese Distraktoren sind offenbar zu leicht als falsch erkennbar. Außerdem ist die Wahrscheinlichkeit, die richtige Lösung zu raten, höher als $1/(m - 1)$, da der Pb vorher einzelne der $(m - 1)$ Distraktoren als sicher falsch ausschließen kann. Denselben Effekt auf die Ratewahrscheinlichkeit haben auch *überattraktive* Distraktoren.
Ebenfalls eliminiert werden sollten Aufgaben, bei welchen mindestens ein Distraktor eine *positive* Trennschärfe besitzt. Offenbar zieht diese Falschantwort gute Pbn an; sie ist ein mit der Bestantwort *konkurrierender Attraktor* und kein Distraktor: Stellt man etwa Hauptschulabsolventen die Frage nach den Grundbausteinen der Materie mit den Wahlantworten (a) Moleküle (b) Atome (c) Atomspaltprodukte, so hat (b) zwar i. a. eine mittlere Schwierigkeit und eine positive Trennschärfe, aber (c) macht der Bestantwort (b) Konkurrenz durch eine ebenfalls positive Trennschärfe bei hoher Schwierigkeit, da weniger gute Absolventen die Antwort (c) vor (b) bevorzugen.

Die Elimination von Aufgaben mit unzureichend qualifizierten Distraktoren kann vermieden werden, wenn mehr Distraktoren in die Vorform eines Tests aufgenommen werden, als für die Endform vorgesehen sind (Reservedistraktoren). Haben die Aufgaben der Testvorform z. B. fünf Distraktoren, und sind für die Testendform nur vier Distraktoren geplant, dann kann bei jeder Aufgabe ein Distraktor, der zu selten gewählt wurde oder positiv trennscharf ist, eliminiert werden.

7.1.3 Die Konsequenzen aus Selektion und Revision

Haben sich aufgrund der Aufgabenanalyse nur geringfügige Änderungen der Testvorform ergeben und ist die anschließend zu erörternde Rohwertverteilungsanalyse zur Zufriedeheit verlaufen, so kann die revidierte Vorform als *Testendform* betrachtet werden. Die Analyse der Güteeigenschaften des Tests kann daraufhin in Angriff genommen werden.

Sind jedoch sehr viele Aufgaben ausgeschieden oder abgeändert worden, so wird als Konsequenz eine nochmalige Darbietung an eine – wenn auch vielleicht kleinere – Analysenstichprobe zu empfehlen sein. Kann dies aus irgendwelchen Gründen nicht geschehen, so wird man eine neue Punktbewertung für die Testvorform ohne die ausgeschiedenen Aufgaben vornehmen. Mit diesen revidierten Rohwerten wird man dann eine sog. *Aufgaben-Re-Analyse* durchführen. Man sollte nicht überrascht sein, wenn sich dabei einige Aufgabenindizes so wesentlich ändern, daß eine *Sekundärselektion* notwenig wird. Nicht selten werden zwei Re-Analysen aufgrund verschiedener Aufgabenauswahlen für die Testendform durchgeführt und diejenigen Aufgaben endgültig ausgewählt, die sich hinsichtlich ihrer Kennwerte als relativ stabil erweisen.

Ob die Aufgabenkennwerte einer Re-Analyse hinreichend stabil sind, beurteilt man am besten dadurch, daß man die Re-Analysen-Stichprobe nach Zufall halbiert – nach Art einer Kreuzvalidierung – für jede Hälfte getrennt Schwierigkeits- und Trennschärfeindizes berechnet. Gute numerische Übereinstimmung innerhalb der Indexpaare ist das beste Argument für die erwünschte Stabilität der für die Testendform seligierten Aufgaben.

Diese Methode der *Halbierungs-Aufgabenanalyse* kann natürlich auch schon auf die ursprüngliche Analysenstichprobe angewendet werden. Aufgaben mit stabilen Indizes wären anderen vorzuziehen.

7.2 Demonstration der Aufgabenauswahl an einem Beispiel

Dem Grundsatze getreu, jeden wichtigen Schritt der Testentwicklung an einem Demonstrationsbeispiel zu erläutern, wird in der Folge die wesentliche Problematik einer zweckmäßigen *Aufgabenauswahl* aus einer Testvorform dargestellt. Die Analyse soll sowohl an dem Rohwert als Binnenkriterium wie auch gleichzeitig an einem Außenkriterium durchgeführt werden. Dadurch wird es möglich, alle drei beschriebenen Aufgaben-Auswahltechniken (rationale Selektion, S-Wert-Selektion, GULLIKSEN-Technik) vergleichsweise anzuwenden.

Rechenbeispiel Nr. 7.3:

Nach sorgfältiger Vorauswahl seien für einen Auslesetest zur Aufnahme von Facharbeitern in das Polytechnikum (Ingenieurschule) 45 Aufgaben von einem Lehrerausschuß als lehrziel-repräsentativ vorgeschlagen worden. Diese 45 Aufgaben seien nun als Testvorform einigen 100 Bewerbern für das Polytechnikum bei großzügiger Zeitbemessung dargeboten worden, wobei die Zahl der richtig gelösten Aufgaben als Rohwert definiert wurde. Aufgrund der erhaltenen Daten sind Schwierigkeit P_j und Trennschärfe r_{jt} einer jeden Aufgabe berechnet worden; sie sind in Tab. 7.1 Spalte 2 und 3 zahlenmäßig aufgeführt.

Damit der Test eine maximale Vorhersagefähigkeit erreicht, wird außerdem auch eine Aufgabenanalyse an einem Validitätskriterium geplant und durchgeführt. Angenommen, alle Pbn, die getestet wurden, seien zunächst ein halbes Jahr auf Probe aufgenommen worden. Das Semesterzeugnis soll über Erfolg und den weiteren Verbleib des Ingenieuranwärters in der Lehranstalt entscheiden, es dient als äußeres Analysenkriterium. Die Fächer werden nach Mutmaßlichkeit „gewogen“ und eine Durchschnittszensur errechnet, deren punkt-biseriale Korrelationen r_{jc} mit den einzelnen Aufgaben die Validitätskoeffizienten sind; diese sind in Tab. 7.1 Spalte 4 angegeben.

Die Aufgabenanalyse ist mit Tab. 7.1 beendet, und wir wenden uns der Aufgabenauswahl zu. Betrachten wir zunächst nur die Ergebnisse der Tab. 7.1 Spalte 2 und 3. Da man Zahlenreihen schwer überblicken kann, haben wir in Abb. 10 P und r_{jt} als Abszissen- bzw. Ordinatenpunkte in einem Koordinatensystem abgetragen und die 45 Aufgaben durch die Reihungsnummer markiert. Die hyperbolische Beziehung zwischen P und r_{jt} kommt – wenn auch nicht ideal – in diesem Diagramm zum Ausdruck. (Vgl. Abb. 7.3).

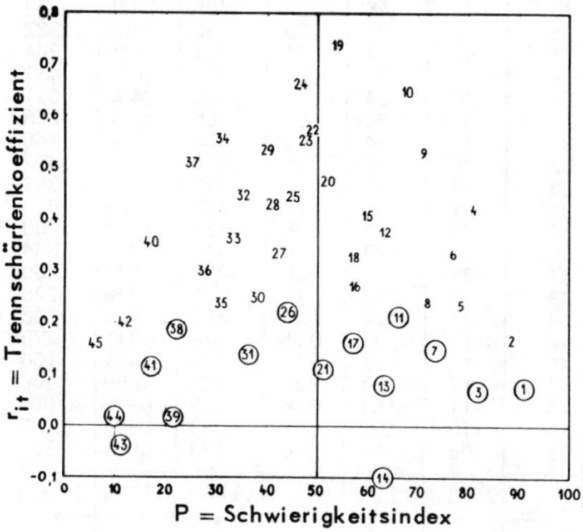

Abb. 7.3: Aufgabenauswahl nach dem Selektionskennwert S für die Trennschärfe und Schwierigkeit. Graphische Darstellung zum Demonstrationsbeispiel Nr. 7.3.

Tabelle 7.1

1	2	3	4	5	6	7	8	9	10
Aufg. Nr.	P_j	r_{jt}	r_{jc}	$s_j = \sqrt{pq}$	$s_{jt}^2 = pq$	$S_{jt} = \frac{r_{jt}}{2\sqrt{pq}}$	$S_{jc} = \frac{r_{jc}}{2\sqrt{pq}}$	$r_{jt} \cdot s_j$	$r_{jc} \cdot s_j$
1	91	0,08	0,00	0,286	0,0819	0,140	0,000	0,023	0,000
2	89	0,17	06	313	0979	272	096	053	019
3	82	07	18	384	1476	091	234	027	069
4	81	42	24	392	1539	536	306	165	094
5	79	23	08	407	1659	282	098	094	033
6	77	33	38	421	1771	392	451	139	160
7	74	15	41	439	1924	171	467	066	180

Tabelle 7.1 (Fortsetzung)

1	2	3	4	5	6	7	8	9	10
Aufg. Nr.	P_j	r_{jt}	r_{jc}	$s_j=\sqrt{pq}$	$s_{jt}^2=pq$	$S_{jt}=\frac{r_{jt}}{2\sqrt{pq}}$	$S_{jc}=\frac{r_{jc}}{2\sqrt{pq}}$	$r_{jt}\cdot s_j$	$r_{jc}\cdot s_j$
8	72	24	22	449	2016	267	245	108	099
9	71	53	26	454	2059	584	287	241	118
10	68	65	17	467	2176	697	182	304	079
11	66	21	11	474	2244	222	116	100	052
12	64	38	25	480	2304	396	261	182	120
13	64	08	−0,06	480	2304	083	−0,063	038	−0,029
14	63	−0,10	0,02	483	2331	−0,104	0,021	−0,048	0,010
15	60	0,41	20	490	2400	0,419	204	0,201	098
16	57	27	08	495	2451	273	081	134	040
17	57	16	20	495	2451	162	202	079	099
18	57	33	28	495	2451	333	283	163	139
19	54	74	36	498	2484	742	361	369	179
20	52	48	28	500	2496	480	280	240	140
21	51	11	02	500	2499	110	020	055	010
22	49	58	23	500	2499	580	230	290	115
23	48	56	15	500	2496	561	150	280	075
24	47	67	41	499	2491	671	411	334	205
25	45	45	26	498	2475	452	261	224	129
26	44	22	30	496	2464	222	302	109	149
27	42	34	21	494	2436	344	213	168	104
28	41	43	14	492	2419	437	142	212	069
29	40	54	31	490	2400	551	317	265	152
30	38	25	01	485	2356	258	010	121	005
31	36	14	06	480	2304	146	063	067	029
32	35	45	08	477	2275	472	084	215	038
33	33	37	10	470	2211	393	106	174	047
34	31	56	42	463	2139	605	454	259	194
35	31	24	25	463	2139	259	270	111	116
36	28	30	28	449	2016	334	312	135	126
37	25	51	38	433	1875	589	439	221	165
38	22	19	18	414	1716	229	217	079	075
39	21	02	−0,04	407	1659	025	−0,049	008	−0,016
40	17	36	0,25	376	1411	479	0,333	135	0,094
41	17	12	12	376	1411	160	160	045	045
42	12	20	21	325	1056	308	323	065	068
43	11	−0,04	06	313	0979	−0,064	096	−0,013	019
44	10	0,02	03	300	0900	0,033	050	0,006	009
45	06	16	10	238	0564	337	211	038	024
$\sum$	2158,0	13,86	8,24	19,840	8,9524	14,929	9,237	6,281	3,745
$\frac{\sum}{45}$	47,96	0,31	0,18	0,441	0,1989	0,332	0,205	0,140	0,083

7.2.1 Die rationale Selektion

Zunächst wollen wir uns überlegen, welche Aufgaben entsprechend dem Wesen und der Bedeutung der Aufgabenkennwerte unbedingt ausgeschieden werden müssen. Das sind zweifellos in erster Linie die Aufgaben mit *negativer* Trennschärfe, also die Aufgaben 14 und 43; sodann auch die mit einer Trennschärfe um Null, nämlich die Aufgaben 39 und 44. Die genannten vier Aufgaben wären allein aufgrund ihrer mangelnden Trennschärfe unabhängig von ihrer Schwierigkeit auszuschließen.

Wenn wir also so viele Aufgaben wie nur irgend möglich behalten wollten, könnten wir uns auf die Eliminierung dieser vier Aufgaben beschränken. Wollten wir aber eine runde Zahl von 40 Aufgaben haben, so käme noch eine der drei Aufgaben mit ganz *niedriger* Trennschärfe (1, 3, 13) zur Exklusion in Frage. Da man bei etwa gleicher Trennschärfe lieber Aufgaben von extremer als von mittlerer Schwierigkeit zurückbehält, wäre als erste Aufgabe 13 auszuscheiden.

Sollten weitere fünf Aufgaben eliminiert werden, so müssen wir einen bisher noch nicht beachteten Sachverhalt berücksichtigen. Schwierige Aufgaben sind in der vorliegenden Testvorform zahlreicher vertreten als leichte, wie der Vergleich der Häufigkeiten in Abb. 7.3 (Anzahl der Aufgabennummern über der Abszisse) erkennen läßt. Wir würden also etwa drei schwierige und nur zwei leichte Aufgaben entfernen, am besten die Aufgaben 3 und 21 als relativ leichte, sowie die Aufgaben 31, 38 und 41 als schwierige Aufgaben.

Eine Auswahl allein aufgrund der Schwierigkeit ist in diesem Beispiel nicht erforderlich, da an keiner Stelle der Schwierigkeitsskala eine besondere Häufung von Aufgaben zu beobachten ist und keine Aufgaben mit der Schwierigkeit 0 oder 100 vorhanden sind. Die Schwierigkeitsindizes verteilen sich in etwa normal über der Schwierigkeitsskala.

7.2.2 Die Kennwert-Selektion

a) Die Selektion aufgrund des Trennschärfenkoeffizienten

Um zu überprüfen, ob der angestrebte Kompromiß der bestmögliche ist, berechnen wir für alle 45 Aufgaben die *Selektionskennwerte* S_{jt}, indem wir jedes r_{jt} mit dem seiner Schwierigkeitsstufe entsprechenden Faktor $1/(2\sqrt{p_j q_j})$ der in Tafel 3 des Anhangs abzulesen ist, multiplizieren. Diese Produkte sind in Tab. 7.1 Spalte 7 eingetragen. Wir suchen uns nun unter den 45 Kennwerten die 15 niedrigsten heraus und versehen die entsprechenden Aufgabennummern mit einem Ring zum Zeichen dafür, daß sie für die Testendform am wenigsten geeignet erscheinen – wie es in Abb. 7.3 geschehen ist.

Wenn wir nun die zuerst getroffene rationale Auswahl mit der Auswahl nach dem Selektionskennwert vergleichen, so zeigt sich hinsichtlich der ersten 10 ausgeschiedenen Aufgaben eine große Übereinstimmung. Darüber hinaus läßt sich auch für die restlichen 5 Aufgaben, bei denen wir uns auf rationaler Basis nicht recht entscheiden konnten, Klarheit gewinnen: Die Aufgaben 2 und 45 sind für den Test wichtiger als etwa die Aufgaben 11 und 26, die auszuscheiden wir vorher nicht erwogen hatten.

Wollten wir noch die Tatsache berücksichtigen, daß mehr schwere als leichte Aufgaben zur Verfügung stehen, so könnten wir die zur Exklusion vorgesehene leichte Aufgabe 11 behalten und stattdessen die schwierigere Aufgabe 30 ausschließen.

Damit haben wir eine Aufgabenauswahl getroffen, die eine höchstmögliche innere Konsistenz des zukünftigen Tests bei gleichguter Differenzierung über der ganzen Merkmalsskala gewährleistet. Hätten wir keine anderen Informationen als die Kennwerte P und r_{jt}, so wäre die Aufgabenselektion damit abgeschlossen.

b) Die Selektion aufgrund des Aufgaben-Validitätskoeffizienten

Nun haben wir aber auch – so hatten wir angenommen – die Analysendaten zur Verfügung, die aufgrund des Validitätskriteriums, des Semestererfolges im Polytechnikum, gewonnen worden sind. Die *Validitätskoeffizienten* sind in Tab. 7.1 Spalte 4 aufgeführt. Die folgende Abb. 7.4 stellt ein Analogon zu Abb. 7.3 dar: anstelle der Trennschärfenkoeffizienten sind die Validitätskoeffizienten auf der Ordinate abgetragen.

Wie zu erwarten zeigt sich, daß einzelne Aufgaben mit guter Trennschärfe nur relativ *geringe* Validität haben und umgekehrt. Aufgabe 32 hat z. B. eine gute Trennschärfe, aber nur eine geringe Validität, dagegen hat Aufgabe 7 eine im Verhältnis zu ihrer geringen Trennschärfe hohe Validität. Das ist nichts Ungewöhnliches und im Begriffsystem der Faktorenanalyse leicht verständlich zu machen: Aufgabe 32 mißt vorwiegend bestimmte, speziell im Test enthaltene Faktoren, Aufgabe 7 vorwiegend bestimmte, dem Kriterium eigene Faktoren, während die dem Test und dem Kriterium gemeinsamen Faktoren von den beiden Aufgaben nur unzureichend erfaßt werden.

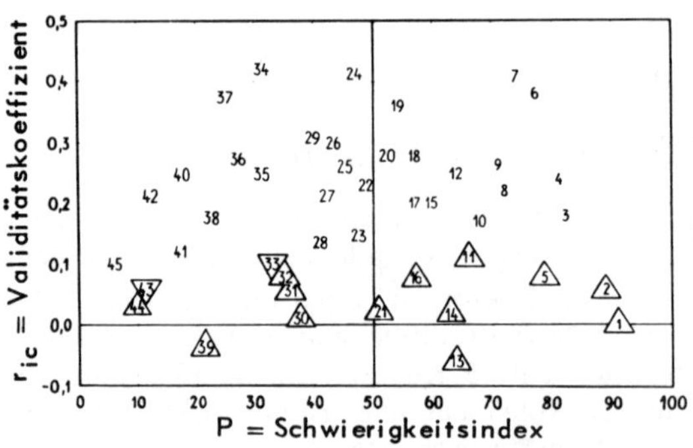

Abb. 7.4: Aufgabenauswahl nach dem Selektionskennwert S für die Validität. Graphische Darstellung zum Demonstrationsbeispiel Nr. 7.3.

Wir können nun eine Aufgabenauswahl nach dem Validitätskoeffizienten vornehmen und – wie bie Abb. 7.3 – einmal rational und einmal schematisch vorgehen. Für die Kennwert-Selektion wurden in Tab. 7.2 Spalte 9 die Selektionskennwerte S_c berechnet und danach die 15 am wenigsten geeignet erscheinenden Aufgaben in Abb. 7.4 durch ein Dreieck umrandet. Wenn wir Abb. 7.3 mit Abb. 7.4 vergleichen, so stellen wir fest, daß nur 9 von den 15 ausgeschiedenen Aufgaben ebenso nach der Trennschärfe wie nach der Validität als mindertwertig gekennzeichnet wurden; die übrigen 6 Aufgaben tragen entweder mehr zur Reliabilitäts- oder mehr zur Validitätsverbesserung des Tests bei [1]).

---

[1]) Hier äußert sich der später zu erörternde Tatbestand der „partiellen Inkompatibilität“ zwischen Reliabilität und Validität (vgl. Kap. 11.6.1).

c) Selektion nach Trennschärfe und Validität

In dieser schwierigen Frage, welche Aufgaben der Abb. 7.3 und 7.4 nun tatsächlich ausgeschieden werden sollten, könnten wir uns dahingehend einigen, daß wir nur die von beiden Gesichtspunkten her unzulänglichen Aufgaben ausscheiden und somit 36 Aufgaben in der Testendform behalten. Wollten wir aber unbedingt nur 30 Aufgaben haben, dann könnten wir z. B. die Bedingungen stellen, daß eine Aufgabe nur in die Testendform aufgenommen wird, wenn entweder ihr S_{jt}-Wert 0,30 oder ihr S_{jc}-Wert 0,25 übersteigt oder wenn beide Grenzwerte überschritten werden. In unserem Beispiel würden danach die Aufgaben, 2, 5, 16, 17, 30 und 38 ausgeschieden werden. Nach der Selektion sollten wir kontrollieren, ob der endgültige Test gleich schwierig geblieben ist, indem wir den mittleren Schwierigkeitsindex berechnen und ihn mit dem mittleren Schwierigkeitsindex der Testvorform vergleichen.

7.2.3 Die Gulliksen-Technik

GULLIKSEN empfiehlt – wie in Kap. 7.1.1 ausgeführt wurde – die Darstellung der Größenpaare $r_{jt} \cdot s_j$ und $r_{jc} \cdot s_j$ in einem rechtwinkligen Koordinatensystem mit der Abszisse $r_{jt} \cdot s_j$ und der Ordinate $r_{jc} \cdot s_j$. Er sieht die besten Chancen für eine maximale Validität in einer Auswahl derjenigen Aufgaben, die im linken oberen Bereich des *Hauptquadranten* liegen. Aufgaben aus anderen Quadranten sollten grundsätzlich ausgeschieden werden.

a) Selektion nach trennschärfe-relativierter Validität

Um diese Verfahren auch auf unser Beispiel anzuwenden, haben wir in Tab. 7.1 Spalte 9 die Werte $r_{jt} \cdot s_j$, bzw. in Spalte 10 die Werte $r_{jc} \cdot s_j$ berechnet. Da der Faktor s_j gleich $\sqrt{p_j q_j}$ ist, kann er in Tafel 3 des Anhangs für jeden P-Wert abgelesen werden. Die Wertpaare sind in dem Koordinatensystem der Abb. 7.5 durch die zugehörigen Aufgabennummern vertreten.

Das Ausleseverfahren nach GULLIKSEN geht nun so vor sich, daß zunächst alle Aufgaben als unbrauchbar markiert werden, die in einem der drei *Nebenquadranten* lokalisiert sind; das sind die Aufgaben 13, 14, 39 und 43. Wir bezeichnen sie durch Umrandung mit einem Quadrat, um sie vor den später im gleichen Diagramm gegenübergestellten Aufgaben mit dem Kreis und dem Dreieck unterscheiden zu können. Vorsichtshalber bezeichnen wir auch die Aufgaben noch als ungeeignet, die sich ganz in der Nähe der inneren Ecke des Hauptquadranten befinden, das sind die Aufgaben 1 und 44. Es bleiben also noch 9 Aufgaben auszuscheiden, wenn die Testendform 30 Aufgaben enthalten soll. Zu diesem Zweck benützen wir ein Lineal, wobei wir das eine Linealende am Ursprung des Koordinatensystems festhalten und das andere Linealende soweit entgegen dem Uhrzeigersinne drehen, bis 9 Aufgaben von dem Lineal überstrichen sind; dann ziehen wir vom Ursprung des Koordinatensystems entlang dem Lineal eine gestrichelte Gerade. Die überstrichenen Aufgaben, nämlich die Aufgaben 21, 5, 30, 16, 33, 32, 28, 23 und 10 werden ebenfalls mit einem Quadrat umrandet und gelten im Sinne der Validitätsforderung als weniger geeignet.

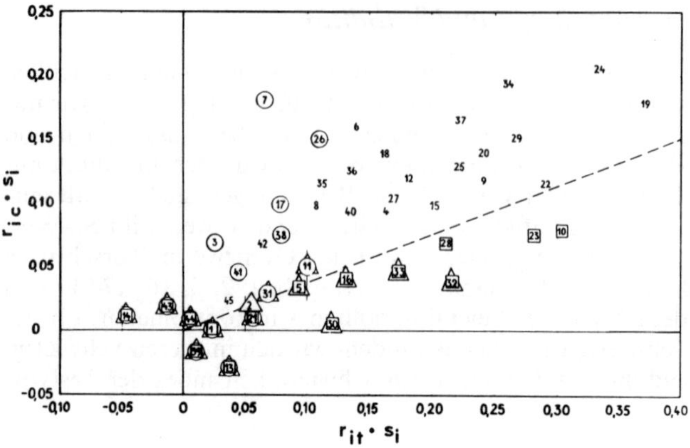

Abb. 7.5: Aufgabenauswahl nach der GULLIKSEN-Methode. Graphische Darstellung zum Demonstrationsbeispiel Nr. 7.3.

b) Vergleich mit anderen Selektionsmethoden

Damit nun ein Vergleich zwischen den nach den verschiedenen Methoden auszuscheidenden Aufgaben möglich ist, haben wir auch die anderen beiden Ausschlußsignaturen (Kreis und Dreieck) in das Diagramm der Abb. 7.5 übertragen. Wir sehen sogleich, daß einige Aufgaben nach allen drei Methoden übereinstimmend als ungeeignet gekennzeichnet wurden, daß aber bei anderen Aufgaben nur eine teilweise oder gar keine Übereinstimmung herrscht.

Besonders wundern wir uns darüber, daß zwischen der Kennwert-Selektion nach dem Validitätskoeffizienten und der GULLIKSEN-Technik nicht – wie man eigetlich erwarten könnte – volle Übereinstimmung besteht, da doch beide Methoden die bestmögliche Validität der Testendform verbürgen sollen. Diese Diskrepanz ist darauf zurückzuführen, daß die S_{jc}-Wert-Selektion zum Unterschied von der GULLIKSEN-Technik auch eine *Konsistenzerhöhung* gegenüber dem Kriterium anstrebt. Die GULLIKSEN-Methode dagegen deklariert unabhängig davon diejenigen Aufgaben als die besten, die eine im Verhältnis zu ihrer Trennschärfe relativ hohe Validität besitzen. Aus diesem Grunde wird z. B. Aufgabe 10 disqualifiziert, denn sie hat zwar eine hohe Trennschärfe (0,65) aber eine nur relativ niedrige Validität (0,17). Der Unterschied zwischen beiden Methoden besteht also darin, daß die Kennwert-Selektion zu einer Homogenisierung des Testinhaltes tendiert, während die GULLIKSEN-Methode dies gerade vermeidet. Daher wird die GULLIKSEN-Technik im allgemeinen bei heterogenem Testinhalt, die S-Wert-Selektion bei homogenem Testinhalt vorzuziehen sein.

c) Selektionskompromiß und Konsequenzen

Einigen wir uns also dahingehend, daß wir im Hinblick auf eine *höchstmögliche* Validität die Aufgaben endgültig ausscheiden, die in Ab. 7.5 entweder durch ein

Dreieck oder ein Quadrat gekennzeichnet sind, also durch die beiden Methoden eliminiert worden sind, die die Validität des Tests berücksichtigen. Dadurch verbleiben in der Testendform 27 Aufgaben. Diese Aufgaben sind ihrer Schwierigkeit nach in Tab. 7.2 neu angeordnet. Die Trennschärfenkoeffizienten wurden in Tab. 7.2 nicht neu berechnet, obwohl man es korrekterweise hätte tun sollen, da sich die individuellen Testrohwerte bei einer Reduzierung von 45 auf 27 Aufgaben naturgemäß ändern[1]).

Die mittlere Schwierigkeit des Tests $\bar{p} = 47{,}3$ ist ein wenig größer als sie idealerweise sein sollte. Das ist dem Umstand zuzuschreiben, daß der Test keine ganz leichte Aufgabe, wohl aber zwei sehr schwierige ($P = 12$ und $P = 6$) enthält. Dieser Tatsache kommt theoretisch einer besseren Differenzierung des Tests im oberen Merkmalsbereich zugute, praktisch ist sie ohne Bedeutung. Die Häufigkeitsverteilung der 27 Schwierigkeitsindizes der Testendform ist annähernd normal, wie Abb. 7.6 zeigt.

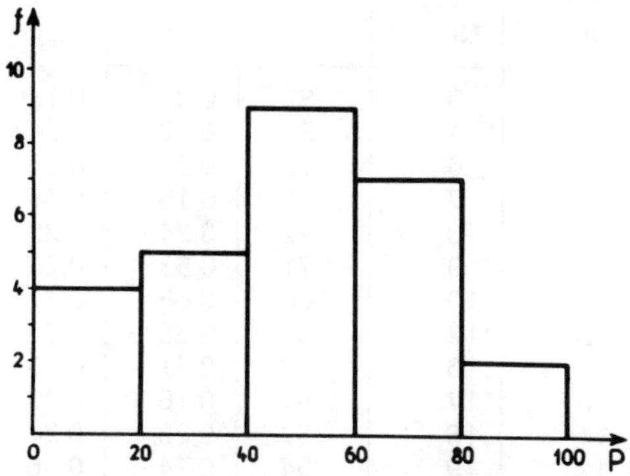

Abb. 7.6: Säulendiagramm der Häufigkeitsverteilung der Schwierigkeitsindizes. Graphische Darstellung zum Demonstrationsbeispiel Nr. 7.3.

Die mittlere Trennschärfe der Testaufgaben von $\bar{r}_{jt} = 0{,}36$ läßt vermuten, daß der Test weder zu homogen noch zu heterogen ist. Wenn wir nach Formel (6.34) die mittlere Aufgabeninterkorrelation abschätzen, ergibt sich

$$_{pf}r_{jk} = \frac{27 \cdot 0{,}36^2 - 1}{26} = 0{,}10\,.$$

Das bedeutet also, daß die 27 Aufgaben relativ unabhängig voneinander sind, während sie mit dem Rohwert der Testvorform verhältnismäßig hoch korrelieren. Diese Feststellung ist eine gute Voraussetzung für eine hohe Validitätserwartung.

---

[1]) Bei Ausschluß von bloß 1/4 der Aufgaben war keine bedeutsame Änderung der Trennschärfenkoeffizienten für die verbleibenden Aufgaben zu erwarten.

7.2.4 Die Validitätsvorhersage

Wir können die *Validität* des neu zusammengesetzten Tests nach Formel (6.40) vorschätzen; aus Tab. 7.2 sind die Werte $\sum_j r_{jt}s_j$ und $\sum_j r_{jc}s_j$ zu entnehmen. Das ergibt mit

$$r_{tc} = \frac{\sum r_{jc}s_j}{\sum r_{jt}s_j} = \frac{3{,}220}{4{,}472} = 0{,}72$$

Tabelle 7.2

1	2	3	4	5	6	7	8
Neue Aufg. Nr.	Urspr. Aufg. Nr.	P_j	r_{jt}	r_{jc}	$r_{jt}s_j$	$r_{jc}s_j$	$s_j^2 = p_j p_j$
1	3	82	0,07	0,18	0,027	0,064	0,1476
2	4	81	0,42	0,24	0,165	0,094	0,1539
3	6	77	0,33	0,38	0,139	0,160	0,1771
4	7	74	0,15	0,41	0,066	0,180	0,1924
5	8	72	0,24	0,22	0,108	0,099	0,2016
6	9	71	0,53	0,26	0,241	0,118	0,2059
7	10	68	0,65	0,17	0,304	0,079	0,2176
8	12	64	0,38	0,25	0,182	0,120	0,2304
9	15	60	0,41	0,20	0,201	0,098	0,2400
10	17	57	0,16	0,20	0,079	0,099	0,2451
11	18	57	0,33	0,28	0,163	0,139	0,2451
12	19	54	0,74	0,36	0,369	0,179	0,2484
13	20	52	0,48	0,28	0,240	0,140	0,2496
14	24	47	0,67	0,41	0,334	0,205	0,2491
15	25	45	0,45	0,26	0,224	0,129	0,2475
16	26	44	0,22	0,30	0,109	0,149	0,2464
17	27	42	0,34	0,21	0,168	0,104	0,2436
18	29	40	0,54	0,31	0,265	0,152	0,2400
19	34	31	0,56	0,42	0,259	0,194	0,2139
20	35	31	0,24	0,25	0,111	0,116	0,2139
21	36	28	0,30	0,28	0,135	0,126	0,2016
22	37	25	0,51	0,38	0,221	0,165	0,1875
23	38	22	0,19	0,18	0,079	0,075	0,1716
24	40	17	0,36	0,25	0,135	0,094	0,1411
25	41	17	0,12	0,12	0,045	0,045	0,1411
26	42	12	0,20	0,21	0,065	0,068	0,1056
27	45	06	0,16	0,10	0,038	0,024	0,0564
n = 27	$\sum$	1276	9,75	7,11	4,472	3,220	5,4140
	$\frac{\sum}{n}$	47,3	0,36	0,26	0,166	0,119	0,2005

einen erstaunlich hohen Validitätskoeffizienten. Auf dieselbe Weise können wir den Validitätskoeffizienten schätzen, der zu erwarten gewesen wäre, wenn wir keine Auswahl vorgenommen, sondern alle 45 Aufgaben für die Testendform verwendet hätten. Damit haben wir eine Möglichkeit, den Erfolg der Aufgabenselektion zu überprüfen. Die nötigen Daten entnehmen wir Tab. 7.1.

$$r_{tc} = \frac{\sum r_{jc}s_j}{\sum r_{jt}s_j} = \frac{3{,}745}{6{,}281} = 0{,}60\,.$$

Obwohl der Test also auf 2/3 seiner ursprünglichen Länge reduziert wurde, ist durch die Aufgabenauswahl seine voraussichtliche Validität erheblich erhöht worden.
Nach dem gleichen Prinzip könnten wir auch den Erfolg der beiden anderen Auswahlmöglichkeiten, nämlich die nach dem S_{jt}- und dem S_{jc}-Wert, überprüfen.

7.2.5 Die Reliabilitätsvorhersage

Eine Validitätsvorhersage aufgrund der Analysendaten ist nur dann möglich, wenn neben den Trennschärfen- auch die Validitätskoeffizienten verfügbar sind. Die Möglichkeit einer Reliabilitätsschätzung ist jedoch in jedem Falle gewährleistet.

a) Reliabilitätsschätzung nach GULLIKSEN

Die *Reliabilität* der Testvorform und der Testendform können wir nach einer Formel von GULLIKSEN abschätzen:

$$r_{tt} = \frac{n}{n-1}\left[1 - \frac{\sum_j s_j^2}{\left[\sum_j r_{jt}s_j\right]^2}\right]; \quad \text{wenn} \quad s_j = \sqrt{p_j q_j}\,. \tag{7.4}$$

Berechnen wir zunächst die Reliabilität der Testendform; dazu entnehmen wir Tab. 7.2 die Werte $\sum_j s_j^2$ und $\sum_j s_{jt} \cdot s_j$:

$$r_{tt} = \frac{27}{27-1}\left[1 - \frac{5{,}4140}{4{,}472^2}\right] = 0{,}75\,.$$

Die Reliabilität der Testendform ist also wenig höher als ihre Validität, was dem angestrebten Ziel, die Auswahl nach Validitätsgesichtspunkten zu treffen, durchaus entspricht. Hätten wir nach S_{jt} ausgewählt, so wäre vielleicht – ja sogar wahrscheinlich – die Testendform zwar reliabler, aber weniger valide gewesen. Die Validität ist jedoch bei einem Auslesetest das primäre Anliegen.

b) *Reliabilitätsänderung durch Aufgabenselektion*

Wie hat sich nun die Reliabilität durch die Selektion verändert? Wenn wir die entsprechenden Werte der Testvorform (Tab. 7.1) in Formel (7.4) einsetzen, erhalten wir:

$$r_{tt} = \frac{45}{45-1}\left[1 - \frac{8{,}9524}{6{,}281^2}\right] = 0{,}79\,.$$

Das Resultat überrascht uns zunächst einigermaßen. Wir hatten gehofft, daß auch die Reliabilität durch die Auswahl günstig beeinflußt würde, und nun sehen wir, daß die Schätzung für die Testvorform mehr befriedigt als für die Testendform. Diese Enttäuschung ist aber ungerechtfertigt: Einmal müssen wir bedenken, daß man nicht zugleich eine maximale Validität und eine maximale Reliabilität erreichen kann; zum zweiten haben wir übersehen, daß ja die Testendform gegenüber der Testvorform wesentlich weniger Aufgaben enthält, und es daher unbillig ist, die beiden Testformen in Bezug auf ihre Reliabilitäten unmittelbar miteinander zu vergleichen.

Wollten wir einen gerechten Vergleich dieser Art anstellen, so müßten wir nach der SPEARMAN-BROWN-Formel die eine Testform hypothetisch verkürzen oder die andere entsprechend verlängern [1]). Hätte die Testvorform auch nur 27 anstatt 45 Aufgaben, so besäße sie aller Voraussicht nach nur eine Reliabilität von

$$r'_{tt} = \frac{\frac{n'}{n}\cdot r_{tt}}{1+\left(\frac{n'}{n}-1\right)r_{tt}} = \frac{\frac{27}{45}\cdot 0{,}79}{1+\left(\frac{27}{45}-1\right)0{,}79} = 0{,}69.$$

Obzwar also durch die Selektion die Reliabilität absolut geringer geworden ist, hat sie sich doch im Verhältnis zur Testlänge erhöht.

c) *Reliabilitäts- versus Validitätsaufbesserung*

Hätten wir die mit einem Kreis umrandeten – nach S_{jt} ungeeigneten – Aufgaben ausgeschieden, würden wir nach Formel (7.4) eine Reliabilität von $r_{tt} = 0{,}83$ bzw. eine solche von $r_{tt} = 0{,}88$ erhalten, während lediglich eine Validität von $r_{tc} = 0{,}56$ zu erwarten gewesen wäre. In diesen Vergleichswerten zeigt sich deutlich genug die unterschiedliche Wirkung der verschiedenen Auswahltechniken. Die GULLIKSEN-Methode führt direkt zu einer Validitätsverbesserung, die S_{jt}-Selektion hingegen zu einer Reliabilitätsverbesserung, während die S_{jc}-Selektion eine Zwischenstellung einnimmt.

In Fällen, in denen man voraussetzen kann, daß der Test als ganzer valide ist, führt natürlich auch die S_{jt}-Selektion mittelbar zu einer höheren Validität. Das vorliegende Beispiel war mit Bedacht so gewählt, daß die wesentlichen Unterschiede beider Methoden deutlich hervortreten.

---

[1]) Vgl. Kap. 10.5.1, Formel (10.50)

Man könnte sich abschließend fragen: War es wirklich der Mühe wert, mit so viel Aufwand eine Validitätsverbesserung von 0,60 auf 0,72 anzustreben? Dazu ist zu sagen: Selbst wenn überhaupt keine Verbesserung erziehlt worden wäre, wäre die Aufgabenanalyse nicht umsonst gewesen, denn der Test ist durch seine Verkürzung wesentlich ökonomischer geworden, zumal die Testzeit in demselben Maße wie die Testlänge vermindert wurde.

Was es aber bedeutet, den Validitätskoeffizienten um den genannten Betrag erhöht zu haben, mag an folgendem ermessen werden: Man kann einen Test auch durch Vermehrung seiner Ausgabenzahl valider gestalten, und man kann sich in diesem Zusammenhang fragen, wieviele Aufgaben man zu einem Test von 45 Aufgaben und einer Validität von 0,60 hinzufügen müßte, um bei einer Ausgangs-Reliabilität von 0,79 eine Validität von 0,72 erwarten zu können. Wenn wir diese Schätzung nach Formel (11.22) durchführen[1]), erhalten wir

$$n' = \frac{n(1 - r_{tt})}{\frac{r_{tc}^2}{r_{tc}'^2} - r_{tt}} = \frac{45(1 - 0{,}79)}{\frac{0{,}60^2}{0{,}72^2} - 0{,}79} = -94{,}5\,.$$

Der nicht interpretierbare negative Wert für n' zeigt an, daß der Test durch eine, wenn auch noch so große, Verlängerung niemals auf eine End-Validität von 0,72 gebracht werden könnte. Dieses Demonstrationsergebnis mag die Leistung der Aufgabenanalyse im rechten Lichte erscheinen lassen.

7.3 Aufgabenbewertung und Aufgabenreihung aufgrund der Analysedaten

7.3.1 Die Aufgabenbewertung

Zum Zwecke der Analyse wurde eine vorläufige *Aufgabenbewertung* vorgenommen. Diese kann – muß aber keineswegs – nach der Analyse unter Umständen einer Korrektur unterworfen werden.

Will man Aufgaben mit hoher psychologischer, aber geringer statistischer Validität für die Testendform erhalten, sollte die Beantwortung solcher Aufgaben, gleich wie sie ausfällt, generell mit null Punkten auf den Rohwert angerechnet werden. Auf diese Weise erhält der Test in den Augen des Pb *Augenscheinvalidität* (face validity), auch wenn man hierdurch eine gewisse Verlängerung des Tests in Kauf nehmen muß.

Überragen einige wenige Aufgaben die übrigen erheblich an Trennschärfe oder Validität, so kann man diese doppelt, also etwa mit zwei Punkten bewerten, um ihnen im Gesamtpunktwert ein entsprechendes Gewicht zu verleihen. Dieser Fall wäre etwa gegeben, wenn unter 25 Trennschärfenkoeffizienten von 0,2 bis 0,5 drei zwischen 0,6 und 0,7 lägen.

---

[1]) Vgl. Kap. 11.6.2

Ist die Trennschärfe der Aufgaben sehr unterschiedlich, wie dies oft bei Fragebogenanalysen beobachtet wird, so kann man ausnahmsweise auch eine drei-stufige Bewertung einführen. Mehrfach ist festgestellt worden, daß gerade bei Fragebogen die Validität erhöht wird, wenn eine *gewogene Aufgabenbewertung* vorgenommen wird, jedoch nur dann, wenn eben erhebliche Trennschärfenunterschiede bestehen.

a) Aufgabengewicht nach der Trennschärfe

Für den Fall, daß man die Aufgaben nach der Trennschärfe gewichten will, hat GUILFORD (1941b) ein Verfahren entwickelt, nach dem man rechnerisch oder graphisch das *optimale* Gewicht für eine spezifische Antwort unter mehreren möglichen Antworten auf eine bestimmte Aufgabe ermitteln kann. Das Verfahren ist auch für *Stufenantwort-Aufgaben* anwendbar und setzt voraus, daß man annähernd gleiche Aufgaben-Interkorrelationen annehmen kann. GUILFORDs Formel lautet

$$G = \frac{P_{sup} - P_{inf}}{pq} + 4\,. \tag{7.5}$$

In dieser Formel bedeuten:

G = Gewicht für eine spezielle Antwort auf eine bestimmte Aufgabe,

$p_{sup} = \frac{P_{sup}}{100}$ = Anteil der Pbn der *oberen* Gruppe (50% oder 27%), die die spezielle Antwort gegeben haben,

$p_{inf} = \frac{P_{inf}}{100}$ = Anteil der Pbn der *unteren* Gruppe, die die spezielle Antwort gegeben haben.

$p = \frac{P}{100}$ = Anteil der Pbn an der gesamten Analysenstichprobe, die die spezielle Antwort gegeben haben,

$q = 1 - p$

Nach dieser Formel ist also das Gewicht einer Antwort proportional ihrer Trennschärfe ($p_{sup} - p_{inf}$) und umgekehrt proportional der Aufgabenvarianz (pq).

Das Gewicht einer Aufgabenantwort kann nach Formel (7.5) von 0 bis 8 variieren, jedoch werden in der Praxis lediglich Werte von etwa 2 bis 6 erzielt werden. GUILFORD regt aus diesem Grunde selbst an, man sollte den niedrigsten G-Wert als Konstante von allen übrigen G-Werten abziehen. Wenn also z. B. die erhaltenen Gewichte von 3 – 7 schwanken, so resultiert nach Abzug der Konstanten 3 eine Bewertungsskala von 0 bis 4 Punkten. In der Regel werden keine Dezimalpunkte verrechnet, sondern diese zu ganzen Punkten auf- oder abgerundet, um die Rohwertermittlung nicht ungebührlich zu komplizieren. Das folgende Beispiel dient der Demonstration der GUILFORDschen Formel.

Rechenbeispiel Nr. 7.4:

In einem Fragebogen für Extraversion und Introversion lautet ein Frage: „Sind Sie gerne in Gesellschaft (E) oder lieben Sie mehr die Einsamkeit (I)? Können Sie sich nicht entscheiden, so kreuzen Sie die Null an."
Antwort: I O E
Tab. 7.3 zeigt die Ergebnisse der Aufgabenanalyse und ihre Verarbeitung im Sinne der Formel 7.5 in einem rationellen Schema.

Tabelle 7.3

Antworten	I	O	E
P_{sup} (extravertierte Gruppe)	0,29	0,10	0,61
P_{inf} (introvertierte Gruppe)	0,48	0,13	0,39
P	0,37	0,16	0,47
$p_{sup} - p_{inf}$	−0,19	−0,03	+0,22
pq (lt. Tafel 3d. Anh.)	0,2331	0,1344	0,2491
$\frac{p_{sup} - p_{inf}}{pq}$	−0,82	−0,22	+0,88
G	3,2 ~ 3	3,8 ~ 4	4,9 ~ 5
G′ = G − Konstante (Konstante = 3)	0	1	2

In den Gewichten G′ hat sich also bestätigen lassen, was man ohne statistische Analyse von vornherein hätte annehmen können: die Bewertung schreitet von der Introversion über die neutrale Stellungnahme zur Extraversion mit einem Punkt Unterschied voran.

Nach jeder versuchsweise durchgeführten Aufgabengewichtung sollten die Rohwerte der Analysenstichprobe erneut berechnet und die Verteilung der Rohwerte inspiziert werden. Ergibt sich z. B. eine rechtsasymmetrische (linksgipflige) Rohwertverteilung aus einer ursprünglichen Normalverteilung, was insbesondere dann der Fall ist, wenn man schwierigere Aufgaben höher gewichtet, so sollte auf die in Aussicht genommene Gewichtung verzichtet werden. Dieselbe Empfehlung gilt, wenn die Rohwertverteilung durch die Aufgabengewichtung in anderer Weise verzerrt wird.

Praktisch sollte eine Gewichtung nur dann in Aussicht genommen werden, wenn die Zahl der Aufgaben gering ist und die hierdurch gegebene Skalenspannweite vergrößert werden soll. Wenn sich mehr als 20 Aufgaben für die Testendform als geeignet erwiesen haben, sollte man generell eine Bestantwort mit einem Punkt und eine Distraktorenantwort mit null Punkten bewerten.

b) Aufgabengewichtung je nach der Aufgabenbeantwortung

Bei allen Aufgabentypen, in welchen keine absolut objektive Aufgabenbeantwortung gewährleistet ist, insbesondere bei Ergänzungs- oder Essay-Aufgaben, wie sie z. B. im HAWIK und HAWIE enthalten sind, können die von einem Pb gegebenen Antworten nicht immer vom Tl als eindeutig richtig oder falsch beurteilt werden. Oft muß man *teilrichtige* Antworten zulassen, etwa wenn eine Antwort zwar nicht richtig ist, wohl aber in die richtige Richtung geht oder einen richtigen Ansatz erkennen läßt. Solche Antworten werden i. a. mit halben Punkten bewertet. In Praxi wird – zwecks Erzielung ganzzahliger Rohwerte – eine teilrichtige Antwort mit einem Punkt, eine *vollrichtige* Antwort mit zwei Punkten bewertet.

Welche Antworten als teil- und welche als vollrichtig zu betrachten und zu bewerten sind, muß anhand eines *Auswertungsschlüssels* festgelegt werden, in welchem für beide Auswertungsmodalitäten zumindest Beispiele, möglichst aber genaue Anweisungen gegeben werden.

Es ist noch darauf hinzuweisen, daß bei Aufgabengewichtung nach Aufgabenbeantwortung für jede einzelne Aufgabe Objektivitätskoeffizienten, d. h. Koeffizienten für die Übereinstimmung mindestens zweier eingewiesener, aber voneinander unabhängiger Tl berechnet werden sollten. Am besten zu empfehlen ist COHENs Kappa-Koeffizient (vgl. LIENERT, 1978, Kap. 16). Hohe Kappa-Koeffizienten von über 0,7 sind erforderlich, um eine ausreichende Objektivität und damit Reliabilität der Testendform zu gewährleisten.

7.3.2 Die Aufgabenreihung

Bei Tests mit schwierigkeitsunterschiedlichen Aufgaben ist es bekanntlich am zweckmäßigsten, diese nach ansteigender Schwierigkeit zu reihen und in dieser Reihung bei der Eichung darzubieten.

Vor der Aufgabenanalyse konnte man bestenfalls eine Reihung aufgrund psychologischer Überlegungen oder aufgrund von Erfahrungen bei der probeweisen Aufgabendarbietung vornehmen; stehen die Analysedaten zur Verfügung, kann man die vorläufige Reihung entsprechend revidieren, indem man nun die Aufgaben streng nach ihren Schwierigkeitsindizes anordnet. Durch diese Maßnahme gewinnt man die besten Chancen für eine normale Testpunkteverteilung, die dann als Abbildung der „Fähigkeitsverteilung“ in der Analysenstichprobe angesehen werden kann.

Neben dem Schwierigkeitsindex spielt auch die Höhe der Interkorrelation zweier aufeinanderfolgender Aufgaben eine Rolle. Zeigen nämlich zwei Aufgaben, die bei der Analysendarbietung *nicht* aufeinander folgten, eine hohe Interkorrelation, so fällt die Schwierigkeit derjenigen Aufgabe, die der anderen in der neuen Anordnung nachfolgt, erheblich ab. Diese Beobachtung kann man sich psychologisch leicht erklären, wenn man beispielsweise annimmt, daß es sich um zwei Intelligenzaufgaben mit demselben Lösungsschema handelt. Wenn sie unmittelbar aufeinander folgen, wird die zweite Aufgabe leichter zu lösen sein als die erste, während die beiden Aufgaben sich bei einem größeren Abstand nicht oder kaum mehr beeinflussen werden.

Im großen und ganzen gesehen hat jedoch das Problem der Aufgaben-Interkorrelation im Hinblick auf die Reihung der Aufgaben nur eine geringe praktische Bedeutung.

7.4 Paralleltestaufbau aufgrund der Analysedaten

Soweit beim Aufbau eines Tests eine *Parallelform* vorgesehen ist, sollte das Aufgabenmaterial gleichzeitig für beide Formen gesammelt, bereitgestellt und analysiert werden, ohne daß zunächst noch Parallelaufgaben gebildet und eine definitive Aufteilung der Aufgaben-Paarlinge auf die beiden Tests vorgenommen wurde.

7.4.1 Aufgabenpaarung nach der Aufgabenanalyse

Streng strukturhomogene Tests werden meist ohne vorherige Paarbildung zur Aufgabenanalyse dargeboten und erst aufgrund der Analysedaten in Aufgabenpaare geteilt. Man eliminiert zunächst genauso wie bei einem Test ohne Parallelform die unzureichenden Aufgaben und teilt den Rest der Aufgaben so in zwei gleiche Hälften, daß jeder Aufgabe ein Paarling von gleicher Schwierigkeit und gleicher Trennschärfe zugeordnet wird.

Ein recht einfaches und anschauliches Verfahren der *Aufgabenpaarung* ist mit Hilfe eines graphischen Schemas realisierbar. Man trägt Schwierigkeit und Trennschärfe als Abszisse und Ordinate eines Koordinatensystems ein und setzt die Aufgabennummern an den entsprechenden Stellen in das Koordinatenfeld ein, wie dies Abb. 7.7 veranschaulicht. (Die Aufgaben sind hier nur durch Kreuze repräsentiert.)

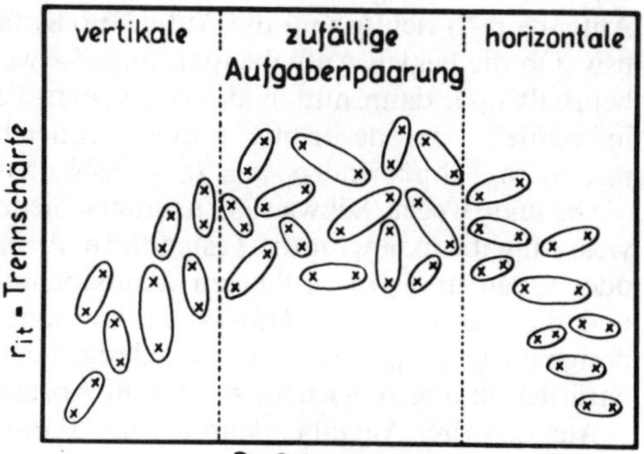

Abb. 7.7: Möglichkeiten der Aufgabenpaarung für den Paralleltestaufbau.

Wenn man in diesem Schema vertikale Aufgabenpaarungen bevorzugt, so ist eher gleiche Schwierigkeit gewährleistet; wenn man die horizontale Paarung begünstigt, so wird der Trennschärfe mehr Wert beigemessen, wie dies für heterogene Aufgaben sinnvoller sein mag. Zur Erleichterung der Übersicht umrahmt man, wie dies in Abb. 7.7 geschehen ist, die beiden Paarlinge durch Ellipsen. Indem man bei der Paarbildung keine bestimmte Richtung erhält, wird beiden Aspekten hinreichend Rechnung getragen, und man realisiert die zufällige Aufgabenpaarung in Abb. 7.7.

Sollen nicht nur *zwei* Parallelformen A und B eines Tests konstruiert werden, sondern *drei*, dann kann man zwar im Prinzip ebenfalls nach Abb. 7.7 drei benachbarte Aufgaben kreisförmig umschließen und sie dann nach Los einer der drei Parallelformen bzw. -vorformen zuteilen, doch lohnt es sich hier wie im Falle von mehr als drei Parallelformen, Gruppen strukturhomogener Aufgaben zu bilden und diese daraufhin zu überprüfen, ob sie gleich schwierig sind.

7.4.2 Aufgabenpaarung vor der Aufgabenanalyse

Bei der Konstruktion zweier *Parallelformen* von Tests mit struktur-heterogenen Aufgaben empfiehlt es sich, zu jeder Aufgabe der Testvorform bereits mehrere *Aufgaben-Paarlinge* zu entwickeln. So können z. B. in Dreisatzaufgaben mit gemeinsamem Textrahmen unterschiedliche Zahlenwerte eingesetzt werden, Zahlenreihen gegeneinander verschoben werden (wie 2 3 5 8 gegen 3 4 6 9) und verschiedene Anagramme dasselbe Wort bezeichnen (wie TROW und ROWT für WORT). Die Paarlinge werden sodann nach Zufall einer der beiden Testvorformen A oder B zugeordnet und die beiden Formen nach einem *Überkreuzungsplan* (cross-over-design) den Hälften einer Analysenstichprobe von maximal je 100 Pbn zur Beantwortung vorgegeben, wobei zwischen Erst- und Zweitvorgabe eine angemessene Zeitspanne, z. B. eine Woche, gelegt werden muß, um Erinnerungstransfer möglichst weitgehend auszuschalten. Dabei erhält die 1. Hälfte der Pbn zuerst Testform A, bei der Zweitvorgabe Testform B. Bei der anderen Hälfte ist die Reihenfolge umgekehrt.

Man bildet sodann für jedes Aufgabenpaar eine McNemar-Tafel, in welcher $a = f(++)$ die Zahl der Pbn bezeichnet, die die beiden Aufgaben i(A) und i(B) des Paars i richtig beantwortet haben, $b = f(+-)$ die Zahl der Pbn, die die Aufgabe i(A) richtig und die Aufgabe i(B) falsch oder nicht beantwortet haben, usw. Ob die beiden Aufgabenpaarlinge – wie gefordert – gleich schwierig sind, beurteilt man dann mittels des McNemar-Tests (vgl. LIENERT, 1986, Kap. 5) inferentiell oder deskriptiv durch Vergleich der beiden Schwierigkeitsindizes $p_{i(A)} = (a + b)/N$ und $p_{i(B)} = (a + c)/N$ über ihre z-Äquivalente.

Da man wegen Schwierigkeitsunterschieden bei vielen Aufgabenpaaren u. U. viele Aufgabenpaare für die Testendform A und B verliert, empfiehlt es sich, Tripel oder Quadrupel von Aufgaben (Aufgabenblöcke) in die Vorform einzubringen und diese in einem *Mehrfach-Überkreuzungsplan* (3- oder 4-period-cross-over-design anstatt 2-period-cross-over-design) der Analysenstichprobe vorzugeben – natürlich in angemessenem zeitlichem Abstand.

Aus den drei Aufgabenpaaren eines Parallelaufgaben-Tripels (oder den sechs Paaren eines Quadrupels) seligiert man für die Testendformen A und B jenes Paar, das die geringsten Schwierigkeitsunterschiede und die höchsten Trennschärfen (zum Gesamtpunktwert der vereinigten Vorformen) aufweist. Die Aufgaben-Interkorrelationen spielen für die Selektion nur dann eine Rolle, wenn mehr Homogenität für die Endformen im Vergleich zu den Vorformen der beiden Paralleltests A und B angestrebt wird. Man bevorzugt hoch interkorrelierte Aufgabenpaare, wenn eine Homogenisierung der Endformen beabsichtigt ist.

Ist es wegen des Erinnerungstransfers unzweckmäßig, je 2 *Parallelaufgaben* an ein und dieselbe Stichprobe von Pbn vorzugeben und im Überkreuzungsplan auf Schwierigkeitsähnlichkeit zu beurteilen, dann kann man alternativ wie folgt vorgehen:

Man bildet, z. B. nach dem IQ oder nach dem Schulerfolg, zwei *Parallelstichproben* von Pbn und gibt nach Los jeweils dem einem Paarling die Testform A, dem anderen die Form B vor. Die Auswertung geschieht analog zur Wiederholungsmethode.

Sollen mehr als zwei Parallelformen eines Tests konstruiert werden, so müssen für die sie konstitutierenden Parallelaufgaben neben gleichen Schwierigkeiten auch gleiche Interkorrelationen gefordert werden. Eine Methode, auf *gleiche* Schwierigkeiten und *gleiche* Interkorrelationen dreier Parallelaufgaben zu prüfen, wird bei LIENERT und RAATZ (1981) beschrieben. Um der Gefahr, zu viele Aufgabenblöcke wegen Nicht-Parallelität zu verlieren, zu entgehen, wird man auch hier mit vier Parallelaufgaben (A B C D) in die Vorformen eingehen, um zu gewährleisten, daß wenigstens eines der vier Tripel (ABC, ACD, BCD) das Parallelitätskriterium gleicher Schwierigkeiten und gleicher Interkorrelationen erfüllt.

Man achte streng darauf, daß die Aufgaben eines Blocks von m Parallelaufgaben nach Losentscheid auf die m Parallelformen verteilt werden, da sonst u. U. Unterschiede in den Rohwerteverteilungen entstehen, die bei echter Zufallszuteilung nicht entstehen dürften.

7.4.3 Aufbau von Pseudo- und Quasi-Parallelformen

Gelegentlich kommt es vor, daß nicht genügend schwierige Aufgaben vorhanden sind, um aus einer Testvorform aufgrund der Analysedaten zwei Parallelformen gemäß Abb. 7.7 zu entwickeln. In diesem Falle kann man sich bei *zeitbegrenzten Powertests* so helfen, daß man nur die leichten und mittelschweren Aufgaben auf die beiden Parallelformen aufteilt und die schwierigen Aufgaben für beide Formen gleich hält. Weil solch ein Ausweg dem Prinzip der Paralleltestkonstruktion widerspricht, nennt man die resultierenden Testformen auch *Pseudoparallelformen*.

Im konkreten Fall ist die Identität schwieriger Aufgaben in beiden Pseudoparallelformen damit zu rechtfertigen, daß diese Aufgaben bei schwierigkeitsansteigender Reihung nur von einem kleinen Teil der Pbn überhaupt in Angriff genommen werden. Wenn man dafür sorgt, daß bei der Gruppenvorgabe der beiden Pseudoparallelformen hoch leistungsfähige Pbn nicht unmittelbar nebeneinander sitzen, werden das Abschreiben oder der Vergleich der Lösungen praktisch ausgeschlossen.

Testvorformen, die aus komplexen Aufgaben (wie z. B. Denksportaufgaben) bestehen, lassen sich nur schwer post hoc, d. h. nach der Aufgabenanalyse, in zwei Parallelformen aufspalten; gleiches gilt für Vorformen mit nur wenigen Aufgaben. In beiden Fällen kann man Pseudoparallelformen dadurch entwickeln, daß man – bei MW-Aufgaben – die Reihenfolge der Antwortalternativen und damit die Position der Bestantwort so ändert, daß nebeneinandersitzende Pbn nicht voneinander abschreiben können. Auch hier müssen die beiden Pseudoparallelversionen einer jeden Aufgabe streng nach Los auf die beiden Parallelformen aufgeteilt werden, wenn gleiche Rohwertverteilungen gewährleistet sein sollen.

Aufgabenpaarung – post hoc oder ante hoc – spielt nur für die Konstruktion von Niveautests (power test) eine Rolle. Schnelligkeitstests (speed test) mit leichten Aufgaben und knapp begrenzter Testzeit bedürfen keiner Aufgabenpaarung. Hier genügt es, die Aufgaben nach Los jeder der beiden Parallelformen so zuzuordnen, daß jede Form gleichviele Aufgaben enthält (z. B. die Rechenaufgaben im KLT von DÜKER und LIENERT, 1959). Parallelformen dieser Art sollten besser als *Quasi-Parallelformen* denn als Pseudo-Parallelformen bezeichnet werden.

Näheres über den Paralleltestaufbau und die Überprüfung der Parallelität zweier Testendformen wird in Kap. 13 behandelt.

7.5 Die Unterlassung der Aufgabenanalyse und ihre Durchführung in einem späteren Testentwicklungsstadium

7.5.1 Die Unterlassung der Aufgabenanalyse

Die Kapitel der Aufgabenanalyse abschließend soll noch kurz die schwerwiegende Frage behandelt werden, unter welchen Bedingungen auf eine solche verzichtet werden kann. Nach übereinstimmender Ansicht kompetenter Autoren ist dies in folgenden Fällen gerechtfertigt:

a) bei Tests, die homogene und mutmaßlich schwierigkeitsgleiche Aufgaben enthalten; das betrifft vor allem reine Schnelligkeitstests, bei denen die Kriterien der Schwierigkeit und der Trennschärfe ohne psychologische Grundlagen sind, auch wenn man durch geeignete Kunstgriffe in der Darbietungstechnik eine gewisse Differenzierung dieser Kriterien erreicht;

b) bei Tests mit homogenen, aber schwierigkeitsunterschiedlichen Augaben, bei denen alle Pbn alle Aufgaben in Angriff nehmen können – in diesem Falle spielt es keine Rolle, ob die Aufgaben streng nach ansteigender Schwierigkeit geordnet sind;

c) bei Tests, die keine qualifizierbaren Aufgabeantworten verlangen (z. B.: Nennen Sie mir möglichst viele Wörter, die sich auf „Leimen" reimen! Sie haben eine Minute Zeit!); sie können formal den unter 1. genannten reinen Schnelligkeitstests an die Seite gestellt werden.

d) bei Aufgaben, die nach zwei oder mehr Gesichtspunkten bewertet werden (z. b. Qualität und Lösungszeit): sie können zwar theoretisch nach jedem dieser Gesichtspunkte analysiert werden, doch sind diese Daten nicht ohne weiteres zu vergleichen oder gar zu integrieren, weshalb man auf eine Analyse oft überhaupt verzichtet;

e) bei Tests, die nicht genügend objektiv sind (z. B. Kurzaufsatz-Aufgaben), ist eine Aufgabenanalyse nicht sehr lohnend, da die Aufgabenkennwerte mit so großen Stichprobenfehlern behaftet sind, daß keine zuverlässigen Rückschlüsse möglich sind; hier kann nur der Test als ganzer seine Brauchbarkeit erweisen.

Es kommt leider auch vor, daß auf eine Aufgabenanalyse verzichtet wird, obwohl eine solche durchaus ratsam und möglich wäre. Bei der Unterlassung der Analyse geht man bewußt das Risiko ein, daß Reliabilität und Validität sich später als recht niedrig erweisen.

Allgemein kann man sagen, daß die Aufgabenanalyse für Eignungstests wichtiger ist als für Leistungstests und für empirisch valide wichtiger als für inhaltlich valide Tests.

7.5.2 Die Durchführung der Aufgabenanalyse in einem späteren Stadium der Testentwicklung

Ein streng systematischer Testaufbau gebietet, daß die Aufgabenanalyse in der hier beschriebenen Art als eigenständiges Entwicklungsstadium des Tests geplant und durchgeführt wird. Diese Forderung erstreckt sich zumindest auf *standardisierte Gruppentests*.

Der Analyse der Aufgaben soll die Analyse der Güteeigenschaften des Tests und dieser wiederum eine Analyse der Testresultate folgen; so will es eine konsequente Testkonstruktionstheorie. Jede dieser drei Analysen soll im Sinne einer *Kreuzvalidierung* an einer anderen, jedoch stets für den Geltungsbereich repräsentativen Stichprobe durchgeführt werden.

Die Analysenstichprobe soll etwa 400 Pbn umfassen, die *Kontrollstichprobe* für die Ermittlung von Reliabilität und Validität soll möglichst einen Umfang von N = 200 erreichen. Die *Eichstichprobe*, aus der schließlich die Testnormen ermittelt werden, soll je nach dem Geltungsbereich ein – bis mehrere 1000 Pbn umfassen.

Ein solches dreistufiges Entwicklungsverfahren stellt zweifellos einen enormen ökonomischen Aufwand dar, weshalb es nicht verwunderlich ist, daß standardisierte Tests einer jahrelangen Ausarbeitung und Verfeinerung bedürfen.

Es wäre unbillig, wollte man für *informelle* Tests oder solche mit umschriebenem Geltungsbereich dieselben Forderungen wie für einen standardisierten Gruppentest stellen. Hier wird die empirische Analyse häufig auf zwei Arbeitsgänge – Kriterienkontrolle und Eichung – reduziert. Aufgabenanalyse und Kriterienkontrolle werden an ein und derselben Stichprobe durchgeführt. Diese Vereinfachungsmöglichkeit ist dann gegeben, wenn

a) eine Validierung nicht vorgesehen ist, so daß sich eine Kreuzvalidierung erübrigt.

b) sich die Testaufgaben aus *curricularen Anforderungen* ergeben, so daß keine oder nur geringfügige Veränderung des Testinhaltes durch die Aufgabenselektion wahrscheinlich ist.

Wie später gezeigt werden wird (vgl. Kap. 10.3), kann aus den Analysedaten der Aufgaben eines informellen Tests unmittelbar ein Konsistenzkoeffizient als Schätzwert für die Reliabilität errechnet werden. Dabei ist jedoch Voraussetzung, daß die Aufgaben so dargeboten werden, wie dies für die Standarddarbietung anläßlich der Eichung beabsichtigt ist.

Wenn man Aufgabenanalyse und Reliabilitätskontrolle bei der Entwicklung eines informellen Tests zusammenfaßt, dann wird man in der Regel die Zeitbegrenzung straffer ansetzen müssen, als dies für eine separate Aufgabenanalyse zweckmäßig ist, jedoch andererseits wiederum nicht so straff, wie es für den Zweck der Reliabilitätskontrolle am günstigsten wäre. Unter diesem Umständen wird man voraussichtlich auch die letzten Aufgaben hinreichend sicher beurteilen können.

Verschiedentlich werden die bei der Kriterienkontrolle gewonnenen Rohwerte in die Normierung mit einbezogen. Dagegen ist nichts einzuwenden, wenn die Bedingungen der Kriterienkontrolle dieselben waren wie die der Eichung und wenn der Test von der Kriterienkontrolle bis zur Eichung keinerlei wesentliche Veränderungen erfahren hat. In allen übrigen Fällen ist ein solches Vorgehen nicht statthaft.

Den höchsten Grad der Vereinfachung stellt eine – etwas bedenkliche – testtechnische Zusammenlegung aller drei Stufen der Testentwicklung (Aufgabenanalyse, Kriterienkontrolle, Eichung) dar. Hierbei werden über einen Teil der Eichstichprobe, dessen Resultate zeitlich zuerst anfallen, Aufgabenanalyse und Reliabilitätskontrolle gleichsam nachgeholt. Der Test wird gewissermaßen a priori als brauchbares Instrument angesehen, so daß man nachträglich nur die teststatistische Bestätigung für diese Annahme einzuholen braucht.

Gerechtfertigt erscheint dieses vereinfachte Analyseverfahren lediglich bei adaptierten Tests, die aus einer Fremdsprache übernommen worden sind, bzw. aus einem Kulturkreis in einen anderen verpflanzt werden. In diesen Fällen ergeben sich neben Normenunterschieden oft auch solche der Schwierigkeit der Aufgaben, der Reliabilität und der Validität des Test.

Kapitel 8

DIE ANALYSE DER ROHWERTVERTEILUNG

8.1 Die Überprüfung der Normalverteilungshypothese

8.1.1 Die Verteilung der Rohwerte

Die Rohwerte aus der Aufgabenanalyse können sich in vielfältiger Weise verteilen: eingipflig, zweigipflig, symmetrisch, asymmetrisch, breitgipflig, schmalgipflig, normal oder anomal. Eine ausgezeichnete und erwünschte Verteilungsform unter diesen Möglichkeiten ist die der *Normalverteilung*. Diese kommt vom theoretischen Aspekt her gesehen dann zustande, wenn die Faktoren, die das untersuchte Persönlichkeitsmerkmal bedingen, zahlreich, voneinander unabhängig und in ihrem Zusammenwirken additiv sind. Darüber hinaus müssen die Rohwerte aus einer genügend großen und repräsentativen Stichprobe stammen. Außerdem muß der Test eine im Bezug auf die Population mittlere Schwierigkeit besitzen.

Auch wenn diese Bedingungen für das Zustandekommen einer Normalverteilung erfüllt sind – was de facto nie erwiesen, jedoch meist zu Recht angenommen werden kann –, so treten wegen Stichprobenheterogenität verschiedentlich deutliche Abweichungen von der Normalität in Erscheinung. Wenn ein Berufseignungstest an Haupt- und Realschulentlassenen analysiert wird, wenn also eine heterogene Stichprobe zugrunde liegt, kann man nicht unbedingt eine Normalverteilung der Rohwerte erwarten; denn in Wahrheit handelt es sich um zwei miteinander *vermengte* Normalverteilungen der Haupt- und Realschulentlassenen, die unterschiedliche Mittelwerte und eventuell auch unterschiedliche Streuungen haben können.

8.1.2 Die Überprüfung der Verteilung auf Normalität

Unter der Voraussetzung, daß von seiten der Stichprobenzusammensetzung keine Einwände gegen das Zustandekommen einer Normalverteilung bestehen, kann man die beobachtete Rohwertverteilung als „normal“ ansehen, wenn die graphische Darstellung des *Häufigkeitspolygons* dies rechtfertigt. Gibt die Betrachtung der Kurve jedoch zu Zweifeln an dieser Hypothese Anlaß, so sollte eine statistische Überprüfung der Verteilung auf Normalität vorgenommen werden.

Folgende Abweichungen von der Normalität haben praktische Bedeutung:

a) die Schiefe der Rohwertverteilung

Eine geringe Asymmetrie der Häufigkeitsverteilung läßt sich in den meisten Fällen noch mit der Normalverteilungshypothese vereinbaren. Ob eine etwa beobachtbare *Schiefe* statistisch bedeutsam ist, läßt sich mittels des z-Tests für den Schiefekennwert S entscheiden.

$$S = \frac{\sum_i x_i^3}{N \cdot s_x^3}, \tag{8.1}$$

$$s_S = \sqrt{\frac{6}{N}}, \tag{8.2}$$

$$z = \frac{S}{s_S}. \tag{8.3}$$

In diesen Formeln bedeuten:

S = Schiefe der Verteilung (die Normalverteilung hat als symmetrische Verteilung eine Schiefe von $S = 0$),
N = Stichprobenumfang (Anzahl der Pbn),
s_x = Standardabweichung der aus der Stichprobe gewonenen Rohwerte,
$\sum_i x_i^3$ = Kubensumme der Abweichungswerte $(X_i - \bar{X})$,
s_S = Standardfehler der Schiefe S.

Die Nullhypothese einer normalen Rohwertverteilung sollte bei einer Analysenstichprobe im Umfang von $N = 200$ erst auf dem 1%-Niveau zugunsten einer *linksgipfligen* Verteilung (mit positivem Schiefekennwert S) oder einer *rechtsgipfligen* Verteilung (mit negativem S) aufgegeben werden (vgl. Abb. 8.1). Bei großem N (über 400) kann der Bereich zwischen $S = -0{,}5$ und $S = +0{,}5$ auch bei statistisch signifikantem Schiefekennwert noch als praktisch insignifikant gelten und die Rohwertverteilung als normal angesehen werden.

b) Der Exzess der Rohwertverteilung

Mit dem Begriff des *Exzesses* ist eine Eigenschaft des Gipfels und der beiden Äste der Rohwertverteilung gemeint. Ist der Gipfel breiter, und sind die auslaufenden Äste der Verteilung kürzer als bei einer glockenförmigen Normalverteilung, so handelt es sich um eine *breitgipfelige* (hypexessive) Verteilung (Arkaden-Verteilung, vgl. Abb. 8.1). Ist der Verteilungsgipfel schmaler, und sind die auslaufenden Äste länger als bei einer Normalverteilung, so handelt es sich um eine *schmalgipfelige* (hyperexzessive) Rohwerteverteilung (Girlandenverteilung, vgl. Abb. 8.1).

Ob der Exzess einer Rohwertverteilung größer oder kleiner als der einer Normalverteilung ist, läßt sich mittels des Exzessivitätskennwertes E wie folgt beurteilen:

$$E = \frac{\sum_i x_i^4}{N s_x^4}, \tag{8.4}$$

$$s_E = \sqrt{\frac{6}{N}}, \tag{8.5}$$

$$z = \frac{E - 3}{s_E}. \tag{8.6}$$

Die Symbole gelten analog den Formeln für die Schiefe, darüber hinaus sind

E = Exzess einer Verteilung (bei der Normalverteilung ist der Exzess $E = +3{,}0$),
$\sum_i x_i^4$ = Summe der 4. Potenzen von $(X_i - \bar{X})$,
s_E = Standardfehler des Exzesses E.

Auch bezüglich ihres Exzesses wird eine Rohwertverteilung erst dann als nichtnormal angesehen, wenn E bei Analysenstichproben mit einem geringeren Umfang als $N = 200$ auf der 1%-Stufe statistisch signifikant von dem Exzess der Normalverteilung, $E = +3$, nach unten (in Richtung auf eine hypexzessive Arkadenverteilung) oder nach oben (in Richtung auf eine hyperexzessive Girlandenverteilung) abweicht. Bei großen Analysenstichproben wird man auch bei Vorliegen einer statistischen Signifikanz die Rohwertverteilung als normalverteilt ansehen, wenn der Exzess zwischen +2 und +4 liegt.

c) die Unregelmäßigkeit der Rohwertverteilung
Häufig – besonders bei kleiner Analysenstichprobe – beobachtet man ein der Gestalt nach normales, jedoch dem Verlauf nach *unregelmäßiges Häufigkeitspolygon* von Rohwerten. In einem solchen Falle wäre zunächst die Anregung von MEILI (1961, S. 423) aufzunehmen und die Testpunkte in einer Anzahl von Klassen (10 bis 15) zusammenzufassen, wodurch auffällige Irregularitäten gewöhnlich verschwinden. Diese Anregung gilt besonders für Tests, deren Rohwerte über einen weiten Bereich streuen.

Irregularitäten können jedoch auch ganz konkrete Ursachen haben und sind nicht immer – wie im Vorhergehenden angenommen – zufallsbedingt. In diesem Fall wäre es ungerechtfertigt, die Unregelmäßigkeiten durch Klassenbildung zu verschleiern. Im Gegenteil, hier käme es darauf an, festzustellen, ob die beobachteten Irregularitäten statistisch bedeutsam sind oder nicht. Hier ist der χ^2-Test für „die Güte der Anpassung“ [1]) das geeignete Instrument.

$$\chi^2 = \sum_k \frac{(fo_k - fe_k)^2}{fe_k}; \quad \text{wobei} \quad fe_k = \frac{hN}{s_x} \cdot y_k \quad \text{ist.} \tag{8.7}$$

In dieser Formel bedeuten:

fo_k = beobachtete Frequenz in Klasse k
fe_k = die aufgrund der Normalverteilungshypothese erwartete Frequenz in Klasse k
h = Intervallbreite,
y_k = Ordinatenhöhe des Standardwertes $z = (X_k - \bar{X})/s'_x$ die der Klassenmitte X_k entspricht.

Der Entschluß, die Normalverteilungshypothese aufgrund von Irregularitäten zurückweisen, sollte bei $N \leq 200$ ebenfalls erst auf der 1%igen Sicherheitsstufe gefaßt werden.

Die drei genannten Prüfverfahren bezüglich der Normalität einer Rohwertverteilung sollen an einem Beispiel gezeigt werden.

---

[1]) In der Fachliteratur ist die Methode unter dem Namen „Chi-Square for best fitting“ anzutreffen; vgl. LEWIS (1960), Ch. 10 oder LIENERT, 1986, Kap.5.

Rechenbeispiel Nr. 8.1:

Nehmen wir an, ein Gedächtnistest sei an einer Kleinstichprobe von N = 86 Pbn analysiert worden. Die Rohwerte streuen über einen Bereich von 21 bis 53 Punkten mit einer Standardabweichung von $s_x = 6{,}45$ und einem Mittelwert von $\bar{X} = 36{,}1$. Diese beiden Werte können aus den Angaben in Tab. 8.1 errechnet werden. Die Rohwerte sind in Dreierklassen (h = 3) zusammengefaßt und auf Schiefe bzw. Exzess hin beurteilt worden.

Tabelle 8.1

Rohwert-klassen	Klassen-mitte = X_j	$x_j = X_j - \bar{X}$	Häufigk. = fo_j	fx^3	fx^4
21–23	22	−14,1	4	−11212,9	158101,7
24–26	25	−11,1	3	−4102,9	45542,1
27–29	28	−8,1	8	−4251,5	34437,4
30–32	31	−5,1	13	−1731,1	8789,6
33–35	34	−2,1	9	−83,3	175,0
36–38	37	0,9	17	12,4	11,2
39–41	40	3,9	14	638,8	1916,5
42–44	43	6,9	8	2628,1	18133,7
45–47	46	9,9	5	485,1	48029,8
48–50	49	12,9	4	8653,2	110769,2
51–53	52	15,9	1	4044,9	63912,9

N = 86 $s_x = 6{,}45$ $\Sigma fx^3 = 4919{,}2$
$\bar{X} = 36{,}1$ $s_x^3 = 268{,}3$ $\Sigma fx^4 = 459819{,}2$
h = 3 $s_x^4 = 1730{,}8$

Tabelle 8.2

x = $X - \bar{X}$	$z = \frac{x}{s_x}$	y lt. Taf. 1	ungruppiert fo	ungruppiert $fe = \frac{hN}{s_x} y$	gruppiert fo	gruppiert fe	fo − fe	$(fo - fe)^2$	$\frac{(fo - fe)^2}{fe}$
18,9	2,93	0,0055	0	0,2	10	8,2	+1,8	3,24	0,395
15,9	2,47	0,0189	1	0,8					
12,9	2,00	0,0540	4	2,2					
9,9	1,53	0,1238	5	5,0					
6,9	1,07	0,2251	8	9,0	8	9,0	−1,0	1,00	0,111
3,9	0,60	0,3332	14	13,3	14	13,3	+0,7	0,49	0,037
0,9	0,14	0,3951	17	15,8	17	15,8	+1,2	1,44	0,091
−2,1	−0,33	0,3778	9	15,1	9	15,1	−6,1	37,21	2,464
−5,1	−0,79	0,2920	13	11,7	13	11,7	+1,3	1,69	0,144
−8,1	−1,26	0,1804	8	7,2	8	7,2	+0,8	0,64	0,089
−11,1	−1,72	0,0909	3	3,6	7	5,6	+1,4	1,96	0,350
−14,1	−2,19	0,0363	4	1,5					
−17,1	−2,65	0,0119	0	0,5					
i = 3	–	–	86	85,9	86	85,9	–	–	3,681

Setzen wir in die Formeln (8.1) und (8.4) ein, so ergibt sich

$$S = \frac{4919,2}{86 \cdot 268,3} = +0,2\,, \qquad E = \frac{459819,2}{86 \cdot 1730,8} = 3,09\,.$$

Die Schiefe der Verteilung ist demnach praktisch gleich Null, die Verteilung ist also symmetrisch. Der Exzess ist mit $E = 3,09$ ebenfalls normal.

Wir können die Verteilung auch noch auf Unregelmäßigkeiten (Irregularitäten) überprüfen. Die einzelnen Schritte ergeben sich aus Tab. 8.2. Einzelhäufigkeiten werden bei der χ^2-Methode allgemein so zusammengefaßt, daß keine Erwartungshäufigkeiten fe < 5 zustande kommen.
Für einen χ^2-Wert von 3,68 bei 5 Freiheitsgraden (von den 8 Häufigkeitsklassen müssen 3 Freiheitsgrade abgezogen werden, und zwar je einer für N, M und s_x) muß die Normalverteilungshypothese auch hinsichtlich der Unregelmäßigkeiten aufrecht erhalten werden.

Insgesamt können wir die in unserem Beispiel erhaltene Rohwertverteilung als normal bzw. mit der Normalität vereinbar ansehen.

Der χ^2-Test für die Güte der Anpassung an eine Normalverteilung bei einer anscheinend unregelmäßigen Rohwertverteilung der Analysenstichprobe ist nur bei kleinen Stichprobenumfängen (N unter 200) sinnvoll. Bei großem N (über 400) sind meist auch schon praktisch unerhebliche Irregularitäten statistisch signifikant.

Ähnlich, wie man sich bei großen Stichproben mit Quasinormalitätsgrenzen für S und E behilft, so kann man bei Verteilungsunregelmäßigkeiten einen *Irregularitätskennwert* (Normalabweichungskennwert)

$$I^2 = \chi^2/(N + \chi^2) \tag{8.8}$$

als Quadrat des Pearsonschen Kontingenzkoeffizienten (vg. LIENERT, 1986, Kap. 9) definieren und berechnen. Dieser nimmt bei dem Beispiel in Tab. 8.2 den Wert $I^2 = 3,68/(86 + 3,68) = 0,04$ an und liegt damit nahe bei $I = 0$, dem Wert, der fehlende Irregularitäten bzw. perfekte Anpassung an die Normalverteilung indiziert. Bei quasinormalen Schiefe- und Exzessivitätskennwerten dürfen Unregelmäßigkeiten der Rohwertverteilung bis $I^2 = 0,20$ in großen Analysenstichproben eben noch zugelassen werden.

8.2 Ursachen für anomale Rohwertverteilungen

Eine anomale Rohwertverteilung kann dreierlei Gründe haben:

a) Die Analysenstichprobe kann heterogen sein.
b) Der Test kann mangelhaft konstruiert sein.
c) Das untersuchte Persönlichkeitsmerkmal kann anomal verteilt sein.

Von diesen drei Ursachen hat der Testautor nur die beiden ersten zu verantworten.

Außer der Normalverteilung kommen im wesentlichen die folgenden Verteilungsformen in Frage:

- Schiefe Verteilungen:
  Linksgipfelig = Positiv-schief = rechts-asymetrisch
  Rechtsgipfelig = Negativ-schief = links-asymetrisch
- Exzessive Verteilungen:
  Hypexzessiv = Breitgipflig
  Hyperexzessiv = Schmalgipflig
- Unregelmäßige (irreguläre) Verteilungen
- Bimodale oder zweigipflige Verteilungen
- U-förmige Verteilungen
- J-förmige Verteilungen

Die anomalen Verteilungsformen sind in Abb. 8.1 idealisiert dargestellt. Über die Bedingungen ihres jeweiligen Zustandekommens wird im Zusammenhang mit den drei auslösenden Ursachen zu sprechen sein.

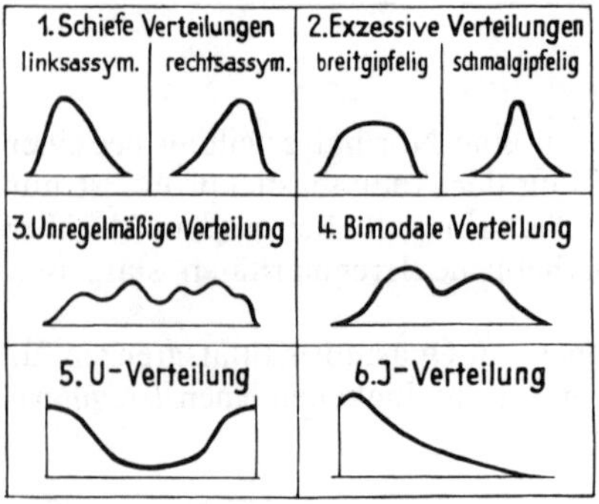

Abb. 8.1: Anomale Verteilungsformen für Testrohwerte.

8.2.1 Anomale Verteilung infolge Stichprobenheterogenität

Zur Beantwortung der Frage, ob etwa die Zusammensetzung der Analysenstichprobe an der Anomalität der Rohwertverteilung schuld sein könnte, muß man zunächst wissen, wie Stichprobe und Verteilungsform zusammenhängen. Grundsätzlich ist diesbezüglich festzuhalten: besteht die Stichprobe aus *Untergruppen* von Pbn, deren Mittelwerte oder Streuungen sich wesentlich unterscheiden, so muß man mit anomalen Verteilungsformen rechnen.

Um die Problemlage übersichtlicher zu gestalten, betrachten wir den einfachen Fall, daß sich eine Analysenstichprobe aus zwei Gruppen zusammensetzt, die bei der Planung nicht als different erkannt worden sind.

a) Wenn man zunächst davon ausgeht, daß die Mittelwerte der beiden Gruppen weit auseinander liegen, so wird sich naturgemäß eine *zweigipflige* (bimodale) Verteilung ergeben, wie sie in Abb. 8.2a dargestellt ist. Diese Verteilung wird symmetrisch sein, wenn beide Gruppe etwa gleich stark vertreten sind und ihre Streuung nur unwesentlich verschieden ist. Bei unterschiedlichem Gruppenumfang wird die bimodale Verteilung mehr oder weniger asymmetrisch ausfallen, wie Abb. 8.2b demonstriert.

Rücken die Mittelwerte näher aneinander, so geht die bimodale in eine *breitgipflige* (symmetrische oder asymmetrische) Verteilung über, wie es Abb. 8.2c veranschaulicht. Je mehr sich die Mittelwerte weiter einander nähern, um so mehr wird schließlich eine *quasi-normale* Verteilungsform in Erscheinung treten. (Vergleiche dazu Abb. 8.2d). Wenn man also eine bimodale oder breitgipflige Rohwertverteilung in der Testpraxis erzielt, so wird man in erster Linie an eine Kombination zweier Mittelwerts-heterogener Gruppen als Ursache denken und die Verteilung daraufhin untersuchen.

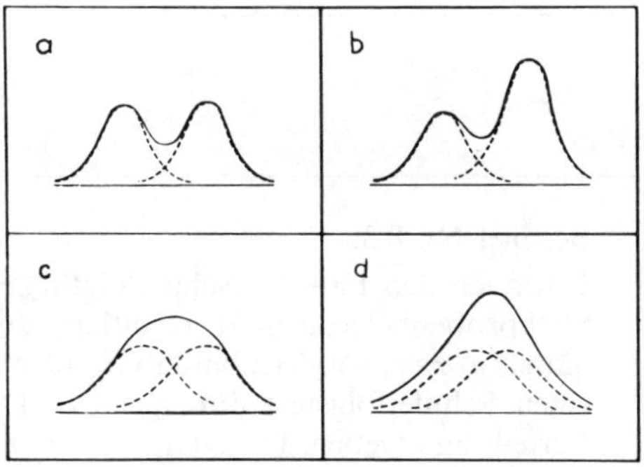

Abb. 8.2: Typische Rohwertverteilung bei Mittelwerts-heterogenen Stichproben von Testwerten.

Beispiel Nr. 8.2:
Um den Tatbestand der Breitgipfligkeit durch Stichprobenheterogenität in Abb. 8.2c zu illustrieren, sei angenommen, wir hätten einen Wortschatztest für 4- bis 6-jährige an einer Stichprobe von Land- und Stadtkindern analysiert. Dabei habe sich eine breitgipflige Verteilung ergeben. Die Vermutung, daß Land- und Stadtkinder einen vom intellektuellen Leistungsstand verschiedenen Wortschatz haben könnten, erwies sich nach entsprechender Aufgliederung der Stichprobe als zutreffend. Landkinder hatten im Durchschnitt einen wesentlich geringeren Wortschatz als gleichaltrige Stadtkinder.

b) Ein anderer Fall ist der, daß die Stichprobe aus zwei Gruppen von Pbn besteht, deren Varianzen signifikant verschieden sind, während die Mittelwerte nur unbeträchtlich auseinanderfallen. Durch Überlagerung zweier varianzunterschiedlicher Gruppen bildet sich in der Regel eine *schmalgipflige* Verteilung aus, die um so ausgeprägter ist, je größer das Varianzverhältnis der beiden Gruppen ist, wie die Abb. 8.3a und b erkennen lassen.

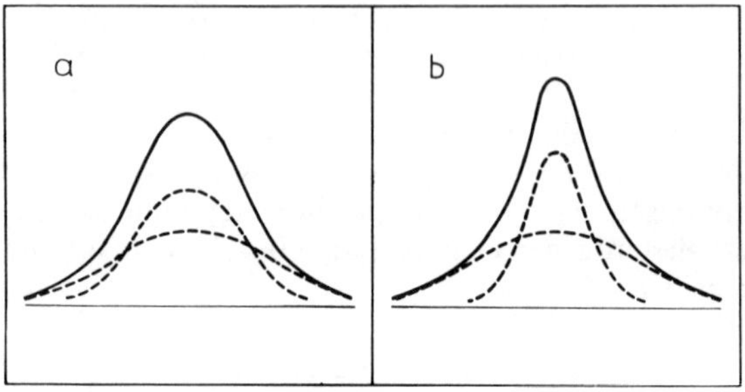

Abb. 8.3: Typische Rohwertverteilungen bei Varianzheterogenen Stichproben von Testwerten.

Beispiel Nr. 8.3:
Um auch den Fall der Schmalgipfligkeit einer Rohwertverteilung, die aus Stichprobenheterogenität resultiert, zu erläutern, sei angenommen, wir hätten in zwei vergleichbaren Grundschulklassen am Ende des Schuljahres einen Schulerfolgstest durchgeführt. Dabei habe sich eine schmalgipflige Verteilung ergeben. Die beiden Klassen wurden hinsichtlich ihrer Testwertestreuung überprüft, wobei sich ein signifikanter F-Wert ergab. Die Ursachenanalyse der verschiedenen Varianzen ließ erkennen, daß der eine Lehrer möglichst viel Lernstoff hatte an den Mann bringen wollen, wodurch die guten Schüler gefördert wurden, die minderbegabten jedoch zurückfielen. Der Lehrer der anderen Schulklassen hatte sich hingegen besonders der schwachen Schüler angenommen und den Lernstoff dementsprechend begrenzt; dadurch war die Testpunktstreuung in dieser Klasse geringer.

c) *Schiefe* Verteilungsformen infolge Stichprobenheterogenität entstehen dann, wenn sich zwei Gruppen nach ihren Mittelwerten und nach ihrer Größe wesentlich voneinander unterscheiden; die Varianz kann dabei gleich oder auch unterschiedlich sein. Abb. 8.4a und b geben für diesen Tatbestand zwei anschauliche Beispiele.

Asymetrische Verteilungsformen können auch davon herrühren, daß in der Analysenstichprobe entweder zu wenig Pbn mit hohen oder zu wenig Pbn mit geringen Rohwerten vorhanden sind (vgl. 8.2.2a in diesem Kap.)

d) *Unregelmäßige* Verteilungen sind hauptsächlich auf eine zu kleine Stichprobe zurückzuführen, wobei *„Zickzack"-Verteilungen* u. U. daraus resultieren, daß geradzahlige Rohwerte häufiger auftreten als ungradzahlige (oder umgekehrt).

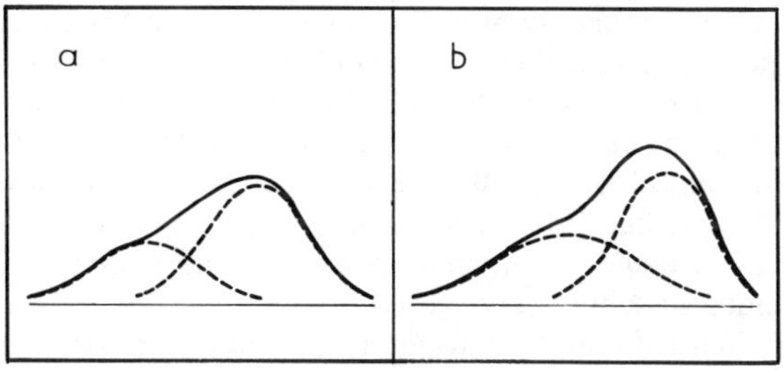

Abb. 8.4: Typische Rohwertverteilung bei mittelwerts- und varianzheterogenen Stichproben von Testwerten.

Man wird in diesem Fall nach seriellen Abhängigkeiten aufeinanderfolgenden Aufgaben suchen müssen, sofern alle Aufgaben mit je 1 Punkt (anstatt mit 2 Punkten) bewertet wurden.

e) Die seltenen J- und U-förmigen Verteilungen sind durch Frequenzhäufung an einem bzw. an beiden Enden der Verteilung charakterisiert. Diese Verteilungsform ist stets in der Eigenart des Tests und so gut wie nie in der Stichprobenzusammensetzung begründet [1]).

8.2.2 Anomale Verteilung infolge mangelhafter Testkonstruktion

Dem Problem des *mangelhaften Testaufbaus* hat MEILI (1961) einfache und interessante Studien gewidmet [2]).

Als Ursachen für eine nicht-normale Frequenzverteilung kommen von seiten des Tests einmal unzweckmäßige Schwierigkeitsgraduierung, zum anderen inadäquate Punktbewertung der Aufgaben in Frage.

a) Unzweckmäßige Schwierigkeitsgraduierung

Ist die mittlere Aufgabenschwierigkeit (= arithmetisches Mittel der Schwierigkeitsindizes) sehr gering, also $\bar{P}$ sehr hoch, d. h. ist der Test als ganzer zu *leicht* gewesen, so kann eine rechtsgipfelige RW- Verteilung erwartet werden, denn ein großer Teil der Pbn wird mehr als die Hälfte der Aufgaben beantworten. Ist umgekehrt die mittlere Aufgabenschwierigkeit sehr hoch, so wird eine linksgipfelige RW-Verteilung resultieren, da die Mehrzahl der Pbn weniger als die Hälfte der

---

[1]) Statistisch betrachtet kommen J-Verteilungen dann zustande, wenn der Mittelwert einer Verteilung kleiner wird als ihre Varianz. Die Fehler in einem Schnelligkeitstest von sehr geringer Schwierigkeit, wie z. B. dem PAULIschen Arbeitsversuch, verteilen sich gewöhnlich nach POISSONs Gesetz der kleinen Zahl: Sehr viele Pbn machen wenig Fehler und nur sehr wenige Pbn viele Fehler. — U-Verteilungen werden in der Testpraxis gelegentlich bei Einstellungsfragebögen beobachtet, wenn sich Tendenzen zur Extremisierung bemerkbar machen. Man denke etwa an eine Erhebung über Toleranz und Intoleranz in Rassenfragen in Zeiten und an Orten, die eine besondere Aktualität dieser Frage zeigen (z. b. die Südafrikanische Union). Vgl. dazu die Ausführungen in HOFSTÄTTER (1949), S. 125 und in LIENERT (1980).

[2]) Wir fassen uns daher im Folgenden nur kurz und verweisen auf die Ausführungen von R. MEILI (1961), S. 271 ff.

Aufgaben beantworten wird. Bei stärkerer Asymmetrie ist häufig auch der Auslauf der Verteilungskurve nach links oder nach rechts abgebrochen.

Extrem linksgipflige bis J-förmige Rohwertverteilungen entstehen u. U. auch dann, wenn ein Test mit nur wenigen Aufgaben Pbn vorgegeben wird, für die er viel zu schwer ist. Wird etwa Sonderschülern ein Grundschultest gegeben, dann lösen einige Pbn vielleicht nur eine oder zwei Aufgaben, die meisten aber nicht eine einzige, wenn man von etwaigen *Eisbrecheraufgaben* absieht (*floor effect* eines zu schwierigen Tests).

Wird dieser Grundschultest andererseits bei Oberschülern, für die er viel zu leicht ist, durchgeführt, dann wird eine rechtsgipflige, u. U. sogar eine *umgekehrt J-förmige* Rohwertverteilung entstehen, weil unverhältnismäßig viele Pbn alle oder fast alle Aufgaben lösen (*ceiling effect* eines zu leichten Tests). Solche Rohwertverteilungen mit Deckeneffekt entstehen im übrigen auch bei lehrzielorientierten Tests.

In beiden Fällen häufen sich die Pbn an einem Ende der Rohwertskala, welchen Tatbestand man auch, wie bereits erwähnt, als *Testwerte-Stutzung* (truncation, vgl. LIENERT, 1986, Kap. 6) bezeichnet.

Ob die Asymmetrie von Rohwertverteilungen mit der Testschwierigkeit zusammenhängt, läßt sich häufig dadurch entscheiden, daß man einen Untergruppenvergleich vornimmt. Vermutet man z. B., daß sich die Linksgipfligkeit der Rohwerte eines Intelligenztests in einer repräsentativen Stichprobe infolge überdurchschnittlicher Testschwierigkeit ergeben habe, so greife man eine Gruppe der Stichprobe heraus, von der vermutet wird, daß sie leistungsmäßig über dem Durchschnitt liegt. Zeigt sich bei dieser Gruppe Symmetrie, so kann man annehmen, daß der Test als ganzer zu schwierig ist. Zeigt sich hingegen bei dieser Gruppe ebenfalls Asymmetrie wie bei der Gesamtstichprobe, so kann nur die besondere Struktur des Tests die Ursache dafür sein.

Des weiteren können Asymmetrien sich auch bei mittlerer Aufgabenschwierigkeit durch *fehlerhafte Reihung* der Aufgaben und durch unzweckmäßigen Schwierigkeitsverlauf ergeben. Wenn z. B. die Aufgaben gegen Ende des Tests plötzlich sehr viel schwieriger werden, so wird die Verteilungskurve nach rechts steiler als nach links abfallen. Wenn die Aufgaben in absteigender – also in verkehrter – Schwierigkeitsreihenfolge dargeboten werden, so entsteht unter Umständen eine *U-förmige* Rohwertverteilung, da die leistungsschwachen Pbn an den ersten Aufgaben hängenbleiben, die leistungsstarken dagegen rasch bis zum Ende kommen.

Ordnet man die Aufgaben eines Tests in einem Diagramm so an, daß entlang der Abszisse ihre Reihungsnummer und entlang der Ordinate ihr Schwierigkeitsindex rangiert, so erhält man (wenn man die einzelnen Lokalisationspunkte der Aufgaben miteinander verbindet) den *Schwierigkeitsverlauf* der Testaufgaben. Abb. 8.5 gibt einige atypische Schwierigkeitsverläufe.

Der ideale Schwierigkeitsverlauf sollte annähernd geradlinig sein, nämlich entweder horizontal – wenn alle Aufgaben etwa gleich schwierig sind wie bei einem Schnelligkeitstest – oder monoton ansteigend – wenn die Aufgaben, wie beim Niveautest üblich, nach *aufsteigender* Schwierigkeit geordnet sind. Unter diesen Bedingungen kann man – homogene Stichprobe und normalverteiltes Persönlichkeitsmerkmal vorausgesetzt – eine symmetrische Verteilung der Testwerte erwarten.

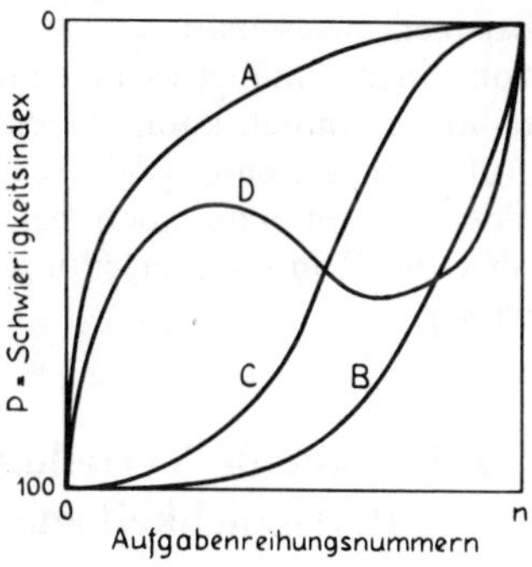

Abb. 8.5: Atypische Schwierigkeitsverläufe von Testaufgaben bei vorgegebener Reihenfolge der Darbietung.

Starke Konkavität des Schwierigkeitsverlaufes gegenüber der X-Achse bedeutet linksgipfelige, starke Konvexität rechtsgipfelige Rohwertverteilung (vg. Abb. 8.5, Kurve A und B). Deutliche S-Krümmung der Schwierigkeitsverlaufskurve mit beginnender Konkavität kann zu breitgipfligen, solche mit beginnender Konvexität zu schmalgipfligen Verteilungsformen führen (vgl. Abb. 8.5, Kurve C und D).

Schließlich entstehen auch bei *unregelmäßiger Schwierigkeitsabfolge* der Aufgaben, wenn also leichte und schwere Aufgaben sich in unregelmäßiger Folge abwechseln, vielfach unregelmäßige Rohwertverteilungsformen. MEILI (1961, S. 275) geht näher darauf ein: Eine unter leichten Aufgaben eingetreute schwierige Aufgabe wirkt gewissermaßen wie ein Prellbock und verursacht eine Frequenzstauung (Frequenzberg) an und vor dem Rohwert, der der Reihungsnummer der schwierigen Aufgabe entspricht. Umgekehrt haben unter schwierigen Aufgaben befindliche leichte Aufgaben einen Einschnitt in der Häufigkeitsverteilung (Frequenztal) zur Folge. Das MEILIsche Bild vom *„Wettlauf"* charakterisiert den vorliegenden Tatbestand treffend: An Steigungsstellen (schwierige Aufgaben) haben die Läufer (Pbn) geringeren Abstand voneinander, d. h. es sind mehr Läufer innerhalb einer bestimmten Wegstrecke (eines Rohwertintervalls) anzutreffen als auf einer ebenen oder talwärts führenden Strecke (leichte Aufgaben), wo sich der Abstand der Läufer erheblich vergrößert, d. h. weniger Läufer innerhalb derselben Wegstrecke anzutreffen sind.

Ein weiteres interessantes Phänomen ist der im Marburger Institut von HÜBNER (1956) nachgewiesene und benannte *„Umblättereffekt"*, der darin besteht, daß jeweils die erste Aufgabe nach dem Umblättern einer Seite im Aufgabenheft eine geringere Schwierigkeit aufwies als nach den Analysedaten, die aus einer Darbietungstechnik gewonnen wurden, bei der sich ein Umblättern erübrigte. Die Veranlassung zu dieser Untersuchung gab die Beobachtung, daß an den Stellen der Rohwertverteilung, die dem Umblättern entsprachen, Unregelmäßigkeiten auftraten.

b) Unzweckmäßige Aufgabenbewertung

Eine weitere Ursache anormaler bzw. unregelmäßiger Verteilungen, die auf eine mangelhafte Testkonstruktion zurückzuführen sind, ist die *unzweckmäßige Aufgabenbewertung*. MEILI (1961, S. 279) zeigt an einem Demonstrationsbeispiel, wie man durch die willkürliche Bewertung einzelner Aufgaben von einer annähernd normalen zu einer vollkommen irregulären Rohwertverteilung kommen kann. Eigentlich sollte man erwarten, daß empirisch ermittelte Aufgabengewichte (vgl. Kap. 7.3.1) eine irreguläre Verteilung ausschließen; jedoch kann man auch bei gewogener Aufgabenbewertung keine Voraussage über die Rohwerteverteilung machen; man ist letztlich auf das Probieren angewiesen.

8.2.3 Anomale Verteilung infolge eines nicht-normalverteilten Persönlichkeitsmerkmals

Während Unregelmäßigkeiten der Verteilung so gut wie immer durch die bisher genannten Ursachen bedingt sind, kann Asymmetrie, insbesondere Linksasymmetrie, auch von der Eigenart des untersuchten *Persönlichkeitsmerkmals* herrühren. Wenn nämlich die einzelnen Faktoren die das Persönlichkeitsmerkmal bedingen, und die sie repräsentierenden Aufgaben nicht unabhängig voneinander sind, also multiplikativ statt additiv zusammmenwirken, entstehen sog. *Normalverteilungen 2. Art.* Das sind Verteilungen, die sich dann als normal darstellen, wenn man die Rohwerte im logarithmischen Maßstab[1]) auf der Abszisse abträgt (log-Normalverteilung).

Findet eine linksgipfelige Verteilung keine Begründung in der Stichprobenheterogenität und auch nicht in einem mangelhaften Testaufbau, so kann man annehmen, daß das Persönlichkeitsmerkmal an sich log-normal verteilt ist. Diese Annahme läßt sich dadurch stützen, daß man eine logarithmische Transformation macht, die zu einer echten Normalverteilung führen müßte. Weiterhin kann man die Stichprobe in schichthomogene Untergruppen teilen und prüfen, ob in jeder Untergruppe die gleiche Verteilungsform erscheint. Nur in letzterem Falle ist die Annahme, daß die Verteilungsform mit der Eigenart des Persönlichkeitsmerkmals verbunden sei, gerechtfertigt.

Auch für Normalverteilungen 2. Art gelten relativ einfache mathematisch-statistische Gesetzmäßigkeiten, so daß man sie auch ohne jegliche Transformation hinlänglich beschreiben und analysieren kann[2]).

---

[1]) Je nach dem Grad der Schiefe werden natürliche oder dekadische Logarithmen besser geeignet sein. Eventuell muß, um eine Normalverteilung 2. Art zu erhalten, eine Konstante von bestimmter Größe addiert werden.

[2]) Wir verweisen auf GEBELEIN und HEITE (1951), Kap. VI. Die Autoren zeigen, wie man bei Normalverteilungen 2. Art direkt die nötigen Kennwerte ($\bar{X}$, Mdn, s, S, E) mit Hilfe spezieller Formeln berechnen kann.

8.3. Die praktische Bedeutung anomaler Verteilungsformen

Im allgemeinen ist die *Normalverteilung* der Rohwerte ein günstiges Symptom sowohl für die Wahl der Analysenstichprobe wie auch für die Durchkonstruktion des Tests. Normalverteilte Rohwerte sind auch einer guten *interindividuellen Differenzierung* förderlich und stellen die beste Voraussetzung für eine Standardnormierung dar. Wenn man Überlegungen im Hinblick auf die *Eichung* anstellt, geht man davon aus, daß die *Eichstichprobe* dieselbe oder eine sehr ähnliche Verteilung der Rohwerte ergeben wird wie die Analysenstichprobe. Unter drei Bedingungen darf dies ohne weiteres als wahrscheinlich angenommen werden:

a) wenn die Analysenstichprobe repräsentativ für die Eichstichprobe ist,

b) wenn die Darbietungstechnik für die Analysenstichprobe dieselbe ist wie für die Eichstichprobe,

c) wenn der Test von der Vorform zur Endform nicht wesentlich durch Auslese- oder Revisionsmaßnahmen verändert worden ist.

Auch wenn diese Bedingungen nur teilweise erfüllt sind, braucht man keine wesentlichen Änderungen der Verteilungsform zu befürchten, etwa derart, daß eine Normalverteilung in eine schiefe Verteilung übergeht oder eine breitgipflige Verteilung schmalgipflig wird.

Hat man bei der Analysenstichprobe näherungsweise eine Normalverteilung erzielt, dann wird man es im allgemeinen dabei bewenden lassen, wenn man nicht – wie im folgenden ausgeführt – einen ganz speziellen Differenzierungszweck mit dem betreffenden Test verfolgt.

8.3.1 Unterschiedliche Differenzierung in verschiedenen Skalenbereichen

Es mag gelegentlich vorkommen, daß man eine besonders gute *Differenzierung* in einem bestimmten Bereich der Testskala wünscht. Bei einem Test z. B., der vor allem der *Bestauslese* dienen soll, ist es erstrebenswert, daß der rechte Schenkel der Häufigkeitsverteilung weit ausläuft. Soll ein Test bei den *Leistungsschwachen* besonders gut differenzieren, so wird seine Rohwerteverteilung nach links weiter als nach rechts auslaufen müssen. Soll er schließlich in beiden Extrembereichen besser differenzieren als im Mittelbereich, so müßte die Frequenzverteilung schmalgipflig sein; bei breitgipfliger Verteilungsform würde der mittlere Merkmalsbereich am besten differenziert werden können.

Da die Differenzierungsfähigkeit eines Tests als spezieller Aspekt seiner Reliabilität gilt[1]), kann man bei einer unterschiedlichen Differenzierung in verschiedenen Skalenbereichen neben dem allgemeinen Reliabilitätskoeffizienten auch einen speziellen Koeffizienten für den bevorzugten Merkmalsbereich ermitteln, indem man eine Stichprobe dieses Merkmalsbereichs zugrunde legt und den empirisch gefundenen Reliabilitätskoeffizienten nach der Populationsvarianz hin aufwertet (vgl. Kap. 10.4.2). Man spricht hier von der *„differentiellen Reliabilität"*.

---

[1]) Vgl. dazu Anmerkung [2]) S. 58

8.3.2 Die Testrevision aufgrund der Verteilungsananlyse

Hat man eine nicht-normale Verteilung erhalten, aber eine normale gewünscht, so gibt es zwei Möglichkeiten. Man nimmt die Anomalität hin und stellt für die Eichung eine Normierung nach *Prozenträngen* in Aussicht, oder man versucht die Verteilungsanomalie durch geeignete Mittel bei der Eichstichprobe zu vermeiden.

a) Ist eine Testverteilung bei Niveautests infolge zu großer Aufgabenschwierigkeit linksgipflig geworden, so setzt man bei einem Niveautest durch geeignete Aufgabenselektion (Hinzunahme leichter, Weglassung schwieriger Aufgaben) die Gesamtschwierigkeit des Tests entsprechend herab; bei einem Schnelligkeitstest oder einer Mischform aus Schnelligkeit und Niveau ist die Testzeitverlängerung meist ein ebenso erfolgreiches Mittel zur Normalisierung der Testpunktverteilung. Entsprechend gegengleiche Maßnahmen wären sinngemäß bei zu niedriger Gesamtschwierigkeit zu empfehlen.

b) Ist die Testpunktverteilung zufolge der Stichprobenheterogenität *asymmetrisch* und war die Analysenstichprobe repräsentativ, so besteht kein Anlaß, die Verteilung zu korrigieren. War sie nicht repräsentativ, so kann man hoffen, daß die im allgemeinen eher repräsentative Eichstichprobe eine der normalen Verteilung näher stehende Verteilungsform ergeben wird.

c) Mehr oder weniger *exzessiven* Häufigkeitsverteilungen sollte man keine allzugroße praktische Bedeutung beimessen und dementsprechend keine Revisionsmaßnahmen treffen.

d) Unregelmäßige Verteilungen können – sofern sie auf unregelmäßiger Schwierigkeitsabfolge der Aufgaben beruhen – durch Umstellen der entsprechenden Aufgaben ausgeglichen werden. Wenn z. B. ein auffälliger Einschnitt in der Frequenzverteilung bei dem Rohwert X auftritt, so gibt es zwei Möglichkeiten, diesen Einschnitt aufzufüllen: Entweder man setzt vor die Reihungsnummer, die dem Einschnitt (Frequenztal) entspricht, eine leichtere Aufgabe oder man setzt dahinter eine schwierigere. Welche Wahl man treffen sollte, zeigen am besten die Abbildungen 8.6 a und b.

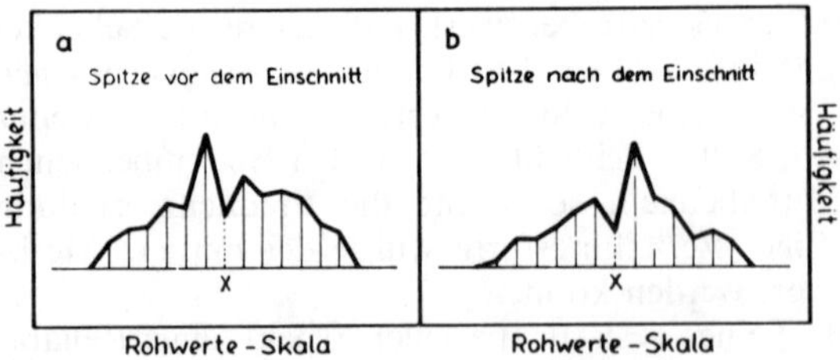

Abb. 8.6: Beispiele für Testpunktverteilungen bei Unregelmäßigkeiten in der Schwierigkeitsabfolge.

Liegt *vor* dem Einschnitt eine *Spitze* (Frequenzberg), so wird man an der ihr entsprechenden Reihungsnummer eine leichtere Aufgabe einsetzen, oder bildlich gesprochen eine kurze Gleichstrecke einschalten, damit nicht so viele Läufer (Pbn) auf diesem Streckenabschnitt (Rohwert X) hängenbleiben. Liegt *hinter* dem Einschnitt eine Häufigkeitsspitze, so wird man an die Stelle des Einschnittes eine schwierigere Aufgabe setzen, d. h. eine kurze Steigung einschalten, so daß mehr Läufer auf dieser Teilstrecke zusammengedrängt werden.

Ob eine Unregelmäßigkeit in der Testpunktverteilung durch einen systematischen Faktor oder durch Zufall bedingt ist, läßt sich bis zu einem gewissen Grade danach beurteilen, ob bei Unterteilung der Analysenstichprobe in verschiedene Gruppen die betreffenden Irregularitäten bei jeder Gruppe an derselben Stelle der Verteilung beobachtet werden.

Verschiedentlich wird eine Verteilungsanalyse der Rohwerte erst unmittelbar vor der Eichung durchgeführt. Man kümmert sich also im Stadium der Aufgabenanalyse noch nicht weiter um dieses Problem. Dieses Vorgehen ist dann gerechtfertigt, wenn die Darbietung der Testvorform bei der Aufgabenanalyse und die der Testendform erheblich verschieden sind. In einem solchen Falle soll die Rohwertverteilungsanalyse erst *nach* der im folgenden zu besprechenden Analyse der Gütekriterien durchgeführt werden.

Kapitel 9

DIE ENTWICKLUNG DER TESTENDFORM

9.1 Der Aufbau der Testendform

Nachdem die Revision der Testvorform im Detail beendet ist, wird die endgültige Testaufgabenauswahl getroffen. Zugleich wird ein Plan über die äußere Form des Tests ausgearbeitet. Zu diesem Plan gehören die folgenden Fragen:

9.1.1 Herstellung des Testmaterials

Wie soll das *Testmaterial* für die Testkontrolle und die Testeichung, eventuell auch für die spätere Publikation, beschaffen sein?

Bei Tests für einen engbegrenzten Geltungsbereich in geringer Auflage werden in der Regel Photokopien hergestellt.

Wenn Zeichnungen oder Photographien bei den Testaufgaben vorkommen, oder wenn es sich überhaupt um nicht-verbale Aufgaben handelt, so wird sich der **Offsetdruck** als beste Materialherstellungsmethode empfehlen. Beim Offsetdruck wird von Text und Abbildung auf photomechanischem Wege eine Druckplatte hergestellt und diese dann auf billiges Papier abgedruckt. Man tut gut daran, das zu photographierende Original größer anzufertigen, als es reproduziert werden soll, weil dadurch die Unzulänglichkeiten von Zeichnung und Beschriftung auf dem kleineren Format der Kopie nicht weiter auffallen.

Die schönsten und saubersten Reproduktionen ergibt natürlich das reguläre **Satzdruckverfahren**, bei dem ein Drucksatz angefertigt wird, der gegebenenfalls eigene Druckblocks für die Illustrationen enthält. Wenn keine Änderungen befürchtet zu werden brauchen, sollte man die Testaufgaben, bzw. das Testheft, bereits vor der Eichung drucken lassen.

9.1.2 Anordnung der Aufgaben

Der nächste Schritt besteht im Entwurf des *Aufgabenbogens* oder *-heftes*. Die Größe der Aufgabenbögen kann man je nach Bedarf wählen, jedoch wird man nach Möglichkeit das DIN-A-4 Format bevorzugen. Die Zahl der Seiten hängt von der Anzahl und dem Raumanspruch der Aufgaben ab. Aus drucktechnischen Gründen sollte die Anzahl der Seiten nach Möglichkeit ein Vielfaches von vier betragen. Deckblätter mit Testanweisung und Aufgabenbeispielen sind stets mit einzukalkulieren.

Sind mehrere Subtests einer Testbatterie in einem Testheft angeordnet, so wird jeweils eine rechte Seite für die Anweisung und die Beispiele des nächstfolgenden

Tests zu reservieren sein. Wenn die Aufgabenbeantwortung nicht auf einem separaten Antwortbogen oder -heft erfolgen soll, so sind zweckmäßigerweise auf dem rechten Rand des Testheftes Antwortspalten so anzuordnen, daß die Testresultate leicht auszählbar sind.

Die Anordnung der Aufgaben auf einer Seite sollte so gestaltet werden, daß gute Lesbarkeit und Übersicht gewährleistet sind. Man gerät hier leicht in Versuchung, am falschen Ort zu sparen. In den USA werden auch rein verbale Aufgaben oft separat *umrandet*, um sie optisch besser voneinander abzugrenzen; die Wahlantworten in einem MW-Test werden meist in Spalten *untereinander* gesetzt und nicht, wie manchmal im deutschsprachigen Raum aus Gründen der Ersparnis, nebeneinander.

Dasselbe, was für die Aufgabenhefte gesagt wurde, gilt prinzipiell auch für den *separaten Antwortbogen*, der aus Gründen der Materialersparnis gegenüber der Beantwortung im Aufgabenheft selbst im allgemeinen bevorzugt wird. Durchschnittlich intelligente Erwachsene werden mit der Übertragung der Aufgabenantwort in einen separaten Antwortbogen kaum Schwierigkeiten haben, während dies für Kinder und ungebildete Erwachsene eine gewisse Zumutung bedeutet (s. hierzu z. B. RAMSEYER & CASHEN, 1971).

In den USA – wo die *maschinelle Auswertung* standardisierter Tests zu den selbstverständlichen Gepflogenheiten gehört – hält die IBM (International Business Machines Corporation) eine Anzahl Standardformen für Antwortbogen bereit, unter denen sich der Testautor den für seine Zwecke geeigneten Antwortbogen aussuchen kann. Bei Verwendung von IBM-Antwortbogen besteht die Möglichkeit, die Testresultate größerer Pbn-Gruppen durch die üblichen IBM-Maschinen – wo sie zur Verfügung stehen – auszuwerten.

Im deutschen Sprachraum steht man noch ganz am Anfang dieser Entwicklung. Nur wenige Tests, wie z. B. der Intelligenzstrukturtest IST-70 von AMTHAUER (1970), lassen sich sowohl herkömmlich durch Schablonen als auch maschinell auswerten. Das Beharren auf der *Schablonenauswertung* hat verschiedene Gründe: Den Praktiker stören (1) die zusätzlichen Kosten der maschinellen Auswertung, sowie (2) die Tatsache, daß die Ergebnisse nicht sofort verfügbar sind. Rentabel ist die maschinelle Auswertung im übrigen nur bei Großuntersuchungen, wo einige tausend Tests in kurzer Zeit anfallen.

9.2 Die Darbietung der Testendform

Der diagnostische Wert eines Tests hängt in viel höherem Maße, als man allgemein glaubt, von einer pedantisch genauen Einhaltung der im Testmanual niedergelegten Durchführungsbedingungen ab. Auch ein hochqualifizierter Test kann relativ wertlos werden, wenn die Testdurchführung von seiten des Testleiters leger gehandhabt wird. Leider unterlassen die Testautoren nicht selten eine detaillierte Beschreibung der Durchführungsbedingungen, was nicht minder zu rügen ist.

Erfahrungsgemäß sind folgende Punkte für die Genauigkeit eines Testresultates ausschlaggebend und daher vom Testautor besonders zu berücksichtigen.

9.2.1 Die Festlegung der Testzeit für die Testendform

Einen wichtigen Anhaltspunkt über die zweckmäßigste Wahl der *Testzeit* gewinnt man im allgemeinen bereits aufgrund der Erfahrungen im Rahmen der Aufgabenanalyse. Soll der Test als Niveautest durchgeführt werden, so setzt man eine Zeitbegrenzung fest, in welcher 80 bis 90% aller Pbn alle Aufgaben in Angriff nehmen können. Bei einem Niveautest bedeutet daher eine ungenaue Einhaltung der Testzeit keine ernstliche Beeinträchtigung des Ergebnisses. Für den Gruppenversuch – besonders in Schulen – ist es allerdings nicht wünschenswert, daß ein so beträchtlicher Teil der Pbn vorzeitig alle Aufgaben beendet, da sich daraus Unruhe und disziplinarische Schwierigkeiten ergeben.

Ein Test, der als *Gruppentest* für den Gebrauch an Schulen bestimmt ist, sollte einschließlich der Instruktion höchstens 45 oder 90 Minuten dauern und zeitlich so begrenzt sein, daß nur ein kleiner Teil der Schüler vorzeitig fertig wird.

Den vorzeitig fertig gewordenen Schüler können, wie z. B. bei den Frankfurter Denkaufgaben FDA 3–6 von WENDELER (1973), *Zusatzaufgaben* zur Bearbeitung gegeben werden, die allerdings nicht ausgewertet werden. Die Schüler sind in diesem Falle darauf hinzuweisen, daß sie die Zusatzaufgaben erst dann bearbeiten sollten, wenn sie die regulären Aufgaben nochmals auf ihre Richtigkeit hin kontrolliert hätten.

Bezüglich der *Testzeitbemessung* für die Endform muß sich der Testautor fragen:

a) Wieviel Testzeit pro Aufgabe bei gegebener Aufgabenzahl läßt ein Maximum an Reliabilität und Validität erwarten?

b) Wie viele Aufgaben einer speziellen Art sollte ein Test bei festliegender Testzeit enthalten, um eine optimale Reliabilität und Validität zu gewährleisten?

Es sei vorweggenommen, daß diese beiden Fragen nur durch Probedarbietungen zu beantworten sind.

Ein einfaches, wenn auch statistisch unexaktes Verfahren der Testzeitbemessung besteht darin, daß man feststellt, bei welcher Testzeit die Rohwerte am günstigsten verteilt sind, und diese Testzeit als optimale Darbietungszeit festhält. Hierzu muß der Test an mehreren vergleichbaren Gruppen erprobt werden.

Ein anderes, ebenfalls recht grobes Verfahren zur Testzeitbemessung ist dieses: Man führt die Testendform an einer repräsentativen Gruppe von Pbn durch und stoppt die Zeit, innerhalb welcher 4/5 der Pbn mit der Aufgabenbeantwortung zu Ende kommen.

In jedem Testmanual sollten Hinweise vorhanden sein, wie speziell im Gruppenversuch dafür gesorgt werden kann, daß jeder einzelne Pb die vorgeschriebene Testzeit genau einhält. Ist diese Gewähr nicht gegeben, dann ist auch ein Höchstmaß an Reliabilität irrelevant. Unzureichend kontrollierte Testzeiten sind die häufigste Ursache von Fehlresultaten.

9.2.2 Die Testinstruktion

Der Pb sollte in die Testsituation durch eine kurze, prägnante Anleitung von seiten des Tl eingeführt werden. Die Testinstruktion ist gegenüber der *Testanweisung* eine allgemeinere Information, die sich etwa auf folgendes bezieht:

– Was ist der Sinn und Zweck des vorliegenden Tests?
– Welche Konsequenzen hat er für die Teilnehmer?
– Besteht Teilnahmepflicht oder ist die Teilnahme freiwillig?
– Wie steht es mit „Raten“ und „Abschreiben“?
– Was wird von dem Pb erwartet und – ebenso – was wird nicht erwartet?
– Kommt es mehr auf Schnelligkeit oder mehr auf Gewissenhaftigkeit an?
– Was soll an Schreibutensilien bereit gehalten werden?

Nach obiger Einführung wird die allgemeine oder spezielle Testanweisung – mündlich oder schriftlich – gegeben; dann werden die *Übungsbeispiele* durchgearbeitet. Daraufhin fragt der Tl, ob alles klar geworden sei, und kündigt – nach der Beantwortung eventueller Fragen – den Start zum Testbeginn mit „fertig-los“ an, wobei er bei „los“ seine Stoppuhr in Gang setzt. Mit den Worten „fertig-halt“ wird nach Ablauf der Testzeit die Arbeit des Pb abgebrochen. Im Gruppenversuch müssen Helfer die Durchführung und die rechtzeitige Beendigung des Tests überwachen.

Die Testanweisung, wie sie schon für die Aufgabenanalyse festgelegt wurden, sollte nochmals gründlich durchgearbeitet werden. Hierbei sollte man sich die Beobachtungen und Erfahrungen bei der Aufgabenanalyse zunutze machen.

TRAXLER (1951) empfiehlt unter anderem die Beachtung der folgenden Punkte bei der endgültigen Fassung der allgemeinen Testanweisung. Seine Direktiven gelten sowohl für den Pb wie auch für den Tl.

– Man nehme an, daß weder der Pb noch der Tl irgendetwas über den vorliegenden Test wissen.
– Man gebe dem Tl und eventuell seinen Helfern im Testmanual genaue Anweisungen, was sie vor, während und nach dem Test zu tun haben.
– Man formuliere die Anweisung für den Pb so klar und so kurz wie nur möglich.
– Man halte die Testanweisung für verschiedene Aufgabengruppen oder Untertests so einheitlich wie möglich.

In der Folge wird ein Beispiel für eine typische *allgemeine Testanweisung* zu einem Schultest in Gruppensituation gegeben.

Beispiel Nr. 9.1:

1. Wenn alle Pbn Platz genommen haben, erklärt der Tl den Zweck des Tests:
2. „Der Test soll Eure Spitzfindigkeit und geistige Wendigkeit untersuchen. Er hat nichts mit den Schulleistungen zu tun. Mancher von Euch mit guten Noten wird hierbei schlecht abschneiden und mancher andere mit schlechten Noten vielleicht recht gut. Der Test, den wir jetzt durchführen, enthält eine Anzahl von Aufgaben, die Ihr kurz beantworten werdet. In welcher Weise Ihr dabei vorgehen sollt, erfahrt Ihr aus dem Aufgabenheft. Legt einen Ersatzbleistift und einen Radiergummi bereit. Schaut nicht zu Eurem Nachbarn, denn der hat andere Aufgaben.“

3. Der Tl und seine Helfer teilen die Testhefte an die Pbn aus.
4. „Ihr bekommt alle ein Testheft, bitte öffnet dieses vorläufig noch nicht, sondern füllt die punktierten Linien des Deckblattes genau aus. Schreibt den Familiennamen in Blockschrift."
5. Der Tl wartet, bis alle Pbn damit fertig sind und fährt fort:
6. „Nun lest sorgfältig und mit Überlegung die Testanweisung auf der unteren Hälfte des Deckblattes; dort steht, was Ihr zu tun habt. Wer damit fertig ist, probiert die darunter stehenden Aufgabenbeispiele. Niemand von Euch darf das Testheft öffnen, bis ich Euch ausdrücklich dazu auffordere."
7. Der Tl hilft bei den Beispielen und wartet dann, bis alle Beispiele von allen Pbn beantwortet worden sind.
8. „Wer von Euch hat noch etwas zu fragen? Wer kennt sich noch nicht recht aus? Wenn der Test einmal begonnen hat, darf niemand von Euch mehr eine Frage stellen."
9. Der Tl beantwortet die sich ergebenden Fragen und gibt die weitere Anweisung.
10. „Sobald ich sage „fertig los", schlagt Ihr alle die erste Seite auf und beginnt zu arbeiten. Jeder arbeitet so schnell und so gründlich, wie er kann. Wenn Ihr die eine oder andere Antwort zwar nicht genau, aber so ungefähr wißt, so beantwortet die Aufgabe so, wie Ihr meint, daß es richtig ist. Ihr sollt aber auf keinen Fall wild drauf los raten. Der Test ist so lang, daß keiner von Euch in der Zeit, die Euch zur Verfügung steht, alle Aufgaben beantworten kann. Geht bitte der Reihe nach die Aufgaben durch, und wenn Euch die eine oder die andere Aufgabe zu schwer fällt, so laßt sie einfach aus und vertrödelt nicht allzuviel Zeit damit. Wer sich bei einzelnen Aufgaben nicht auskennt, der lese sich nochmal genau die dazugehörige Anweisung durch. Noch eine Frage? Nun denn: fertig – los!"
11. Der Tl notiert die genaue Zeit des Beginns und kontrolliert, ob die Durchführungsbedingungen eingehalten werden. Nach Ablauf der Testzeit sagt er:
12. „Fertig – halt! Schließt alle Eure Testhefte und schreibt nichts mehr hin, auch wenn Ihr die Antwort für die letzte Aufgabe schon auf der Zunge habt. Überzeugt Euch alle noch einmal, ob Ihr die erste Seite vollständig ausgefüllt habt und ob Ihr Euren Namen deutlich geschrieben habt."
13. Dann sammelt der Tl die Testhefte ein oder läßt sie einsammeln und überprüft kurz die Eintragungen der Deckblätter.

Handelt es sich um einen Test, der aus mehreren Aufgabengruppen oder aus mehreren Einzeltests besteht, so muß die Instruktion an den entsprechenden Stellen sinngemäß abgeändert werden.

9.2.3 Motivation und Anspannung

Einer der Faktoren, die die individuelle Testleistung verändern können und die man leider nur unzureichend kontrollieren kann, ist die *Motivation* des Pb und seine Fähigkeit zu bewußt willentlicher Anspannung (Konzentration).

Gegenüber der Frage, wie man denn einigermaßen die Motivationsbedingungen standardisieren könne, besteht eine gewisse Resignation (s. dazu HARTMANN, 1973). Man sollte versuchen, in möglichst hohem Maße das *Testinteresse* des Pb anzuregen und jede *Testnervosität* auszuschalten. In den USA-Schultestprogrammen wird z. B. im Sinne dieser Devise einige Tage vor der beabsichtigten Testdurchführung an die Schüler eine ausführliche schriftliche Ankündigung über Ziel und Absicht des Tests ausgegeben; dadurch gewinnen die Schüler angeblich eine sachlichere Einstellung und zugleich eine bessere Motivierung. Wichtig scheint zur Vermeidung von Nervositätserscheinungen auch eine gewisse nonchalante, mehr sportliche, nicht allzu ernstnehmende Haltung des Tl zu sein, wie TRAXLER (1951) hervorhebt. Ein diesbezüglicher Hinweis verdient im Testmanual erwähnt zu werden.

9.2.4 Die äußeren Bedingungen

Auch unter den *äußeren Bedingungen* gibt es viele personale Faktoren, die nicht kontrolliert werden können, wie z. B. spezielle Vorerfahrungen bei einer bestimmten Leistungsanforderung (Testsophistication). Daneben gibt es andere Bedingungen, die gar nicht kontrolliert werden sollen, um die späteren Normen nicht auf einen zu kleinen Geltungsbereich beschränken zu müssen, wie z. B. sozioökonomischer Status, Wohngegend usw.

Auch die Art der für die Aufgabenbeantwortung erforderlichen *motorischen Reaktion* spielt als äußere Bedingung eine rohwertalterierende Rolle, wie PRICHARD (1943) gezeigt hat. Ein Phänomen dieser Art beobachtet man, wenn z. B. sehr leistungsfähige Studenten nach der PAULI-Methode rechnen. Sie kommen mit dem Niederschreiben der Resultate bei der Schnelligkeit, mit der sich der Rechenakt vollzieht, nicht mehr nach.

Zu diesen äußeren Bedingungen sollen hier auch situative Faktoren wie Ermüdung und Anregung, Euphorie, Dysphorie und Depression, körperliches Wohlbefinden und Mißbehagen gezählt werden, soweit sie von äußeren Ursachen herrühren. Sie können ebenfalls nicht kontrolliert werden, sondern lassen sich höchstens über einen Fragebogen bei der individuellen Interpretation berücksichtigen.

Die *Arbeitsbedingungen* bei der Testdurchführung wie Sitz- und Schreibgelegenheit, Geräuschfreiheit, Raumgröße und Helligkeit, Temperatur und Luftfeuchtigkeit können jedoch und müssen teilweise sogar in höchstmöglichem Umfang konstant gehalten werden.

Sehr wichtig ist in der Gruppensituation eine Sitzordnung, die jedes *Abschreiben* verhindert. Eicht man einen Test unter Bedingungen, die das Abschreiben ermöglichen, so erhält man etwas zu hohe Normwerte. Daß man sich auf die Ehrlichkeit der Pbn nicht verlassen darf, braucht man nicht erst hervorzuheben.

Für den Fall, daß ein Abschreiben nicht in allen Fällen zu vermeiden ist, hat BIRD (1927) Vorschläge ausgearbeitet, wie man Pbn, die des Abschreibens verdächtig sind, durch Auszählen der „identischen Fehler" überführen kann.

9.3 Die Auswertung der Testendform

9.3.1 Die Korrektur des Rohwertes

Im allgemeinen wird der *Rohwert* für die Testendform auf die gleiche Weise ermittelt wie für die Testvorform. Gelegentlich wird jedoch für Zwecke der Aufgabenanalyse aus Ersparnisgründen ein einfaches Auszählverfahren gewählt ($X = R$), während erst für die Testendform Rohwertkorrekturen vorgenommen werden.

Neben der bereits erwähnten Zufallskorrektur, die auf der Annahme beruht, daß alle Fehler bei MW-Aufgaben durch Raten zustande gekommen seien, wird bei der Auswertung standardisierter Power-Tests dann und wann auch eine Korrektur für ausgelassene, also nicht beantwortete Aufgaben angewendet. Sie geht von der Hypothese aus, daß alle Auslassungen aus „Vorsicht" gemacht worden seien. Die entsprechende *Auslassungs-Korrekturformel* für das Testergebnis des Pbn i lautet

$$X_i = R_i + \frac{A_i + U_i}{m}. \tag{9.1}$$

In dieser Formel bedeuten:
A_i = Anzahl der ausgelassenen Aufgaben,
U_i = Anzahl der unbearbeiteten Aufgaben,
R_i = Anzahl der richtig beantworteten Aufgaben,
m = Anzahl der Wahlmöglichkeiten.

Diese Formel stellt ein Äquivalent für die Zufallskorrekturformel (5.5) dar, insofern, als sie unterstellt, alle Pbn hätten mehr oder weniger gewissenhaft gearbeitet, also nicht geraten. Die Pbn bekommen deshalb einen „Bonus" für Punkte, die sie durch Raten zusätzlich erreicht hätten. Die Zufallskorrekturformel dagegen unterstellt, daß alle Pbn leichtfertig gearbeitet, also geraten hätten. Sie erhalten deshalb einen „Malus" für die durch Raten erreichten richtigen Lösungen[1]).

Welche der beiden Korrekturformeln man ggf. verwenden sollte, hängt davon ab, ob die Fehler oder die Auslassungen schneller auszuzählen sind. Beide Formeln ergeben zufolge ihres funktionalen Zusammenhanges zwar einen verschiedenen Rohwert, jedoch innerhalb einer Eichstichprobe den gleichen Standardwert. Die Formel (9.1) kann zum Unterschied von Formel (5.5) niemals negative Werte ergeben, was einen Vorzug darstellt.

---

[1]) Da $F = n - R - A - U$ ist, ist Formel (9.1) aus Formel (5.5) ableitbar.

Im Rahmen der Aufgabenanalyse wurden die Zufallskorrekturformeln unter der Annahme abgehandelt, daß es bei jeder MW-Aufgabe nur eine Bestantwort geben könne. Kommen jedoch mehrere Bestantworten vor, wie z. B. in der folgenden Aufgabe (Abb. 9.1), so wird man bei der Aufgabenanalyse der Testvorform zunächst ohne Korrektur arbeiten.

Aufgabe 1: „Welche der folgenden Zeichen sind gegenüber dem alleinstehenden Anfangszeichen in der Ebene gedreht worden?"

Abb. 9.1: MW-Aufgabe mit 3 Bestantworten

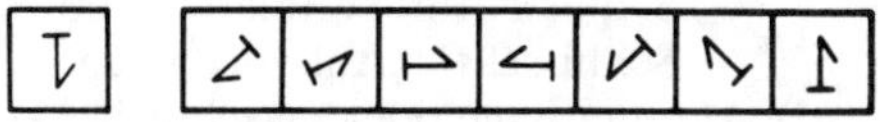

Will man in einem solchen Fall für die Testendform eine *Zufallskorrektur* anbringen, so ist die folgende Formel anzuwenden

$$X_i = R_i - \frac{k \cdot F_i}{m - k}. \qquad (9.2)$$

In dieser Formel bedeuten:

R_i = Anzahl der richtigen Antworten eines Pb i,
F_i = Anzahl der falschen Antworten eines Pb i,
m = Anzahl der Wahlmöglichkeiten für jede Testaufgabe,
k = Anzahl der Bestantworten für jede Testaufgabe.

Rechenbeispiel Nr. 9.2:
Nehmen wir an, ein Pb hätte in einem Test für räumliche Beziehungserfassung mit Aufgaben des eben genannten Typus (Abb. 9.1) 77 richtige Antworten gegeben und 16 Fehler gemacht. Sein korrigierter Rohwert ergäbe sich nach Formel (9.2).

$$X = 77 - \frac{3 \cdot 16}{7 - 3} = 65$$

Formel (9.2) stellt – wie leicht erkennbar – eine algebraische Verallgemeinerung von Formel (5.5) dar: Setzt man nämlich k = 1, so resultiert die bereits bekannte Formel (5.5).

Der praktische Wert der *Testpunktkorrekturen* ist heutzutage umstritten. Empirische Untersuchungen liefern oft widersprüchliche Ergebnisse (siehe S. 47), und es werden dabei zu viele unbewiesene Annahmen über das Rateverhalten und die Lösungsstrategien der Pbn zugrundegelegt. Das mag der Grund dafür sein, daß Rohwertkorrekturen kaum noch verwendet werden.

9.3.2 Die Auswertungstechniken

Dem Ziele einer absolut objektiven und zugleich rationellen Auszählung der R-Antworten dienen viele mehr oder weniger gute Techniken. Ein wenig geordnet ergibt sich folgende Übersicht:

a) Intuitive Auswertung.
b) Rationale Auswertung.
c) Formale Auswertung.
  – Schlüssel für Testblätter und -hefte
  – Schlüssel für Antwortbögen
d) Automatische oder maschinelle Auswertung.

Ad a): Die intuitive Auswertung. Sie besteht darin, daß der Testleiter oder der Auswerter nach Maßgabe seiner Einsicht und Erfahrung jede Aufgabe bei jedem Pb gesondert nach Punkten bewertet. Selbstverständlich müssen hierfür im Testmanual gewisse grundsätzliche Direktiven gegeben werden. Bei den projektiven Tests ist diese Art der Auswertung allein möglich. Von den objektiven Tests werden nur die mit einem geringeren Objektivitätsgrad, z. B die *Kurzaufsatztests*, nach dieser Methode ausgewertet. Tests, für die eine Standardisierung vorgesehen ist, dürfen prinzipiell niemals intuitiv ausgewertet werden.

Ad b): Die rationale Auswertung. Diese erfolgt in der Weise, daß der Auswerter wohl auch eine subjektive Bewertung vornimmt, jedoch nicht aufgrund seiner Intuition, sondern aufgrund rationaler Kriterien. Es muß also auf rein vernunftmäßiger Basis entschieden werden können, ob und wie eine bestimmte Antwort gewertet werden soll. Diese Art der Auswertung trifft im wesentlichen für EG-Aufgaben zu; bei diesen können z. B. verschiedene Synonyma gleichermaßen als richtige Antworten gelten, was bei einer formalen Auswertung nicht zulässig wäre. Sowohl intuitive wie rationale Auswertungen können und dürfen nur von Fachpsychologen, nicht aber etwa von Hilfskräften vorgenommen werden.

Ad c): Die formale Auswertung. Während bei den zuletzt genannten Auswertetechniken eine verantwortliche Entscheidung des Auswerters bei der Beurteilung einer jeden einzelnen Aufgabe notwendig war, ist das bei der formalen Auswertungsmethode nicht mehr der Fall.

Sie gründet sich auf einen starr vorgegebenen Schematismus, der nichts anderes als seine gewissenhafte Beachtung fordert. Formale Auswertungstechniken können daher auch geschultem und zuverlässigem Hilfspersonal übertragen werden.

Zunächst sollen die einfacheren Verfahren behandelt werden, die dann anzuwenden sind, wenn die Aufgaben auf einem Testbogen oder im Testheft selbst beantwortet werden.

Der Streifenschlüssel

Die einfachste Form der Auswertung ist die, daß man sich Papp- oder *Folienstreifen* herstellt, die an den Antwortkolonnen angelegt werden und an der korrespondierenden Stelle die richtige Lösung aufgedruckt enthalten, so daß der Auswerter nur zu vergleichen hat, ob beide, die richtige und die vom Pb gegebene Antwort, übereinstimmen. Bei EG-Aufgaben können auf dem Streifen auch alle zulässigen Aufgabenlösungen aufgeführt werden.

Der Fensterschlüssel

Sind auf dem Testblatt oder im Testheft die Antworten nicht kolonnenweise, sondern unregelmäßig angeordnet, so empfiehlt sich die Verwendung eines sogenannten *Fensterschlüssels*. In einem Karton, der die Fläche des Aufgabenblattes bedeckt, werden an den Stellen, an die der Pb seine Antworten zu setzen hat, entsprechend große Fenster – meist rechteckig – ausgestanzt. Unter oder über diesen Fenstern steht die richtige Antwort zu lesen.

Der Transparentfolienschlüssel

Der *Transparentfolienschlüssel* entspricht hinsichtlich des Aufdrucks dem Fensterschlüssel, nur sind die Fenster nicht ausgestanzt, sondern auf einer durchscheinenden Folie markiert. Ein Vorteil gegenüber dem Fensterschlüssel ist darin gegeben, daß er infolge seiner Transparenz den Überblick über das gesamte Aufgabenblatt bewahrt. Auf diese Weise wird z. B. eine doppelte oder mehrfache Markierung bei einer Aufgabe entdeckt, die bei Verwendung eines Fensterschlüssels verborgen bliebe.

Bei standardisierten Tests wird heutzutage jedoch allgemein sowohl aus Materialersparnis wie aus Gründen der Auswertungsökonomie die Verwendung separater Antwortbögen bevorzugt. Hierfür ist die Schlüsselauswertung ganz besonders geeignet, so daß spezielle Schlüsselarten entwickelt wurden.

Der Lochfolienschlüssel

Für sehr viel angewandte Tests hat sich der *Lochfolienschlüssel* in jeder Hinsicht bewährt. Er ist nur für absolut objektive Tests verwendbar, da er – zum Unterschied vom Fensterschlüssel – nur runde Ausstanzungen in Karton- oder Kunststoffolien enthält, und zwar an der Stelle, die der R- oder Bestantwort entspricht. Der Pb muß die von ihm als richtig ausgewählte Antwort im Antwortbogen nach Anweisung markieren, und der Auswerter hat nur die Zahl der markierten Ausstanzungen auszuzählen. Ist der Test mehrfach unterteilt, so müssen die Ausstanzungen entweder spaltenweise angeordnet sein, oder sie müssen der Reihenfolge des Auszählens nach durch Linien mit Richtungspfeilen verbunden sein. Am Ende einer Aufgabengruppe oder eines Untertests kann dann ein quadratisches oder ein andersflächiges Loch gestanzt werden, in das der Auswerter das zahlenmäßige Testergebnis eintragen kann. Anstelle der Lochfolie kann natürlich auch eine Transparentfolie verwendet werden, welcher noch der bereits genannte Vorzug zukommt.

Der Kopierschlüssel

Das Kopierverfahren geht auf den CLAPP-YOUNGschen Arbeitskreis zurück[1]). Bei ihren Testarbeiten wurden Antwortbögen benutzt, die auf ihrer Rückseite durch eine Kohleschicht geschwärzt waren. Unter dieser Kohleschicht lag ein gedrucktes Schlüsselblatt. Wenn der Pb auf dem Antwortbogen gewisse Antworten als richtig ankreuzt, so wird dieses Kreuz gleichzeitig auf das darunter liegende

[1]) Vgl. CLAPP und YOUNG (1929). In der BRD wird dieses Verfahren z. B. bei den Frankfurter Denkaufgaben FDA 3–6 von WENDELER (1973) oder bei dem Manneimer Intelligenztest für Kinder und Jugendliche MIT-KJ von CONRAD et al. (1976) angewendet.

Schlüsselblatt kopiert, auf dem die Stellen der R- und Bestantworten durch Kreise oder Quadrate markiert sind. Natürlich müssen Antwortbogen und Schlüsselblatt so übereinander geheftet sein, daß der Pb den Schlüssel nicht einsehen kann.

Ad d): Die automatische oder maschinelle Auswertung.

Ein entscheidender Fortschritt im Sinne einer höchstmöglichen Rationalisierung des Auswertungsvorgangs wurde in den USA durch die Entwicklung von Beleglesern durch die Firma IBM erzielt, elektronischen Auswertungsmaschinen, die in Verbindung mit einem Computer in kürzester Zeit riesige Mengen von Antwortbögen absolut objektiv auswerten können. Das Prinzip ist dabei das folgende: Der Pb muß mit einem weichen Bleistift auf dem Antwortbogen den Raum zwischen zwei punktierten Linien ausfüllen, und zwar jeweils den Raum zwischen denjenigen beiden Linien, die der richtigen Antwort entsprechen. Die Anzahl der richtigen Markierungen wird elektronisch aufaddiert und je nach Computerprogramm verrechnet. Die Einzel- oder Gruppenergebnisse können dann über den Bildschirm ausgegeben oder ausgedruckt werden.

Dieses Verfahren wird in den USA für Wirtschaftsstatistiken, für Markt und Meinungsforschung und zur Abwicklung der Testprogramme herangezogen, bei denen viele 1000 Antwortbögen in kurzer Zeit ausgewertet werden müssen. Aber auch schriftliche Prüfungen an Höheren Schulen und Universitäten, die ihrer äußeren Form nach als informelle Tests zu gelten haben, werden in den USA verschiedentlich „maschinell zensiert“.

In der BRD wird der Test für medizinische Studiengänge TMS, der zur Auslese von geeigneten Abiturienten für verschiedene medizinische Studiengänge dient, ebenfalls maschinell ausgewertet. Ein weiteres Beispiel ist der IST 70 von AMTHAUER (1970).

Von all den genannten Auswertungshilfen werden heutzutage Streifen-, Lochfolien- und IBM-Antwortbögen am weitaus häufigsten verwendet. Von anderen Techniken wird die eine oder andere jeweils nach Bedarf herangezogen.

Kapitel 10

DIE KONTROLLE DER RELIABILITÄT EINES TESTS

10.1 Die experimentelle Planung der Reliabilitätskontrolle

Die Ermittlung des wichtigen Gütekriteriums „*Reliabilität*" hat eine experimentelle und eine statistische Seite, die sich wechselweise bedingen. Das muß bei der Planung der Reliabilitätskontrolle berücksichtigt werden.

10.1.1 Der Zeitpunkt der Reliabilitätskontrolle

Zunächst geht es um die Frage, in welchem Stadium der Testentwicklung die Reliabilität überprüft werden soll. Eine generelle Anntwort darauf kann nur lauten: So früh wie irgend möglich!

Eine gute *Vorschätzung* der Reliabilität aufgrund der inneren Konsistenz der Testaufgaben ist bereits aus den Analysedaten möglich und auch wünschenswert. Obwohl in der Praxis selten, kann doch der Fall eintreten, daß auch nach einer ersten Aufgabenselektion die Schätzung der Reliabilität kein zufriedenstellendes Resultat ergibt. Das muß als ernstes Warnzeichen aufgepaßt werden und legt die Erwägung nahe, ob in diesem Fall nicht der ganze Test revidiert werden soll.

Ist die Ermittlung der Testreliabilität aufgrund der Analysedaten jedoch befriedigend ausgefallen, so darf man sich nicht etwa allein mit diesem geschätzten Reliabilitätskoeffizienten begnügen, sondern muß noch andere Aspekte der Reliabilität in einem späteren Stadium der Testentwicklung untersuchen. Dafür kommt vor allem der Zeitpunkt in Frage, zu dem die Testendform fertig ist, also im typischen Falle nach Abschluß der Aufgabenanalyse. Dieser Zeitpunkt ist in der Tat der günstigste für eine umfassende Reliabilitätskontrolle.

Machmal wird jedoch aus Gründen der Ökonomie die Reliabilitätskontrolle erst am Ende der Testentwicklung durchgeführt, vor allem wenn Parallelformen in Vorbereitung sind. In anderen Fällen wiederum wird die Reliabilität im Rahmen der Eichung oder nach dieser untersucht, das letztere besonders dann, wenn mehrere Methoden der Reliabilitätskontrolle im Rahmen einer eigenen wissenschaftlichen Studie angewendet werden sollen.

Standardisierte Tests mit einem weiten Geltungsbereich werden auch nach erfolgreicher Anwendung laufend auf Reliabilität innerhalb umschriebener Pbn-Gruppen oder bei besonderen Durchführungsbedingungen überprüft, wie ja überhaupt der Test als wissenschaftliches Prüfinstrument einer dauernden und ins Einzelne gehenden Forschungsarbeit bedarf.

10.1.2 Wahl und Größe der Kontrollstichprobe

Für die *Stichprobenauswahl* zur Reliabilitätskontrolle kommen drei Möglichkeiten in Betracht:
- eine Zufallsstichprobe,
- eine Quotenstichprobe,
- eine anfallende Stichprobe.

Selbstverständlich gilt auch für die Reliabilitätskontrolle die formale Bedingung, daß die Stichprobe *repräsentativ* für den späteren Geltungsbereich des Testes sein soll; jedoch mit einer Ausnahme. Die Variabilität der Rohwerte in der Kontrollstichprobe muß nicht unbedingt der in der Eichstichprobe gleichen; es sind nämlich *Variabilitätskorrekturformeln* (vgl. Kap. 10.4) entwickelt worden, die den bei Verwendung variabilitätsverschiedener Stichproben entstehenden Fehler berichtigen können.

Eine *Zufallsstichprobe* würde man auf diese Weise zusammenstellen, daß man aus der später zu testenden Population nach einer der bei der Eichung erörterten Methoden (vgl. Kap. 12.2) einzelne Pbn oder Pbn-Gruppen (z. B. Schulklassen) herausgreift und diese dem Test unterwirft. Diese sehr unökonomischen Methoden werden für die Reliabilitätskontrolle kaum zu empfehlen sein.

Viel häufiger werden Kontrollstichproben als *Quotenstichproben* organisiert, und zwar in der Weise, daß nach der bereits teilweise oder ganz durchgeführten Testeichung die einzelnen soziologischen Gruppen proportional zu ihrer Vertretung in der Population herausgegriffen werden – wobei die Wahl des einzelnen Pb nach Möglichkeit eine zufällige sein soll.

Als *anfallende Stichproben* können alle diejenigen gelten, die für den Testautor leicht zugänglich sind: die Lehrlings- und Berufsbewerber bei bestimmten Firmen, Angehörige von Industrie und Wirtschaft einer Region, Klassen von nahegelegenen Schulen oder Volkshochschulkurse. Bei der Verwendung anfallender und damit nicht streng repräsentativer Stichproben wird man die Allgemeinverbindlichkeit des so ermittelten Reliabilitätskoeffizienten gelegentlich mehr oder weniger einschränken müssen, zumal wenn sich Widersprüche zu gleichwertigen, aber auf eine andere Weise oder aus einer anderen Stichprobe gewonnenen Koeffizienten ergeben.

Die Frage nach dem *Umfang* solcher Kontrollstichproben kann nur dahingehend beantwortet werden, daß der Reliabilitätskoeffizient in seiner ersten Dezimalstelle durch die Größe der Stichprobe gesichert sein soll. Im allgemeinen wird man mit Stichproben zwischen 200 und 500 Pbn auskommen. Wenn man den Reliabilitätskoeffizienten nur nach einer einzigen Methode bestimmt, so muß er in der Regel besser gesichert sein, als wenn man ihn nach mehreren Methoden bestimmt, was – wegen der unterschiedlichen Aspekte der Reliabilität – auf jeden Fall vorzuziehen ist.

Wenn es die Verhältnisse erlauben, kann auch die zur Aufgabenanalyse verwendete Stichprobe zugleich als Kontrollstichprobe herangezogen werden, indem ein Paralleltest oder eine Testwiederholung in angemessenem Zeitabstand durchgeführt wird. Voraussetzung dafür ist jedoch, daß die Testvorform sich nicht wesentlich von der Testendform unterscheidet, so daß die beiden miteinander zu korrelierenden Punktwertpaare vergleichbar sind.

Ein Vergleich der durch Parallel- oder Retest mit der Endform gewonnenen Koeffizienten mit dem aus den Analysedaten geschätzten Reliabilitätskoeffizienten besitzt nur einen beschränkten Wert.

10.2 Die Aspekte der Reliabilität

Schon im Kapitel 1 wurde hervorgehoben, daß es verschiedene, hinsichtlich der Interpretation nicht vollkommen gleichwertige *Aspekte der Reliabilität* gibt. Diese verschiedenen Aspekte entsprechen verschiedenen Methoden ihrer Ermittlung. Umgekehrt wird natürlich auch der jeweilige Reliabilitätsaspekt von der angewendeten Methode determiniert.

Man könnte die Meinung vertreten, daß es für den Testautor überflüssig sei, sich mit theoretischen Erwägungen abzumühen, jedoch ist die Einsicht in das Wesen eines statistischen Kennwertes wie dem der Reliabilität stets eine notwendige Voraussetzung für dessen sinnvolle Interpretation.

Die theoretischen Grundlagen eines jeden Tests sind als sog. *„Klassische Testtheorie“* (GULLIKSEN, 1950) formuliert worden. Diese Theorie geht von verschiedenen Axiomen über „beobachtete“ Testergebnisse X, „wahre“ Testergebnisse T und Meßfehler e aus und leitet aus diesen u. a. die verschiedenen Aspekte der Reliabilität und Methoden zur Ermittlung von Reliabilitätskoeffizienten ab.

Jedes Testergebnis X ist mit einem zufälligen Meßfehler e behaftet. T wäre der „wahre“ Wert, den man bei einer absolut fehlerfreien Messung erhalten würde. T würde sich ebenfalls ergeben, wenn man eine Messung unter gleichen Bedingungen beliebig oft wiederholen und dann den Durchschnitt, den „Erwartungswert“, bestimmen würde.

Wahrer Wert, beobachteter Wert und Fehler stehen in einer ganz einfachen Beziehung zueinander. Für jeden Pbn i gilt nämlich

$$X_i = T_i + e_i\,. \tag{10.1}$$

Dieses ist das erste und grundlegende *Axiom* der Klassischen Testtheorie. Weitere Axiome fordern für die Fehlerwerte e, daß sie in jeder Hinsicht *Zufallsfehler* sind, daß sie also den Erwartungswert 0 haben und untereinander und mit den wahren Werten zu 0 korrelieren.

Zur Ableitung des Konzepts der Reliabilität wollen wir die Testleistungen einer Gruppe von Pbn betrachten. Die individuellen Unterschiede in den Testergebnissen, deren Größe in der Varianz s_X^2 der Rohwerte X zum Ausdruck kommt, ist einmal darauf zurückzuführen, daß bei den einzelnen Pbn das zu untersuchende Persönlichkeitsmerkmal in verschiedenem Grade ausgeprägt ist (wahrer Wert T). Der darauf beruhende Varianzanteil sei entsprechend *„wahre“* Varianz genannt und mit s_T^2 bezeichnet. Wäre es möglich, das Persönlichkeitsmerkmal unabhängig von allen inneren und äußeren Störbedingungen zu messen, so würde sich für eine definierte Stichprobe stets dieselbe „wahre“ Varianz ergeben.

Aufgrund allgemeiner experimenteller Erfahrungen weiß man jedoch, daß es bei jeder – auch der physikalischen – Messung Fehlerquellen gibt, zu deren Lasten ein Teil der beobachteten *Gesamtvarianz* geht. Dieser Teil sei *„Fehler“-varianz* genannt und mit s_e^2 bezeichnet. Unter der Voraussetzung, daß es sich um ein und dieselben Stichprobe handelt, und wegen der Unabhängigkeit von wahren Werten und Fehlern gilt nun die einfache Beziehung

$$s_X^2 = s_T^2 + s_e^2 \,. \qquad (10.2)$$

Die Varianz der tatsächlich erhaltenen Rohwerte setzt sich also zusammen aus der „wahren" Varianz und der „Fehler"-varianz.

Nun ist der *Reliabilitätskoeffizient* einer Messung in der Klassischen Testtheorie definiert durch das Verhältnis der wahren Varianz zur Gesamtvarianz nach der Gleichung

$$r_{tt} = \frac{s_T^2}{s_X^2} \,. \qquad (10.3)$$

Da $s_T^2 = s_X^2 - s_e^2$ ist, läßt sich diese Gleichung auch wie folgt schreiben:

$$r_{tt} = 1 - \frac{s_e^2}{s_X^2} \,. \qquad (10.4)$$

Die Reliabilität nimmt also mit zunehmender Fehlervarianz ab.

Der Reliabilitätskoeffizient r_{tt} läßt sich aus den Formeln (10.3) oder (10.4) leider nicht direkt bestimmen, da jeweils auf der rechten Seite unbekannte Größen, nämlich s_T^2 bzw. s_e^2 stehen. Nur s_X^2 kann empirisch bestimmt werden. Dieses Problem wird durch die Einführung des Konzepts der *„parallelen Messung"* gelöst.

Eine parallele Messung ist eine *Meßwiederholung* mit demselben Test oder eine Messung mit einem sog. Paralleltest, die für einen Pbn i dasselbe wahre Testergebnis T_i – evtl. mit einer für alle Pbn gleichen additiven Konstanten –, aber wegen der zufälligen Meßfehler natürlich verschiedene beobachtete Testergebnisse X_{1i} und X_{2i} ergibt. Wenn man dann in einer Stichprobe die Korrelation zwischen diesen beobachteten Meßwerten berechnet, gilt im Idealfalle völliger Parallelität

$$r_{tt} = \frac{s_T^2}{s_X^2} = r_{X_1X_2} \,. \qquad (10.5)$$

Da $r_{X_1X_2}$ empirisch bestimmbar ist, ist damit eine Möglichkeit gegeben, r_{tt} zumindest abschätzen zu können.

Parallele Messungen liegen vor, wenn man

– einen Test bei derselben Stichprobe wiederholt,
– einen Paralleltest einsetzt,
– einen Test in zwei äquivalente Hälften aufteilt und diese als Paralleltests betrachtet,
– jede einzelne Aufgabe eines Tests als „Paralleltest" ansieht.

Daraus resultieren die vier bekannten Methoden der Reliabilitätsschätzung, die im nächsten Abschnitt dargestellt werden.

Zum tieferen Verständnis dieser Methoden und zum Zweck einer vergleichenden Betrachtung müssen wir uns jedoch noch vorher mit den verschiedenen *Fehlerquellen* befassen, die die Fehlervarianz s_e^2 bedingen können. Zwei Gruppen von

Fehlerquellen sollen hier besonders hervorgehoben werden: Erstens die *Ungenauigkeit des Tests* als Meßinstrument bzw. seine mangelhafte Konsistenz (bezogen auf die Homogenität der Aufgaben und die Aufgabenreihung, ggf. auch auf die Eindeutigkeit der Aufgabenbewertung, d. h. die Auswertungsobjektivität), und zweitens die *Veränderlichkeit der Bedingungen* der Testdurchführung (z. b. Motivation, körperliches Befinden, situationsgebundene Umstände, auch Veränderung des Testleiterverhaltens, also die Durchführungsobjektivität). [1])

Entsprechend ist die Fehlervarianz zu zerlegen in eine Komponente zu Lasten der Konsistenz – wir nennen sie s_e^2 (consist) – und eine weitere Komponente zu Lasten der Durchführungsedingungen – s_e^2 (cond), und es gilt

$$s_e^2 = s^2_{e\,(consist)} + s^2_{e\,(cond)}\,. \tag{10.6}$$

Will man ausschließlich die Genauigkeit des Tests als Meßinstrument dem Reliabilitätskoeffizienten zugrunde legen, so lassen wir $s^2_{e\,(cond)}$ außer acht und definieren

$$r_{tt} = 1 - \frac{s^2_{e\,(consist)}}{s_X^2}\,. \tag{10.7}$$

Berücksichtigt man beide Fehlerquellen, ergibt sich der Reliabilitätskoeffizient als

$$r_{tt} = 1 - \frac{s^2_{e\,(consist)}}{s_X^2} - \frac{s^2_{e\,(cond)}}{s_X^2}\,. \tag{10.8}$$

Ein Reliabilitätskoeffizient, der der Definition von Formel (10.8) entsprechen soll, muß auf solche Weise ermittelt werden, daß sich sowohl die Testkonsistenz wie die Versuchsbedingungen als Variabilitätsfaktoren auswirken können. Dies ist am ehesten bei einer *Testwiederholung* mit derselben oder einer äquivalenten (= parallelen) Testform der Fall, während im Verlauf einer einmaligen Testgabe die Durchführungsbedingungen im allgemeinen als konstant angesehen werden können. In diesem Falle würde die Formel (10.7) gelten.

Nun läßt sich prinzipiell jeder der Fehlerquellen, die für $s^2_{e\,(cond)}$ und $s^2_{e\,(consist)}$ verantwortlich sein können, begrifflich und experimentell ausgliedern (wie wir es eigentlich schon mit der gesonderten Besprechung der Objektivitätsarten getan haben), und man könnte entsprechend viele Reliabilitätskoeffizienten definieren. Der Praxis wäre damit allerdings kaum gedient, weil die Überschaubarkeit verloren ginge. Wir wollen uns daher auf die Ausgliederung *eines* Aspekts von $s^2_{e\,(consist)}$ und *zweier* Aspekte von $s^2_{e\,(cond)}$ beschränken, die uns die Interpretation gegebener Reliabilitätskoeffizienten erleichtern können:

a) Wenn bei der Bestimmung eines Reliabilätskoeffizienten *Paralleltests* verwendet werden, so muß eine zusätzliche Fehlerquelle berücksichtigt werden, da die beiden Tests in Inhalt und Aufbau niemals vollständig äquivalent sind. Wir nennen den entsprechenden Varianzanteil $s^2_{e\,(äqui)}$.

b) Bei Testwiederholungen wirken sich noch sog. *Wiederholungseinflüsse* und *Erinnerungseinflüsse* aus. Unter dem Stichwort „Wiederholungseinflüsse" (MICHEL, 1964) seien Bedingungsveränderungen zusammengefaßt, die – individuell

---

[1]) Wie man sieht, sind die verschiedenen Arten der Objektivität als Sonderfälle der Reliabilität aufzufassen.

unterschiedlich – charakteristisch für die Wiederholung (Repetition) des gleichen oder eines parallelen Tests durch die gleiche Stichprobe sind (z. B. Übung, Transfer, Konzeptbildung, Vertrautheit mit der Testsituation); und von „Erinnerungseinflüssen“ wollen wir in dem speziellen Fall sprechen, wenn bei Wiederholung des gleichen Tests Aufgaben und Antworten individuell unterschiedlich behalten (memoriert) werden.

Die entsprechenden Varianzanteile seien $s^2_{e(rep)}$ und $s^2_{e(mem)}$. Für das Ausmaß der induviduellen Wiederholungs- und Erinnerungseinflüsse, besonders aber auch für die allgemeine Bedingungskonsistenz spielt der *Zeitabstand* zwischen erster und zweiter Messung eine wichtige Rolle. Zudem ist bei einer Meßwiederholung zu beachten, daß sich mit der Zeit auch die Ausprägung des zu messenden Persönlichkeitsmerkmals bei einem gegebenen Pb verändern und dies zur Variabilität seiner Meßwerte beitragen kann. Das gilt besonders für sogenannte aktuelle Persönlichkeitsmerkmale (Emotionen, Dispositionen, Bedürfnisse, manche Interessen), während sogenannte habituelle Persönlichkeitsmerkmale (Fähigkeiten, Fertigkeiten, Haltungseigenschaften) eine relativ höhere Konstanz aufweisen.

Diese interindividuell verschiedene Veränderung der „wahren“ Testwerte in Abhängigkeit von der Zeit, die sog. *Merkmalsfluktation*, trägt u. U. ebenfalls zur Fehlervarianz bei. Wir nennen diesen Anteil $s^2_{e(fluk)}$.

Im folgenden wird ein vereinfachter Überblick über die gängigen Reliabilitätsarten und die jeweiligen Fehlervarianzquellen gegeben, wobei die Termini, die in der amerikanischen Literatur verwendet werden (z. B. APA, 1974, CRONBACH, 1961 oder ANASTASI, 1985) mit angeführt werden:

Reliabilitätsarten:

a) einmalige Testvorgabe (eine Messung)
   1. Bezeichnung, Konsistenz
   2. amerikanisch: consistency (APA), equivalence (CRONBACH)

b) zweimalige Testvorgabe (zwei Messungen)

Zeitpunkt der zweiten Messung

		sofort nach der ersten Messung	später
Zweiter Test	mit dem ersten identisch	1. Retest-Reliabilität 2. stability (short-term) AA	Retest-Reliabilität stability (long term) (APA, CRONBACH) A——A
	mit dem ersten parallel	1. Paralleltest-Reliabilität 2. equivalence (APA, CRONBACH) AB	Paralleltest-Retest-R. equivalence + stability A——B

In diesem Schema und in Tab. 10.1 wird gewissermaßen eine Typologie der Reliabilität aufgestellt, und man hat zu berücksichtigen, daß fast alle Übergänge zwischen den Typen vorkommen können, je nach dem Zeitintervall zwischen den Messungen und der relativen Größe der verschiedenen Varianzkomponenten.

Tabelle 10.1: Aufspaltung der Fehlervarianz

	A	AA	AB	A–A	A–B
$s^2_{e(consist)}$	×	×	×	×	×
$s^2_{e(äqui)}$			×		×
$s^2_{e(cond)}$		×	×	×	×
$s^2_{e(rep)}$		×	×	×	×
$s^2_{e(mem)}$		×		×	
$s^2_{e(fluk)}$				×	×

Immerhin läßt sich anhand des obigen Überblicks – und ggf. unter Berücksichtigung des Zeitintervalls zwischen der ersten und zweiten Messung – die relative Größe der Reliabilitätskoeffizienten grob abschätzen; denn jede genannte Störquelle vergrößert die Fehlervarianz und verringert damit die Reliabilität, mit Ausnahme der ggf. individuell konstanten Erinnerungseinflüsse, die die Reliabilitätskoeffizienten ansteigen lassen (vgl. dazu besonders CURETON, 1958).

Der *Konsistenzkoeffizient* (Zeile 1 in Tab. 10.1) ist dann mit den anderen Reliabilitätskoeffizienten identisch, wenn die jeweils hinzukommenden Fehlervarianzen gleich Null sind, d. h. wenn die entsprechenden Fehlerquellen entweder keinen Einfluß auf das Testergebnis haben oder absolut konstant gehalten werden können. Keine der beiden Voraussetzungen wird in der Testpraxis jemals gegeben sein, so daß der Konsistenzkoeffizient stets eine ‚optimistischere' Auskunft über die Reliabilität eines Tests gibt als Retest- oder Paralleltestkoeffizienten, die mehr die empirischen Gegebenheiten der Praxis berücksichtigen.

Zu bevorzugen ist der Konsistenzkoeffizient auf jeden Fall, dann, wenn das untersuchte Merkmal offensichtlich inkonstant ist, wenn ein Test also mehr auf die Erfassung eines aktuellen als eines habituellen Persönlichkeitsmerkmals zugeschnitten ist.

Das *Paralleltestverfahren* liefert unter vergleichbaren Bedingungen im allgemeinen niedrigere Reliabilitätskoeffizienten, insbesondere bei einer längeren Zwischenzeit, entspricht jedoch häufig den Bedürfnissen der Praxis am besten.

Bei der Anwendung des *Retestverfahrens* sollte zur Testwiederholung ein Zeitpunkt gewählt werden, zu dem Erinnerungseinflüsse weitestgehend unwirksam geworden sind, andererseits die Merkmalskonstanz noch als gegeben angenommen werden kann. Soweit Paralleltests vorliegen, ist das Paralleltest- dem Retestverfahren gewöhnlich vorzuziehen.

Notabene: Man darf also nicht grundsätzlich den einen Koeffizienten für besser und den anderen für schlechter ansehen, sondern muß jeden Koeffizienten im Hinblick auf das untersuchte Persönlichkeitsmerkmal und das zur Ermittlung benutzte experimentelle Verfahren beurteilen. Es dürfte auch klar geworden sein, daß zur Vermeidung von Mißverständnissen bei jeder Veröffentlichung von Reliabilitätskoeffizienten das experimentelle – und, wie noch deutlich werden wird, auch das statistische – Verfahren ihrer Ermittlung anzugeben ist.

10.3 Die Methoden der Reliabilitätsbestimmung

Grundsätzlich kommen zur Bestimmung der Testreliabilität vier verschiedene Methoden in Frage:

1. Die *Testwiederholungsmethode.* Ein Test wird bei einer Stichprobe von Pbn nach einem angemessenen Zeitabstand wiederholt. Die Rohwertepaare aus Test und Testwiederholung werden korreliert. Der Korrelationskoeffizient ist eine Schätzung der Reliabilität.

2. Die *Paralleltestmethode.* Einer Stichprobe werden zwei Parallelformen eines Tests sofort hintereinander oder in einem gewissen zeitlichen Abstand nacheinander in Zufallsfolge dargeboten. Die Rohwertepaare werden korreliert. Auch hier ist der Korrelationskoeffizient eine Schätzung der Reliabilität.

3. Die *Testhalbierungsmethode.* Der Test wird bei einer Stichprobe einmal durchgeführt. Dann wird der Test in zwei äquivalente Aufgabengruppen aufgeteilt, und die beiden Hälften werden separat ausgewertet. Die Rohwerte der einen Hälfte werden mit den Rohwerten der anderen Hälfte korreliert. Aus dem Korrelationskoeffizienten berechnet man mit speziellen Formeln Schätzwerte für die Reliabilität.

4. Die *Konsistenzanalyse.* Der Test wird bei einer Stichprobe von Pbn einmal durchgeführt. Aus den Aufgabenkennwerten erhält man mittels spezieller Rechenformeln wiederum Schätzwerte für die Reliabilität.

10.3.1 Die Testwiederholungsmethode

In den exakten Naturwissenschaften sind in der Regel beliebig häufige Messungen eines Objektes oder eines Vorganges zulässig. Bei psychologischen Messungen wird jedoch meistens das untersuchte Merkmal durch den Vorgang der Messung in bestimmter Weise verändert (Übungsfortschritt, Einsicht). Psychophysische Messungen und Tests (z. B. Reaktionsgeschwindigkeit, tachistoskopische Auffassung) können dagegen ohne weiteres durch Testwiederholung auf ihre Reliabilität hin geprüft werden, da sie relativ am wenigsten durch die Wiederholung der Untersuchung verändert werden.

Für die weitaus größte Zahl psychologischer Untersuchungen (vor allem für Intelligenz- und Leistungstests) sollten jedoch Testwiederholungen nach Möglichkeit vermieden oder nur nach einem entsprechend langen Zeitintervall durchgeführt werden; andernfalls erhält man unter Umständen eine zu hohe Reliabiltät, eine sogenannte *Scheinreliabilität.* Diese Scheinreliabilität kommt vor allem deshalb zustande, weil die Erinnerung an bestimmte Aufgabenlösungen den Pb die Antwort finden läßt, ohne daß er den eigentlichen Lösungsprozeß vollziehen muß. Dieser reliabilitätssteigernde Einfluß des Gedächtnisses wirkt sich umso stärker aus, je näher die beiden Tests zeitlich beieinander liegen. Die Reliabilität wird als Scheinreliabiliät um so größer:

- je leichter die Testaufgaben behalten werden können,
- je charakteristischer und inhaltlich interessanter sie sind,
- je kürzer der Zeitabstand zwischen dem Test und seiner Wiederholung ist,
- je weniger Aufgaben in einem Test enthalten sind.

Die Reliabilitätsermittlung über die Methode der Testwiederholung ist also um so eher gerechtfertigt, je weniger die genannten vier Tatbestände im Einzelfall zutreffen. Der Übungsfortschritt – soweit er nicht auf direkter Erinnerung beruht – ist nicht so bedeutsam, wie häufig angenommen wird. Wenn nämlich der Übungsgewinn bei allen Pbn etwa der gleiche ist, wird die Korrelation zwischen Test und Retest nicht verändert werden. Unter Umständen kann man auch den Übungsfortschritt im Rahmen eines geeigneten Versuchsplanes (vgl. WINER, 1971) kontrollieren, wenn man Grund zu der Annahme hat, daß er interindividuell verschieden groß ist.

In der Praxis werden reine Schnelligkeitstests sowie Fragebogen meist über die Testwiederholungsmethode auf Reliabilität geprüft. Intelligenz- und Leistungstests im Sinne des Niveaukonzepts hingegen sollten durch andere Methoden untersucht werden.

Wenn man die bei der erstmaligen Testdurchführung erhaltenen Rohwerte mit X_{1i} und die bei der Wiederholung gewonnenen mit X_{2i} bezeichnet, so kann die rechnerische Ermittlung des Retest-Reliabilitätskoeffizienten nach der Formel (10.9) vorgenommen werden.

$$r_{tt} = \frac{N\sum_i X_{1i}X_{2i} - \sum_i X_{1i}\sum_i X_{2i}}{\sqrt{\left[N\sum_i X_{1i}^2 - \left(\sum_i X_{1i}\right)^2\right]\left[N\sum_i X_{2i}^2 - \left(\sum_i X_{2i}\right)^2\right]}}. \qquad (10.9)$$

Zu der häufig gestellten Frage, wieviel *Zeit* zwischen dem Test und seiner Wiederholung liegen soll, läßt sich nicht eindeutig Stellung nehmen. Man befindet sich hier in einem gewissen Dilemma: Einmal sollen die Erinnerungsspuren möglichst verblassen, das Intervall also möglichst groß sein; zum anderen soll das untersuchte Persönlichkeitsmerkmal möglichst unverändert bleiben, was wiederum ein kurzes Intervall wünschenswert erscheinen läßt. Je nach der Eigenart des Testinhaltes werden die Zeitabstände zwischen Test und Wiederholung von Tagen bis zu Monaten variieren. Gleichgültig, wie groß das Intervall ist, Schwankungen des Persönlichkeitsmerkmales werden in der Regel in den Wiederholungskoeffizienten eingehen. In diesem Sinne macht dieser Koeffizient auch eine Aussage über die *zeitliche Stabilität* des untersuchten Persönlichkeitsmerkmales. Nach einem Vorschlag von CRONBACH (1947) wird daher in der angloamerikanischen Literatur der Wiederholungskoeffizient als *Stabilitäts-Koeffizient* bezeichnet.

Wenn ein Wiederholungskoeffizient hoch ist, kann man also von einer zeitlichen Stabilität des untersuchten Merkmals ausgehen. Der umgekehrte Schluß ist allerdings so nicht gültig. Ein niedriger Koeffizient ergibt sich trotz einer hohen zeitlichen Stabilität auch dann, wenn der Test in sich nicht konsistent ist. Für diesen Fall hat CURETON (1971) eine Korrekturformel vorgeschlagen. Sie lautet in adaptierter Form

$$r_{tt\,(stab)} = \frac{r_{tt\,(Wiederholung)}}{r_{tt\,(Konsistenz)}}. \qquad (10.10)$$

In dieser Form ist $r_{tt\,(Konsistenz)}$ eine Reliabilitätsschätzung im Rahmen einer Konsistenzananlyse oder mittels der Halbierungsmethode. $r_{tt\,(stab)}$ sagt etwas über die zeitliche Stabilität des untersuchten Merkmals aus.

10.3.2 Die Paralleltestmethode

Die Möglichkeit, zwei Parallelformen an ein und dieselbe Stichprobe darzubieten, gilt als das beste Verfahren zur Beurteilung der Testreliabilität. Es wird allerdings nicht nur vorausgesetzt, daß zwei Parallelformen vorhanden sind, sondern auch, daß diese auf *Äquivalenz* überprüft worden sind.

Parallelformen sind schwierig aufzubauen, wenn

- die Testaufgaben, einen gewissen Einmaligkeitscharakter besitzen (z. B. Denkprobleme),
- die Lösungskonzepte von einer Form auf die andere leicht übertragen werden können (Transfer- und Suszeptibilität),
- wenn von einer Testform zu anderen ein signifikanter Lern- oder Übungsfortschritt zu erwarten ist.

Bei Tests mit homogenen und gleichschwierigen Aufgaben vom Schnelligkeitstyp (z. B. Rechentest) macht es keinen Unterschied, ob bei der Testwiederholung dieselben oder andere Aufgaben dargeboten werden. In diesem Falle ist die Retest- mit der Paralleltestmethode praktisch identisch.

Bei der Durchführung der Paralleltestmethode geht man zweckmäßigerweise so vor, daß die eine Zufallshälfte der Stichprobe mit der Testform A, die andere Hälfte mit der Testform B den Anfang macht. Bei der Wiederholung wird dann nach Art eines *Überkreuzungsplans* (cross over design, vgl. WINER, 1971) entsprechend gewechselt. Zwischen den beiden Testdurchführungen soll im allgemeinen höchstens ein Abstand von wenigen Tagen liegen. Nach Möglichkeit sollte man den Test sofort wiederholen.

Wenn man die Rohwerte der Testform A mit X_1 und die Testform B mit X_2 bezeichnet, kann die rechnerische Ermittlung des Paralleltest-Reliabilitätskoeffizienten nach Formel (10.9) erfolgen.

Wenn die Paralleltestreliabilität hoch ist, sind die beiden Testformen notwendigerweise äquivalent. Der umgekehrte Schluß ist wiederum – wegen der möglicherweise geringen oder verschieden hohen Konsistenz der Testformen – nicht gültig. Den Grad der Äquivalenz können wir mit der folgenden Formel von CURETON (1971) abschätzen:

$$r_{tt(\text{äqui})} = \frac{r_{tt(\text{Paralleltest})}}{\sqrt{r_{tt(\text{A, Konsistenz})} \cdot r_{tt(\text{B, Konsistenz})}}}. \qquad (10.11)$$

Im Nenner dieser Formel stehen Reliabilitätsschätzungen für beide Testformen, die im Rahmen einer Konsistenzanalyse ermittelt wurden.

Formel (10.11) entspricht einem doppelt minderungskorrigierten Validitätskoeffizienten (siehe Kap. 11.6), der hier auf zwei Paralleltests angewandt wird. Formel (10.10) ist ein Spezialfall von Formel (10.11).

10.3.3 Die Testhalbierungsmethode

Kann für einen bestimmten Test keine Wiederholung durchgeführt werden und ist ebensowenig eine Parallelform vorhanden, so besteht bei *homogenen Niveautests* nur die Möglichkeit, über eine einzige Testdurchführung zu einem Schätzwert für die Testreliabilität zu gelangen. Vorausgesetzt wird hierbei lediglich, daß es möglich ist, den Test in irgendeiner Weise in zwei gleichwertige Testhälften zu zerlegen, so daß gewissermaßen zwei Paralleltestformen von halber Länge resultieren.

In der Regel haben die beiden Testhälften auch dieselbe Anzahl von Aufgaben. Das ist aber nicht unbedingt notwendig.

Da die sog. Testhalbierungsmethode keinen zusätzlichen experimentellen Aufwand benötigt, sondern quasi nur am „Schreibtisch" angewendet wird, und da inzwischen entsprechende Computerprogramme vorliegen, wird die Halbierungstechnik der Reliabilitätsschätzung, genauso wie die Konsistenzanalyse, heute eigentlich immer eingesetzt, wenn die entsprechenden Voraussetzungen gegeben sind.

10.3.3.1 Die Halbierungstechniken

Es gibt theoretisch viele Möglichkeiten, einen Test in zwei Hälften zu teilen, jedoch haben sich aus logischen und methodischen Gründen nur wenige in der Praxis bewährt.

a) Die Halbierung nach **geradzahligen und ungeradzahligen Aufgaben** (odd-even-Methode) besteht darin, daß nach Darbietung des Tests separate Rohwerte für die Aufgaben mit geradzahliger und für die mit ungeradzahliger Reihungsnummer gebildet werden. Dieser Art der Halbierung darf nicht bei Tests angewendet werden, bei denen die Schnelligkeitskomponente im Vordergrund steht; in diesem Falle würden sich erhebliche Überschätzungen des Reliabilitätskoeffizienten ergeben. In der Mehrzahl der Fälle, in denen bei Niveautests nur eine einzige Darbietung möglich ist, wird diese Methode gewählt.

b) Die Halbierung nach **Zufall** ist der eben genannten Methode an die Seite zu stellen mit dem Unterschied, daß sie systematische Fehler vermeidet. Diese Methode wird selten, und wenn überhaupt, so nur bei schwierigkeitsgleichen Aufgaben eines Niveautests angewandt.

c) Die Halbierung aufgrund der **Analysedaten** stellt ein modernes Verfahren dar, das aus der systematischen Paralleltestkonstruktion hervorgegangen ist. Man bildet hierbei Aufgabenpaare von annähernd gleicher Schwierigkeit und gleicher Trennschärfe. Von den Paarlingen teilt man dann nach Zufall je eine einer der beiden Testhälften zu. Bei dieser Art der Halbierung wird vorausgesetzt, daß alle Aufgaben von allen Pbn in Angriff genommen werden, daß es sich also um einen reinen Niveautest handelt. Natürlich müssen Schwierigkeit und Trennschärfe der Aufgaben bekannt sein. Man kann diese Werte aus der Aufgabenanalyse entnehmen; evtl. muß man sie nach den in Kap. 7 beschriebenen Methoden neu berechnen.

d) Die Halbierung nach **Testzeit** kommt dann in Frage, wenn der Schnelligkeitscharakter bei einem Test überwiegt. Bei dieser Methode wird die für den ganzen Test vorgesehene Zeit halbiert. Nach Ablauf der ersten Hälfte der Testzeit gibt der Testleiter ein Zeichen, worauf alle Pbn bei der eben von ihnen bearbeiteten Aufgabe ein bestimmtes Kennzeichen anbringen. Entweder arbeiten sie dann an der nächstfolgenden Testaufgabe ohne Unterbrechung weiter oder sie beginnen alle von Neuem bei einer vorher vereinbaren Aufgabe, z. B. der ersten Aufgabe eines neuen Testblattes. Auch hier werden auf der Basis der halbierten Testzeit zwei Rohwerte von etwa gleichem Unabhängigkeitsgrad wie bei der Aufgabenhalbierung gewonnen.

Treten im Verlauf eines Schnelligkeitstests Übungs- und/oder Ermüdungswirkungen auf (wie beim Pauli-Arnold-Test), so kann man die Testzeit auch vierteilen, um diese Wirkungen auf die Reliabilitäten abzuschätzen.

Man stellt dann als Hälften gegenüber:

1. Die Rohwerte des 1. und 2. Viertels gegen die Rohwerte des 3. und 4. Viertels
2. Die Rohwerte des 1. und 3. Viertels gegen die Rohwerte des 2. und 4. Viertels
3. Die Rohwerte des 1. und 4. Viertels gegen die Rohwerte des 2. und 3. Viertels.

Nur dann, wenn die 3 Reliabilitätsschätzungen aus der Vierteilung nach Testzeit etwa gleich ausfallen, darf man auf ihre Aussagekraft vertrauen.

10.3.3.2 Die rechnerische Ermittlung des Halbierungskoeffizienten

Durch jedes der genannten vier Halbierungsverfahren werden aufgrund einer einzigen Testdurchführung für jeden Pb der Kontrollstichprobe zwei Rohwerte gewonnen. Mit diesen Halbtest-Rohwerten müssen nun zunächst verschiedene Rechenoperationen vorgenommen werden, um den Konsistenzkoeffizienten zu erhalten.

Das wichtigste Rechenverfahren besteht darin, daß man die Maßkorrelation der Rohwertepaare nach Formel (10.9) oder einer äquivalenten Formel ermittelt. Wir bezeichnen den entsprechenden Korrelationskoeffizienten nicht mit r_{tt}, sondern mit r_{12}, wodurch angedeutet werden soll, daß es sich um die Korrelation der ersten zur zweiten Testhälfte, also um die Reliabilität des halben Tests handelt. Mittels dieses *Halbtest-Reliabilitätskoeffizienten* kann man dann nach einer von SPEARMAN-BROWN entwickelten Formel die Konsistenz des ganzen Tests grob abschätzen.

Will man den Konsistenzkoeffizienten des gesamten Tests genauer bestimmen, so empfiehlt es sich, auch die Standardabweichungen der beiden Halbtest-Rohwerte zu berechnen, s_1 und s_2. Für Schätzverfahren anderer Autoren wiederum ist es notwendig, die Differenzen der Rohwertepaare $(X_1 - X_2)$ zu bilden und deren Standardabweichung $s_{(1-2)}$ zu berechnen.

Wenn die beiden Testteile verschieden viele Aufgaben haben und man speziell für diesen Fall adaptierte Schätzformeln anwenden will, muß man noch die relativen Anteile der Aufgaben der beiden Teile an der Gesamtaufgabenzahl, p und q, bestimmen. Diese Methoden sind natürlich nur bei den drei erstgenannten Halbierungsmethoden nach der Aufgabenzahl, nicht bei der Halbierung nach der Testzeit sinnvoll.

Im folgenden führen wir die wichtigsten Schätzverfahren des sog. *Halbierungs-Konsistenzkoeffizienten* an, wobei wir zunächst den Fall $p = q$, also gleichviele Aufgaben in beiden Testhälften, später den Fall $p \neq q$ behandeln wollen.

a) Die weltweit bekannte und gebräuchliche SPEARMAN-BROWN-Formel zur Schätzung der Konsistenz des ganzen Tests aufgrund seiner Hälften ist ein Spezialfall der allgemeinen Beziehung zwischen Testlänge und Testkonsistenz[1])

---

[1]) vgl. dazu Kap. 10.5

und lautet

$$r_{tt} = \frac{2 \cdot r_{12}}{1 + r_{12}}. \qquad (10.12)$$

Diese einfache Beziehung ist in dem Nomogramm der Abb. 10.1 veranschaulicht.

Zu jedem Halbierungskoeffizienten r_{12}, wie er auf der Abszisse abgetragen ist, kann unmittelbar und mit hinreichender Genauigkeit der ihm entsprechende Gesamtreliabilitätswert r_{tt} auf der Ordinate abgelesen werden. Wie man aus der Abbildung ersehen kann, ist der Effekt der Aufwertung nach SPEARMAN-BROWN umso schwächer, je größer die Korrelation zwischen den Testhälften ist.

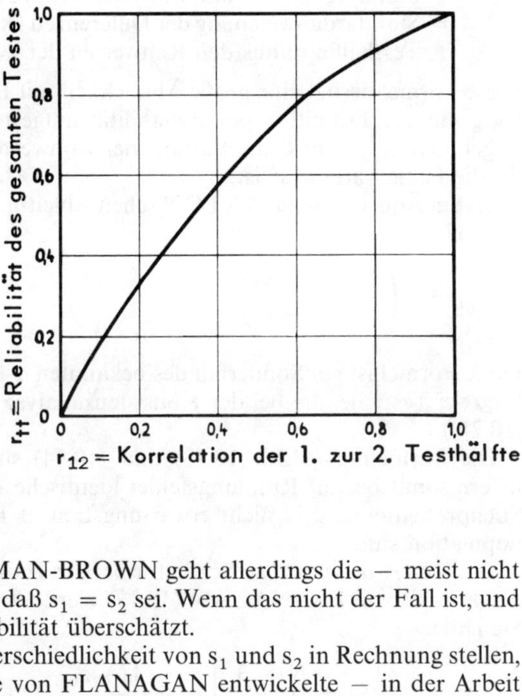

Abb.10.1: Nomogramm zur Aufwertung eines Reliabilitätskoeffizienten nach der Formel von SPEARMAN-BROWN

In diese Formel von SPEARMAN-BROWN geht allerdings die – meist nicht überprüfte – Annahme mit ein, daß $s_1 = s_2$ sei. Wenn das nicht der Fall ist, und das ist die Regel, wird die Reliabilität überschätzt.

b) Will man eine etwaige Unterschiedlichkeit von s_1 und s_2 in Rechnung stellen, so eignet sich in diesem Fall die von FLANAGAN entwickelte – in der Arbeit von RULON (1930) angeführte – Schätzformel

$$r_{tt} = \frac{4 \cdot s_1 \cdot s_2 \cdot r_{12}}{s_1^2 + s_2^2 + 2 \cdot s_1 \cdot s_2 \cdot r_{12}}. \qquad (10.13)$$

In dieser Formel bedeuten:

s_1 = Standardabweichung der Rohwerte aus Testhälfte 1,

s_2 = Standardabweichung der Rohwerte aus Testhälfte 2.

Wie man sich leicht überzeugen kann, geht diese Formel (10.13) unter der Bedingung $s_1 = s_2$ in die SPEARMAN-BROWNsche Formel über, so daß man nach beiden Formeln dann desselben Reabilitätskoeffizienten erhält. Die FLANAGANsche Reliabilitätsschätzung ist vorsichtiger als die SPEARMAN-BROWN-Schätzung, sofern $s_1 \neq s_2$, d. h. Formel (10.13) liefert bei ungleichen Streuungen der beiden Testhälften zu Recht niedrigere Werte.

c) Eine analoge, von den Differenzen der Halbtest-Rohwerte ausgehende Konsistenzschätzung gibt die von RULON (1930) abgeleitete Formel (10.14). Sie hat den Vorteil, daß sie wenig Rechenarbeit verlangt.

$$r_{tt} = 1 - \frac{s^2_{(1-2)}}{s_x^2}. \tag{10.14}$$

In dieser Formel bedeuten:

s_x = Standardabweichung des gesamten Tests
$s_{(1-2)}$ = Standardabweichung der Differenzen $(X_1 - X_2)$, der Rohwerte der ersten Testhälfte minus den Rohwerten der zweiten Testhälfte.

Diese Formel besitzt eine große Ähnlichkeit mit Formel (10.4), die im Zusammenhang mit der Definition der Reliabilität aufgestellt wurde. In der Tat läßt sich zeigen, daß $s^2_{(1-2)}$, also die Varianz der Rohwertdifferenzen, eine gute Schätzung für die Fehlervarianz s_e^2 ist.

d) Ein Äquivalent zur RULON'schen Ableitung gibt GUTTMAN (1945) in der Formel

$$r_{tt} = 2\left(1 - \frac{s_1^2 + s_2^2}{s_x^2}\right). \tag{10.15}$$

Diese Formel ist ein Sonderfall des bekannten α-Koeffizienten von CRONBACH für zwei Testteile, die bei der Konsistenzanalyse angewendet wird (siehe Formel (10.24)).

Die Formeln (10.12), (10.13) und (10.14) sind ineinander überführbar und liefern somit bis auf Rundungsfehler identische Ergebnisse, die aber bei kleinem Stichprobenumfang N nicht erwartungstreu, d. h. repräsentativ für die Gesamtpopulation sind.

e) Eine *erwartungstreue* Schätzformel der Halbierungsreliabilität auf der Basis der Formel von FLANAGAN (10.13) wurde von KRISTOF (1963) entwickelt. Sie lautet

$$r_{tt} = \frac{2}{N-1} + \frac{N-3}{N-1} \cdot \left[\frac{4s_1s_2r_{12}}{s_1^2 + s_2^2 + 2s_1s_2r_{12}}\right], \tag{10.16}$$

N: Anzahl der Pbn.

KRISTOF zeigte nämlich, daß im Falle der Gleichheit der Varianzen beider Halbtests die SPEARMAN-BROWN-Formel keine *Maximum-Likelihood-Schätzung* ist, während die Formeln von FLANAGAN, RULON und GUTTMAN zwar Maximum-Likelihood-Schätzungen des aufgewerteten Reliabilitätskoeffizienten darstellen, aber mit einem systematischen Stichprobenfehler behaftet sind, der zu einer Unterschätzung der Reliabilität führt. KRISTOF entwickelte deshalb erwartungstreue Schätzfunktionen, die auch bei geringeren Stichprobenumfängen Maximum-Likelihood-Schätzungen sind.

Wie man bei einem Vergleich der Formeln (10.16) und (10.13) erkennt, ergibt sich die KRISTOF-Formel aus der FLANAGAN-Formel durch eine lineare Korrektur. Wenn man dann noch berücksichtigt, daß die Formeln von FLANAGAN, RULON und GUTTMAN algebraisch identisch sind, läßt sich der KRISTOFsche Ansatz leicht verallgemeinern:

$$r'_{tt} = \frac{2}{N-1} + \frac{N-3}{N-1} \cdot r_{tt}\,, \tag{10.17}$$

N: Anzahl der Pbn
r_{tt}: Halbtestreliabilität nach FLANAGAN, RULON oder GUTTMAN
r'_{tt}: erwartungstreue Schätzung nach KRISTOF

Diese Korrektur sollte bei kleineren Stichproben unbedingt verwendet werden. Bei größeren ist sie ohne Belang.

Die praktische Anwendung der genannten Formeln soll anhand eines simplifizierten Beispiels demonstriert werden.

Rechenbeispiel Nr. 10.1:

Es sei ein Test mit 30 Aufgaben einer Gruppe von N = 12(!) Pbn dargeboten und nach den geraden und ungeraden Aufgabenreihungsnummern halbiert worden; dabei wurden folgende Einzelresultate festgestellt (Tab. 10.2).

Tabelle 10.2

Pb	Ri	Bo	Mu	La	Ha	Li	Pu	Ke	Be	Ho	So	Ti	$\Sigma()^2$	$\Sigma()^s$
X_1	14	12	10	10	7	10	7	8	6	5	3	1	93	873
X_2	15	14	11	10	12	6	8	6	7	6	3	2	100	1020
X	29	26	21	20	19	16	15	14	13	11	6	3	193	3731
X_1-X_2 =D	−1	−2	−1	0	−15	+4	−1	+2	−1	−1	0	−1	−7	55

$$s_1^2 = \frac{1}{N-N}\left[\sum_i X_{1i}^2 - \frac{\left(\sum_i X_{1i}\right)^2}{N}\right] = \frac{1}{11}\left[14^2 + 12^2 + \ldots + 1^2 - \frac{93^2}{12}\right]$$

$$= 13{,}84\,,$$

$$s_1 = 3{,}7\,,$$

$$s_2^2 = \frac{1}{N-1}\left[\sum_i X_{2i}^2 - \frac{\left(\sum_i X_{2i}\right)^2}{N}\right] = \frac{1}{11}\left[15^2 + 14^2 + \ldots + 2^2 - \frac{100^2}{12}\right]$$

$$= 16{,}97\,,$$

$$s_2 = 4{,}1\,,$$

$$s_x^2 = \frac{1}{N-1}\left[\sum_i X_i^2 - \frac{\left(\sum_i X_i\right)^2}{N}\right] = \frac{1}{11}\left[29^2 + 26^2 + \ldots + 3^2 - \frac{193^2}{12}\right]$$

$$= 57{,}0\,,$$

$$s_1 = 7{,}6\,,$$

$$s_{(1-2)}^2 = \frac{1}{N-1}\left[\sum_i D_i^2 - \frac{\left(\sum_i D_i\right)^2}{N}\right]$$

$$= \frac{1}{11}\left[(-1)^2 + (-2)^2 + \ldots + (-1)^2 - \frac{(-7)^2}{12}\right] = 4{,}63\,,$$

$$s_{(1-2)} = 2{,}2\,,$$

$$r_{12} = \frac{N\sum_i X_{1i}\cdot X_{2i} - \sum_i X_{1i}\cdot\sum_i X_{2i}}{\sqrt{\left[N\sum_i X_{1i}^2 - \left(\sum_i X_1\right)^2\right]\left[N\sum_i X_{2i}^2 - \left(\sum_i X_{2i}\right)^2\right]}}$$

$$= \frac{12(14\cdot 15 + 12\cdot 14 + 10\cdot 11 + \ldots + 1\cdot 1) - 93\cdot 100}{\sqrt{(12\cdot 873 - 93^2)\,(12\cdot 1020 - 100^2)}} = 0{,}85.$$

Wenn wir diese Werte in die verschiedenen Halbierungskonsistenzformeln einsetzen, so ergibt sich:

nach SPEARMAN-BROWN Formel (10.12)

$$r_{tt} = \frac{2\cdot 0{,}85}{1 + 0{,}85} = 0{,}919\,,$$

nach FLANAGAN Formel (10.13)

$$r_{tt} = \frac{4\cdot 3{,}73\cdot 4{,}1\cdot 0{,}85}{13{,}84 + 16{,}0 + 2\cdot 3{,}73\cdot 4{,}1\cdot 0{,}85} = 0{,}911$$

nach RULON Formel (10.14)

$$r_{tt} = 1 - \frac{4{,}63}{57{,}0} = 0{,}919\,,$$

nach GUTTMAN Formel (10.15)

$$r_{tt} = 2\left[1 - \frac{13{,}84 + 16{,}97}{57{,}0}\right] = 0{,}919\,,$$

nach KRISTOF Formel (10.17)

$$r_{tt} = \frac{2}{12-1} + \frac{12-3}{12-1}\cdot 0{,}911 = 0{,}927\,.$$

Die Formeln (10.13) bis (10.15) ergeben, wie zu erwarten, bis auf Rundungsfehler dieselben Koeffizienten. Formel (10.12) ergibt einen Wert, der wegen der geringen Differenz zwischen s_1 und s_2 praktisch identisch ist. Den höchsten Wert erbringt die KRISTOF-Formel; hier wirkt sich deutlich die Kleinheit der Stichprobe aus.

Die bisher dargestellten Methoden zur Schätzung der Testhalbierungsreliabilität setzen voraus, daß die Anzahl der Aufgaben in beiden Testteilen gleich ist – außer natürlich bei der Halbierung der Testzeit. Nun braucht das aber nicht immer der Fall zu sein, z. B.

1. wenn die Anzahl der Aufgaben ungerade ist,
2. wenn aus irgendwelchen Gründen einzelne Aufgaben bei der Auswertung unberücksichtigt bleiben müssen,
3. oder wenn der Test aus sachlichen Gründen in zwei äquivalente, aber unterschiedlich umfangreiche Untertests aufgeteilt werden muß.

In solchen Fällen wird die Reliabilität unterschätzt, eine Korrektur ist sinnvoll.

f) Die wohl älteste Formel für die Abschätzung der Testhalbierungsreliabilität bei ungleichen Testteilen stammt von HORST (1951). Sie lautet

$$r_{tt} = \frac{r_{12}\left(\sqrt{r_{12}^2 + 4pq(1 - r_{12}^2)} - r_{12}\right)}{2pq \cdot (1 - r_{12}^2)}, \qquad (10.18)$$

r_{12}: Korrelation zwischen den beiden Testteilen
p, q: Relative Anteile der beiden Teile.
Wenn man in dieser Formel $p = q$ setzt, ergibt sich Formel (10.12) von SPEARMAN-BROWN.

g) FELDT (1975) gibt eine Formel an, die neben r_{12} die Standardabweichungen der beiden Teilpunktwerte anstelle der relativen Anteile p und q enthält.

$$r_{tt} = \frac{4s_1s_2r_{12}}{s^2 - \left(\frac{s_1^2 - s_2^2}{s}\right)^2}. \qquad (10.19)$$

Setzt man in dieser Formel $s_1 = s_2$, so ergibt sich ebenfalls die Formel von SPEARMAN-BROWN. Sind die Standardabweichungen verschieden, die beiden Teile aber gleich lang, so ergibt die Formel einen größeren Wert für r_{tt} als die für diesen Fall gültige Formel von FLANAGAN (10.13), was man bei einem Vergleich der Nenner der Formeln (10.13) und (10.19) leicht einsieht.

h) Wir wollen an dieser Stelle eine weitere, sehr einfache Möglichkeit vorschlagen:
RAJU (1977) hat eine Methode vorgestellt, mit der man die Reliabilität eines Tests, der in beliebig viele Teile von jeweils beliebiger Länge aufgeteilt ist, abschätzen kann. Ein Spezialfall seines β-Koeffizienten ist der α-Koeffizient von CRONBACH (10.24). Beide Kennwerte werden wir in Kap. 10.3 behandeln.

Schränkt man die Formel von RAJU auf zwei Testteile verschiedener Länge ein, so ergibt sich aus Formel (10.23) nach einer kleinen Umformung[1])

$$r_{tt} = \frac{1}{2pq} \cdot \left[1 - \frac{s_1^2 + s_2^2}{s^2}\right]. \tag{10.20}$$

Für p = q geht diese Formel in die Formel (10.15) von GUTTMAN über. In Analogie zur Ableitung von Formeln (10.17) läßt sich jetzt auf dieser Basis eine allgemeine Korrekturformel für ungleiche Testteile angeben:

$$r''_{tt} = \frac{1}{4pq} \cdot r_{tt}\,. \tag{10.21}$$

In dieser Formel ist r_{tt} die Reliabilität, die nach einer der Formeln von FLANAGAN, RULON oder GUTTMAN ohne Berücksichtigung der unterschiedlichen Aufgabenzahlen geschätzt wurde. r''_{tt} ist der korrigierte Wert. Die Anwendung dieser Formeln soll ebenfalls anhand eines einfachen Beispiels demonstriert werden:

Rechenbeispiel Nr. 10.2:
Ein Test mit 30 Aufgaben wurde einer Gruppe von 10 Pbn dargeboten. Aus sachlichen Gründen ergab sich eine Aufteilung in zwei äquivalente Teile von 20 und 10 Aufgaben. Die Einzelresultate sind in Tab. 10.3 zusammengestellt.

Tabelle 10.3

Pb	Sa	Te	Ro	Fu	Mi	La	Mo	Nu	To	Fa	Σ()	Σ()²
X_1	8	9	10	15	19	11	10	6	4	12	104	1248
X_2	2	7	6	2	10	3	7	2	6	8	53	355
X	10	16	16	17	29	14	17	8	10	20	157	2791

$$p = 0{,}67\,, \qquad q = 0{,}33\,, \qquad \sum_i X_{1i} X_{2i} = 594\,,$$

$$s_1^2 = \frac{1}{9}\left[1248 - \frac{104^2}{10}\right] = 18{,}49\,, \qquad s_1 = 4{,}30\,,$$

---

[1]) $1 - (p^2 + q^2) = (p + q)^2 - p^2 - q^2 = 2pq$

$$s_2^2 = \frac{1}{9}\left[355 - \frac{53^2}{10}\right] = 8{,}23\,, \qquad s_2 = 2{,}87\,,$$

$$s_x^2 = \frac{1}{9}\left[2791 - \frac{157^2}{10}\right] = 36{,}23\,, \qquad s_x = 6{,}02\,,$$

$$r_{12} = \frac{10 \cdot 594 - 104 \cdot 53}{\sqrt{(10 \cdot 1248 - 104^2)(10 \cdot 355 - 53^2)}} = 0{,}385 \quad .$$

Wenn diese Werte in die verschiedenen Formeln einsetzen, so ergibt sich:

ohne Korrektur

nach GUTTMAN Formel (10.15)

$$r_{tt} = 2\left(1 - \frac{18{,}49 + 8{,}23}{36{,}23}\right) = 0{,}52$$

mit Korrektur

nach HORST Formel (10.18)

$$r_{tt} = \frac{0{,}385\sqrt{0{,}149 + 4 \cdot 0{,}67 \cdot 0{,}33 \cdot 0{,}851} - 0{,}385)}{2 \cdot 0{,}67 \cdot 0{,}33 \cdot 0{,}851} = 0{,}50\,,$$

nach FELDT Formel (10.19)

$$r_{tt} = \frac{4 \cdot 4{,}30 \cdot 2{,}87 \cdot 0{,}385}{36{,}23 - (10{,}26/6{,}02)^2} = 0{,}56\,,$$

nach RAJU Formel (10.21)

$$r''_{tt} = \frac{1}{4 \cdot 0{,}67 \cdot 0{,}33} \cdot 0{,}52 = 0{,}59\,.$$

Wie erwartet, wird die Reliabilität unterschätzt, wenn die ungleichen Aufgabenzahlen nicht berücksichtigt werden. Die korrigierten Werte stimmen recht gut überein, der Korrektureffekt ist allerdings nur gering.

10.3.4 Die Methode der Konsistenzanalyse

Während die bisher genannten Methoden der Reliabilitätsbestimmung schon in der Frühzeit der Testkonstruktion verwendet wurden, haben einige Autoren in den späten 30er Jahren auf der Grundlage der *Varianzanalyse* Verfahren entwikkelt, die dem Halbierungsverfahren in vieler Hinsicht überlegen sind. Die Analyse der *inneren Konsistenz* geht davon aus, daß man einen Test nicht nur in zwei vergleichbare Hälften, sondern in drei, vier oder noch mehr äquivalente Teile, im Extremfalle in ebenso viele Teile untergliedern kann, wie Aufgaben vorhanden sind. Man kann den inneren Kontext der einzelnen Aufgaben auf diese Weise ebenso gut überprüfen, wie dies für zwei Testhälften möglich ist.

Die Konsistenzanalyse unterliegt denselben Bedingungen und Einschränkungen wie die Halbierungsmethode, als deren Verallgemeinerung sie anzusehen ist. Auch sie setzt lediglich eine einmalige Testdarbietung voraus, jedoch kann sie zum Unterschied von der Halbierungsmethode bereits auf den Daten der Aufgabenanalyse aufbauen und bedarf deshalb nicht unbedingt einer speziellen Darbietung.

In der Folge werden einige wichtige Formeln angegeben, mittels derer man die Reliabilität bzw. die innere Konsistenz bei einer Aufteilung eines Tests in beliebig viele oder im Grenzfall in soviele Teile, wie er Aufgaben enthält, schätzen kann. Vorausgesetzt wird in allen Fällen, daß die Teile *parallel* sind, also dasselbe Merkmal messen und auch denselben wahren Wert T – bis auf eine additive Konstante – ergeben.

1. Wenn sich ein Test in drei äquivalente Teile unterschiedlicher Länge aufteilen läßt, kann man mit einer Formel von KRISTOF (1974) die Reliabilität abschätzen. Wir geben diese in einer modifizierten Form an.

$$r_{tt} = \frac{(s_1 r_{12} r_{13} + s_2 r_{12} r_{23} + s_3 r_{13} r_{23})^2}{r_{12} r_{13} r_{23} \cdot s_x^2}. \qquad (10.22)$$

Die Formel enthält nur die Korrelationen der drei Teile, die drei Standardabweichungen und die Varianz des Gesamtpunktwerts. In diesem Falle läßt sich allerdings auch die folgende, etwas einfachere Formel anwenden.

2. Bei der Schätzung der Reliabiliät eines Tests, der in c Teile unterschiedlicher Länge aufgeteilt ist, berechnet man den β-Koeffizienten von RAJU (1977):

$$\beta = r_{tt} = \frac{1}{1 - \sum_j p_j^2} \left[1 - \frac{\sum_j s_j^2}{s_x^2} \right]. \qquad (10.23)$$

Dabei bedeutet: p_j: relativer Anteil des Testteils j an der Gesamtaufgabenzahl.

3. Sind alle Testteile gleich lang, dann sind alle β_j in der Formel (10.23) gleich 1/c, und es ergibt sich der bekannte α-Koeffizient von CRONBACH (1951):

$$\alpha = r_{tt} = \frac{c}{c - 1} \left[1 - \frac{\sum_j s_j^2}{s_x^2} \right]. \qquad (10.24)$$

Die α-Formel ist zur Reliabilitätsschätzung bei homogenen Tests sehr universell anwendbar. Sie kann genutzt werden

a) bei einem Test mit c äquivalenten Teilen gleicher Länge,

b) bei einem Test mit Aufgaben, bei denen es für Lösungen unterschiedlich viele intervallskalierte Punkte gibt (z. B. Persönlichkeitsfragebogen, C-Test),

c) im Grenzfall, wo der Test in soviele Teile aufgeteilt wird, wie er Aufgaben enthält, die je mit 0 oder 1 Punkten bewertet werden.

Im letzteren Falle geht die Formel von CRONBACH in die KR 20 von KUDER und RICHARDSON (10.26) über.

Die statistischen Eigenschaften dieses wichtigen Koeffizienten sind von FELDT, WOODRUFF und SALIH (1987) untersucht worden. Bei nicht erfüllten Voraussetzungen unterschätzt α die „wahre“ Reliabilität.

4. Von KUDER und RICHARDSON (1937) stammt auch die sog. „Formula 8“ (oder auch KR 8 i. U. zu KR 20), die nach einer vollständigen Aufgabenanalyse der Konsistenzschätzung zugrundegelegt werden darf. Sie gilt für den Fall der Auftei-

lung in die einzelnen Aufgaben und berücksichtigt unterschiedliche Trennschärfen:

$$r_{tt} = \frac{s_x^2 - \sum\limits_j p_j q_j}{2s_x^2} + \sqrt{\frac{\sum\limits_j r_{jt}^2 p_j q_j}{s_x^2} + \left(\frac{s_x^2 - \sum\limits_j p_j q_j}{2s_x^2}\right)^2}. \tag{10.25}$$

In dieser Formel bedeuten:

s_x^2 = Varianz der Test-Rohwerte X
p = Schwierigkeitsindex als Verhältniszahl ausgedrückt P/100
q = (1 − p),
r_{jt} = Trennschärfenkoeffizient

5. Wenn man annehmen kann, daß alle Aufgabeninterkorrelationen etwa gleich sind bzw. wenn man diese Annahme machen muß, weil keine oder nur eine unvollständige Aufgabenanalyse durchgeführt worden ist, so wird man die bekannte „KUDER-RICHARDSON-Formula 20" (KR 20) anwenden, die eine Spezifizierung der Formeln (10.25) bzw. (10.24) ist und hier in drei Schreibweisen angegeben wird:

$$\begin{aligned} r_{tt} &= \frac{n}{n-1}\left[\frac{s_x^2 - n\overline{p \cdot q}}{s_x^2}\right] \\ &= \frac{n}{n-1}\left(\frac{s_x^2 - \sum\limits_j p_j q_j}{s_x^2}\right) \\ &= \frac{n}{n-1}\left(1 - \frac{\sum\limits_j p_j q_j}{s_x^2}\right). \end{aligned} \tag{10.26}$$

Insbesondere bei der dritten Schreibweise erkennt man die Äquivalenz zu Formel (10.24), da die Varianz eines Items gerade pq ist.

6. An dieser Stelle soll noch eine einfachere Formel eingeschoben werden, die ebenfalls r_{it} und p als Ausgangsdaten benutzt, nämlich die von GULLIKSEN (1950) abgeleitete Formel

$$r_{tt} = \frac{n}{n-1}\left[1 - \frac{\sum\limits_j p_j q_j}{\left(\sum\limits_j r_{jt}\sqrt{p_j q_j}\right)^2}\right] \tag{10.27}$$

In dieser Formel bedeutet:

n = Anzahl der Aufgaben.

Diese GULLIKSEN-Formel ist mit Formel 20 von KUDER und RICHARDSON identisch, da sich zeigen läßt, daß $s_x^2 = \left(\sum\limits_j r_{jt}\sqrt{p_j q_j}\right)^2$. Sie gibt demgemäß wie diese eine Minimalschätzung der Konsistenz. Allerdings ist sie von GULLIKSEN auf vollkommen anderem Wege abgeleitet worden.

7. Ist die Schwierigkeit der einzelnen Testaufgaben in etwa dieselbe – unter der Bedingung gleicher Interkorrelationen –, so vereinfacht sich Formel (10.26) dahin, daß nur die grundlegenden Kennwerte eines Tests, nämlich sein Mittelwert $\bar{X}$ und seine Streuung s_x, zur Substitution benötigt werden. Diese KUDER-RICHARDSON-Formula 21 (KR 21) wird vielfach – zufolge der nicht erfüllten Bedingungen – auch zu unrecht verwendet, was aber unproblematisch ist, da die KR 21 eine Minimalschätzung der Reliabilität ist.

Auch von dieser Formel werden mehrere Schreibweisen angegeben:

$$r_{tt} = \frac{n \cdot s_x^2 - \bar{X}(n - \bar{X})}{(n - 1) \cdot s_x^2} = \frac{n}{n-1} \cdot \frac{s_x^2 - \overline{p \cdot q}}{s_x^2} = \frac{n}{n-1}\left[1 - \frac{\frac{\bar{X}(n-\bar{X})}{n}}{s_x^2}\right]. \tag{10.28}$$

Die „Formula 21“ ist in den USA unter dem Namen „foot-rule coefficient“ bekannt; sie gibt in der Tat nach Art einer Faustregel eine grobe Konsistenzschätzung von einem Test, von dem nur die Elementarstatistiken bekannt sind.

Wegen ihrer einfachen Handhabung wird die KR 21 oft bei *informellen Tests* zur Reliabilitätsschätzung eingesetzt, beispielsweise in der Schule. Gerade hier kann es aber leicht vorkommen, daß einige Aufgaben im Vergleich zu den anderen Aufgaben besonders leicht sind. CURETON (1966) hat gezeigt, daß in solchen Fällen die Reliabilitätsschätzung mit der KR 21 deutlich niedriger wird, und er empfiehlt, besser die KR 20 zu verwenden.

8. Schließlich wollen wir noch auf eine interessante Beziehung zwischen der KR 21 und der Formel von SPEARMAN-BROWN (10.12) hinweisen. ZIMMERMANN (1970) hat gezeigt, daß eine Schätzung nach der KR 21 gerade das Mittel aller Schätzung ist, die man bei beliebig vielen verschiedenen Halbierungen des Tests mit der Formel von SPEARMAN-BROWN erhalten würde.

Eine ganz einfache Schätzung für die Reliabilität auf der Basis der KR 21 gibt EBEL (1969) speziell für *Mehrfachwahlaufgaben* mit m Alternativen an:

$$r_{tt} = \frac{n}{n-1}\left[1 - \frac{9(m+1)}{n(m-1)}\right]. \tag{10.29}$$

Wenn man diese Formel nach n auflöst, kann man ähnlich wie mit Formel (10.50) in Kap. 10.5 abschätzen, wieviele Aufgaben voraussichtlich nötig sein werden, um eine vorgegebene Reliabilität zu erreichen:

$$n = \frac{9}{1 - r_{tt}} \cdot \left[\frac{m+1}{m-1}\right]. \tag{10.30}$$

Beide Formeln sind allerdings nur anwendbar, wenn die Anzahl der Items größer als 60 ist.

9. Sind die einzelnen Aufgaben *unterschiedlich* bewertet worden, so kann eine entsprechende Modifikation der KUDER-RICHARDSON-Formula 21, wie sie DRESSEL (1940) entwickelt hat, an ihre Stelle treten.

$$r_{tt} = \frac{n}{n-1}\left[\frac{s_x^2 - \sum_j (G_j^2 p_j q_j)}{s_x^2}\right]. \qquad (10.31)$$

In dieser Formel bedeutet:

G_j = Gewicht einer Aufgabenantwort.

10. Eine Konsistenzschätzung einfachster Art, die auch den Zufallseinfluß bei MW-Aufgaben als Faktor mit berücksichtigt, hat HORST (1954) entwickelt

$$r_{tt} = \frac{n - \bar{X}}{m \cdot s_x^2}. \qquad (10.32)$$

In dieser Formel bedeutet:

m = Anzahl der Wahlmöglichkeiten in einem MW-Test.

Formel (10.32) gibt einen präzisen Schätzwert unter den folgenden Bedingungen: Erstens wenn der Testrohwert X = der Anzahl der R-Antworten ist; zweitens wenn alle Pbn alle Aufgaben in Angriff nehmen; drittens wenn die Wahrscheinlichkeit, eine R-Antwort zu erraten, für alle Aufgaben gleich groß ist.

11. HOYT (1941a) hat die KUDER-RICHARDSON-Formula 20 so umgearbeitet, daß der Konsistenzkoeffizient direkt aus den Rohwerten ermittelt werden kann

$$r_{tt} = \frac{n}{n-1}\left[\frac{N\sum_i X_i^2 + \sum_j N_{Rj}^2 - \sum_i X_i\left(\sum_i X_i + N\right)}{N\sum_i X_i^2 - \left(\sum_i X_i\right)^2}\right]. \qquad (10.33)$$

In dieser Formel bedeuten:

$X_i (= R_i)$ = Rohwert eines beliebigen Pbi

N_{R_j} = Anzahl der Pbn, die eine bestimme Aufgabe richtig beantwortet haben,

$\sum_j N_{R_j}$ = Anzahl der Pbn, die eine bestimmte Aufgabe richtig gelöst haben, summiert über alle n Aufgaben des Tests,

N = Gesamtzahl der Pbn.

Zur Demonstration des rechnerischen Vorgehens bei der Konsistenzanalyse, im wesentlichen also über die KUDER-RICHARDSON-Formeln, folgt jetzt ein Beispiel, das aus ökonomischen Gründen auf wenige Aufgaben und wenige Pbn beschränkt worden ist.

Beispiel Nr. 10.3:
Angenommen, es läge ein Test mit 8 Fünffachwahl-Aufgaben vor, der an einer kleinen Stichprobe analysiert worden wäre. Zwei Aufgaben wurden als unbrauchbar ausgeschieden. Es blieben also noch 6 Aufgaben übrig, deren Analysedaten in Tab. 10.5 zusammengestellt sind. Die Varianz der auf diesen 6 Aufgaben beruhenden Rohwerte beträgt $s_x^2 = 2{,}85$; ihr Mittelwert $\bar{X} = 2{,}94$.

Tabelle 10.5

Aufg.	P_j	r_{jt}	$p_j q_j$	$\sqrt{p_j q_j}$	$r_{jt}\sqrt{p_j q_j}$
1	74	0,45	0,1924	0,4386	0,197
2	61	0,74	0,2379	0,4877	0,361
3	68	0,68	0,2176	0,4665	0,348
4	48	0,33	0,2496	0,4996	0,165
5	36	0,60	0,2304	0,4800	0,288
6	41	0,41	0,2419	0,4918	0,169
			1,3698		1,528

Nach GULLIKSEN erhalten wir eine Schätzung des Reliabilitätskoeffizienten von

Formel (10.27)

$$r_{tt} = \frac{6}{6-1}\left[1 - \frac{1{,}3698}{1{,}528^2}\right] = 0{,}49\,.$$

Nach der ersten KUDER-RICHARDSON-Formel, die Schwierigkeit und Trennschärfe einbezieht, ergäbe sich die Konsistenz zu

Formel (10.25)

$$r_{tt} = \frac{2{,}85 - 1{,}37}{5{,}70} + \sqrt{\frac{0{,}4319}{2{,}85} + \frac{2{,}85 - 1{,}37^2}{5{,}70}} = 0{,}73\,.$$

Wollten wir die Trennschärfe unberücksichtigt lassen und nach der klassischen KUDER-RICHARDSON-Formel rechnen, so müßten wir wie folgt substituieren

Formel (10.26)

$$r_{tt} = \frac{6}{6-1}\left[\frac{2{,}85 - 1{,}37}{2{,}85}\right] = 0{,}62\,.$$

Wäre die Hypothese für Formel (10.26) – nämlich daß alle Aufgabeninterkorrelationen gleich seien – erfüllt, so hätte sich nach Formel (10.26) derselbe Konsistenzkoeffizient ergeben müssen wie nach Formel (10.25)

Hätten wir überhaupt keine Analysedaten verfügbar, so wurden wir die Konsistenz mittels der beiden Verteilungskennwerte $\bar{X}$ und s_x abschätzen
Formel (10.28)

$$r_{tt} = \frac{6 \cdot 2{,}85 - 294 \cdot (6 - 2{,}94)}{(6 - 1) \cdot 2{,}85} = 0{,}56\,.$$

In diesem Falle fiele die Schätzung naturgemäß sehr ungünstig aus, da weder die Bedingung der Schwierigkeitsgleichheit noch die der Trennschärfengleichheit erfüllt sind.

Schätzten wir die Reliabilität nach HORST, so würde sich ergeben:
Formel (10.32)

$$r_{tt} = 1 - \frac{6 - 2{,}94}{5 \cdot 2{,}85} = 0{,}79\,.$$

Konsistenzkoeffizienten aufgrund unvollständier Informationen geben nur dann eine brauchbare Schätzung, wenn sämtliche implizite Hypothesen erfüllt sind; im anderen Falle wird die Konsistenz jeweils mehr oder weniger unterschätzt. Letzeres gilt auch bei *korrelierten Meßfehlern* (HUBER, 1967; MAXWELL, 1968).

12. Nach HOYT (1941b) kann die Konsistenz über einen *varianzanalytischen Versuchsplan* „ohne Wiederholung", also über einen Plan mit indirekter Schätzung der Fehlervarianz ermittelt werden.[1])

Dieser Ansatz ist bei Items, die mit 0 oder 1 Punkt bewertet werden, mit der KUDER-RICHARDSON-Formula 20 identisch. Bei Aufgaben, die mehrstufig beantwortet werden, z. B. bei Persönlichkeitsfragebögen, oder bei der Aufteilung eines Tests in äquivalente Teile entspricht er dem α-Koeffizienen von CRONBACH.

Dieser Versuchsplan muß zwei Variablen berücksichtigen, nämlich einmal die Unterschiedlichkeit der einzelnen Aufgaben und zum anderen die der Pbn. Demgemäß ergibt sich folgendes sog. KENDALL-Schema (Tab. 10.4):

Tabelle 10.4

Aufgaben	Probanden			Σ_r
	1	2	3 ... N	
1	(4)	(2)	(2) (3)	
2	(0)	(1)	(0) (1)	
3 ⋮ n	(3) ⋮ (2)	(3) ⋮ (3)	(5) (4) ⋮ ⋮ (3) (2)	
Σ_C				Σ

[1]) Vgl. auch GUILFORD (1954), ORLIK (1965) oder WERNER (1976).

In Tab. 10.4 haben die Symbole folgende Bedeutung:

$() = X_i$ = Anzahl der Rohpunkte, die ein bestimmter Pb für die Beantwortung einer bestimmten Aufgabe erhält,
N = Anzahl der Pbn,
n = Anzahl der Aufgaben,
Σ_r = Zeilensummen.
Σ_c = Kolonnensummen.

Die varianzanalytische Auswertung des Testplanes erfolgt über die entsprechenden Quadratsummen (QuS)

$$\text{QuS „total“} = \Sigma X^2 - \frac{(\Sigma X)^2}{nN}, \tag{10.34}$$

$$\text{QuS „zwischen den Pbn“} = \frac{\Sigma(\Sigma c)^2}{n} - \frac{(\Sigma X)^2}{nN}, \tag{10.35}$$

$$\text{QuS „zwischen den Aufg.“} = \frac{\Sigma(\Sigma r)^2}{N} - \frac{(\Sigma X)^2}{nN}, \tag{10.36}$$

$$\text{QuS „Rest“} = \text{QuS „total“-QuS „zw. d. Pbn“-QuS „zw. d. Aufg.“}, \tag{10.37}$$

$$\text{Varianz „zwischen den Pbn“} = \frac{\text{QuS „zwischen d. Pbn“}}{N-1} = MS_p, \tag{10.38}$$

$$\text{Restvarianz} = \frac{\text{QuS „Rest“}}{(n-1)(N-1)} = MS_e. \tag{10.39}$$

Die Reliabilität kann dann folgendermaßen geschätzt werden:[1])

$$r_{tt} = 1 - \frac{MS_e}{MS_p}. \tag{10.40}$$

---

[1]) Die Reliabilität eines einzelnen Items kann entsprechend Formel (10.3) definiert werden durch

$$r_{tt1} = \frac{s_T^2}{s_T^2 + s_e^2}. \tag{10.41}$$

In dieser Gleichung kann die rechte Seite aus den Daten der Varianzanalyse folgendermaßen geschätzt werden:

$$r_{tt1} = \frac{MS_p - MS_e}{MS_p + (n-1)\,MS_e}. \tag{10.42}$$

Um eine Schätzung für die Reliabilität des gesamten Tests zu erhalten, muß r_{tt1} mittels der prophecy-Formel von SPEARMAN-BROWN (10.50) aufgewertet werden. Es ergibt sich dann

$$r_{tt} = 1 - \frac{MS_e}{MS_p}. \tag{10.40}$$

MS_e ist – wie schon vermerkt – eine indirekte Schätzung der Fehlervarianz als Restvarianz, da jede Zelle des KENDALL-Schemas nur einen Meßwert enthält. Eine direkte Schätzung ist nur möglich, wenn der Test oder seine Parallelform bei den Pbn wiederholt wird.

Man kann jedoch auch die Wiederholung bzw. den Paralleltest als dritte Variable in den Versuchsplan einführen. Die Auswertung dieses Plans ist bei WINER (1971) beschrieben, die Reliabilitätsschätzungen in Analogie zur Retest- bzw. Paralleltestreliabilität werden bei KRZANOWSKI und WOODS (1988) dargestellt.

Bestehen *Wechselwirkungen* zwischen Pbn und Aufgaben derart, daß bestimmte Aufgaben für einige Pbn leichter als für andere sind, dann wird der Term MS_e in Formel (10.40) größer, und r_{tt} wird als sog. *„bedingte Reliabilität“* (ORLIK 1965) überschätzt. Zur Kontrolle weiterer Störfaktoren der Reliabilität können *mehrfaktorielle Untersuchungspläne* entworfen und analysiert werden (LIENERT und ORLIK, 1965)

In solchen varianzanalytischen Plänen können weitere Variablen zur Kontrolle von Störfaktoren, die in der Stichprobe selbst oder zum Zeitpunkt der Testgabe wirken, eingefügt werden. So gewinnt man einen Koeffizienten der „bedingten“ Reliabilität (ORLIK, 1965), der die Reliabilität nach Abzug der kontrollierten Störeffekte anzeigt. Hier wird besonders deutlich, daß die Reliabilität als Sonderfall *experimenteller Präzision* aufzufassen ist (LIENERT und ORLIK, 1965)

Beispiel Nr. 10.4:

Greifen wir zur Demonstration des varianzanalytischen Vorgehens nach HOYT 5 Aufgaben aus dem THURSTONEschen Fragebogen heraus und lassen wir diese von – der Einfachheit halber – nur 7 Pbn beantworten. Die Daten enthält.

Tabelle 10.6

Nr. Aufgaben	Pbn							
	1	2	3	4	5	6	7	Σ_r
1. Bekommen Sie Lampenfieber?	selten 1	häufig 3	mnchm 2	nie 0	stets 4	mnchm 2	häufig 3	15
2. Sind Sie scheu?	wenig 1	etwas 2	mäßig 3	nicht 0	sehr 4	etwas 2	etwas 2	14
3. LiebenSie es, allein zu sein?	nie 0	häufig 3	selten 1	selten 1	häufig 3	mnchm 2	mnchm 2	12
4. Fehlt es Ihnen an Selbstvertrauen?	mnchm 2	stets 4	mnchm 2	selten 1	stets 4	selten 1	mnchm 2	16
5. Fühlen Sie sich unterlegen?	mnchm 2	häufig 3	mnchm 2	nie 0	häufig 3	selten 1	mnchm 2	13
Σ_c	6	15	10	2	18	8	11	70

$$\text{QuS „total"} = 1^2 + 3^2 + 2^2 + \ldots + 2^2 - \frac{70^2}{5 \cdot 7} = 46\,,$$
Formel (10.34)

$$\text{QuS „zw. d. Pbn"} = \frac{6^2 + 15^2 + 10^2 + 2^2 + 18^2 + 8^2 + 11^2}{5} - \frac{70^2}{5 \cdot 7} = 34{,}80\,,$$
Formel (10.35)

$$\text{QuS „zw. d. Aufg."} = \frac{15^2 + 14^2 + 12^2 + 16^2 + 13^2}{7} - \frac{70^2}{5 \cdot 7} = 1{,}43\,,$$
Formel (10.36)

$$\text{QuS „Rest"} = 46 - 34{,}80 - 1{,}43 = 9{,}77\,,$$
Formel (10.37)

$$\text{Varianz „zw. d. Pbn"} = \frac{34{,}80}{7 - 1} = 5{,}80$$
Formel (10.38)

$$\text{Restvarianz} = \frac{9{,}67}{(5 - 1)\,(7 - 1)} = 0{,}41\,,$$
Formel (10.39)

$$\text{Konsistenzkoeffizient} \quad r_{tt} = 1 - \frac{0{,}41}{5{,}80} = 0{,}93\,.$$
Formel (10.42)

Trotz seiner Höhe – insbesondere für einen Fragebogen – sagt der Konsistenzkoeffizient aus einer so kleinen Stichprobe praktisch natürlich nicht viel aus.

Das Kapitel über die Konsistenzanalyse abschließend sei noch hervorgehoben, unter welchen Bedingungen sie einen eindeutig interpretierbaren Konsistenzkoeffizienten liefert:

1. Die Testaufgaben müssen *homogen* sein. Sind sie mehr oder weniger heterogen, so resultiert ein entsprechend niedriger Konsistenzkoeffizient. In einem solchen Fall kann eine Testwiederholung eine verläßlichere Reliabilitätsschätzung ermöglichen.

2. Der Test muß ein *Niveautest* sein. Die Schnelligkeitskomponente verursacht eine Scheinerhöhung des Konsistenzkoeffizienten. Allerdings wird der Konsistenzkoeffizient erst bei sehr beschleunigten Testen nicht mehr interpretierbar sein.

3. Die *zufällige Bedingungsvariation* im Sinne von Parallel- und Retest ist ebenso wenig eingeschlossen wie bei der Testhalbierungsmethode.

10.4 Vergleichende Bewertung von Reliabilitätskoeffizienten

10.4.1 Die Bedeutung der verschiedenen Reliabilitätskennwerte

Eine *zweckmäßige Verwendung* der drei Reliabilitätskennwerte (Paralleltest – oder Retest-Reliabilitätskoeffizient und Konsistenzkoeffizient) und ihre *Interpretation* setzt die Kenntnis ihrer Bedeutung für die verschiedenen Testarten voraus.

1. Ein hoher **Retest**-*Koeffizient* mit einem langen Zeitintervall zwischen dem Test und seiner Wiederholung spricht stets auch für eine hohe **Merkmalskonstanz**. Gibt die kurzfristige Testwiederholung einen hohen, die langfristige aber einen niedrigen Reliabilitätskoeffizienten, so besteht entweder eine geringe Merkmalskonsistenz oder der Test besitzt eine Eigenschaft, die man als **„Funktionsfluktuation"** bezeichnet. Mit diesem Begriff „Funktionsfluktuation" meint man, der Test prüfe nach einer gewissen Zeit etwas anderes als vorher oder bei unterschiedlichen Bedingungen jeweils einen anderen Aspekt des zu untersuchenden Merkmals. Um ein Beispiel zu nennen: Der PAULI-ARNOLD-Test (1953) mißt bei Schulanfängern noch die Lernfähigkeit für das Unterrichtsfach Rechnen, wenig später aber bereits gewisse Persönlichkeitseigenschaften, wie Assoziationsschnelligkeit oder Wahrnehmungsgeschwindigkeit.

Wenn also ein Test darauf angelegt ist, zeitlich lange geltende Aussagen oder Voraussagen zu machen, dann wird ein Retest- oder auch ein Paralleltest-Koeffizient, der ein langes Zeitintervall einschließt, viel höher gewertet werden müssen als ein Konsistenzkoeffizient. Ein Test mit einem hohen Retest-Koeffizienten dieser Art erlaubt die Entscheidung, ob sich das untersuchte Persönlichkeitsmerkmal bei den einzelnen Pbn innerhalb einer längeren Periode tatsächlich geändert hat, was aufgrund des Konsistenzkoeffizienten nicht möglich ist.

2. **Paralleltest**-*Koeffizienten* und – soweit zulässig – auch Retest-Koeffizienten, die auf einem kurzen Zeitintervall beruhen, geben im wesentlichen darüber Auskunft, ob ein Test **bedingungskonstant** ist; ob also der Wechsel der inneren und äußeren Versuchsbedingungen das Testresultat beeinflußt und ob solche Einflüsse praktisch bedeutungsvoll sind oder nicht. Für eine kurzfristige Testwiederholung benötigt man in der Regel eine Parallelform.

3. Ein von den Bedingungen der Testdurchführung unabhängiger Aspekt der Reliabilität ist die **innere Konsistenz**. Sie ist gewissermaßen als die **instrumentale Reliabilität** zu bezeichen, kennzeichnet also die Leistungsfähigkeit des Tests als Meßinstrument. Die Kennwerte der Reliabilität, wie sie durch Testhalbierung oder durch Konsistenzanalyse ermittelt werden, kommen der grundlegenden Idee, dem Wesen der Reliabilität, am nächsten. Der Konsistenzkoeffizient steht daher in einem teilweisen Gegensatz zu den beiden anderen Reliabilitätskennwerten, die mehr eine Information für die Testpraxis als eine Aussage über die Qualität des Tests darstellen. Der Konsistenzkoeffizient ermöglicht ein Urteil darüber, innerhalb welcher Grenzen der *Meßfehler* (vgl. Kap. 15.1) eines Testresultats liegt, wenn man annimmt, daß der Test als Meßinstrument einzig und allein für einen möglichen Fehler verantwortlich zu machen ist. Er läßt keine Rückschlüsse auf den Einfluß der Motivation, der äußeren Situation und der inneren konditio-

nellen Bedingungen auf die Testresultate zu. Ebenso wenig berücksichtigt er eine eventuelle Funktionsfluktuation oder die intraindividuelle Merkmalskonstanz.

4. Die – wenn auch nur wenig – unterschiedliche Bedeutung von *Paralleltest-* und *Retest-Koeffizient* ist in dem Stichprobencharakter der Aufgabenauswahl begründet. Bei der Testwiederholung mit der derselben Testform wird zweimal dieselbe Stichprobe von Aufgaben präsentiert, bei der mit einer Parallelform werden dagegen zwei mehr oder weniger gleichartige Stichproben von Aufgaben dargeboten. Je weniger äquivalent die Aufgaben der ersten Darbietung von denen der zweiten Darbietung sind, um so geringer wird unter sonst gleichen Umständen der resultierende Reliabilitätskoeffizient sein. Aus dieser Feststellung läßt sich aber nicht folgern, daß der Retestkoeffizient, weil er in der Regel höher liegt, auch der geeignetere wäre. Im Gegenteil, er ist für die Interpretation in der Testpraxis weniger gut geeignet, da er eben den Stichprobencharakter der Aufgaben im Hinblick auf das zu untersuchende Persönlichkeitsmerkmal nicht hinreichend berücksichtigt. Dieser Gedankengang, nämlich die Verallgemeinerung von einer Zufallsstichprobe von zwei oder mehr Paralleltests auf ein *Testuniversum*, das das Persönlichkeitsmerkmal repräsentiert, ist Inhalt der „*Theorie der Generalisierbarkeit*" von RAJARATNAM, CRONBACH und GLESER (1965). (Siehe auch RAATZ, 1968).

10.4.2 Faktoren, die die Reliabilität beeinflussen

10.4.2.1 Der Homogenitätsgrad

Homogene und heterogene Tests müssen hinsichtlich der drei Reliabilitätskennwerte unterschiedlich eingestuft werden, in dem einen Fall ist dieser, in dem anderen jener Koeffizient der sinnvollere.

a) **Homogene Tests** besitzen hohe innere Konsistenz und eine etwas niedrigere Paralleltestreliabilität. Die Retestreliabilität kann höher oder niedriger sein als die Paralleltestreliabilität, je nachdem ob eine kürzere oder längere Zeitspanne zwischen den beiden Darbietungen lag und je nachdem ob das Gedächtnis eine größere oder geringere Rolle bei dem in Frage stehenden Test spielte. Gleiche Stichprobenzusammensetzung würde bei diesen Überlegungen vorausgesetzt.

Im allgemeinen kann man sagen, je homogener ein Test ist, um so mehr werden die durch verschiedene Methoden der Reliabilitätsbestimmung erhaltenen Koeffizienten miteinander übereinstimmen.

b) **Heterogene Tests** lassen in der Regel keinen hohen Konsistenzkoeffizienten erwarten. Dasselbe gilt auch für den Paralleltestkoeffizienten, da es schwierig ist, für einen heterogenen Test eine Parallelform zu konstruieren, die den Anforderungen an einen Paralleltest in allen Punkten entspricht. Den höchsten und zugleich sinnvollsten Reliabilitätskoeffizienten erbringt bei heterogenen Tests die Testwiederholung, die in der Tat auch bei Fragebogen als den Prototypen eines heterogenen Tests angestrebt wird.

Aus diesen Überlegungen ergibt sich von selbst, daß innere Konsistenz, Retest- und Paralleltestreliabilität für ein und denselben Test unterschiedliche Werte annehmen können, die den unkundigen Testinterpreten irritieren und eventuell sein Urteil über den betreffenden Test beeinträchtigen können. Dazu besteht keinerlei Anlaß, wenn man die spezielle Bedeutung der einzelnen Koeffizienten richtig einschätzt. Der Testautor sollte derlei Mißverständnissen vorbeugen, indem er bei heterogenen Tests keinen Konsistenzkoeffizienten angibt oder, wenn die Heterogenität aufgrund einer Aufgabenanalyse evident ist, ihn gar nicht erst ermittelt.

Die geringen Möglichkeiten und die Unsicherheit der Reliabilitätskontrolle bei heterogenen Tests könnten manchen zu dem Schluß verleiten, daß man nur homogene Tests aufbauen und analysieren sollte. Das trifft jedoch keineswegs zu, da heterogene Tests – wie später noch gezeigt wird – mit praktischen Validitätskriterien oft höher korrelieren als homogene Tests.

10.4.2.2 Die Schnelligkeitskomponente

Die Höhe der Reliabilitätskennwerte muß auch noch im Zusammenhang mit einer anderen wichtigen Testeigenschaft betrachtet werden, nämlich entsprechend der Bedeutung des *Schnelligkeitsfaktors* in dem fraglichen Test.

Streng genommen gelten Konsistenzkoeffizienten nur für reine Niveautests, denn nur unter der Bedingung, daß alle Aufgaben von allen Pbn in Angriff genommen werden konnten, läßt sich die innere Konsistenz eines Tests varianzanalytisch oder halbierungstechnisch sinnvoll ermitteln. Je höher die Beteiligung des Schnelligkeitsfaktors ist, in umso höherem Maße wird sich eine *Scheinkonsistenz* herausstellen, d. h. der gefundene Konsistenzkoeffizient nimmt einen höheren Wert an, als es der tatsächlichen Konsistenz entspricht.

Der Extremfall einer maximalen Scheinreliabilität würde z. B. eintreten, wenn man einen reinen Schnelligkeitstest, bei dem keine Fehllösungen vorkommen und die Pbn sich nur in der Anzahl der bearbeiteten Aufgaben unterscheiden, einfach nach geraden und ungeraden Aufgabennummern halbieren und auszählen würde. Es ist einleuchtend, daß man in einem solchen Falle stets einen Konsistenzkoeffizienten von $r = 1$ erhalten würde, der natürlich nur dahin interpretiert werden kann, daß der Auswerter sich beim Auszählen nicht geirrt hat.

Spezielle Methoden zur Bestimmung der Konsistenz bei Schnelligkeitstests oder bei Mischformen, die wegen der Zeitbegrenzung nur unvollständig bearbeitet wurden, haben GULLIKSEN (1950), CRONBACH und WARRINGTON (1951) und GUTTMAN (1955) entwickelt.

GULLIKSEN schlägt u. a. die folgenden beiden recht einfachen Formeln zur Korrektur des konventionell ermittelten Reliabilitätskoeffizienten bei einem *Schnelligkeits-Niveau-Test*, bei dem nicht alle Pbn alle Aufgaben bearbeitet haben, vor:

$$r'_{tt} = r_{tt} - \frac{n - \bar{n}_B}{s_x^2}. \tag{10.43}$$

Dabei ist

n: Anzahl der Aufgaben
$\bar{n}_B$: durchschnittliche Anzahl der bearbeiteten Aufgaben
s_x^2: Varianz der Rohwerte

Diese Formel liefert eine Minimalschätzung der schnelligkeitskorrigierten Reliabilität. Die folgende Formel ergibt in der Regel einen etwas höheren Wert:

$$r''_{tt} = r_{tt} - \frac{s_B^2}{s_x^2}. \tag{10.44}$$

Dabei ist

s_B^2: Varianz der Anzahl der bearbeiteten Aufgaben

Die Korrekturformel von GUTTMAN ist ähnlich wie die KR 20 (10.26) aufgebaut:

$$r'''_{tt} = \frac{n}{n-1}\left[1 - \frac{D' + \sum_j p_j q_j}{s_x^2}\right] \tag{10.45}$$

In dieser Formel bedeuten:

p_j: relativer Anteil an der Gesamtzahl der Pbn, die die Aufgabe j richtig gelöst haben

$q_j = 1 - p_j$

Das in dieser Formel enthaltene Korrekturglied D' berechnet man wie folgt:

$$D' = \sum_j (n - j)\sqrt{p_j(1 - b_j)} \tag{10.46}$$

Dabei ist

b_j: relativer Anteil an der Gesamtzahl der Pbn, die die Aufgabe j bearbeitet haben.

Wenn man diese, noch wenig erprobten Methoden nicht einsetzen will, sollte man die Paralleltestmethode verwenden. Wenn Gedächtnis oder Lösungsschemata keine Rolle spielen, kann auch eine Testwiederholung an ihre Stellung treten.

10.4.2.3 Die irrepräsentative Variabilität

Einen sehr wesentlichen und kaum zu unterschätzenden Einfluß auf die Reliabilitätskennwerte hat auch die *Streuung der Testrohwerte*. Nicht selten hat die als Kontrollstichprobe für die Reliabilitätsbestimmung benutzte Pbn-Gruppe eine geringere oder größere Streuung als die der Population, für die der Test gedacht ist. Diese Unstimmigkeit wird oft erst nach der Eichung offenbar, da diese ja erst die Populationsvarianz erkennen läßt.

Aus der Abb. 10.2 ist ohne weiteres ersichtlich, daß mit zunehmender Testwertstreuung der Reliabilitätskoeffizient anwächst.

Das Korrelationsdiagramm der Abb. 10.2 zeige etwa die Paralleltestreliabilität eines Intelligenztests für eine Durchschnittspopulation, der aber nur an einer Oberschule auf seine Reliabilität überprüft wurde. Die Reliabilität beruht daher nur auf einem Ausschnitt aus der Populationsverteilung. Wie man aus Abb. 10.2 entnehmen kann, zeigt der Punkteschwarm unter Bezugnahme auf das große Quadrat eine höhere Korrelation, d. h. eine höhere Reliabilität, als unter Bezugnahme auf den kleineren quadratischen Ausschnitt. Es ist evident, daß die

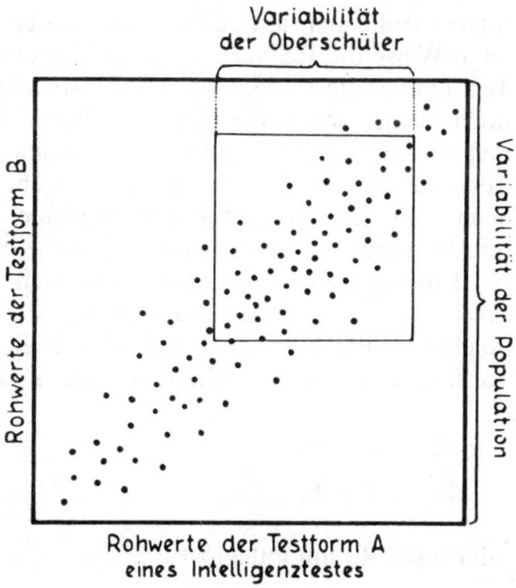

Abb. 10.2: Graphische Darstellung der Abhängigkeit des Paralleltest-Reliabilitätskoeffizienten von der Streuung der Testwerte in der Stichprobe (kleines Quadrat) und in der Population (großes Quadrat).

Reliabilität eines Tests aufgrund einer speziell ausgewählten und nicht zufälligen Stichprobe erheblich unter- oder überschätzt werden kann, je nachdem ob diese Stichprobe eine geringere oder größere Testpunktstreuung aufweist als die Population.

Mit dem Problem der Abhängigkeit des Reliabilitätskoeffizienten von der Testpunktstreuung setzt sich MÜHLBERG (1982) kritisch auseinander. Er zeigt an Beispielen, daß die Retestreliabilität eines sehr „ungenau", d. h. mit großer Fehlervarianz messenden Tests bei einer heterogenen Stichprobe hoch, die Reliabilität eines sehr „genau" d. h. mit kleiner Fehlervarianz messenden Tests bei einer homogenen Stichprobe nur gering ist. Daraus folgert er, daß die Retestmethode zur Bestimmung der Reliabilität ungeeignet ist.

Diese Folgerung ist jedoch keineswegs schlüssig, denn der Grad der Reliabilität wird ja nicht durch die absolute Höhe von Meßfehlern, sondern durch den relativen Anteil der Fehlervarianz an der beobachteten Varianz (s. Formel (10.4)) bestimmt. Ist die beobachtete Varianz hoch, kann die Fehlervarianz ruhig auch hoch sein. Folglich kann ein objektiv ungenauer Test (ein „Gummiband)" die Pbn einer heterogenen Stichprobe durchaus genau und reproduzierbar differenzieren, also eine hohe Retestreliabilität besitzen.

a) Da man für den Zweck der Reliabilitätskontrolle meist Stichproben heranzieht, die sich einem bequem anbieten und die in der Regel soziologisch homogener als die Population sind, besteht oft die Vermutung zu Recht, daß bei diesen Stichproben auch das untersuchte Persönlichkeitsmerkmal nicht über den gesamten Populationsbereich streut. Diese Vermutung kann man im Zusammenhang mit der Testeichung verifizieren oder falsifizieren.

Seltener kommt es vor, daß die Testrohwerte der Kontrollstichprobe weiter streuen als die der Population und daher ein zu hoher Reliabilitätsschätzwert resultiert. Wenn ein Testautor, der diese Zusammenhänge natürlich kennt, eine solche Stichprobe mit einer offensichtlich sehr großen Streuung für die Reliabilitätskontrolle auswählt, dann verbindet er wohl damit gelegentlich den Zweck, auf diese Weise die Reliabilität seines Tests etwas zu erhöhen. Daher sollte in jedem Testmanual die Varianz der Kontrollstichprobe zahlenmäßig aufgeführt sein oder noch besser, es sollte der Reliabilitätskoeffizient auf die Gesamtpopulation rechnerisch bezogen werden. Der mit den Aufbauprinzipien eines standardisierten Tests vertraute Interpret wird dann nicht irregeleitet werden.

Wenn man annimmt, daß der Meßfehler s_e (vgl. Kap. 16.1) in einer Stichprobe mit kleinerer Rohwertvarianz s_x^2 derselbe ist wie in einer solchen mit größerer Rohwertvarianz S_x^2, dann läßt sich aus der bereits bekannten Beziehung $r_{tt} = 1 - s_e^2/s_x^2$ und der analogen $R_{tt} = 1 - s_e^2/S_x^2$ (10.4) algebraisch eine Formel ableiten[1]), die eine *Korrektur* des Reliabilitätskoeffizienten entsprechend den vorliegenden Varianzverhältnissen ermöglicht.

$$\frac{s_x^2}{S_x^2} = \frac{1 - R_{tt}}{1 - r_{tt}}$$

oder nach R_{tt} hin aufgelöst

$$R_{tt} = 1 - \frac{s_x^2(1 - r_{tt})}{S_x^2} \qquad (10.47)$$

oder nach r_{tt} hin aufgelöst

$$r_{tt} = 1 - \frac{S_x^2(1 - R_{tt})}{s_x^2}. \qquad (10.48)$$

In diesen Formeln bedeuten:

R_{tt} = Reliabilitätskoeffizient aus der Stichprobe mit der größeren Varianz S_x^2,
r_{tt} = Reliabilitätskoeffizienten aus der Stichprobe mit der kleineren Varianz s_x^2.

Rechenbeispiel Nr. 10.5:

Ein Zahlenreihen-Test sei an Schülern des 4., 5., 6. und 7. Schuljahres durch Testhalbierung auf Reliabilität geprüft worden, wobei sich ein $R_{tt} = 0{,}93$ mit einer Varianz von $S_x^2 = 133$ ergab. Der Test soll aber nur als Auslesetest für eine weiterführende Schule, also für das 4. und 5. Schuljahr, angewendet werden. Auf diese beiden Jahrgänge wurde der Test auch geeicht und ergab,

[1]) $R_{tt} = 1 - \frac{s_e^2}{S_x^2}$; $\quad 1 - R_{tt} = \frac{s_e^2}{S_x^2}$;

$r_{tt} = 1 - \frac{s_e^2}{s_x^2}$; $\quad 1 - r_{tt} = \frac{s_e^2}{s_x^2}$; $\quad \frac{1 - R_{tt}}{1 - r_{tt}} = \frac{s_x^2}{S_x^2}$

wie zu erwarten, eine entsprechend geringere Varianz von $s_x^2 = 95$. Um die Reliabilität des Tests für diese beiden Jahrgänge zu berechnen, setzen wir in Formel (10.48) ein

$$r_{tt} = 1 - \frac{133(1 - 0{,}93)}{95} = 0{,}90\,.$$

Die Reliabilität des Tests ist durch seine Begrenzung auf die beiden Schuljahre zwar etwas geringer geworden, jedoch noch hinreichend gut geblieben.

b) Gelegentlich kann es wünschenswert sein, eine Schätzung der Reliabilität für eine (Eich)Stichprobe vorzunehmen, ohne daß man bereits ihre Varianz in Bezug auf das untersuchte Persönlichkeitsmerkmal kennt. Eine solche *Vorschätzung* von einer gegebenen Stichprobe auf eine andere, deren Varianz nicht bekannt ist, ist trotzdem möglich, wenn man ein anderes Persönlichkeitsmerkmal ausfindig machen kann, das mit dem zu untersuchenden positiv korreliert und von dem die Varianz in beiden Stichproben bekannt ist.

DAVIS (1944) hat folgende Korrekturformel für diesen Zweck angegeben

$$R_{tt} = \frac{r_{tt} + r(S_x^2/s_x^2 - 1)}{1 + r(S_x^2/s_x^2 - 1)} \qquad (10.49)$$

In dieser Formel bedeuten:

r_{tt} = Reliabilitätskoeffizient des fraglichen Tests in der Stichprobe mit der kleineren Varianz,
R_{tt} = Reliabilitätskoeffizient des fraglichen Tests in der Stichprobe mit der größeren Varianz,
r = Korrelation der beiden Persönlichkeitsmerkmale in der Stichprobe mit der kleineren Varianz,
s_x^2 = Varianz des bekannten Kontrollmerkmals in der Stichprobe mit der kleineren Varianz,
S_x^2 = Varianz des bekannten Kontrollmerkmals in der Stichprobe mit der größeren Varianz.,

Ein Beispiel wird die Anwendung dieser Formel erläutern.

Rechenbeispiel Nr. 10.6:

Es sei ein Wortschatztest entwickelt worden, der bei einer relativ homogenen Stichprobe einen Reliabilitätskoeffizienten von $r_{tt} = 0{,}87$ ergeben habe. Um die Populationsreliabilität R_{tt} zu schätzen, wird an derselben homogenen Stichprobe auch der Hamburg-WECHSLER-Test durchgeführt, wobei sich eine IQ-Varianz von $s_x^2 = 145$ ermitteln läßt. Die IQ-Varianz für die Gesamtpopulation braucht für den Hamburg-WECHSLER-Test natürlich nicht erst empirisch gewonnen zu werden; sie beträgt $S_x^2 = 225$, da die

Standardabweichung der IQ-Werte S = 15 beträgt. Für Wortschatztest und Hamburg-WECHSLER-Test wurde eine Korrelation von r = 0,71 in der Stichprobe errechnet. Die Populationsreliabilität des an der Auswahlstichprobe überprüften Wortschatztests würde also nach Formel (10.49) zu berechnen sein

$$R_{tt} = \frac{0{,}87 + 0{,}71\left[\frac{225}{145} - 1\right]}{1 + 0{,}71\left[\frac{225}{145} - 1\right]} = 0{,}90.$$

Die Reliabilität des Wortschatztests ist also gemessen an der Gesamtbevölkerung etwas größer, als sich aufgrund der homogenen Stichprobe ergeben hatte.

10.4.2.4 Andere Faktoren

Der Reliabilitätskoeffizient ist außer von den genannten Faktoren noch von mehreren anderen mitbestimmt:

a) Als wichtigster unter diesen Faktoren muß die *Länge des Tests*, also die Anzahl der Aufgaben, genannt werden. Die Tatsache, daß längere Tests im allgemeinen, d. h. bei sonst vergleichbaren Bedingungen reliabler sind als kurze, ermöglicht eine Verbesserung der Reliabilität, von der im nächsten Abschnitt noch zu sprechen sein wird.

b) Ein zweiter Faktor ist der *Streuungsbereich* der *Aufgabenschwierigkeit*. Je mehr Aufgaben von mittlerer Schwierigkeit ein Test enthält, umso höher ist unter sonst gleichen Bedingungen seine Reliabilität. Eine Ausnahme von dieser Regel bildet nur der Fall, daß ein Test mit einem engen Schwierigkeitsbereich bei einer allzu homogenen Gruppe angewendet wird.

c) Der *Zufallsfaktor* bei der Aufgabenbeantwortung wirkt sich dahingehend aus, daß zufallsfreie Aufgaben, wie z. B. EG-Aufgaben, im allgemeinen reliabler sind als zufallsabhängige, wie RF- und MW-Aufgaben, obwohl die letztgenannten Tests objektiver sind. Der Zufallseinfluß vermindert also die Chancen für eine hohe Reliabilität, und zwar umso mehr, je weniger Antwortalternativen vorgesehen werden. Um diesen Reliabilitätsverlust auszugleichen, könnte man die Anzahl der Testaufgaben erhöhen (vgl. 10.5). Hier stößt man aber bald an technisch bedingte Grenzen, die z. B. durch die verfügbare Testzeit oder den Umfang des Aufgabenheftes gegeben sind.

Angenommen, diese Grenze sei durch die Gesamtzahl der Alternativen, z. B. 120, gegeben. Der Testautor könnte dann einen Test mit 60 Zweifachwahl-, 40 Dreifachwahl-, 30 Vierfachwahl- oder 24 Fünffachwahlaufgaben erstellen. Bei zunehmender Zahl von Alternativen würde die Reliabilität ansteigen, gleichzeitig aber mit der immer geringeren Aufgabenzahl abfallen. Gibt es hier ein Optimum?

Diese Fragen haben TVERSKY (1964), COSTIN, (1970, 1972) und GRIER (1975) bearbeitet und theoretisch und empirisch gelöst. Wenn die Gesamtzahl der Alternativen festgelegt ist, bieten Dreifachwahlaufgaben die besten Voraussetzungen für eine hohe Reliabilität.

d) Einzelne allzu hohe *Aufgabeninterkorrelationen* können ebenfalls zu einer Reliabilitätsminderung führen, indem sie dadurch, daß sie stets gemeinsam richtig oder falsch beantwortet werden, gewissermaßen den Test verkürzen.

e) Selbstverständlich ist auch der Grad der *Objektivität* bei der Auswertung ein wichtiger Faktor. Seine Nennung erst an dieser Stelle bedeutet nur, daß er von vornherein bei der Reliabilitätsbeurteilung mit einzukalkulieren ist.

f) Ein schwer zu beurteilender Faktor stellt für den Testautor die optimale Bemessung der *Testzeit* dar. LINDQUIST und COOK (1933) haben gezeigt, daß für einen Test von bestimmter Länge, der weder ein reiner Niveautest noch ein reiner Schnelligkeitstest ist, eine ganz bestimmte Testzeit optimal ist; längere oder kürzere Testzeiten führen zu einem weniger guten Reliabiltätskoeffizienten. Wir empfehlen, die Testzeit so zu wählen, daß 80% der N Pbn alle n Aufgaben in Angriff nehmen können.

10.5 Die Möglichkeiten der Reliabilitätsverbesserung

An die Reliabilität von Tests werden gegenwärtig – besonders in den USA – oft übertrieben hohe Anforderungen gestellt, etwa in dem Sinne, daß man einen standardisierten Test als qualifiziert nur gelten läßt, wenn er eine Konsistenz von $r_{tt} = 0{,}95$ oder eine Paralleltestreliabilität von $r_{tt} = 0{,}90$ besitzt. So wünschenswert solche Tendenzen wegen der besseren Differenzierungsfähigkeit auch sein mögen, so stehen sie doch in keinem Verhältnis zu den oft bescheidenen Ansprüchen, die man an die Validität eines Tests stellt. Zum Teil läßt sich dieses Mißverhältnis vielleicht dadurch erklären, daß die Reliabilität testtechnisch viel leichter verbessert werden kann als die Validität.

10.5.1 Die Testverlängerung

Als via regia der Reliabilitätsverbesserung gilt in der Testkonstruktionspraxis die *Verlängerung* des Tests. Sind die neu hinzunehmenden Aufgaben von der gleichen Art wie die bereits vorhandenen – sind sie also diesen gegenüber homogen –, so kann man die SPEARMAN-BROWN-Beziehung anwenden, um vorauszusagen, um wieviel die Reliabilität voraussichtlich größer werden wird, wenn man eine bestimmte Anzahl von Aufgaben hinzunimmt. In einer Umformung, die zu der Anzahl der Aufgaben in dem ursprünglichen und in dem veränderten, verlängerten oder auch verkürzten, Test Bezug hat, stellt sich diese SPEARMAN-BROWN-Beziehung, die auch „prophecy formula“ genannt wird, wie folgt dar:

$$r'_{tt} = \frac{\frac{n'}{n} \cdot r_{tt}}{1 + \left(\frac{n'}{n} - 1\right) r_{tt}}. \tag{10.50}$$

In dieser Formel bedeuten:

r'_{tt} = Voraussichtliche Reliabilität des veränderten Tests,
r_{tt} = Reliabilität des ursprünglichen Tests,
n = Anzahl der Aufgaben in dem ursprünglichen Test,
n' = Anzahl der Aufgaben in dem veränderten Test.

Ein Beispiel wird die Anwendung der Formel (10.50) veranschaulichen.

Rechenbeispiel Nr. 10.7:
Ein Test mit 20 Aufgaben habe einen Reliabilitätskoeffizienten von $r_{tt} = 0{,}70$ ergeben. Diese Reliabilität ist unzureichend, und es taucht die Frage auf, wie groß wohl der Reliabilitätskoeffizient werden würde, wenn der Test auf 50 Aufgaben verlängert würde. Wir substituieren in Formel (10.50)

$$r'_{tt} = \frac{\frac{50}{20} \cdot 0{,}70}{1 + \left(\frac{50}{20} - 1\right) 0{,}70} = 0{,}85\,.$$

Der Test dürfte also durch diese Verlängerung einigermaßen hinreichend reliabel werden.

Formel (10.50) ermöglicht auch die Voraussage, ob eine angestrebte Verringerung der Aufgabenzahl eines Tests noch eine ausreichende Reliabilität garantieren werde.

Rechenbeispiel Nr. 10.8:
Ein Test mit 60 Aufgaben und einer Konsistenz von $r_{tt} = 0{,}93$ soll daraufhin beurteilt werden, ob eine Verminderung der Aufgabenzahl auf $n' = 48$ in Frage kommt, ohne daß die Konsistenz unter $r = 0{,}90$ absinkt. Wir

berechnen nach Formel (10.50)

$$r'_{tt} = \frac{\frac{48}{60} \cdot 0{,}93}{1 + \left(\frac{48}{60} - 1\right) 0{,}93} = 0{,}91\,.$$

Die Testverkürzungen auf 4/5 der ursprünglichen Länge kann also ohne weiteres durchgeführt werden.

Oft wird die Fragestellung des letzten Beispiels auch umgekehrt; man möchte wissen, wie viele Aufgaben ein Test enthalten muß, um eine bestimmte, von der vorgefundenen abweichende Konsistenz zu gewährleisten. Zu diesem Zweck kann man die Gleichung (10.50) nach n' auflösen.

$$n' = n \cdot \frac{r'_{tt}(1 - r_{tt})}{r_{tt}(1 - r'_{tt})}\,. \tag{10.51}$$

Auch für diese Fragestellung sei ein Beispiel angeführt.

Rechenbeispiel Nr. 10.9:

Wollten wir den in Beispiel Nr. 10.7 charakterisierten Test mit 20 Aufgaben und einer Reliabilität von $r_{tt} = 0{,}70$ auf eine Reliabilität von $r'_{tt} = 0{,}90$ bringen, so müßte er zweifellos mehr als 50 Aufgaben enthalten. Wir setzen in Formel (10.51) ein

$$n' = 20 \cdot \frac{0{,}90(1 - 0{,}70)}{0{,}70(1 - 0{,}90)} = 77\,.$$

Der Test müßte also fast viermal so lang sein wie er ursprünglich war, wenn sich seine Reliabilität von 0,70 auf 0,90 erhöhen sollte.

Zur Methode der *Testverlängerung* als Mittel der Reliabilitätserhöhung muß allerdings kritisch bemerkt werden, daß man realiter einen Test natürlich nur in gewissen Grenzen verlängern kann, da er ökonomisch bleiben muß. Auch die Testzeit muß ja entsprechend verlängert werden können. Aber selbst wenn eine beliebige Verlängerung möglich wäre, ist der gewünschte Erfolg damit noch nicht gesichert, da die SPEARMAN-BROWNsche Vorhersageformel einem umso größeren *Stichprobenfehler* unterliegt, je größer die Verlängerung wird. Unter günstigsten Bedingungen kann nach experimentellen Erfahrungen von HOLZINGER und CLAYTON (1925) ein Test bis auf das sechsfache seiner ursprünglichen Länge verändert werden, ohne daß der Vorhersagewert der SPEARMAN-BROWN-Formel eine ernstliche Beeinträchtigung erlitte. Bis zu einer Verdoppelung der Aufgabenzahl ermöglicht sie auch unter ungünstigsten Bedingungen – z. B. bei Hinzunahme relativ heterogener Aufgaben – noch eine befriedigende Voraussage. Jede Testveränderung ist naturgemäß eine eingreifende Umgstaltung des ganzen Tests und sollte nur bei zwingender Notwendigkeit vorgenommen werden. Eigentlich wird sich eine Verlängerung nur dann lohnen, wenn der ursprüngliche Test kurz ist. Tests mit logischer oder relativ hoher empirischer Validität können auch als kurze Tests toleriert werden, wenn sie nur eine halbwegs ausreichende Konsistenz zeigen. Andererseits ergibt sich aber gerade für solche Tests die günstige Gelegenheit, durch Verbesserung der Reliabilität ebenso die Validität noch weiter zu erhöhen. Da letztere in einem gewissen Verhältnis mit der Reliabilität wächst, ist durch Testverlängerung auch eine *Validitätsverbesserung* möglich und der Größe nach voraussagbar, wie in Kap. 11.6 dargelegt werden wird.

Die Kardinalfrage, woher die zusätzlichen Aufgaben genommen werden sollen und welche Bedingungen sie erfüllen müssen, wurde noch nicht erörtert. Es ist ausgeschlossen, daß man Aufgaben, die im Rahmen der Aufgabenanalyse ausgeschieden wurden, wieder in den Test aufnimmt. Solche Aufgaben würden die Reliabilität – wenn überhaupt – nicht in dem vorhergesagten Umfang erhöhen. Bestenfalls können diejenigen Aufgaben, die wegen Überfluß an Aufgaben zurückgestellt wurden, erneut verwendet werden. Im übrigen müssen jedoch neue Aufgaben, am besten von mittlerer Schwierigkeit, nach den Richtlinien der Aufgabenkonstrukton erstellt werden; und zwar natürlich solche, die repräsentativ für das untersuchte Merkmal sind, zugleich aber auch den bereits in dem Test enthaltenen Aufgaben entsprechen.

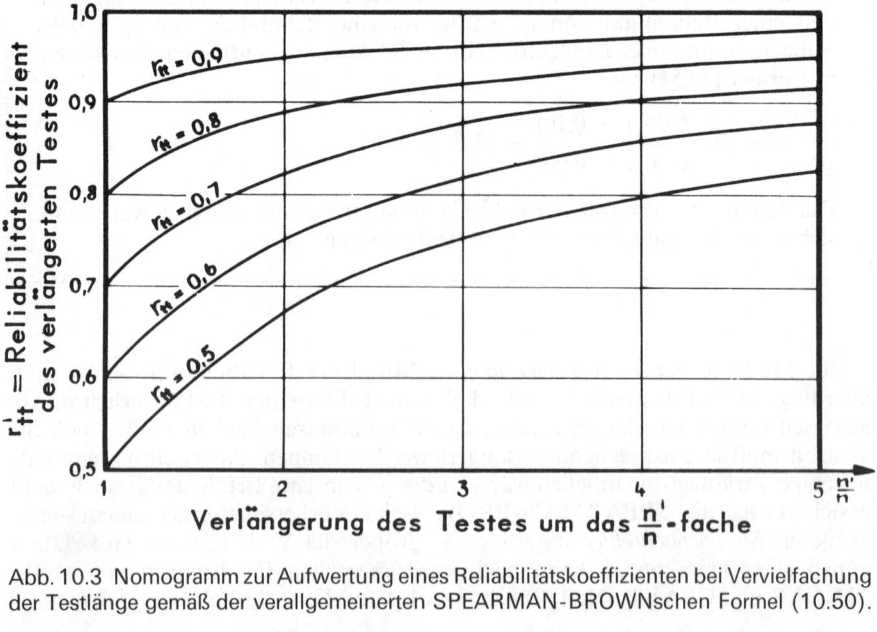

Abb. 10.3 Nomogramm zur Aufwertung eines Reliabilitätskoeffizienten bei Vervielfachung der Testlänge gemäß der verallgemeinerten SPEARMAN-BROWNschen Formel (10.50).

Nach Möglichkeit sollten die zum Zweck der Testverlängerung neu erstellten Aufgaben ebenfalls analysiert werden. Sind die ursprünglichen Aufgaben nicht analysiert worden, so kann man durch eine nachträgliche Analyse und Selektion oft mehr erreichen als durch eine Testverlängerung. Ungenügende Reliabilität ist bei analysierten Tests viel seltener anzutreffen als bei nicht analysierten Tests.

Eine andere Quelle für Aufgaben zur Testverlängerung erschließt sich durch den Verzicht auf eine der vorgesehenen *Parallelserien*. Evtl. kann man sogar zwei *Parallelformen* zu einem einzigen Test kombinieren. Die Schätzung der Reliabilität dieses doppelt so langen Tests wird in Kap. 10.6 dargestellt.

Abb. 10.3 veranschaulicht, wie durch Vervielfachung der Testlänge die Reliabilität gemäß der SPEARMAN-BROWNschen Formel wächst.

Die *Testveränderung* ist – zumindest für homogene Tests mit relativ niedriger Ausgangsreliabilität – ein recht einfaches und sicheres Mittel der Reliabilitätsverbesserung. Trotzdem muß es das Ziel jeder Testentwicklung sein, bei möglichster Kürze des Tests eine möglichst hohe Reliabilität anzustreben und diese nicht erst durch eine sekundäre Testverlängerung erreichen zu wollen.

10.5.2 Weitere Möglichkeiten

Weitere Möglichkeiten der Reliabilitätsverbesserung sind:

- Ist ein Test nicht absolut objektiv, so sollten zunächst alle Maßnahmen einer Objektivierung wahrgenommen werden, etwa indem die Auswertungsinstruktion präzisiert oder die Auswertetechnik entsprechend verbessert wird.
- Sind die im Test enthaltenen Aufgaben sehr unterschiedlich in der Schwierigkeit, hat also die Aufgabenschwierigkeitsverteilung eine große Streuung, so kann man einen Teil der Aufgaben mit extremer Schwierigkeit durch solche von mittlerer Schwierigkeit ersetzen, da mittelschwere Aufgaben in der Regel reliablere Tests ergeben als solche von extremen Schwierigkeitsgrad.

Erweist sich die Reliabilität eines Tests als sehr niedrig, z. B. $r_{tt} < 0{,}6$, was in der Regel bei nicht analysierten Tests vorkommt, so wird wohl keine der genannten Methoden diesen Mangel kompensieren können, und der Test wird entweder vollständig umgearbeitet werden müssen oder nur zur Differenzierung von Gruppen und nicht von Individuen herangezogen werden können.

10.6 Spezielle Probleme der Reliabilitätskontrolle

10.6.1 Schwierigkeiten bei der Reliabilitätsbestimmung

Wie schon aus den bisherigen Ausführungen hervorgeht, ist es für manche Testarten schwierig, einen adäquaten Reliabilitätskoeffizienten zu ermitteln oder diesen zu interpretieren.

1. Die Reliabilität von *Schnelligkeitstests* kann ohne weiteres mit der Wiederholungs- oder Paralleltestmethode bestimmt werden. Die letztgenannte Methode ist deshalb besonders sinnvoll, da sich bei Schnelligkeitstests meist beliebig viele

äquivalente Tests ohne großen Aufwand entwickeln lassen. Die Testhalbierungsmethode ist auch möglich, allerdings muß man dann nach der Testzeit halbieren. Die Korrelation zwischen den Rohwerten beider Hälften kann dann mittels der in Kap. 10.3 dargestellten Formeln aufgewertet werden. Eine Konsistenzanalyse im engeren Sinne ist nicht sinnvoll.

2. Tests, die einen **umschriebenen Wissensstand** prüfen sollen, sind grundsätzlich schwer auf Reliabilität zu prüfen. Innere Konsistenz kann, braucht aber nicht gegeben zu sein. In der Tat ist das letztere zumeist der Fall. Parallelformen kann man kaum erstellen, da eben in der Parallelform bei Wissenstests notwendigerweise Aufgaben anderen Inhalts vorkommen müssen. Eine Testwiederholung ist naturgemäß noch weniger sinnvoll, zumal gerade bei solchen Merkmalen mit Fluktuation durch Lernen zu rechnen ist.

3. Für Tests, die **Problemaufgaben** enthalten, sind ebenfalls weder Paralleltests aufzubauen noch sind sie wiederholbar. Im besonderen gilt dies für Aufgaben, die freie Einfälle verlangen. Bei solchen Tests führt, trotz vielleicht vorhandener Reliabilität, keine der genannten Methoden zu einem interpretierbaren Koeffizienten.

10.6.2 Die Reliabilität von Sekundär-Rohwerten

Gelegentlich werden auch *Differenzen von Testrohwerten* als sog. Sekundär-Rohwerte aufgefaßt und als Zuwachswerte (increment scores) bezeichnet. Den intellektuellen Fortschritt eines Kindes von Jahr zu Jahr könnte man etwa verfolgen, indem man ihn durch die entsprechende Entwicklungsquotienten-Differenz kennzeichnet. Die Lernleistung eines solchen Schülers in einer bestimmten Unterrichtseinheit könnte man durch die Differenz der Ergebnisse eines Abschlußtests und eines Ausgangstests operationalisieren. Zur Beurteilung, ob ein bestimmter Zuwachswert, Fortschritt oder Rückschritt noch zu Lasten des Meßfehlers geht, ist neben der direkten Berechnung (vgl. Kap. 16.1) auch eine solche über den Reliabilitätskoeffizienten der Sekundär-Rohwerte möglich.

Über den *Reliabilitätskoeffizienten* von *Differenzen* kann man auch Teilbereiche eines Persönlichkeitsmerkmals oder ebenso zwei verschiedene Persönlichkeitsmerkmale miteinander vergleichen. Wenn ein Kind z. B. in einem Lesetest schlechter abschneidet als in einem Rechentest, so mag es bedeutsam sein, zu wissen, ob dieser Unterschied erheblich ist oder auf Zufall beruht.

Daneben kommt es relativ häufig vor, daß die Differenzen zweier Variablen mit anderen Merkmalen korreliert werden.

Die Reliabilität der Differenzen von Rohwerten kann aus den Reliabilitätskoeffizienten der den Differenzen zugrundeliegenden Variablen und ihrer Interkorrelation bestimmt werden (HORST, 1966).

$$r_{(1-2)(1-2)} = \frac{s_1^2 r_{11} + s_2^2 r_{22} - 2r_{12}s_1s_2}{s_1^2 + s_2^2 - 2r_{12}s_1s_2}. \qquad (10.52)$$

In dieser Formel bedeuten:

$r_{(1-2)(1-2)}$ = Reliabilitätskoeffizient der Differenzen.

r_{11} = Reliabilitäskoeffizient des Tests 1

r_{22} = Reliabilitätskoeffizient des Tests 2

r_{12} = Korrelation zwischen Test 1 und Test 2

s_1 = Streuung von Test 1

s_2 = Streuung von Test 2

Formel (10.52) gilt für Rohwerte. Sind die beiden Tests in gleicher Weise standardisiert, so ist $s_1 = s_2$. Damit vereinfacht sich (10.52) zu (10.53).

$$r_{(1-2)(1-2)} = \frac{r_{11} + r_{22} - 2r_{12}}{2(1 - r_{12})}. \tag{10.53}$$

Wenn derselbe Test zweimal durchgeführt und die Reliabilität der Differenzen bestimmt werden soll, dann vereinfacht sich (10.53) noch weiter zu

$$r_{(1-2)(1-2)} = \frac{r_{11} - r_{12}}{1 - r_{12}}. \tag{10.54}$$

Nach Formel (10.52) bis (10.54) brauchen also die Differenzen zweier Testpunktreihen nicht erst gebildet werden, um ihre Reliabilität zu errechnen. Sie können bei bekannten Statistiken der Einzeltests sofort bestimmt werden.

Man kann leicht sehen (vgl. (10.54)), daß die Reliabilität der Testpunktdifferenzen geringer sein muß als die der Testpunkte, sofern $r_{12} > 0$. Die Differenzenreliabilität ist um so geringer, je höher, die beiden Tests miteinander korrelieren; denn wenn die Korrelation zwischen zwei Tests so hoch ist, daß sie als parallel zu gelten haben, müssen alle Differenzen zwischen den beobachteten Testpunktwerten auf Fehler zurückgeführt werden.

Die Tatsache der in der Regel geringeren Reliabilität von Differenzen ist von großer praktischer Bedeutung, insbesondere für die *Profilinterpretation*, bei der ja, gleich welcher Art sie sein mag, Differenzen zwischen zwei Testpunktwerten betrachtet werden[1]).

Rechenbeispiel Nr. 10.10:

Ein Test über räumliches Vorstellen habe eine Reliabilität von $r_{11} = 0{,}92$ ein allgemeiner Intelligenztest eine solche von $r_{22} = 0{,}96$. Welche Reliabilität haben die Differenzen der individuellen Meßwerte beider Tests als Kriterium einer relativ – im Vergleich zu Intelligenz – guten oder schlechten Raumauffassung, wenn beide Tests mit $r_{12} = 0{,}65$ korrelieren. Wir setzen die Werte in Formel (10.53) ein

$$r_{(1-2)(1-2)} = \frac{0{,}92 + 0{,}96 - 2 \cdot 0{,}65}{2(1 - 0{,}65)} = 0{,}83\,.$$

Die Differenzen haben also eine ziemlich hohe Reliabilität und können interpretiert werden.

---

[1]) Vgl. Kap. 14.2 und 15.2

Rechenbeispiel Nr. 10.11:

In einer Schulklasse werden die vier Grundrechenarten bei Brüchen behandelt. Vor und nach dieser Unterrichtseinheit wird ein Rechentest mit einer Konsistenz von $r_{tt} = 0{,}8$ durchgeführt. Vor- und Nachtest korrelieren mit $r_{12} = 0{,}5$. Darf man die Differenzen bei den einzelnen Schülern gegebenenfalls im Sinne eines Lernerfolgs interpretieren? Wir setzen in Formel (10.54) ein:

$$r_{(1-2)(1-2)} = \frac{0{,}8 - 0{,}5}{1 - 0{,}5} = 0{,}6\,.$$

Die Interpretation der individuellen Rohwertdifferenzen wäre hier wegen der geringen Reliabilität der Differenzen nicht sinnvoll.

Es kann vorkommen, daß die beiden Tests oder Skalen, deren Differenz berechnet wird, teilweise identische Aufgaben haben. In diesem Fall würde man die Reliabilität der Differenzen unterschätzen.

STELZL (1971) hat hierfür eine Korrekturformel entwickelt. Wenn durch den Index c die gemeinsamen Aufgaben bezeichnet werden, dann gilt

$$r_{(1-2)(1-2)} = \frac{\bar{r}_{tt} - r_{12} + \dfrac{Sc^2(1 - r_{cc})}{s_1 \cdot s_2}}{1 - r_{12}}\,. \tag{10.55}$$

Dabei ist

r_{tt}: durchschnittliche innere Konsistenz der beiden Tests
r_{cc}: innere Konsistenz des gemeinsamen Teils
s_c^2: Varianz der Rohwerte im gemeinsamen Teil.

Die Berechnung der Reliabilität von Differenzen im Rahmen der Klassischen Testtheorie führt zu dem Paradoxon, daß diese immer niedriger wird, je höher die beiden Tests miteinander korrelieren. Rohwertdifferenzen lassen sich deshalb meist kaum interpretieren. Mit diesem Problem haben sich eine Reihe von Autoren kritisch auseinandergesetzt. Hier wollen wir nur stellvertretend die Arbeit von TACK (1986) nennen. TACK zeigt, daß sich das Problem nur dann lösen läßt, wenn man auf zwei Kernforderungen der Klassischen Testtheorie verzichtet; die *unkorrelierten Meßfehler* und die *konstanten wahren Werte*. Für diesen Fall konnte er eine Reliabilitätsfunktion vorschlagen, die eine Schätzung der Reliabilität der Differenzen zuläßt, allerdings nur jeweils in einem bestimmten zeitlichen und situativen Kontext.

Auch *Summen von Rohwerten* können als Sekundärrohwerte aufgefaßt werden, z. B. wenn man die Rohwerte eines Lesetests und eines Rechtschreibtests kombiniert oder zwei Paralleltests zusammenfaßt.

Die Reliabilität der Rohwertsumme von zwei Tests wird nach HORST (1966) folgendermaßen bestimmt:

$$r_{(1+2)(1+2)} = \frac{s_1^2 r_{11} + s_2^2 r_{22} + 2r_{12}s_1s_2}{s_1^2 + s_2^2 + 2r_{12}s_1s_2} . \qquad (10.56)$$

Diese Formel ist ein Spezialfall der allgemeinen Formel von JACKSON und FERGUSON (1941), welche wir bei der Behandlung von Testbatterien in Kap. 14.4 kennenlernen werden.

Sind die Tests in gleicher Weise standardisiert, dann gilt $s_1 = s_2$, und es folgt

$$r_{(1+2)(1+2)} = \frac{r_{11} + r_{22} + 2r_{12}}{2 + 2r_{12}} . \qquad (10.57)$$

Wenn wir noch annehmen, daß die beiden Tests dieselbe Konsistenz $r_{11} = r_{12}$ besitzen, dann folgt

$$r_{(1+2)(1+2)} = \frac{r_{11} + r_{12}}{1 + r_{12}} . \qquad (10.58)$$

Rechenbeispiel Nr. 10.12:

Zwei Paralleltests haben jeweils nur eine Konsistenz von $r_{tt} = 0{,}6$. Sie korrelieren zu 0,5 miteinander. Kombiniert man beide Tests, so hat der neue Test eine geschätzte Reliabilität von

$$r_{(1+2)(1+2)} = \frac{0{,}6 + 0{,}6}{1 + 0{,}5} = 0{,}8 .$$

Es ist interessant, auch die *Varianzen von Sekundärrohwerten* zu betrachten. Hat man einen Test nach der Halbierungsmethode – etwa geradzahlige gegen ungeradzahlige Aufgaben – ausgewertet, so kann man für die beiden Hälften je gesondert die Varianzen s_1^2 und s_2^2 der Halbtest-Rohwerte berechnen. Die Varianz des gesamten Tests $s_{(1+2)}^2$ ist dann (PETERS und van VOORHIS, 1940, S. 177)

$$s_{(1+2)}^2 = s_1^2 + s_2^2 + 2r_{12}s_1s_2 . \qquad (10.59)$$

Man sieht, daß die Gesamtvarianz steigt, wenn die Halbtestkorrelation (Halbtestreliabilität) r_{12} wächst.

Betrachtet man hingegen die *Varianz der Differenzen* vom ersten zum zweiten Halbtest, also die Varianz der Zuwachswerte $X_1 - X_2$, dann sinkt deren Größe mit steigender Halbtestkorrelation

$$s_{(1-2)}^2 = s_1^2 + s_2^2 - 2r_{12}s_1s_2 \qquad (10.60)$$

Bei perfekter Halbtestkorrelation, $r_{12} = 1$, und gleichen Halbtestvarianzen, $s_1^2 = s_2^2$, ist die Varianz der Zuwachswerte $s_{(1-2)}^2 = 0$. Der Rohwert aller Pbn nimmt um denselben Betrag zu oder ab. Die Reliabilität dieser Zuwachswerte ist allerdings nicht bestimmbar, da in Formel (10.52) im Nenner Null steht.

Obige Formeln gelten nicht nur für Halbtests, sondern ebenso gut für zwei Paralleltests, die bei denselben Pbn durchgeführt worden sind.

10.6.3 Schnelligkeit und Niveau als Grundlagen der Reliabilitätsbeurteilung

Da die Beurteilung der Reliabilität, speziell der inneren Konsistenz, von dem Grade abhängt, in dem ein Test *Niveautestcharakter* hat, so ist es wünschenswert, einen statistischen Kennwert für die Polarität, ‚*Schnelligkeit-Niveau*‘ angeben zu können.

Einer Anregung von PATERSON und TINKER (1930) folgend haben CRONBACH und WARRINGTON (1951) die Korrelation zweier identischer Leistungen, von denen eine unter Schnelligkeits-, die andere unter Niveaubedingungen zustande gekommen ist, zur Grundlage eines „*Speed-Index*“ gemacht.

$$\tau = 1 - \frac{r_{A_tB_p} \cdot r_{A_pB_t}}{r_{A_tB_t} \cdot r_{A_pB_p}}. \qquad (10.61)$$

In dieser Formel bedeuten die verschiedenen Indizes:

A, B: Parallelformen eines Tests,
p, t: Durchführung unter power- bzw. time-limit-Bedingungen.

Je geringer die Korrelation zweier Parallelformen unter verschiedenen Bedingungen gegenüber der unter gleichen Bedingungen ist, um so größer wird der Speed-Index, der im Sinne eines Determinationskoeffizienten interpretiert werden kann: $r = 0{,}8$ bedeutet demnach, daß 64% der „wahren“ Rohwertevarianz auf die Schnelligkeitskomponente entfällt.

Einen einfach zu berechnenden „*Niveau-Index*“, der kein besonders empirisches Arrangement erfordert, haben EBEL und LIENERT (1960) bei der Analyse des Figure-Reasoning-Tests entwickelt und erprobt

$$w = \frac{\bar{B} - \bar{X}}{n - \bar{X}} \qquad (10.62)$$

In dieser Formel bedeuten:

$\bar{X}$ = Mittelwert der richtig beantworteten Aufgaben,
$\bar{B}$ = Mittelwert der bearbeiteten Aufgaben,
n = Anzahl der Aufgaben.

Bei einem reinen Schnelligkeitstest werden alle in Angriff genommenen Aufgaben gelöst ($\bar{B} = \bar{X}$); daher ist der Niveau-Index $w = 0$. Für einen reinen Niveautest hingegen gilt: Alle Aufgaben werden in Angriff genommen ($\bar{B} = n$), aber nur ein Teil davon wird gelöst; daher ist $w = 1$.

STAFFORD (1971) hat den folgenden „*Speed-Index*" vorgeschlagen

$$SQ = \frac{n \cdot N - \sum_i B_i}{N(n - M)} \tag{10.63}$$

In dieser Formel bedeutet:

B_1: Gesamtzahl der bearbeiteten Aufgaben

Man kann jedoch leicht zeigen, daß die Indizes von EBEL und STAFFORD sich ineinander umrechnen lassen:

$$SQ = 1 - w\,. \tag{10.64}$$

Die Einstufung eines Tests nach dem EBELschen Niveau-Index ist stets nur im Hinblick auf eine definierte Stichprobe und eine bestimmte Testzeit möglich und sinnvoll. Verändert sich die Zusammensetzung der Stichprobe oder etwa gar die Testzeit, so ändert sich natürlich auch der Index.

ISELER (1970) hat das Problem Schnelligkeit vs. Niveau u. a. auch unter *differentialpsychologischem* Gesichtspunkt sehr eingehend theoretisch analysiert und verschiedene weitere Speed-Indizes definiert, wobei er von einem ähnlichen experimentellen Ansatz wie CRONBACH und WARRINGTON ausging: Der Test wird mit einer knappen Zeitbegrenzung vorgegeben (Schnelligkeitsbedingung). Nach Ablauf der Testzeit markieren die Pbn, wie weit sie gekommen sind, und arbeiten dann solange weiter, wie sie wollen (Niveaubedingung). Aus den Fehlerzahlen unter beiden Bedingungen werden dann diese Indizes berechnet, die natürlich auch stichproben- und situationsabhängig sind.

Kapitel 11

DIE KONTROLLE DER VALIDITÄT EINES TESTS

Die im 1. Kapitel gegebene Definition der Validität läßt das eigentliche Problem unberührt: Valide ist ein Test, wenn er dasjenige Persönlichkeitsmerkmal oder diejenige Verhaltensweise, das bzw. die er messen oder vorhersagen soll, tatsächlich mißt oder vorhersagt. Wie – so muß die erste Frage lauten – will man nun beurteilen, ob ein Test wirklich das mißt, was er messen soll, ob er tauglich und angemessen ist zur Erfassung eines bestimmten Persönlichkeitsmerkmals?

Das Vorgehen bei der Überprüfung der Validität wird als Validierung bezeichnet. Schon SPEARMAN und KRUEGER haben um die Jahrhundertwende erste korrelationsstatistische Ansätze zur Frage der Validitätskontrolle geliefert, indem sie Leistungsmerkmale untereinander korrelierten, von denen das eine als psychologisch hinreichend gekennzeichnet galt und später zum sogenannten Validitätskriterium wurde.

Dieser Ansatz zielt demgemäß auf den in der Einleitung (vgl. Kap. 1.2.3) erwähnten dritten Aspekt ab, nämlich auf die **kriterienbezogene Validität**.

Historisch und praktisch gesehen, ist die kriterienbezogene Validität der bedeutsamste Aspekt. In den Validitätsdefinitionen vieler psychodiagnostischer Lehrbücher wird als Bezugsbasis diese Validitätsart gewählt. Obwohl die Erörterungen anderer Aspekte – speziell der Konstruktvalidität, neuerdings auch der inhaltlichen Validität (KLAUER, 1984)– viel zur Klärung der Theorie der Validität beigetragen haben, ist es auch heute noch so, daß die kriterienbezogene Validität eine dominierende Rolle spielt. Sie soll im folgenden deshalb auch an erster Stelle abgehandelt werden. Auch soll, wenn in diesem Kapitel ganz allgemein von Validität gesprochen wird, immer die kriterienbezogene Validität gemeint sein.

11.1 Die kriterienbezogene Validität

Die kriterienbezogene[1]) Validität wird – wie bereits erwähnt – durch den Bezug der Testpunktwerte zu Kriterienpunktwerten definiert. In der Regel geschieht dies mit Hilfe der Korrelation. Der Weg, der zur Gewinnung der kriterienbezogenen Validität führt, ist daher vorwiegend empirisch. Aus diesem Grunde wird die von

---

[1]) „Kriterienbezogen“ darf nicht mit „kriterienorientiert“ verwechselt werden. Dieser Begriff bezieht sich auf eine bestimmte Art von inhaltsvaliden Tests (s. Kap. 1.3).

uns so benannte kriterienbezogene Validität auch oft als empirische Validität bezeichnet[1]).

Wenn Test und Kriterium miteinander korrelieren, kann man zunächst direkt von einem Testpunktwert auf den entsprechenden Kriterienwert schließen. Wenn man jedoch das Kriterium als einen ausreichend validen Repräsentanten für das zu messende Persönlichkeitsmerkmal ansieht, kann man indirekt Aussagen über den Ausprägungsgrad des Merkmals machen.

Damit stellt die Wahl des Validitätskriteriums für den Validierungsvorgang einen entscheidenden Schritt dar, und nicht zu Unrecht muß man von vorneherein fragen, wodurch denn die Validität des Validitätskriteriums bestimmt sei. Diese Frage beschwört jedoch die Gefahr eines unendlichen Regresses von Validitätsbeziehungen herauf. Dieser Gefahr kann man begegnen, indem man die Validität des Kriteriums durch ein Rating von kompetenten Beurteilern bestimmen läßt, wobei es sich in der Regel um Psychologen handeln wird. Bisweilen jedoch werden auch, besonders bei Eignungstests, andere „Experten" herangezogen werden müssen, etwa Lehrlingsausbilder oder Lehrer. Mit einer solchen Abstimmung stellt sich das Kriterium dar als etwas Relatives, als Resultat einer Übereinkunft. Es bleibt dabei jedem Testinterpreten überlassen, dieses Kriterium anzuerkennen oder zu verwerfen bzw. nach einem besseren zu suchen. In jedem Falle stellt der errechnete Validitätskoeffizient eine wichtige Testcharakteristik dar und kann im Hinblick auf das zugrunde liegende Kriterium interpretiert werden.

Die Übereinkunft durch ein Rating ist wie alle Übereinkünfte nicht etwas Abgeschlossenes, sondern kann einem ständigen Wandel unterworfen sein. Bei vielen Validierungsvorgängen ist es aus technischen Gründen nicht möglich, von vornherein ein zufriedenstellendes Kriterium zu finden, sondern es sind zunächst Kompromisse einzugehen, die allmählich gegen bessere Lösungen ausgetauscht werden. In diesem Sinne unterscheidet THORNDIKE (1949) vorläufige Kriterien, Zwischenkriterien und endgültige Kriterien.[2]) Das vorläufige Kriterium verwendet die allerersten Informationen, die über die Pbn zu erhalten sind. Beispielsweise wäre als ein vorläufiges Kriterium bei einem Test zur Analyse von Industrie-Lehrlingen etwa die erste Beurteilung der Lehrlinge durch ihre Meister zu verwenden, z. B. 3 bis 4 Monate nach der Einstellung.

Das Zwischenkriterium bezieht wesentlich mehr Informationen ein. Es stellt bereits eine Approximation an das wirklich zu Erfassende dar. Im Falle unseres Auslesetests mögen etwa Beurteilungen durch den Meister und Ergebnisse von Zwischenprüfungen zu einem Zwischenkriterium kombiniert worden sein.

Das endgültige Kriterium verwendet quantitativ und qualitativ Informationen derart, daß sie als hinreichend für das zu erfassende Merkmal betrachtet werden können, wie z. B. die Prüfung eines Lehrlings vor der Industrie- und Handelskammer. Endgültige Kriterien repräsentieren demgemäß das diagnostisch Intendierte bzw. das vorherzusagende Merkmal in idealer Weise. Es ist einleuchtend,

---

[1]) In diesem Sinne verwendet z. B. A. ANASTASI (1961) den Begriff „empirical validity". Der Ausdruck „empirische Validität" scheint uns nicht sehr zweckmäßig zu sein, weil die inhaltliche Validität und Konstruktvalidität natürlich auch auf eine empirische Basis zu reduzieren sind.

[2]) THORNDIKE verwendet die Bezeichnungen immediate, intermediate und ultimate criteria.

daß alle Kriterien das endgültige Validitätskriterium in der Regel nur approximieren.

Bei der Validierung eines Universitätseingangstests für einen Diplomstudiengang könnte ein vorläufiges Kriterium die durchschnittliche Note der Leistungsnachweise der ersten zwei Semester, das Zwischenkriterium die Note im Vordiplom und das endgültige Kriterium die Note im Diplom sein. Dieses endgültige Kriterium approximiert das Merkmal „Berufseignung“.

Aus diesen Ausführungen wird deutlich, daß es für einen bestimmten Test nicht nur eine Validität gibt. Ein Test kann gegenüber mehreren Kriterien validiert werden und demgemäß mehrere Validitäten haben, die von durchaus verschiedener Höhe sind. Weist ein Test gegenüber einer bestimmten Gruppe verschiedener Kriterien Validitäten unterschiedlicher Höhe auf, so besitzt er eine *„differentielle Validität“* (differential validity) hinsichtlich dieser Kriterien[1]). Es gibt also nicht die Validität eines Tests, sondern wenigstens so viele, wie akzeptierte Kriterien aufzufinden sind.

Auch ist zu beachten, daß sich ein Validitätskoeffizient auf eine ganz bestimmte Grundgesamtheit von Pbn bezieht. Ein Test kann bei einer Gruppe hinreichend valide sein, bei einer anderen überhaupt nicht. Neuerdings wurde mehrfach gezeigt, daß sich – hinsichtlich der Validität bestimmter Tests zuvor als homogen angesehene Populationen – in Untergruppen *„differentieller Vorhersagbarkeit“* (MICHEL, 1964, JÄGER, 1978, 1979) zerlegen lassen[2]). Variablen, die solche Untergruppen verläßlich trennen, heißen *„Moderatorvariablen“* (SAUNDERS, 1956, BARTUSSEK, 1970, JÄGER, 1974). Eine Übersicht über verschiedene methodische Ansätze zu diesem Problem gibt ZEDECK (1971).

Die kriterienbezogene Validität wird häufig nach verschiedenen Gesichtspunkten aufgegliedert. Zwei solcher Aufteilungen seien hier erwähnt:

1. Innere – äußere kriterienbezogene Validität
2. Übereinstimmungsvalidität – Vorhersagevalidität

Ad 1: Wenn von kriterienbezogener Validität die Rede ist, denkt man im allgemeinen an ein sog. äußeres Validitätskriterium, also an eine objektiv bewertete Kriteriumleistung oder ein Schätzurteil. Wird ein solches äußeres Kriterium mit dem Testpunktwert korreliert, so spricht man von äußerer Validierung oder **äußerer Validität**.

Vielfach werden Tests jedoch auch in der Weise auf ihre Validität hin geprüft, daß sie mit anderen für dasselbe Persönlichkeitsmerkmal als valide anerkannten Tests korreliert werden. Man spricht in diesem Sinne von einer inneren Validierung oder einer **inneren Validität**. Die Ermittlung der inneren Validität setzt voraus, daß einerseits bereits Tests verwendet werden, die das gleiche Persönlichkeitsmerkmal messen, und daß andererseits diese Tests möglichst hohe Validitätskoeffizienten gegenüber einem Außenkriterium aufweisen oder inhaltlich valide sind. Es ist einleuchtend, daß ein Validitätskoeffizient aus „zweiter Hand“ einmal von vornherein niedriger liegen wird als ein solcher aus „erster Hand“, zum

---

[1]) Vgl. JANKE (1964), besonders S. 921 ff. CRONBACH (1961), S. 357, gibt eine Formel zur Kennzeichnung der differentiellen Validität eines Tests an.

[2]) Vgl. dazu die theoretischen Ansätze und Forschungsübersichten bei DUNETTE (1963) und GHISELLI (1963).

anderen aber wird er selbst dann, wenn er numerisch hoch liegt, nicht ohne weiteres interpretierbar sein, da ja beide Tests aufgrund eines unbekannten und unkontrollierten dritten Merkmals miteinander korrelieren können.

Die Fehlinterpretation eines inneren Validitätskoeffizienten liegt dann besonders nahe, wenn die Validierung nur an einem einzigen Test erfolgt, der womöglich selbst nur mäßig valide ist. In einem solchen Falle wird man sich weniger auf den erhaltenen Korrelationskoeffizienten, sondern mehr auf den Grad der logischen Validität stützen müssen.

Die Dinge liegen schon wesentlich günstiger, wenn die innere Validierung an mehreren Einzeltests erfolgt. Sind alle Validitätskoeffizienten dieser Tests einigermaßen zufriedenstellend, so kann man einiges Vertrauen in den Validitätskoeffizienten der inneren Validierung setzen. Es besteht die Möglichkeit, einen **multiplen Validitätskoeffizienten** (vgl. Kap. 14.6) zu bilden, indem man die Korrelation des neu erprobten Tests zur Gesamtheit aller bewährten Tests untersucht. Ein solcher multipler Validitätskoeffizient R_{tc} läßt hoffen, daß sich die auf irrelevante Gemeinsamkeiten zurückführbaren Kovarianzanteile wechselseitig aufheben, so daß der multiple Validitätskoeffizient ebenso zu bewerten wäre wie der äußere Validitätskoeffizient.

Da die Berechnung des multiplen Validitätskoeffizienten für mehr als drei Tests über die sogenannten *Beta-Koeffizienten* erfolgen muß, wird hier nur ein Beispiel gegeben, in dem ein neuer Test an zwei bewährten Tests validiert wird.

Rechenbeispiel Nr. 11.1:

Ein Fragebogen über neurotische Erlebnis- und Verhaltensweisen (Test 1) wird zum Zwecke seiner Validierung mit dem MMQ (EYSENCK, 1974a) (Test 2) und dem EPI (EYSENCK, 1974b) (Test 3) korreliert. Dabei ergab sich $r_{12} = 0{,}4$, $r_{13} = 0{,}2$ und eine Interkorrelation der bekannten Tests 2 und 3 zu $r_{23} = 0{,}5$. Der multiple Validitätskoeffizient würde sich nach einer später genannten (Kap. 14.6.3) Formel (14.18) wie folgt errechnen.

$$R_{tc} = \sqrt{\frac{0{,}4^2 + 0{,}2^2 - 2 \cdot 0{,}4 \cdot 0{,}2 \cdot 0{,}5}{1 - 0{,}5^2}} = 0{,}46\,.$$

Der erhaltene multiple Validitätskoeffizient liegt also höher als jeder der beiden inneren Validitätskoeffizienten. Er wird naturgemäß um so größer sein, je weniger die zur Validierung verwendeten Tests untereinander korrelieren, da sie dann offenbar verschiedene Aspekte des Persönlichkeitsmerkmals einbeziehen. Man sollte daher bei der Auswahl geeigneter Tests für die innere Validierung auf diese Tatsache achten.

Ad 2: Sehr häufig dient ein psychologischer Test zur Vorhersage von Kriterienwerten, die zeitlich sehr viel später anfallen als die Testwerte. Es ist also im wahren Sinne des Wortes eine Vorhersage zukünftigen Verhaltens oder einer zukünftigen Leistung zu machen. Im angloamerikanischen Bereich hat sich hierfür der Begriff „predictive validity" – also **Vorhersagevalidität** – eingebürgert.

Vorhersagevalidität wird von einer großen Anzahl von Tests verlangt. Insbesondere in den *Bewährungskontrollen* der Eignungspsychologie ist die Prognose von entscheidender Bedeutung. Die Zeiträume, auf die sich die Vorhersagen erstrecken, können sehr unterschiedlich sein, von wenigen Tagen bis zu Jahren. Es können also verschiedene Validitätskoeffizienten entsprechend dem Zeitraum zwischen Testaufnahme und Kriterienerstellung berechnet werden.

Bei der **Übereinstimmungsvalidität** (concurrent validity) stehen keine prognostischen Ziele im Sinne zeitlicher Vorhersage an, sondern vielmehr diagnostische Gesichtspunkte. Die Kriterienwerte werden praktisch simultan mit den Testpunktwerten erhoben. Vom Testverhalten wird daher auf Verhalten außerhalb des Tests geschlossen, ohne daß zeitliche Gesichtspunkte eine Rolle spielen.

Eine Übereinstimmungsvalidität liegt beispielsweise vor, wenn in der klinischen Psychologie ein Test dazu verwendet werden soll, bestimmte Anpassungsstörungen zu erfassen. Als Kriterienwerte können etwa die Schätzurteile von Psychiatern, Lehrern oder anderen Personen, die die Pbn kennen, erstellt werden. Ein Test, der solche Merkmale zu diagnostizieren vermag, hat naturgemäß große praktische Bedeutung, da seine Durchführung in der Regel erheblich ökonomischer ist als die Erstellung der Kriterienwerte.

Auch der Validitätskoeffizient, den wir bei der inneren Validierung erhalten, entspricht zumeist dem Aspekt der Übereinstimmungsvalidität: Wir sehen also, daß die Klassen „Vorhersagevalidität – Übereinstimmungsvalidität" und „äußere – innere Validität" einander nicht ausschließen.

Validitätskoeffizienten gelten zunächst nur für ein bestimmtes Validitätskriterium und für die Population, aus der die Validierungsstichprobe stammt. Verschiedene Untersuchungen ergeben in der Regel auch verschiedene, oft nicht vergleichbare Validitätskoeffizienten. Das Problem der Kombination dieser Ergebnisse zu einer umfassenderen Aussage über die Validität eines Tests, die *„validity generalization"*, wurde in den letzten Jahren in zahlreichen *„Meta-Analysen"* untersucht. Ziele dieser Studien war einmal, die „wahre" Validität eines Tests aus vielen Einzelergebnissen zu schätzen, zum anderen ihre Konstanz über unterschiedliche Situationen hinweg zu überprüfen (GLASS et al. 1981). Einen Überblick gibt SCHMIDT (1988).

11.2 Die inhaltliche Validität

Daß man unter gewissen Umständen auf eine Validierung verzichtet, wurde schon erwähnt. Der wichtigste dieser Umstände ist in der Konzeption der sogenannten inhaltlichen Validität (content validity) gegeben. Hierbei macht man die – nur durch psychologische Einsicht begründbare – Annahme, daß die Testaufgaben selbst das bestmögliche Kriterium für das zu untersuchende Persönlichkeitsmerkmal darstellen. Bei Schulleistungstests geht man davon aus, daß die Aufgaben repräsentativ für den vermittelten Lehrstoff sind. Bei einem Einstellungstest für Sekretärinnen entsprechen die Testaufgaben den einzelnen Tätigkeiten am späteren Arbeitsplatz.

Das Konzept der inhaltlichen Validität würde – so könnte man meinen – die Möglichkeit eröffnen, jeden Test einfach per definitionem als valide hinzustellen und es dem Testinterpreten zu überlassen, ob er dieses Konzept als verbindlich anerkennen will oder nicht. Damit würde man jedoch dem praktischen Erfordernis eines objektiven Tests nicht entsprechen, den Testinterpreten soweit wie möglich von der Verantwortung für die Validitätsaussage zu entlasten. Man geht bei der Inanspruchnahme der inhaltlichen Validität für einen Test deshalb zweckmäßigerweise so vor, daß man eine Gruppe kompetenter Beurteiler nach dem Ratingverfahren über den Grad der Validität dieses Tests befragt und das Ergebnis dieser Befragung unter Verzicht auf einen numerischen Validitätskennwert im Testmanual mitteilt.

Inhaltliche Validität wird in der Regel bei Kenntnistests unterstellt, z. B. im Zusammenhang mit der Schulleistungsdiagnostik, ebenso bei Interessentests. Bei Schulleistungstests wird überprüft, ob der Schüler einen bestimmten Stoff gelernt und die vorgegebenen Lehrziele erreicht hat. Dabei sollten die Testfragen eine repräsentative Stichprobe aus einer Grundmenge von Fragen sein, durch welche der Lehrstoff operationalisiert ist. Der Testinhalt ist daher ohne Frage logisch valide. In diesem Sinne wird eine inhaltliche Validität auch oft als logische bezeichnet. Für manchen Test ist die Übereinstimmung mit dem zu erfassenden Merkmal so evident, daß man auch von trivialer Validität sprechen könnte. Man denke etwa an einen Rechtschreibetest, an eine Maschinenschreibprobe, an die praktische Führerscheinprüfung oder an eine Reaktionsgeschwindigkeitsprüfung, und man wird gerne zugeben, daß die Billigung dieser Tests durch Fachleute unterbleiben kann; ihre Validität ist trivial.

So klar und eindeutig in vielen Fällen einem Test inhaltliche Validität zugeschrieben werden kann, so sind doch gewisse Gefahren gegeben, indem zu sehr generalisiert wird. Eine zu weit gehende Generalisierung wäre etwa gegeben, wenn aus den Ergebnissen eines Reaktionsgeschwindigkeitstests ganz allgemein auf die Geschwindigkeit, zu reagieren, geschlossen würde, oder eine Sekretärin nur auf Grund einer Schreibprobe am PC eingestellt würde. Die Interpretation darf über die tatsächlich erfaßten Leistungen nicht hinausgehen.

Bei der Schulleistungsdiagnostik ist die Gefahr einer Übergeneralisierung besonders groß. Die Lehrziele im Geschichtsunterricht sind sicher nicht erreicht, wenn ein Schüler Namen und Jahreszahlen reproduzieren kann, und gute Vokabelkenntnisse sagen nichts über die Beherrschung einer Fremdsprache in alltäglichen Situationen aus. Hier ist es sinnvoll, neben Kenntnissen noch weitere „Verhaltensaspekte" zu definieren, die ein Schüler beherrschen sollte, wie z. B. Verständnis, Anwendung und Bewertung (Taxonomie nach BLOOM, 1972). Diese Verhaltensweisen kann man mit den zu unterrichtenden Inhalten in einer sog. Lehrzielmatrix kombinieren (TYLER, 1973). Eine solche Lehrzielmatrix ist zunächst Grundlage des Unterrichts, aber auch des Tests, mit dem das Erreichen der Lehrziele überprüft wird (sog. lehrzielorientierter Test). Wenn bei der Testentwicklung diese Lehrzielmatrix berücksichtigt wird, ist die Gefahr einer Übergeneralisierung sehr viel geringer als ohne sie[1]).

---

[1]) Das Konzept der lehrzielorientierten Leistungsmessung ist ausführlich bei KLAUER (1987) dargestellt. Beispiele für die Anwendung von Lehrzieltaxonomien und Lehrzielmatrizen in einzelnen Unterrichtsfächern findet man bei HERBIG (1976).

11.3 Die Konstruktvalidität

Während bei der kriterienbezogenen Validität die Frage der psychologischen Bedeutung eines Testresultates ganz im Hintergrund steht, ist die psychologische Analyse des Tests gerade das Ziel einer Konstruktvalidierung. Konstruktvalidierung ist weniger pragmatisch als theoretisch orientiert. Ihre Bedeutung liegt daher nicht in einer unmittelbaren praktisch-diagnostischen Verwertbarkeit, sondern in der theoretischen Klärung dessen, was der betreffende Test mißt.

Wenn bedacht wird, daß die meisten unserer Tests nicht nach praktisch-operationalen Gesichtspunkten gekennzeichnet werden (vgl. Klassifikation von Tests, Kap. 1.3), sondern nach angenommenen bzw. erschlossenen Eigenschaften, die als hinter dem faßbaren Testverhalten stehend gedacht werden, so wird die Bedeutsamkeit der Konstruktvalidität sofort klar. Bezeichnungen wie Intelligenztests, Fähigkeitstests oder Tests zur Erfassung von anderen „Eigenschaften" zielen eindeutig auf Konstrukte, also auf abgeleitete und nicht unmittelbar operational faßbare komplexe Einheiten ab (HERRMANN, 1969).

Wegen der fehlenden operationalen Faßbarkeit ist die Konstruktvalidierung ein Vorgang von erheblicher Schwierigkeit und mit großem technisch-ökonomischem Aufwand verbunden. Theorie und Empirie stehen hierbei in enger wechselseitiger Beziehung.

Test und Konstrukt stehen in Wechselwirkung miteinander, indem der Test das Konstrukt in bestimmter Weise modifizieren kann, das Konstrukt wiederum auf die Struktur des Tests Einfluß nimmt. Konstruktvalidität ist daher in wesentlich höherem Maße als kriterienbezogene und logische Validität in der persönlichkeitspsychologischen Grundlagenforschung verankert.

Bei einer Konstruktvalidierung geht man von dem Konstrukt und der entsprechenden Theorie aus und leitet daraus Hypothesen ab, die unter Einsatz des zu validierenden Tests empirisch überprüft werden. Dabei können alle möglichen methodischen Wege einbezogen werden:
Logische Analyse, empirisch-korrelationsstatistische und experimentelle Ansätze stehen gleichberechtigt nebeneinander. In Anlehnung an CRONBACH und MEEHL (1955) seien die wichtigsten Gesichtspunkte im folgenden angeführt:

1. Korrelation des Tests mit mehreren Außenkriterien.
2. Korrelationen des Tests mit Tests ähnlichen Validitätsanspruches.
3. Korrelationen mit Tests, die andere Persönlichkeitsmerkmale erfassen.
4. Faktorenanalyse des zu validierenden Tests gemeinsam mit Außenkriterien, validitätsverwandten und validitätsdivergenten Tests.
5. Analyse interindividueller Unterschiede in den Testresultaten.
6. Analyse intraindividueller Veränderungen bei wiederholter Durchführung mit und ohne systematische Variation der Durchführungsbedingungen.
7. Inhaltlich-logische Analyse der Testelemente.

Ad 1, 2 und 3: Allen drei Gesichtspunkten gemeinsam ist die Verwendung der Korrelationsmethode. Die errechneten Korrelationen vermitteln uns ein Bild einmal über den „Standort" eines Tests im Gesamt der diagnostischen Methoden und möglicher Kriterien, und zum anderen erhalten wir Aufschluß über die „Verknüpfung" von Test und Konstrukt.

Es ist klar, daß es dabei in gleichem Maße wichtig und notwendig ist, zu wissen, mit welchen Variablen der Test korreliert und mit welchen Variablen er nicht korreliert ist. Ein Test etwa, der räumliches Vorstellungsvermögen zu erfassen vorgibt, darf neben positiven Korrelationen mit räumlichen Tests naturgemäß nicht solche mit verbalen oder numerischen Tests aufweisen; zumindest müssen die Korrelationen mit „konstruktfernen" Variablen erheblich niedriger als die mit „konstruktnahen" Variablen liegen. CAMPBELL und FISKE (1959) schlagen dementsprechend vor, daß bei jedem Test eine „convergent validity" (Aufzeigen positiver Korrelationen des zu validierenden Tests mit anderen Tests) und eine „discriminant validity" (Aufzeigen von Nullkorrelationen) bestimmt werden sollte *(multitrait – multimethod – matrix)*.

Ad 4: Wurden entsprechend den Punkten 1, 2 und 3 Korrelationen des Tests mit anderen Variablen bestimmt, ebenso die Korrelationen dieser Variablen untereinander, so ist es bei Vorliegen vieler Interkorrelationen relativ schwierig, einen Überblick zu gewinnen. Hier kann uns die **Faktorenanalyse** gute Dienste leisten. Test, Kriterien, konstruktferne und konstruktnahe Tests sind gemeinsam einer Faktorenanalyse zu unterziehen. Einer der erhaltenen Faktoren müßte im Sinne des Konstruktes gedeutet werden. Der zu validierende Test sowie die validitätsverwandten Tests und Kriterien hätten in diesem Faktor hohe Ladungen aufzuweisen, die konstruktfernen dagegen niedrige. Normalerweise wird ein Test nicht in einem Faktor allein hohe Ladungen aufweisen, sondern in anderen ebenso. Diese Ladungen sollten jedoch möglichst niedrig sein. Die faktorielle Struktur eines Tests wird häufig als **faktorielle Validität** bezeichnet und als besondere Validitätsart aufgeführt. Sie ist jedoch logisch gesehen nur ein Aspekt der Konstruktvalidität.

Ad 5: Hierzu gehört die Analyse der Verteilung der Testresultate (z. B. Schiefe, Exzeß) ebenso wie der Nachweis von Testwertunterschieden zwischen verschiedenen Gruppen. Solche Gruppenunterschiede mögen sich etwa auf das Alter, den sozialökonomischen Status, den Schulabschluß u. a. m. beziehen. Die Bildung dieser Gruppen erfolgt nicht unsystematisch, sondern entsprechend bestimmter, vom Konstrukt deduktiv abgeleiteter Annahmen.

Ad 6: Wird der zu validierende Test mehrmals an denselben Pbn bei gleichen Durchführungsbedingungen angewendet, so geben uns die festgestellten Schwankungen weitere Hinweise zu seiner Konstruktvalidität. Ein Test etwa, der ein habituelles bzw. zeitlich relativ konstantes Merkmal, z. B. Intelligenz, erfassen soll, darf naturgemäß nur innerhalb gewisser Grenzen schwanken, wenn angenommen werden soll, daß er mit dem sog. *Trait-Konstrukt* „Intelligenz" vereinbar ist.

Andererseits darf ein Test zur Erfassung der augenblicklichen Stimmungslage zeitlich nicht sehr stabil sein, weil das *State-Konstrukt* „Stimmung" eine relativ starke Variation impliziert. Analoges gilt für State- und Trait-Angst als Persönlichkeitskonstrukte (SPIELBERGER, 1966).

Die Testwiederholung muß nicht notwendigerweise unter gleichen Bedingungen stattfinden. Vielmehr sind Wiederholungen mit experimentell kontrollierten Variationen der Versuchsbedingungen sehr empfehlenswert. Wir erhalten so wertvolle Informationen sowohl über die Situationsstabilität und damit die Generalisierbarkeit der Testresultate, als auch über die Vereinbarkeit von Konstrukt und Test. Wichtige Variationen der Versuchsbedingungen sind: Veränderung der Instruktion, Wechsel des Untersuchungsleiters, Modifikation der Ausgangslage durch Stress, psychische Beanspruchung, zentral wirksame Pharmaka u a. m.

Ad 7: Nicht nur der Test als ganzer kann analysiert werden in Hinblick auf das zugrundeliegende Konstrukt, sondern auch die Testaufgaben bzw. Testelemente. Diese Analyse kann einmal mehr formaler Art sein. Zu diesen formalen Aspekten gehören vor allem die Interkorrelationen und die Faktorenanalyse der Testaufgaben. Es ist verständlich, daß die Testaufgaben, die alle einem Konstrukt zugeordnet werden sollen, positiv interkorreliert sein müssen. Auch die innere Konsistenz kann hierbei berücksichtigt werden. Sehr niedrige Konsistenzkoeffizienten bedeuten von vorneherein, daß der Test sich kaum unter einem einheitlichen Konstrukt fassen läßt.

Außer nach formalen können die Testaufgaben nach inhaltlich-psychologischen Gesichtspunkten analysiert werden. Mit Hilfe von Selbst- und Fremdbeobachtung kann der Lösungsprozeß bei jeder Aufgabe erfaßbar gemacht und auf seine Verträglichkeit mit dem Konstrukt untersucht werden.

Selbst **Inhaltsvalidität** und **kriterienbezogene Validität** können als spezielle Aspekte der **Konstruktvalidität** aufgefaßt werden (MESSICK, 1988).

Alle in den Punkten 1–7 genannten empirischen Methoden zur Konstruktvalidierung ergänzen einander, indem sie das „Konstrukt“, das dem zu validierenden Test zugrundeliegt, von verschiedenen Seiten her „einkreisen“. Ein exaktes Maß der Höhe der Konstruktvalidität gibt es natürlich nicht.

Hierin liegt die Gefahr einer Konstruktvalidierung: Indem kein eindeutiges Maß definiert ist, wird der Möglichkeit Raum gegeben, daß saubere empirische Untersuchungen auf korrelationsstatistischer Basis zugunsten der Spekulation zurückgedrängt werden. Es sei daher zum Abschluß dieses Abschnittes klar herausgestellt, daß für die praktisch-psychologische Diagnostik der Nachweis von Korrelationen zwischen Test und Kriterien mindestens so unentbehrlich ist wie die Aufklärung der psychologischen Faktoren, die hinter einem Test stehen. Auf die Kenntnis dessen, was hinter einem Test steht, kann vom pragmatischen Aspekt her unter Umständen verzichtet werden, nicht aber auf die kriterienbezogene Validität. Die nachgewiesene Korrelation eines Tests mit einem wohldefinierten Kriterium allein berechtigt den in der Praxis stehenden Diagnostiker, seine Methoden als brauchbar und anderen Verfahren als überlegen zu kennzeichnen.

11.4 Das Validitätskriterium

Schon anläßlich der Testplanung wurde auf den engen Zusammenhang zwischen dem Validitätsbereich einerseits und der Definition eines brauchbaren Validitätskriteriums andererseits hingewiesen. Die Wahl eines für das Merkmal repräsentativen Validitätskriteriums gehört zu den schwierigsten Aufgaben der Testentwicklung, zu deren Enderfolg sie entscheidend beiträgt. TOOPS (1944), ein anerkannter Fachmann, schrieb hierzu wörtlich: „Nach Möglichkeit sollte ebenso viel Zeit für die Bereitstellung eines Kriteriums wie für den Aufbau und die Vervollkommnung des Tests verwendet werden. Diesem wichtigen Forschungsbereich wird selten die Hälfte der Zeit oder der Beachtung gewidmet, die er erfordert und verdient.“

Aus diesen Worten kann man die große Bedeutung entnehmen, die dieser Phase der Testentwicklung zukommt, und zugleich wird angedeutet, wieviel Arbeit und Mühe die Beschaffung eines solchen Kriteriums macht.

11.4.1 Die Einteilung der Validitätskriterien

Die erste Systematik der Validitätskriterien hat HULL (1928) begründet. Er unterscheidet drei Gruppen von Kriterien:

1. Produkt-Kriterien,
2. Aktions-Kriterien,
3. Kriterien des subjektiven Eindrucks.

Ein **Produkt-Kriterium** wäre etwa die Anzahl der Stückfertigung eines Industrieproduktes innerhalb einer definierten Zeitspanne durch einen Arbeiter; ein **Aktionskriterium** wäre die Schnelligkeit (Zeitwert) oder die Genauigkeit, mit der eine bestimmte Tätigkeit, eine Aktion, von Pbn durchgeführt wird; Leistungen, die nicht objektiv zu bewerten sind, müßten zu den Kriterien des subjektiven Eindrucks gerechnet werden. Produkt- und Aktions-Kriterien könnten auch unter dem Begriff der Leistungskriterien zusammengefaßt und den Schätzkriterien gegenübergestellt werden.

Wir schlagen eine andere Einteilung vor, die einmal auf dem Grad der Komplexität eines Kriteriums, zum anderen auf dem Grad der Objektivität und schließlich noch auf dem Grad der Quantifizierbarkeit beruht. Alle drei Gesichtspunkte sind von hervorragender praktischer Bedeutung bei der Beschaffung von Validitätskriterien.

1. a) Einfache Validitätskriterien
   b) Kombinierte Validitätskriterien
      Simultankombinierte
      Sukzessivkombinierte
2. a) Objektive Validitätskriterien
   b) Subjektive Validitätskriterien
3. a) Qualitative Validitätskriterien
   b) Quantitative und quantitativ abgestufte qualitative Validitätskriterien.

Ad 1: Unter **einfachen** Validitätskriterien sollen solche verstanden werden, die einem relativ umschriebenen Validitätsbereich eines Tests entsprechen, z. B. die Einkommensteuer als einfaches Validitätskriterium für den Berufserfolg in einem freien Beruf. Oder die Zahl der täglich an einem Marktstand verkauften Krawatten als einfaches und zugleich objektives und quantitatives Kriterium für die Verkaufstüchtigkeit; Prüfzensuren als einfaches und subjektives-quantitatives Kriterium für Fachkenntnisse; Farbtüchtigkeit als objektives-qualitatives Kriterium; die durch kompetente Beurteiler ausgesprochene Eignung oder Nicht-Eignung für einen bestimmten Beruf als einfaches und subjektives-qualitatives Kriterium.

Kombinierte Validitätskriterien setzen sich aus zwei oder mehr Teilkriterien zusammen, wobei für die einzelnen Teilkriterien gleiche oder unterschiedliche Gewichte verrechnet werden können. Die Teilkriterien können gleichzeitig – simultan – oder aber in zeitlicher Abfolge – sukzessiv – verfügbar sein.

Als ein **simultan-kombiniertes** Berufserfolgskriterium könnte man z. B. die Höhe der Einkommensteuer und den Wert der Luxus-, Gebrauchs- und Einrichtungsgegenstände und den Betrag des jährlichen Vermögenszuwachses zusammenfassen. Die Eignung als Omnibusfahrer könnte folgende Teilkriterien in Anspruch nehmen: Die Anzahl der Jahre, die der Bewerber im Besitze eines Führerscheins ist; die Zahl der verursachten Verkehrsunfälle und STVO-Übertretungen (als Minuswerte); die Länge der gesamten Fahrstrecke seit Erhalt des Führerscheins; die Häufigkeit der nötigen Fahrzeugreparaturen.

Eine **sukzessive** Kombination von Teilkriterien wäre etwa die Höhe des Auftragsangebotes für einen freischaffenden Künstler innerhalb eines bestimmten Zeitraumes oder die zeitliche Aufeinanderfolge der markanten Daten der frühkindlichen Reifung (Reizzuwendung, aktives Greifen, Aufrechthaltung des Kopfes, Sitzen, Gehen, Sprechen, Sauberwerden) als Kriterien der Reifungsgeschwindigkeit.

Ad 2: Als **objektive** Kriterien können solche gelten, die unmittelbar zahlenmäßig vorliegen, wie z. B. Anzahl der nötigen Versuche bis zur vollkommenen Beherrschung einer bestimmten Fertigkeit als Kriterium für die motorische Lernfähigkeit; oder die Zeit, die benötigt wird, um einen bestimmten Text in eine fremde Sprache zu übersetzen, als Kriterium für den Grad der Sprachbeherrschung. Alle nicht eindeutig objektiven Kriterien sollten den **subjektiven** zugerechnet werden, mögen sie auch teilweise von objektiven Daten abgeleitet sein: so z. B. kann die soziale Intelligenz eines Firmenvertreters unter Berücksichtigung der objektiven Verkaufserfolgsdaten von den leitenden Herren der Verkaufsabteilung im Rating eingeschätzt werden.

Ad 3: Die Einteilung in **quantitative** und **qualitative** Kriterien überschneidet sich mit der in objektive und subjektive insofern, als die objektiven Kriterien häufig auch quantitativer Art sind, während die subjektiven Kriterien sowohl quantitativer wie auch qualitativer Art sein können. Qualitativ bedeutet bei Tests meist eine alternative Abstufung: Ja – Nein, besser – schlechter, vorhanden – nicht vorhanden.

Objektive qualitative Kriterien für das soziale Kontaktstreben wären z. B. Zugehörigkeit zu einem Verein, geselliger Kontakt mit Wohnungsnachbarn, Stammtischmitgliedschaft, Beteiligung an öffentlichen Diskussionen und anderes mehr. Für subjektive und zugleich quantitative Kriterien sind die Schul- und Prüfungszensuren als typische Repräsentanten zu nennen.

11.4.2 Die Gewinnung der Validitätskriterien

Wenn man ein Kriterium gefunden und die Möglichkeit seiner experimentellen Gewinnung oder statistischen Erhebung durchdacht hat, so hängt für den Erfolg noch viel davon ab, ob es gelingt, eine Stichprobe von Pbn zur Validierung zusammenzustellen, die gleiche oder zumindest vergleichbare Bedingungen für eine repräsentative Kriteriumbewertung garantiert.

Nach TOOPS (1944) sind folgende Faktoren insbesondere zu beachten:

1. Der vielleicht wichtigste Faktor bei Leistungstestkriterien ist der Grad der Motivation der Pbn bei der Gewinnung der Kriteriumwerte. Die Motivation soll derjenigen bei den natürlichen Leistungsbedingungen möglichst ähnlich und bei den Pbn annähernd gleich sein.

2. Bei den Pbn der Validationsstichprobe sollen Erfahrung, Übung und Kenntnisse nicht zu unterschiedlich sein. Ein Lehrling mit zweijähriger Ausbildung wird auch bei geringerer Eignung unter sonst gleichen Bedingungen ein besseres „Kriterium-Werkstück" anfertigen können als ein solcher mit halbjähriger Ausbildung.
3. Alter und Geschlecht der Pbn sollen berücksichtigt werden. Das Gehalt als Kriterium des Berufserfolges ist z. B. in hohem Maße altersabhängig; bei gleichem Verdienst ist in der Regel der jüngere Pb der besser qualifizierte. In solchen Fällen einer drittseitigen Abhängigkeit des Kriteriumwertes würden entsprechende Partial-Korrelationskoeffizienten angebracht sein.
4. Die äußeren Bedingungen, die bei der Kriteriumgewinnung vorherrschen, sollen für alle Pbn möglichst die gleichen sein.

Dies sind nur einige mehr oder weniger selbstverständliche Hinweise zur Steigerung der Kriteriumsreliabilität, die ihrerseits als wichtiger Faktor in den Validitätskoeffizienten mit eingeht und ohne die die numerische Validität eines Tests stets unzureichend bleibt.

Für die exakte Gewinnung subjektiver Kriterien ist eine genaue Definition oder eine ausführliche Umschreibung der Gesichtspunkte, nach denen die Beurteilung der Pbn erfolgen soll, die wichtigste Voraussetzung. Zur Gewinnung subjektiver Kriterien eignet sich stets eine *Rating-Skala* am besten, die möglichst viele und genaue Informationen beiträgt.

Als instruktives Beispiel dieser Art sei hier eine Schätz-Skala (s. Tab. 11.1) wiedergegeben, wie sie die US Civil Service Commission für Industrie-, Wirtschafts- und Verwaltungsbedienstete verwendet, um Kriterien zur Validierung von Eignungs- und Auswahltests zu gewinnen. Auch das Anweisungsblatt für den Beurteiler, das eine vergleichbare Einstufung ermöglichen soll, ist sinngemäß übersetzt worden[1]).

Anweisungsblatt
der US CSC für die Benutzung der Leistungseinstufungsskala

Das beigefügte Blatt ist eine Einstufungsskala zur Anwendung bei der Entwicklung und Analyse verschiedener Eignungsprüfverfahren auf dem zivilen Sektor. Die vorgenommene Einstufung dient ausschließlich diesem Zweck und soll in keiner Weise den gegenwärtigen oder zukünftigen sozialen und beruflichen Stand des Beurteilten beeinflussen. Diese Einstufung ist streng vertraulich.

Um die Vertraulichkeit der Beurteilung zu sichern und die unpersönliche Auswertung zu vereinfachen, wird der Beurteiler gebeten, das Anweisungsblatt vom Einstufungsblatt sofort nach Vornahme der Einstufung zu trennen. Die Anweisungs- und Einstufungsblätter werden dann getrennt gebündelt und getrennt den vorgeschriebenen Weg weitergegeben.

---

[1]) Entnommen aus ADKINS (1947).

Tabelle 11.1 Leistungseinstufungs-Skala der US Civil Service Commission

Bezeichnung der Beschäftigung:	(Nach Einordnung in eine der drei Gruppen (Obere Gruppe = Über d. D., Mittlere Gruppe = Durchschn., Untere Gruppe = Unter d. D.) nehmen Sie eine weitere Einstufung innerhalb der entsprechenden Gruppe vor wie folgt)								
Beschäftigungsgruppe:									
Tarifgruppe:	Untere Gruppe			Mittlere Gruppe			Obere Gruppe		
Das Hauptgebiet der Tätigkeit ist: 1. Forschung ☐ 3. Aufsicht ☐ 2. Techn. Tätigkeit ☐ 4. Verwaltung ☐	Unteres Mittel	Mittl. Drittel	Oberes Drittel	Unteres Drittel	Mittl. Drittel	Oberes Drittel	Unteres Drittel	Mittl. Drittel	Oberes Drittel
Menge der brauchbaren Arbeit: In welchem Verhältnis steht die Leistung des Betreffenden zu der seiner Kollegen mit gleichem Aufgabenkreis? Durchschn./Über d. D./Unter d. D.									
Güte der brauchbaren Arbeit: Wie steht der Betreffende im Vergleich zu seinen Kollegen hinsichtlich der Qualität seiner Arbeit, wenn man nur die Arbeit in Betracht zieht, die als brauchbar anerkannt ist? Durchschn./Über d. D./Unter d. D.									
Die berufliche Entwicklungsfähigkeit: Wie würden Sie den Betreffenden in Bezug auf seine Entwicklungsmöglichkeiten in seinem gegenwärtigen Arbeitsfeld einstufen, wenn sein Fortkommen nur von seiner Befähigung abhinge? Durchschn./Über d. D./Unter d. D.									
Gesamtwertung: Wie ist der Betreffende für Ihren Betrieb zu werten im Vergleich zu Kollegen gleicher Erfahrung und Position unter Berücksichtigung seiner gegenwärtigen Leistung sowie seiner Entwicklungsmöglichkeiten? Durchschn./Über d. D./Unter d. D.									
Beurteilungs-Skala	1	2	3	4	5	6	7	8	9

Name des Beschäftigten:	
Wohnort:	Firma: ....
Abteilung:	Dienststelle: ....
Unterabteilung:	Arbeitsgruppe: ....
Ist der Beurteiler der augenblickliche Vorgesetzte des Beschäftigten?	Hat der Beschäftigte mindestens 3 Monate ununterbrochen unter Aufsicht des Beurteilers gestanden?
Ja – Nein	Ja – Nein

Erklärungen
(Die folgenden Ausführungen sollen eine genaue Einstufung erleichtern.)

1. MENGE DER BRAUCHBAREN ARBEIT soll die Menge der nutzbringenden Arbeit umfassen, die der Beschäftigte bewältigen kann. Dabei ist nur brauchbare Arbeit zu zählen.
2. GÜTE DER BRAUCHBAREN ARBEIT beschreibt den Grad der Qualität der nutzbringenden Arbeit, die der Beschäftigte leistet.
3. BERUFLICHE ENTWICKLUNGSFÄHIGKEIT bedeutet die Befähigung eines Beschäftigten, schnell voranzukommen. Berücksichtigen Sie in Ihrem Urteil nur solche Fähigkeiten, die einen offenkundigen Beitrag für den Fortschritt in dem Arbeitsgebiet darstellen.
4. GESAMTBEWERTUNG soll den Wert des Beschäftigten für Sie sowohl in seiner gegenwärtigen Stellung wie auch für Ihr zukünftiges Arbeitsprogramm bezeichnen. Lassen Sie bei dieser Wertung seine Allgemeinbefähigung in diesem Arbeitsgebiet mitsprechen. Dieses Beurteilungssystem unterscheidet sich von dem eines Leistungszeugnisses insofern, als es eine nicht zufriedenstellende Leistung überhaupt nicht mit einbezieht.

Anweisungen für die Beurteilung

A. Jeder Beschäftigte soll im Vergleich zu anderen im gleichen Gehalts- und Arbeitsverhältnis stehenden Beschäftigten eingestuft werden. Die Beurteilung mag Ihnen leichter fallen, wenn Sie sich für jede Gruppe einen typischen Vertreter in Ihrer Vorstellung auswählen, der Ihnen als Standardmaß für die Gruppenzuordnung dienen kann.
B. Klassifizieren Sie jeden Beschäftigten zunächst, indem Sie ihn in eine der drei oberen Gruppen hinsichtlich der zu beurteilenden Charakteristika einordnen.
C. Nach dieser Grob-Klassifizierung entscheiden Sie bitte, ob der betreffende Beschäftigte dem Durchschnitt seiner Gruppe entspricht, oder ob er ein wenig besser oder ein wenig schlechter als der typische Vertreter dieser Gruppe ist. Markieren Sie das entsprechende Feld in dem Einstufungsblatt.

Besonders zu beachtende Regeln für die Einstufung

A. Beurteilen Sie jedes Merkmal getrennt für sich! Beurteilen Sie beispielsweise nicht etwa zugleich die Quantität der Arbeit, wenn Sie dabei sind, die Qualität zu bewerten.

B. Seien Sie bitte nicht zu milde! Die Beurteilungen sind vertraulich, und Sie können offen sein. Beschreiben Sie deshalb den Beschäftigten so, wie Sie ihn tatsächlich sehen. Ein Beschäftigter, der gerade tragbar ist, gehört in die unterste Gruppe.
C. Geben Sie bitte auch extrem hohe und extrem niedrige Einstufungen! Übermäßige Vorsicht und Zurückhaltung ist gleichbedeutend mit Unrichtigkeit des Urteils. Extrem gute und extrem schlechte Beschäftigte sind zwar nicht so zahlreich wie die durchschnittlichen, aber sie sind doch in den meisten Betrieben anzutreffen.
D. Bei der Beurteilung ist zu beachten, daß nur Beschäftigte in derselben Stellung mit gleichen Aufgabenbereichen verglichen werden dürfen. Führen Sie den Vergleich auf keinen Fall mit Beschäftigten in einer höheren oder niedrigeren Stellung durch.

Generell ist zu beachten, daß eine Rating-Skala nicht ausführlich genug sein kann und unter Umständen in der sprachlichen Formulierung speziell dem Bildungsstand der Beurteiler sowie der Beurteilten angepaßt werden muß. Es wäre ganz verkehrt, wenn man ohne weitere Ausführungen von einem Beurteiler – mag er noch so intelligent und erfahren sein – eine Einstufung von Pbn fordern würde; man müßte dann mit Sicherheit damit rechnen, daß die Beurteiler ihre Beurteilung nach vielen verschiedenen irrationalen Kriterien vornehmen.

11.5 Die Bewertung von Validitätskriterien

11.5.1 Einfache objektive Kriterien

Einfache Kriterien werden in der Regel in Form eines nach einer Einheiten-Skala abgestuften Rohwertes gekennzeichnet. Die Stückzahl einer Akkordleistung z. B. gibt in etwa normal verteilte individuelle Rohwerte, die ihrerseits mit dem Testrohwert nach dem Produkt-Moment-Verfahren korreliert werden können. Alternativ abgestufte Kriterien wie z. B. „mit Berufserfahrung“ und „ohne Berufserfahrung“ oder Farbtüchtigkeit – Farbblindheit werden nach der biserialen oder punkt-biserialen Korrelationsmethode mit dem Testrohwert korreliert. Wenn man annehmen kann, daß das Kriterium in ‚Wahrheit‘ normal verteilt ist, wie etwa der Grad der Berufserfahrung, so wird die biseriale Korrelation anzuwenden sein; muß man hingegen annehmen, daß das Kriterium echt alternativ verteilt ist, wie z. B. Farbtüchtigkeit – Farbblindheit, so wird die punktbiseriale Korrelation angebracht sein.

11.5.2 Kombinierte objektive Kriterien

Das Problem der optimalen Kombination von Teilkriterien zu einem Gesamtkriteriumwert ist immer noch nicht zufriedenstellend gelöst[1]). Es ist klar, daß die einzelnen Werte der Kriterien, von denen jedes natürlich einen anderen Mittelwert

---

[1]) Zu diesem Problem vgl. GHISELLI (1964, chs. 7, 10); HORST (1941).

und eine andere Streuung hat, nicht ohne weiteres addiert werden können. Man denke nur an den einfachen Fall, daß eine individuelle Arbeitsleistung nach Quantität, Qualität und Übungsfortschritt beurteilt werden soll. Welches Gewicht soll man zweckmäßigerweise diesen drei Teilkriterien zubilligen? Ist eine primär hohe Leistung besser zu werten als eine gute Lernfähigkeit für dieselbe Leistung? Wieviel Punkte sollen für Qualitätsmängel abgezogen werden? Solche und ähnliche Fragen müssen bei der Kriteriumkombination in Erwägung gezogen werden.

Der erste Schritt zur Lösung dieses Problems geht dahin, daß man die einzelnen Teilkriterienwerte vergleichbar macht und sie in Standardwerte umrechnet. Daraufhin läßt man die Teilkriterien hinsichtlich ihrer relativen Bedeutung für das Gesamtkriterium von einer kleinen Gruppe kompetenter Beurteiler nach dem Rating-Verfahren werten, indem man die in Frage kommenden Gewichtszahlen, z. B. 1/2 bis 4 Punkte, vorschlägt und die Beurteiler bittet, jedem Teilkriterium ein entsprechendes Gewicht zuzuerkennen. Die Gewichte mittelt man und rundet sie ganzzahlig ab. Dieser Gewichtsfaktor wird dann als Koeffizient vor den entsprechenden Teilkriteriumstandardwert gesetzt, und die so gewogenen Standardwerte werden für jeden Pb i zum Gesamtkriteriumwert Y'_i aufsummiert nach Formel

$$Y'_i = G_1 z_{1i} + G_2 z_{2i} + G_3 z_{3i} + \ldots G_m z_{mi} = \sum_{g=1}^{m} G_g z_{gi}\,. \tag{11.1}$$

In dieser Formel bedeuten:

G_g = Gewichtsfaktor des einzelnen Teilkriteriums g.
z_{gi} = Standardwert des Pb i auf dem Teilkriterium g.

Nach dieser Formel – in der die z-Werte selbstverständlich auch durch Z-Werte ersetzt werden können – wird für alle Pbn der Validitätsstichprobe ein Gesamtkriteriumwert berechnet und dieser mit dem Testrohwert korreliert. Es sei auch erwähnt, daß die Gewichtsfaktoren eventuell negative Vorzeichen haben dürfen, wenn nämlich der entsprechende Teilkriteriumwert zur Minderung des Gesamtkriteriumwertes beiträgt, wie z. B. die Anzahl der Fehler und die benötigte Zeit bei einer bestimmten Arbeitsleistung.

Wenn man, was für größere Stichproben zweckmäßig erscheint, den Gesamtkriteriumwert eines Pb tabellarisch ablesen will, so kann man sich eine solche Tabelle vorher aufstellen, indem man die Ausdrücke $\frac{G_g(Y_{gi} - \bar{Y}_g)}{s_g}$ zu jedem möglichen Teilkriteriumwert errechnet und auf der Abszisse anordnet, die Teilkriteriumwerte auf der Ordinate. Man braucht dann nur noch für jeden Pb diese Produkte zu dem Gesamtkriteriumwert zu addieren. Dieser Tabelle liegt die folgende Variante von Formel (11.1) zugrunde

$$y'_i = \frac{G_1}{s_1} \cdot y_{1i} + \frac{G_2}{s_2} \cdot y_{2i} + \frac{G_3}{s_3} \cdot y_{3i} + \ldots + \frac{G_m}{s_m} \cdot y_{mi} = \sum_{g=1}^{m} \frac{G_g}{s_g} \cdot y_{gi}\,. \tag{11.2}$$

In dieser Formel bedeuten:

s_g = Standardabweichungen der einzelnen Teilkriterien,
$y_{gi} = Y_{gi} - \bar{Y}_g$ = Abweichung des Teilkriteriumrohwerts des Pb i vom Mittelwert.

Rechenbeispiel Nr. 11.2:

Als Teilkriterien für einen Test zur Auslese von Registraturhilfskräften für eine Versicherungsgesellschaft werden definiert:

Y_1: Anzahl der pro Stunde in Maschinenschrift ausgefüllten Karteikarten; $s_1 = 5{,}0$, $\bar{Y}_1 = 20$

Y_2: Anzahl der insgesamt entstandenen Eintragungsfehler; $s_2 = 3{,}2$, $\bar{Y}_2 = 10$.

Y_3: Die Zeitdauer in Sekunden, in der gewisse standardisierte Auskünfte aus den Karteiblättern zur telefonischen Durchgabe bereit liegen; $s_3 = 24{,}0$, $\bar{Y}_3 = 80$.

Vier Registraturfachleute der Versicherungsgesellschaft haben den drei Kriterien Gewichte von -3 bis $+3$ zugeordnet, wie es Tab. 11.2 zeigt.

Daß die Teilkriterien Y_2 und Y_3 ein negatives Gewicht erhalten haben, ist ohne weiteres verständlich, da ein hoher Punktwert in diesen Teilkriterien zur Verminderung des Gesamtkriteriumwertes beiträgt, d. h. einer geringeren Leistung entspricht.

Der Gesamtkriteriumwert Y′ des Pb Ma mit dem Teilkriteriumrohwerten $Y_1 = 47$, $Y_2 = 16$, $Y_3 = 248$ würde sich also wie folgt nach Formel (11.2) errechnen:

$$Y'_{\text{Ma}} = \frac{2{,}5}{5} \cdot 27 + \frac{(-2{,}0)}{3{,}2} \cdot 6 + \frac{(-1{,}3)}{24} \cdot 168 = 0{,}65\,.$$

Tabelle 11.2

Registraturfachmann	Kriterium		
	Y_1	Y_2	Y_3
A	+2	−3	−1
B	+3	−2	−2
C	+2	−1	−1
D	+3	−2	−1
Gewichte (gemittelt)	+2,5	−2,0	−1,3

Angenommen, der niedrigste Gesamtkriteriumwert eines Pb habe sich zu $-9{,}61$ ergeben, so könne man in diesem Falle zur Vermeidung negativer Kriteriumwerte diesen negativen Wert als Konstante von allen Gesamtkriteriumwerten subtrahieren, so daß sich der Gesamtkriteriumwert des Pb Ma auf $0{,}65 - (-9{,}61) = 10{,}26 \approx 10$ erhöhen würde. Oder man könnte auch, um das Rechnen mit Dezimalstellen zu umgehen, entweder per Definitionen Y′ aufrunden oder mit der Konstanten 100 multiplizieren, was auf die Korrelation naturgemäß keinen Einfluß hat.

11.5.3 Subjektive Kriterien[1])

In der Mehrzahl der Fälle werden die Tests über subjektive Schätzurteile validiert, die von mehr oder weniger erfahrenen Fachleuten, Vorgesetzten, Ausbildern, Lehrern, Erziehern und Psychologen gegeben werden, wobei meist eine festgelegte Bewertungsskala – oft eine, die den jeweiligen Beurteilern besonders geläufig ist (z. B. bei Lehrern die Schulnoten) – benützt wird. Ein typisches Beispiel für eine solche Schätzskala wurde bereits mit der Einstufungsskala der US CSC in Tab. 11.1 gegeben.

Bei der einfachen subjektiven Kriteriumbewertung wird jeder Pb von nur einem Beurteiler entsprechend seiner mutmaßlichen Leistung, Eignung oder Befähigung eingestuft. Am besten haben sich nach allgemeiner Erfahrung 5-, 7- und 9-stufige Skalen bewährt. Höher differenzierte Skalen gewährleisten nicht immer auch eine bessere Differenzierung in der Beurteilung.

Zweckmäßigerweise gibt man dann, wenn ein Beurteiler eine größere Anzahl von Pbn einstufen soll, auch ein der Normalverteilung entsprechendes Prozentverhältnis für die einzelnen Skalenwerte an, das der Beurteiler hinsichtlich der Häufigkeit seiner Einstufungen einhalten soll; z. B. 6% der Pbn Note 1, 13% Note 2, 31% Note 3, 31% Note 4, 13% Note 5, 6% Note 6 in der deutschen Notenskala. Ein anderes Beispiel ist die sog. Stanine-Skala (Stanine = standard nine) mit 4% Einser, 7% Zweier, 12% Dreier, 17% Vierer, 20% Fünfer, 17% Sechser, 12% Siebener, 7% Achter und 4% Neuner. Die „Normalskalierung" setzt natürlich voraus, daß sich das Kriterium in der Gruppe „von der Sache her" ungefähr normal verteilt.

Nicht selten kann man beobachten, daß einzelne Beurteiler oder auch ganze Beurteilergruppen durchschnittlich besser oder schlechter einstufen als andere Beurteiler oder Beurteilergruppen. Durch diese Ungleichwertigkeit des Schätzurteils wird der Validitätskoeffizient natürlich vermindert. Einen gewissen Ausgleich kann man in solchen Fällen dadurch erzielen, daß man jedes Schätzurteil von seinem zugehörigen Mittelwert her einstuft. Ein Lehrer, der sehr streng zensiert, wird die Note 2 nur selten vergeben; ein anderer, der aus pädagogischen Gründen mehr gute Noten gibt, wird die Note 2 nur als Durchschnittsnote bewertet wissen wollen. Man kann nun die Schulnoten eines Lehrers auf ihren jeweiligen Mittelwert beziehen und die Differenz berechnen, wenn man annimmt, die Noten, die ein Lehrer gibt, seien intervallskaliert. Wenn also zwei Lehrer eine Leistung mit der Note 3 beurteilen, so ist die Beurteilung desjenigen Lehrers höher, der für eine durchschnittliche Leistung die Note 3 gibt, gegenüber demjenigen Lehrer, der für eine durchschnittliche Leistung die Note 2 erteilt.

Zeigt eine Prüfung der Schätzwerte auch eine unterschiedliche Streuung bei den einzelnen Beurteilern, etwa in dem Sinne, daß ein Lehrer viele gute wie auch viele schlechte Noten gibt, während ein anderer Lehrer sich mehr an die Durchschnittsnoten hält, so kann man auch die entsprechenden standardisierten Schätzwerte als Kriteriumwerte definieren nach der allgemeinen Formel

$$Y_i = \frac{s_i - \bar{S}}{s_s}. \tag{11.3}$$

---

[1]) Zu diesem Abschnitt vgl. die entsprechenden Kapitel in GAGE (1963) und GUILFORD (1954).

In dieser Formel bedeuten:

s_i = Schätzwert, den ein Beurteiler einem Pb i zuerkennt,
$\bar{S}$ = Mittelwert aller Schätzwerte, die der Beurteiler insgesamt vergeben hat,
s_s = Standardabweichung aller Schätzwerte, die der Beurteiler insgesamt vergeben hat.

Was für den einzelnen Beurteiler gilt, von dem mehrere Schätzurteile zur Verfügung stehen, kann auch auf Beurteilergruppen angewendet werden. Wenn z. B. die Friseurmeister ihre Lehrlinge durchweg besser beurteilen als die übrigen Handwerksmeister, so kann der Schätzwert des einzelnen Friseurmeisters um die Konstante verringert werden, um die das Mittel der Friseurmeister vom Gesamtmittel aller Beurteilungen abweicht. Auch unter diesen Umständen können nötigenfalls analog der Formel (11.3) gruppenspezifische Standardschätzwerte gebildet werden.

Allgemein kann man die Methoden zur Quantifizierung subjektiver Kriterien wie folgt einteilen:

1. Das individuelle Schätzverfahren
Bei dieser Methode wird – wie schon ausgeführt – ein Pb als Träger einer Eigenschaft oder einer Leistung von einem einzigen Beurteiler nach einer festgelegten Skala eingestuft. Diese Einzelschätzwerte haben natürlich einen relativ großen Zufallsfehler, so daß der auf ihnen beruhende Validitätskoeffizient schon allein aus diesem Grunde niedrig ausfallen kann.

2. Das kollektive Schätzverfahren
Anstatt eines einzigen Beurteilers können auch 2 bis 5 Beurteiler gemeinsam ein Konsens-Urteil über den einem Pb zukommenden Skalenwert fällen, gegebenenfalls auf der Basis eines akzeptablen Kompromisses. Der Skalenwert gilt hier ebenso wie bei dem individuellen Schätzverfahren direkt als Kriteriumwert.

3. Das Mittelungs-Schätzverfahren
Bei diesem Verfahren wird jeder Pb von mehreren Beurteilern, von denen keiner von dem Urteil der anderen Kenntnis erhält, nach genau definierten Gesichtspunkten entlang der Skala eingestuft. Die Schätzwerte über den einzelnen Pb von den verschiedenen Beurteilern werden gemittelt. Dieser gemittelte Schätzwert ist ein einigermaßen reliabler Kriteriumwert; jedenfalls ist seine Reliabilität höher als die eines Schätzwertes nach dem individuellen Verfahren.

4. Das Rangordnungsverfahren
Wenn die Stichprobe für die Validitätskontrolle klein ist, so kann man die Pbn dieser Stichprobe von mehreren Beurteilern – wieder unabhängig voneinander – in eine Rangordnung bringen lassen, wie es bereits CATTELL zur Schätzung von Persönlichkeitsmerkmalen empfohlen hat. Der gemittelte Rangplatz (besser Mdn als $\bar{X}$), den ein Pb zuerkannt erhält, kann als beste Schätzung seines Kriteriumwertes gelten. Man kann dann entsprechend diesen Rangplätzen eine neue Rangordnung für die Pbn herstellen und diese neuen Rangplätze nach Tafel 2 des Anhangs in normalisierte Standardwerte, sogenannte T-Werte, transformieren. Mit den T-Werten kann man ohne weiteres Maßkorrelationsrechnungen durchführen, was man mit Rangplätzen streng genommen nicht darf.

Ist die Stichprobe so groß, daß man keinem Beurteiler eine simultane Rangordnung zumuten kann, so besteht die Möglichkeit, die Stichprobe nach Zufall in mehrere Untergruppen von jeweils 10 bis 15 Pbn zu teilen und in jeder dieser Untergruppen von jedem Beurteiler eine Rangordnung aufstellen zu lassen. Die weitere Auswertung erfolgt wie bei einer ungeteilten Stichprobe.

5. Das Paarvergleichsverfahren [1])

Den bisher beschriebenen Verfahren zur Quantifizierung subjektiver Urteile liegen Schätzskalen zugrunde. Die Abstände zweier aufeinanderfolgender Zahlenmarken der Skala müssen nicht notwendigerweise gleich sein, obzwar sie häufig als gleich angenommen werden. Aber alle diese Verfahren setzen voraus, daß der Beurteiler in der Lage ist, das Kriterium überhaupt quantitativ abzustufen, ihm also eine Maßzahl zuzuerkennen. Sie setzen weiter voraus, daß der Beurteiler intelligent ist und eine gewisse Erfahrung in der Bewertung von Pbn und ihren Leistungen besitzt.

Die Methode des Paarvergleiches stellt demgegenüber viel geringere Anforderungen an die Person des Beurteilers; sie verlangt lediglich, daß der Beurteiler zwei Pbn oder ihre Leistungen als „besser" und „schlechter" beurteilen kann. Der Beurteiler soll also etwa nur feststellen, ob seiner Meinung nach der Pb Mo strebsamer ist als der Pb Re oder umgekehrt; ob der vom Pb Li in einem Modelltest entworfene Siedlungsplan seiner Meinung nach zweckmäßiger ist als der Plan des Pb Na. Solche Vergleiche kann man in der Regel auch einem weniger geübten und weniger gebildeten oder erfahrenen Beurteiler zumuten.

Sind viele Pbn oder Objekte miteinander zu vergleichen, so bestimmt die Zahl der Widersprüche den Grad der Reliabilität.

Der Prozentrang der Bevorzugung eines Pb oder eines Objektes i ist nach GUILFORD (1936, S. 237) durch folgende Beziehung gegeben

$$PR_i = 100 \cdot \frac{B_i + N/2}{n \cdot N}. \tag{11.4}$$

In dieser Formel bedeuten:

B_i = Anzahl der Bevorzugungen eines Pb i oder seiner Leistung gegenüber allen übrigen Pbn oder ihren Leistungen,
N = Anzahl der Beurteiler,
n = Anzahl der Pbn oder allgemein der Vergleichsobjekte.

Wenn man den Prozentrang als Integralwert auffaßt, so kann man ihm über die Normalverteilung (vgl. Tafel 1 des Anhangs) einen entsprechenden Standardwert als eigentlichen Kriteriumwert zuordnen, dessen Korrelation zum Testrohwert errechnen und so den Validitätskoeffizienten erhalten. [2])

Wie man praktisch vorgeht, um diese sogenannte *Produkt-Skalenwerte* für ein Kriterium zu ermitteln, wird das folgende Beispiel zeigen.

---

[1]) Der Paarvergleich als Methode der eindimensionalen Skalierung wird z. B. bei GUILFORD (1936, 1954), TORGERSON (1958) oder SIXTL (1981) dargestellt.

[2]) Nach GUILFORD (1954, S. 169) ist die Normalitätstransformation nicht notwendig, wenn sich die PR-Werte im mittleren Skalenbereich befinden. Die PR-Werte können dort als intervallskaliert angesehen werden.

Rechenbeispiel Nr. 11.3:

Angenommen, wir hätten einen objektiven Test über zeichnerisches Talent entwickelt und wollten ihn an einer Schule validieren. Als Validitätskriterium soll ein primär nicht quantifizierbares Merkmal, nämlich der künstlerisch-ästhetische Eindruck einer Freihandzeichnung nach der Natur (z. B. Blick aus dem Klassenfenster) gelten. Im einzelnen werden folgende Stufen bei dieser Art der Kriteriumquantifizierung durchlaufen:

1. Jeder Schüler fertigt zunächst eine Freihandzeichnung an.
2. Mehrere Zeichenlehrer vergleichen jede Zeichnung mit jeder anderen und markieren jeweils die bessere durch ein Kreuz auf der Rückseite der Zeichnung. Dabei geht man als Laie am zweckmäßigsten so vor, daß man die in der ungeordneten Stichprobe zu oberst liegende Zeichnung mit allen folgenden der Reihe nach vergleicht; dasselbe geschieht mit der 2. und 3., wie auch jeder folgenden Zeichnung, die natürlich mit den darüber liegenden Zeichnungen nicht mehr verglichen werden. In dieser Weise verfährt jeder einzelne Beurteiler, wobei die Reihenfolge der Zeichnungen möglichst jedesmal nach Zufall geändert wird. Die Anzahl der möglichen Kombinationen von n Zeichnungen beträgt $n (n - 1)/2$.
3. Es wird ausgezählt, wieviele Kreuze jede Zeichnung auf ihrer Rückseite trägt.
4. Daraufhin wird für jede Zeichnung der Bevorzugungsprozentrangplatz nach Formel (11.4) errechnet. Angenommen, die Handzeichnung des Schülers Ro weist 187 Kreuze auf; 40 Zeichnungen sind von 6 Lehrern beurteilt worden, so daß also jeder Lehrer $40 (40 - 1)/2 = 780$ Vergleiche anstellen mußte.

$$PR_{Ro} = 100 \cdot \frac{187 + 6/2}{40 \cdot 6} = 79 .$$

5. Es wird zu jedem PR-Wert der zugehörige z-Wert nach Tafel 1 des Anhangs ermittelt; für den $PR = 79$ beträgt er $z = 0{,}80$.
6. Diese z-Werte – oder eine ihrer Transformationen (Z-, T-Werte) werden als die eigentlichen Kriteriumwerte mit den Testrohwerten korreliert und ergeben den Validitätskoeffizienten.

Man hätte gewiß jeden Zeichenlehrer überfordert, wenn man von ihm verlangt hätte, er solle 40 Zeichnungen in eine Rangordnung bringen. Durch die Methode des Paarvergleichs ist er dieser schwierigen Aufgabe enthoben worden.

Bei der Verwendung subjektiver Kriterien zur Ermittlung des Validitätskoeffizienten wird man nach Möglichkeit auf eines dieser fünf gebräuchlichen Verfahren zur Quantifizierung des Kriteriums zurückgreifen. Selbstverständlich sind die aufgrund von Mehrfachbeurteilungen gewonnenen Kriteriumwerte in höherem Grade reliabel und bieten daher günstigere Aussichten für die Erfassung der tatsächlichen Validität eines Tests.

Zum Schluß dieses Abschnitts sei noch darauf hingewiesen, daß verschiedene subjektive Teilkriterien natürlich genau nach den gleichen Prinzipien wie objektive Kriterien zu einem Gesamtkriterienwert kombiniert werden können.

11.6 Die Methoden der Validitätsbestimmung

11.6.1 Die Planung der Validitätskontrolle

Ebenso wie die Reliabilitätskontrolle gliedert sich auch die Validitätskontrolle in einen experimentellen und einen statistischen Teil; beiden soll ein einheitlicher Plan zugrundeliegen.

1. Der Zeitpunkt der Validitätskontrolle
Während die Reliabilitätskontrolle noch einen festen Platz im Verlauf der Testentwicklung innehat, ist dies für die Validierung nicht der Fall; ja, man kann oft gar nicht von der Validierung eines Tests sprechen, sondern muß von Validierungen gegenüber dem einen und dem anderen Kriterium sprechen. Bei Eignungstests im engeren Sinne sollte die erste Validierung bereits zu Beginn der Testkonstruktion versucht werden; es sollte nämlich eine Aufgabenanalyse an einem Außenkriterium in Betracht gezogen und durchgeführt werden, so daß aufgrund der Analysedaten schon eine gute Vorschätzung der zu erwartenden Validität möglich ist. Die Vorschätzung allein ist jedoch als Validitätsqualifikation nicht ausreichend, zumal von namhaften Autoren[1]) gefordert wird, daß Aufgabenanalyse und Validitätskontrolle an verschiedenen Stichproben vorgenommen werden sollten; davon war unter dem Begriff der *„Kreuzvalidierung“* (vgl. Kap. 5.2.1) schon die Rede.

Meist wird die Validitätskontrolle im Zusammenhang mit der Reliabilitätskontrolle durchgeführt, nicht selten aber auch während oder nach der Eichung, wenn nämlich die Validität logisch begründbar ist, so daß man bei einer Eichung ohne vorherige Validitätskontrolle kein allzu großes Risiko eingeht. Ganz anders liegen die Dinge für Tests mit ausgesprochen **empirischer Validität**, deren Prototyp der Eignungstest ist. Diese Tests sollten unbedingt bereits in der ersten Phase der Entwicklung auf Validität hin geprüft werden.

2. Die Wahl der Validitätsstichprobe
Für die Wahl der Stichprobe zum Zwecke der Testvalidierung gilt prinzipiell dasselbe wie bei der Reliabilitätskontrolle. Die Stichprobe soll vor allem repräsentativ im Hinblick auf die zu testende Population sein. Ihre Größe kann von 30 bis zu einigen 100 Pbn variieren, je nach den Präzisionsansprüchen, die man an den resultierenden Validitätskoeffizienten stellt.

Die Forderung nach einer repräsentativen Kontrollstichprobe für die Validierung gilt nur dann, wenn ein Korrelationskoeffizient als Validitätskennwert angestrebt wird. In anderen Fällen, wenn entweder eine repräsentative Stichprobe

---

[1]) Mit dem Problem der „cross-validation“ beschäftigen sich MOSIER et al. (1951); zur Methodik vgl. auch McCORNACK (1959), NORMAN (1965).

nicht verfügbar ist oder wenn sich der Validitätsanspruch des Tests nur auf Pbn mit extremer Merkmalsausprägung richtet, kann auch ein Vergleich zweier Gruppen mit extrem hoher und extrem geringer Merkmalsausprägung genügen.

11.6.2 Statistische Methoden zur Ermittlung eines Validitätskennwertes

1. Die Extremgruppen-Methode

Die Extremgruppen-Methode der Validierung besteht darin, daß man zwei Gruppen von Pbn miteinander vergleicht, von denen die einen das fragliche Persönlichkeitsmerkmal in extrem hohem Grade und die anderen es in extrem niedrigem Grade besitzen: Eine Gruppe habe z. B. die Handwerksgesellenprüfung mit „sehr gut" bestanden, die andere Gruppe habe sie nicht bestanden; oder die Pbn der einen Gruppe weisen viele vegetative Stigmen auf, während die der Gegengruppe kein einziges vegetatives Stigma zeigen; oder eine Gruppe von Pbn, die sich politisch aktiv betätigen und eine andere Gruppe von Pbn, die politisch uninteressiert und inaktiv sind. In allen diesen Fällen des Extremgruppenvergleichs ist das Merkmal in der Stichprobe alternativ und nicht normal verteilt. Würde man hier die punkt-biseriale Korrelationsmethode zur Berechnung des Validitätskoeffizienten anwenden, so würde die Validität des Tests überschätzt werden, da eben keine repräsentative Stichprobe, sondern nur Extremfälle zugrunde gelegt wurden, der Koeffizient aber allgemein gelten soll.

Ein adäquater, allerdings wenig gebräuchlicher Kennwert für die Validitätsbestimmung über Extremgruppen ist der t-Wert für die Differenzen der Gruppenmittelwerte.

$$t = \frac{\bar{X}_1 - \bar{X}_2}{s_{diff}} \qquad df = N_1 + N_2 - 2 \tag{11.5}$$

wobei

$$s_{diff} = \sqrt{s_{\bar{X}_1}^2 + s_{\bar{X}_2}^2} \tag{11.6}$$

und

$$s_{\bar{X}_j}^2 = \frac{s_{X_j}^2}{N_j}. \tag{11.7}$$

Er erlaubt zunächst eine gesicherte Aussage darüber, ob der Test als valide anzusehen ist, ohne die Höhe der Validität anzugeben.

Während man sich in der experimentellen Psychologie im allgemeinen mit einem t-Wert zufrieden gibt, der einer Irrtumswahrscheinlichkeit $P < 5\%$ entspricht, muß man für den t-Wert in seiner Funktion als Validitätskennwert zumindest eine Sicherung auf der 1%-Stufe anstreben. Das rechnerische Vorgehen der t-Wert-Ermittlung bei der Extremgruppen-Validierung wird an einem kleinen Stichprobenbeispiel demonstriert.

Rechenbeispiel Nr. 11.4:

Als Testrohwert diene die Gesamtzahl der manifesten und latenten Schocks (Fb-, Rot-, Hd-, B-Schock), die ein Pb im RORSCHACH-Versuch zeigt. Das Extremgruppen-Kriterium sei der Äußerungsgrad der neurotischen Symptomatik; und zwar in der Weise, daß eine Gruppe von Pbn, die wegen dieser neurotischen Symptomatik in klinischer Behandlung stehen, einer Gruppe anderer Pbn gegenübergestellt wird, die aufgrund einer ausgiebigen Exploration niemals neurotische Verhaltensweisen gezeigt haben. Die Rohwertdaten sind in Tab. 11.3 zusammengestellt.

Tabelle 11.3

Anzahl der Schocks X_k	Neurotische Gruppe f_{1k}	Nichtneurotische Gruppe f_{2k}
0	0	9
1	1	13
2	1	7
3	6	1
4	7	0
5	3	0
6	2	0
	$N_1 = 20$	$N_2 = 30$

$$\bar{X}_1 = \frac{\sum_k f_{1k}X_k}{N_1} = \frac{0 \cdot 0 + 1 \cdot 1 + 2 \cdot 1 + 3 \cdot 6 + 4 \cdot 7 + 5 \cdot 3 + 6 \cdot 2}{20} = 3{,}8$$

$$\bar{X}_2 = \frac{\sum_k f_{2k}X_k}{N_2} = \frac{0 \cdot 9 + 1 \cdot 13 + 2 \cdot 7 + 3 \cdot 1 + 4 \cdot 0 + 5 \cdot 0 + 6 \cdot 0}{30}$$
$$= 1{,}0$$

$$s_1^2 = \frac{\sum_k f_{1k}X_k}{N_1} - \bar{X}_1^2 = \frac{0^2 \cdot 0 + 1^2 \cdot 1 + 2^2 \cdot 1 + \ldots + 6^2 \cdot 2}{20} - 3{,}8^2 = 1{,}46$$

$$s_2^2 = \frac{\sum_k f_{2k}X_k}{N_2} - \bar{X}_2^2 = \frac{0^2 \cdot 9 + 1^2 \cdot 13 + 2^2 \cdot 7 + \ldots + 6^2 \cdot 0}{30} - 1{,}0^2$$
$$= 0{,}67$$

Formel (11.7) $s^2_{\bar{X}_1} = \frac{1{,}46}{20} = 0{,}0730 \qquad s^2_{\bar{X}_2} = \frac{0{,}67}{30} = 0{,}0223$

Formel (11.6) $s_{diff} = \sqrt{0{,}0730 + 0{,}0223} = 0{,}309$

Formel (11.5) $t = \frac{3{,}8 - 1{,}0}{0{,}309} = 9{,}06 \qquad P < 1\% \; (df = 20 + 30 - 2 = 48)\,.$

Wie schon aus den beiden Häufigkeitsverteilungen zu ersehen war, besteht eine gut gesicherte Validität für Schocks als Indikatoren neurotischer Disposition.

Bei der Interpretation des t-Wertes als Validitätskennwert muß man jedoch beachten, daß dieser proportional zur Quadratwurzel der Stichprobengröße wächst. Ein t-Wert von bestimmter Höhe aus einer relativ kleinen Stichprobe kann demnach mehr bedeuten als ein gleich hoher aus einer relativ großen Stichprobe, auch wenn beide auf der 1%-Stufe gesichert sind. Im ganzen gesehen ist die Extremgruppen-Methode nur als grobes Verfahren der Validierung zu werten.

2. Die Mischgruppen-Methode

DAWES und MEEHL (1966) haben eine spezielle Validierungsmethode entwikkelt, die FISCHER (1968) in Deutschland bekanntgemacht hat. Diese Methode gilt für dichotome Tests und dichotome Kriterien. Der Einfachheit halber seien die jeweiligen Ergebnisse mit + und − bezeichnet.

Bei diesem Ansatz geht man von zwei Populationen A und B aus, bei denen das Kriterium unterschiedlich ausgeprägt ist. Die entsprechenden Wahrscheinlichkeiten P_A^+ und P_B^+ müssen bekannt sein oder in Vorversuchen an je einer größeren Stichprobe geschätzt werden.

Bei der Mischgruppenvalidierung zieht man aus jeder dieser beiden Populationen eine Stichprobe a und b und führt an den Pbn den zu validierenden Test durch. Man schätzt dann in beiden Gruppen die Wahrscheinlichkeiten eines positiven Testergebnisses P_a^+ und P_b^+ aus den Häufigkeiten. Aus diesen vier Wahrscheinlichkeiten lassen sich mittels zweier bei FISCHER angegebener Formeln Indizes berechnen, die eine Aussage über die Validität des Tests im Bezug auf das avisierte Kriterium ermöglichen. Sie geben den voraussichtlichen Anteil der richtigen und falschen Klassifikationen auf Grund des Tests an.

Der Vorteil dieses Verfahrens ist der, daß man das Kriterium bei den Pbn der Validierungsstichprobe nicht messen muß, was u. U. problematisch ist oder sehr lang dauert. Man denke nur an die Validitätskriterien Herzinfarktgefährdung oder Selbstmordneigung. Es reicht, wenn hier zwei verschiedene Grundraten in zwei Bevölkerungsgruppen bekannt sind. Problematisch ist dieses Verfahren jedoch aus statistischen Gründen. Die Schätzungen der Validitätsindizes sind mit einem großen Schätzfehler behaftet, der zudem sehr mühsam zu berechnen ist. Das Hauptproblem dieses Ansatzes ist aber, daß die Wahrscheinlichkeiten P_a^+ und P_b^+ populationsunabhängig geschätzt werden müssen. Diese Voraussetzung gilt nicht immer (DAWES, 1967). Sie ist im Rahmen der klassischen Testtheorie, in der wir uns bewegen, auch nicht beweisbar. Aus diesen Gründen wird das Verfahren wohl auch nur selten angewendet, obwohl seine praktischen Vorteile auf der Hand liegen.

3. Die Repräsentativgruppen-Methode
Bei dieser Methode werden nicht zwei speziell ausgewählte und hinsichtlich des Validitätskriteriums extrem unterschiedliche Gruppen miteinander verglichen, sondern der Test wird bei einer Stichprobe durchgeführt, die der zu testenden Population weitgehend entspricht.

a) Der einfachste Fall einer Repräsentativgruppen-Validierung liegt dann vor, wenn das Kriterium in etwa normal verteilt und quantitativ abgestuft ist. Hier wird die **Maßkorrelation** zur Berechnung des Validitätskoeffizienten herangezogen. Man bezeichnet konventionsgemäß die Testrohwerte mit X und die Kriterium-Rohwerte mit Y und wendet – wenn man direkt von den Rohwerten ausgeht – die Formel

$$r_{tc} = \frac{N\sum_i X_i Y_i - \sum_i X_i \cdot \sum_i Y_i}{\sqrt{\left[N\sum_i X_i^2 - \left(\sum_i X_i\right)^2\right]\left[N\sum_i Y_i^2 - \left(\sum_i Y_i\right)^2\right]}} \qquad (11.8)$$

an, die zu Formel (10.9) in Analogie steht. Von den Rohwerten X und Y können beliebige Konstanten abgezogen werden, um das Rechnen zu vereinfachen. Außerdem kann durch andere Konstanten dividiert werden.

Rechenbeispiel Nr. 11.5:

Ein neu entwickelter Gedächtnistest soll an einem bewährten Test validiert werden. Beide Tests werden einer repräsentativen Stichprobe von 120 Pbn dargeboten. Danach ließ sich die folgende Korrelationstabelle (Tab. 11.4) aufstellen.

Wenn wir weder einen PC noch einen Taschenrechner zur Verfügung hätten, würden wir am besten nach den Methoden der „angenommenen Mittelwerte" rechnen, d. h. einfach von allen Meßwerten X_i und Y_i oder den Klassenmitten X_k und Y_l jeweils eine Konstante abziehen, welche sinnvollerweise jeweils in der Nähe der Mittelwerte liegt. Wenn wir außerdem noch durch die Klassenbreite teilen, erhalten wir ganzzahlige Meßwerte um 0 herum. Die so transformierten Werte nennen wir x′ und y′.

In Tab. 11.4 sind bereits die zusätzlichen Zeilen und Spalten für die transformierten Werte und alle Zwischenwerte angefügt worden. Die einzelnen Rechenschritte sind die folgenden:

Zeile und Spalte (1): Summen der Häufigkeiten in den Spalten und Zeilen.
Zeile und Spalte (2): Transformierte Klassenmitten der Variablen X und Y. Transformationsformeln:
$x'_k = (X_k - 135)/10$
$y'_l = (Y_l - 66{,}5)/2$
Zeile und Spalte (3): Produkt der Zeilen bzw. Spalten (1) und (2)
Zeile und Spalte (4): Produkt der Zeilen bzw. Spalten (2) und (3)

Tabelle 11.4

Y	X											
	100 −109	110 −119	120 −129	130 −139	140 −149	150 −159	160 −169	170 −179	(1) f_y	(2) y'	(3) $f_y \cdot y'$	(4) $f_y \cdot y'^2$
72,5								1	1	3	3	9
70,5			1	3	3	4	2	3	16	2	32	64
68,5			4	11	6	3	2	2	28	1	28	28
66,5		2	9	11	8	2	1		33	0		
64,5	1	5	7	10	3				26	−1	−26	26
62,5	1	2	7	1	2				13	−2	−26	52
60,5	1	1	0	1					3	−3	−9	27
(1) f_x	3	10	28	37	22	9	5	6	120 N	– –	2 $\sum y'$	206 $\sum y'^2$
(2) x'	−3	−2	−1	0	1	2	3	4				
(3) $f_x \cdot x'$	−9	−20	−28		22	18	15	24	22 $\sum x'$			
(4) $f_x \cdot x'^2$	27	40	28		22	36	45	96	294 $\sum x'^2$			
(5)	−6	−12	−15	2	5	11	6	11	2 $\sum y'$			
(6)	18	24	15	0	5	22	18	44	146[12] $\sum x'y'$			

[12] s. S. 247

Zeile (5): Die Werte der Spalten werden einzeln mit dem zugehörigen y'-Wert multipliziert und dann summiert; z. B. für die 1. Spalte
$1 \cdot (-1) + 1 \cdot (-2) + 1 \cdot (-3) = -6$

Zeile (6): Die Zeilenwerte (2) und (5) werden miteinander multipliziert.[1])

Darauf werden die Zeilen (3), (4) und (6) und die Spalten (3) und (4) aufsummiert und die Summen in Formel (11.8) eingesetzt. Es ergibt sich:

$$r_{tc} = \frac{120 \cdot 146 - 22 \cdot 2}{\sqrt{[120 \cdot 294 - 22^2][120 \cdot 206 - 2^2]}} = 0{,}60 .$$

Obwohl Validitätskoeffizienten, die aufgrund einer inneren Validierung gewonnen wurden, einen geringeren Aussagewert besitzen als solche, denen ein äußeres Kriterium zugrundeliegt, können wir doch in unserem Falle mit einer Validität von $r_{tc} = 0{,}60$ recht zufrieden sein.

b) Eine andere Korrelationsmethode zur Validitätsermittlung muß dann angewendet werden, wenn das Kriterium zwar als normal verteilt gelten kann, die Information darüber jedoch lediglich alternativ ist. Eine solche Verteilungsform wird als *dichotom* bezeichnet. Für die Korrelation eines dichotom verteilten Merkmals (des Kriteriums) und eines normal verteilten Merkmals (der Testpunkte) gilt die **echte biseriale Korrelation** als Methode der Wahl[2]). Gewöhnlich kommt die biseriale Korrelation dann zur Anwendung, wenn das Kriterium durch Schätzung von seiten eines Beurteilers gewonnen wird, dem eine quantitative Abstufung nicht recht zugemutet werden kann.

Die Formel für die Berechnung des biserialen Korrelationskoeffizienten kann aus der Formel für die Maßkorrelation algebraisch abgeleitet werden und lautet entweder

$$_{bis}r_{tc} = \frac{\bar{X}_p - \bar{X}_q}{s_x} \cdot \frac{pq}{y} \qquad (11.10)$$

oder bei Verwendung des Gesamtmittelwertes der Verteilung

$$_{bis}r_{tc} = \frac{\bar{X}_p - \bar{X}}{s_x} \cdot \frac{p}{y} . \qquad (11.11)$$

In diesen beiden Formeln bedeuten:

$\bar{X}_p$ = Arithmetisches Mittel der Testrohwerte von denjenigen Pbn, die das Kriterium in überdurchschnittlicher Ausprägung besitzen,

---

[1]) Würde man jede Häufigkeit sowohl mit ihrem zugehörigen x'-Wert (Zeile (2)) wie auch mit ihrem y'-Wert (Spalte (2)) multiplizieren und diese Produkte für das gesamte Korrelationsdiagramm aufaddieren, so würde sich ebenfalls 146 ergeben. Der Rechengang ist hier in zwei Schritte zerlegt worden.

[2]) Vgl. aber hierzu Text und Literaturangaben auf S. 84. Formel (11.11) ist mit Formel (6.13) identisch.

$\bar{X}_q$ = Arithmetisches Mittel der Testrohwerte von denjenigen Pbn, die das Kriterium in unterdurchschnittlicher Ausprägung besitzen,
$\bar{X}$ = Arithmetisches Mittel der Testrohwerte aller Pbn,
s_x = Standardabweichung der Testrohwerte aller Pbn,
p = Auf den Wert 1 bezogener Anteil derjenigen Pbn, die das Kriterium in überdurchschnittlicher Ausprägung besitzen,
q = 1 − p
y = Ordinate der Standardnormalverteilung in dem Fußpunkt, der ihre Fläche nach p und q teilt (vgl. Abb. 6.1 auf S. 84).

(Die Quotienten p/y und pq/y können für jedes bekannte p direkt aus Tafel 3 des Anhangs abgelesen werden.)

Rechenbeispiel Nr. 11.6:

Die individuelle Anzahl der extrapunitiven Reaktionen in der Picture-Frustration-Study von ROSENZWEIG (1957) soll als Indikator des Persönlichkeitsmerkmals „Aggression nach Außen" validiert werden, indem 100 Pbn, die mit der Picture-Frustration-Study getestet wurden, von kompetenten Beurteilern als eher „friedfertig" oder als eher „streitsüchtig" bezeichnet werden. Die folgenden Resultate wurden gewonnen:

Tabelle 11.5

Anzahl der extrapunitiven Antworten	Anzahl der Pbn mit dem Rohwert X_k			davon als streitsüchtig geschätzt	
Rohwert X_k	f_k	$f_k \cdot X_k$	$f_k \cdot X_k^2$	f_p	f_pX_k
<3	3	9	27	0	0
4	6	24	96	1	4
5	8	40	200	1	5
6	10	60	360	2	12
7	19	133	931	4	28
8	15	120	960	6	48
9	20	180	1620	10	90
10	7	70	700	5	50
11	5	55	605	3	33
12	4	48	576	4	48
13	2	26	338	2	26
14	1	14	196	1	14
	100 N	779 $\sum_i X_i$	6609 $\sum_i X_i^2$	39 N_p	358 $\sum_i X_{pi}$

$$\bar{X} = \frac{\sum_i X_i}{N} = \frac{779}{100} = 7{,}79 \qquad \bar{X}_p = \frac{\sum_i X_{pi}}{N_p} = \frac{358}{39} = 9{,}18$$

$$s_x = \sqrt{\frac{\sum_i X_i^2}{N} - \left[\frac{\sum_i X_i}{N}\right]^2} = \sqrt{\frac{6609}{100} - \left(\frac{779}{100}\right)^2} = 2{,}32$$

$$p = \frac{N_p}{N} = \frac{39}{100} = 0{,}39 \qquad \frac{p}{y} = 1{,}016 \text{ (laut Tafel 3 des Anh.)}.$$

Formel (11.11)

$$_{bis}r_{tc} = \frac{9{,}18 - 7{,}79}{2{,}32} 1{,}016 = 0{,}61 .$$

Der Testrohwert für „Außenaggression" zeigt also eine recht gute Übereinstimmung mit dem Verhalten, wie dies von seiten der Beurteiler interpretiert wurde.

c) Wenn das Validitätskriterium echt alternativ verteilt ist, was im allgemeinen seltener vorkommt, so müßte die **punktbiseriale Korrelationsmethode** angewendet werden; ihre Formel lautet

$$_{pbis}r_{tc} = \frac{\bar{X}_p - \bar{X}_q}{s_x} \sqrt{pq} \tag{11.12}$$

oder bei Verwendung des Gesamtmittelwertes

$$_{pbis}r_{tc} = \frac{\bar{X}_p - \bar{X}}{s_x} \sqrt{\frac{p}{q}}\,.\text{[1]} \tag{11.13}$$

Unter vergleichbaren Bedingungen kann man die beiden biserialen Korrelationskoeffizienten nach folgender Gleichung ineinander umrechnen

$$\frac{_{pbis}r}{_{bis}r} = \frac{y}{\sqrt{pq}}\,. \tag{11.14}$$

Eine solche Umrechnung kann dann von Bedeutung sein, wenn sich nicht eindeutig entscheiden läßt, ob das Kriterium echt alternativ oder dichotomisch verteilt ist. Will man die numerische Umrechnung sparen, so kann man sich an dem Nomogramm der Abb. 11.1 mit hinreichender Genauigkeit orientieren.

Die Beziehungskurve in Abb. 11.1 zeigt, daß unter günstigsten Umständen, nämlich bei median halbierter Stichprobe ($p = q$) der punktbiseriale Koeffizient 80% des entsprechenden biserialen Koeffizienten ausmacht. Je mehr sich beide Gruppen in ihrer Größe unterscheiden, um so relativ ungünstiger fällt der punkt-biseriale gegenüber dem biserialen Koeffizienten aus. Bei einem Verhältnis von $p = 0{,}9$ zu $q = 0{,}1$ ist $_{pbis}r$ nicht viel mehr als halb so groß wie $_{bis}r$.

Ist in einem konkreten Falle der Verteilungscharakter des Kriteriums nicht eindeutig entscheidbar, so empfiehlt es sich, beide biserialen Koeffizienten als

[1]) Diese Formel ist mit Formel (6.9) identisch. Vgl. auch Text und Literaturangaben auf S. 84.

Validitätskennwerte zu nennen, besonders wenn sie von unterschiedlicher Größenordnung sind.

In dem folgenden Beispiel besteht kaum ein Zweifel, daß ein echt alternatives Validitätskriterium vorliegt.

Rechenbeispiel Nr. 11.7:

Einem Persönlichkeitsprofil liegt unter anderem auch ein Fragebogen über „Maskulinität" und „Femininität" zugrunde. Dieser Fragebogen soll an der Geschlechtszugehörigkeit der Pbn als Kriterium validiert werden. Man erwartet bei Validität dieses Fragebogens, daß weibliche Pbn hinsichtlich ihres Testwertes dem Pol der Femininität, männliche Pbn dem der Maskulinität zustreben. Die Ergebnisse aus einer Stichprobe von 112 männlichen und 88 weiblichen Pbn sind in der folgenden Tabelle 11.6 zusammengestellt.

Tabelle 11.6

Testrohwert	alle Pbn			männl. Pbn		weibl. Pbn	
X_k	f_k	$f_k \cdot X_k$	$f_k \cdot X_k^2$	f_p	f_pX_k	f_q	f_qX_k
6	1	6	36	1	6	–	–
5	2	10	50	2	10	–	–
4	5	20	80	4	16	1	4
3	7	21	63	7	21	0	0
2	21	42	84	18	36	3	6
1	33	33	33	26	26	7	7
0	45	0	0	22	0	23	0
−1	48	−48	48	20	−20	28	−28
−2	18	−36	72	7	−14	11	−22
−3	8	−24	72	3	−9	5	−15
−4	7	−28	112	2	−8	5	−20
−5	4	−20	100	–	–	4	−20
−6	1	−6	36	–	–	1	−6
$\sum_i$	200 N	−30 X_i	786 X_i^2	112 N_p	+64 X_{pi}	88 N_q	−94 X_{pi}

$$\bar{X}_p = \frac{\sum_i X_{pi}}{N_p} = \frac{64}{112} = 0{,}57\,, \qquad \bar{X}_q = \frac{\sum_i X_{qi}}{N_q} = \frac{-94}{88} = -1{,}07\,,$$

$$s_X = \sqrt{\frac{\sum_r X_i^2}{N} - \left[\frac{\sum_i X_i}{N}\right]^2} = \sqrt{\frac{786}{200} - \left[\frac{(-30)}{200}\right]^2} = 1{,}98\,,$$

$$p = \frac{N_p}{N} = \frac{112}{200} = 0{,}56\,, \quad \sqrt{pq} = 0{,}4964 \text{ (lt. Taf. 3 des Anh.)}$$

Formel (11.12)

$$_{pbis}r_{tc} = \frac{0{,}57 - (-1{,}07)}{1{,}98} \cdot 0{,}4964 = 0{,}41\,.$$

Ein punkt-biserialer Validitätskoeffizient von $_{pbis}r_{tc} = 0{,}41$ ist ein wenig unbefriedigend und zeigt, daß die charakteristische Verhaltensweisen im Sinne von Maskulinität und Femininität durch die verwendeten Fragen nur unzureichend erfaßt werden; jedenfalls werden von den Beurteilern nicht dieselben Aspekte berücksichtigt wie von dem Fragebogen.

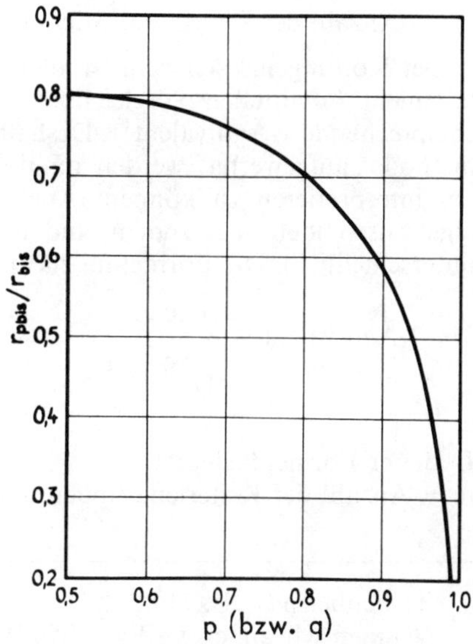

Abb. 11.1: Nomogramm zur Umrechnung von biserialen in punktbiseriale Validitätskoeffizienten und umgekehrt.

d) Ist das Validitätskriterium nicht alternativ, sondern drei- oder mehrfach unterteilt, z. B. gute, mäßige, geringe Bewährung in einem bestimmten Beruf, so kann man mit entsprechenden polyserialen Korrelationsmethoden rechnen, die allerdings nicht sehr gebräuchlich sind. Man verwendet in solchen Fällen besser den bekannten und leichter zugänglichen Kontingenzkoeffizienten. Der **Kontingenzkoeffizient** ist nicht nur auf qualitativ abgestufte quantitative Merkmale, sondern auch auf rein qualitative Kriterien anwendbar; das kann gelegentlich bei nicht-objektiven Testen von Bedeutung sein. Die bekannteste Formel für den Kontingenzkoeffizienten lautet

$$CC = \sqrt{\frac{\chi^2}{N + \chi^2}} \qquad (11.15)$$

oder algebraisch für die Substitution der Ausgangsdaten umgeformt

$$CC = \sqrt{1 - \frac{N}{\sum_{k,l} \frac{f_{o_{kl}}^2}{f_{e_{kl}}}}} \tag{11.16}$$

In diesen Formeln bedeuten:

$f_{o_{kl}}$ = Beobachtete Häufigkeit in der Zelle kl

$f_{e_{kl}}$ = Erwartete Häufigkeit in der Zelle kl

χ^2 = Chi-Quadrat, Prüffunktion für den Wahrscheinlichkeitsgrad, daß einer beobachteten Häufigkeitsverteilung eine bestimmte theoretisch erwartete Verteilung zugrundeliegt,

N = Anzahl der Pbn in der Stichprobe:

Der Kontingenzkoeffizient ist allerdings mit einem Maßkorrelationskoeffizienten nicht unmittelbar vergleichbar, er liegt stets wesentlich niedriger als das entsprechende r-Äquivalent[1]). Deshalb muß er nach einer bestimmten Rechenmethode „aufgewertet" werden, um ihn ähnlich einem Maßkorrelationskoeffizienten interpretieren zu können (Auch nach der Korrektur ist CC nicht mit r algebraisch identisch; zudem sind die Zufallsverteilungen beider Koeffizienten unterschiedlich). Die Formel für das r-Äquivalent von CC lautet

$$\text{r-Äquivalent} = \frac{CC}{\sqrt{\frac{m-1}{m}}}. \tag{11.17}$$

In dieser Formel bedeutet:

m = Anzahl der Kriteriengruppen in einer quadratischen Kontingenztafel.

Rechenbeispiel Nr. 11.8:

Nehmen wir an, es wird aus 250 Protokollen über den Farbpyramidentest (HEISS und HILTMANN, 1951) die am häufigsten gewählte Farbe mit einem Affektivitäts-Rating auf Kontingenz geprüft, also der Symptomwert der Farbwahl im Hinblick auf die Affektivität untersucht. Nehmen wir ferner an, es hätten sich die in der Kontingenztafel (s. Tab. 11.7) enthaltenen Zuordnungen ergeben.

Wenn man die Annahme einer gleichen Verteilung beider Merkmale machen kann, erfolgt die Berechnung der Erwartungswerte f_e, die in der Kontingenztafel bereits in Klammern unter dem entsprechenden beobachteten Wert angegeben sind, nach der allgemeinen Formel

$$f_{e_{kl}} = \frac{\sum_{l} f_{o_{kl}} \cdot \sum_{k} f_{o_{kl}}}{N}$$

[1]) Vgl. HOFSTÄTTER und WENDT (1966), S. 169.

Tabelle 11.7

Häufigste Farbwahl	Kriterium Affektivität				$\sum_l f_{o_{kl}}$
	I ausgewogen	II sensitiv	III impulsiv	IV beherrscht	
gelb f_o (f_e)	48 (30)	18 (22)	10 (15)	8 (17)	84
grün f_o (f_e)	21 (25)	31 (19)	10 (13)	9 (14)	71
rot f_o (f_e)	6 (12)	8 (9)	14 (6)	6 (7)	34
blau f_o (f_e)	14 (22)	9 (16)	11 (11)	27 (12)	61
$\sum_k f_{o_{kl}}$	89	66	45	50	250

oder in Worten:

$$\text{erwartete Häufigkeit} = \frac{\text{Zeilensumme} \cdot \text{Spaltensumme}}{\text{N}}$$

$$\text{z. B.} \quad f_{e_{11}} = \frac{84 \cdot 89}{250} = 30 \quad \text{oder} \quad f_{e_{1II}} = \frac{84 \cdot 66}{250} = 22$$

$$\sum_{k,l} \frac{f^2_{o_{kl}}}{f_{e_{kl}}} = \frac{48^2}{30} + \frac{18^2}{22} + \frac{10^2}{15} + \ldots + \frac{27^2}{12} = 317$$

Formel (11.16) Formel (11.17)

$$CC = \sqrt{1 - \frac{250}{317}} = 0{,}45 \qquad r_{\text{aquiv.}} = \frac{0{,}45}{\sqrt{\frac{(4-1)}{4}}} = 0{,}52\,.$$

(Da der Kontingenzkoeffizient aus einer Wurzel hervorgeht, kann er sowohl positiv wie negativ sein; das richtige Vorzeichen entnimmt man am einfachsten sinngemäß aus der Kontingenztafel. In der Regel wird es positiv sein.)

In unserem Beispiel besteht also ein Zusammenhang zwischen der häufigsten Farbwahl und bestimmten Kategorien der Affektivität, und zwar in der Höhe, wie sie einem $r_{tc} = 0{,}52$ entspricht.

Mit Hilfe des Kontingenzverfahrens können auch Tests überprüft werden, deren Validitätskriterium zwar quantitativ erfaßt, jedoch nicht normal verteilt ist. In einem solchen Falle teilt man die Kriterium-Werte zweckmäßigerweise in Klassen ein, proportional zu den Klassen der Testrohwerte. Rein formal gesehen bedeutet dies, daß die Spaltensummen (Kriterium) – wenn man sie in eine Rangreihe nach ihrer Größe ordnet – den Zeilensummen (Test) entsprechen. (Im Beispiel Nr. 11.8 trifft das einigermaßen zu: $84 > 66 > 50 > 45$ entspricht $84 > 71 > 61 > 34$.) Mit diesem Verfahren können auch nicht-lineare Beziehungen zwischen Test und Kriterium einigermaßen gut beschrieben werden. Jedoch sei mit Nachdruck darauf hingewiesen, daß das Kontingenzverfahren sich nur für eine gröbere Abschätzung der Validität eines Tests eignet.

Für den Fall eines qualitativen Kriteriums haben LIENERT und RAATZ (1971) ein nicht-lineares Abhängigkeitsmaß, das sog. **Rangkorrelationsverhältnis** η_H^2, entwickelt, welches in einer einfachen Beziehung zu der Prüfgröße H des H-Tests von KRUSKAL und WALLIS steht. η_H kann wie ein Korrelationskoeffizient interpretiert werden. Wenn das Kriterium dichotomisch ist, geht η_H in den punkt-biserialen Korrelationskoeffizienten über.

Eine weitere, relativ einfache Möglichkeit zur Charakterisierung nicht-linearer Validitätsbeziehungen eröffnet der von v. SOLTH (1954, 1955) entwickelte dynamische Variabilitätskoeffizient, der über ein Quasi-Nomogramm in einen Korrelationskoeffizienten umgewandelt und entsprechend interpretiert werden kann.

e) Wenn das Validitätskriterium über das Rangordnungsverfahren ermittelt wurde, so ist es nicht statthaft, einen Maßkorrelationskoeffizienten zu berechnen. Die adäquate Korrelationsmethode wäre in einem solchen Falle die SPEARMANsche Rangkorrelation. Ihre Formel lautet

$$r_S = 1 - \frac{6 \sum\limits_i D_i^2}{N(N^2 - 1)} \qquad (11.19)$$

In dieser Formel bedeuten:

$D_i = (R_{x_i} - R_{y_i})$ = Differenz zwischen dem Rangplatz, den ein Pb i nach seinem Testwert und dem, den er nach seinem Kriteriumwert einnimmt. (Die Testwerte müssen also als Rangplätze aufgefaßt werden.)

N = Anzahl der Pbn der zugrundegelegten Stichprobe.

Dieser Rangkorrelationskoeffizient kann auch bei anomalen Verteilungen von Test- oder Kriteriumwerten, sowie bei nicht-linearer Regression verwendet werden. Allerdings muß die Regression noch monoton sein.

f) Ist die Aufgabenanalyse an einem Außenkriterium durchgeführt worden, so kann man – wenn die Möglichkeit einer speziellen Validierung aus irgendwelchen Gründen nicht gegeben ist – eine gute Schätzung der Validität nach Formel (6.40) erhalten. Hierfür sind die Trennschärfenkoeffizienten erforderlich. Da sich jedoch zeigen läßt, daß $\sum\limits_j r_{jt}s_j = s_x$ ist, ergibt sich auch die Möglichkeit, Formel (11.20) zu benutzen.

$$r'_{tc} = \frac{\sum\limits_j r_{jc}s_j}{s_x}. \qquad (11.20)$$

In diese Formel gehen keinerlei Annahmen ein.

11.7. Faktoren, die die Validität mitbestimmen

Im 1. Kapitel wurden Reliabilität und Zulänglichkeit eines Tests als notwendige Bedingungen der Validität genannt; jedoch sind dies nicht die einzigen Faktoren, von denen die Validität abhängt.

11.7.1. Die teilweise Unvereinbarkeit von Reliabilität und Validität

Im allgemeinen ist es die Regel, daß die Validität mit der Reliabilität wächst, allerdings nicht in gleichem Maße, sondern wesentlich langsamer. Jedoch gibt es einige bemerkenswerte Ausnahmen von dieser Regel.

Sehr heterogene Tests können trotz geringer Konsistenz eine relativ hohe praktische Validität haben. Andererseits können sehr homogene Tests ein Höchstmaß an Konsistenz, jedoch nur eine relativ geringe praktische Validität besitzen. Es liegt eine gewisse Kunst darin, einen Test sowohl möglichst reliabel wie auch zugleich möglichst valide zu gestalten; die Reliabilität scheint eher durch homogene Aufgaben, die empirische Validität dagegen durch heterogene Aufgaben gewährleistet zu sein. Man spricht in diesem Zusammenhang von einer **partiellen Inkompatibilität** der beiden Kardinalkriterien[1]); indem man das eine anstrebt, gefährdet man das andere.

Ein bedeutsames Moment dieser Inkompatibilität ist die Verteilung der Aufgabenschwierigkeit. Bekanntlich ist bei Aufgaben von mittlerer Schwierigkeit die Reliabilitätserwartung am größten. TUCKER (1946) hat jedoch nachgewiesen, daß für die Validität gerade eine unterschiedliche Aufgabenschwierigkeit sich günstiger auswirkt. Die Schwierigkeitsvariabilität der Aufgaben führt nämlich von sich aus zu einer Verminderung der Aufgabeninterkorrelationen und ebenso zu einer Verminderung der Trennschärfenkoeffizienten, was die empirischen Validitätserwartungen verbessert. Nach TUCKER hat man optimale Chancen sowohl für die Validität wie auch für die Reliabilität eines Tests, wenn die Trennschärfenkoeffizienten etwa von 0,3 bis 0,8 variieren.

Das Dilemma der partiellen Inkompatibilität von Reliabilität und Validität wird durch den Aufbau von Testbatterien in idealer Weise überwunden: Die Teiltests in sich wahren die Reliabilität, die Batterie als Kombination der Teiltests sichert die Validität.

11.7.2. Testlänge und Validität

Da die Reliabilität eines homogenen Tests von seiner Länge und die Validität von seiner Reliabilität abhängt, kann nach der SPEARMAN-BROWN-Formel auch eine direkte Beziehung zwischen Testlänge und Validität angegeben werden. Sie lautet

$$r'_{tc} = \frac{r_{tc}}{\sqrt{\frac{n(1 - r_{tt})}{n'} + r_{rt}}}. \qquad (11.21)$$

---

[1]) Der Begriff der Inkompatibilität stammt aus der Pathologie, verschiedene Blutgruppen z. B. sind untereinander inkompatibel.

Will man wissen, um wie viele Aufgaben – sie müssen den schon vorhandenen vergleichbar sein – man einen Test verlängern müßte, um eine gewünschte Validität r'_{tc} zu erreichen, so ist Formel (11.21) nach n' aufzulösen

$$n' = \frac{n(1 - r_{tt})}{(r_{tc}^2/r_{tc}'^2) - r_{tt}}. \tag{11.22}$$

In diesen beiden Formeln bedeuten:
r_{tc} = Validitätskoeffizient des ursprünglichen Tests,
r'_{tc} = Validitätskoeffizient des verlängerten Tests,
n = Aufgabenzahl des ursprünglichen Tests,
n' = Aufgabenzahl des verlängerten Tests:

Rechenbeispiel Nr. 11.9:

a) Nehmen wir an, ein Zeichentest zur Erfassung schöpferischer Gestaltungsfähigkeit habe eine Reliabilität von $r_{tt} = 0{,}57$ und eine Validität von $r_{tc} = 0{,}65$ ergeben. Wenn wir diesen Test auf das Doppelte seiner Aufgabenzahl verlängern ($n' = 2n$), so wird seine Validität voraussichtlich nach Formel (11.21) auf

$$r'_{tc} = \frac{0{,}65}{\sqrt{\dfrac{n(1 - 0{,}57)}{2n} + 0{,}57}} = 0{,}73$$

ansteigen.

b) Wollten wir eine Validität von $r'_{tc} = 0{,}8$ erzielen, so müßten wir den Test offensichtlich um ein mehrfaches ($n' = kn$) verlängern, nach Formel (11.22)

$$kn = \frac{n(1 - 0{,}57)}{\dfrac{0{,}4225}{0{,}64} - 0{,}57} = 4{,}8n\,.$$

Der Test müßte also nahezu um das 5fache verlängert werden, um diesen Validitätsansprüchen zu genügen. Das liegt außerhalb der ökonomischen Tragbarkeit.

Wollte man die höchstmögliche Validität ermitteln, die ein Test durch Verlängerung überhaupt erreichen kann, so müßte man in Formel (11.21) $n' = \infty$ setzen. Dann ergäbe sich

$$\text{test corr. } r'_{tc} = \frac{r_{tc}}{\sqrt{r_{tt}}}. \tag{11.23}$$

Man kann dieses r'_{tc} auch so interpretieren: Wäre der Test unendlich lang, d. h. absolut reliabel, so hätte er die Validität r'_{tc}. Je nach dem Grade der Unreliabilität wird also die Validität eines Testes herabgemindert. Dementsprechend ist r'_{tc} ein sogenannter minderungskorrigierter Validitätskoeffizient, und zwar gegenüber den im nächsten Abschnitt zu behandelnden Minderungskorrekturen der für die Unreliabilität des Tests minderungskorrigierte Validitätskoeffizient: test corr. r_{tc}.

In Formel (11.23) ist die scheinbare Paradoxie impliziert, daß ein Test durch Verlängerung umso mehr an Validität gewinnen kann, je weniger er reliabel ist. Mit anderen Worten: Relativ unreliable Tests – und das sind meist heterogene Tests – haben unter der Voraussetzung gleicher Validität mehr Verbesserungschancen als reliable Tests.[1])

11.7.3 Die Reliabilität des Validitätskriteriums

Der Validitätskoeffizient, wie man ihn durch Korrelation des Tests mit einem empirisch gewonnenen Kriterium errechnet, ist einmal von der Reliabilität des Tests abhängig, in viel höherem Maße jedoch von der Reliabilität des Kriteriums, das leider nur in den seltensten Fällen auf Reliabilität geprüft wird oder geprüft werden kann.

Es liegt nahe zu fragen, wie hoch der Validitätskoeffizient eines Tests wäre, wenn man ein vollkommen reliables Kriterium hätte gewinnen können. Diese Frage ist nicht allein von theoretischer Bedeutung. Die Voraussageleistung eines unreliablen Tests ist auf alle Fälle gering; die Voraussageleistung eines hochreliablen Tests kann jedoch sowohl gut wie auch schlecht sein, je nachdem ob das Validitätskriterium reliabel oder unreliabel ist. Die Unreliabilität des Kriteriums ist aber ein Mangel, der den Test als Meßinstrument eigentlich nicht betrifft und den der Testautor nicht zu verantworten hat. Man kann also bei der Interpretation des Validitätskoeffizienten fragen, wie hoch der Koeffizient ausfallen würde, wenn das Kriterium absolut reliabel wäre.

Wenn die Reliabilität eines Validitätskriteriums empirisch ermittelt oder wenigstens einigermaßen sicher geschätzt werden kann, so läßt sich für den Validitätskoeffizienten eine Minderungskorrektur errechnen, eine Korrektur für die Minderung, die der Validitätskoeffizient zufolge mangelnder Kriteriumreliabilität erlitten hat. Diese Minderungskorrekturformel für das Kriterium lautet[2])

$$\text{crit. corr. } r_{tc} = \frac{r_{tc}}{\sqrt{r_{cc}}}. \tag{11.24}$$

In dieser Formel bedeutet:

r_{cc} = Reliabilitätskoeffizient des Validitätskriteriums.

Für Zwecke der Testinterpretation sollte möglichst nur diese Formel verwendet werden, nicht jene, die neben der Unreliabilität des Kriteriums auch die Unreliabilität des Tests noch mit einbezieht[3]). Trotzdem wird gelegentlich – besonders bei

---

[1]) Die Beziehung zwischen Testlänge und Validität für den Fall, daß nicht-parallele Aufgaben hinzugefügt werden, hat ULRICH (1985) untersucht.

[2]) Die Ableitung dieser Formel wäre analog wie die für Formel (11.23) durchzuführen.

[3]) Die Unreliabilität des Tests als Meßinstrument ist eine Gegebenheit, von der man weder absehen kann noch darf, da sie in jede Vorhersage mit eingeht, während man bei der Unreliabilität des Kriteriums immerhin die Annahme machen kann, daß das Persönlichkeitsmerkmal stabiler sei als das an seiner statt gemessene Kriterium.

Tests mit mangelnder Reliabilität – ein Schätzwert nach folgender doppelt minderungskorrigierten Formel errechnet

$$\text{crit. et test corr. } r_{tc} = \frac{r_{tc}}{\sqrt{r_{tt} r_{cc}}} . \tag{11.25}$$

Die Anwendung beider Formeln wird an einem Beispiel erläutert.

Rechenbeispiel Nr. 11.10:

Ein Test für handwerkliche Gestaltungskraft wurde an einer Schulklasse erprobt und hat eine Reliabilität von $r_{tt} = 0{,}88$ ergeben. Als Validitätskriterium dient eine Rangordnung der Schüler nach ihren Leistungen im Werkunterricht. Die Aufstellung der Rangordnung wurde nach einem Monat von demselben Lehrer wiederholt, wobei sich zwischen erster und zweiter Rangordnung eine Reliabilität von $r_{cc} = 0{,}67$ (als Rangkorrelationskoeffizient, der hier einem Maßkorrelationskoeffizienten gleichgesetzt wird) ergab. Wenn wir den Validitätskoeffizienten, der sich durch Korrelation des Tests mit der ersten Rangordnung zu $r_{tc} = 0{,}49$ ergeben hatte, für die Unreliabilität des Kriteriums minderungskorrigieren, so erhalten wir nach Formel (11.24)

$$\text{crit. corr. } r_{tc} = \frac{0{,}49}{\sqrt{0{,}67}} = 0{,}60 .$$

Wollten wir darüber hinaus auch noch für die Unreliabilität des Tests mitkorrigieren, so ergäbe sich nach Formel (11.25) ein Validitätskoeffizient von

$$\text{crit. et test corr. } r_{tc} = \frac{0{,}49}{\sqrt{0{,}67 \cdot 0{,}88}} = 0{,}64$$

Es wird an diesem Beispiel deutlich, daß die doppelte Minderungskorrektur gegenüber der einfachen – abgesehen von ihrer psychologischen Fragwürdigkeit – auch keine praktische Bedeutung hat, da bei Reliabilitäten um 0,9, wie sie von standardisierten Tests gefordert werden, der doppelt minderungskorrigierte Validitätskoeffizient kaum höher wird als der einfach minderungskorrigierte.

Stehen mehrere Schätzwerte für die Reliabilität des Kriteriums zur Verfügung, dann sollte man – um sicher zu gehen – stets den höchsten Schätzwert der Minderungskorrektur zugrundelegen.

Es bleibt nur noch die Frage, wie der minderungskorrigierte Validitätskoeffizient gegenüber dem nicht minderungskorrigierten Koeffizienten interpretiert werden muß: Der einfach minderungskorrigierte Validitätskoeffizient entspricht derjenigen Validität, die der Test haben würde, wenn das Kriterium absolut reliabel wäre. Der doppelt minderungskorrigierte Validitätskoeffizient entspricht derjenigen

Validität, die der Test haben würde, wenn Kriterium und Test absolut reliabel wären.

Die Beziehung zwischen Test- und Kriteriumreliabilität einerseits und Validität andererseits hat bereits SPEARMAN erkannt und ausgewertet; von ihm stammen auch die sogenannten Attenuationskorrekturen, oder – wie wir sie genannt haben – die Minderungskorrekturen.

Wann ist nun die Anwendung der einfachen Minderungskorrektur praktisch gerechtfertigt? Oder anders ausgedrückt, wann ist die eingeschränkte Interpretation aufgrund des minderungskorrigierten Validitätskoeffizienten diagnostisch „richtiger" als die aufgrund des originalen Validitätskoeffizienten? Das ist nur dann wirklich der Fall, wenn man annehmen darf, daß das gemessene Persönlichkeitsmerkmal größere Konstanz aufweist als das stattdessen gewählte Validitätskriterium.

Ein gutes Beispiel für die berechtigte Anwendung der Minderungskorrektur ist die Testvalidierung aufgrund eines individuellen Schätzverfahrens. Niemand zweifelt daran, daß erfahrene Lehrer einen Begriff davon haben, was man schlechthin Intelligenz nennt; trotzdem korrelieren Intelligenztests und Intelligenzschätzungen nur sehr mäßig hoch ($0,5 < r_{tc} < 0,6$). Das Lehrerurteil ist vielleicht zulänglich genug, jedoch nicht reliabel genug, um als Kriterium für das Persönlichkeitsmerkmal Intelligenz dienen zu können. Wollte man das Lehrerurteil dennoch als Intelligenzkriterium heranziehen, so wäre eine Minderungskorrektur nicht nur gerechtfertigt, sondern sogar notwendig für eine sinnvolle Interpretation des Validitätskoeffizienten. Nach Formel (11.24) würde einem unkorrigierten Validitätskoeffizienten von 0,4 ein für das Kriterium minderungskorrigierter Validitätskoeffizient von 0,57 entsprechen, wenn man annimmt, daß die Reliabilität des Lehrerurteils 0,5 betrüge.

Die doppelte Minderungskorrektur kann unter Umständen dann mit Berechtigung angewandt werden, wenn man erfahren möchte, wie die Validität einer relativ unreliablen Testvorform anwachsen würde, wenn man nicht nur ein reliables Kriterium zugrundelegt, sondern auch den Test soweit verbessert, daß er praktisch absolut reliabel ist. Wenn die empirische Validität einer Testform z. B. 0,5 beträgt, die Reliabilität des Kriteriums 0,6 und die des Tests 0,7, dann ist nach Formel (11.25) die wahre Validität des Tests 0,77.

Abschätzungen dieser Art können auch unter der Annahme durchgeführt werden, daß lediglich die Testreliabilität verändert werden soll, die Reliabilität des Kriteriums hingegen konstant bleibt und als absolut gelten kann ($r_{cc} = 1,0$). In diesem Falle wäre die Minderungskorrektur für einen Test mit $r_{tc} = 0,6$ und $r_{tt} = 0,8$ nach Formel (11.25) crit. et test corr. $r_{rc} = 0,67$.

Mit der einfachen und doppelten Minderungskorrektur kann eine Angabe darüber gemacht werden, wie hoch ein Validitätskoeffizient maximal wäre, wenn die Reliabilitäten von Test und Kriterium gleich 1 wären, wenn also in beiden Fällen eine absolut fehlerfreie Messung möglich wäre. Diese so korrigierte Validität ist deshalb nur eine obere Grenze für die empirische Validität, sie kann in der Realität trotz größter Bemühungen nie erreicht werden.

Sicher ist es aber möglich, die Reliabilitäten von Test und Kriterium durch geeignete Maßnahmen zu verbessern. Es erhebt sich dann die Frage, welchen Einfluß diese Reliabilitätserhöhung auf die Validität hat. Der auf diese Weise geschätzte Validitätskoeffizient soll „einfach bzw. doppelt realitätskorrigierter"

Validitätskoeffizient crit. et test realcorr r_{tc} genannt werden. Dieser Koeffizient kann nach Formel (11.26) bestimmt werden:

$$\text{crit. et test realcorr } r_{tc} = \frac{r_{tc}}{\sqrt{r_{tt} \cdot r_{cc}}} \cdot \sqrt{r'_{tt} \cdot r'_{cc}} \,. \tag{11.26}$$

In dieser Formel bedeuten:
r_{tc} = Validitätskoefizient des ursprünglichen Tests
r_{tt} = Reliabilität des ursprünglichen Tests
r'_{tt} = Reliabilität des verbesserten Tests
r_{cc} = Reliabilität des ursprünglichen Kriteriums
r'_{cc} = Reliabilität des verbesserten Kriteriums.

Für die Ableitung dieser Formel geht man von der Kombination von Test und Kriterium in der ursprünglichen Form und von der Kombination von Test und Kriterium in jeweils verbesserter Form aus. Für beide Kombinationen schätzt man die doppelt minderungskorrigierte Validität nach Formel (11.25) und setzt diese beiden Schätzungen gleich. Daraus ergibt sich durch Umformung die Formel (11.26).

Das folgende Rechenbeispiel soll die Anwendung dieser Formel erläutern:

Rechenbeispiel Nr. 11.11:

Die Testvorform eines Fremdsprachentests wird in einer Stichprobe von 200 Schülern validiert. Kriterium ist eine Einschätzung der Schulleistung des Lehrers auf einer 5-stufigen Skala. Der Test hat eine Reliabilität von $r_{tt} = 0{,}7$, das Kriterium eine solche von $r_{cc} = 0{,}5$, und die Validität beträgt $r_{tc} = 0{,}4$. Wie hoch wäre die Validität, wenn man die Reliabilität des Tests durch eine Verdopplung der Aufgabenzahl auf ca. $r_{tt} = 0{,}8$ anheben würde und außerdem die Reliabilität des Kriteriums durch eine Verbesserung der Skala und Heranziehung eines zweiten Beurteilers auf $r_{cc} = 0{,}7$ steigern könnte.

Setzt man diese Werte in Formel (11.26) ein,so folgt

$$\text{crit. et test realcorr } r_{tc} = \frac{0{,}4}{\sqrt{0{,}7 \cdot 0{,}5}} \cdot \sqrt{0{,}8 \cdot 0{,}7} = 0{,}51 \,.$$

Die Steigerung der Validität auf $r_{tc} = 0{,}51$ ist also möglich. Der nach Formel (11.25) berechnete maximale Wert wäre $r_{tc} = 0{,}68$. Diese Validität ist aber im Gegensatz zu dem geschätzten Wert von $r_{tc} = 0{,}51$ höchst unrealistisch.

Wenn man nur die Reliabilität des Tests verändern will, die Reliabilität des Kriteriums aber als gegeben hinnimmt, folgt aus Formel (11.26) durch Gleichsetzung von r_{cc} und r'_{cc} und Umrechnung

$$\text{test realcorr } r_{tc} = \frac{r_{tc}}{\sqrt{r_{tt}}} \cdot \sqrt{r'_{tt}} \,. \tag{11.27}$$

Wenn man umgekehrt nur das Kriterium verbessern kann, folgt analog

$$\text{crit realcorr } r_{tc} = \frac{r_{rc}}{\sqrt{r_{cc}}} \cdot \sqrt{r'_{cc}}\,. \tag{11.28}$$

Setzt man in den Formeln (11.26), (11.27) und (11.28) als angestrebte Reliabilität den Wert 1 ein, dann ergeben sich gerade die bekannten Formeln (11.25), (11.23) und (11.24).

Realitätskorrigierte Validitätskoeffizienten können bei der Validierung eines Tests von großer Bedeutung sein, denn sie zeigen, welche Validitäten bei geeigneten Maßnahmen tatsächlich erreicht werden können.

11.7.4 Die Ermittlung der Reliabilität des Validitätskriteriums

Der Testautor sollte immer, wenn er einen minderungs- oder realitätskorrigierten Validitätskoeffizienten im Testmanual angibt, diesen als solchen kennzeichnen. Und ebenso sollte die Reliabilität des der Minderungskorrektur zugrundegelegten Validitätskriteriums niemals über den Daumen gepeilt werden.

Zweifelsohne ist es oft schwierig und nicht selten sogar unmöglich, die Reliabilität des Kriteriums empirisch zu bestimmen. Im wesentlichen kommt als Methode der Wahl eine zweimalige Gewinnung desselben Kriteriums an derselben Stichprobe in Frage. In der Regel wird sich zeigen, daß objektive Kriterien eine höhere Reliabilität aufweisen als subjektive; daher wird praktisch nur für die letzteren eine Minderungskorrektur berechnet.

Der überwiegende Teil der Validitätskriterien wird nach wie vor durch Schätz- oder Ratingverfahren gewonnen. Soweit nicht nur ein einziger Beurteiler, sondern mehrere zur Abschätzung der Bewährung oder Leistung eines Pb herangezogen werden, kann man – analog der Reliabilitätsermittlung über die Varianzanalyse bei einem Test – ein rechnerisches Verfahren zur Schätzung der Kriteriumreliabilität anwenden, das von HORST (1949) entwickelt wurde und im Prinzip auf Formel (10.4) beruht. Dieses Verfahren macht eine Wiederholung der Beurteilung überflüssig, indem es sich auf die innere Konsistenz der subjektiven Schätzwerte stützt; geschätzt wird die Reliabilität der Durchschnittsbeurteilungen. Die einzelnen Ausdrücke in der Formel für r_{cc} müssen schrittweise berechnet werden, wie an dem folgenden Beispiel gezeigt wird. Die Schätzformel selbst lautet

$$r_{cc} = 1 - \frac{\sum_i \left[\frac{\sum_b \frac{X_{bi}^2}{m} - \left(\frac{\sum_b X_{bi}}{m} \right)^2}{m-1} \right]}{\sum_i \left(\frac{\sum_b X_{bi}}{m} \right)^2 - \frac{1}{N} \left[\sum_i \left(\frac{\sum_b X_{bi}}{m} \right) \right]^2}\,. \tag{11.29}$$

In dieser Formel bedeuten:

X_{bi} = Schätzurteil eines einzelnen Beurteilers b für einen einzelnen Pb i oder dessen Leistung,
m = Anzahl der Beurteiler,
N = Anzahl der beurteilten Pbn oder deren Leistungen,
$\sum_b$: = Summe über alle Beurteiler,
$\sum_i$: = Summe über alle Pbn.

Rechenbeispiel Nr. 11.12:

Wir haben einen Test entwickelt, der den Begriffsreichtum und die Stilgewandtheit von Schülern aus einem Standardaufsatz erfassen soll. Nehmen wir der Einfachheit halber an, es hätten m = 3 Deutschlehrer N = 7 Schüleraufsätze nach dem 5-stufigen Schulnotensystem eingestuft. Dabei haben sich die Daten der Tab. 11.8 ergeben.

Tabelle 11.8

Lehrer (m = 3)	Schüler (N = 7)						
	1	2	3	4	5	6	7
I	2	2	1	3	2	3	2
II	3	3	2	5	2	4	4
III	2	3	2	4	2	3	2
$\sum_b X_{bi}$	7	8	5	12	6	10	8
$\sum_b X_{bi}^2$	17	22	9	50	12	34	24

Aus den Werten der Tabelle ist unmittelbar ersichtlich, daß Lehrer II streng klassifiziert hat im Gegensatz zu Lehrer I, ebenso auch daß Schüler 4 uneinheitlich, Schüler 5 hingegen ziemlich einheitlich beurteilt wurde.

Es soll die Reliabilität des Lehrerurteils geschätzt werden, da sie für die Minderungskorrektur benötigt wird. Wir berechnen stufenweise die für Formel (11.29) erforderlichen Werte aus Tab. 11.18.

$$\frac{\dfrac{\sum_b X_{bi}^2}{m} - \left(\dfrac{\sum_b X_{bi}}{m}\right)^2}{m-1} \quad \text{ist für Schüler 1} = \frac{17/3 - (7/3)^2}{2} = 0{,}111$$

$$\text{für Schüler } 2 = \frac{22/3 - (8/3)^2}{2} = 0{,}111$$

$$\text{für Schüler } 3 = \frac{9/3 - (5/3)^2}{2} = 0{,}111$$

$$\text{für Schüler } 4 = \frac{50/3 - (12/3)^2}{2} = 0{,}333$$

$$\text{für Schüler } 5 = \frac{12/3 - (6/3)^2}{2} = 0{,}000$$

$$\text{für Schüler } 6 = \frac{34/3 - (10/3)^2}{2} = 0{,}111$$

$$\text{für Schüler } 7 = \frac{24/3 - (8/3)^2}{2} = 0{,}444$$

$$\sum_i \left[\frac{\frac{\sum_b X_{bi}^2}{m} - \left(\frac{\sum_b X_{bi}}{m} \right)^2}{m-1} \right] \text{ für alle Schüler} = 1{,}22$$

$$\sum_i \left(\frac{\sum_b X_{bi}}{m} \right)^2 = \left(\frac{7}{3}\right)^2 + \left(\frac{8}{3}\right)^2 + \left(\frac{5}{3}\right)^2 + \left(\frac{12}{3}\right)^2 + \left(\frac{6}{3}\right)^2 + \left(\frac{10}{3}\right)^2 + \left(\frac{8}{3}\right)^2 = 53{,}56\,,$$

$$\sum_i \left(\frac{\sum_b X_{bi}}{m} \right) = \frac{7}{3} + \frac{8}{3} + \frac{5}{3} + \frac{12}{3} + \frac{6}{3} + \frac{10}{3} + \frac{8}{3} = 18{,}67\,.$$

Wenn wir diese Zwischenresultate in Formel (11.29) einsetzen, so ergibt sich:

$$r_{cc} = 1 - \frac{1{,}22}{53{,}56 - \frac{1}{7} \cdot 18{,}67^2} = 0{,}68\,.$$

Die drei Lehrer zeigen also hinsichtlich der Aufsatzbeurteilung nach Begriffsreichtum und Stilgewandtheit eine recht gute Übereinstimmung. Wenn wir diese Kriteriumreliabilität der Minderungskorrektur zugrundelegen, so wird sich deshalb der Validitätskoeffizient nur relativ geringfügig erhöhen.

Statt der 5-stufigen Schulnotenskala hätten wir natürlich auch eine 7-, 9- oder 11-stufige Skala verwenden können, nur sind diese Skalen den Lehrern nicht so vertraut.

Erwähnenswert ist noch, daß Formel (11.29) einen optimalen Schätzwert für die Reliabilität eines Kriteriums liefert, denn sie steht in Analogie zu den Verfahren der Konsistenzanalyse eines Tests. Der Schätzwert eignet sich daher gut zur Substitution in die Minderungskorrekturformel, da durch Maximalschätzung der Kriteriumreliabilität eine Überhöhung des korrigierten Validitätskoeffizienten vermieden wird. Man sollte überhaupt immer den Minderungskorrekturen maximale Schätzwerte der entsprechenden Reliabilitäten zugrundelegen.

Nicht immer wird die Reliabilität eines Kriteriums empirisch bestimmt oder nach einer statistischen Schätzformel errechnet. Gelegentlich werden aus der Erfahrung her bekannte Reliabilitätsschätzwerte für die Minderungskorrekturen verwendet.

11.8 Die Ermittlung des Validitätskoeffizienten aus irrepräsentativen Stichproben

Ebenso wie bei der Reliabilitätsermittlung kann sich auch beim Vergleich der Variabilität der Validitätsstichprobe einerseits und der Eichstichprobe andererseits eine gewisse – wenn auch nicht unbedingt signifikante – Unterschiedlichkeit ergeben; sie wird meist durch zu viele oder zu wenige Extremfälle in der Validitätsstichprobe verursacht und manifestiert sich besonders dann, wenn man bei der Validitätsüberprüfung auf eine soziologisch homogene Gruppe von Pbn angewiesen war. Es wurde ja bereits im Zusammenhang mit der Reliabilitätsermittlung erwähnt, daß eine Beschneidung der Extreme der Häufigkeitsverteilung die Korrelationen herabdrückt, während andererseits die Vermehrung extremer Fälle die Korrelationen künstlich erhöht.

Wie bei der Reliabilitätsbestimmung, so sind auch für die auf irrepräsentativer Stichprobe basierenden Validitätskoeffizienten entsprechende Korrekturformeln vorhanden, die unter der Annahme, daß der Standardschätzfehler (vgl. Kap. 16) beider Stichproben gleich ist, eine gute Schätzung der Populationsvalidität ermöglichen. Wir können verschiedene Fälle unterscheiden.

Fall 1: Die Validitätsstichprobe hat eine geringere Kriteriumsvarianz als die Eichstichprobe oder umgekehrt. Die Korrekturformeln für diesen ersten Fall lauten

$$R_{tc} = \sqrt{1 - s_c^2 \frac{1 - r_{tc}^2}{S_c^2}}\,, \tag{11.30}$$

$$r_{tc} = \sqrt{1 - S_c^2 \frac{1 - R_{tc}^2}{s_c^2}}\,. \tag{11.31}$$

In diesen Formeln[1]) bedeuten:

R_{tc} = Validitätskoeffizient aus der Stichprobe mit der größeren Kriteriumvarianz S_c^2,

r_{tc} = Validitätskoeffizient aus der Stichprobe mit der kleineren Kriteriumvarianz s_c^2.

Rechenbeispiel Nr. 11.13:

Von **allen** Lehrlingen in einem Industriebetrieb wurden ein Jahr nach der Einstellung Urteile über ihre Bewährung eingeholt. Die Varianz der Kriteriumpunktwerte betrug $S_c^2 = 58$.

Bei **einem Teil** der Lehrlinge wurde zum Zeitpunkt der Einstellung ein Eignungstest durchgeführt. Zwischen den Testpunktwerten und den Kriteriumpunktwerten wurde bei dieser Teilstichprobe ein Validitätskoeffizient von $r_{tc} = 0{,}55$ erstellt. Die Varianz der Kriteriumpunktwerte betrug nur $s_c^2 = 43$. Es ist wahrscheinlich, daß dieser Validitätskoeffizient wegen der Streuungseinschränkung zu niedrig ausgefallen ist. Wir fragen nun, wie hoch der auf die Gesamtstichprobe bezogene Validitätskoeffizient ist und erhalten nach Formel (11.30)

$$R_{tc} = \sqrt{1 - 43\left(\frac{1 - 0{,}55^2}{58}\right)} = 0{,}69\,.$$

Die tatsächliche Validität des Tests ist also erheblich größer als aufgrund der varianzeingeengten Stichprobe errechnet wurde.

Die Formeln (11.30) und (11.31) setzen voraus, daß die Streuung der Kriteriumpunktwerte sowohl für die Gesamtgruppe als auch für die streuungsmäßig eingeschränkte Gruppe bekannt sind.

In der Praxis wird dieser Fall selten auftreten, weshalb diese Formeln vorwiegend theoretische Bedeutung haben.

Praktisch bedeutsam sind dagegen die folgenden Fälle.

Fall 2: In der Testpraxis kommt es nicht selten vor, daß ein Test bereits zu Auslesezwecken dient, bevor er empirisch validiert worden ist. Dies geschieht entweder, weil man auf seine Validität einfach vertraut, oder häufiger, weil man ihn zunächst einmal praktisch erproben möchte. Auch wenn man nicht gerne auf den etwaigen Nutzen eines neuerstellten, wenn auch noch nicht erprobten Tests verzichtet, stellt die Validitätsstichprobe oft eine einseitige Auswahl von Pbn dar. (Richtiger wäre es natürlich, aufgrund eines neu entwickelten Tests zunächst noch keine Auslese vorzunehmen, solange er noch nicht validiert ist.)

Angenommen, es würden nur diejenigen Pbn zur Bewährung zugelassen, die in dem nicht-validierten Test besser als der Durchschnitt abschnitten, dann stünden natürlich für die Validitätsbeurteilung des Tests nur diese Pbn zur Verfügung,

[1]) Diese Formeln resultieren, wenn die Standardschätzfehler gleichgesetzt werden, also $s_{c\cdot t} = S_{c\cdot t}$, d. h. $s_c\sqrt{1 - r_{tc}^2} = S_c\sqrt{1 - R_{tc}^2}$. Diese Gleichung ist dann einfach nach r_{tc} oder R_{tc} aufzulösen.

denn die übrigen sind ja zurückgestellt worden. Es resultiert in einem solchen Falle also eine einseitig selegierte Stichprobe, für die der linke Auslauf der Testpunktwerte-Verteilung fehlt. Bekannt sind in diesem Falle demgemäß nur r_{tc}, s_x, s_c, S_x. Trotzdem kann man auch in einem solchen Falle mit einiger Vorsicht einen Repräsentativschluß auf die Validität des Tests für die gesamte Bewerberpopulation nach folgender Formel vollziehen[1]).

$$R_{tc} = \frac{\dfrac{r_{tc} \cdot S_x}{s_x}}{\sqrt{1 - r_{tc}^2 + \dfrac{r_{tc}^2 \cdot S_x^2}{s_x^2}}} . \qquad 11.32$$

Die Großbuchstabensymbole entsprechen auch in dieser Formel wieder der Stichprobe mit der größeren Varianz – im allgemeinen ist dies die Schätzung der Populationsvarianz –, während die Kleinbuchstabensymbole der selegierten Stichprobe entsprechen.

Rechenbeispiel Nr. 11.14:

Angenommen, wir hätten einen Test für die Auslese von Feinmechanikern entwickelt. Die Testvarianz der als geeignet Befundenen ist mit $s_x^2 = 51$ – wie zu erwarten – geringer als die aller Bewerber mit $S_x^2 = 102$, die sich bei der Eichung ergab. Die Bewährungskontrolle des Tests konnte natürlich nur an den als geeignet gefundenen Pbn durchgeführt werden und ergab einen Validitätskoeffizienten von $r_{tc} = 0{,}56$. Es ergibt sich nun die Frage, wie hoch wohl die Validität des Tests für die gesamte Bewerbergruppe anzusetzen sei. Wir setzen in Formel (11.32) ein:

$$R_{tc} = \frac{\dfrac{0{,}56 \cdot \sqrt{102}}{\sqrt{51}}}{\sqrt{1 - 0{,}56^2 + \dfrac{0{,}56^2 \cdot 102}{51}}} = 0{,}69 .$$

Wenn wir uns also in der Validitätsaussage auf alle Pbn beziehen, die mit dem Test untersucht werden sollen, und nicht nur auf die Pbn, die zur Bewährung ausgewählt wurden, so können wir mit dem erhaltenen selektionskorrigierten Validitätskoeffizienten sehr zufrieden sein.

[1]) Diese und die folgenden Formeln (11.33) und (11.34) finden sich bei THORNDIKE (1949), S. 164–176. THORNDIKE führt sie auf PEARSON (1903) zurück. Die Ableitung von Formel (11.33) geschieht wiederum über die Gleichsetzung der Standardschätzfehler ($s_c \cdot t = S_c \cdot t$). Zusätzlich wird angenommen, daß die Steigung der Regressionsgeraden bei Gesamtgruppe und selegierter Gruppe gleich sind. Diese Annahme ist erforderlich für die Schätzung der unbekannten Kriterienstreuung der Gesamtgruppe (S_c^2). Die Formel, die GROSS und PERRY (1983) im Anschluß an COHEN (1957) für dieses Problem angeben, ist nach einer einfachen Umrechnung mit Formel (11.32) identisch.

In seltenen Fällen kann es sein, daß die Validierungsstichprobe doppelt selegiert ist, daß also an der Validierung nur noch die Pbn teilnehmen, welche auch im Kriterium erfolgreich abgeschnitten haben. Ein Beispiel wäre die Validierung eines Studierfähigkeitstests, bei der die Stichprobe nur aus den Studenten besteht, die einmal auf Grund des Tests zum Studium zugelassen wurden, und die außerdem im Kriterium „Vordiplom“ erfolgreich waren. Für die Validierung eines Tests in einer auf diese Weise doppelt selegierten Stichprobe haben ALEXANDER et al. (1984) ein hier nicht diskutiertes Näherungsverfahren entwickelt, das eine grobe Schätzung der Validität ermöglicht.

Fall 3: Oft ergibt sich in der Eignungstestpsychologie dagegen auch die Situation, daß man einen Test an einer Gruppe von Pbn validiert, die aufgrund eines bewährten, validitätsverwandten Tests ausgelesen worden ist. Die Populationsvarianz des bewährten Tests – genauer: ihre Schätzung – steht fest, während die Populationsvarianz des neuerstellten Tests fehlt, da der Test noch nicht geeicht wurde. Die für diesen Fall geltende Korrekturformel lautet

$$R_{tc} = \frac{r_{tc} + r_{tT} \cdot r_{Tc}\left[\dfrac{S_T^2}{s_T^2} - 1\right]}{\sqrt{\left[1 + r_{tT}^2\left(\dfrac{S_T^2}{s_T^2} - 1\right)\right]\left[1 + r_{Tc}^2\left(\dfrac{S_T^2}{s_T^2} - 1\right)\right]}}. \qquad (11.33)$$

Die Formel sieht verwirrender aus, als sie tatsächlich ist. Die verwendeten Symbole sind wie folgt definiert:

R_{tc} = auf die Gesamtpopulation bezogener, selektionskorrigierter Validitätskoeffizient für den neuerstellten Test,
r_{tc}: = Korrelation des neuerstellten Tests T mit dem Validitätskriterium in einer aufgrund eines bewährten und validitätsverwandten Tests T ausgelesenen Stichprobe;
r_{tT}: = Korrelation zwischen dem neuerstellten Test t und dem bewährten Test T in der ausgelesenen Stichprobe,
r_{Tc}: = Korrelation des bewährten Tests T mit dem Validitätskriterium,
S_T^2: = Populationsvarianz des bewährten Tests T,
s_T^2: = Varianz des bewährten Tests T in der ausgelesenen Stichprobe:

Rechenbeispiel Nr. 11.15:

Angenommen, ein Betriebspsychologe hätte einen Auslesetest für Dreherlehrlinge entwickelt und wollte diesen validieren. Zu diesem Zweck untersucht er alle im Betrieb tätigen Dreherlehrlinge, die seinerzeit aufgrund eines bewährten Ausleseverfahrens T eingestellt worden sind. Dieser Test T hat im Hinblick auf die Bewerberpopulation eine Varianz von $S_T^2 = 92$ und besitzt eine Validität von $r_{Tc} = 0{,}6$ (Korrelation des Einstellungstestergebnisses mit dem Werkmeisterurteil). In der Lehrlingsstichprobe zeigt derselbe Test T nur eine Varianz von $s_T^2 = 33$, was ohne weiteres einzusehen ist, da ja eben nur die besten Bewerber eingestellt worden sind. Der neue

Test t korreliert in der ausgelesenen Lehrlingsstichprobe mit dem Meisterurteil in Höhe von $r_{tc} = 0.5$. Beide Tests interkorrelieren in derselben Stichprobe mit $r_{tT} = 0{,}7$. Damit sind alle für die Substitution in Formel (11.33) notwendigen Daten verfügbar:

$$R_{tc} = \frac{0{,}5 + 0{,}7 \cdot 0{,}6 \left(\frac{92}{33} - 1\right)}{\sqrt{\left[1 + 0{,}7^2 \left(\frac{92}{33} - 1\right)\right]\left[1 + 0{,}6^2 \left(\frac{92}{33} - 1\right)\right]}} = 0{,}71\,.$$

Obzwar für den neuen Test in der selegierten Stichprobe nur ein relativ geringer Validitätskoeffizient von $r_{tc} = 0{,}5$ errechnet werden konnte, bewährt er sich offenbar in der ihm zugedachten Funktion als Auslesetest für die Population der Lehrlingsbewerber mit $R_{tc} = 0{,}71$ erstaunlich gut.

Für die Validierung des neuen Tests nach Formel (11.33) war also kein eigenes empirisches Arrangement notwendig; diese Tatsache macht die Formel besonders ökonomisch, so daß sie in der Auslesepraxis von Wirtschaft und Industrie oft verwendet wird.

Fall 4: Wenn es möglich ist, den neuen Test in der gesamten repräsentativen Pbn-Gruppe durchzuführen und nicht nur in einer aufgrund eines zweiten Tests ausgelesenen Stichprobe, läßt sich auch die Korrelation beider Tests in der repräsentativen Stichprobe R_{tT} errechnen, die eine wesentlich bessere Schätzung der Validität des neuen Tests gegenüber dem Kriterium gewährleistet. Die Formel für R_{tc} lautet dann

$$R_{tc} = \frac{r_{tc}\sqrt{1 + R_{tT}^2\left(\frac{s_T^2}{S_T^2} - 1\right)} + R_{tT} \cdot r_{Tc}\left(\frac{S_T}{s_T} - \frac{s_T}{S_T}\right)}{\sqrt{1 + r_{Tc}^2\left(\frac{S_T^2}{s_T^2} - 1\right)}}\,. \tag{11.34}$$

In dieser Formel bedeutet:

R_{tT} = Korrelation zwischen dem neuen Test t und dem bewährten Test T in einer nicht selegierten, also repräsentativen Stichprobe.

Die übrigen Symbole entsprechen denen in Formel (11.33).

Rechenbeispiel Nr. 11.16:

Gehen wir von Beispiel Nr. 11.15 aus und nehmen wir an, der Betriebspsychologe hätte den neuen Test im Rahmen einer Einstellungsuntersuchung gemeinsam mit dem bewährten Test T angewendet. Er hätte dann an der populationsrepräsentativen Stichprobe der Einstellungsbewerber die

Interkorrelation beider Tests ermitteln können; nehmen wir sie mit $R_{tT} = 0{,}9$ an und setzen wir in Formel (11.34) ein:

$$R_{tc} = \frac{0{,}5 \sqrt{1 + 0{,}9^2 \left(\frac{33}{92} - 1\right) + 0{,}9 \cdot 0{,}6 \left(\frac{\sqrt{92}}{\sqrt{33}} - \frac{\sqrt{33}}{\sqrt{92}}\right)}}{\sqrt{1 + 0{,}6^2 \left(\frac{92}{33} - 1\right)}} = 0{,}73\,.$$

Der vertrauenswürdigere Schätzwert nach Formel (11.34) liegt also nur etwas höher als der nach der Formel (11.33).

Es können also auch bei Validierungen an irrepräsentativen Stichproben, die in der Testpraxis recht häufig sind, über geeignete Korrekturformeln repräsentative Validitätskoeffizienten gewonnen werden.

11.9 Anforderungen an die Validität eines Tests

Nachdem so eingehend die Wege der Validitätskontrolle beschrieben wurden, muß nun auch auf die Anforderungen, die an einen Test in dieser Hinsicht zu stellen sind, näher eingegangen werden.

In Bezug auf den Reliabilitätskoeffizienten konnte auf eine ausführlichere Diskussion verzichtet werden, da hier eindeutige Normen festgelegt sind: Für die Beurteilung individueller Differenzen wurde ein Wert von $r_{tt} = 0{,}7$ bereits im 1. Kapitel des Buches als eben noch ausreichend vereinbart. Standardisierte Tests sollten eine Konsistenz von $r_{tt} \geqq 0{,}9$ und eine Re- oder Paralleltestreliabilität von $r_{tt} \geqq 0{,}8$ aufweisen. Für die Beurteilung von Gruppendifferenzen sind Tests mit einer Reliabilität von $r_{tt} \geqq 0{,}5$ verwendbar.

Ganz anders liegen die Dinge im Hinblick auf den Validitätskoeffizienten. Hier lassen sich keinerlei starre Normen einführen, sondern nur Richtlinien aufzeigen, nach denen ein empirischer Validitätskoeffizient zu bewerten ist. Es wird dabei deutlich werden, daß ein relativer Maßstab mehr für sich hat als ein absoluter.

Vom Blickpunkt der statistischen Vorhersage müssen Validitätskoeffizienten von $r_{tc} \geqq 0{,}7$ verlangt werden; in der Praxis ist man jedoch schon mit Validitätskoeffizienten um 0,6 sehr zufrieden. Dann wäre es also um die Validität schlecht bestellt, wenn die theoretischen Forderungen in der Praxis kaum jemals erreicht werden! Wenn wir aber die realen Gegebenheiten im Auge behalten, so ist das keineswegs der Fall; man muß sich nur über die Gesichtspunkte im Klaren sein, nach denen die Leistungsfähigkeit eines Tests aufgrund des Validitätskoeffizienten zu beurteilen ist.

11.9.1 Die Validität und der Verwendungszweck

Die Erwartungen, die man in die Validität eines Tests setzt, hängen weitgehend von seinem speziellen Verwendungszweck ab. Folgende Gesichtspunkte spielen hierbei eine wesentliche Rolle.

1. Die individuelle Begutachtung
Soll ein bestimmter Pb möglichst zutreffend hinsichtlich des Ausprägungsgrades eines Persönlichkeitsmerkmales oder seiner Eignung beurteilt werden, so sind hierfür Tests mit einem $r_{tc} > 0,7$ erforderlich, vor allem, wenn das Urteil über den Pb allein oder fast allein vom Testergebnis abhängt.

In der Testpraxis werden so hohe Validitätskoeffizienten nur ausnahmsweise bei Einzeltests erzielt. Testbatterien – also Kombinationen von Einzeltests – haben in dieser Hinsicht weit bessere Chancen, die Anforderungen zu erfüllen.

Wenn – wie dies in der diagnostischen Praxis die Regel ist – neben dem Testergebnis noch andere Informationen für die individuelle Eigenschafts- oder Eignungsbeurteilung herangezogen werden, so reduziert sich die Anforderung an den Validitätskoeffizienten je nach der Gewichtigkeit dieser Informationen auf Werte von $r_{tc} \geqq 0,5$.

Bei der individuellen Begutachtung gilt das Interesse des Psychologen ausschließlich dem jeweiligen Pb. Anders liegt der Fall bei der Eignungsauslese.

2. Die nicht-individuelle Auslese
Hierbei vertritt der Psychologe in erster Linie das Interesse des Betriebes. Es kommt darauf an, möglichst viele voraussichtlich erfolgreiche Bewerber herauszufinden; wobei die Frage, ob dem einen oder anderen Bewerber vielleicht „Unrecht" geschieht, nicht gestellt wird. Wie hoch soll nun die Validität für eine solche Auslese sein? Die Beantwortung dieser Frage hängt von dem jeweils bestehenden Verhältnis von Angebot an Bewerbern und Arbeitskräftebedarf des Betriebes sowie dem Prozentsatz Geeigneter in der Bewerbergruppe ab. In Kapitel 15.4.2 wird darauf ausführlich eingegangen werden[1]).

3. Der Gruppenvergleich
Bei Fragestellungen, die auf Unterschiede eines Persönlichkeitsmerkmals bei verschiedenen sozialen Gruppen abzielen, ist zu fordern, daß der Validitätskoeffizient im Verhältnis zum Reliabilitätskoeffizienten – der in diesem Falle ja ausnahmsweise niedrig sein darf – relativ hoch liegt. Nur dann darf man sicher sein, daß sich der gefundene Unterschied tatsächlich auf das fragliche Persönlichkeitsmerkmal bezieht; anderenfalls läßt sich der Unterschied nicht interpretieren, da man nicht weiß, ob er durch das Persönlichkeitsmerkmal, das der Test prüfen soll, oder durch ein anderes, das er stattdessen tatsächlich prüft, verursacht worden ist.

11.9.2 Allgemeine Richtlinien über die erforderliche Höhe von Validitätskoeffizienten

1. Ein Test muß in einem solchen Umfange valide sein, daß seine Anwendung eine bessere Voraussage ermöglicht als seine Unterlassung. Das klingt banal; wenn man jedoch daran denkt, daß diese Bedingung für so manchen Test,

---

[1]) Zu den Problemen der Auslese vgl. auch CRONBACH and GLESER (1957, 1965), die sie auf der Grundlage der Entscheidungstheorie behandeln. S. hierzu auch MICHEL und MAI (1968).

der in der Praxis gerne verwendet wird, nicht erfüllt ist, so wird man sich prinzipiell mit jedem Validitätskoeffizienten zufrieden geben müssen, der sich statistisch auf der 1%-Stufe sichern läßt, der also einen wahren Zusammenhang zwischen Test und Kriterium anzeigt. Es liegen mehrere Untersuchungen vor, die zeigen, daß Tests mit Validitätskoeffizienten um 0,3 von praktischer Bedeutung waren.

2. Ein neu entwickelter Test muß eine höhere Validität besitzen als ein bisher verwendeter Test für den gleichen Validitätsbereich. Liegt beispielsweise ein Schuleingangstest mit einer Validität von $r_{tc} = 0{,}5$ bereits vor, so wird ein neuer Schuleingangstest einen Validitätskoeffizienten nachweisen müssen, der signifikant höher liegt als 0,5. Eine Ausnahme von diesem Prinzip wäre nur dann zu machen, wenn der neue Test gegenüber dem alten erheblich ökonomischer (z. B. kürzere Testzeit, weniger Materialverbrauch) ist.
3. Tests mit Validitätskoeffizienten unter 0,3 sind – auch wenn sie statistisch gesichert sind – für eine alleinige Verwendung nahezu nutzlos. Im Rahmen einer Testbatterie können sie dagegen gute Dienste leisten, besonders wenn sie mit anderen Tests der Batterie niedrig korrelieren (vgl. Kap. 14).
4. Höhere Validität muß von einem Test dann gefordert werden, wenn von seinem Resultat für den beurteilten Pb eine wichtige Entscheidung abhängt, d. h. wenn ein Fehlurteil sich für ihn sehr nachteilig auswirken würde.
5. Ein Test, der an einem zulänglichen und reliablen Kriterium validiert wurde, muß eine höhere Validität haben als ein Test, bei dem dies nicht möglich war.
6. Wenn die Validität eines Tests für die Unreliabilität des Kriteriums minderungskorrigiert wurde, so muß der Validitätskoeffizient einen höheren Wert annehmen, als üblicherweise unter sonst gleichen Umständen zu fordern wäre.
7. Die Validität eines Tests soll zu seiner Ökonomie umgekehrt proportional sein. Ein Individualtest von 90 Minuten Dauer muß z. B. wesentlich valider sein als ein Gruppentest von 20 Minuten Dauer, wenn er neben diesem bestehen soll.
8. Ein Validitätskoeffizient ist allgemein dann höher einzuschätzen, wenn der Reliabilitätskoeffizient des Tests an der unteren Grenze des Normbereiches liegt. In diesem Falle hat der Test durch Verlängerung gute Weiterentwicklungschancen.
9. Der Validitätskoeffizient ist auch danach zu beurteilen, ob das durch den Test geprüfte Persönlichkeitsmerkmal ohne Verwendung von Testverfahren leicht oder schwer zu erfassen ist.
10. Die Anforderungen an die Höhe der Validität wachsen auch mit dem Zeitraum, für den die Voraussage gelten soll. Naturgemäß geht bei langfristiger Voraussage ein Lernfaktor mit ein, der bekanntlich individuell sehr variabel ist und daher die Sicherheit der Voraussage herabsetzt.

Für die Prognose ist grundsätzlich nur die praktische Validität von Belang; für die Diagnose, bei der es mehr auf Verstehen und Erklären ankommt, sind logische und faktorielle Validität und die darauf basierenden Beschreibungen oft aufschlußreicher als die praktische Validität. Zwar schließt die logische Validität die Ermittlung eines Validitätskoeffizienten aus, jedoch kann man für Vergleichszwecke in diesem Fall den Validitätskoeffizienten theoretisch gleich der Wurzel aus dem Reliabilitätskoeffizienten setzen.

Kapitel 12

DIE TESTEICHUNG

12.1 Probleme, Planung und Durchführung der Eichung

Ist die Kontrolle der Güteeigenschaften eines Tests zufriedenstellend ausgefallen, so führt der nächste Schritt in der Testentwicklung in die letzte Phase der Standardisierung, die *Eichung*. Sie ist lange nicht so bedeutsam, wie allgemein angenommen wird. Meist ändert sich nämlich an den wichtigen Teststatistiken wie Mittelwert und Streuung gegenüber den Kontrollstichproben nur noch wenig, zumal wenn für Reliabilitäts- und Validitätsprüfung einigermaßen repräsentative Stichproben erfaßt wurden.

12.1.1 Reliabilität und Eichung

Eine spezielle Eichung ist unerläßlich, wenn der Test einen *weiten Geltungsbereich* beansprucht und auch wenn *Gruppen-Normen* vorgesehen sind. Eine Eichung an einer großen Stichprobe ist – so seltsam wie es klingen mag – jedoch nur dann ein Vorteil im Sinne einer präziseren Vergleichbarkeit der individuellen Testergebnisse, wenn der Test die für einen standardisierten Test notwendige Reliabilität besitzt; andernfalls übertrifft der *Standardmeßfehler* (vgl. Kap. 15.1) bei weitem die Ungenauigkeiten der Vergleichsskala.

Wir wollen diese Zusammenhänge an einem Beispiel veranschaulichen: Angenommen, die Normenskala entspräche einer Holzlatte. Durch die Eichung werden die Marken für die Längenmessung auf die Holzlatte gesetzt. Die Vergrößerung der Eichstichprobe und damit die Vermehrung der Testresultate führt zuerst schnell, dann immer langsamer zur Präzisierung der Marken (dm → cm → mm) und damit zu einer immer feineren Einteilung der Skala bis hin zu einer Annäherung an die ideale Meterskala.

Nun nehmen wir an, die Messung der einzelnen Objekte würde einmal mit einem straffen Gummiband (hohe Reliabilität), das andere Mal mit einem sehr dehnbaren Gummiband (geringe Reliabilität) ausgeführt. Nach jeder Messung wird die auf dem Gummiband markierte Länge des Objektes an die geeichte Holzlatte gelegt und das Meßergebnis abgelesen. Es leuchtet ohne weiteres ein, daß eine auch noch so genaue Holzlattenskala keine Rückschlüsse auf die Ausdehnung des gemessenen Objektes zuläßt, wenn zur Messung ein sehr dehnbares Gummiband verwendet wurde. Es ist in diesem Falle gleichgültig, ob die Skala etwas genauer oder etwas weniger genau ist, man wird immer nur eine grobe Längenschätzung vornehmen können. Die feine Skaleneinteilung ist sinnlos. Die Skalengenauigkeit erhält erst in dem Augenblick ihre Bedeutung, wenn das Meßband straffer, also weniger dehnbar wird.

Ganz analog liegen die Dinge für den Test als Meßinstrument mit einer bestimmten Reliabilität, die Testnormen als Vergleichsskala und die Größe der Eichstichprobe. Alles muß in einem vernünftigen Verhältnis zueinander stehen. So kommt für Tests mit einer niedrigen Reliabilität in der Regel nur eine sog. *Grobnormierung* in Frage, wie z. B. eine Normierung nach Quartilen. Und nur für hochreliable Tests lohnt es sich, sie an großen Eichstichproben zu normieren. Bei Tests mit durchschnittlicher Reliabilität wird es weniger auf den Umfang als auf die *Repräsentativität* der Eichstichprobe ankommen.

Damit ist bereits ein Kardinalproblem der Eichung aufgeworfen: Wie kann man bei relativ kleinem Stichprobenumfang gute Repräsentativität erreichen?

12.1.2 Die Organisierung einer Eichstichprobe

In der Praxis der Testentwicklung ist es häufig so, daß die zufällige Erfassung einer repräsentativen Eichstichprobe von der Größe $1000 < N < 10000$ mehr Mühe erfordert und oft weniger effektiv ist als die systematische Organisierung einer Eichstichprobe nach genau definiertem Plan.

Die Technik der öffentlichen Meinungsforschung hat hier bahnbrechende Fortschritte gemacht. Zwei Möglichkeiten der Stichprobenorganisation haben sich besonders bewährt:

- die Gebietsstichprobe,
- die Quotenstichprobe.

Ad 1: Eine **Gebietsstichprobe** wird in der Weise organisiert, daß man einen Staat, ein Land oder einen Bezirk in Bereiche einteilt, von denen jeder einem Mitglied des Eichungsstabes überantwortet wird. Der Eichungsstab ist gewöhnlich ein Psychologengremium, dessen Mitglieder meist an den Orten ihrer Tätigkeit auch ihren Wohnsitz haben. Bei großen Eichstichproben sammelt jeder Mitarbeiter weitere Helfer um sich und organisiert die lokale Durchführung der Eichung. Diese besteht bei der Gebietsstichprobe darin, daß jeder Helfer genaue Anweisungen und einen entsprechenden Schlüssel erhält, nach dem er bestimmte Personen einer bestimmten Ortschaft oder eines bestimmten Stadtbezirkes aufzusuchen und zu testen hat.

Könnte man bei der Organisierung der Gebietsstichprobe konsequent verfahren und müßte man nicht mit allzu vielen Verweigerungen rechnen, so würde man sicher mit einer relativ kleinen Stichprobe auskommen. Die Gebietsstichprobe ist erfahrungsgemäß wesentlich verläßlicher als jede andere Eichstichprobenorganisierung. Sie ist jedoch auch mit erheblich mehr Aufwand verbunden als etwa die Organisierung von Quotenstichproben, da die zu testenden Personen festgelegt und ihre Auswahl nicht dem Ermessen des Eichhelfers anheimgestellt ist. Aus diesem Grunde wird die Gebietsstichprobe für die Eichung eigentlich recht selten verwendet.

Ad 2: Die Organisierung einer **Quotenstichprobe** geht so vor sich, daß zunächst das Populationsverhältnis der für den Test relevanten sozial-ökonomischen Gruppen ermittelt und der Plan für die Zusammensetzung der Eichstichprobe dementsprechend ausgerichtet wird. So sollten bei einem großen Testprogramm in jedem Bundesland der Bundesrepublik 50% männliche und 50% weibliche Pbn, zugleich aber auch ein repräsentativer Anteil von Land- und Stadtbevölkerung getestet werden (in Bayern z. B. 60% Landbevölkerung und 40% Stadtbevölkerung, in Hamburg als Bundesland 95% Stadt- und nur 5% Landbevölkerung). Analoge Aufgliederungen müssen für Bildungs- und Berufsstände durchgeführt werden. Aus einer solchen Aufgliederung ergibt sich schließlich die Aufgabe des einzelnen Eichhelfers. Er hat z. B. in seinem Bereich 50 Pbn des Arbeiterstandes, 15 weibliche und 35 männliche, je zur Hälfte vom Land und aus der Stadt zu testen, ferner hat er bei 20 Hausfrauen, 20 Akademikern usw. den Test durchzuführen. Wen der Eichhelfer dabei auswählt, d. h. die Bestimmung der Person des einzelnen Pb, bleibt ihm überlassen. Diese Willkür ist offenbar der Grund dafür, warum Quotenstichproben im allgemeinen nicht so repräsentativ sind wie Gebietsstichproben. Meist wird nämlich bei der Quotenstichprobe die Personengruppe mit dem niedrigsten Bildungsniveau in zu geringem Umfange erfaßt, wenn das Bildungsniveau nicht genau festgelegt und in den Schlüssel mit aufgenommen wurde.

Verschiedentlich wird bei der Testeichung auch eine **sekundäre Quotenstichprobe** organisiert. Man nimmt hierbei zunächst alle sich bietenden Möglichkeiten zur Sammlung von Testresultaten wahr und gruppiert diese Resultate dann nach Quotengesichtspunkten. Für die Berechnung der Normen werden dann jeweils nur soviele Pbn zufällig nach den sozial-ökonomischen Auswahlkriterien für die Eichstichprobe ausgewählt, wie anteilmäßig in der Gesamtpopulation vertreten sind.

Die praktisch bedeutsamsten Auswahlkriterien sind für Erwachsene: 1. der Beruf, 2. das Alter, 3. das Geschlecht, 4. die Einkommensklasse, 5. die Wohngegend. Unter Umständen genügt auch die Berücksichtigung der ersten drei Kriterien, Beruf, Alter und Geschlecht, für die Organisierung einer sekundären Quotenstichprobe.

Bei Kindern und Jugendlichen, die ja fast immer – auch bei der Normierung von *Individualtests* – im Rahmen der Schule erfaßt werden, spielen in erster Linie das Alter und sein Äquivalent – die Schulklasse, in zweiter Linie der Schultyp und schließlich der väterliche/mütterliche Beruf als Auswahlkriterien eine Rolle. Hat man Gelegenheit, ganze Schulen als sog. *Clusterstichproben* zu testen, so wird man sich über die Schulbehörden vergewissern, inwieweit die betreffenden Schulen als repräsentativ für die zu eichende Schülerpopulation gelten können.

Soll eine sekundäre Quotenstichprobe tatsächlich eine ideale Stichprobenauswahl liefern, so wird etwa folgendermaßen vorzugehen sein: Man legt zunächst die Auswahlkriterien fest, z. B. das Alter in drei Altersklassen A_1 bis A_3, den Beruf in vier Berufsklassen B_1 bis B_4 und das Geschlecht mit den Klassen G_1 und G_2. Daraus ergeben sich $3 \cdot 4 \cdot 2 = 24$ Kombinationsmöglichkeiten, deren relative Populationshäufigkeit man aus den Daten eines bevölkerungsstatistischen Amtes errechnen kann. So mag sich etwa ergeben, daß die Kombination $A_2B_2G_2$ (weibliche Angestellte im Alter von 30 bis 45 Jahren) 4% der Gesamtbevölkerung ausmacht; daß die Kombination $B_1A_3G_1$ (Arbeiter von 45 bis 60 Jahren) mit 5,5% vertreten ist usw. Schließlich erhält man eine Verteilungsübersicht nach Art der Tab. 12.1.

Jetzt erhält jeder Pb der primären Eichstichprobe eine Nummer, die auf der einen Seite eines Kartonblättchens steht. Auf die andere Seite werden die Symbole für die Auswahlkriterien, die für den betreffenden Pb gelten, geschrieben, z. B. $A_1B_2G_1$.

Die signierten Kartonblättchen werden alle zusammen in einen Behälter – die „Rohwerte-Urne" – gegeben. Nun entnimmt man nach Zufall der Urne laufend Kärtchen und teilt sie jeweils einer der 24 Kriterienkombinationen – dem entsprechenden Feld in Tab. 12.1 – zu, bis jedes Feld mit der geforderten Anzahl belegt ist (z. B. bei einer Teilstichprobe von 200 das Feld $A_1B_2G_1$ mit 15 Kärtchen, $2 \cdot 7{,}6 = 15{,}2$). Zieht man später noch ein Kärtchen mit der gleichen Kriteriensignatur, nachdem das Feld schon ausreichend gefüllt ist, so wird dieses wieder in die Urne zurückgelegt und ein neues gezogen. Sobald das Tabellenfeld 200 Kärtchen enthält, wird es abgeräumt; die auf den Kärtchen bezeichneten Pbn gelten als in die Quotenstichprobe aufgenommen. Nun verfährt man ein zweites und ein drittes Mal in derselben Weise, bis mehrere Einzelfelder nur noch unvollständig besetzt werden können. Der verbleibende Kärtchenrest wird ausgeschieden, d. h. die ihnen entsprechenden Pbn werden für die Normenberechnung nicht mehr verwendet.

Tabelle 12.1		B_1	B_2	B_3	B_4
A_1	G_1		7,6%		
	G_2				
A_2	G_1				
	G_2		4,0%		
A_3	G_1	5,5%			
	G_2				

A = Alter; A_1 von 15–30, A_2 von 30–45, A_3 von 45–60.
B = Beruf; B_1 Arbeiter, B_2 Angestellte, B_3 Beamte, B_4 Freiberufliche
G = Geschlecht; G_1 männlich, G_2 weiblich.

Man braucht sich bei diesem Verfahren weiter nicht zu wundern, wenn unter Umständen nur die Hälfte der gewonnenen Testwerte der Normierung zugrundegelegt werden können. Wieviele Pbn ausgeschieden werden müssen, hängt davon ab, wie repräsentativ die primäre Eichstichprobe war. Der möglicherweise nur kleine Umfang der sekundären Quotenstichprobe sollte keinesfalls dazu verleiten, Konzessionen bei der Auswahl zu machen, um die Stichprobe zu vergrößern. Man denke stets daran, daß Normen aus einer wirklich repräsentativen Stichprobe von wenigen 100 Pbn wertvoller sind als solche von mehreren 1000 Pbn aus einer nicht repräsentativen Stichprobe.

Eine große ökonomische Ersparnis bedeutet es, wenn man die Testdurchführung bei der Eichung in Gruppen vornehmen kann; was bei Gruppentests sogar unerläßlich ist, da die Gruppensituation eine normenbeeinflussende Variable darstellt.

Die genannten Stichproben-Erhebungsmethoden werden allerdings nur für Tests von hohem Allgemeinheitsgrad, also weitem Geltungsbereich, angewendet werden.

12.1.3 Der Umfang der Eichstichprobe

Die für die Eichung nötige *Stichprobengröße* hängt von verschiedenen Faktoren ab:

1. Ein wichtiger Faktor ist die Art der angestrebten Normen. Für einen *informellen* Test etwa, durch den lediglich entschieden werden soll, zu welchem Quartil der Testverteilung ein Pb zu rechnen ist, genügen bereits 50 bis 100 zufällig herausgegriffene Pbn. Bei einem Test mit *Standardnormen* hingegen sollten wie bei Meinungsumfragen mindestens 1000 Pbn der Eichung zugrundegelegt werden.
2. Ein anderer wichtiger Faktor ist die bereits in diesem Zusammenhang diskutierte *Testreliabilität*; sie steht auch mit der Normenwahl insofern im Zusammenhang, als nur für hinreichend reliable Tests Standardnormen in Erwägung gezogen werden sollten. Je höher die Reliabilität, um so mehr wird der Test durch Vergrößerung der Eichstichprobe an Präzision gewinnen.
3. Ein weiterer Gesichtspunkt in Bezug auf die Größe der Eichstichprobe betrifft den *Geltungsbereich.* Ein allgemeiner Intelligenztest für die gesamte erwachsene Bevölkerung wird an einigen 1000 Pbn zu eichen sein, während man bei einem Test für die Auslese von Büroangestellten mit einer Stichprobe von einigen 100 Pbn bei der Eichung auskommen kann.
4. Ein letzter Faktor schließlich ist die *Heterogenität* der Testpopulation. Je vielschichtiger die Population ist, für die der Test gelten soll, um so größer sollte die Eichstichprobe sein. Ein Test für Berufsschüler muß z. B. auf breiterer Basis normiert werden als ein Test für Gymnasiasten, nicht nur weil der erstere für eine größere Testpopulation gedacht ist, sondern auch weil diese Population soziologisch uneinheitlicher zusammengesetzt ist.

12.1.4 Die Durchführung der Eichung

Für die Durchführung der Eichung gelten dieselben Richtlinien, wie für die Reliabilitäts- und Validitätsüberprüfung: genaueste Einhaltung der vorgeschriebenen Durchführungsbedingungen und gewissenhafte Auszählung der Ergebnisse durch alle an der Eichung beteiligten Mitarbeiter und Helfer.

Vor der Unterstützung durch Helfer, die selbst kein unmittelbares, sondern vielleicht nur ein finanzielles Interesse an dem Fortgang der Eichung haben, sei gewarnt. Auch sollte man eine übereilte und zeitlich gedrängte Testeichung vermeiden und sie vorher bis ins Detail durchplanen. Gewiß ist es verständlich, daß man einen Test, nachdem er alle Hürden erfolgreich bestanden hat, möglichst bald seinem Zweck zuführen möchte; jedoch wird sich Geduld in diesem Stadium der Testentwicklung mehr noch als in jedem anderen bezahlt machen.

12.2 Die Analyse der Eichstichprobenverteilung

12.2.1 Die Häufigkeitsverteilung der Testrohwerte

In Kapitel 8 wurde ausführlich über die *Analyse der Häufigkeitsverteilung* gesprochen, um eine möglichst gute Annäherung der beobachteten Rohwerteverteilung an die *Normalverteilung* zu erreichen; und zwar in der Absicht, für die Normierung über eine lineare Transformation die günstigsten Voraussetzungen zu schaffen.

Den Erfolg dieser Bemühungen wird die Auszählung und die graphische Darstellung der Ergebnisse der Eichung hinlänglich erweisen. Die Annäherung an eine Normalverteilung kann unter Umständen so deutlich sein, daß sich eine statistische Überprüfung erübrigt; gelegentlich kann jedoch, obwohl die Analysenstichprobe normal verteilt war, die Verteilung der Eichstichprobe auch mehr oder weniger auffällig von der Normalität abweichen. In diesem Falle wird sich eine *Anpassungsprüfung* der Eichstichprobenverteilung mit der χ^2-Methode (vgl. Kap. 8.1.2) empfehlen. Der χ^2-Test ist vor allem für die Erfassung nicht zufälliger Unregelmäßigkeiten geeignet. Bei großer Streuung der Testrohwerte erweist es sich als zweckmäßig, diese in 10 bis 15 Klassen einzuteilen, damit nicht rein zufällige Unterschiede ein zu großes Gewicht erhalten.

Glatte Häufigkeitskurven mit Neigung zu *Schiefe* oder *Exzess* sollten auf die entsprechenden Kennwerte (vgl. Kap. 8.1.2) hin untersucht werden. Bei signifikanter Schiefe kann der Versuch einer *logarithmischen* Darstellung – eventuell unter Verwendung einer additiven Konstanten – gemacht werden. Gelingt dies ohne jegliche Schwierigkeit, so sind die Gesetze der Normalverteilung zweiter Art gültig[1]).

Ein einfaches, aber für diesen Zweck durchaus zureichendes Verfahren der Normalitätsüberprüfung stammt von DAEVES und BECKEL (1942): Man bildet für alle Rohwerte die kumulativen Frequenzen (prozentual auf N bezogen) und stellt diese als Summenkurve in einem *Wahrscheinlichkeitsnetz* auf sog. Wahrscheinlichkeitspapier dar; eine ideale Normalverteilung transformiert sich im Wahrscheinlichkeitsnetz als Gerade. Im logarithmischen Wahrscheinlickeitsnetz kann man auch schiefe Verteilungen als Geraden darstellen, wenn diese Normalverteilungen zweiter Art entsprechen. Solche „*Häufigkeitspapiere*“ sind auch für die schnelle graphische Bestimmung von Prozentrangplätzen außerordentlich praktisch, weshalb es lohnend ist, sich auf sie einzuarbeiten.

12.2.2 Varianzanalyse und Homogenitätsprüfung bei der Aufstellung von Gruppennormen

Wenn nicht nur Gesamtnormen, sondern auch *Gruppennormen* (für Altersstufen, Berufskategorien etc.) erstellt werden sollen, so muß das Eichmaterial nach diesen Gruppen aufgegliedert und die Häufigkeitsverteilungen dieser Gruppen ebenfalls auf Normalität überprüft werden. Es ist durchaus möglich, daß – obzwar die Gesamtverteilung in etwa normal sein mag – einzelne Gruppenverteilungen erheblich von der Normalität abweichen, was praktische Konsequenzen insofern nach sich zieht, als die Normen für diese Gruppen korrekterweise nicht als Standardnormen ausgedrückt werden dürfen. Man hilft sich dann in der Weise, daß man entweder solche Normen berechnet, die keine Normalverteilung voraussetzen (z. B. *Prozentränge*), oder daß man für die abweichenden Gruppen sogenannte *Standardwert-Äquivalente* ermittelt, für einen Prozent-

[1]) Vgl. dazu Anmerkung [2]) auf S. 158

rangplatz einer anormalen Verteilung also etwa den entsprechenden Z-Wert angibt.

Daß die Mittelwerte der separat zu normierenden Gruppen sich unterscheiden, wird von vornherein erwartet; nicht in dem gleichen Maße rechnet man jedoch mit der Möglichkeit, daß auch die Varianzen der einzelnen Gruppen erheblich differieren können.

Hier erhebt sich für den Testautor die wichtige Frage nach der Berechtigung oder sogar Verpflichtung zur Aufstellung von Gruppennormen; eine Frage, die ein heikles stichproben-statistisches Problem aufwirft: die Prüfung der *Stichprobenhomogenität*.

Daß dieses Problem auch von praktischer Bedeutung ist, wird klar, wenn es zu entscheiden gilt, welche Varianz den Gruppennormen zugrundegelegt werden soll. In Frage kommt: 1. die Gruppenvarianz, die sich aus der jeweiligen Gruppe empirisch ergibt und zunächst als die einzig mögliche erscheinen mag, 2. die sogenannte *Varianz innerhalb* der Gruppe, die über eine Varianzanalyse zu ermitteln wäre und gewissermaßen einen gewogenen Durchschnitt aller Gruppenvarianzen repräsentiert[1]).

Die empirischen Gruppenvarianzen haben zweifellos den Vorteil, daß sie direkt aus einer mehr oder weniger repräsentativen Stichprobe derjenigen Pbn, für die die Gruppennormen berechnet werden sollen, gewonnen sind. Sie haben aber den mitunter großen Nachteil, daß diese Stichproben nur relativ klein sind und dadurch die aus ihnen ermittelten Gruppenvarianzen für die entsprechende Teilpopulation zu groß oder zu klein werden, weil sich eben der Stichprobenfehler bei kleinen Gruppen sehr nachteilig auswirken kann.

Demgegenüber hat die Verwendung einer durchschnittlichen Gruppenvarianz (= Varianz innerhalb der Gruppen) den Vorteil, daß diese auf der unter den gegebenen Umständen größtmöglichen Anzahl von Pbn beruht; wobei allerdings eine – zunächst weder bewiesene noch widerlegte – Annahme mit eingeht, nämlich die, daß die Gruppenvarianzen für alle Gruppen in etwa gleich sind. Diese Hypothese läßt sich statistisch überprüfen. Der Nachteil einer durchschnittlichen Gruppenvarianz liegt darin, daß etwaige reale Streuungsunterschiede zwischen den Gruppen unbeachtet bleiben. Die Verwendung einer durchschnittlichen Gruppenvarianz ist dann besonders zweckmäßig, wenn sich die Gruppen gleichzeitig nach zwei Merkmalen konstituieren, z. B. die Gruppe der Tischlerlehrlinge des 2. Lehrjahres. Auch in einer umfangreicheren Eichstichprobe für einen Berufseignungstest wird es nicht sehr viele Tischlerlehrlinge im 2. Lehrjahr geben, so daß die auf sie gegründete Varianz mit einem großen Stichprobenfehler behaftet sein kann. Man schützt sich gegen eine allzu große Unsicherheit in dieser Hinsicht, indem man nur für Gruppen von $N > 100$ Pbn Normen über die einzelnen Gruppenvarianzen berechnet.

Wir empfehlen, vor der Entscheidung, ob man Gruppennormen bilden und – wenn ja – welche Streuung man ihnen zugrundelegen soll, eine *Varianzanalyse* und ein *Homogenitätstest* durchzuführen, die in der Tat Fehlentscheidungen vermeiden helfen:

---

[1]) Eine leicht verständliche Darstellung der Varianzanalyse gibt MITTENECKER (1981); sehr zu empfehlen ist auch HAYS (1963); vgl. ferner WINER (1962) und BORTZ, Kap. 7 (1984).

a) Die Varianzanalyse der Gruppenmittelwerte

Die Varianzanalyse dient der Feststellung, ob sich die Gruppenmittelwerte signifikant – möglichst auf der 1%-Stufe – unterscheiden. Die Signifikanz allein bedeutet aber noch keineswegs eine Verpflichtung zur Aufstellung von Gruppennormen, sondern lediglich das Recht hierzu; denn erstens hängt die Signifikanz von der Größe der Eichstichprobe ab, so daß bei entsprechend großem Gruppenumfang auch numerisch geringe Unterschiede gesichert werden können, und zweitens spielt der Faktor der *Testreliabilität* bei der Entscheidung darüber, ob Gruppennormen aufgestellt werden sollen, eine Rolle: Je geringer die Reliabilität, um so weniger besteht ein Anlaß zur Aufstellung separater Gruppennormen. Bei zahlenmäßig geringen Mittelwertunterschieden wird nur ein hochreliabler Test normenmäßig aufgegliedert werden dürfen.

b) Die Homogenitätsprüfung der Gruppenvarianzen

Während die Frage der Gruppennormen durch die Varianzanalyse prinzipiell geklärt werden kann, bleibt die Frage nach der für die Normierung am besten geeigneten Varianz offen. Sie ist eng mit der Frage nach der Varianzhomogenität der Eichstichprobe verknüpft und entscheidet letztlich auch über die Durchführung einer Varianzanalyse, so daß die Homogenitätsprüfung zeitlich vor der Varianzanalyse in Angriff genommen werden sollte.

Die folgenden Überlegungen werden durch ein Rechenbeispiel erläutert:

Rechenbeispiel Nr. 12.1:

Ein Test über formale Bildung sei an $N = 4500$ Jugendlichen bis zu 18 Jahren geeicht worden. Es steht zur Debatte, ob eine durchschnittliche oder eine gruppenspezifische Varianz den Normen für die einzelnen Schultypen zugrundegelegt werden soll. Tabelle 12.2 zeigt die nach 8 Gruppen aufgegliederten Ergebnisse:

Tabelle 12.2

j	Gruppen $k = 8$	Stichproben-umfänge N_j	Varianz s_j^2	Gruppen-mittel $\bar{X}_j$
1	Grundschulen	1250	24,7	26,7
2	Hauptschulen	900	22,0	29,2
3	Berufsschulen	300	28,1	30,6
4	Realschulen	450	20,0	36,2
5	Fachoberschulen	300	23,1	35,4
6	Gesamtschulen	500	19,4	40,9
7	Gymnasien	300	19,6	41,1
8	Kollegstufen	500	14,7	43,8

In Tab. 12.2 sind $k = 8$ Eichgruppen von Schülern unterschiedlichen Stichprobenumfangs N_j (von 300 bis 1250) und deren Testwertvarianzen aufgelistet. Auch ohne einen Varianzhomogenitätstest durchzuführen, erkennt man, daß eine Heterogenität besteht: Berufsschüler haben mit $s^2 = 28{,}1$ eine doppelt so hohe Varianz wie Kollegstufenschüler mit $s^2 = 14{,}7$. Diese beiden Gruppen wären separat zu normieren, während die übrigen $k = 6$ Gruppen zusammengeworfen und gemeinsam normiert werden sollten, da deren Varianzen (in den Grenzen von 19,6 bis 24,7) genügend homogen erscheinen. Ein *Bartlett-Test* auf Varianzhomogenität, wie er noch in der vorangegangenen Auflage für Tab. 12.2 durchgeführt wurde, sollte vermieden werden, weil er auch schon bei geringeren Varianzunterschieden signifikant wird, wenn die Gruppenumfänge N_j die Größe der Tab. 12.1 annehmen. Führt man ihn dennoch durch, dann sollte seine Prüfgröße, hier $\chi^2 = 65{,}69$ in eine Maßzahl der Varianzhomogenität wie etwa Pearsons Kontingenzkoeffizient

$$C = \sqrt{\frac{\chi^2}{N + \chi^2}} \tag{12.1}$$

umgewandelt werden. Sie beträgt für $N = 4450$ in Tab. 12.2 nur $C^2 = 65{,}69/(4500 + 65{,}69) = 0{,}01439$ oder $C = 0{,}12$.

Solange C^2 den Wert 0,01 oder C den Wert 0,1 nicht wesentlich übersteigt, sollte Varianzhomogenität angenommen und der Test für das Gesamt der vereinten k Gruppen normiert werden.

Varianzhomogenität zwischen den $k = 8$ Gruppen in Tab. 12.2 ist jedoch nur eine notwendige, aber nicht eine hinreichende Voraussetzung für die Erstellung von Gesamtnormen. Sie ist nur zulässig, wenn auch die Testmittelwerte der k Gruppen homogen, also annähernd gleich sind. Sind sie ungleich, dann müssen die k Gruppen auch dann gesondert normiert werden, wenn ihre Varianzen homogen sind.

In Tab. 12.1 sind die Gruppenmittelwerte $\bar{X}_j$ des Tests über formale Bildung offenbar inhomogen: Die Grundschüler in Tab. 12.2 haben mit 26,7 den niedrigsten Mittelwert und sollten daher separat normiert werden. Hauptschüler und Berufsschüler haben mit 29,2 und 30,6 etwa gleiche Mittelwerte; sie dürfen daher gemeinsam normiert werden. Gleiches gilt für Realschüler (36,2) und Fachoberschüler (35,4) in Tab. 12.1. Auch Gesamtschüler (40,9), Gymnasiasten (41,1) und Kollegstufenschüler (43,8) mögen zu einer gemeinsamen Normierungsgruppe zusammengefaßt werden.

Auf Mittelwertsunterschiede zwischen den Normierungsgruppen in Tab. 12.1 prüft man mittels Varianzanlyse und nachgeschobenem SCHEFFÉ-Test. Aber auch hier gilt, daß bei den großen Stichprobenumfängen N_j auch numerisch kleine Mittelwertsunterschiede als signifikant beurteilt werden.

Um den Effekt der großen Stichprobenumfänge zu eliminieren, empfehlen wir statt der Prüfgröße t das Unterschiedsmaß

$$T = \frac{\bar{X}_j - \bar{X}_k}{s_{jk}} \tag{12.2}$$

zu berechnen, also die Mittelwertsunterschiede in Einheiten der ihnen gemeinsamen Standardabweichung s_{jk} zu messen, dabei ist

$$s_{jk} = \sqrt{(s_j^2 + s_k^2)/2} \tag{12.3}$$

in 12.1. als Schätzwert der den Gruppen j und k gemeinsamen Standardabweichung einzusetzen. Das Maß T der Mittelwertsinhomogenität sollte den Grenzwert von 0,2 möglichst nicht übersteigen, wenn die beiden Gruppen gemeinsam normiert werden sollen.

Beurteilt man nach diesem Vorschlag, ob in Tab. 12.1 Realschüler ($\bar{X}_4$) und Fachoberschüler ($\bar{X}_5$) zusammengefaßt werden dürfen, so gilt nach den Formeln (12.2) und (12.3)

$$T = \frac{36{,}2 - 35{,}4}{\sqrt{(20{,}0 + 23{,}1)/2}} = \frac{0{,}8}{4{,}6} < 0{,}2\,.$$

Damit wäre die Zusammenfassung dieser beiden Gruppen legitimiert.

Nach Art dieses Beispiels können jeweils eine Analyse der Eichungsresultate vorgenommen und die entsprechenden Schlußfolgerungen in Bezug auf die Aufstellung von Gruppennormen gezogen werden.

Eine andere Frage ist dann in diesem Zusammenhang ebenfalls zu entscheiden: Sollen sowohl Gesamt- wie auch Gruppennormen berechnet werden, oder kann in besonderen Fällen auf Gesamtnormen verzichtet werden? Diese Frage kann nur von den praktischen Erfordernissen her beantwortet werden. Wenn z. B. ein Test altersunterschiedliche Gruppen erfaßt und feststeht, daß das Alter eine effektive Gruppenvariable darstellt, wie etwa beim Entwicklungstest, so werden sich Gesamtnormen selbstverständlich erübrigen, auch wenn sie rechnerisch ohne weiteres ermittelt werden können. Der Test soll in diesem Falle nur die Beurteilung eines Pb innerhalb seiner Altersgruppe ermöglichen. In einem anderen Fall mag jedoch die zweifache Information durch Gesamt- und Gruppennormen durchaus vorteilhaft sein. Ein Pb kann zwar in Bezug auf die Gesamtbevölkerung überdurchschnittlich musikalisch sein, um jedoch seinen Erfolg auf dem Konservatorium voraussagen zu können, müßte man wissen, welchen Rangplatz er unter den Konservatoriumsschülern einnehmen würde (siehe dazu auch RAATZ, 1978).

12.3 Norm-Maßstäbe

Allgemein versteht man unter „*Norm*" einen Vergleichswert, an dem man sich bei der Beurteilung einer Leistung orientiert. Die weit verbreitete Meinung, daß Normen stets in einem eigenen Maßstab ausgedrückt werden müssen, ist irrig; sie können auch als Rohwerte gegeben sein. Die Tatsache jedoch, daß Rohwert-Normen eines Tests nicht mit denen eines anderen Tests für den gleichen oder einen ähnlichen Validitätsbereich verglichen werden können, läßt sie als Normen wenig geeignet erscheinen. Mit Hilfe eines Tests soll also ein einzelner Pb hinsichtlich seiner Testleistung mit einer Gruppe von Pbn, der er soziologisch angehört, verglichen werden können. Dieser Vergleich kann in sehr verschiedener Weise bewerkstelligt werden.

12.3.1 Äquivalenz- und Variabilitätsnormen

Die wichtigste, oft gar nicht als wesentlich beachtete Differenzierung der Normen ist die nach *Äquivalenz*- und *Variablitätsnormen*. Die *Äquivalenznormen* orientieren sich an den Mittelwerten von Gruppen. Der Testwert eines Pb wird als äquivalent zu einem bestimmten mittleren Testwert einer Gruppe angesehen: z. B. die Leseleistung eines bestimmten Kindes ist zur Leseleistung der Gruppe der 8- oder 9-jährigen Grundschüler äquivalent. Das Intelligenzalter (IA) im klassischen Intelligenzquotienten nach STERN: IQ = 100 (IA/LA) ist solch eine Äquivalenznorm (LA = Lebensalter).

Die *Variabilitätsnormen* beziehen sich auf die Streuung der Eichstichprobe oder die einer Teilstichprobe. Es wird festgestellt, in welchem Abstand sich die Leistung eines bestimmten Pb vom Mittelwert befindet, wobei dieser Abstand zweckmäßigerweise in Einheiten der Streuung gemessen wird. Ein und dieselbe Norm kann gelegentlich auch nach beiden Gesichtspunkten definiert werden, der Intelligenzquotient z. B. ist für das Entwicklungsalter als Äquivalenznorm (klassischer IQ), für das Erwachsenenalter als Variabilitätsnorm (psychometrischer IQ oder Abweichungs-IQ nach WECHSLER) festgelegt.

Äquivalenznormen werden im allgemeinen nur dort verwendet, wo Gruppen getestet werden sollen, die sich nach einem quantitativ abgestuften Merkmal unterscheiden und wo gleichzeitig Gesamtnormen nicht notwendig oder nicht sinnvoll sind. Ein typisches Beispiel dieser Art sind die in den USA gebräuchlichen „Grade-Norms" bei Schulfortschritt-Tests. Der Test wird an einer Reihe von Schulklassen geeicht und für jeden Jahrgang ein Leistungsmittel errechnet, nach dem der einzelne Schüler eingestuft wird. Man stellt dann etwa fest, der Schüler A habe die Stufe 4 bereits am Ende des dritten Schuljahres erreicht, oder der Schüler B aus dem fünften Schuljahr habe erst die Stufe $4^1/_2$ erreicht. Alle üblichen Quotienten (IQ, EQ, AQ) sind Relationen solcher Äquivalente auf das Lebensalter.

Als Beispiele für *Variabilitätsnormen* können die üblichen Standardwerte und Prozentrangplätze dienen, die die Stellung eines Pb innerhalb einer Häufigkeitsverteilung angeben.

12.3.2 Einfach- und Mehrfachnormen

Ein Test kann für die gesamte Eichstichprobe, aber auch – wie schon hervorgehoben – zugleich oder ausschließlich für einzelne Gruppen normiert werden. Wir sprechen von *Einfachnormierung*, wenn nur Gesamt- oder nur Gruppennormen berechnet werden, und im Gegensatz dazu von *Mehrfachnormierung*, wenn sowohl Gesamt- wie auch Gruppennormen nach der Eichung vorliegen. Mehrfachnormen sind für den Praktiker sehr wünschenswert, da er dann den fraglichen Pb einmal zur Gesamtpopulation, aber auch zu verschiedenen soziologischen Gruppen und Teilpopulationen in Beziehung setzen kann und so detaillierte Informationen über diesen Pb im Hinblick auf eine Leistung oder Eigenschaft gewinnt. Wenn die Gruppen, aus denen die einzelnen Normen gewonnen worden sind, zu klein oder nicht repräsentativ genug waren, so können die Normen natürlich zu Fehlinterpretationen führen. Darüber wurde im vorigen Abschnitt bereits einiges gesagt.

12.3.3 Standardnormen und Prozentrangnormen

Standardnormen und *Prozentrangnormen* werden leider nur allzu häufig in ihrem wesentlichen Unterschied verkannt. Deshalb soll schon jetzt näher auf sie eingegangen werden, obzwar erst die statistische Ableitung beider Normen (vgl. Kap. 12.4) hinreichende Klärung bringen kann.

Das Wort „Standardnorm" mag pleonastisch klingen; es bedeutet indes, daß diese Art von Normen über die *Standardnormalverteilung* ($\mu = 0, \sigma = 1$) ermittelt wurde, also über eine Verteilung, die als **linearer Verrechnungsmaßstab** für normale Rohwerteverteilungen verschiedener Tests am besten qualifiziert ist. Mit der Standardnormierung verhält es sich ähnlich wie in der internationalen Wirtschafts- und Finanzpolitik mit der Dollarleitwährung, über die der Wert eines Handelsobjektes in Indien mit dem eines anderen in Portugal sofort verglichen werden kann.

Demgegenüber ist die *Prozentrangnorm* keine lineare, sondern eine **Flächentransformation** der Rohwerteverteilung, die den Unterschied zweier Rohwerte vergrößert oder verkleinert, je nachdem, ob sich diese Rohwerte im mittleren oder im extremen Bereich der Verteilung befinden. Der Prozentrang wird außerdem davon mitbestimmt, ob eine normale oder eine anormale Verteilung im konkreten Fall vorliegt. Unter dem Gesichtspunkt des eben angeführten Währungsvergleichs würde man über „Prozentrangdollars" sowohl die billigen wie die teueren Waren jeweils untereinander nicht mehr unterscheiden können, während in der mittleren Preislage von zwei Waren die billigere zu billig und die teuere zu teuer gehandelt werden würde. In anderen Worten: Die Prozentrangnormen lassen die individuellen Testunterschiede im mittleren Bereich in einem Maße hervortreten, wie sie gar nicht vorhanden sind, und nivellieren diese Unterschiede in den extremen Bereichen selbst dann, wenn sie de facto deutlich bestehen. Diese Zusammenhänge sind in Abb. 12.1 anschaulich gemacht, können aber auch aus Tafel 2 des Anhangs ersehen werden.

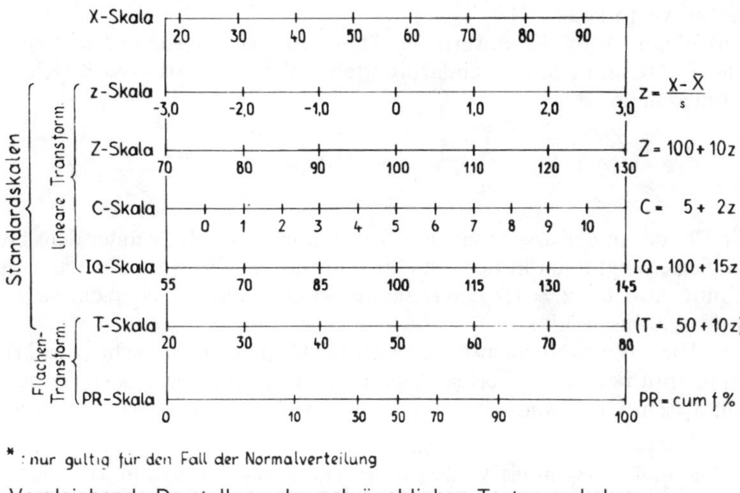

Abb. 12.1: Vergleichende Darstellung der gebräuchlichen Testnormskalen

Die in Abb. 12.1 dargestellten *Standardskalen* werden im nächsten Abschnitt näher erörtert, hier kommt es nur auf die Gegenüberstellung des Standard- und des Prozentrangmaßstabes an. Wenn man sich der Eigenart der Prozentrangskala bewußt ist, steht ihrer Verwendung und sinnvollen Interpretation nichts im Wege.

Wie leicht jedoch Prozentränge zu einer falschen Anschauung führen können, zeigt folgendes Beispiel, dessen Richtigkeit man anhand der Abb. 12.1 mit einem Blick überprüfen kann: Angenommen, von zwei Pbn erhielte einer den Prozentrang 45, der andere einen Prozentrang von 55; von zwei anderen Pbn würde einer den Prozentrang 98 und der anderen den Prozentrang 99 erreichen. Man würde meinen, daß der Unterschied zwischen den ersten beiden Pbn größer sei als der zwischen den letzten beiden, jedoch ist gerade das Gegenteil der Fall.

Da die Prozentränge einen nicht linearen Maßstab repräsentieren, ist es nicht statthaft, mit ihnen algebraisch zu operieren, also etwa für einen bestimmten Pb die Prozentränge aus mehreren Intelligenztests arithmetisch zu mitteln; man muß vielmehr die Prozentränge umrechnen, diese mitteln und das Mittel wiederum in einen Prozentrang verwandeln.

In ihrer Anwendbarkeit unterscheiden sich Standard- und Prozentrangnormen noch in einem anderen wichtigen Punkt: Standardnormen können nur aus normalverteilten Rohwerten errechnet werden, Prozentrangnormen hingegen aus jeder beliebigen Verteilung.

12.3.3.1 Die linearen Transformationen

Jede lineare Transformation kann nach der allgemeinen Gleichung

$$X' = \frac{\sigma}{s} X + \left(\mu - \frac{\sigma}{s} \bar{X}\right) \tag{12.4}$$

durchgeführt werden. Welche speziellen Transformationen kommen nun für die Testpraxis in Frage?[1])

a) Wenn wir die Kennwerte der Standardnormalverteilung wählen, also $\sigma = 1$ und $\mu = 0$, und den so standardisierten Rohwert X' als **z-Wert** (Klein-Zet-Wert) definieren, so ist

$$z = \frac{1}{s} \cdot X + \left(0 - \frac{1}{s} \bar{X}\right) \quad \text{oder einfacher} \quad z = \frac{X - \bar{X}}{s}. \tag{12.5}$$

Ein Pb, der in der ursprünglichen Verteilung z. B. 1 1/2 s unter dem Durchschnitt rangierte, liegt auch in der Standardnormalverteilung 1 1/2 σ unter dem Durchschnitt, also bei z = 1,5 der Standardskala. Praktisch erstreckt sich die z-Skala von −3,0 bis +3,0.

b) Die z-Wert-Normen haben sich in der Testpraxis nicht bewährt, weil man einmal mit negativen Werten und zum anderen mit Dezimalstellen rechnen muß. Um diesem Übelstand abzuhelfen, kam man überein, als Mittelwert $\mu = 100$ und

---

[1]) Eine Einführung in die Verfahren der Transformation gibt FERGUSON (1966), eine ausführliche Darstellung LIENERT (1962)

als Standardabweichung $\sigma = 10$ zu definieren und diesen Standardwert als **Z-Wert** (Groß-Zet-Wert) zu bezeichnen.[1])

$$Z = \frac{10}{s} X + \left(100 - \frac{10}{s} \bar{X}\right) \text{ oder } Z = 100 + 10 \frac{X - \bar{X}}{s} = 100 + 10z . \tag{12.6}$$

Werte von $Z < 70$ oder $Z > 130$ kommen in der Praxis außerordentlich selten vor.

Im Intelligenz-Struktur-Test IST-70 von AMTHAUER (1970) werden Z-Normen verwendet, allerdings unter der Bezeichnung „SW".

c) Eine andere in den USA häufig verwendete Standardtransformation ist die in sogenannte Centil-Normen mit einem $\mu = 5$ und einem $\sigma = 2$. Die Gleichung für den **C-Wert** lautet

$$C = 5 + 2 \cdot \frac{X - \bar{X}}{s} = 5 + 2z . \tag{12.7}$$

Zieht man in dieser Skala die C-Werte 9 bis 11 einerseits sowie die C-Werte -1 bis $+1$ andererseits zu den Werten 9 bzw. 1 zusammen, so reduziert sich die Skala von ursprünglich 13 Punkten auf 9 Punkte; diese reduzierte Skala wurde während des 2. Weltkrieges in den US-Luftstreitkräften als sogenannte „Stanine-scale" (Verdichtung von ‚standard' und ‚nine') generell verwendet. Bei uns findet man diese Normart z. B. im LPS oder im PSB (HORN 1962, 1969).

d) Mehrfach werden in der amerikanischen Testpraxis auch **T-Wert-Äquivalente**[2]) als linear transformierte Standardwerte definiert. Sie unterscheiden sich von den Z-Werten dadurch, daß ihr Mittelwert $\mu = 50$ und nicht 100 beträgt.

$$T = 50 + 10 \cdot \frac{X - \bar{X}}{s} = 50 + 10z \tag{12.8}$$

Bei uns werden T-Normen fast ausschließlich bei Schulleistungstests verwendet.

e) Manchmal werden auch **Schulnoten** als Standardwerte gebraucht. In einer 5-Stufen-Skala wäre die Note 3 als Mittelwert μ mit einem $\sigma = 1$ als Standardabweichung festzulegen. Nach der Transformationsformel

$$SN = 3 - \frac{X - \bar{X}}{s} = 3 - z \tag{12.9}$$

wurden die in Tafel 2 des Anhangs angegebenen „Standardschulnoten" errechnet. Im Unterschied zu den tradierten Schulnoten sind Standardschulnoten äquidistant (vgl. LIENERT, 1987).

---

[1]) Das Symbol Z wird nicht immer in diesem Sinne gebraucht; verschiedentlich werden auch anders transformierte Standardwerte als Z-Wert bezeichnet.

[2]) Eigentlich ist der T-Wert nach McCALL – der übrigens zu Ehren TERMAN's so bezeichnet wurde – als normalisierter Standardwert aus anomalen Verteilungen definiert. Nur für den Spezialfall der Normalverteilung gilt die Formel (12.7)

f) Ganz speziell kommen auch andere Standardtransformationen zur Anwendung, wie z. B. die in **Wertpunkte** beim HAWIE[1]) mit einem $\mu = 10$ und einem $\sigma = 3$.

$$WP = 10 + 3 \cdot \frac{X - \bar{X}}{s} = 10 + 3z\,. \tag{12.10}$$

Diese Wertpunkte der einzelnen Untertests des HAWIE werden additiv zusammengefaßt und in einen IQ umgerechnet.

g) Will man den **Intelligenzquotienten** als Standardnorm auffassen, so gibt die Umrechnung mit einem $\sigma = 15$ bei Erwachsenen und einem $\sigma = 17$ bei Kindern bei einem $\mu = 100$ für beide Gruppen eine gute Annäherung an die Äquivalentnorm.

$$IQ = 100 + 15\,\frac{X - \bar{X}}{s} = 100 + 15z \quad \text{(für Erwachsene)}\,, \tag{12.11}$$

$$IQ = 100 + 17\,\frac{X - \bar{X}}{s} = 100 + 17z \quad \text{(für Kinder)}\,. \tag{12.12}$$

Daß man bei Erwachsenen ein etwas kleineres σ wählt als bei Kindern, hat seinen Grund darin, daß ein und derselbe Test, sofern er für Erwachsene und Kinder anwendbar ist, bei ersteren in der Regel stärker streut. Die empirisch gewonnenen Streuungswerte des klassischen IQ tendieren mit wachsendem Alter der Pbn (von 6 bis 16 Jahren) von 17 über 16 gegen den Wert 15. Für 16jährige ist also der psychometrische IQ nach (12.11) mit dem klassischen IQ = 100 · (IA/LA) direkt vergleichbar, wenn man – wie seit TERMAN (1916) – $\mu = 100$ und $\sigma = 15$ vereinbart. Die Transformationsgleichungen (12.10) und (12.11) für den IQ stellen Standardwert-Äquivalente dar und müssen daher als Näherungswerte betrachtet werden; sie sind aber für die Praxis mehr als hinreichend verbindlich. Der Streuungsbereich der IQ-Normen erstreckt sich gemäß den 3σ-Grenzen mit ca. 99% der Pbn von 55 bis 145, wobei 68% der Pbn zwischen 85 und 115 (1σ-Grenzen) und ca. 95% der Pbn zwischen 70 und 130 (2σ-Grenzen) liegen.

Rechenbeispiel Nr. 12.2:

Um den Transformationsvorgang an einem konkreten Beispiel zu zeigen, sei angenommen, ein Pb hätte in einem Test mit dem Mittelwert von M = 51,5 und der Standardabweichung von s = 21,66 einen Rohwert von X = 44 erzielt. Sein z-Wert würde sich nach Formel (12.5) errechnen lassen.

$$z = \frac{44 - 51{,}5}{21{,}66} = -0{,}35\,.$$

Der Pb zeigt also eine knapp durchschnittliche Testleistung wie auch der – stets ganzzahlig auf- oder abzurundende – Z-Wert vergleichsweise dartut.

[1]) Hamburg-WECHSLER-Intelligenztest für Erwachsene (1956)

Nach Formel (12.6) beträgt er:

$$Z = 100 + 10 \cdot \frac{44 - 51{,}5}{21{,}66} \approx 97\,.$$

Suchen wir in Tafel 2 des Anhangs den zugehörigen Prozentrang auf, so vermittelt PR = 36 den trügerischen Eindruck, als läge der Pb wesentlich unter dem Durchschnitt.

12.3.3.2 Die nicht-linearen Transformationen

Die bekannteste nicht-lineare Transformation ist der *Prozentrang* (PR). Dabei wird die Gesamtfläche der Häufigkeitsverteilung in 100 gleiche Teile geteilt oder, wie man es besser veranschaulichen kann, eine Rangordnung von 100 Pbn gebildet. Alle Flächentransformationen φ aus der – kontinuierlichen – Normalverteilung sind durch das Integral bestimmt

$$\varphi = \int_{-\infty}^{z} f(z)\,dz\,. \tag{12.13}$$

Da aber jede empirische Verteilungskurve diskontinuierlich ist, läuft die Integration auf eine fortlaufende Summation (Kumulation) hinaus. Wenn man die Teilsummen als Prozente der Gesamtsumme ausdrückt, so ist hierdurch der **Prozentrang** definiert, der einem Rohwert X zugeordnet wird:

$$PR_X = 100 \cdot \frac{\text{cum } f_X}{N} \tag{12.14}$$

oder wenn man sich auf die Intervallmitten bezieht:

$$PR_X = 100 \cdot \frac{\text{cum } f_X - f_X/2}{N}\,. \tag{12.15}$$

Dabei ist cum f_X die Anzahl derjenigen Pbn, die den Rohwert X oder einen kleineren Wert erzielt haben. f_X ist die Anzahl der Pbn, die genau diesen Rohwert X erreicht haben.[1])

Nach Formel 12.15 sind die PR-Werte der Tafel 2 des Anhangs errechnet worden.

Als Flächentransformationen werden neben den gebräuchlichen Prozentrangplätzen in den USA auch sog. *Dezile* verwendet. Hierbei wird die Fläche der Häufigkeitsverteilung in zehn gleiche Teile geteilt. Bei den sog. *Quartilnormen* sind es nur noch vier gleiche Teile, wobei die mittleren zu einer „Mittelgruppe" zusammengefaßt werden können, wie z. B. beim PF-Test von ROSENZWEIG (1957).

Hier sind die folgenden Bezeichnungen üblich:
Ein Testrohwert X, der einem beliebigen Prozentrang, z. B. PR = 20, entspricht, heißt *Perzentil*, in diesem Falle 20. Perzentil. Die Rohwerte X, die dem 25., 50.

---

[1]) Durch die Subtraktion von $f_X/2$ in Formel 12.5 wird erreicht, daß kein Pb, auch nicht einer, der alle X = n Aufgaben eines Tests gelöst hat, den höchstmöglichen PR von 100 erhält, was bei Verwendung von Formel 12.4 der Fall wäre.

und 75. Perzentil entsprechen, heißen unteres (Q_1), mittleres (Q_2 = Median) und oberes Quartil (Q_3). Allgemein spricht man von den *Quantilen* (Perzentile, Dezile, Quartile) einer Rohwerteverteilung. Man merke sich also:

Rohwert: Perzentil,
Normwert: Prozentrang.

Prozentrangplatz-Normen haben – worauf schon hingewiesen wurde – den Vorteil, daß sie zum Unterschied von Standardwerten auch bei nicht-normalen Verteilungen verwendbar sind. McCALL (1922, 1939) hat nun die geniale und zugleich einfache Idee gehabt, anomale Verteilungen dadurch zu normalisieren, daß er von diesen Verteilungen zunächst die Prozentränge berechnete, also eine Flächentransformation vornahm, und diese Prozentränge dann in Standardwert-Äquivalente umwandelte. Auf diese Weise hat er es ermöglicht, anomal verteilte Eichstichproben so zu normieren, als ob sie normal verteilt wären (Quasi-Normalverteilung).

Die von McCALL entwickelte und zu Ehren seines Lehrers L. M. TERMANs von ihm als **T-Norm** bezeichnete Transformation entspricht bei tatsächlich gegebener Normalverteilung einer einfachen linearen Transformation nach Formel (12.7). Trotz ihrer vielseitigen Brauchbarkeit haben sich diese T-Normen bei anomal verteilten Rohwerten bei uns noch nicht eingebürgert; in diesem Falle werden unsererseits PR-Normen anstatt T-Normen verwendet.

Will man sich bei dem Vorgang der T-Transformation nach McCALL auf die Anschauung stützen, so betrachte man die Abb. 12.5 (S. 295), die deutlich zeigen, wie sehr die Rohwerteskala im Falle einer anomalen Verteilung verzerrt werden muß, wenn eine Quasi-Normalverteilung resultieren soll. Der Abszissen-Maßstab muß jeweils an der Stelle der Verteilung gerafft werden, die einem Häufigkeitsminimum entspricht, und an der Stelle gedehnt werden, die eine besondere Frequanzhäufung zeigt.

12.3.4 Grob- und Feinnormen

Die Unterteilung von Normen in Grob- und Feinnormen bezieht sich auf die Anzahl der berechneten Vergleichswerte. Bei einem informellen, also nicht standardisierten Test mag der durchschnittliche Rohwert als einziger Vergleichswert angegeben sein, so daß man den einzelnen Pb nur als über- oder unterdurchschnittlich einstufen kann; bei einem anderen Test mögen zusätzlich noch die beiden Quartile ermittelt worden sein, so daß man die untersuchten Pbn bereits in 4 Klassen (unterdurchschnittlich, knapp durchschnittlich, gut durchschnittlich, überdurchschnittlich) einteilen kann. Die sogenannten **Median-** und **Quartilnormen** sind typische Grobnormen und werden nur für informative Tests und gelegentlich auch für Fragebogen oder projektive Tests verwendet.

Die bei uns nicht gebräuchlichen **Dezilnormen** bilden den Übergang zu den Feinnormen, als welche insbesondere Standardwerte und Prozentrangplätze anzusehen sind. Diese Feinnormen geben – und das muß man sich stets vor Augen halten – leider allesamt für die Mehrzahl der standardisierten Tests eine zu fein gegliederte Skala, so daß bei dem Testinterpreten leicht der Eindruck entsteht, als differenziere der Test ebenso gut, wie die Skala vermuten läßt. Sollte z. B. ein

Z-Wert von 103 mit Sicherheit mehr gelten als ein solcher von 102, so dürften sich die 5%-Konfindenzintervalle (vgl. Kap. 15.1.1) beider Standardwerte nicht überschneiden, was bei einem Standardmeßfehler von $_zs_e = 0{,}26$ der Fall wäre. Das Konfidenzintervall von Z = 102 würde dann von $102 - 1{,}96 \cdot 0{,}26 = 101{,}5$ bis $102 + 1{,}96 \cdot 0{,}26 = 102{,}5$ reichen, und das Konfindenzintervall von Z = 103 dementsprechend von 102,5 bis 103,5. Wie hoch – so könnte man fragen – müßte die Reliabilität eines Tests sein, wenn $_zs_e = 0{,}26$ betragen soll? Durch Substitution in die später genannte Formel (15.4) und ihre Lösung nach r_{tt} ergibt sich die Antwort:

$$r_{tt} = \frac{10^2 - 0{,}26^2}{10^2} = 0{,}999\,.$$

Der Test müßte also eine in der Praxis nie erreichte Reliabilität von 0,999 besitzen, wenn man erreichen wollte, daß zwei nebeneinander-liegende Z-Werte tatsächlich eine unterschiedliche Testleistung anzeigen sollten.

Aus diesem Beispiel wird deutlich, wie unrealistisch das Beharren der Psychologen auf solch differenzierten Skalen wie der Z- oder der IQ-Skala ist. Eine Zusammenfassung in 5er-Klassen (Z = 100, 105, 110 usw.) oder eine Zehnergruppierung der Prozentrangplätze zu Dezilrangwerten würde den praktischen Erfordernissen vollauf genügen und dem tatsächlichen Reliabilitätsgrad eines Tests entsprechen.

Eine Überinterpretation von Normdifferenzen, wie z. B. Z = 102 gegen Z = 103, kann weit besser dadurch verhindert werden, daß die Konfidenzintervalle der Standardwerte direkt in die Normentabelle in Form von sog. „*Normbändern*" eingebaut werden. Dabei wird in diesen Tabellen zu jedem Rohwert und dem entsprechenden Normwert auch das zugehörige Normband angegeben, wie Abb. 12.2 zeigt:

RW	Z	Z-Band
⋮	⋮	⋮
17	102	96–108
18	104	98–110
19	104	100–112
⋮	⋮	⋮

Abb. 12.2: Ausschnitt aus einer Normentabelle ($_zs_e = 6$)

Der zu einem bestimmten Rohwert RW gehörende „wahre" Normwert liegt dann mit einer vorgegebenen Sicherheit, meist 68% oder 95%, in dem angegebenen Z-Band-Intervall. Die Intervalle werden aus dem Standardmeßfehler berechnet (vgl. Kap. 15.1.1).

LEHRL und KIENZEL (1973) haben vorgeschlagen, die Skaleneinteilung der Normskala direkt vom Standardmeßfehler abhängig zu machen. Sie empfehlen bei ihrer „*Standardskala der kritischen Differenz*", als Schrittbreite gerade das Doppelte des Standardmeßfehlers zu wählen und Zwischenwerte zu runden. Danach würde die Normskala eines in Z normierten Tests mit einer Reliabilität von $r_{tt} = 0{,}91$ und einem Standardmeßfehler von $s_e = 3$ Z-Werten nur die Abstufungen Z = (. . . . . 88 94 100 106 112 . . . . .) enthalten. Bei einer Reliabilität von $r_{tt} = 0{,}84$ und einem Standardmeßfehler von 4 Z-Werten wäre die Skala noch gröber: Z = (..... 84 92 100 108 116.....). In diesem Falle könnte die Normentabelle wie in Abb. 12.3 aussehen:

RW	Z
:	:
11–14	92
15–15	100
19–22	108
:	:

Abb. 12.3: Ausschnitte aus einer „Standardskala der kritischen Differenz" nach LEHRL und KIENZEL ($_Zs_e = 4$)

LEHR und KIENZEL betonen, daß eine Überinterpretation von Differenzen auf dieser Skala nicht mehr möglich ist, und daß die Skaleneinteilung auch nicht mehr willkürlich ist, da sie allein durch den Standardmeßfehler bestimmt ist. Darin liegt aber auch ein Problem, worauf JÄGER (1974) hingewiesen hat: Sind in Teilgruppen Rohwertstreuungen und Reliabilitäten verschieden (differentielle Reliabilität), dann ergeben sich Normenskalen mit unterschiedlichen Maßstäben.

12.3.5 Verteilungsfreie und verteilungsgebundene Normen

Indem man bei einer Verteilung $\bar{X}$ und s berechnet, impliziert man die Annahme einer *Normalverteilung*. Notwendigerweise geht diese Annahme auch in alle Norm-Maßstäbe mit ein, die über $\bar{X}$ und s berechnet werden. Das trifft für Standardwerte in vollem Umfange zu. Man sieht von möglichen Irregularitäten der Verteilung ab, wieder unter der Hypothese, daß diese Irregularitäten nur zufällige Abweichungen von der Normalverteilung darstellen und daher mit Recht zu ignorieren sind. Demgegenüber werden Prozentränge im allgemeinen über die kumulativen Frequenzen ermittelt und sind als solche keiner Hypothese über die Art der Verteilung unterworfen. Sie sind – wie man sagt – verteilungsfreie Normen. Dasselbe gilt für die aus ihnen errechneten T-Werte.

Nach dem bisher Gesagten müßte man nun zu dem Schluß kommen, daß die Einteilung nach Standard- und Prozentrangnormen identisch sei mit der nach verteilungsgebundenen und verteilungsfreien Normen. Dem ist jedoch nicht so. Es kann nämlich auch eine Prozentrangnorm als Funktion einer Normalverteilung abgeleitet werden, und zwar indem man zunächst auf die übliche Art die Standardwerte berechnet und erst sekundär jedem Standardwert nach Tafel 2 des Anhangs den entsprechenden Prozentrang zuordnet. Dieses Vorgehen ist dann zweckmäßig, wenn die Eichstichprobe normal verteilt ist und im Testmanual sowohl Standardwerte wie auch gleichzeitig Prozentränge als Normwerte angegeben werden sollen. Umgekehrt kann eine Standardnorm, z. B. ein Z-Wert, als Äquivalent eines bestimmten Prozentranges dargestellt werden, unabhängig davon, ob dieser Prozentrang aus einer normalen oder einer anomalen Rohwert-Verteilung gewonnen wurde.

Auf eine bei der Normierung kleiner Eichstichproben vielgeübte Technik muß noch verwiesen werden; auf die sogenannte „Glättung" von Prozentrangnormen.

Diese ist natürlich nur bei unregelmäßigen Verteilungen von Bedeutung und besteht darin, daß man die rechnerisch gewonnenen kumulativen Frequenzen graphisch darstellt und diese Summenkurve durch einen glatten Linienzug ausgleicht. Gegen dieses Verfahren ist weiter kein Einwand zu erheben, solange man annehmen kann, daß die Irregularitäten durch den kleinen Stichprobenumfang bedingt sind. Von den hier genannten Norm-Maßstäben für standardisierte Tests haben sich in der Praxis – was das deutsche Sprachgebiet anbetrifft – der Reihenfolge nach Prozentränge, Z-Werte, IQ-Einheiten, T-Werte, C-Werte und Schulnoten am meisten eingebürgert.

12.4 Die rechnerische Ableitung und Darstellung der gebräuchlichen Normen

12.4.1 Die Normierung normal verteilter Eichstichproben-Rohwerte

Hat man die Verteilung der Eichstichproben-Rohwerte auf Normalverteilung (NV) überprüft, so ist damit die Entscheidung über die Wahl des am besten geeigneten Norm-Maßstabes gefallen.

Konnte die NV-Hypothese aufrecht erhalten werden, so sind Standardwerte und die ihnen entsprechenden Prozentränge im Testmanual aufzuführen. War die NV-Hypothese zu verwerfen, so sind über die kumulativen Frequenzen die Prozentränge zu berechnen und eventuell von diesen die T-Werte abzuleiten.

Die statistische Beurteilung der Eichstichprobe auf Normalität ist nur bei kleineren Stichproben ($N < 200$) sinnvoll. Bei größeren Stichproben beurteilt man die Verteilung nach Augenschein auf „Glockenförmigkeit", da eine statistische Beurteilung in diesem Falle schon kleinste und kaum wahrnehmbare Abweichungen (Irregularitäten) entdecken würde, was nicht im Sinne der Zielsetzung liegt.

Prozentränge eignen sich also zur Normierung normaler wie anomaler Verteilungen gleich gut, nur ist eben dabei zu beachten, daß sie bei normalen Verteilungen über die z-Werte und bei anomalen Verteilungen über die kumulativen Häufigkeiten zu ermitteln sind. Im Falle einer idealen Normalverteilung würden beide Arten der Ermittlung genau dieselbe Zuordnung zwischen Rohwert und Prozentrang ergeben, es würde z. B. auf die eine wie auf die andere Art für einen Rohwert $X = 54$ ein Prozentrang $PR = 38$ gefunden werden. Bei anomalen Verteilungen hingegen würde jeder der beiden Rechenwege einen anderen Prozentrang ergeben, wobei nur derjenige Prozentrang als zutreffend gelten könnte, der über die kumulativen Häufigkeiten gefunden worden ist.

Die Ableitung der Normen erfolgt algebraisch. Man legt sich zunächst eine Häufigkeitstabelle der Rohwerte an und berechnet – je nachdem, wie man es beabsichtigt hat – entweder für die gesamte Eichstichprobe oder jeweils für bestimmte Untergruppen $\bar{X}$ und s. Neben der Häufigkeitsspalte f wird dann die Spalte $(X-\bar{X})$ aufgeführt, deren Werte durch die Division mit s beim nächsten Schritt die z-Werte ergeben; diese werden dann in Z-Werte linear transformiert. Ist auch die Angabe von Prozenträngen erwünscht, so liest man sie für die einzelnen z-Werte aus Tafel 2 des Anhangs ab.

Rechenbeispiel Nr. 12.3:
Ein Test mit 15 Aufgaben sei an 2200 Pbn geeicht worden. Die Rohwerte sind nach Augenschein normal verteilt. Es soll zu jedem Rohwert ein Standardwert und ein Prozentrangplatz ermittelt werden. Tab. 12.3 gibt die Ausgangsdaten und ihre Verarbeitung.

Tabelle 12.3

X	f	x (X−X̄)	z (x/s)	Z	PR	T	C	SN
0	10	−7,23	−2,38	76	1	26	0	5−
1	48	−6,23	−2,05	80	2	30	1	5
2	87	−5,23	−1,72	83	4	33	2	5+
3	116	−4,23	−1,39	86	8	36	2	4−5
4	171	−3,23	−1,06	89	13	39	3	4
5	230	−2,23	−0,73	93	24	43	4	4+
6	251	−1,23	−0,40	96	34	46	4	3−4
7	260	−0,23	−0,08	99	46	49	5	3
8	255	0,77	0,25	103	62	53	6	3+
9	223	1,77	0,58	106	73	56	6	2−3
10	216	2,77	0,91	109	82	59	7	2
11	153	3,77	1,24	112	88	62	7	2+
12	94	4,77	1,57	116	95	66	8	1−2
13	55	5,77	1,90	119	97	69	9	1−
14	23	6,77	2,23	122	99	72	9	1
15	8	7,77	2,56	126	100	76	10	1+

$N = 2200$; $\bar{X} = 7{,}23$; $s = 3{,}04$

In den Kolonnen T, C und SN sind die T- und C-Normen und die Standardschulnoten vergleichsweise mit aufgeführt worden. Statt sie nach den entsprechenden Transformationsformeln zu berechnen, können sie auch aus Tafel 2 des Anhangs entnommen werden.

Wie sollen nun die Normen zur Ablesung im Testmanual zweckmäßig dargestellt werden? Eine häufige Form der Normendarstellung ist die, daß Rohwerte, Standardwerte und Prozentränge nach Tab. 12.3 in Spalten nebeneinander gestellt werden, so daß sie tabellarisch ablesbar sind. Die meisten Testmanuale enthalten solche *Normentabellen*.

Anstatt dieser numerischen Darstellung in Form einer Tabelle kann man auch eine graphische Darstellung im *Wahrscheinlichkeitsnetz* für die Normen wählen. Die graphische Darstellung und Ablesung von Normen hat sich bei uns noch nicht eingebürgert, obwohl sie folgende Vorteile besitzt:

a) Die graphische Darstellung ist in zweifacher Hinsicht ökonomisch: erstens kann man Gesamt- und Gruppennormen simultan und direkt vergleichbar in ein und demselben Wahrscheinlichkeitsnetz darstellen, und zweitens spart man die

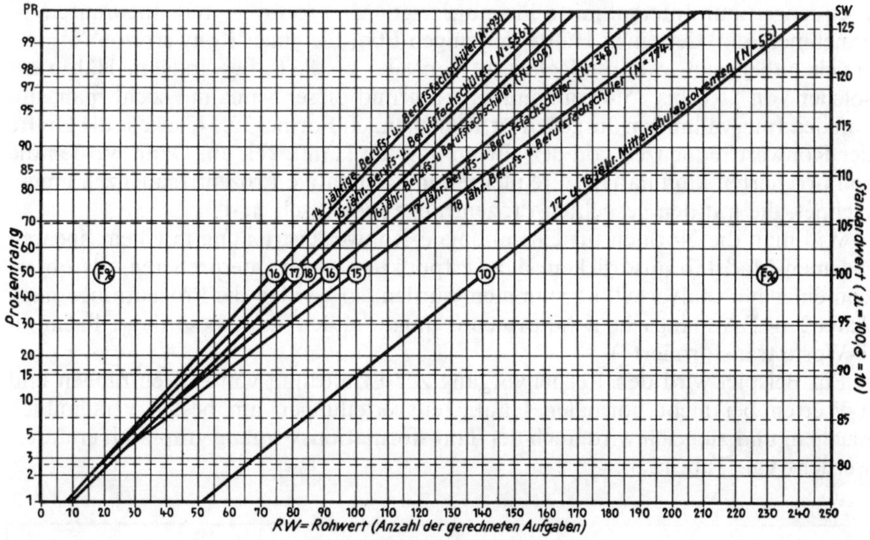

Abb. 12.4: Graphische Normendarstellung für verschiedene Alters- und Berufsgruppen im Konzentrations-Leistungs-Test (KLT) von Düker und Lienert (1959); abgedruckt mit Genehmigung des Verlags für Psychologie Hogrefe, Göttingen

mehrfache Tabellierung und das mehrfache Aufsuchen der Normen in verschiedenen Tabellen wie Abb. 12.4 zeigt.

b) Die graphische Darstellung gestattet bei einiger Vertrautheit mit dem Wahrscheinlichkeitspapier die Verteilungscharakteristika der verschiedenen Gruppen sofort zu erkennen, z. B. daß in Abb. 12.4 die Gruppe der 14-jährigen Berufsschüler einen Mittelwert von RW = 75 (entsprechend SW = 100 oder PR = 50) haben, ferner, daß ihre Standardabweichung 107 − 75 = 32 RW beträgt oder daß 98% von ihnen RWe zwischen 7 (PR = 1) und 140 (PR = 99) erzielt haben.

c) Da die Normengerade ihrerseits als Skala dienen kann, ist auch eine 2-dimensionale graphische Normierung möglich. Z. B. wurden in Abb. 12.4 neben den PR-Normen (linke Skala) und den SW-Normen (rechte Skala) für die Leistungsmenge auch die Mediannormen der Leistungsgüte im KLT (mittleres Fehlerprozent = $\bar{F}$%) auf den Normengeraden bei PR = 50 in Kreisen markiert.

12.4.2 Die Normierung anomal verteilter Eichstichproben-Rohwerte

Hat die Verteilungsanalyse den Nachweis der *Nicht-Normalität* erbracht, so sind grundsätzlich entweder Prozentränge oder T-Werte oder C-Werte als Normen anzugeben.

Zunächst sind in jedem Falle die kumulativen Häufigkeiten zu bilden, die jeweils das ganze Rohwertintervall (X = 85 bedeutet das Intervall von 84,50 bis 85,49) mit einschließen, so daß man etwa für einen Rohwert von X = 85 einen Prozentrang erhalten würde, der formal nach Formel 12.13 einem hypothetischen Rohwert von X = 85,49 entspräche. Deshalb ist eine Korrektur der kumulativen

Frequenzen zur Intervallmitte hin angezeigt. Man kann – rein theoretisch – annehmen, daß der einen Hälfte derjenigen Pbn, die einen Rohwert von X = 85 erzielt haben, ein „wahrer Rohwert" von 84,5 bis 85,0, der anderen Hälfte ein solcher von 85,0 bis 85,49 zukomme. Aufgrund dieser Annahme zieht man, um von den Intervallmitten ausgehen zu können, nach Formel 12.14, jeweils die Hälfte der Rohwertfrequenzen von der aufsummierten Häufigkeit ab. Dann werden die so korrigierten kumulativen Frequenzen in kumulative Prozentfrequenzen umgerechnet, die mit den gesuchten Prozenträngen identisch sind.

Will man die Normen für eine anomale Rohwerteverteilung in einem linearen Normen-Maßstab ausdrücken, die Testpunkte also so interpretieren, als ob sie von einer Normalverteilung stammen würden, so werden die Prozentränge nach Tafel 2 des Anhangs in z-Äquivalente umgewandelt und diese dann linear in T-Werte transformiert[1]).

Ein Beispiel wird den Rechenvorgang zur Ermittlung von Prozenträngen und T-Werten bei nicht normalen Häufigkeitsverteilungen am besten verständlich machen, und zugleich wird auch der Transformationsvorgang graphisch erläutert werden (vgl. Tab. 12.3).

Rechenbeispiel Nr. 12.4:

Angenommen, ein Fragebogen über konservative und fortschrittliche Einstellung – niedrige Rohwerte entsprechen einer konservativen, hohe Rohwerte einer fortschrittlichen Einstellung – wäre an N = 600 Pbn geeicht worden und hätte eine zweigipflige Verteilung der Rohwerte X nach Art von Abb. 12.5a ergeben. Es sollen Prozentränge und T-Werte als Normen für diese Verteilung berechnet werden (vgl. Tab. 12.4).

Tabelle 12.4

X	f	cum f	$\text{cum f} - \frac{f}{2}$	$100 \cdot \frac{\text{cum f} - \frac{f}{2}}{N}$	z	T	z*
2	11	11	5,5	0,9	−2,37	26	−1,7
3	53	64	37,5	6,3	−1,53	35	−1,3
4	120	184	124,0	20,7	−0,82	42	−0,9
5	95	279	231,5	38,6	−0,29	47	−0,5
6	62	341	310,0	51,7	0,04	50	−0,1
7	44	385	363,0	60,5	0,27	53	0,2
8	63	448	416,5	69,4	0,51	55	0,6
9	71	519	483,5	80,6	0,86	59	1,0
10	41	560	539,5	89,9	1,28	63	1,4
11	28	588	574,0	95,7	1,72	67	1,8
12	12	600	594,0	99,0	2,33	73	2,2

$N = 600$; $\bar{X} = 6{,}37$; $s = 2{,}54$

---

[1]) Dies ist der formal richtige Weg; in der Praxis liest man aus Tafel 2 des Anhangs zum Prozentrang sofort den T-Wert ab

In Tab. 12.4 wurde in der letzten Spalte aufgrund von $\bar{X}$ und s der Rohwerteverteilung auch ein nicht normalisierter z-Wert $z^* = (X - \bar{X})/s$ berechnet, so daß ein Vergleich mit dem normalisierten, d. h. flächentransformierten z-Wert möglich ist. Pbn mit dem Rohwert X = 2 würden in der linear transformierten Standardskala ungerechtfertigterweise viel weniger konservativ erscheinen ($z^* = 1{,}7$) als sie tatsächlich, d. h. der Rangordnung nach, sind ($z = 2{,}37$). Sehr fortschrittlich eingestellte Pbn hingegen würden nach beiden Verfahren einen größenordnungsmäßig gleichen Standardwert erhalten ($z^* = 2{,}2$ zu $z = 2{,}3$). Die T-Normen würden wegen fehlender NV der Testrohwerte in Tab. 12.4 aus den angemessenen z-Werten, statt aus den unangemessenen z^*-Werten in Tafel 2 des Anhangs abgelesen.

Diesen Tatbestand der T-Normierung verdeutlicht Abb. 12.5a. An seiner linken Seite hat das Säulendiagram keinen normalen, sondern einen steilen Auslauf; daher liegen die niedrigen Rohwerte im Vergleich zu der aufgrund von $\bar{X}$ und s erwarteten Normalverteilung (gestrichelte Kurve) zu weit medianwärts. Der rechte Histogrammauslauf hingegen ist annähernd normal, so daß sich dort empirische und theoretische Verteilung in etwa decken; daher resultieren in diesem Bereich keine wesentlichen Unterschiede zwischen den normalisierten und den nichtnormalisierten z-Werten. Der größte Unterschied zeigt sich im Mittelbereich, wo die beobachteten Frequenzen erheblich unter der Erwartung liegen.

Zerrt man nun die X-Skala an ihrem linken Ast und staucht sie zugleich in der Mitte so, daß die Säulen unter die Normalverteilung passen, also ihre Höhen verändern, während ihre Flächen gleich bleiben, dann entsprechen die Mittelpunktwerte der in Abb. 12.5b entstandenen Säulenfüße den T-Werten in Tab. 12.4. Man beachte, daß nicht die Höhen der Säulen in Abb. 12.5b den Frequenzen in Tab. 12.4 entsprechen, sondern deren Flächen! Macht man sich von den T-Werten der Tab. 12.4 nämlich ein Stabdiagramm, in

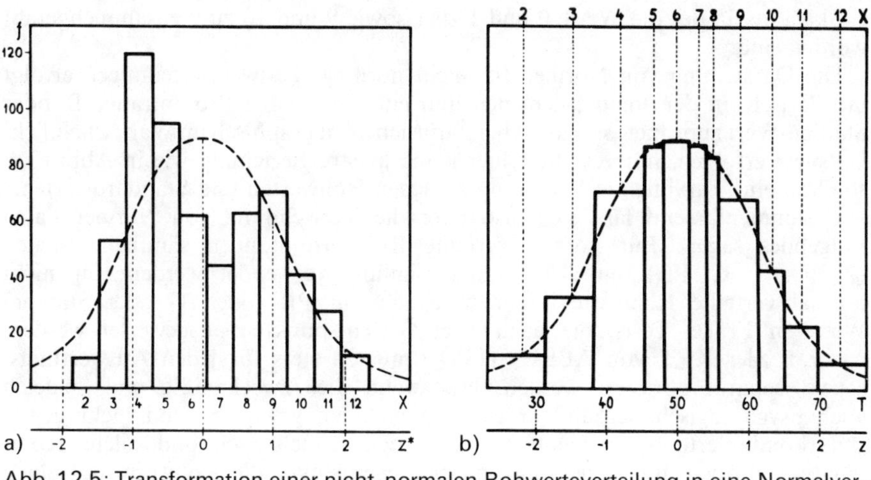

Abb. 12.5: Transformation einer nicht-normalen Rohwerteverteilung in eine Normalverteilung von T-Werten nach dem Verfahren von McCALL.
a) Häufigkeitsverteilung der originalen Werte X aus Tab. 12.4
b) Häufigkeitsverteilung der nach Tab. 12.4 transformierten Werte T.

welchem die Frequenzen durch die Stabhöhen repräsentiert werden, so geht die Zweigipfligkeit der Abb. 12.3a keineswegs verloren. Um in diesem Fall zu einer angenäherten Normalverteilung zu gelangen, müßte man abzählen, wieviele Werte in gleichen Intervallen beiderseits des Durchschnitts von T = 50 zu liegen kommen. Wählt man z. B. als Intervallbreite 10 T-Werte, so liegen nach Tab. 12.4 folgende Frequenzen f in den einzelnen Zehnerintervallen:

					+31	+31				
f:	0	0	11	53	215	178	69	12	0	0
Intervalle: 0	–10	–20	–30	–40	–50	–60	–70	–80	–90	–100

Die genau auf T = 50 entfallende Frequenz von 62 haben wir dabei je zur Hälfte auf die Intervalle 40–50 und 50–60 aufgeteilt.

In der Tat nähert sich – wie man sieht – die gruppierte Verteilung der T-Werte einer Normalverteilung gut an.

Neben T-Normen werden in jüngster Zeit, z. B. im LPS von HORN (1983), auch die sog. *Stanine-Normen* verwendet. Die Stanine-Skala ist eine Vergröberung der T-Skala mit einer Erstreckung von 1–9 (Standard-Nine). Man erhält Stanine-Werte aus den normalisierten z-Werten der Tab. 12.4 nach $St = 5 + 1{,}96z$; viel einfacher wird die Normierung, wenn man die Testrohwerte den 9 Stanine-Werten i. S. einer Normalverteilung zuordnet:

Stanine-Werte:	1	2	3	4	5	6	7	8	9
Testrohwerte:	4%	7%	12%	17%	20%	17%	12%	7%	4%

Die niedrigsten 4% der Testrohwerte erhalten also den Stanine-Wert 1, die nächsthöheren 7% den Stanine-Wert 2 usf. bis zum Stanine-Wert 9. In Anwendung auf normalverteilte Testrohwerte leitet sich die Stanine-Skala praktisch aus einer C-Skala ab, in der die Werte 0 und 1 zu 1 sowie 9 und 10 zu 9 zusammengefaßt worden sind.

Die Darstellung von Normen für nicht normale Testwertverteilungen erfolgt tabellarisch, in dem man jedem den ihm entsprechenden Prozentrang, T- oder Stanine-Wert zuordnet; sie kann aber natürlich auch graphisch im Wahrscheinlichkeitsnetz erfolgen, nur resultiert hier keine lineare Beziehung wie in Abb. 12.4, sondern eine kurvilineare Beziehung zwischen Rohwerten und Standardwerten.

Zusammenfassend läßt sich also über die Verwendung von Normenskalen Folgendes sagen: Für normal verteilte Rohwerte können sämtliche Skalen (Z, IQ, T, C, PR) mit gleich guter Eignung verwendet werden; für nicht normal verteilte Rohwerte kommen jedoch nur PR- oder T- oder Stanine-Werte in Frage. Tests, die nach zwei Gesichtspunkten ausgewertet werden, wie z. B. der KVT von ABELS (1954), müssen stets für jeden Auswertungsaspekt separat normiert werden. Nur wenn dies zweckmäßig und zugleich auch psychologisch begründbar ist, können auch gewogene und nicht gewogene kombinierte Normen aufgestellt werden. Tabellarisch sind solche Kombinationsnormen am schnellsten ablesbar, wenn man die Rohwerte des einen Aspektes auf der Abszisse und die des anderen auf der Ordinate abträgt; im Koordinatenkreuzungspunkt wird dann der entsprechende Normenwert (Z, T, PR) eingetragen.

Kapitel 13

DIE ENTWICKLUNG VON PARALLELTESTS UND TESTSERIEN

13.1 Wesen und Bedeutung von Paralleltests und Testserien

13.1.1 Paralleltests

Im Zusammenhang mit der Aufgabenanalyse wurde bereits mehrfach der Problemkreis der Paralleltests angeschnitten. *Paralleltests* oder – wie sie sonst noch genannt werden – Alternativ- oder Äquivalenztests sind solche Tests, die einen Paarling besitzen, mit dem sie wechselseitig austauschbar sind. Es handelt sich also um zwei gleichwertige Formen ein und desselben Tests, weshalb man auch von *Parallelformen* eines Tests spricht. Sie werden konventionell mit den Großbuchstaben A und B gekennzeichnet.

Paralleltests haben eine sehr große praktische Bedeutung gewonnen, und man kann wohl mit gutem Recht behaupten, daß nahezu für alle standardisierten Papier- und Bleistiftgruppentests Parallelformen vorhanden sind. Im besonderen haben Paralleltests folgende Vorzüge:

1. Ein und derselbe Test kann an ein und demselben Pb – mit der Parallelform – *wiederholt* werden. Übungsfortschritt, Mit-Übung oder Konzeptbildung erhöhen je nach dem zwischen beiden Testformen liegenden Zeitintervall in der Regel das 2. Testresultat um einen bestimmten Punktwert, der empirisch ermittelt werden kann und soll. Dazu wiederholt man den Test mit repräsentativen Gruppen in bestimmten Zeitabständen, mit einer Gruppe etwa sofort, mit einer anderen am nächstfolgenden Tag, mit einer dritten nach einer Woche und mit einer vierten nach einem Monat. Größere Zeitabstände erhöhen den Punktwert kaum mehr. Bei dieser Überprüfung ist darauf zu achten, daß die eine Hälfte der Stichprobe bei der ersten Testdurchführung Form A, die andere Form B erhält. Hat man den mittleren Übungsfortschritt für die genannten Zeitabschnitte ermittelt, so ist dieser im Testmanual zu vermerken und vom Untersucher bei Wiederholungsprüfungen abzuziehen, ehe er den Normwert ermittelt. Man kann auch ein Nomogramm verwenden, durch das der 2. Testrohwert sofort auf den 1. Rohwert zurückzuführen ist. In der Regel ist, wie gesagt, nur bei kurzfristiger Wiederholung ein bedeutsamer Wiederholungsgewinn zu verzeichnen, der allerdings auch von Pb zu Pb in seiner Größe variiert.

Die Höhe des Übungsfortschrittes von einem Test zur Wiederholung mit seiner Parallelform hängt außer von dem dazwischen liegenden Zeitintervall auch von der Art des Tests ab. Intelligenztests zeigen weniger, Leistungstests im allgemeinen mehr Übungsgewinn. Desgleichen haben Niveautests weniger und Schnelligkeitstests mehr Übungsfortschritt. Schließlich lassen homogene Tests gegenüber heterogenen Tests mehr Wiederholungszuwachs erwarten.

Am bedeutungsvollsten ist jedoch die inhaltliche Ähnlichkeit der Aufgabenpaare; obzwar große Ähnlichkeit eine ideale Vergleichbarkeit bedeutet, ist sie doch zur Vermeidung eines zu großen Übungsfortschritts nicht wünschenswert.

2. Der für den Gruppenversuch nicht zu unterschätzende Vorteil bei der Verwendung von Parallelformen besteht in der Vereitelung des wechselseitigen *Abschreibens*; durch Abschreiben kann das Einzelresultat verfälscht und die Gruppenvariabilität reduziert werden. In Schulen ist es naturgemäß nur selten möglich, die Schüler so weit auseinanderzusetzen, daß das Kopieren bei identischen Testformen vermieden werden kann.

3. Parallelformen haben vor allem auch für Zwecke der *Forschung* eine praktische Bedeutung. Sie erlauben den Vergleich von Testleistungen einer Stichprobe unter verschiedenen systematisch variierten Bedingungen, auch solchen, die den Übungsfortschritt kontrollieren.

Für besondere Zwecke werden auch drei und mehr Parallelformen in der Praxis verwendet; beispielsweise um die Wahrscheinlichkeit des Bekanntwerdens von Aufgaben bei *Reihenuntersuchungen*, wie sie zu Auslesezwecken in der Industrie durchgeführt werden, auf ein Minimum zu reduzieren.

13.1.2 Testserien

Zwei oder mehrere Testformen, die sich nur hinsichtlich ihrer mittleren Schwierigkeit unterscheiden, also etwa für Pbn mit unterschiedlicher Schulbildung oder für Schüler verschiedener Klassenstufen bestimmt sind, nennt man *Testserien*. Sie werden in den USA sehr viel verwendet, sind dagegen in Europa weniger gebräuchlich. Als Beispiel kann hier der FDA 3–6 von WENDELER (1973) genannt werden. Dieser Test ist ein Gruppenintelligenztest für Schüler aus 3. bis 6. Klassen. Er liegt in zwei verschieden schweren, aber inhaltlich völlig gleichen Formen vor, einer für 3. und 4. Klassen, einer anderen für 5. und 6. Klassen.

Das wohl bekannteste Beispiel für eine Testserie für unterschiedliche Altersstufen ist der Intelligenztest nach BINET (1905), dessen deutsche Version auf LÜCKERT (1965) zurückgeht: Hierbei werden für jede der Altersstufen von 3 bis 14 Jahren 6 Aufgaben vorgegeben und die Zahl der Aufgabenlösungen in Einheiten des *Intelligenzalters* (IA) transformiert.

Ein 8jähriges Kind (LA = 8), das alle 6 Aufgaben für 6jährige, 4 der 6 Aufgaben für 7jährige, 3 der 6 Aufgaben für 8jährige und 2 der 6 Aufgaben für 9jährige richtig beantwortet, hat danach ein Intelligenzalter von

$$IA = 6 + 4/6 + 3/6 + 2/6 = 6 + 9/6 = 7{,}5\,,$$

was einem „klassischen“ *Intelligenzquotienten* (STERN, 1911) von

$$IQ = 100(IA/LA) = 100(7{,}5/8) = 94$$

entspricht.

Gegenüber einfachen Tests haben Testserien den großen Vorzug, daß jede Testform auf derjenigen Stufe, für die sie konstruiert ist, am besten differenziert.

Für die Aufgaben der verschiedenen Testformen einer Serie muß gefordert werden, daß sie inhaltlich äquivalent, in ihrem Schwierigkeitsgrad aber verschieden sein sollten. In der Praxis läßt sich diese Forderung jedoch nicht voll verwirklichen, da sich mit der Schwierigkeit oft auch der Inhalt verändert. Im allgemeinen muß man sich damit zufrieden geben, wenn der Validitätsbereich des Tests einigermaßen konstant bleibt. In Schulleistungtestserien für mehrere Schuljahre, wie z. B. dem „Kombinierten Schultest KS 3 – 5“ von MIETZEL (1972) für die 3. bis 5. Klassen, sollten etwa in gleicher Weise Rechen-, Rechtschreib- und Leseaufgaben in einem angemessenen Verhältnis enthalten sein, wenn die Tests als Teile einer Serie definiert werden sollen. Gleiche Aufgabenzahl für jede Testform der Serie ist zwar wünschenswert, aber nicht notwendig.

Es sei immerhin erwähnt, daß man theoretisch auch ein und denselben Test als Testserie für unterschiedlich leistungsfähige Gruppen verwenden könnte, wenn man die Testzeit entsprechend variieren kann. Durch solche Maßnahmen wird jedoch das Verhältnis der Komponenten ‚Niveau‘ und ‚Schnelligkeit‘ in ihrer Bedeutung für den Test verändert; unter Umständen so sehr, daß die schwierigste Testform zu einem reinen Schnelligkeitstest und die leichteste Testform zu einem reinen Niveautest würde. Wenn man beispielsweise einen Rechentest als *zeitvariante* Testserie einführen wollte, so hätte ein solcher Test für die Grundschulen durchaus Niveaucharakter und sein Ergebnis wäre im Sinne der rechnerischen Begabung zu interpretieren; bei Sekundarstufenschülern hingegen könnte er höchstens als Konzentrations- oder allgemeiner Leistungstest dienen. Da Niveau und Schnelligkeit aber verschiedene Aspekte der geistigen Leistung darstellen, hat sich eine variierte Zeitbegrenzung nicht bewährt.

Weil sich nur die mittlere Schwierigkeit der Einzeltests in Testserien unterscheidet und die Aufgaben wie üblich nach aufsteigender Schwierigkeit geordnet werden, sind die letzten Aufgaben der leichten Testform im allgemeinen schwieriger als die ersten Aufgaben der schweren Testform.

Unter dem Begriff *„gleitende Testserie“* könnte man eine solche Testserie verstehen, bei der die Aufgaben von einer Testform zur nächstfolgenden in ihrer Schwierigkeit stetig ansteigen. In diesem Sinne könnte man den BINET-Test und seine Revisionen als gleitende Testserien auffassen. Das Charakteristische der gleitenden Testserie besteht darin, daß es dem Untersucher überlassen bleibt, bei welcher Aufgabengruppe er beginnen will und bei welcher er eine weitere Fortsetzung für überflüssig hält. Alle nach dem BINET-Prinzip konstruierten Tests können somit als Testserien aufgefaßt werden, ohne daß dabei das Prinzip der Teilaufgabenkopplung, wie es im BINET-Test vorliegt, angewendet zu werden braucht. Gleitende Testserien können ebenso in eigenständige Aufgabengruppen untergliedert werden, wofür das Entwicklungstestverfahren von HETZER (1962) als Beispiel angeführt werden kann. Es prüft sinnliche Rezeption, Körperbeherrschung, soziale Reife und anderes, wobei die verschiedenen Bereiche je nach ihrer Bedeutung auf den verschiedenen Altersstufen mit mehr oder weniger Aufgaben vertreten sind.

13.2 Die Äquivalenzkriterien

Äquivalenzkriterien sind Kennwerte dafür, daß zwei Paralleltests mit Recht als äquivalent angesprochen werden dürfen. Zur Überprüfung der Äquivalenzkriterien kann hier nur ein prinzipieller Beitrag geleistet werden. GULLIKSEN

(1950, ch. XIV) hat sich vom theoretischen Gesichtspunkt her ausführlich mit diesem Problem befaßt; wir folgen ihm hier in den Gedankengängen, die für die Praxis relevant sind.

Man könnte glauben, daß zwei Testformen dann gleichwertig seien, wenn sie denselben Mittelwert bei derselben oder bei zwei gleichwertigen Stichproben ergeben. Gleichheit der Mittelwerte ist jedoch nur eines unter mehreren Kriterien, die erfüllt sein müssen, wenn zwei Tests als Parallelformen gelten sollten. In der Folge werden die einzelnen Kriterien ihrer Bedeutung nach besprochen.

13.2.1 Die Äquivalenz der Validität

Gleichartigkeit des Testinhalts zweier Parallelformen ist eine hinreichende Bedingung für gleiche inhaltliche Validität, wie sie beispielsweise bei Schulleistungsstests angestrebt wird. Das gilt jedoch nicht für die Übereinstimmungs- und Vorhersagevalidität. Hier ist die Gleichartigkeit der Inhalte natürlich notwendig, aber noch lange nicht hinreichend.

Gleiche Validität kann nur empirisch ermittelt und bewiesen werden, indem beide Formen an *demselben Validitätskriterium* validiert werden und statistisch nicht signifikant verschiedene Validitätskoeffizienten aufweisen. Die Validierung von Parallelformen geschieht testtechnisch am zweckmäßigsten in der Weise, daß beide Formen der Validitätsstichprobe gleichzeitig dargeboten werden, so daß einmal die Validitätskoeffizienten für jede einzelne Testform wie auch die Gesamtvalidität berechnet werden können; bei der Bestimmung der Gesamtvalidität sieht man davon ab, daß zwei Parallelformen verwendet wurden.

13.2.2 Die Äquivalenz der Reliabilität

Da die Reliabilität eines Tests, für den Parallelformen vorliegen, durch deren Korrelation definiert ist, richtet sich die primäre Forderung bei Paralleltests auf eine genügend hohe *Paralleltestreliabilität.*

Zu dieser Paralleltestreliabilität kann jede der beiden Formen in verschieden hohem Grade beitragen, da ja die beiden Parallelformen nicht gleiche innere Konsistenz besitzen müssen. Um ein eventuelles Mißverständnis der Konsistenzen aufzuklären, empfiehlt es sich, entweder mit beiden Testformen je einen Retest durchzuführen und deren Retest-Reliabilitäten zu bestimmen oder die Konsistenz z. B. nach der split-half-Methode zu berechnen. Um einen Unterschied der Reliabilitäten beider Parallelformen nachzuweisen, werden in üblicher Weise die beiden Retest- oder Halbtest-Reliabilitätskoeffizienten mit dem t-Test verglichen. Wie beim Validitätskoeffizienten darf auch hier kein signifikanter Unterschied bestehen.

13.2.3 Die Äquivalenz der Verteilungskennwerte

Obwohl erst an dritter Stelle genannt, werden Mittelwerte und Varianzen der beiden Testformen doch als erstes zu prüfen sein. Man bedient sich auch hier am besten der Retest-Methode im Gruppenversuch, wobei im 1. Versuch der einen

Hälfte der Stichprobe Form A dargeboten wird, der anderen zufällig ausgewählten Hälfte Form B. Im 2. Versuch werden die Formen entsprechend gewechselt.

Die beiden *Mittelwerte* werden in üblicher Weise berechnet und zunächst ihrem Absolutbetrag nach verglichen. Zeigt sich kein auffälliger Unterschied, dann wird mit dem t-Test geprüft.

Auch die *Varianzen* der beiden Formen sollen in etwa gleich sein. Ihr F-Quotient darf keinen signifikanten Wert ergeben. Werden mehrere Paralleltests oder Testserien entwickelt, so muß außer für die Varianzen auch für die *Kovarianzen* die Null-Hypothese beibehalten werden können. Mittelwerte, Varianzen und Kovarianzen können nach einem später beschriebenen Verfahren von WILKS (1946) simultan überprüft werden.

Unterscheiden sich die Testformen hinsichtlich Mittelwert oder Varianz erheblich voneinander, so sind deswegen die Parallelformen noch nicht als unbrauchbar zu bezeichnen, wenn die beiden zuerst genannten Äquivalenzkriterien – Validität und Reliabilität – zufriedenstellend ausgefallen sind. Testformen mit verschiedenen Mittelwerten und Varianzen können, wie noch gezeigt werden wird, durch ein sogenanntes *Äquiperzentilnomogramm* oder durch eine *lineare Transformation* vergleichbar gemacht werden.

13.2.4 Die Äquivalenz der Häufigkeitsverteilung

Auch wenn Mittelwerte und Varianzen äquivalent sind, kann das *Häufigkeitspolygon* der beiden Testformen unterschiedlich sein. Das ist meistens auf eine ungleichwertige Anordnung der Aufgaben hinsichtlich ihrer Schwierigkeit zurückzuführen. Der Verteilungsvergleich spielt in der Praxis bei nichtnormalen Verteilungen eine gewisse Rolle.

13.2.5 Simultanüberprüfung von Mittelwerten, Varianzen und Kovarianzen

WILKS (1946) hat für Paralleltests und Testserien eine Methode der *Äquivalenzüberprüfung* entwickelt, die sich auf die wichtigsten Teststatistiken stützt. Als Äquivalenzsymbol wird von ihm allgemein L verwendet.

Für k Paralleltests fordert WILKS die Gleichheit der Mittelwerte, der Varianzen und der Kovarianzen. Die von L_{mvc} abgeleitete Prüfgröße $(-N \cdot \ln L_{mvc})$ ist für größere Stichproben nach χ^2 mit $k(k + 3)/2$ Freiheitsgraden verteilt. L_{mvc} variiert von 0 bis 1. Wenn m (Mittelwert), v (Varianz) und c (Kovarianz) für alle Parallelformen gleich sind, so resultiert $L_{mvc} = 1$ und $(-N \cdot \ln L_{mvc}) = 0$.

Die Äquivalenzstatistik L für k Paralleltests lautet

$$L_{mvc} = \frac{D}{\bar{s}^2[1 + (k - 1)\,\bar{r}] \cdot [\bar{s}^2(1 - \bar{r}) + v]^{k-1}}. \tag{13.1}$$

Für den einfachsten und praktisch häufigsten Fall zweier Paralleltests ist

$$L_{mvc} = \frac{s_1^2 \cdot s_2^2 \cdot (1 - r_{12}^2)}{\frac{s_1^2 + s_2^2}{2}(1 + r_{12})\left[\frac{s_1^2 + s_2^2}{2}(1 - r_{12}) + \frac{1}{2}(\bar{X}_1 - \bar{X}_2)^2\right]}. \quad (13.2)$$

Für drei Paralleltests ergibt sich

$$L_{mvc} = \frac{s_1^2 s_2^2 s_3^2 (1 + 2r_{12}r_{13}r_{23} - r_{12}^2 - r_{13}^2 - r_{23}^2)}{\bar{s}^2(1 + 2\bar{r})(\bar{s}^2 - \bar{s}^2\bar{r} + v)^2}. \quad (13.3)$$

In diesen Formeln bedeuten:
D = Determinante in der Varianz-Kovarianz-Matrix

$$\begin{array}{ccccc} s_1^2 & c_{12} & c_{13} & \dots & c_{1k} \\ c_{21} & s_2^2 & c_{23} & \dots & c_{2k} \\ c_{31} & c_{32} & s_3^2 & \dots & c_{3k} \\ \vdots & \vdots & \vdots & & \vdots \\ c_{k1} & c_{k2} & c_{k3} & \dots & s_k^2 \end{array}$$

s_j^2 = Varianz des Tests j,
c_{je} = Kovarianz der Tests j und e,
$c_{je} = r_{je} \cdot s_j \cdot s_e$.

Für zwei Paralleltests errechnet sich diese Determinante zu

$$D = s_1^2 \cdot s_2^2 - c_{12} \cdot c_{21} = s_1^2 \cdot s_2^2 - r_{12}s_1s_2 \cdot r_{21}s_2s_1$$
$$= s_1^2 \cdot s_2^2 \cdot (1 - r_{12}^2).$$

Dabei gilt:

$k =$ Anzahl der Paralleltests,

$\bar{s}^2 = \frac{\Sigma_j s_j^2}{k} =$ Mittlere Varianz der Paralleltests,

$\bar{r} = \frac{\Sigma_j c_j}{{}^1/_2 k(k-1)\,\bar{s}^2} =$ Mittlere Interkorrelation der Paralleltests, berechnet als Quotient aus der mittleren Kovarianz zur mittleren Varianz (man kann auch die Interkorrelationskoeffizienten direkt oder über die z'-Transformation mitteln)[1]),

$v = \frac{\Sigma_j(\bar{X}_j - \bar{\bar{X}})^2}{k-1} =$ Varianz der Testmittelwerte,

$\bar{\bar{X}} = \frac{\Sigma_j \bar{X}_j}{k} =$ Mittelwert der Testmittelwerte.

---

[1]) Wegen der Symmetrie der Varianz-Kovarianz-Matrix kommt jede Kovarianz zweimal vor. Die Formel für $\bar{r}$ ist aber so geschrieben, daß jeweils nur eine Kovarianz (z. B. c_{12}, nicht aber c_{21}) für die Summenbildung benutzt wird.

Von dem erhaltenen Äquivalenzkennwert L_{mvc} wird nun der natürliche Logarithmus ermittelt und dieser mit dem negativen Wert von N, der Stichprobengröße, an der die Äquivalenzuntersuchung vorgenommen wurde, vervielfacht. Der gefundene Wert wird in der χ^2-Tabelle aufgesucht und auf seine Zufallswahrscheinlichkeit beurteilt.

$$\chi^2 = -N \cdot \ln L_{mvc}, \qquad df = \frac{k}{2}(k+3) - 3. \tag{13.4}$$

Ein signifikanter χ^2-Wert weist die Hypothese der Paralleltestäquivalenz zurück.

Will man wissen, ob der Unterschied in den Mittelwerten, der ja im allgemeinen leicht korrigierbar ist, oder der Unterschied in den Varianzen bzw. Kovarianzen die Nicht-Äquivalenz herbeigeführt hat, so kann man zwei weitere Kennwerte, nämlich L_{vc} (*Äquivalenz* der *Varianzen* und *Kovarianzen*) und L_m (Äquivalenz der *Mittelwerte*), auf statistische Erheblichkeit untersuchen.

$$L_{vc} = \frac{D}{\bar{s}^2[1 + (k-1)\bar{r}]\,[\bar{s}^2(1-\bar{r})]^{k-1}}, \tag{13.5}$$

$$\chi^2 = -N \cdot \ln l_{vc}, \qquad df = \frac{k}{2}(k+1) - 2, \tag{13.6}$$

$$L_m = \frac{\bar{s}^2(1-\bar{r})}{\bar{s}^2(1-\bar{r}) + v}, \tag{13.7}$$

$$\chi^2 = -N(k-1) \cdot \ln L_m, \qquad df = k - 1. \tag{13.8}$$

Handelt es sich um Testserien, so wird man selbstverständlich von vornherein nur L_{vc} prüfen, denn von den Mittelwerten wird Unterschiedlichkeit a priori erwartet.

Für die WILKSsche Äquivalenzanalyse sollen zwei Beispiele gegeben werden.

Rechenbeispiel Nr. 13.1:

Angenommen, zwei Parallelformen eines Tests hätten Mittelwerte von $\bar{X}_1 = 70$ und $\bar{X}_2 = 72$ ergeben. Die Varianzen seien $s_1^2 = 200$ und $s_2^2 = 210$. Die Korrelation zwischen beiden Formen, also ihre Reliabilität, betrage $r_{tt} = 0{,}9$. Die Äquivalenz beider Tests wäre laut Formel (13.2)

$$L_{mvc} = \frac{200 \cdot 210(1 - 0{,}9^2)}{\frac{200+210}{2}(1+0{,}9)\left[\frac{200+210}{2}(1-0{,}9) + \frac{1}{2}(70-72)^2\right]}$$

$$= 0{,}9106,$$

$$\ln 0{,}9106 = \frac{\log 0{,}9106}{\log e} = \frac{0{,}9593 - 1}{\log 2{,}7182} = \frac{-0{,}0407}{0{,}4343} = -0{,}0937.$$

Formel (13.4)

$$\chi^2 = (-90)\,(-0{,}0937) = 8{,}4\,; \qquad df = \tfrac{2}{2}\,(2 + 3) - 3 = 2\,;$$

$$P < 5\%\,.$$

Die Hypothese, daß die beiden Testformen äquivalent sind, hat also weniger als 5% Wahrscheinlichkeit für sich; wir werden sie daher verwerfen und die beiden Testformen als nicht äquivalent ansehen.

Wollten wir wissen, ob die unterschiedliche Testschwierigkeit oder die Varianzverschiedenheit die Nicht-Äquivalenz verursacht hat, so könnten wir den t- bzw. den F-Test anwenden oder in die Formeln (13.5) bis (13.8) einsetzen.

Rechenbeispiel Nr. 13.2:

Nehmen wir an, es seien für einen Test drei Parallelformen vorhanden, die in einer Stichprobe von 130 Pbn durchgeführt worden wären. Dabei hätte sich ergeben:

Mittelwerte	$\bar{X}_1 = 27{,}8\,,$	$\bar{X}_2 = 28{,}3\,,$	$\bar{X}_3 = 27{,}9\,,$
Standardabweichungen	$s_1 = 9{,}9\,,$	$s_2 = 10{,}1\,,$	$s_3 = 10{,}4\,,$
Interkorrelationen	$r_{12} = 0{,}93\,,$	$r_{13} = 0{,}92\,,$	$r_{23} = 0{,}90\,.$

Die zur Substitution in Formel (13.3) benötigten Werte ermitteln wir am besten tabellarisch.

Tabelle 13.1

Testform	M_i	$(\bar{X}_i - \bar{X})^2$	s_i	s_i^2	$c = r_{ij} \cdot s_i \cdot s_j$
1	27,8	0,04	9,9	98,01	$c_{12} = 0{,}93 \cdot 9{,}9 \cdot 10{,}1 = 92{,}9907$
2	28,3	0,09	10,1	102,01	$c_{13} = 0{,}92 \cdot 9{,}9 \cdot 10{,}4 = 94{,}7232$
3	27,9	0,01	10,4	108,16	$c_2{}^3 = 0.90 \cdot 10{,}1 \cdot 10{,}4 = 94{,}5360$
Σ	84,0	0,14	–	308,18	282,2499

$$\bar{\bar{X}} = \frac{84{,}0}{3} = 28{,}0\,, \qquad v = \frac{0{,}14}{3-1} = 0{,}07\,, \qquad \bar{s}^2 = \frac{308{,}18}{3} = 102{,}73\,,$$

$$\bar{s}^2 \cdot \bar{r} = \frac{282{,}2499}{\frac{1}{2} \cdot 3(3-1)} = 94{,}0833\,.$$

$$D = 98{,}01 \cdot 102{,}01 \cdot 108{,}16(1 + 2 \cdot 0{,}93 \cdot 0{,}92 \cdot 0{,}90 - 0{,}93^2 - 0{,}92^2 - 0{,}90^2)$$
$$= 1081000 \cdot 0{,}019 = 20540$$

$$\bar{s}^2(1 - \bar{r}) = \bar{s}^2 - \bar{s}^2 \cdot \bar{r} = 102{,}73 - 94{,}08 = 8{,}65\,, \qquad [\bar{s}^2(1 - \bar{r})]^2 = 74{,}77\,,$$

$$\bar{s}^2(1 - \bar{r}) + v = 8{,}65 + 0{,}07 = 8{,}72\,, \qquad [\bar{s}^2(1 - \bar{r}) + v]^2 = 75{,}98\,,$$

$$\bar{s}^2(1 + 2\bar{r}) = \bar{s}^2 + 2\bar{s}^2 \cdot \bar{r} = 102{,}73 + 2 \cdot 94{,}08 = 290{,}89\,.$$

Formel (13.3)

$$L_{mvc} = \frac{20540}{290{,}89 \cdot 75{,}98} = 0{,}9294\,,$$

Formel (13.4)

$$\chi^2 = (-130)\frac{\log 0{,}9294}{\log e} = (-130)\frac{-0{,}0318}{0{,}4343} = (-130)\,(-0{,}0732)$$
$$= 9{,}52\,,$$

$$df = \tfrac{3}{2}(3 + 3) - 3 = 6\,, \qquad P > 5\%\,.$$

Die Kennwerte der drei Paralleltests stehen also in hinreichender Übereinstimmung; die Parallelformen können als äquivalent gelten.

Obzwar in diesem Falle nicht erforderlich, können wir interessehalber auch die Kennwerte L_{vc} und L_m berechnen und statistisch sichern:
Formel (13.5)

$$L_{vc} = \frac{20540}{290{,}89 \cdot 74{,}77} = 0{,}9441\,,$$

Formel (13.6)

$$\chi^2 = (-130)\frac{\log 0{,}9441}{\log e} = 7{,}54\,, \qquad df = \tfrac{3}{2}(3 + 1) - 2 = 4\,,$$
$$P > 5\%\,,$$

Formel (13.7)

$$L_m = \frac{8{,}65}{8{,}72} = 0{,}9920\,,$$

Formel (13.8)

$$\chi^2 = (-130)\,(3 - 1)\frac{\log 0{,}9920}{\log e} = 2{,}09\,, \qquad df = 3 - 1 = 2\,,$$
$$P > 30\%\,.$$

Diese ergänzenden Kennwerte lassen den Schluß zu, daß die Mittelwerte besser als die Varianzen und Kovarianzen mit der Äquivalenz-Hypothese vereinbar sind.

Was im Zusammenhang mit der Normalitätsbeurteilung von Testwerten in Kap. 12 gesagt wurde, gilt auch für die Äquivalenzbeurteilung: Große Stichproben werden allzu leicht via χ^2 als inäquivalent angesehen. Um die Äquivalenzbeurteilung stichprobenunabhängig zu machen, wird die Prüfgröße χ^2 sowohl nach (13.6) wie nach (13.8) in ein Äquivalenzmaß, dem Pearson-Kontingenzkoeffizienten gemäß Formel (12.1), transformiert.

Für den Äquivalenzkennwert $L_{mcy} = 0{,}9294$ im Beispiel 13.2 mit einem $x^2 = 9{,}52$ und einem Stichprobenumfang von $N = 130$ ergibt sich ein Äquivalenzmaß von $C^2 = 9{,}52/(130 + 9{,}52) = 0{,}068$ oder ein $C = 0{,}26$, das eine vereinbarte Schranke von 0,3 nicht übersteigt. Damit dürfen die 3 Paralleltests als äquivalent gelten.

Die WILKSsche Analyse der Verteilungskennwerte – das muß betont werden – ist nur ein Teil der empirischen Analyse der Äquivalenzkriterien, wenn auch ein sehr wichtiger. Über empirische Validitäts- und Realibilitätsvergleiche von Parallelformen wird im nächsten Abschnitt noch zu sprechen sein.

Für *gleitende Testserien* spielen die genannten Äquivalenzkriterien insofern eine Rolle, als etwa 50% der Aufgaben in jedem Test der Serie gelöst werden sollten, wenn seine Schwierigkeit richtig dosiert wurde[1]).

13.3 Paralleltestaufbau und Äquivalenzüberprüfung

13.3.1 Paralleltestaufbau

Grundsätzlich gibt es zwei Möglichkeiten, Paralleltests und Testserien aufzubauen, nämlich entweder die Konstruktion solcher Tests in die Planung mit aufzunehmen *(Simultanaufbau)* oder sie bei Bedarf nachzuholen *(Sukzessivaufbau)*.

In der Mehrzahl der Fälle werden Paralleltests und gleitende Testserien wie der BINET-Test simultan, Testserien sukzessiv aufgebaut. Es liegt in der Natur der Sache, daß man wohl von vornherein die Zweckmäßigkeit eines Paralleltests beurteilen kann, nicht so sehr aber die einer Testserie, da sich die Notwendigkeit einer Testserie meist erst durch die Bedürfnisse der Praxis ergibt.

13.3.1.1 Simultanaufbau

Der Simultanaufbau geschieht gewöhnlich im Rahmen der *Aufgabenanalyse.* Zunächst wird eine möglichst große Anzahl von Aufgaben analysiert. Dann werden die qualifizierten Aufgaben zu Paaren gleicher Schwierigkeit und gleicher Trennschärfe geordnet, wie dies in Kapitel 7 beschrieben wurde (vgl. auch Abb. 7.7, Kap. 7, S. 141. Dieses einfache Verfahren gilt vor allem für homogene Tests; für heterogene Tests wird auch auf Gleichartigkeit des Testinhalts zu achten sein, die am besten über ein Rating-Verfahren gewährleistet wird. Ist ein

[1]) Jeder Test differenziert, wie bereits ausgeführt wurde, bei einer mittleren Schwierigkeit von $P = 50$ am besten, was BINET noch nicht bekannt war. Er verwendete Aufgaben, die von 75% der Kinder der entsprechenden Altersstufe gelöst wurden.

Außenkriterium verfügbar, so empfiehlt sich die GULLIKSEN-Selektion, um Aufgabenpaare gleicher Validität zu gewinnen (vgl. S. 116).

Analog würde man die Kombination von Aufgaben-Tripeln vornehmen müssen, wenn drei Paralleltests erstellt werden sollen.

13.3.1.2 Der Sukzessivaufbau

Hat sich ein Test gut bewährt, so wird er durch die Bereicherung um eine Parallelform doppelt wertvoll. Man geht hier im allgemeinen so vor, daß man zu jeder einzelnen Aufgabe eine zweite konstruiert, die der ersten nach bestem Ermessen inhaltlich und formal ähnelt; dies natürlich nur so weit, daß die Selbständigkeit der Aufgaben erhalten bleibt. Der zweite Schritt besteht in einer erneuten Aufgabenanalyse, und zwar möglichst aller Aufgaben beider Parallelformen. Nur wenn man unter genau denselben Bedingungen und an derselben Stichprobe wie bei der Originalform die Analyse der Parallelform durchführen kann, ist eine alleinige Analyse der neuen Testform vertretbar und dennoch ein unmittelbarer Vergleich der Analysedaten gerechtfertigt.

Ob man die Aufgaben jeweils in den beiden Parallelformen beläßt oder sie nach Zufall erneut aufteilt, muß von Fall zu Fall entschieden werden und hängt im wesentlichen von dem Ergebnis der Aufgabenanalyse ab. Je gleichartiger die Analysedaten sind, um so weniger Anlaß wird für eine Neuaufteilung gegeben sein.

Während beim Simultanaufbau Reliabilität und Validität für beide Formen in einem Verfahren ermittelt werden, wird beim Sukzessivaufbau meist nur die Konsistenz der neuen Testform über das Halbierungsverfahren oder eine Konsistenzanalyse bestimmt; bezüglich der Validität nimmt man für die neue Parallelform gleiche Voraussetzungen wie für die Originalform an, d. h. man vertraut auf gleiche Validität.

13.3.2 Die Äquivalenzprüfung

Sowohl beim simultanen wie auch beim sukzessiven Aufbau von Paralleltests ist eine statistische Kontrolle der *Äquivalenz* unerläßlich. Sie kann durch direkten Vergleich der Testkennwerte mittels geeigneter statistischer Methoden erfolgen.

1. Der Nachweis der **Validität** wird am einfachsten in der Weise erbracht, daß man beide Parallelformen zur Validitätskontrolle benutzt, jede Form aber für sich auswertet. Man erhält dann zwei Validitätskoeffizienten, die man mit dem t-Test vergleicht. Kann die Null-Hypothese der Gleichheit aufrecht erhalten werden, so gibt der Mittelwert beider Validitätskoeffizienten die beste Schätzung für die Gesamtvalidität des Tests ab. Muß dagegen die Null-Hypothese zurückgewiesen werden, so sollte die Validität einer jeden Testform separat im Testmanual verzeichnet werden. Man wird dann für Einzeluntersuchungen jeweils die validere Testform heranziehen. Revisionsversuche sind sehr mühevoll und wenig erfolgsversprechend, weshalb Nicht-Äquivalenz der Validität keinen hinreichenden Grund zur Umgestaltung der Testform darstellt. Natürlich wird eine solche Entscheidung auch von dem Absolutbetrag des Unter-

schiedes der Validitätskoeffizienten abhängen und nicht zuletzt auch von dem Grad der logischen Validität, den der Test für sich in Anspruch nehmen darf.

Überprüfung der Äquivalenz der **Reliabilität** empfiehlt es sich, nach Möglichkeit mehrere Reliabilitätskoeffizienten für die beiden Parallelformen zu ermitteln:

a) nach der Halbierungsmethode,
b) nach der inneren Konsistenz,
c) nach der Paralleltestmethode.

Ist einer der beiden Koeffizienten a) und b) erheblich niedriger als der andere, so sind bestimmt Mängel im Aufbau vorhanden. Die Varianz muß dabei nicht notwendigerweise in beiden Parallelformen verschieden sein.

3. Die Äquivalenzprüfung der **Verteilungskennwerte** kann am besten nach dem WILKS'schen Verfahren vorgenommen werden, und zwar in der Weise, wie es in den Beispielen Nr. 13.1 und Nr. 13.2 (S. 1) gezeigt wurde[1]).

Ist der *Mittelwertunterschied* an der Nichtübereinstimmung wesentlich beteiligt, so sind einfache Revisionen möglich. Man fügt bei der Testform mit dem geringeren Mittelwert eine leichte Aufgabe am Anfang ein und prüft die Äquivalenzhypothese nochmals unter der Voraussetzung, daß der neue Mittelwert um einen Rohpunkt höher liegt. Da die Anzahl der Aufgaben in Paralleltests gewöhnlich gleich ist, muß eine schwierige Aufgabe anstelle der leichten entfernt werden. Wenn jedoch der Mittelwertunterschied zweier Paralleltests so groß ist, daß das Auswechseln einer einzigen Aufgabe die Äquivalenz nicht herstellt, so muß die leichtere Testform um eine schwere Aufgabe aus der schwereren Testform bereichert werden und die schwerere Testform stattdessen eine leichte Aufgabe aus der leichteren Testform erhalten. Allgemein muß man so manipulieren, daß die mittlere Aufgabenschwierigkeit des einen Tests möglichst weitgehend der des anderen Tests angegliedert wird. Da durch diese Veränderung möglicherweise die Reliabilität der beiden Testformen verändert wird. empfiehlt sich u. U. eine erneute Konsistenzanalyse, z. B. mit Formel (10.26).

Ein *Unterschied der Varianzen* ist schwieriger zu beseitigen. Hier wird man es bei der Feststellung der Nicht-Äquivalenz bewenden lassen und das sogenannte *Äquiperzentil-Verfahren* zur Herstellung der Vergleichbarkeit anwenden. Selbstverständlich ist dieses Verfahren auch zum Ausgleich von Mittelwertunterschieden geeignet.

13.4 Methoden zur Angleichung nicht-äquivalenter Parallelformen

Sollte es sich bei der Überprüfung der Äquivalenzkriterien zeigen, daß die Hypothese der *Äquivalenz* der *Verteilungskennwerte* nicht aufrecht zu halten ist, so müssen Wege zu ihrer Angleichung gesucht werden. Die Möglichkeit einer Revision einer oder beider Testformen steht zwar offen, ist aber recht unökonomisch, wenn auch die Varianzen signifikante Unterschiede aufweisen. Sieht

[1]) Die beiden Beispiele hätten eigentlich erst an diese Stelle gehört, aber aus Gründen des formalen Zusammenhangs sind sie im Anschluß an die entsprechenden Formeln gegeben worden.

man aber andererseites von einer Änderung ab, so nimmt man in Kauf, daß für jede Testform separate Normen bestimmt werden müssen. Diese letztere Konsequenz ist zweifelsohne recht unbefriedigend. Um sie zu vermeiden, können verschiedene Maßnahmen durchgeführt werden.

13.4.1 Angleichung durch Gleichsetzung der Mittelwerte

In dem einfachsten Fall, daß sich zwei oder mehrere Testformen nur hinsichtlich ihrer *Mittelwerte*, nicht aber hinsichtlich ihrer Varianzen und Kovarianzen unterscheiden, erzielt man eine direkte Vergleichbarkeit, indem man die Mittelwerte in der Weise aufeinander abstimmt, daß man zu der einen Testform ein oder mehrere Testpunkte algebraisch addiert, so daß die dann noch bestehenden Unterschiede als zufällig gelten können.

Diese Maßnahmen würde in der Auswertungsanweisung so zum Ausdruck kommen, daß es dort etwa heißt: „Vor dem Aufsuchen des Standardwertes müssen bei Testform B zu dem erhaltenen Rohwert zwei Punkte addiert werden.“

13.4.2 Angleichung durch lineare Transformation

Wenn sich die beiden Testformen außer in ihren *Mittelwerten* auch in ihren *Varianzen* unterscheiden, ansonsten aber äquivalent sind, dann kann man durch eine lineare Transformation Vergleichbarkeit erzielen. Wenn die Rohwerte des Tests 2 so transformiert werden sollen, daß sie mit denen des Test 1 vergleichbar wären, lautet die entsprechende Transformationsgleichung:

$$X'_2 = \frac{s_{X_1}}{s_{X_2}} \cdot (X_2 - \bar{X}_2) + \bar{X}_1 . \tag{13.9}$$

Mit dieser Gleichung können auch alle Rohwerte des Tests 2 transformiert und in einer Tabelle zusammengestellt werden. Für die Originalrohwerte des Tests 1 und die transformierten Rohwerte des Tests 2 gilt dann eine gemeinsame Normentabelle.

13.4.3 Angleichung durch Regression

Die beiden beschriebenen Methoden setzen *Gleicheit* der *Reliabilitätskoeffizienten* und eine *maximale Interkorrelation* der beiden Tests voraus. Erweist es sich bei der Analyse der Reliabilitätskoeffizienten, daß eine von beiden Parallelformen weniger konsistent ist als die andere, und ist r_{12} deutlich kleiner als eins, so empfiehlt es sich, die Rohwerte der schlechteren Testform mittels einer Regression auf die der besseren Testform zurückzuführen.

Wäre die Form 2 die qualitativ schlechtere Testform, so würde die Regressionsgleichung auf die bessere Testform 1 lauten

$$\hat{X}_1 = r_{12} \cdot \frac{s_{X_1}}{s_{X_2}} \cdot (X_2 - \bar{X}_2) + \bar{X}_1 . \tag{13.10}$$

Mit Hilfe dieser Gleichung werden für alle möglichen Rohwerte X_2 die entsprechenden geschätzten Rohwerte $\hat{X}_1$ bestimmt und in einer Tabelle zum raschen Ablesen zusammengestellt. Bei dieser Methode der Regressionsangleichung ist zu berücksichtigen, daß extreme Ausprägungsgrade des untersuchten Merkmals, die mit dem schlechteren Test gemessen wurden, durch die Regression zum Durchschnitt hin verschoben werden, was in Anbetracht des höheren Meßfehlers durchaus sinnvoll ist. Dieser Effekt ist umso größer, je geringer die Paralleltestreliabilität ist.

13.4.4 Angleichung über die Äquiperzentil-Methode

Die bisher am meisten zufriedenstellende Methode der Angleichung nichtäquivalenter Testformen ist die sogenannte *Äquiperzentil-Methode*. Ihr Name leitet sich davon her, daß über die kumulativen Frequenzen der Häufigkeitsverteilungen beider Parallelformen diejenigen Rohwerte – je einer für jede Form – aufgesucht werden, bis zu welchen gleiche Prozentanteile der Verteilung beobachtet wurden. Die Rohwertepaare, die also einem gleichen Prozentrang entsprechen, werden in einem rechtwinkligen Koordinatensystem als Punkte lokalisiert und durch eine Ausgleichslinie miteinander verbunden, wie es Abb. 13.1 veranschaulicht, oder in einer Tabelle zusammengestellt.

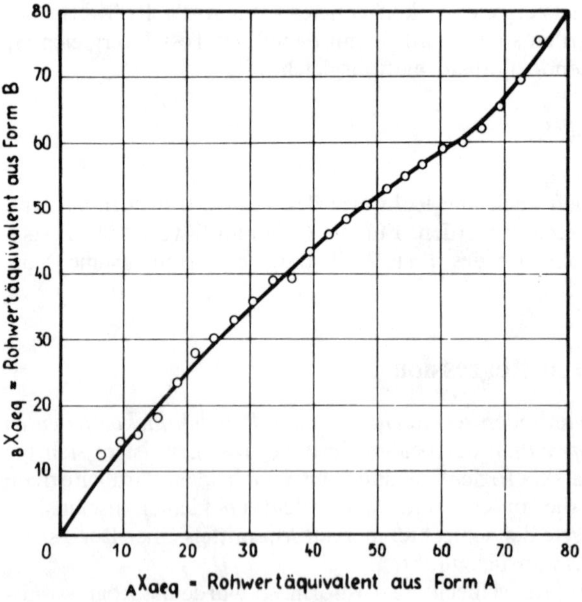

Abb. 13.1: Beispiel eines Nomogramms zur Angleichung der Testpunktwerte zweier nichtäquivalenter Testformen nach der Äquiperzentilmethode.

Die Normen werden dann so ermittelt, daß alle Rohwerte der einen Testform (B) durch graphische oder tabellarische Ablesung in solche der anderen Testform (A) umgewandelt, dann in der Normentabelle nachgesehen und in den jeweiligen

Normwert transformiert werden. Sind mehr als zwei Parallelformen zu berücksichtigen, so müssen für alle nicht äquivalenten Formen solche Nomogramme bzw. Tabellen erstellt werden.

Um die Äquiperzentil-Methode und ihre praktische Anwendung näher zu erläutern, wird im folgenden ein geeignetes Beispiel dargestellt.

Rechenbeispiel Nr. 13.3:

Angenommen, zwei Paralleltests über allgemeines Wissen hätten sich als nicht-äquivalent erwiesen. Die Rohwerte beider Testformen A und B sollen nach dem Äquiperzentilverfahren aufeinander abgestimmt werden. Tabelle 13.2 gibt die nötigen Daten.

Spalte 0 faßt die Testpunkte zu Dreierklassen zusammen. Die Spalten 1A und 1B enthalten die Häufigkeitsverteilungen ihrer Rohwerte jeweils für die Formen A und B, die Spalten 2A und 2B die fortlaufend aufsummierten Frequenzen. In Spalte 3A werden die Perzentile dejenigen Testform, die man als Bezugsbasis gewählt hat, eingetragen, indem man wie in unserem Beispiel die oberen Klassengrenzen als fixe Perzentilwerte definiert. Wir können also die Werte der Spalte 3A rein schematisch finden, indem wir zum ersten oberen Grenzwert (6,5) laufend die Intervallgröße ($i = 3$) addieren.

Die Werte der Spalte 3B werden nun wie folgt ermittelt: In Form A liegen 2 Pbn unterhalb des Rohwertes 12,5; in Form B liegen 2 Pbn unterhalb des Rohwertes 6,5. Ein Rohwert von 6,5 aus Form A und ein Rohwert von 12,5 aus Form B entsprechen einander offensichtlich nach ihrem Prozentrang. Desgleichen entsprechen sich die Rohwerte 12,5 der Form A und 15,5 der Form B, da eine kumulative Häufigkeit von 7 in der Form A unterhalb eines Rohwertes von 15,5, in der Form B unterhalb eines Rohwertes von 12,5 liegt.

In allgemeinen stimmen jedoch die Summenhäufigkeiten mit den Intervallgrenzen nicht überein, man muß interpolieren. Das rechnerische Schema des Interpolierens ist in Spalte 4B aufgeführt. Will man etwa zu einem Rohwert von 9,5 der Form A den prozentranggleichen Rohwert der Form B bestimmen, so geht man folgendermaßen vor: Man sucht den zu 9,5 in Spalte 3A gehörigen zeilengleichen Spaltenwert 2B auf und findet dort ein cum $f = 6$. Nun sucht man in Spalte 2A den Skalenort, an dem der Wert 6 zu liegen käme, das ist zwischen den Spaltenwerten 2 und 7. Da dem Spaltenwert 2 eine Intervallgrenze von 12,5 und dem Spaltenwert 7 eine solche von 15,5 zukommt, müssen wir erwarten, daß der von uns gesuchte prozentranggleiche Rohwert der Form B näher an 15,5 als an 12,5 liegt, da die kumulative Frequenz 6 sich mehr der kumulativen Frequenz 7 als der kumulativen Frequenz 2 nähert. Wir müssen also die Differenz von $7-2$ kumulative Einheiten im Verhältnis 4 ($= 6 - 2$) zu 1 teilen und den größeren Anteil, nachdem er mit der Intervallgröße 3 vervielfacht wurde, zum Ausgangswert 12,5 hinzuaddieren, wie dies in Spalte 4B geschehen ist. Danach ergibt sich ein Wert von 14,9, der – wie vorausgesagt – näher an 15,5 als an 12,5 herankommt. In gleicher Weise verfahren wir bei der Ermittlung aller übrigen Spaltenwerte 3B.

Tabelle 13.2: Rohwertverteilung und Äqui-Perzentilpunkte für zwei Parallelformen eines Tests.

Spalte 0		1A	2A	1B	2B	3A	3B	4B
Intervall-mitte	Rohwert X_i; i = 3	f	cum f	f	cum f	${}_{A}X_{aeq}$ Rohwert, unterhalb dessen gleiche Prozentanteile d. Verteilung fallen	${}_{B}X_{aeq}$	Berechnungshilfe für B
		Form A	Form A	Form B	Form B	Form A	Form B	
5	4–6	–	–	2	2	6,5	12,5	
8	7–9	–	–	4	6	9,5	14,9	$12{,}5 + 3 \cdot \frac{6-2}{7-2}$
11	10–12	2	2	1	7	12,5	15,5	
14	13–15	5	7	8	15	15,5	18,5	
17	16–18	8	15	19	34	18,5	23,5	$21{,}5 + 3 \cdot \frac{34-26}{38-26}$
20	19–21	11	26	26	60	21,5	28,0	$27{,}5 + 3 \cdot \frac{60-55}{83-55}$
23	22–24	12	38	21	81	24,5	30,3	$27{,}5 + 3 \cdot \frac{81-55}{83-55}$
26	25–27	17	55	37	118	27,5	33,1	$30{,}5 + 3 \cdot \frac{118-83}{123-83}$

29	28–30	28	83	50	168	30,5	36,0	$33{,}5 + 3 \cdot \frac{168 - 123}{179 - 123}$
32	31–33	40	123	68	236	33,5	38,9	$36{,}5 + 3 \cdot \frac{236 - 179}{249 - 179}$
35	34–36	56	179	56	292	36,5	39,6	$39{,}5 + 3 \cdot \frac{292 - 249}{331 - 249}$
38	37–39	70	249	65	357	39,5	43,4	$42{,}5 + 3 \cdot \frac{357 - 331}{417 - 331}$
41	40–42	82	331	71	428	42,5	46,0	$45{,}5 + 3 \cdot \frac{428 - 417}{483 - 417}$
44	43–45	86	417	62	480	45,5	48,4	$48{,}5 + 3 \cdot \frac{480 - 417}{483 - 417}$
47	46–48	66	483	40	520	48,5	50,6	$48{,}5 + 3 \cdot \frac{520 - 483}{535 - 483}$
50	49–51	52	535	35	565	51,5	53,0	$51{,}5 + 3 \cdot \frac{555 - 535}{575 - 535}$
53	52–54	40	575	27	582	54,5	55,1	$54{,}5 + 3 \cdot \frac{582 - 575}{606 - 575}$
56	55–57	31	606	19	601	57,5	57,0	$54{,}5 + 3 \cdot \frac{601 - 575}{606 - 575}$

Tabelle 13.2 (Fortsetzung)

Spalte 0		1A	2A	1B	2B	3A	3B	4B
Intervall-mitte	Rohwert X_i; i = 3	f	cum f	f	cum f	${}_AX_{aeq}$ Rohwert, unterhalb dessen gleiche Prozentanteile d. Verteilung fallen	${}_BX_{aeq}$	Berechnungshilfe für B
		Form A	Form A	Form B	Form B	Form A	Form B	
59	58–60	25	631	18	619	60,5	59,1	$57{,}5 + 3 \cdot \frac{619 - 606}{631 - 606}$
62	61–63	16	647	7	626	63,5	59,9	$57{,}5 + 3 \cdot \frac{626 - 606}{631 - 606}$
65	64–66	7	654	14	640	66,5	62,2	$60{,}5 + 3 \cdot \frac{640 - 631}{647 - 631}$
68	67–69	2	658	12	652	69,5	65,6	$63{,}5 + 3 \cdot \frac{652 - 647}{654 - 647}$
71	70–72	3	661	6	658	72,5	69,5	69,5 –
74	73–75	1	662	4	662	75,5	75,5	75,5

Nun bilden wir das Nomogramm der Abb. 13.1, indem wir die Punkte durch einen ausgeglichenen Linienzug ersetzen, der es gestattet, zu jedem Rohwert der Form B den entsprechenden Rohwert der Form A abzulesen. Normen werden nur für die Form A angegeben.

Ergänzend sei bemerkt, daß die *Äquiperzentil-Methode* auch zur Angleichung von Tests mit unterschiedlicher Struktur, aber gleichem Validitätsbereich herangezogen werden kann. Die Möglichkeit, die Äquiperzentil-Methode auch in einem solchen Fall anzuwenden, gewinnt dann an praktischer Bedeutung, wenn Paralleltests nicht vorhanden, wohl aber dringend notwenig sind.

Diese Rohwertangleichung hat naturgemäß keinen Einfluß auf eine etwa unterschiedliche Konsistenz beider Tests. Sie wirken sich so aus, als wären beide Tests gleich konsistent.

Kommt eine Rohwertangleichung aus irgendeinem Grunde nicht in Frage, so bleibt immer noch die Möglichkeit eines Vergleiches beider Testformen über separate Normen.

13.5 Der Aufbau von Entwicklungstestserien

Überall dort, wo man zwar schlechthin von einem Test spricht, aber tatsächlich nur einen Teil der verfügbaren Aufgaben dem Pb vorlegt, handelt es sich eigentlich um eine *Testserie*. Typische Beispiele dieser Art sind der BINET- und der HETZER-Test.

Klassische Testserien – wie sie im Unterschied zu den gleitenden Testserien beschrieben wurden – existieren hauptsächlich in den angelsächsischen Ländern. Dort gibt es von einem bestimmten Test z. B. eine Testform für Volksschüler verschiedener Stufen, eine solche für höhere Schüler, eine weitere für Studenten. Jede Testform enthält etwa gleiche oder gleichwertige Aufgabengruppen wie Rechenaufgaben, Rechtschreibaufgaben, Wortverständnisaufgaben etc. Diese Art der Testserien finden in den USA haupsächlich als Schulfortschritt-Tests Verwendung. Teilweise erlauben sie auch eine spezielle Interpretation der einzelnen Aufgabengruppen und haben so gewissermaßen bereits die Eigenschaft von *Profiltests*.

In Deutschland sind Testserien dieser Art vereinzelt ebenfalls als *Schulleistungstests* oder *Intelligenztests* entwickelt worden, während die von uns als gleitende Testserien bezeichneten Typen als *Entwicklungstestreihen* mehrfach konstruiert und erfolgreich angewendet wurden.

Planung und Aufbau gleitender Testserien müssen sich mehr noch als Einzeltests an der Erfahrung ausrichten. Man denke nur daran, wie mühselig die Verhaltensinventarisierung für ein bestimmtes Spielalter als Voraussetzung für die Auswahl geeigneter Entwicklungstestaufgaben ist. Beobachtungs- und Einfühlungsgabe verbunden mit einer produktiven und realistischen Phantasie sind unerläßliche Eigenschaften eines erfolgreichen Testautors.

Soweit man Entwicklungstests gegenständlich von Leistungstests im allgemeinen und Intelligenztests im besonderen trennen darf, ist zu fordern:

1. Entwicklungstests müssen neben intellektuellen auch sensorische und motorische Funktionen, soziale und reifungsbedingte Verhaltensweisen, kurz alle Äußerungsformen der Entwicklung berücksichtigen.

2. Die Aufgaben müssen – wie man manchmal zu sagen pflegt – „*alterskritisch*" sein, womit nichts anderes gemeint ist, als daß sie im Hinblick auf das Kriterium „Lebensalter" valide sein müssen, und zwar in signifikant höherem Maße als gegenüber dem Kriterium ‚Intelligenz', wie sie durch einen Intelligenztest gemessen wird. Eine Entwicklungstestaufgabe für das 3. Lebensjahr wäre als solche dann am besten qualifiziert, wenn sie von allen 4-jährigen gelöst, von allen 2-jährigen aber verfehlt würde, die 3-jährigen sollten sie etwa zur Hälfte richtig und zur Hälfte falsch beantworten. In je höherem Maße alle Aufgaben eines Tests dieser Forderung entsprechen, in um so höherem Maße verdient ein Test die Bezeichnung „Entwicklungstest". Keine noch so plausible andere Begründung kann die empirische Untersuchung der Validitätskoeffizienten für die einzelnen Aufgaben überflüssig machen. Nur bei einem überdurchschnittlich hohem mittleren Validitätskoeffizienten ($\bar{r}_{ic} > 0{,}6$) gegenüber dem Lebensalter und einem relativ geringen gegenüber der Intelligenz darf sich ein Test zu Recht Entwicklungstest nennen.

Ist ein Entwicklungstest nach Art eines Testprofils aufgebaut, d. h. werden für die einzelnen Entwicklungsdimensionen (z. B. sinnliche Rezeption, Körperbeherrschung, Materialbearbeitung etc.) separate Punktwerte vergeben, so sollten auch spezielle mittlere Validitätskoeffizienten für die einzelnen Dimensionen berechnet werden. Es ist durchaus denkbar, ja sogar wahrscheinlich, daß eine Dimension in höherem Maße reifungsbedingt ist als eine andere. Dimensionen, die sich als vorwiegend umweltbedingt, also im wesentlichen als lernbar erweisen, indem sie z. B. in einem sozial gehobenen Milieu auf der gleichen Altersstufe stärker ausgeprägt sind, sollten in einen Entwicklungstest gar nicht erst aufgenommen werden.

Die Analyse und Bewertung von Entwicklungstestaufgaben bleibt bis zu einem gewissen Grad unbefriedigend, da praktisch nur nicht-objektive Freiantworten verbaler und nicht-verbaler Art in Frage kommen; dies gilt zumindest für frühkindliche Entwicklungsstadien. Das ist wohl auch der Grund, warum sich Entwicklungstests bis dato nur als Individualtests behauptet und bewährt haben. Aus der mangelnden Objektivität der meisten Entwicklungstestaufgaben resultiert für die Daten der Aufgabenanalyse ein gewisser Unsicherheitsfaktor, der durch Zugrundelegung größerer Analysestichproben als bei objektiven Tests aufgewogen werden könnte; solche großen Stichproben stellen jedoch für einen Individualtest eine einigermaßen unrealistische Forderung dar. Trotzdem muß eine Aufgabenanalyse nachdrücklich auch für diese Tests gefordert werden.

Die *Aufgabenselektion* aufgrund der Analysedaten erfolgt am besten nach der GULLIKSEN-Methode, um eine maximale Validität zu erreichen. Bekanntlich ist hierfür die Bestimmung von Validitäts- und Trennschärfenkoeffizienten erforderlich. Der Validitätskoeffizient orientiert sich dabei an dem Kriterium Alter, der Trennschärfenkoeffizient an dem Kriterium Testpunktwert.

Auch bei der Überprüfung von Reliabilität und Validität begegnet man gewissen Schwierigkeiten. Die *Reliabilität* wird in der Regel durch eine Testwiederholung in einem angemessenen Zeitintervall bestimmt, wobei zu beachten ist, daß die Reliabilitätskoeffizienten zunächst für jede Altersstufe separat berechnet werden müssen. Unterscheiden sie sich nicht wesentlich, so dürfen sie algebraisch oder über die FISHERsche z'-Funktion gemittelt werden. Legt man der Reliabilitätskontrolle gleichzeitig alle Altersstufen zugrunde, so resultiert ein überhöhter Reliabilitätskoeffizient, den man allerdings nach Formel (10.48) korrigieren kann.

Der *Validitätskoeffizient* muß ebenfalls für die einzelnen Altersstufen separat berechnet werden, indem die Rohwerte mit dem in Monaten ausgedrückten Lebensalter maßkorreliert werden. Dabei mag sich ergeben, daß der Test für gewisse Altersstufen valider ist als für andere (differentielle Validität). Wenn man die Validitätskoeffizienten der einzelnen Aufgaben verfügbar hat, kann man anstelle einer eigenständigen Validitätskontrolle, wenn eine solche nicht möglich sein sollte, den Validitätskoeffizienten des Tests auch nach Formel (11.) schätzen.

Normen für Entwicklungstests werden gewöhlich nur aus relativ kleinen Stichproben bestimmt werden können, was insofern kein allzu großer Nachteil ist, da ein Entwicklungstest nicht im gleichen Ausmaß wie ein Intelligenz- und Leistungstest erfahrungsbedingt sein soll. Aus diesem Grunde besteht auch bei einer kleinen Stichprobe die Gewähr, daß sie einigermaßen populationsrepräsentativ ist.

Die *Testnormen* werden entweder in Einheiten des Entwicklungsalters ausgedrückt, wie dies BINET ursprünglich vorschlug, oder nach dem Vorschlag von STERN als sogenannte Entwicklungsquotienten (= individuelles Entwicklungsalter/Lebensalter) definiert.

Rechenbeispiel Nr. 13.4:

Wenn in einem Entwicklungstest 15 Aufgaben für das 3. Lebensjahr (2. Geburtstag bis 3. Geburtstag) vorgesehen sind, so würde die Lösung einer Aufgaben einen Entwicklungszuwachs von $12/15 = 0{,}8$ Monaten ($= 30 \cdot 0{,}8 = 24$ Tagen) bedeuten. Ein Kind von 2; 3 Jahren, das alle Aufgaben für das 2. Lebensjahr und 10 Aufgaben für das 3. Lebensjahr richtig löst, hätte also ein Entwicklungsalter von $2 + 10 \cdot 12/15 = 2;8$ Jahren (2 Jahren, 8 Monaten) oder einen EQ (Entwicklungsquotienten) $= \frac{\text{EA (in Monaten)}}{\text{LA (in Monaten)}} = \frac{32}{27} = 1{,}18$, in Prozenten ausgedrückt $= 118$.

Neben Quotienten- oder Relativnormen können im Falle der Normalverteilung der Entwicklungspunktwerte auch Standardwerte, allgemein aber Prozentränge berechnet werden, die sich auf eine altersgleiche Population beziehen.

Kapitel 14

TESTPROFILE UND TESTBATTERIEN

14.1 Zur Charakteristik von Testprofilen und Testbatterien

Im 1. Kapitel wurde eine Einteilung der Tests in einfache Tests oder Elementartests – wie man sie auch nennen könnte – und Testsysteme vorweggenommen, die einer näheren Begründung bedarf. Unter den Elementartests sind solche Tests zu verstehen, die nur einen einzigen Punktwert liefern. Als Testsysteme sollen alle Tests zusammengefaßt werden, die mehr als einen Punktwert ergeben, wobei es gleichgültig ist, ob diese Punktwerte Selbständigkeit bewahren oder zu einem Gesamtpunktwert vereinigt werden. Dieses Einteilungsprinzip in Elementartests und Testsysteme ist also zunächst rein formaler Natur und läßt sich deshalb streng durchführen.

Man kann die Testsysteme weiter unterteilen in Testprofile und Testbatterien. Diese Unterteilung kann jedoch nicht mehr nach rein formalen Gesichtspunkten vorgenommen werden. Später wird deutlich werden, daß derselbe Test unter Umständen sowohl als Testprofil wie auch als Testbatterie fungieren kann.

14.1.1 Das Testprofil

Ein Testprofil im engeren Sinne des Wortes ist eine graphische Darstellung der Ergebnisse mehrerer Einzeltests, wie sie ROSSOLIMO (1926) erstmalig vorgeschlagen hat. Als Testprofil im weiteren Sinne des Wortes gilt eine Kombination mehrerer Einzeltests, in der diese Einzeltests ein Höchstmaß an Eigenständigkeit bewahren. Die Wahl der zu einem Profil vereinigten Elementartests richtet sich gewöhnlich nach einem praktischen Bedürfnis. So wird z. B. zur knappen Beschreibung einer individuellen Persönlichkeitsstruktur ein sogenanntes Persönlichkeitsprofil, zur Beschreibung der Intelligenzstruktur ein Intelligenzprofil, zur Beschreibung einer Berufseignung ein Berufsprofil erstellt. Man spricht gelegentlich in diesem Sinne von einer „ad hoc“-Kombination von Einzeltests, womit gemeint ist, daß man bestimmte, für einen speziellen Zweck benötigte Tests mehr oder weniger willkürlich zusammenfaßt.

Vom teststatistischen Gesichtspunkt aus werden an ein Testprofil keine allzu strengen Forderungen gestellt; man erwartet, daß jeder Einzeltest einigermaßen reliabel ist und daß er mit jedem anderen möglichst niedrig korreliert. Desgleichen erwartet man, daß jeder Test unabhängig vom anderen eine ausreichend logische oder empirische Validität besitzt. Die aus dem gesamten Testprofil gewonnene Information läuft somit auf eine drastische Erweiterung des Validitätsbereiches hinaus.

Wenn die Selbständigkeit der Einzeltests eines Profils besonders hervorgehoben wurde, so folgt nicht daraus, daß die Interpretation eines Profils ebenfalls nur von den Einzeltests ausgeht; vielmehr ermöglicht das Testprofil eine umfassende Zusammenschau, ja sie macht eine solche sogar notwendig.

14.1.2 Die Testbatterie

Eine Testbatterie ist ebenfalls eine Kombination mehrerer Einzeltests, wobei jedoch die Einzeltests ihre Eigenständigkeit aufgeben und ausschließlich in den Dienst eines gemeinsamen Zieles treten, nämlich ein durch ein Validitätskriterium definiertes Persönlichkeitsmerkmal möglichst genau zu erfassen. Der Name ‚Testbatterie' findet sein Analogon einmal in der Elektrotechnik, wo mehrere galvanische Elemente zu einer (Taschen)-Batterie hintereinander geschaltet werden, zum anderen in der Kriegstechnik, wo mehrere Geschütze zur Bekämpfung eines bestimmten Feindzieles eingesetzt werden; in beiden Fällen wird die Effektivität, die Voltzahl bzw. Feuerkraft, wesentlich erhöht.

Die Wahl der Einzeltests für eine Testbatterie muß sich nach ihrem Validitätsbereich richten, d. h. alle zu einer Testbatterie vereinigten Tests sollten in etwa dasselbe Persönlichkeitsmerkmal, wenn auch unter Umständen von einem unterschiedlichen Gesichtspunkt aus, erfassen. Dabei bleibt völlig offen, ob der zu untersuchende Merkmalsbereich eng umschrieben ist (z. B. Konzentrationsfähigkeit bei verschiedenen Tätigkeiten) oder weitläufig gewählt wird (z. B. allgemeine intellektuelle Leistungsfähigkeit).

Die teststatistischen Forderungen an die Einzeltests einer Batterie erstrecken sich im wesentlichen auf ihre Reliabilität und nicht – wie man meinen möchte – auf ihre Validität, die sonst ein primäres Anliegen an einen Test darstellt. Es sind nämlich teststatistische Verfahren entwickelt worden, mit denen man aus einer Reihe von Einzeltests diejenigen auswählen kann, die zur Erfassung des untersuchten Persönlichkeitsmerkmals am meisten beitragen. Man wird natürlich nur solche Tests für die Aufnahme in eine Testbatterie in die engere Wahl ziehen, von denen ein Beitrag zur Erfassung des Persönlichkeitsmerkmals erwartet werden kann, denen also ein gewisses Maß an logischer Validität anhaftet.

Die Interkorrelationen der Einzeltests, die bei den Testprofilen nur eine untergeordnete Rolle spielen, sind für den diagnostischen Wert einer Testbatterie außerordentlich bedeutungsvoll. Einmal kann man Tests kombinieren, die ein relativ eng umschriebenes Persönlichkeitsmerkmal prüfen; solche Tests sollten untereinander möglichst hoch korrelieren. Man kann aber andererseits auch Tests kombinieren, die offenbar sehr Verschiedenes prüfen und doch – jeder für sich – einen wichtigen Beitrag zur Erfassung des Persönlichkeitsmerkmals leisten, wie z. B. Tests über Wortflüssigkeit, praktisches Rechnen und Raumvorstellung als Komponenten der sogenannten allgemeinen Intelligenz. Solche Tests, die sehr unterschiedliche Aspekte des fraglichen Persönlichkeitsmerkmals untersuchen, sollten untereinander möglichst niedrig korrelieren.

Darüber hinaus ist es wünschenswert, daß alle Einzeltests einer Batterie, abgesehen davon ob sie hoch oder niedrig interkorrelieren, möglichst hoch mit dem Gesamtpunktwert oder mit einem unabhängigen Außenkriterium korrelieren. Ausgenommen von dieser Regel sind die Tests, die in einer Batterie die Funktion eines *Suppressortests* haben (siehe Kap. 14.5.2).

Die Antwort auf die Frage, wann man ähnliche und wann unterschiedliche Tests kombinieren sollte, hängt davon ab, welchen Validitätsbereich man für die Testbatterie in Anspruch nehmen will. Möchte man ein eng umschriebenes Persönlichkeitsmerkmal wie sinnliche Aufmerksamkeit oder Kombinationsfähigkeit exakter bestimmen, als dies mit einem Elementartest möglich war, so wählt man zweckmäßigerweise Tests aus, die untereinander hoch korrelieren. Will man aber ein komplexes Persönlichkeitsmerkmal wie etwa die allgemeine Intelligenz, die Berufs- oder die Büroeignung prüfen, so wird man möglichst solche Tests heranziehen, die niedrig miteinander korrelieren.

14.1.3 Die möglichen Kombinationen von Tests und Validitätskriterien

Will man mehrere Persönlichkeitsmerkmale bzw. Validitätskriterien durch einen oder mehrere Einzeltests erfassen, wie dies in den sogenannten *differentiellen Eignungstests* geschieht, so gibt es weitere spezielle Techniken zur Bewältigung der damit verbundenen Probleme, auf die in diesem Rahmen nur hingewiesen werden kann.

Die Übersicht in Tab. 14.1 nennt die grundsätzlichen Möglichkeiten der Test- und Kriterienkombinationen, von denen wir nur zwei, die des Testprofils und die der Testbatterie, herausgegriffen und näher beschrieben haben. Die in die tabellarische Übersicht aufgenommenen und im Text nicht erwähnten Kombinationen von Test und Kriterium haben bisher wenig praktische Bedeutung erlangt, weshalb auf

Tabelle 14.1

Testbezeichnung	Anzahl der Einzeltests	Anzahl der Validitätskriterien	Kennzeichen oder Bedingung	Statistische Technik zur Vorhersage der Kriterien	Erreichter Zweck
Elementartest	1	1	keine	lineare Regression	–
Homogene Testbatterie	k	1	Alle Tests messen denselben Aspekt des Persönlichkeitsmerkmals	Addition bzw. Mittelung der Standardwerte HOLZINGER (1944)	Höhere Reliabilität
Heterogene Testbatterie			Jeder Test mißt einen anderen Aspekt des Persönlichkeitsmerkmals	Multiple Regression WHERRY-DOOLITTLE (1940a)	Höhere Validität
Paralleltest und Testserie			Alle Tests sind äquivalent	lineare Regression	Größere Nützlichkeit

Tabelle 14.1 (Fortsetzung)

Testbezeichnung	Anzahl der Einzeltests	Anzahl der Validitätskriterien	Kennzeichen oder Bedingung	Statistische Technik zur Vorhersage der Kriterien	Erreichter Zweck
Komplex validierter Elementartest	1	k	Teilkriterien werden zu einem komplexen Validitätskriterium zusammengefaßt	Methode der Minimum-Variation von EDGERTON und KOLBE (1936) Multiple Regression nach WHERRY (1940b)	Repräsentativere Validitätsaussage
Mehrfach validierter Elementartest			Jedes Einzelkriterium bleibt unabhängig	Mehrfache lineare Regression	Validitätsaussage eines Tests gegenüber verschiedenen Kriterien
Testprofil	k	k	Jeder Test wird gegenüber einem speziellen Validitätskriterium validiert	lineare Regression	Validitätsaussage mehrerer Tests gegenüber verschiedenen Kriterien
Testkanon			Eine Kombination von Tests wird gegenüber einer Kombination von Kriterien validiert	kanonische Korrelation von HOTELLING (1936)	beste Validitätsaussage einer Testbatterie gegenüber einem komplexen Kriterium

ihre Darstellung verzichtet wurde. Manche der kurzen Angaben werden erst aus den weiteren Ausführungen über die Testbatterien verständlich werden.

14.2 Die Analyse von Testprofilen

Testprofile sind also Kombinationen von selbständigen Einzeltests zum Zwecke einer allgemeineren Information über bestimmte Bereiche der Persönlichkeit.

Vielfach werden Testprofile so gewonnen, daß Einzeltests mit einem definierten Validitätsbereich nach besonderen Gesichtspunkten zusammengefaßt werden, wobei die Zusammenfassung lediglich die Einzelresultate betrifft und eine bessere und übersichtlichere Interpretationsgrundlage abgibt. Meist werden diese Einzeltests nicht erst konstruiert, sondern einfach den gängigen und bewährten Tests entnommen.

14.2.1 Die Profildarstellung

Der Vorteil der Profildarstellung liegt in der Vergleichbarkeit der einzelnen Merkmale oder Merkmalsbereiche der Persönlichkeit. Ein zahlenmäßiger Vergleich ist nur möglich, wenn alle Einzelresultate in einem einheitlichen Normenmaßstab, am besten in Standardwerten, ausgedrückt werden. Zu diesem Zweck müssen die Einzelrohwerte nach den üblichen Methoden in Standardwerte oder Prozentränge umgerechnet werden, ehe sie in ein vorgedrucktes Profilschema eingetragen werden dürfen. Vereinbarungsgemäß werden die einzelnen Tests entlang der Abszisse in gleichen Abständen angeordnet und die Standardwerte auf der Ordinate abgetragen. Finden Prozentränge Verwendung, so werden diese am zweckmäßigsten im Integralmaßstab eingetragen. Häufig findet man entlang der linken Ordinate des Profildiagramms die Standardwerte und entlang der rechten Ordinate die Prozentränge angeordnet, wie z. B. beim IST 70 (AMTHAUER, 1970). Damit wird den individuellen Ablesegewohnheiten der Untersucher weitgehend Rechnung getragen.

Seit ROSSOLIMO hat es sich eingebürgert, die Markierungspunkte der Standardwerte zu einem Polygonzug miteinander zu verbinden, obwohl eine Säulendarstellung sachgerechter wäre[1]). Abb. 14.1 gibt ein Beispiel für eine

T-Norm	Test Nr. 1 prakt. Intellig.	2 verbale Intellig.	3 Selbstkritik	4* Neurotizismus	5 Konzentr.-fähigkt.	6 Umstell.-fähigkt.	7+ Gewissenhaftigkt.	PR-Norm
75	>35	>95	>50	0	>91	>41	0	1
70	33-34	87-94	47-49	1-3	88-90	38-40	1	2
65	30-32	79-86	45-46	4-6	82-87	35-37	2-3	7
60	26-29	70-78	42-44	7-11	75-81	32-34	4-5	16
55	23-25	63-69	38-41	12-17	69-74	28-31	6-8	31
50	19-22	52-62	35-37	18-23	62-68	24-27	9-10	50
45	15-18	43-51	30-34	24-28	56-61	20-23	11-13	69
40	12-14	33-42	24-29	29-33	48-55	16-19	14-16	84
35	8-11	25-32	17-23	34-39	40-47	11-15	17-18	93
30	5-7	18-24	13-16	40-46	33-39	7-10	19-20	98
25	0-4	<17	<12	>47	<32	<6	>21	99

*: Mangel an Neurotizismus ist positiv zu bewerten, } daher inverse Skala
+: In Test 7 wurden die Fehler bewertet, } daher inverse Skala
- - -: Mindestanforderungen an einen Verkaufsleiter
——: Individuelles Profil

Abb. 14.1: Beispiel eines Testprofils eines Pb zur Beurteilung seiner Eignung als Verkaufsleiter.

[1]) Eine Säulendarstellung ist z. B. im Kognitiven Fähigkeitstest für 4. bis 13. Klassen KFT 4–13 (HELLER, GAEDIKE und WEINLÄDER, 1976) angewendet worden.

Profildarstellung. Das individuelle Profil eines Bewerbers für die Stelle eines Verkaufsleiters wurde einem „Soll"-Profil für Verkaufsleiter gegenübergestellt.

Für Zwecke der Beratung, Plazierung oder Auslese hat sich die Aufstellung typischer Profile wie z. B. von Berufsprofilen bewährt, anhand welcher die Eignung eines bestimmten Probanden schnell beurteilt werden kann. Beispiele für solche Berufsprofile findet man im IST 70 (AMTHAUER, 1970) oder im Berufs-Orientierungs-Test für 8. bis 10. Klassen BOT 8–10 (HAENISCH und LISSMANN, 1984).

In modernen Profilen wird auch häufig die Standardumrechnung eingespart, indem die Rohwerte im Diagramm so festgelegt werden, daß sie Standardwerten entsprechen (vgl. Abb. 14.1).

14.2.2 Die Profilreliabilität

Bei der Beurteilung der Reliabilität eines Testprofiles treten zwei Probleme in den Vordergrund, die miteinander eng verknüpft sind. Zunächst ist von jedem Einzeltest eine hinreichende Reliabilität zu fordern. Darüber hinaus geht es aber auch um die Reliabilität der Differenzen zwischen je zwei Einzeltests. Diese Differenzreliabilität ist ihrerseits einmal von der Reliabilität der Einzeltests, zum anderen aber auch von deren Interkorrelationen abhängig.

Daß die Reliabilität der Differenzen zweier Tests für die Interpretation eines Profils von großer Bedeutung ist, ergibt sich aus der vielfach ignorierten Frage, wie groß der Unterschied zwischen zwei Profilpunkten mindestens sein müsse, wenn er nicht mehr als zufallsbedingt angesehen, sondern entsprechend dem Validitätsanspruch der Einzeltests gedeutet werden darf. Selbstverständlich muß man bei relativ geringen Differenzen mit der Möglichkeit rechnen, daß sie zufällig, d. h. durch die Unreliabilität der Einzeltests, entstanden sind und nicht verschiedenen intraindividuellen Merkmalsausprägungen entsprechen.

Wie ermittelt man nun die Reliabilität solcher in Testprofilen beobachteten Differenzen, deren mögliche Anzahl bei k Einzeltests durch den Wert $\frac{1}{2}k(k-1)$ gegeben ist? Betrachten wir zunächst den einfachen Fall, daß das Profil nur aus zwei Tests, nämlich dem Test 1 und dem Test 2 bestünde. Wenn diese Tests so transformiert werden, daß die Streuungen der Punktwerte gleich sind, dann ist der Reliabilitätskoeffizient der Differenzen durch die folgende Gleichung bestimmt (siehe LIENERT, 1956):

$$r_{(1-2)} = \frac{\bar{r}_{tt} - r_{12}}{1 - r_{12}}. \qquad (14.1)$$

In dieser Formel bedeuten:

$\bar{r}_{tt}$ = arithmetisches Mittel der Reliabilitätskoeffizienten von Test 1 und Test 2 (eventuell über die FISHERsche z'-Transformation zu gewinnen),
r_{12} = Korrelation zwischen Test 1 und Test 2.

Was sagt dieser Reliabilitätskoeffizient aus? Wenn man eine Zufallsstichprobe mit beiden Tests untersuchen würde, so könnte man die Differenzen der Rohwerte für jeden einzelnen Pb bestimmen. In gleicher Weise könnte man nach einem angemessenen Zeitintervall mit denselben beiden Tests oder mit deren Parallelformen dieselbe Stichprobe untersuchen und wieder die Differenzen für jeden

Pb feststellen. Wenn man nun für jeden Pb die erste Differenz der zweiten Differenz gegenüberstellt und diese Wertepaare korreliert, ergäbe sich ein empirisch gewonnener Reliabilitätskoeffizient, für den Formel (14.1) einen guten Schätzwert liefert, so daß sich die empirische Ermittlung erübrigt.

Aus Formel (14.1) ergibt sich unmittelbar, daß die Reliabilität einer Differenz umso höher ist, je reliabler die beiden Tests und je niedriger ihre Interkorrelation ist. Die Reliabilität der Differenzen von Paralleltests wäre demnach 0, ein paradox anmutendes, aber durchaus richtiges Ergebnis.

Für die Reliabilität der Differenzen gilt im allgemeinen eine Mindestforderung von $r_{(1-2)} > 0{,}5$. Wollte man aber alle auffälligen Differenzen in einem Profil interpretieren, so wären hierfür Reliabilitätskoeffizienten von $r_{(i-j)} > 0{,}8$ erforderlich.

Besteht – wie dies die Regel ist – ein Profil aus mehr als zwei Einzeltests, so sollten die Reliabilitätskoeffizienten für alle möglichen Differenzen in analoger Weise ermittelt werden. Dabei mögen sich zufriedenstellende wie auch unzureichende Koeffizienten ergeben. Je geringer der Reliabilitätskoeffizient der Differenzen zweier Tests ist, um so größer muß eine beobachtete Differenz bei einem einzelnen Pb sein, wenn sie interpretiert werden soll.

Will man die Reliabilität eines Profils aus mehreren Einzeltests generell, d. h. durch einen einzigen Reliabilitätskoeffizienten, kennzeichnen, so läßt sich Formel (14.1) verallgemeinern zu

$$_{\text{prof}}r_{tt} = \frac{\bar{r}_{tt} - \bar{r}_{st}}{1 - \bar{r}_{st}}. \qquad (14.2)$$

In dieser Formel bedeuten:

$\bar{r}_{tt}$ = arithmetisches Mittel der Reliabilitätskoeffizienten aller k Tests des Profils,
$\bar{r}_{st}$ = arithmetisches Mittel der Interkorrelationen aller k Tests (die Anzahl der möglichen Interkorrelationen ist gegeben durch den Wert $\binom{k}{2}$, also bei 4 Tests $4 \cdot 3/2 \cdot 1 = 6$ oder bei 6 Tests $6 \cdot 5/2 \cdot 1 = 15$ Interkorrelationen).

Aus Formel (14.2) ist unmittelbar evident, daß die Reliabilität eines Profils um so größer ist, je reliabler die Einzeltests und je geringer ihre Interkorrelationen sind.

Um einem möglichen Mißverständnis vorzubeugen, sei nochmals ausdrücklich darauf hingewiesen, daß die Reliabilität eines Profils nicht etwa gleich dem Durchschnitt der Reliabilität der Einzeltests ist. Letzteres wäre nur dann der Fall, wenn zwischen den Einzeltests absolut keine Korrelationen bestünden. Im allgemeinen ist die Profilreliabilität niedriger als die durchschnittliche Testreliabilität, so daß die Anforderung an die Reliabilität für Profile mit $_{\text{prof}}r_{tt} > 0{,}5$ hoch genug erscheint.

Zur Frage, wie groß eine beobachtete Profildifferenz sein muß, ehe sie mit Recht interpretiert werden darf, wird in Kapitel 15.2 Stellung genommen werden.

14.2.3 Die Profilvalidität

Wegen der relativen Unabhängigkeit der Einzeltests in einem Profil müßte konsequenterweise gefordert werden, daß jeder Einzeltest für sich allein nach den allgemeinen Regeln der Testkonstruktion validiert wird.

Interessen- und Eignungsprofile werden häufig dadurch auf ihre Validität hin untersucht, daß sie mit typischen Berufs-, Interessen- oder Anforderungsprofilen verglichen werden. Wenn ein solches vergleichbares Profil vorliegen würde, könnte man den Grad der Übereinstimmung beispielsweise mit dem verallgemeinerten Cattellschen Profilähnlichkeitskoeffizienten (HUBER 1973, WITTE 1973, 1974) bestimmen. Allerdings ist die testunabhängige empirische Ermittlung typischer Kriteriumsprofile schwierig. In Industriebetrieben werden solche Anforderungsprofile in der Regel von Experten aus dem Betrieb selbst festgelegt und durch typische Verhaltensweisen operationalisiert. Ob ein Testprofil dann in Bezug auf dieses Anforderungsprofil valide ist, entscheiden die Experten dann eher „durch Augenschein" als durch eine adäquate empirische Methode.

14.2.4 Die Profilinterkorrelationen

Es gilt als Kennzeichen eines guten Profils, wenn die Interkorrelationen der Einzeltests möglichst niedrig sind. Unter dieser Bedingung ist in der Tat gemäß Formel (14.2) die höchstmögliche Reliabilität zu erwarten.

Eine Beurteilung der Profilreliabilität über die Reliabilität der Einzeltests und deren Interkorrelationen ist jedoch nur dann möglich und sinnvoll, wenn die Einzeltests unabhängig voneinander ausgewertet werden. Von den Interessentests erfüllen viele diese Bedingung nicht. Manche dieser Tests, wie der Persönlichkeits- und Interessentest P-I-T von MITTENECKER und TOMAN (2. Aufl. 1972), enthalten Fragen, die gleichzeitig auf mehreren Dimensionen verrechnet werden. Andere, wie der Berufs-Interessen-Test B-I-T II von IRLE und ALLEHOFF (1984), sind dadurch gekennzeichnet, daß zwei oder mehrere Fragen, die verschiedenen Interessenrichtungen entsprechen, vom Pb gegeneinander abgewogen werden müssen, so daß jede Frage zweimal oder öfter jeweils in einer anderen Kombination wiederkehrt. In diesen Sonderfällen spiegeln die Interkorrelationskoeffizienten keine absoluten, sondern nur relative Abhängigkeitsbeziehungen wieder. Unter solchen Umständen dürfen also die Interkorrelationskoeffizienten nicht zur Schätzung der Profilreliabilität herangezogen werden. Sie dienen hier lediglich der Information über den Grad der relativen Verwandtschaft der betrachteten Dimensionen.

14.2.5 Differentielle Eignungstests

Seit den 40er Jahren werden in den USA Profiltests mehr und mehr zur Eignungsvorhersage verwendet; sie heißen differentielle Eignungstests und fassen speziell erprobte und für bestimmte Berufe relevante Einzeltests zusammen. Diesen differentiellen Eignungstests liegt jeweils das Konzept des betreffenden typischen Berufsprofils zugrunde. Die Eignung des einzelnen Pb wird an dem Grad der Übereinstimmung seines individuellen Profils mit dem Berufsprofil ermessen.

Der IST 70 und der BOT 8–10 sind typische Beispiele für solche differentiellen Eignungstests in Deutschland.

Die Berufsprofile selbst kommen meist so zustande, daß eine Gruppe von in dem jeweiligen Beruf erfolgreichen Pbn mit dem differentiellen Eignungstest untersucht wird und ihre Leistungen als mittleres Profil aufgezeichnet werden.

Für die Interpretation ist es darüber hinaus wünschenswert, die Linie des mittleren Profils mit einem Streifen zu umgeben, dessen Fläche 50% der erfolgreichen Pbn entspricht. Diese Maßnahme erleichtert dem Beurteiler die Entscheidung, ob ein bestimmter Pb noch zu dem Durchschnitt seiner Berufsgruppe gehört oder nicht. DuMAS (1946) hat einen sogenannten „*Profilähnlichkeitsindex*" entwickelt, der ein quantitatives Maß für die Ähnlichkeit zweier Profile liefert[1]).

Die Vorhersage der Eignung für einen Beruf durch einen Vergleich von individuellem Profil und Berufsprofil setzt allerdings voraus, daß die Fähigkeitsstruktur eines Bewerbers relativ konstant ist und sich nicht durch die Berufstätigkeit als solche ändert. Eine Fähigkeit oder Fertigkeit, die durch den Beruf verbessert wird, braucht im Test nicht erfaßt zu werden.

Bei der Selektion geeigneter Einzeltests für die Zusammenfassung zu einem differentiellen Eignungstest sollte dieser Punkt berücksichtigt werden. Außerdem gilt das folgende Prinzip: Einzeltests, deren Punktwerte in der betreffenden Berufsgruppe stark streuen, sind für die Eignungsvorhersage ungeeignet, brauchbar sind dagegen solche Einzeltests, deren Punktwerte in der Berufsgruppe wenig, in der Population aber sehr streuen.

Ein und derselbe differentielle Eignungstest wird in der Regel zur Auslese oder zur Beratung bei ganz unterschiedlichen Berufen, Tätigkeiten oder z. B. Studiengängen verwendet. Je breiter jedoch dieser Gültigkeitsbereich ist, umso geringer dürfte jedoch seine spezielle Treffsicherheit sein.[2]).

Für differentielle Eignungstests wird neben den Einzelpunktwerten oft auch noch ein Gesamtpunktwert als Gradmesser der Gesamteignung (zum Unterschied von der differentiellen Eignung) gebildet; aus diesem Grunde darf man zu Recht auch von einer differentiellen Eignungstestbatterie sprechen.

14.3 Der formale Aufbau von Testbatterien

14.3.1 Die Arten der Testbatterien

Testbatterien sind zum Unterschied von Testprofilen dadurch gekennzeichnet, daß mehrere Einzeltests zur Beurteilung eines einzigen Persönlichkeitsmerkmals eingesetzt werden. Grundsätzlich unterscheidet man zwei Arten von Testbatterien, die sich zwar nach formalen Gesichtspunkten einigermaßen gegeneinander abgrenzen lassen, die jedoch in der Praxis lediglich Übergangsformen bilden.

1. Homogene Testbatterien

Homogene Testbatterien sind dadurch charakterisiert, daß alle Einzeltests relativ hoch miteinander und ebenso relativ hoch mit dem Validitätskriterium korrelieren. Sie messen also mehr oder weniger ein und denselben Aspekt eines Persönlichkeitsmerkmals, bzw. des ihm entsprechenden Validitätskriteriums. Homogene Testbatterien entsprechen ihrem Aufbau nach den homogenen Tests und leisten in etwa dasselbe wie ein um das mehrfache seiner Aufgabenzahl verlängerter

---

[1]) Vgl. auch Kap. 15.2.

[2]) In diesem Sinne eignet sich der IST 70 besser zur Intelligenzmessung als zur Erfassung der Berufseignung.

Einzeltest: Sie ermöglichen eine präzisere Voraussage des Persönlichkeitsmerkmals, der Begabung, der Eignung usw. Das Validitätskriterium umfaßt bei homogenen Testbatterien in der Regel einen engen Validitätsbereich. Wollte man z. B. das ‚schlußfolgernde Denken' als intellektuelle Fähigkeit mit einer Testbatterie untersuchen, so würde man etwa einen Zahlenreihentest, einen Syllogismustest, einen Anagrammtest und eingekleidete Rechenaufgaben zu einer Batterie zusammenfassen; man könnte sich leicht davon überzeugen, daß diese Tests untereinander und mit dem Gesamtpunktwert hoch korrelieren, also eine homogene Testbatterie darstellen.

2. Heterogene Testbatterien
Die Eigenheit einer heterogenen Testbatterie besteht darin, daß sich die Einzeltests bei der Erfassung des fraglichen Persönlichkeitsmerkmals wechselseitig ergänzen, indem jeder Einzeltest einen anderen Aspekt des untersuchten Persönlichkeitsmerkmals berücksichtigt. Demgemäß werden bei heterogenen Testbatterien die Einzeltests untereinander niedrig, jeder einzelne aber mit dem Kriterium relativ hoch korrelieren. Darin unterscheiden sich heterogene und homogene Testbatterien, und dieser Tatbestand läßt die heterogenen Testbatterien besonders zur Vorhersage komplexer Validitätskriterien mit weitem Validitätsbereich geeignet sein. Das Persönlichkeitsmerkmal ‚allgemeine Intelligenz' hat sehr viele unterschiedliche Äußerungsformen, man denke nur an die verschiedenen Bewertungsgesichtspunkte wie theoretische und praktische, produktive und reproduktive Intelligenz; je mehr davon in einer Testbatterie berücksichtigt werden können, um so präziser wird die psychologische Aussage über die allgemeine Intelligenz eines Pb sein.

Die Domäne der Anwendung heterogener Testbatterien ist die Eignungsvorhersage. Die technische Begabung, die Büroeignung, die schulische Bewährung usw. sind typische Beispiele, wo heterogene Testbatterien verwendet werden sollten. Eignungen können zufolge der Vielschichtigkeit der beteiligten psychischen Faktoren mit einem Einzeltest kaum jemals zureichend erfaßt und prospektiv beurteilt werden.

Homogene Testbatterien zeigen gegenüber Einzeltests im allgemeinen primär eine höhere innere Konsistenz, da sie relativ häufig an dem Gesamtpunktwert als innerem Validitätskriterium ausgerichtet werden; erst mittelbar über die Konsistenz- bzw. Reliabilitätserhöhung tritt auch eine Validitätsverbesserung ein. Heterogene Testbatterien hingegen zielen primär auf die Validitätsverbesserung gegenüber den Einzeltests ab.

14.3.2 Die Kombination von Einzeltests zu Batterien

1. Bei homogenen Testbatterien
Wenn es darum geht, ein bestimmtes, eng umschriebenes Persönlichkeitsmerkmal mit einer homogenen Testbatterie möglichst präzise zu erfassen, wird man aus dem verfügbaren Bestand an bewährten Tests oder solchen, die man für gut geeignet hält, diejenigen auswählen, deren Korrelationen zum Kriterium hoch sind. Bezüglich der Interkorrelationen braucht man sich zunächst keine Gedanken zu machen. Stehen mehr Einzeltests zur Verfügung, als benötigt werden, so wird man, wenn man statistische Selektionsverfahren vermeiden will, die Tests mit der

höchsten Validität wählen. Gleichzeitig wird man aber auch auf die Reliabilität achten müssen. Obwohl bei einer homogenen Testbatterie die diesbezüglichen Anforderungen nicht festgelegt sind, sollte man Tests mit einer Reliabilität von weniger als 0,7 nur dann in die Batterie aufnehmen, wenn sie eine im Verhältnis zu ihrer Reliabilität hohe Validität nachweisen können.

2. Bei heterogenen Testbatterien
Batterien, die ein komplexes Merkmal erfassen sollen, werden meist ebenfalls aus bereits bewährten Einzeltests zusammengestellt. Jedoch kommt es hier auch öfters vor, daß Batterien von Grund auf neu konstruiert werden, indem die Einzeltests systematisch geplant, erprobt und analysiert werden. Man erspart einen großen Teil der Analysenarbeit, wenn man die Reliabilität aufgrund der Daten der Aufgabenanalyse abschätzt und die Validität aller Tests auf einmal an dem in Aussicht genommenen Kriterium überprüft.

Als Grundregel für die Kombination von Tests zu heterogenen Batterien gilt, daß jeder Einzeltest sich inhaltlich von jedem anderen möglichst weitgehend unterscheiden soll. Diesen Gesichtspunkt wird man vor allem dann in den Vordergrund stellen, wenn die korrelativen Verhältnisse noch nicht ermittelt worden sind[1]).

Über die Anzahl der Einzeltests in einer Batterie wäre zu sagen, daß es zwar eine optimale Kombination nach Art und Zahl innerhalb der in Betracht gezogenen Einzeltests gibt, jedoch kann diese exakt nur nach einer später erörterten statistischen Technik festgestellt werden. Allgemein werden homogene Batterien weniger Einzeltests enthalten als heterogene.

Will man ohne statistische Analyse eine Testbatterie aufbauen, so wird man sich nach den korrelativen Beziehungen zwischen den Tests, sowie nach denen zwischen Test und Kriterium ausrichten müssen. Ein solches Vorgehen entspricht einer rationalen Selektion, wie sie im Zusammenhang mit der Untertestselektion demonstriert wird (vgl. Kap. 14.7.2).

14.4 Die Reliabilität von Testbatterien

Wenn bei Testbatterien von Reliabilität gesprochen wird, so ist damit stets die Gesamtreliabilität gemeint, anderenfalls spricht man von Untertestreliabilitäten. Die Reliabilität einer Batterie kann auf zweifache Art ermittelt werden, einmal empirisch, zum anderen rein rechnerisch aus den Reliabilitätskoeffizienten und den Interkorrelationen der Untertests.

14.4.1 Die empirische Ermittlung

Empirisch kann man die Reliabilität einer Testbatterie bestimmen, indem man die Rohwerte der Einzeltests zu einem Gesamtrohwert addiert und diesen Gesamtrohwert mit dem einer Parallelbatterie oder mit dem einer Wiederholung mit derselben Batterie korreliert.

---

[1]) Dadurch, daß man vorzeitig bereits die Testauswahl aufgrund von korrelativen Beziehungen einengt, greift man der eigentlichen Analyse vor und mindert die Chancen für eine ökonomische Batterie.

Man kann ohne weiteres die Rohwerte anstelle der Standardwerte verwenden, da, wie noch gezeigt wird, Mittelwert und Aufgabenzahl der Unterteste keinen Einfluß auf die Höhe der Batteriereliabilität haben. Indem man die Rohwerte addiert, bezieht man einen Gewichtsfaktor für jeden Untertest mit ein (vgl. Kap. 14.5), welcher der Untertestvarianz entspricht. Falls man Standardwerte addiert, wird von dieser Gewichtsbelastung abgesehen, da ja eben dann alle Untertestvarianzen gleich sind.

14.4.2 Die rechnerische Ermittlung

1. Handelt es sich um homogene Testbatterien, so kann man unter der Annahme gleicher Untertestgewichte die Reliabilität der Testbatterie nach der SPEARMAN-BROWNschen Formel abschätzen. Sie wird für diesen Zweck wie folgt ausgedrückt

$$_{bat}r_{tt} = \frac{k \cdot \bar{r}_{tt}}{1 + (k - 1)\,\bar{r}_{tt}}. \tag{14.3}$$

In dieser Formel bedeuten:

$\bar{r}_{tt}$ = arithmetisches Mittel der Untertestreliabilitätskoeffizienten (zweckmäßigerweise über die z'-Transformation zu berechnen),
k = Anzahl der Unterteste.

Rechenbeispiel Nr. 14.1:

Die Reliabilität einer Testbatterie, bestehend aus vier Untertesten mit Reliabilitäten von 0,90, 0,86, 0,92 und 0,82, soll nach Formel (14.3) rechnerisch geschätzt werden.

Zu diesem Zweck suchen wir zunächst in Tafel 8 des Anhangs die den Untertestreliabilitäten entsprechenden z'-Werte auf und mitteln diese arithmetisch.

$$\bar{z}' = \frac{1{,}47 + 1{,}29 + 1{,}59 + 1{,}16}{4} = \frac{5{,}51}{4} = 1{,}38\,.$$

Für ein $\bar{z}' = 1{,}38$ lesen wir in der gleichen Tafel 8 des Anhangs ein $\bar{r}_{tt} = 0{,}88$ ab; diesen Wert setzen wir in Formel (14.3) ein und erhalten den nach SPEARMAN-BROWN geschätzten Reliabilitätskoeffizienten der Testbatterie.

$$_{bat}r_{tt} = \frac{4 \cdot 0{,}88}{1 + (4 - 1)\,0{,}88} = 0{,}97\,.$$

Die SPEARMAN-BROWN-Formel gibt jedoch in der Regel einen zu hohen Schätzwert, da sie vollkommene Homogenität der einzelnen Untertests annimmt, was kaum für eine der gängigen Testbatterien zutrifft.

2. Einen genaueren und zugleich allgemeineren Schätzwert für die Reliabilität einer Testbatterie, der die Testinterkorrelationen mit berücksichtigt, erhält man aufgrund von Formel (14.4), die auch bei heterogenen Testbatterien anwendbar ist [1]).

$$_{bat}r_{tt} = 1 - \frac{k - \sum_{t} r_{tt}}{k + 2 \sum_{s<t} r_{st}}. \qquad (14.4)$$

In dieser Formel bedeuten:

r_{tt} = Reliabilitätskoeffizient des Untertests t
r_{st} = Interkorrelationskoeffizienten der Untertests s und t

Aus Formel (14.4) ist evident, daß die Reliabilität einer Testbatterie bei wachsenden Untertestreliabilitäten und Interkorrelationen ebenfalls wächst.

Rechenbeispiel Nr. 14.2:

Ergänzen wir die Daten des Beispiels Nr. 14.1 durch die $\frac{4 \cdot 3}{2} = 6$ Interkorrelationen, die in der folgenden Matrix aufgeführt sind, wobei die Reliabilitäten der Untertests als Selbstkorrelationen (unterstrichene Werte) erscheinen.

Test	1	2	3	4
1	<u>0,90</u>	0,6	0,8	0,5
2		<u>0,86</u>	0,7	0,4
3			<u>0,92</u>	0,7
4				<u>0,82</u>

Zur Ermittlung der Reliabilität nach Formel (14.4) berechnen wir

$$\sum_{t} r_{tt} = 0{,}90 + 0{,}86 + 0{,}92 + 0{,}82 = 3{,}5$$

$$\sum_{s<t} r_{st} = 0{,}6 + 0{,}8 + 0{,}5 + 0{,}7 + 0{,}4 + 0{,}7 = 3{,}7$$

Formel (14.4)

$$_{bat}r_{tt} = 1 - \frac{4 - 3{,}5}{4 + 2 \cdot 3{,}7} = 0{,}96\,.$$

Der erhaltene Wert für die Reliabilität der Testbatterie hätte ebenso über die z′-transformierten Koeffizienten errechnet werden können. Durch die Einbeziehung der Interkorrelationen ist die Reliabilität der Testbatterie gegenüber der in Beispiel Nr. 14.1 errechneten erwartungsgemäß ein wenig abgesunken.

[1]) Diese Formel (14.4) ist ein Spezialfall der allgemeineren Formel (14.5) von MOSIER für gleiche Gewichtsfaktoren.

3. Sind für die einzelnen Untertests Gewichte zu berücksichtigen, so wird die Reliabilität einer Testbatterie am besten nach einer von MOSIER (1943) entwickelten Formel geschätzt, die – in vereinfachter Schreibweise wiedergegeben – lautet

$$_{bat}r_{tt} = 1 - \frac{\sum_t G_t^2 - \sum_t G_t^2 \cdot r_{tt}}{\sum_t G_t^2 + 2 \sum_{s<t} G_s G_t r_{st}} . \tag{14.5}$$

Die Symbole G_s und G_t bedeuten hier die Gewichtsfaktoren der Untertests s und t.

Rechenbeispiel Nr. 14.3:

Legen wir der Vergleichbarkeit halber abermals die Daten des Beispiels Nr. 14.1 zugrunde, und nehmen wir folgende Gewichtsfaktoren für die einzelnen Untertests an: $G_1 = 3$, $G_2 = 7$, $G_3 = 4$ und $G_4 = 6$. Nun berechnen wir die erforderlichen Werte für Formel (14.5)

$$\sum_t G_t^2 = 3^2 + 7^2 + 4^2 + 6^2 = 110$$

$$\sum_t G_t^2 r_{tt} = (3^2 \cdot 0{,}90) + (7^2 \cdot 0{,}86) + (4^2 \cdot 0{,}92) + (6^2 \cdot 0{,}82) = 94{,}5$$

$$\sum_{s<t} G_s G_t \cdot r_{st} = (3 \cdot 7 \cdot 0{,}6) + (3 \cdot 4 \cdot 0{,}8) + (3 \cdot 6 \cdot 0{,}5) + (7 \cdot 4 \cdot 0{,}7) + (7 \cdot 6 \cdot 0{,}4) + (4 \cdot 6 \cdot 0{,}7) = 84{,}4 .$$

Formel (14.5)

$$_{bat}r_{tt} = 1 - \frac{110 - 94{,}5}{110 + 2 \cdot 84{,}4} = 0{,}94$$

Dadurch also, daß wir die reliablen Untertests 1 und 3 niedrig und die weniger reliablen Tests 2 und 4 gewichtsmäßig hoch bewertet haben, ist die Gesamtreliabilität der Batterie von 0,96 in Beispiel Nr. 14.2 auf 0,94 in dem vorliegenden Beispiel abgesunken.

4. Mehr zur Erklärung als für die praktische Nutzanwendung sei angenommen, alle Untertestkorrelationen einer Batterie wären gleich Null. In diesem Falle würde sich die MOSIERsche Gewichtsformel (14.5) vereinfachen zu

$$_{bat}r_{tt} = \frac{\sum_t G_t^2 r_{tt}}{\sum_t G_t^2} \tag{14.6}$$

so daß die Reliabilität der Testbatterie als eine Art gewogenen Mittels der Untertestreliabilitäten erscheint.

Aus den Formeln (14.4) und (14.5) geht hervor, daß die Reliabilität einer Testbatterie wohl höher sein kann – nicht aber sein muß – als der Durchschnitt der Untertestreliabilitäten. Sind die Interkorrelationen der Untertests hoch wie bei homogenen Batterien, so wird die Batteriereliabilität in der Regel höher liegen als die höchste Untertestreliabilität. Liegen alle Interkorrelationen hingegen nahe bei Null wie bei typisch heterogenen Batterien, so ist die Batteriereliabilität etwa gleich der durchschnittlichen Untertestreliabilität anzusetzen. In der Tat will man ja auch mit einer heterogenen Batterie gar nicht eine Reliabilitätserhöhung, sondern lediglich eine Validitätsverbesserung erreichen. Eine hinreichende Reliabilität muß allerdings auch und gerade bei den Untertests einer heterogenen Batterie gegeben sein.

Bezüglich der Anforderungen an die Untertestreliabilität im Rahmen der Testbatterie gibt es keine starren Regeln. Wenn ein Untertest mit geringer Reliabilität einen großen Anteil zur Validitätsverbesserung der Batterie beisteuert, so ist er unter Umständen einem hoch reliablen Untertest mit einer relativ geringen Validitätskomponente vorzuziehen.

Die Anforderungen an die Reliabilität von Untertests sind erst dann im üblichen Sinne festgelegt, wenn eine Testbatterie, wie dies in der Praxis relativ häufig vorkommt, gleichzeitig auch als Testprofil fungiert. In diesem Fall muß die Reliabilität eines jeden Untertests ebenso hoch sein, wie sie für einen Elementartest gefordert werden müßte.

14.5 Die differentielle Wägung der Untertests

Schon bei der Aufgabenbewertung tauchte das Problem einer unterschiedlichen Bewertung der einzelnen Aufgaben eines Tests auf. Ein analoges Problem ergibt sich bei der Kombination von Einzeltests zu einer Testbatterie. Es gibt hier zwei Möglichkeiten der Einführung von Untertestgewichten; die empirische Ermittlung, soweit eine solche durchführbar ist, und die definitorische Festlegung nach psychologischen und teststatistischen Gesichtspunkten. In der Tat werden beide Möglichkeiten praktisch angewendet. Ehe man sich dem Problem der differentiellen Wägung zuwendet, muß man sich jedoch fragen, ob es überhaupt eine gewichtsfreie, also vollkommen gleiche Bewertung aller Untertests gibt.

14.5.1 Die implizite Wägung

Häufig hört man die Meinung, daß bei der üblichen Summierung der Untertestrohwerte zu einem Gesamtrohwert die Anzahl der Aufgaben der Einzeltests berücksichtigt werden müßte. Es sei klar – so sagt man – daß ein Test mit 60 Aufgaben mehr Gewicht erhalten müsse als ein solcher mit 30 Aufgaben. Diese Meinung ist falsch. Die Anzahl der Aufgaben hat absolut nichts mit der Bedeutung der Untertests für die Batterie zu tun. Man denke sich – zur Führung des logischen Beweises –, ein Test mit 80 Aufgaben wäre sehr leicht, so daß seine Rohwerte nur in dem Bereich von $X = 70$ bis $X = 80$ streuen. Wenn ein solcher Test in eine Batterie mit aufgenommen wird, so verändert er deren Gesamtpunktwert höchstens um 10 Punkte, da das Hinzufügen der Konstanten 70 an der Variabilität des

Gesamtpunktwertes natürlich nichts ändert. Und man denke sich den konträren Fall, daß einer Testbatterie ein Test mit 30 Aufgaben und einem Streuungsbereich von 0 bis 30 Punkten angeschlossen wird. Dieser Test kann im extremen Fall einen Unterschied von 30 Punkten im Gesamtpunktwert der Batterie verursachen und trägt somit viel mehr zur Variabilität des Gesamtpunktwertes bei als der erstgenannte Test mit 80 Aufgaben.

Es kommt also bei der Beurteilung der relativen Bedeutung eines Untertests nicht auf die Größe seiner Rohwerte, sondern lediglich auf deren Streuung an.

Ebenso läßt sich auch eine zweite irrige Meinung widerlegen, nämlich die, daß die Höhe des Untertestmittelwertes etwas mit der Bedeutung dieses Tests innerhalb der Batterie zu tun habe. Der Mittelwert hat die Eigenschaft einer additiven Konstanten und trägt somit nichts zur Variabilität des Gesamtpunktwertes bei. Ob man im Mittel z. B. 77 Punkte bei dem Test mit 80 Aufgaben oder 16 Punkte bei dem Test mit 30 Punkten zu dem Gesamtpunktwert zuzählt, ist völlig belanglos, da man ja bekanntlich bei Meßwertreihen beliebige Konstanten addieren oder subtrahieren kann, ohne deren Streuung oder deren korrelative Beziehung zu verändern.

Tatsächlich relevant für das Gewicht eines Untertests ist also lediglich seine Variabilität: je größer diese ist, um so höher ist der Beitrag, den der Untertest zur Testbatterie liefert. Wenn man als Streuungsmaß die Standardabweichung zugrundelegt, so ergibt sich, daß die Gewichte der einzelnen Untertests einer Batterie deren Standardabweichungen proportional sind. Diese variabilitätsabhängigen Gewichte brauchen nicht erst explizit ermittelt werden, sondern sind in der Definition des Gesamtpunktwertes als der Summe der Untertestpunktwerte impliziert. Indem man den Gesamtpunktwert nach dieser Definition ermittelt, vollzieht man eine implizite Wägung.

Nun stellt sich das Problem der Untertestgewichte in einem neuen Lichte dar. Die Frage ist nicht, ob man die Untertests einer Batterie verschieden bewerten solle, sondern ob man die sich aufgrund der unterschiedlichen Varianz ergebenden Gewichte beibehalten oder ändern solle.

Welche Überlegungen sind nun anzustellen, um die Frage einer Beibehaltung oder Veränderung der Untertestgewichte zu entscheiden? Zunächst wird es sich empfehlen, die Standardabweichungen der Unterteste miteinander zu vergleichen und zu prüfen, ob derjenige Test, dem man nach psychologischem Ermessen eine größere Bedeutung zuerkennen würde, auch eine größere Streuung aufweist. Wenn ein Ratingverfahren kompetenter Beurteiler eine mittlere Gewichtigkeitsrangordnung ergibt, die in etwa der Streuungsrangordnung der Untertests entspricht, so wird man die implizite Wägung als richtig und zweckmäßig gelten lassen. Man wird in diesem Fall zunächst von einer expliziten Wägung absehen und erst die Validitätsanalyse der Untertests abwarten. Unter Umständen kann aufgrund der Untertestanalyse später trotzdem noch eine explizite Wägung durchgeführt werden.

14.5.2 Die explizite Wägung

Stimmt das besagte Gewichtsrating nicht mit den Unterteststreuungen überein, so kommen mehrere Möglichkeiten einer speziellen Gewichtsbestimmung in Frage.

1. Das Gewicht der Untertests kann durch die multiple Korrelation mit einem Validitätskriterium festgelegt werden. Die Untertestgewichte, die auf diese Weise

ermittelt worden sind, gestatten die bestmögliche Vorhersage des Kriteriums, worauf es bei einer Testbatterie ja letztlich ankommt. Hat man keine besonderen Gegengründe, so wird man stets die multiple Korrelationstechnik zur Gewichtsbestimmung heranziehen.

2. Ist die Validität der Untertests logisch begründet, so kommt es bei der Wägung vor allem auf den Grad der Reliabilität der Untertests an. Man wird in diesem Fall das Gewicht des Tests nach einer von KELLEY (1927, S. 211ff.) empfohlenen Formel

$$G_t = \frac{r_{tt}}{1 - r_{tt}} \tag{14.7}$$

ermitteln, wodurch eine Erhöhung der Reliabilität der Testbatterie erzielt wird.

Rechenbeispiel Nr. 14.4:

Angenommen, der Untertest 1 einer Batterie habe eine Reliabilität von 0,80, der Untertest 2 eine solche von 0,90 und der Untertest 3 eine solche von 0,75. Die reliabilitätsgewogenen Tests hätten dann nach Formel (14.7) Gewichte von:

$$G_1 = \frac{0{,}80}{1 - 0{,}80} = 4 \qquad G_2 = \frac{0{,}90}{1 - 0{,}90} = 9 \qquad G_3 = \frac{0{,}75}{1 - 0{,}75} = 3\,.$$

Der Untertest 2 mit der hohen Reliabilität von 0,90 wiegt also innerhalb der Batterie dreimal so viel wie der relativ unreliable Untertest 3.

3. Wollte man jeden Test den gleichen Anteil an der Batterie haben lassen, so müßte man den Reziprokwert seiner Standardabweichung – gegebenenfalls mit einem konstanten Faktor K multipliziert – als Gewicht ansetzen nach Formel

$$G_t = \frac{1}{s_t} \cdot K\,. \tag{14.8}$$

GUILFORD (1965, S. 425f.) schlägt für die Bestimmung der Untertestgewichte eine Kombination der inversen Streuungswägung mit einem Schätzverfahren vor. Seine Art der Wägung ist für solche Batterien zweckmäßig, in denen die einzelnen Untertests sehr verschiedene Streuungen aufweisen. Ein Beispiel dieser Art wäre das folgende: Eine Batterie besteht aus einem Test mit komplizierten Denkaufgaben in geringer Anzahl, einem zweiten Test mit sehr vielen kurzen Rechenaufgaben und einem dritten mit Aufgaben der orthographischen Fehlerfindung. Es ist klar, daß der Denkaufgabentest trotz seiner geringen Streuung einen bedeutsameren Beitrag zur Batterie leistet als der Rechenaufgabentest. Eine alleinige Gewichtsbestimmung nach Formel (14.8) ist unter Umständen recht unbefriedigend, da eben der psychologische Aspekt der Untertests keine Berücksichtigung findet.

Das folgende Beispiel soll die Gewichtsbestimmung nach der von GUILFORD empfohlenen Methode demonstrieren.

Rechenbeispiel Nr. 14.5:

Ein Wortschatztest (1), ein Figurenlegetest (2), ein technischer Denksportaufgabentest (3) und ein Routinerechentest (4) sollen zu einer Batterie vereinigt werden. Mit welchen Gewichten sollen die Einzeltestpunktwerte vervielfacht werden, ehe sie zu einem Gesamtpunktwert addiert werden? Die Standardabweichungen der 4 Untertests und ihre Verarbeitung in Kombination mit den psychologisch geschätzten Untertestgewichten sind in Tab. 14.2 aufgeführt.

Tabelle 14.2

Zeile	Rechenoperation	Tests 1	2	3	4
1	s_t	14,8	6,4	3,7	9,9
2	$14{,}8/s_t = G$	1,0	2,3	4,0	1,5
3	Schätzgewicht g	2	2	3	1
4	Kombin. Gew. $G \cdot g$	2,0	4,6	12,0	1,5
5	Endgew. $G \cdot g/1{,}5 = \tilde{G}$	1,0	3,0	8,0	1,0

In der ersten Zeile sind die Standardabweichungen der 4 Untertests aufgeführt, dabei fällt ihre große Unterschiedlichkeit auf.

In der zweiten Zeile wird der Wert der größten Standardabweichung durch jeden der 4 Standardabweichungen dividiert, so daß der Test mit der größten Standardabweichung das Gewicht 1 erhält.

In der dritten Zeile werden die nach einem Ratingverfahren geschätzten – hier ganzzahligen – Gewichte eingesetzt.

In der vierten Zeile werden beide Gewichte für jeden Test multiplikativ kombiniert.

In der fünften Zeile werden alle Werte aus Zeile 4 auf den kleinsten Wert derselben Zeile bezogen und ganzzahlig auf- oder abgerundet eingetragen.

Wenn wir also bei einem bestimmten Pb, der im Wortschatztest 47 Punkte, im Figurenlegetest 21, im Denksporttest 11 und im Rechentest 75 Punkte erzielt, einen Gesamtpunktwert für seine in der Testbatterie erreichte Leistung berechnen wollen, so müßten wir jeden Untertestwert mit dem entsprechenden Gewicht vervielfachen und die Produkte addieren:

$$X_{bat} = (47 \cdot 1) + (21 \cdot 3) + (11 \cdot 8) + (75 \cdot 1) = 273\,.$$

Natürlich würde man diese Rechnung im gegebenen Fall nicht für jeden einzelnen Pb durchführen, sondern man würde sich Tabellen zum Ablesen der Produkte herstellen.

4a. Ist eine Testbatterie faktoriell analysiert worden und hat sich ein gemeinsamer Faktor (*general factor* nach SPEARMAN) ergeben, so können die Untertests nach SPEARMAN (1927) mit ihrer Ladung r_{gt} mit diesem Faktor gewichtet werden:

$$G_t = \frac{r_{gt}}{1 - r_{gt2}}. \tag{14.9}$$

Wie diese Ladungen berechnet werden, wird in den Standardwerken der Faktorenanalyse, aber auch in Einführungen in die Statistik wie der von CLAUSS und EBNER (4. Aufl. 1986) dargestellt.

4b. Handelt es sich – was die Regel ist – um eine multifaktorielle Batterie, so empfiehlt sich die von HORST (1936) entwickelte ökonomischere Methode zur Bestimmung der Untertestgewichte über die erste Zentroidachse. Danach sind die Testgewichte proportional zur Summe ihrer Interkorrelationen mit den anderen Tests zu wählen.

14.5.3 Die Ermittlung der Testkennwerte für eine Batterie aus gewogenen und nicht gewogenen Untertests

1. Der Rohwert der Testbatterie
Strebt man aus Gründen einer inneren Validierung einen Gesamtrohwert an, so wird beim nichtwägenden Verfahren, bzw. bei der impliziten Wägung, in üblicher Weise die Summe der Rohwerte X_t aller Untertests gebildet.

$${}_{bat}X = X_1 + X_2 + \ldots + X_k = \sum_t X_t. \tag{14.10}$$

Sind Untertestgewichte zu berücksichtigen, so lautet die Summationsanweisung

$${}_{bat}X_G = G_1X_1 + G_2X_2 + \ldots + G_kX_k = \sum G_tX_t. \tag{14.11}$$

Diese Formel wurde in Beispiel Nr. 14.5 bereits angewendet.

2. Der Mittelwert der Testbatterie
Ohne Wägung der Untertests ist der Mittelwert einer Testbatterie als die Summe der Mittelwerte der Untertests definiert

$${}_{bat}\bar{X} = \sum_t \bar{X}_t. \tag{14.12}$$

Der gewogene Mittelwert der Testbatterie ergibt sich analog Formel (14.11) als gewogene Summe der Untertestmittelwerte:

$${}_{bat}\bar{X}_G = \sum_t G_t\bar{X}_t. \tag{14.13}$$

3. Die Varianz der Testbatterie
Auch die Varianz der Testbatterie braucht man nicht über die Rohwerte ${}_{bat}X$ zu bestimmen, sondern man kann sie rechnerisch ableiten nach der Beziehung

$${}_{bat}s^2 = \sum_t s_t^2 + 2 \sum_{s<t} r_{st}s_ss_t. \tag{14.14}$$

Für gewogene Unterteste lautet die Varianzformel analog

$$_{bat}s_G^2 = \sum_t G_t^2 s_t^2 + 2\sum r_{st} \cdot G_s s_s \cdot G_t s_t \,. \tag{14.15}$$

Rechenbeispiel Nr. 14.6:

Übernehmen wir die Daten aus Beispiel Nr. 14.5 und ergänzen wir nur die fehlenden Interkorrelationen, um einen gewogenen Mittelwert und eine gewogene Varianz für die Testbatterie berechnen zu können.

Test	$\bar{X}$	s	$\tilde{G}$	r_{st} Test 2	Test 3	Test 4
1	52	14,8	1	0,2	0,6	0,3
2	18	6,4	3	–	0,5	0,4
3	10	3,7	8	–	–	0,1
4	87	9,9	1	–	–	–

Formel (14.13)

$$_{bat}\bar{X}_G = 52 \cdot 1 + 18 \cdot 3 + 10 \cdot 8 + 87 \cdot 1 = 273$$

$$\sum_t G_t^2 s_t^2 = (1^2 \cdot 14{,}8^2) + (3^2 \cdot 6{,}4^2) + (8^2 \cdot 3{,}7^2) + (1^2 \cdot 9{,}9^2) = 1561{,}9$$

$$\begin{aligned}\sum_{s<t} (r_{st} G_s s_s G_t s_t) = {} & [0{,}2(1 \cdot 14{,}8)(3 \cdot 6{,}4)] + [0{,}6(1 \cdot 14{,}8)(8 \cdot 3{,}7)] \\ & + [0{,}3(1 \cdot 14{,}8)(1 \cdot 9{,}9)] + [0{,}5(3 \cdot 6{,}4)(8 \cdot 3{,}7)] \\ & + [0{,}4(3 \cdot 6{,}4)(1 \cdot 9{,}9)] + [0{,}1(8 \cdot 3{,}7)(1 \cdot 9{,}9)] = 753{,}1\,.\end{aligned}$$

Formel (14.15)

$$_{bat}s_G^2 = 1561{,}9 + 2 \cdot 753{,}1 = 3068{,}1 \qquad _{bat}s_G = 55{,}4\,.$$

Die Rohwerteverteilung der Testbatterie hat also einen Mittelwert von 273 und eine Standardabweichung von 55,4. Diese Werte sind allein aufgrund der von den Untertests her bekannten Einzeldaten errechnet worden. Mit Hilfe dieser Ergebnisse könnte die Normierung der Testbatterie in der üblichen Weise durchgeführt werden.

Die Berechnung der Korrelationen von gewogenen Untertests zu einem Validitätskriterium wird im Zusammenhang mit der Ermittlung der Validität einer Testbatterie behandelt.

14.6 Die Validität von Testbatterien

Das wichtigste Ziel einer Testbatterie und zugleich ihr wesentlichster Vorteil gegenüber einem Elementartest ist ihre höhere Validität. Während Einzeltests nur relativ selten höher als 0,6 mit einem Außenkriterium korrelieren, können Testbatterien Validitätskoeffizienten bis zu 0,8 und mehr erlangen, wenn sie gut durchkonstruiert sind.

Wo komplexe Persönlichkeitsmerkmale wie Berufseignung untersucht werden sollen, wird eine Testbatterie im allgemeinen mehr und besseres leisten als ein Elementartest. Diese Effektivitätssteigerung kann auf verschiedene Weise erzielt werden, wie die folgenden mehr grundlegenden als der praktischen Anwendung dienenden Ausführungen zeigen werden.

14.6.1 Die Validität einer Testbatterie als Maßkorrelation eines Kriteriums mit einer Summe von Untertest-Rohwerten

Gewöhnlich verbindet man mit der Planung und dem Aufbau von Testbatterien die Vorstellung von der Notwendigkeit, multiple Korrelationsmethoden anwenden zu müssen. Und dies mit Recht; die multiple Validitätsanalyse von Testbatterien ist höchst wünschenswert, da sie eine optimale Gewichtsbestimmung für die Untertests gestattet und darüber hinaus noch andere wesentliche Vorteile bietet. Zunächst soll aber ein Weg gezeigt werden, der zu einer Kennzeichnung der Validität einer Testbatterie führt, ohne daß von der multiplen Korrelationstechnik Gebrauch gemacht werden muß.

Als empirische Voraussetzung zur Ermittlung des Validitätskoeffizienten ${}_{bat}r_{tc}$ müssen – gleich welcher statistischen Technik man folgt – die Korrelationen der Untertests zum Validitätskriterium bekannt sein. Die Validitätskoeffizienten der Untertests r_{tc} werden in der üblichen Weise so gewonnen, daß zunächst die Kriteriumwerte und sämtliche Untertestrohwerte an einer repräsentativen Stichprobe gewonnen werden, worauf jeder Test für sich mit dem Kriterium korreliert wird.

Sieht man von einer Wägung der Untertests ab, so kann man den Validitätskoeffizienten einer Testbatterie als Maßkorrelation des Kriteriums zu der Summe aller Untertests definieren und leicht berechnen. Wenn diese Summen nicht vorliegen, läßt sich der Validitätskoeffizient aus den Streuungen und Validitäten der einzelnen Untertests nach Formel (14.16) bestimmen[1]):

$$ {}_{bat}r_{tc} = \frac{\sum_t r_{tc} s_t}{\sqrt{\sum_t s_t^2 + 2 \sum_{s<t} r_{st} s_s s_t}} . \qquad (14.16) $$

Alle in Formel (14.6) vorkommenden Symbole sind bereits an anderer Stelle definiert worden. Ein Beispiel wird die Anwendung der summativen Validitätsbestimmung zeigen.

Rechenbeispiel Nr. 14.7:

Verwenden wir die Daten aus den Beispielen Nr. 14.5 und Nr. 14.6 und nehmen wir an, die vier Tests hätten folgende Validitätskoeffizienten gegenüber dem Erfolg bei der Aufnahmeprüfung an der technischen Hoch-

---

[1]) Die Ableitung ist durchgeführt bei GUILFORD (1965), App. A, S. 543f.

schule ergeben: Wortschatztest $r_{1c} = 0{,}51$; Figurenlegetest $r_{2c} = 0{,}55$; technische Problemaufgaben $r_{3c} = 0{,}59$; Rechentest $r_{4c} = 0{,}40$.

Die Standardabweichungen betrugen: $s_1 = 14{,}8$; $s_2 = 6{,}4$; $s_3 = 3{,}7$ und $s_4 = 9{,}9$.

Die Interkorrelationen zwischen den Tests ergaben sich wie folgt: $r_{12} = 0{,}2$; $r_{13} = 0{,}6$; $r_{14} = 0{,}3$; $r_{23} = 0{,}5$; $r_{24} = 0{,}4$; $r_{34} = 0{,}1$.

Mit diesen Daten lassen sich leicht die folgenden Glieder für die Substitution in Formel (14.16) errechnen:

$$\sum_t r_{tc}s_t = (0{,}51 \cdot 14{,}8) + (0{,}55 \cdot 6{,}4) + (0{,}59 \cdot 3{,}7) + (0{,}40 \cdot 9{,}9) = 17{,}2$$

$$\sum_t s_t^2 = 14{,}8^2 + 6{,}4^2 + 3{,}7^2 + 9{,}9^2 = 371{,}7$$

$$\sum_{s<t} r_{st}s_s s_t = (0{,}2 \cdot 14{,}8 \cdot 6{,}4) + (0{,}6 \cdot 14{,}8 \cdot 3{,}7) + (0{,}3 \cdot 14{,}8 \cdot 9{,}9)$$
$$+ (0{,}5 \cdot 6{,}4 \cdot 3{,}7) + (0{,}4 \cdot 6{,}4 \cdot 9{,}9) + (0{,}1 \cdot 3{,}7 \cdot 9{,}9) = 136{,}6\,.$$

Formel (14.1)

$$_{bat}r_{tc} = \frac{17{,}2}{\sqrt{371{,}7 + 2 \cdot 136{,}6}} = \frac{17{,}2}{25{,}4} = 0{,}68\,.$$

Der Validitätskoeffizient der Batterie ist also wesentlich höher als der höchste Validitätskoeffizient der Untertests.

Wie Formel (14.16) sich bei homogenen und heterogenen Testbatterien verschieden auswirkt, wird bei einer kurzen Betrachtung des zweiten Nennergliedes unter der Wurzel deutlich. Liegen die Testinterkorrelationen hoch, wie dies bei homogenen Batterien der Fall ist, dann strebt der Validitätskoeffizient $_{bat}r_{tc}$ einem Minimum zu; sind sie dagegen niedrig, wie bei heterogenen Batterien, so erreicht $_{bat}r_{tc}$ ein Maximum; natürlich nur unter sonst gleichen Bedingungen. Die Mehrzahl der Testbatterien ist allerdings weder rein homogen, noch rein heterogen, so daß Formel (14.16), wenn man die multiple Korrelationsmethode vermeiden will, durchaus zur Validitätsbestimmung einer Batterie verwendet werden kann.

Sind für die einzelnen Untertests nach einer der in Kapitel 14.5 genannten Methoden Gewichte festgelegt worden, so müssen diese in Formel (14.16) mit einbezogen werden. Sie erweitert sich in diesem Falle zu

$$_{bat}r_{tc} = \frac{\sum_t G_t r_{tc} s_t}{\sqrt{\sum_t G_t^2 s_t^2 + 2 \sum_{s<t} r_{st} G_s s_s G_t s_t}}\,. \qquad (14.17)$$

Rechenbeispiel Nr. 14.8:

Wir wollen das letzte Beispiel Nr. 14.7 unter Zugrundelegung der vier in Beispiel Nr. 14.5 errechneten Testgewichte ($G_1 = 1$; $G_2 = 3$; $G_3 = 8$; $G_4 = 1$) nach Formel (14.17) noch einmal durchrechnen und sehen, ob wir auf diese Weise einen höheren Validitätskoeffizienten erhalten als in Beispiel Nr. 14.7. Für die beiden Nennerglieder liegen aus Beispiel Nr. 14.6 bereits die Resultate vor:

$$\sum_t G_t^2 s_t^2 = 1561{,}9 \qquad \sum_{s<t} r_{st} G_s s_s G_t s_t = 753{,}1 \,.$$

Den Zählerausdruck für Formel (14.17) berechnen wir wie folgt:

$$\sum_t G_t r_{tc} s_t = (1 \cdot 0{,}51 \cdot 14{,}8) + (3 \cdot 0{,}55 \cdot 6{,}4) + (8 \cdot 0{,}59 \cdot 3{,}7) + (1 \cdot 0{,}40 \cdot 9{,}9) = 39{,}5 \,.$$

Formel (14.17)

$$_{bat}r_{tc} = \frac{39{,}5}{\sqrt{1561{,}9 + 2 \cdot 753{,}1}} = 0{,}71 \,.$$

Dadurch also, daß wir die Untertests gewogen haben, ist die Batterie als ganze valider geworden. Der Validitätskoeffizient ist von 0,68 bei der nicht gewogenen Batterie auf 0,71 bei der gewogenen Batterie angestiegen.

Es empfiehlt sich, die Validität einer Batterie unter Zugrundelegung zweier oder mehrerer Wägungen nach dieser Methode zu berechnen, um zu sehen, bei welcher Wägung die höchste Validität resultiert. Die multiple Korrelationstechnik leistet jedoch diesbezüglich viel mehr; sie läßt es nicht auf ein Probieren ankommen, sondern stellt unmittelbar validitätsoptimale Gewichte in Form der später genannten Beta-Koeffizienten zur Verfügung.

14.6.2 Multiple Validität und Suppressor-Funktion

Welchen Bedingungen unterliegt nun die schon mehrfach empfohlene Anwendung der multiplen Korrelation [1]) zur Bestimmung der multiplen Validität einer Testbatterie, die mit $R_{c.123...k}$ symbolisiert wird? Die erste Bedingung besteht darin, daß die Punktwerte aller Untertests und des Kriteriums normalverteilt sind oder zumindest als normalverteilt angenommen werden können. Weiterhin ist zu fordern, daß die Regressionslinien zwischen den einzelnen Tests und zwischen Tests und Kriterium linear sind.

Der multiple Validitätskoeffizient bietet mehrere Vorteile:

1. Er liefert unter sonst gleichen Voraussetzungen die beste Schätzung der wahren Validität einer Testbatterie.
2. Er gibt – wie schon erwähnt – optimale Gewichte im Hinblick auf die Validität für alle Untertests an.

---

[1]) Als relativ einfache und leicht verständliche Einführung in die multiple Korrelationstechnik sei die von GUILFORD (1965) empfohlen.

3. Er ermöglicht die Nutzbarmachung sogenannter Suppressor-Variablen, die im Summenkorrelationsverfahren regelmäßig außer acht gelassen werden, wodurch die Validität einer Batterie unter Umständen numerisch wesentlich ungünstiger eingeschätzt wird, als sie tatsächlich ist.

Ehe das Wesen und die Leistung der multiplen Korrelation näher beleuchtet werden, muß auf den zuletztgenannten Tatbestand der Suppression eingegangen werden, weil er für die spätere Betrachtung und Interpretation des multiplen Validitätskoeffizienten unerläßlich ist.

Das Prinzip der Suppressionswirkung eines Tests oder allgemein einer Variablen sei an einem hypothetisch angenommenen, analytischen Beispiel im Sinne der THURSTONEschen Faktorentheorie erläutert. Angenommen, das Validitätskriterium einer Zweiertestbatterie beinhalte nur einen THURSTONEschen Faktor, nämlich den Reasoning-Faktor. Dieses Kriterium, bzw. dieser Faktor, soll durch zwei Tests erfaßt werden, von denen der eine (Test 1) zu 60% den Reasoning-Faktor und zu 40% den Space-Faktor enthält, während der andere (Test 2) zu 100% den Space-Faktor repräsentiert [1]). Nun wertet man die beiden Tests so aus, daß Test 1 ein Gewicht von 1 und Test 2 ein solches von $40/100 = 0{,}4$ erhält, und subtrahiert den Rohwert des Tests 2 von dem des Tests 1, so daß man den Teil der Varianz von Test 1 ausschaltet, der auf die Wirkung des Space-Faktors zurückgeht. Die Wirkung des Space-Faktors in Test 1 wird also unterdrückt, suprimiert, um die Wirkung des im Kriteriums enthaltenen Reasoning-Faktors allein zur Geltung zu bringen.

Allgemein formuliert stellt sich der Tatbestand der Supression wie folgt dar: Test 1 enthält eine Variable, die mit der Kriterium-Variablen unkorreliert war; sie hat eine hohe Korrelation des Tests 1 zum Kriterium verhindert. Test 1 und Test 2 aber korrelieren ziemlich hoch positiv miteinander, da beide diejenige Variable enthalten, die dem Kriterium fehlt. Wenn nun unter diesen Umständen Test 2, der ausschließlich die mit der Kriterium-Variablen unkorrelierte Variable enthält, ein entsprechendes negatives Gewicht im Summenpunktwert bekommt, so kupiert er die Wirkung derjenigen Variablen in Test 1, die in dem Kriterium nicht repräsentiert ist.

Solch eine Variable, die mit einem Validitätskriterium selbst nicht positiv korreliert, also keine Validität hat, trotzdem aber innerhalb einer Batterie zur Validitätserhöhung beiträgt, nennt man Suppressor-Variable. Untertests, die solche Suppressor-Variablen enthalten, nennt man – etwas beiläufig – Suppressor-Tests. Diese Suppressor-Tests sind dadurch gekennzeichnet, daß sie mit dem Kriterium niedrig, aber mit einem oder mehreren Untertests hoch korrelieren. Umgekehrt jedoch darf man nicht schließen, daß jeder Test, der diese korrelativen Beziehungen aufweist, ein Suppressor-Test sei. Ob er als solcher gelten darf oder nicht, kann erst eine statistische Analyse zeigen.

Für Suppressor-Tests gilt also nicht die allgemeine Regel für den Aufbau von Testbatterien, da für sie die Forderung nach möglichst hoher Korrelation zum Kriterium irrelevant ist. Sie spielen jedoch in Testbatterien eine kaum zu unterschätzende Rolle und lassen sich nur über die multiple Korrelation, nicht aber über die vorgenannte Summationstechnik für die Selektion der Untertests nutzbar machen.

---

[1]) Die Faktorenladungen sind hier als prozentuale Varianzanteile definiert nach der Beziehung: prozentualer Varianzanteil des Faktors a in Test t = (Ladung des Tests t mit Faktor a)$^2 \cdot 100$

14.6.3 Die multiple Validität als Korrelation zweier Tests mit einem Kriterium

Da in deutschsprachigen Lehrbüchern der psychologischen Statistik die multiple Korrelation meist eher stiefmütterlich behandelt wird, erscheint eine kurze Einführung sinnvoll; sie wird, wie dies für den Erwerb des grundlegenden Verständnisses am meisten förderlich ist, anhand einer Tripel-Korrelation erläutert.

Angenommen, der Erfolg, mit dem ein Bewerber für die Beamtenlaufbahn in der kommunalen Verwaltung die Prüfung in der Verwaltungsakademie absolviert, sei in erster Linie von der allgemeinen Intelligenz (gemessen in Standardwerten des IST 70) und in zweiter Linie vom Grad seiner Erfahrung (gemessen durch die Anzahl der Jahre, die der Bewerber bereits im Verwaltungsdienst steht) abhängig. Abb. 14.2 zeigt den Zusammenhang zwischen dem Validitätskriterium ‚Prüfungserfolg' und den beiden Merkmalen ‚Intelligenz' und ‚Erfahrung'.

Wie aus dem Schaubild ersichtlich ist, trägt die Intelligenz mehr zum Prüfungserfolg bei als die Erfahrung. Von den drei untersuchten Variablen gelten die beiden Persönlichkeitsmerkmale (Intelligenz und Erfahrung) als die unabhängigen Variablen, das Kriterium (Prüfungserfolg) als die abhängige Variable. Im allgemeinen ist es jedoch lediglich Definitionssache, welche Variable als abhängig und welche als unabhängig bezeichnet wird. Im Spezialfall der Test-Kriterium-Korrelationen fungieren die Tests stets als unabhängige Variable und das Kriterium stets als abhängige Variable, da ja eben die Tests zur Erfassung des Kriteriums eingesetzt werden; man gewinnt von den einzelnen Pbn soundsoviele Testwerte, um schätzen zu können, wie ihre Kriteriumleistung ausfallen werde. In dem vorliegenden Beispiel konnte man etwa von einem Pb mit guter Intelligenz und langer Verwaltungsdienstzeit den besten Prüfungserfolg erwarten; bei einem intelligenten, aber unerfahrenen Pb konnte man gemäß dem Schaubild ebenfalls noch einen überdurchschnittlichen Prüfungserfolg vermuten.

Wenn man nun beide Merkmale ‚Intelligenz' und ‚Erfahrung' zu einem Merkmalskomplex zusammenfassen und bestimmen möchte, wie hoch die Korrelation des Prüfungserfolges zur Gesamtheit ‚Intelligenz und Erfahrung' sei, so muß man

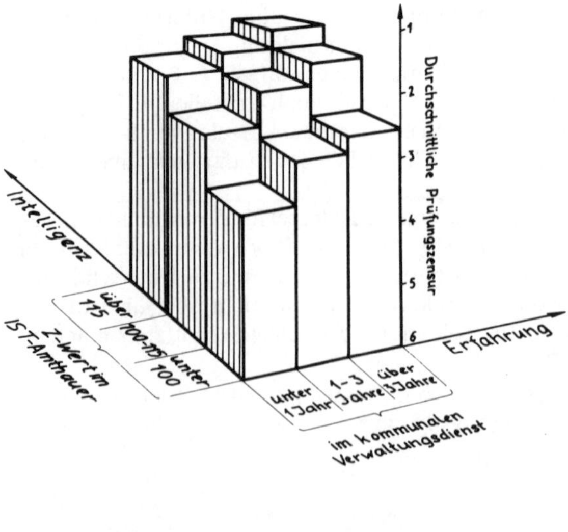

Abb. 14.2: Graphische Darstellung der multiplen Korrelation zwischen den drei Variablen: Intelligenz, praktische Erfahrung und Prüfungszensuren.

Formel (14.18) für die multiple Korrelation anwenden. Voraussetzung dafür ist allerdings, daß die Interkorrelation der beiden Tests bekannt ist.

$$R_{c.12} = \sqrt{\frac{r_{c1}^2 + r_{c2}^2 - 2r_{c1}r_{c2}r_{12}}{1 - r_{12}^2}}\,. \tag{14.18}$$

In dieser Formel bedeuten:

$R_{c.12}$ = multipler Validitätskoeffizient zweier Tests gegenüber einem Kriterium,

r_{c1}, r_{c2} = Validitätskoeffizienten der beiden Tests gegenüber demselben Kriterium,

r_{12} = Interkorrelationskoeffizient der beiden Tests.

Von den beiden Wurzeln der Formel (14.18) gilt definitionsgemäß nur die positive. Der Wert von $R_{c.12}$ liegt stets höher als die Werte r_{c1} und r_{c2}. Die Höhe der multiplen Validität hängt von der Höhe und dem Unterschied der beiden Untertestvaliditäten sowie der Interkorrelation ab.

Wenn sich eine Batterie nur aus zwei Tests zusammensetzt, läßt sich das Prinzip der multiplen Korrelation am besten überschauen, weswegen wir in der Folge diesen Fall unseren Ausführungen zugrundelegen wollen. In Tab. 14.3 sind als Beispiele einige typische Korrelationen von r_{c1}, r_{c2} und r_{12} angeführt, anhand welcher die verschiedenen Möglichkeiten des Zusammenwirkens zweier Tests bei der Bildung des multiplen Validitätskoeffizienten erläutert werden sollen.

Betrachten wir zunächst die Kombination I A: Beide Tests sind gleich valide ($r_{tc} = 0{,}4$) und nicht miteinander korreliert ($r_{12} = 0{,}0$). Das dritte Zählerglied und der Nenner in Formel (14.18) entfallen also, und $R_{c.12}$ verhält sich wie die Hypothenuse eines rechtwinkligen Dreiecks zu ihren Katheten r_{c1} und r_{c2}. $R_{c.12}$

Tabelle 14.3

Kombinationen		r_{c1}	r_{c2}	r_{12}	$R_{c.12}$
I	A	0,4	0,4	0,0	0,57
	B	0,4	0,4	0,4	0,48
	C	0,4	0,4	0,9	0,41
II	D	0,4	0,2	0,0	0,45
	E	0,4	0,2	0,4	0,40
	F	0,4	0,2	0,9	0,54
III	G	0,4	0,0	0,0	0,40
	H	0,4	0,0	0,4	0,44
	J	0,4	0,0	0,9	0,92
IV	K	0,4	0,4	−0,4	0,73
	L	0,4	0,2	−0,4	0,56
	M	0,4	0,0	−0,4	0,43

wird gegenüber r_{c1} und r_{c2} beträchtlich höher ausfallen. In den Kombinationen I B und I C sind die beiden Untertestvaliditätskoeffizienten konstant gehalten und nur die Interkorrelationen auf 0,4 bzw. 0,9 erhöht worden. Die Folge ist ein progressives Absinken von $R_{c.12}$. Wenn die Testinterkorrelation $r_{12} = 0{,}9$ ist, so messen beide Tests praktisch denselben Aspekt des Kriteriums, und die Validität ihrer Kombination ist nicht höher als die der Einzeltests.

Betrachten wir ferner die Kombinationen unter II: Sie unterscheiden sich gegenüber denen unter I dadurch, daß die Validitätskoeffizienten verschieden hoch sind (0,4 bzw. 0,2). Variieren wir nun die Interkorrelationen abermals von 0,0 über 0,4 nach 0,9, so beobachten wir folgendes Phänomen: $R_{c.12}$ sinkt zunächst – wie wir das nach I erwarten – bei ansteigendem r_{12} ab, wächst dann bei weiter steigendem r_{12} merkwürdigerweise aber wieder an. Zweifellos kommt bei hohem r_{12} ein gewisses Maß an Suppressor-Wirkung zum Vorschein, die bei niedrigem r_{12} entfällt.

Die Kombinationen unter III dürfen vom naiv psychologischen Gesichtspunkt her keinerlei Validitätsgewinn gegenüber den Einzeltests erhoffen lassen. Wenn man zu einem mäßig validen Test ($r_{c1} = 0{,}4$) einen nicht validen Test ($r_{c2} = 0{,}0$) hinzufügt, so müßte es bei der mäßigen Validität von 0,4 für $R_{c.12}$ bleiben; dieser Schluß bewahrheitet sich denn auch in der Kombination G, in welcher die beiden Tests unkorreliert sind, in der Kombination J hingegen, wo sie hoch korrelieren, steigt $R_{c.12}$ außerordentlich stark an. Hier ist das zur Erklärung der Suppressor-Funktion angeführte Faktorenbeispiel nahezu realisiert.

Die ursprünglich formulierte Gesetzmäßigkeit, daß der multiple Validitätskoeffizient um so höher sei, je höher die Einzel-Validitätskoeffizienten und je geringer die Interkorrelationskoeffizienten seien, erfährt also für heterogene Tests durch den Suppressor-Effekt eine gewisse Einschränkung.

Bei den Kombinationen unter II tritt eine andere Gesetzmäßigkeit in Erscheinung: Wenn die Validitätskoeffizienten zweier Tests verschieden hoch sind, so ist entweder eine ganz niedrige oder aber eine ganz hohe Interkorrelation derselben von Vorteil für die multiple Validität. Im ersten Fall wird ein zusätzlicher Faktor des Persönlichkeitsmerkmals erfaßt, im zweiten Fall ein irrelevanter Faktor des valideren Tests durch den weniger validen Test unterdrückt. Trifft keine der beiden Wirkungsweisen zu, dann ist die Kombination der Tests im Hinblick auf eine Validitätserhöhung der Zweierbatterie wertlos.

Die Gesetzmäßigkeit der Kombinationen unter III kann man so formulieren: Ist von zwei Tests einer nicht valide, so trägt er nur dann zur Verbesserung der multiplen Validität bei, wenn er mit dem validen Test hoch interkorreliert, also Suppressor-Funktion ausübt.

Negative Interkorrelationen, die in der Praxis nur selten in Erscheinung treten und noch seltener statistisch zu sichern sind, wurden aus theoretischem Interesse in die Kombinationen unter IV mit einbezogen.

Man kann sich die Veränderungstendenzen von $R_{c.12}$ graphisch veranschaulichen, wie dies in Abb. 14.3 für die vier Kombinationsgruppen geschehen ist.

Aus Abb. 14.3 ist zu ersehen, daß bei negativen Interkorrelationen $R_{c.12}$ jeweils höher liegt als bei $r_{12} = 0$. Wächst r_{12} in negativer Richtung weiter an, so kann $R_{c.12}$ den Wert 1,0 erreichen.

Prinzipiell liegen auch bei mehr als zwei Tests gleiche Sachverhalte vor, nur ergeben sich entsprechend mehr Kombinationsmöglichkeiten für r_{tc} und r_{st}.

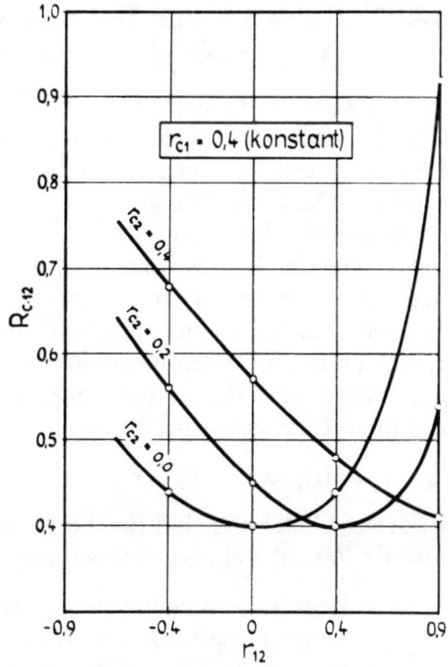

Abb. 14.3: Der multiple Validitätskoeffizient ($R_{c.12}$) als Funktion der Interkorrelation der Tests 1 und 2 (r_{12}) bei einem konstanten Validitätskoeffizienten (r_{c1}) des Tests 1 und einem variablen Validitätskoeffizienten des Tests 2 (r_{c2}).

14.6.4 Die allgemeine Formel für den multiplen Validitätskoeffizienten für eine Batterie mit mehreren Untertests

Die Berechnung des multiplen Validitätskoeffizienten wird sehr umständlich, wenn mehr als zwei Unterteste zu einer Batterie gehören. Jedenfalls sind keine Rechenformeln nach Art von Formel (14.18) mehr anwendbar.

In der Überzeugung, daß nur die Einsicht in statistische Verfahren ihre Anwendung rechtfertigt, soll im folgenden die allgemeine Formel für den multiplen Validitätskoeffizienten schrittweise erklärt werden; sie lautet

$$R_{c.123...k} = \sqrt{\beta_{c1}r_{c1} + \beta_{c2}r_{c2} + \ldots + \beta_{ck}r_{ck}}\,. \tag{14.19}$$

In dieser Formel bedeuten:

$R_{c.123...k}$ = multipler Validitätskoeffizienz einer Batterie mit k Untertests,
$r_{c1}, r_{c2}, \ldots r_{ck}$ = Validitätskoeffizienten der einzelnen Untertests,
$\beta_{c1}, \beta_{c2}, \ldots \beta_{ck}$ = Standardpartial-Regressionskoeffizienten der einzelnen Untertests.

Was bedeuten nun eigentlich die sog. Standardpartial-Regressionskoeffizienten und wie werden sie berechnet? Dazu einige kurze Ausführungen im Hinblick auf ihre Herleitung aus der multiplen Regressionsgleichung[1]).

---

[1]) Eine vorbildliche Einführung in das Wesen der Regression findet sich in HAYS (1963); HOFSTÄTTER und WENDT (1966).

14.6.5 Rohwert- und Beta-Gewichte als Koeffizienten in der multiplen Regressionsgleichung

1. Die Rohwert-Gewichte

Bei den folgenden Überlegungen seien nicht die Rohwerte X bzw. C eines Elementartests und des Kriteriums zugrundegelegt, sondern die Abweichungswerte x und c. Diese ergeben sich jeweils, wenn man von den Rohwerten den entsprechenden Mittelwert abzieht.

Die einfache Regressionsgleichung $c_i = bx_i$ bedeutet verbal formuliert, daß man den Abweichungsrohwert x_i eines Elementartests mit einem Koeffizienten b, dem Regressionskoeffizienten, multiplizieren muß, um den Abweichungsrohwert des Kriteriums c_i für einen beliebigen Pb_i vorhersagen zu können. Sind zwei Tests an der Vorhersage des Kriteriumrohwertes beteiligt, so lautet die entsprechende multiple Regressionsgleichung

$$c_i = b_{c1.2}x_{1i} + b_{c2.1}x_{2i}\,. \qquad (14.20)$$

In dieser Gleichung sind für die b-Werte drei Indizes notiert; es handelt sich hier um die Partial-Regressionskoeffizienten, die folgende Bedeutung haben:

$b_{c1.2}$ = Regressionskoeffizient des Kriteriums c gegenüber dem Untertest 1 bei Konstanthaltung der Rohwerte des Untertests 2, d. h. aufgrund einer Stichprobe mit gleichen Untertest-Abweichungsrohwerten x_2,

$b_{c2.1}$ = Regressionskoeffizient des Kriteriums c gegenüber dem Untertest 2 bei Konstanthaltung der Rohwerte des Untertests 1.

Für k Untertests ergeben sich Partial-Regressionskoeffizienten höherer Ordnung, und die multiple Regressionsgleichung in ihrer allgemeinen Form lautet

$$c_i = b_{c1.234\ldots k}x_{1i} + b_{c2.134\ldots k}x_{2i} + \ldots + b_{ck.123\ldots(k-1)}x_{ki}\,. \qquad (14.21)$$

Die Partial-Regressionskoeffizienten heißen in der Fachsprache auch „Rohwertgewichte" und haben folgende Bedeutung: Wenn man für einen beliebigen Pb jeden Abweichungsrohwert eines Untertests mit seinem Rohwertgewicht multipliziert und diese Produkte addiert, so erhält man die bestmögliche Schätzung des Abweichungsrohwertes des Kriteriums für diesen Pb. Selbstverständlich hängen die Rohwertgewichte außer von der relativen Bedeutung der Untertests auch von deren Standardabweichungen ab. Das Rohwertgewicht ist in der Regel klein, wenn die Standardabweichung des Untertests groß ist, und umgekehrt. Diese Abhängigkeit muß notwendigerweise bestehen, denn die Größe der Standardabweichung ist vielfach nur ein Ausdruck des gewählten Maßstabes. Zählt man z. B. in einem Untertest für jede Aufgabe zwei Punkte, so verdoppelt sich die Standardabweichung dieses Tests; analog versechzigfacht sich ein Zeitrohwert, wenn man ihn in Minuten statt in Stunden mißt.

Die Rohwertgewichte geben also darüber Auskunft, wie man den Abweichungsrohwert eines Untertests zahlenmäßig verändern muß, ehe man ihn als Summationsglied für den Abweichungsrohwert des Kriteriums heranziehen darf. Die Rohwertgewichte sagen nichts aus über die Bedeutung, die ein Untertest in der Batterie hat, eben weil sie vom Streuungsmaß abhängig sind. Dieser Tatbestand kann nicht genug hervorgehoben werden, wenn der nächste Schritt als logische Konsequenz erkannt werden soll.

2. Die Beta-Gewichte

Will man Gewichte errechnen, die von der Streuung der Untertests unabhängig sind, so liegt nichts näher, als die Test- und Kriteriumresultate in Standard-Werten (z-Werten) statt in Rohwerten auszudrücken. Die daraus resultierenden Partial-Regressionskoeffizienten sind auf diese Weise einer ihrer Funktionen, nämlich der des Streuungsausgleichs, enthoben und erfüllen nunmehr ausschließlich die andere, nämlich die der Untertest-Gewichtsrepräsentation. Natürlich muß sich zufolge dieses Funktionswandels ihr Symbol und ihre Benennung ändern. Sie heißen, da die Streuung der Unterteste standardisiert wurde, Standard-Partial-Regressionskoeffizienten und werden statt mit dem Symbol b mit dem griechischen Analogon β (Beta) bezeichnet; sie werden deshalb in der Fachsprache kurzerhand „Beta-Gewichte" genannt.

Die multiple Standard-Regressionsgleichung für zwei Tests und ein Kriterium lautet also wie folgt, wenn Gleichung (14.20) in Standardform ausgedrückt wird

$$z_{ci} = \beta_{c1.2} z_{x_{1i}} + \beta_{c2.1} z_{x_{2i}}. \qquad (14.22)$$

Setzt man zwecks Vereinfachung $\beta_{ct.123...k} = \beta_{ct}$ und $z_{xt} = z_t$, so schreibt sich die verallgemeinerte Standard-Regressionsgleichung wie folgt

$$z_{ci} = \beta_{c1} z_{1i} + \beta_{c2} z_{2i} + \ldots + \beta_{ck} z_{ki}. \qquad (14.23)$$

Nach dieser Gleichung kann man Beta operational definieren: Das Beta-Gewicht eines Untertests einer Batterie ist derjenige Koeffizient, mit dem man den Standardwert des entsprechenden Untertests multiplizieren muß, ehe man ihn als additives Glied zur Vorhersage des Kriterium-Standardwertes heranziehen darf. Inhaltlich sagt diese Definition aus, daß durch die Beta-Gewichte die relative Bedeutung eines Tests im Rahmen seiner Batterie gekennzeichnet wird.

Der Sachverhalt und die Bedeutung der Beta-Gewichte wird noch klarer, wenn man sich vorstellt, ein bestimmter Pb hätte in allen Untertests den gleichen Standardwert, etwa den Standardwert $z_i = 1$ erzielt; in diesem Falle ist sein Kriteriumstandardwert gleich der Summe der Beta-Gewichte der einzelnen Untertests, da in Gleichung (14.23) der Faktor 1 außer acht gelassen werden kann, so daß sich in der Standard-Regressionsgleichung dieses Pb die relative Bedeutung des einzelnen Untertests unmittelbar manifestiert.

14.6.6 Die Ermittlung der Beta-Gewichte

Es ist deutlich geworden, daß die Beta-Gewichte theoretisch und praktisch bedeutsame Kennwerte der Untertests einer Batterie sind. Doch fehlt zunächst ein Weg zu ihrer Berechnung aus den Daten der Korrelationsmatrix, also aus den Test-Kriteriums-Korrelationen und den Test-Interkorrelationen.

Tatsächlich ist die rechnerische Ermittlung der Beta-Gewichte für den Nicht-Mathematiker etwas schwierig, denn dazu müssen k lineare Gleichungen mit k Unbekannten gelöst werden. Wie kommt man aber zu diesen k Gleichungen, die die Beta-Gewichte als Unbekannte enthalten?

Wenden wir uns zunächst dem einfachsten Fall, daß eine Batterie aus zwei Tests besteht, zu. Hier lautet die – seitenvertauschte – Standard-Regressionsgleichung (14.23)

$$z_{1i}\beta_{c1} + z_{2i}\beta_{c2} = z_{ci}.$$

Multiplizieren wir diese Gleichung nun einmal mit z_{1i} und ein zweites Mal mit z_{2i}, so ergeben sich die beiden folgenden Gleichungen:

$$(1) \quad z_{1i}z_{1i}\beta_{c1} + z_{2i}z_{1i}\beta_{c2} = z_{ci}z_{1i}\,,$$

$$(2) \quad z_{1i}z_{2i}\beta_{c1} + z_{2i}z_{2i}\beta_{c2} = z_{ci}z_{2i}\,.$$

Jede dieser beiden Gleichungen gilt für jeden Pb_i einer Stichprobe. Durch Summation über alle Pbn und Division durch ihre Anzahl N erhalten wir:

$$(1) \quad \frac{\sum\limits_i z_{1i}z_{1i}}{N}\beta_{c1} + \frac{\sum\limits_i z_{2i}z_{1i}}{N}\beta_{c2} = \frac{\sum\limits_i z_{ci}z_{1i}}{N}\,,$$

$$(2) \quad \frac{\sum\limits_i z_{1i}z_{2i}}{N}\beta_{c1} + \frac{\sum\limits_i z_{2i}z_{2i}}{N}\beta_{c2} = \frac{\sum\limits_i z_{ci}z_{2i}}{N}\,.$$

Da die Termini $\sum\limits_i z_{si}z_{ti}/N$ (= mittlere Produktsumme zweier Standardwertpaare) nichts anderes darstellen als die in der Korrelationsmatrix enthaltenen Korrelationskoeffizienten r_{st}, so schreibt man konventionsgemäß die beiden Gleichungen wie folgt:

$$(1) \quad r_{11}\beta_{c1} + r_{21}\beta_{c2} = r_{c1}\,,$$

$$(2) \quad r_{12}\beta_{c1} + r_{22}\beta_{c2} = r_{c2}\,.$$

Damit liegen zwei Gleichungen mit zwei Unbekannten vor. Analog müßte man vorgehen für die Ableitung mehrerer Gleichungen für mehrere Unbekannte. Die allgemeine Form für k Gleichungen aus k Untertests würde lauten:

$$\begin{array}{ll}
(1) & r_{11}\beta_{c1} + r_{21}\beta_{c2} + \ldots + r_{k1}\beta_{ck} = r_{c1}\,, \\
(2) & r_{12}\beta_{c1} + r_{22}\beta_{c2} + \ldots + r_{k2}\beta_{ck} = r_{c2} \\
\vdots & \quad\vdots \qquad\quad \vdots \qquad\qquad\qquad \vdots \qquad\quad \vdots \\
(k) & r_{1k}\beta_{c1} + r_{2k}\beta_{c2} + \ldots + r_{kk}\beta_{ck} = r_{ck}\,.
\end{array}$$

Für die Auflösung von k Gleichungen mit k Unbekannten wird in der höheren Mathematik das Determinanten-Verfahren angewendet, welches allerdings nicht nur eine immense Rechenarbeit erfordert, sondern für den Nicht-Mathematiker auch recht unübersichtlich ist. Deshalb wurde in der Teststatistik bisher eine als DOOLITTLE-Methode bekannte Rechentechnik verwendet, die um das Jahr 1857 von M. H. DOOLITTLE entwickelt wurde und die es auch Laien ermöglicht, schematisch das Gleichungssystem zu lösen und so die Beta-Gewichte zu ermitteln.

Wir werden diese Methode hier nicht mehr darstellen, da heutzutage entsprechende Auswertungsprogramme bereits für Personalcomputer entwickelt worden sind.[1])

---

[1]) Z. B. das Unterprogramm REGRESSION in den Programmpaketen SPSS/PC+ (MICROSOFT Corp. 1981) oder SPSSX (SCHUBÖ und VEHLINGER, 1986).

Für den einfachsten Fall von nur zwei Tests lassen sich die Lösungen des Gleichungssystems explizit angeben:

$$\beta_{c1} = \frac{r_{c1} - r_{c2}r_{12}}{1 - r_{12}^2}, \tag{14.24}$$

$$\beta_{c2} = \frac{r_{c2} - r_{c1}r_{12}}{1 - r_{12}^2}. \tag{14.25}$$

Die Berechnung der Beta-Gewichte nach diesen Formeln soll durch ein Beispiel verdeutlicht werden:

Rechenbeispiel Nr. 14.9:

Ein Merkfähigkeitstest für Sachverhalte (1) und ein Suggestivfragentest (2) sollen als Zeugentüchtigkeitsbatterie für jugendliche Zeugen verwendet werden und werden deshalb – jeder Test für sich – an einer forensischen Modellsituation (c) validiert. Bei allen drei Variablen werden die wünschenswerten Resultate positiv bewertet, also gute Merkfähigkeit, geringe Suggestibilität und gute verbale und darstellende Reproduktion der Modellsituation entsprechen hohen Punktwerten. Die Validierung ergab: $r_{c1} = 0{,}5$; $r_{c2} = 0{,}3$. Die Interkorrelation beider Tests beträgt $r_{12} = -0{,}2$. Zunächst wollen wir fragen, wie hoch die vereinigte Validität beider Tests hinsichtlich des Merkmals „jugendliche Zeugentüchtigkeit" ist. Zu diesem Zweck setzen wir in Formel (14.18) ein:

$$R_{c.12} = \sqrt{\frac{0{,}5^2 + 0{,}3^2 - 2 \cdot 0{,}5 \cdot 0{,}3 \cdot (-0{,}2)}{1 - (-0{,}2)^2}} = 0{,}65\,.$$

Die beiden Tests haben also eine zufriedenstellende Validität.

Wenn wir nun fragen, wieviel jeder der beiden Tests zur Validität beisteuert, müssen wir in die Gleichungen für die Beta-Gewichte einsetzen:

$$\beta_{c1} = \frac{0{,}5 - 0{,}3 \cdot (-0{,}2)}{1 - (-0{,}2)^2} = 0{,}58\,,$$

$$\beta_{c2} = \frac{0{,}3 - 0{,}5 \cdot (-0{,}2)}{1 - (-0{,}2)^2} = 0{,}42\,.$$

Obwohl der Merkfähigkeitstest eine wesentlich höhere Validität gegenüber dem Kriterium ‚Reproduktion einer forensischen Modellsituation' ergab als der Suggestibilitätstest, so sind sie als kombinierte Tests doch nahezu gleich bedeutsam, da sich ihre Beta-Koeffizienten so wie 58 zu 42 verhalten. Offenbar hat der Suggestibilitätstest zusätzlich eine gewisse Suppressorfunktion, etwa in dem Sinne, daß er affektive Einflüsse bei der Gedächtnisleistung kupiert, also Wahrnehmungseindrücke, die durch affektive Mitbeteiligung im Gedächtnis haften bleiben, entwertet.

Wir können – nachdem die Beta-Gewichte bekannt sind – den multiplen Validitätskoeffizienten nun auch nach der allgemeinen Formel (14.19) berechnen:

$$R_{c.12} = \sqrt{0{,}5 \cdot 0{,}58 + 0{,}3 \cdot 0{,}42} = 0{,}65 \,.$$

Die Ermittlung von $R_{c.12}$ über die Beta-Gewichte ergibt notwendigerweise denselben Wert wie die über Formel (14.18).

14.6.7 Die Verwendung der Beta-Gewichte

Welche Anwendungsmöglichkeiten bieten nun die Beta-Gewichte?

1. Zunächst können wir auf Grund der Kenntnis der Beta-Gewichte nach Formel (14.19) den multiplen Validitätskoeffizienten für die Testbatterie berechnen.

Rechenbeispiel Nr. 14.10:

Angenommen, wir hätten für die bereits mehrfach in Anspruch genommene Viererbatterie mit Hilfe eines PC die Beta-Gewichte berechnet. Diese, sowie alle Korrelationskoeffizienten dieser Batterie sind in Tab. 14.4 neu zusammengestellt worden:

Tabelle 14.4

Unterteste		1	2	3	4	Kriterium C	Beta
Wortschatztest	1	1,0	0,2	0,6	0,3	0,51	+0,214
Figuren-Legen	2	–	1,0	0,5	0,4	0,55	+0,278
Techn. Probleme	3	–	–	1,0	0,1	0,59	+0,303
Rechentest	4	–	–	–	1,0	0,40	+0,194

Den wichtigsten Beitrag zur Validität der Batterie, deren Höhe noch zu bestimmen sein wird, liefert der Test 3 (technische Probleme) mit einem Beta-Gewicht von $\beta_{c3} = 0{,}303$. Ihm an die Seite zu stellen wäre der Test 2 (Figuren-Legen) mit einem Beta-Gewicht von $\beta_{c2} = 0{,}278$. Erst mit Abstand folgt Test 1 (Wortschatztest) mit einem Beta-Gewicht von $\beta_{c1} = 0{,}214$. An letzter Stelle steht der Test 4 (Rechentest) mit einem Gewichtsanteil von $\beta_{c4} = 0{,}194$.

Unter Zugrundelegung der Daten aus Tab. 14.4 ergibt sich für die Vierer-Batterie zur Auslese von Bewerbern für die technische Hochschule ein multipler Validitätskoeffizient von

$$R_{c.1234} = \sqrt{0{,}51 \cdot 0{,}214 + 0{,}55 \cdot 0{,}278 + 0{,}59 \cdot 0{,}303 + 0{,}40 \cdot 0{,}194}$$
$$= 0{,}72 \,.$$

Die multiple Validität der Batterie übertrifft also alle Untertestvaliditäten bei weitem und verleiht der Testkombination eine diagnostische Treffsicherheit, wie sie von einem Einzeltest nicht zu erwarten wäre. Wäre in der Batterie ein Suppressor-Test vorhanden gewesen, so hätte der multiple Validitätskoeffizient 0,8 erreichen, ja sogar übersteigen können.

2. Über die Beta-Gewichte kann man außerdem auch die Rohwertgewichte erhalten, wenn man die Beziehung zwischen Beta- und Rohwertgewichten kennt, die in der folgenden Formelschar zum Ausdruck kommt:

$$\left.\begin{aligned} G_1 &= b_{c1.23\ldots k} = \frac{s_c}{s_1}\beta_{c1}\,, \\ G_2 &= b_{c2.13\ldots k} = \frac{s_c}{s_2}\beta_{c2}\,, \\ &\vdots \\ G_k &= b_{ck.123\ldots(k-1)} = \frac{s_c}{s_k}\beta_{ck}\,. \end{aligned}\right\} \qquad (14.26)$$

Rechenbeispiel Nr. 14.11:

Wenn wir die Rohwertgewichte für das letzte Beispiel über die Beta-Gewichte ausrechnen wollen, benötigen wir noch die Information über s_c. Nehmen wir an, der Erfolg der Aufnahmeprüfung in die technische Hochschule sei durch die Summe von 10 Einzel-Fach-Zensuren gekennzeichnet worden, dabei habe sich ein $s_c = 12$ und ein $\bar{X}_c = 33$ ergeben. Die Daten, die für die Berechnung der Rohwertgewichte benötigt werden, sind noch einmal in Tab. 14.5 zusammengestellt worden.

Tabelle 14.5

	Test 1	2	3	4	Kriterium C
$\bar{X}$	52	18	10	87	33
s	14,8	6,4	3,7	9,9	12
β	+0,214	+0,278	+0,303	+0,194	–

$$b_{c1.234} = \frac{12}{14{,}8}\cdot 0{,}214 = 0{,}17\,; \qquad b_{c2.134} = \frac{12}{6{,}4}\cdot 0{,}278 = 0{,}52\,;$$

$$b_{c3.124} = \frac{12}{3{,}7}\cdot 0{,}303 = 0{,}98\,; \qquad b_{c4.123} = \frac{12}{9{,}9}\cdot 0{,}194 = 0{,}24\,.$$

Wenn wir die erhaltenen Rohwertgewichte mit dem Faktor 1/0,17 multiplizieren und auf eine Dezimalstelle abrunden, so erhalten wir die analytischen Rohwertgewichte:

$$G_1^+ = 1{,}0\,; \qquad G_2^+ = 3{,}1\,; \qquad G_3^+ = 5{,}8\,; \qquad G_4^+ = 1{,}4\,.$$

Vergleichen wir nun die über die Beta-Gewichte berechneten Rohwertgewichte für die vier Untertests mit den Rohwertgewichten, die wir nach

Formel (14.8), nach GUILFORD, sowie nach der intuitiven Schätzung gewonnen hatten, so ergibt sich die Übersicht in Tab. 14.6.

Tabelle 14.6

Nr.	Gewichtsformel	Wortschatz	Figuren-Legen	Technische Probleme	Rechen-Test
I	$G = \frac{1}{s_t} K$	1,0	2,3	4,0	1,5
II	g = Schätzgew.	2	2	3	1
III	$\tilde{G} = \frac{G \cdot g}{1,5}$	1,3	3,1	8,0	1,0
IV	$G^{+} = b_{ci.12...k}K$	1,0	3,1	5,8	1,4

Bei dem Vergleich der auf verschiedene Weise ermittelten Untertestgewichte müssen wir davon ausgehen, daß die G^{+}-Gewichte (Zeile IV) unter den gegebenen Umständen die bestmöglichen Schätzungen im Hinblick auf die Validität der Testbatterie sind.

Bei dem Bestreben, alle Untertests gleichwertig in das Gesamtergebnis eingehen zu lassen (I), werden die beiden Tests, die zur technischen Begabung in engerer Beziehung stehen (Figuren-Legen und Technische Probleme), relativ benachteiligt. Das Gleiche gilt für die intuitive Gewichtsschätzung (II), bei der noch hinzukommt, daß die Bedeutung des Wortschatztests und die des Rechentests gegensinnig bewertet wurden. Die Beurteiler sind wahrscheinlich davon ausgegangen, daß der Wortschatztest ein wichtiger Indikator der allgemeinen Intelligenz sei, und haben ihm deshalb zwei Punkte gegenüber einem Gewichtspunkt für den Rechentest zuerkannt. Offenbar wird jedoch die allgemeine Intelligenz durch Test 2 und 3 hinreichend mit erfaßt.

Die relativ besten Gewichtswerte hat nächst der Berechnung über die Beta-Gewichte die von GUILFORD empfohlene Kombination von subjektiven und streuungsreziproken Gewichten (III) erbracht; allerdings schießt sie beim Test über technische Probleme ein wenig über das Ziel hinaus. Beim Fehlen eines Validitätskriteriums wird sich also die GUILFORDsche Methode für die Untertestbewertung am besten eignen.

3. Die Betakoeffizienten können ferner zur Aufstellung von Regressionsgleichungen herangezogen werden.

a) Zunächst kann eine multiple Standard-Regressionsgleichung nach Formel (14.23) entwickelt werden, deren Substitution direkt zu dem Kriteriumstandardwert für einen beliebigen Pb führt.

b) Da über die Beta-Gewichte die Rohwertgewichte berechnet werden können, läßt sich auch die multiple Regressionsgleichung für den Kriteriumabweichungswert eines Pb_i aufstellen nach Formel (14.21).

c) Und geht man schließlich von den Rohwerten selbst aus, so lautet die allgemeine multiple Regressionsgleichung

$$c_i = b_{c1.234...k}(X_{1i} - \bar{X}_1) + b_{c2.134...k}(X_{2i} - \bar{X}_2) + \ldots + b_{ck.1234...(k-1)}(X_{ki} - \bar{X}_k) + M_c \,. \qquad (14.27)$$

Rechenbeispiel Nr. 14.12:
Ein Pb, der im Wortschatztest mit $X_1 = 37$ und im Rechentest mit $X_4 = 80$ ziemlich unterdurchschnittlich, im Figuren-Legen mit $X_2 = 18$ durchschnittlich und nur bei der Lösung Technischer Probleme mit $X_3 = 15$ Punkten gut abschneidet, würde einen Kriteriumschätzwert von

$$C = 0{,}17(37 - 52) + 0{,}52(18 - 18) + 0{,}98(15 - 10) + 0{,}24(80 - 87) + 33 = 34$$

erhalten. Da der Test, in dem der Pb erfolgreich war, mehr wiegt als die beiden Tests, in denen er weniger erfolgreich war, hat der Pb doch noch eine durchschnittliche Gesamtleistung erreicht.

4. Eine weitere Möglichkeit zur Verwendung von Beta-Gewichten ist die Untertestauswahl einer Batterie mit speziellem Validitätsbereich. Wegen ihrer Bedeutung und ihres Umfanges wird ihr ein besonderes Unterkapitel gewidmet, obwohl ihre Darstellung eigentlich hierher gehörte.

14.7 Die Untertest-Selektion

Der Begriff „Test-Selektion“ steht in Analogie zu dem bereits bekannten Begriff der „Aufgaben-Selektion“ und bezeichnet ein Verfahren, mittels dessen aus einer Batterie diejenigen Untertests ausgewählt werden können, die den höchsten Beitrag zur Validität der Batterie liefern. Man kann eine rationale von einer statistischen Untertest-Selektion unterscheiden, jenachdem, ob ein PC mit einem speziellen Regressionsprogramm zur Verfügung steht oder nicht. Wie für die Aufgaben-Selektion, so sind auch für die Untertest-Selektion statistische Kennwerte erforderlich.

14.7.1 Die Selektionskennwerte

Bei der Untertest-Selektion werden die folgenden Kennwerte verwendet:

1. Der Validitätskoeffizient des Untertests r_{tc} (in Analogie zum Validitätskoeffizient der Testaufgabe). Der Validitätskoeffizient ist durch die Korrelation des einzelnen Untertests zum Validitätskriterium definiert und spielt für die Testauswahl eine wichtige Rolle.

2. Die Interkorrelationskoeffizienten der Untertests r_{st} (in Analogie zu den Aufgabeninterkorrelationskoeffizienten). Die Interkorrelationskoeffizienten der Untertests sind im Unterschied zu denen der Aufgaben außerordentlich bedeutsam, da sie den Homogenitätsgrad einer Batterie entscheidend mitbestimmen. Sie sind definiert durch die Korrelation des Untertests s zum Untertest t.

Unter Zugrundelegung der Validitätskoeffizienten und der Interkorrelationen läßt sich eine rationale Untertestauswahl durchführen.

3. Der multiple Untertest-Determinationskoeffizient $r_{tc}\beta_{ct}$, definiert als das Produkt des Validitätskoeffizienten mit dem Beta-Gewicht des Untertests t.

Während sich die beiden zuerst genannten Selektions-Kennwerte ohne die multiple Korrelationstechnik bestimmen ließen, setzt $r_{tc}\beta_{ct}$ diese voraus. Wie aus Formel (14.19) ersichtlich ist, sind die multiplen Untertest-Determinationskoeffizienten additive Bestandteile des multiplen Determinationskoeffizienten $R^2_{c.123...k}$. Die Selektion nach diesem Kennwert ist höchst einfach: Untertests mit höherem Determinationskoeffizienten sind solchen mit niedrigerem bei der Auswahl vorzuziehen.

14.7.2 Die rationale Untertest-Selektion

Geht man davon aus, daß mehr Untertests verfügbar sind als tatsächlich benötigt werden oder erwünscht sind, dann besteht die Möglichkeit, die am besten geeigneten Untertests auszusuchen. Die Untertests können entsprechend ihren Beta-Gewichten ausgewählt werden (d. h. entsprechend ihrem Beitrag zur Validität der Batterie), und zwar in dem Sinne, daß Untertests mit geringen Beta-Gewichten ausgeschlossen werden, da sie lediglich die Gesamt-Testzeit verlängern würden. Das setzt aber voraus, daß die Beta-Gewichte berechnet wurden.

Wie geht man aber vor, wenn das nicht der Fall ist, und wenn kein PC mit einem entsprechenden Regressionsprogramm zur Verfügung steht?

Betrachten wir zunächst den Fall, daß es sich um relativ homogene Untertests handelt. Für sie gilt die Regel, daß die Untertests mit der höchsten Validität ohne Rücksicht auf ihre Interkorrelationen in die Batterie aufgenommen werden. Die Anzahl der Untertests richtet sich einmal nach der Höhe des erwünschten multiplen Validitätskoeffizienten und hängt zum anderen von test-ökonomischen Bedingungen ab.

Für heterogene Tests gilt dagegen die Regel, daß man solche Untertests auswählt, die einerseits hoch valide sind, andererseits aber niedrig interkorrelieren. Ein Beispiel wird die rationale Selektion bei einer heterogenen Batterie veranschaulichen.

Rechenbeispiel Nr. 14.13:

Angenommen, ein Betriebspsychologe hätte mit 5 relativ verschiedenartigen Einzeltests in der Eignungsauslese gute Erfolge erzielt. Er korreliert die 5 Tests untereinander und mit dem Meister-Rating als Kriterium. Dabei ergeben sich die in Tab. 14.7 eingetragenen Korrelationskoeffizienten.

Tabelle 14.7

		Untertests 1	2	3	4	5
Kriterium C		0,41	0,55	0,45	0,50	0,33
Untertests:	1	└──→	0,19	0,22	−0,06	0,40
	2		└──→	0,28	0,15	0,34
	3			└──→	0,27	0,23
	4				└──→	0,33

Wenn wir den Wert der einzelnen Tests für die Batterie anhand der Tab. 14.7 beurteilen wollen, so gehen wir am besten folgendermaßen vor:

Wir suchen uns zunächst den Test mit der höchsten Validität aus; das ist Test 2 mit $r_{tc} = 0{,}55$. Daraufhin betrachten wir seine Interkorrelationen mit den anderen Tests, indem wir die Werte unter dem Strich in Pfeilrichtung der Reihe nach ablesen. Eine etwas höhere Interkorrelation besteht nur zu Test 5 mit $r_{st} = 0{,}34$. Test 2 ist also als Untertest für eine heterogene Batterie sehr gut brauchbar und wird als erster Test in die engere Wahl genommen.

Nun suchen wir den Test mit der nächst höheren Validität; das ist Test 4 mit $r_{tc} = 0{,}50$. Seine Interkorrelationen sind ebenfalls niedrig, wieder mit Ausnahme derjenigen zu Test 5. Test 4 kann ebenfalls für die Batterie empfohlen werden.

Während Test 2 und 4 kaum miteinander korrelieren, also verschiedene Aspekte der Eignung messen, schließt Test 5 offenbar jeden der beiden Aspekte mit ein, indem er mit Test 2 wie mit Test 4 relativ hoch interkorreliert. Er prüft also wohl etwas, das bereits durch Test 2 und Test 4 hinreichend erfaßt wurde.

Sehen wir uns den Test mit dem dritthöchsten Validitätskoeffizienten an, den Test 3. Dieser Test zeigt mit allen übrigen Tests etwa die gleiche Korrelation, nämlich $r_{st} \sim 0{,}2$. Wir können vermuten, daß Test 3 keinen eigenständigen Aspekt des Kriteriums prüft, sondern daß er die Aspekte der übrigen Tests je zu einem Teil berücksichtigt. Darüber hinaus aber erfaßt er wahrscheinlich noch Merkmale oder Merkmalskomponenten, die in unserem Eignungskriterium nicht vorhanden sind. Nur daraus läßt sich die Tatsache erklären, daß Test 3 nicht höher als $r_{tc} = 0{,}45$ mit dem Kriterium korreliert, wo er doch so viele Aspekte desselben mit einschließt. Wir werden Test 3 aufgrund dieser Charakteristik noch nicht in die Batterie mit aufnehmen, sondern vorläufig in Reserve halten.

Test 1 hat zwar eine mäßige Validität, zeigt aber außer mit Test 5 allgemein niedrigere Interkorrelationen als Test 3; er ist daher mindestens ebenso gut brauchbar wie jener. Wir lassen die Entscheidung über seine Auswahl ebenfalls noch offen.

Test 5 erweist sich eindeutig als ungeeignet und überflüssig, da er eine geringe Korrelation mit dem Kriterium, aber relativ hohe Korrelationen mit den übrigen Tests aufweist.

Wenn wir also unseren Versuch einer rationalen Auswahl der Untertests für die Eignungstestbatterie zusammenfassen, ergibt sich: Test 2 und Test 4 sind am besten geeignet, Test 5 ist ungeeignet, Test 1 und 3 sind hinsichtlich ihres Wertes für eine Kombination in der Eignungstestbatterie nicht eindeutig zu bestimmen. Für die Gesamtbatterie kommen mindestens zwei, höchstens aber vier der vom Betriebspsychologen zu Eignungsauslesezwekken verwendeten Tests in Frage. Ob Test 1 oder Test 3 gegebenenfalls für die Batterie vorzuziehen ist, läßt sich aufgrund von Überlegungen kaum sagen. Wenn die Testökonomie dieses zuläßt, wird man sich für die Kombination der Tests 1 bis 4 entscheiden. Es könnte aber durchaus sein, daß wir mit drei Tests, ja vielleicht sogar mit den beiden besten Tests, eine ebenso gute Eignungsvorhersage erzielen würden wie mit der Viererbatterie. Ob dies der Fall ist, kann nur eine statistische Untertest-Selektion entscheiden.

Der im Rahmen dieses Beispiels für den Aufbau von heterogenen Eignungstestbatterien herausgestellte Leitsatz, Tests mit hoher Kriterium- und geringer Interkorrelation zu bevorzugen, erfährt eine bedeutsame Einschränkung, wenn die Kriteriumkorrelationen von sehr unterschiedlicher Größenordnung sind. In diesem Fall kann unter Umständen ein Test, der mit dem Kriterium nicht, aber mit den anderen Tests der Batterie hoch korreliert, als Suppressor-Test einen außerordentlich wertvollen Beitrag zur Eignungsvorhersage leisten. Die rationale Auswahl allein aufgrund der Korrelationsmatrix versagt bei der Auffindung und Ausnutzung der Suppressor-Tests vollkommen.

Neben der Auswahl nach den statistischen Kennwerten sind andere Gesichtspunkte stets mit zu berücksichtigen. Man denke sich etwa, daß zwei Untertests ihren Kennwerten nach als gleich gut geeignet zu gelten hätten; es soll jedoch nur einer von ihnen ausgewählt werden. In diesem Fall wird man ihre Reliabilität und ihre Darbietungszeit betrachten. Je nachdem, ob Testzeitverkürzung oder Reliabilitätserhöhung für die Batterie wünschenswert erscheinen, wird man sich für den kürzeren oder den reliableren Test entscheiden. In dritter Linie können auch noch Auswertungsgesichtspunkte eine Rolle spielen, daß etwa ein einfach auszuwertender Untertest einem umständlicher auszuwertenden vorgezogen wird.

14.7.3 Die statistische Untertest-Selektion

Steht ein PC und ein geeignetes Programm, wie z. B. das bereits erwähnte SPSSX, zur Verfügung, dann kann die Untertest-Selektion statistisch auf der Grundlage der Beta-Gewichte durchgeführt werden. Früher benutzte man hierzu die WHERRY-DOOLITTLE-Methode (WHERRY 1940a).

Bei der sog. „stepwise regression" stellt das Programm automatisch eine optimale Kombination von Untertests mit einer maximalen multiplen Validität zusammen, wobei der Untersucher gewisse Vorgaben machen kann.

Im Normalfalle sucht das Programm alle Untertests in der Reihenfolge ihrer diagnostischen Valenz aus und berechnet jeweils die multiple Korrelation R. Diese multiplen Korrelationen werden anfangs stärker, dann aber immer weniger ansteigen, bis sie sich kaum noch verändern. Bei Einbeziehung eines Suppressor-Tests steigt R plötzlich sprunghaft an.

Der Untersucher kann dann entscheiden, welches R für seine Zwecke ausreichend ist, bei welchem Test er also die Selektion beenden kann. Diese Entscheidung kann er aber auch dem Programm überlassen. Dazu wird im voraus ein Abbruchkriterium festgelegt.

Das Programm gibt außer den multiplen Korrelationskoeffizienten R und dem Determinationskoeffizienten R^2 noch einen sog. „adjustierten“ Determinationskoeffizienten (s. unten), sowie auch die Beta-Gewichte der ausgewählten Tests an.

Folgende Modifikationen dieses Ablaufs sind möglich:

1. Wenn man auf einen der vom Programm vorgeschlagenen Tests verzichten muß, weil z. B. die Darbietungszeit nicht ausreicht, schätzt man für die verbleibenden Tests nach dem einfachen Regressionsprogramm die multiple Korrelation R.
2. Man kann auch zu den ausgewählten Tests ein weiteres Verfahren hinzufügen, beispielsweise zur Erhöhung der Augenscheingültigkeit. Auch in diesem Falle läßt sich die neue multiple Korrelation, die in diesem Falle nur unwesentlich höher sein dürfte, neu berechnen.
3. Man kann von Anfang an nur bestimmte Tests, beispielsweise besonders ökonomische Verfahren, in den Auswahlmodus einbeziehen. Die multiple Korrelation wird dann nicht ihr Optimum erreichen.
4. Natürlich kann man auch nach Versuch und Irrtum vorgehen, irgendwelche Kombinationen von Tests wählen und hierfür R berechnen. Es ist allerdings sehr mühsam und nicht sicher, ob man auf diese Weise eine optimale Zusammenstellung findet.

Welche Bedeutung hat der „adjustierte“ Determinationskoeffizient? Es handelt sich hierbei um die bekannte „Schrumpfungskorrektur“.

Was hat es mit dieser Schrumpfungskorrektur auf sich? EZEKIEL (1941, S. 213) hat statistisch begründet, daß der multiple Validitätskoeffizient aus einer kleinen Stichprobe berechnet stets ein wenig höher ausfällt als der entsprechende Populationsvaliditätskoeffizient; dies um so mehr, je mehr Tests zu einer Batterie zusammengeschlossen sind. Formel (14.28) definiert die Beziehung des Stichproben-Validitätskoeffizienten zum Populations-Validitätskoeffizienten.

$$R' = \sqrt{1 - \frac{N-1}{N-k}(1 - R^2)}\,. \tag{14.28}$$

In dieser Formel bedeuten:

R' = Populationsschätzwert des multiplen Validitätskoeffizienten,
R^2 = Multipler Determinationskoeffizient (Quadrat des multiplen Validitätskoeffizienten) einer Batterie von k Untertests aus einer Stichprobe von N Pbn.

Aus der Formel ist ersichtlich, daß besonders bei kleineren Stichproben durch stetige Vermehrung der Untertests die Schrumpfung des Validitätskoeffizienten bedeutsamer wird. Gewöhnlich beobachtet man, daß bei der Kombination der ersten zwei bis drei Untertests der multiple Validitätskoeffizient schnell anwächst; bei weiterer Vergrößerung der Batterie wächst er dann langsamer, während der

Schrumpfungseffekt sich zunehmend mehr bemerkbar macht. Schließlich wird – bei kleiner Stichprobe – ein Punkt erreicht, an dem die Schrumpfung den Zuwachs übertrifft. Durch diesen Markierungspunkt ist die höchst zulässige Untertestzahl determiniert. In der Praxis verzichtet man allerdings bereits in einem Stadium auf die Aufnahme weiterer Untertests, in dem sich keine merkliche Erhöhung von R' mehr zeigt.

Die „stepwise regression"-Methode kann in diesem Rahmen nicht abgeleitet werden. Ihre Anwendung, insbesondere aber die Interpretation der Ergebnisse soll in der Folge anhand einer Ad-hoc-Batterie demonstriert werden. Die Untertests dieser Batterie sind von solcher Art, wie sie von Betriebspsychologen oder Lehrern selbst hergestellt oder übernommen werden könnten. Ihre Validität ist durchweg sehr niedrig, teilweise wegen ihrer geringen Reliabilität. Trotzdem gelingt es, durch die beschriebene Selektionsmethode mittels eines PC und eines entsprechenden Programms 6 von 10 Tests so auszuwählen, daß sie eine – schrumpfungskorrigierte – multiple Validität von 0,6 ergeben, die fast doppelt so hoch ist wie die des besten Untertests.

Rechenbeispiel Nr. 14.14:

324 in den Jahren 1935/1936 an der „Heerespsychologischen Stelle" in Wien untersuchte Anwärter für die Theresianische Militärakademie hatten unter anderem folgende, später nur mit Nummern bezeichnete Tests durchzuführen [1]):

1. Lückenprobe A (Wortlücken in sinnvollen Sätzen ergänzen)
2. Lückenprobe B (desgleichen)
3. Otis-Test (Geometrische Figuren nach mündlicher Anweisung und unter Zeitdruck in bestimmter Weise miteinander verbinden)
4. Telegramm-Test (Einen Sachverhalt möglichst knapp und präzise im Telegrammstil wiedergeben)
5. Organisationstest (Anhand einer Skizze verschiedene Aufträge in der zweckmäßigsten Reihenfolge durchführen)
6. Wortpaar-Test (Eine Reihe von Wortpaaren wird verlesen, nach einer Pause hat der Pb zu einem gegebenen Wort den Paarling zu finden)
7. Wörter-Ordnen (In ungeordneten Sätzen Wortumstellungen vornehmen)
8. Logisch-kritisches Denken (Eingekleidete Rechenaufgaben lösen)
9. Technisches Verständnis A (Anhand von Skizzen die Wirkungsweise technischer Konstruktionen erkennen).
10. Technisches Verständnis B (Aus getrennt gezeichneten Bestandteilen ein technisches Gerät konstruieren).

Diese 10 Tests wurden mit den Erfolgen der Anwärter bei der Aufnahmeprüfung, die hier als Validitätskriterium fungiert, korreliert. Drei Korrelationen wurden von uns zwecks Darstellung der Suppressor-Funktion verändert.

[1]) Dieses Beispiel ist entnommen aus HOFSTÄTTER (1938).

Tabelle 14.7 enthält die Validitätskoeffizienten:

Tabelle 14.7: Validitätskoeffizienten der verwendeten Tests

Untertest	Koeffizient
1	0,25
2	0,33
3	0,15
4	0,13
5	0,23
6	0,30
7	0,25
8	0,25
9	0,18
10	0,10

Nach einer Computeranalyse der Daten in der vorgestellten Art, die hier nicht näher beschrieben wird, ergaben sich die in Tabelle 14.8 zusammengestellten Daten:

Tabelle 14.8: Ergebnisse der statistischen Untertest-Selektion

Untertest	Beta-Gewicht	R
2	0,340	0,330
6	0,437	0,394
8	0,778	0,429
3	−0,643	0,500
5	0,436	0,566
9	−0,350	0,607
4		0,613

Betrachtet man die Ergebnisse in Tabelle 14.8 im einzelnen, so zeigt sich unter anderem:

1. Der erste ausgewählte Test, der Test 2, ist trivialerweise der mit der höchsten Validität von 0,33.
2. Die spätere Hinzunahme des dritten Tests 8 hat nur noch eine Validitätsverbesserung von 0,035 ergeben. Es sieht zu diesem Zeitpunkt so aus, als würde beim nächsten Auswahlschritt R nicht weiter ansteigen, und die Selektion wäre beendet.
3. Die Aufnahme von Test 3 erhöht die Validität der jetzt vier Tests umfassenden Batterie nur aber sprunghaft auf 0,50. Test 3 ist also offensichtlich ein Suppressortest. Er hat zwar nur eine Validität von 0,15, korreliert aber, wie eine Analyse der Korrelationsmatrix zeigt, mit Test 8 in einer Höhe von 0,64. Jetzt wird es auch verständlich, warum Test 3 nicht vor Test 8 in die Batterie aufgenommen wurde, obwohl Test 3 die Gesamtvalidität stärker anwachsen läßt. Dafür gibt es nur eine Erklärung:

Test 8 hat offensichtlich erst die Voraussetzungen für den hohen Validitätsbeitrag von Test 3 geschaffen. Test 3 leistet als Suppressor-Test zwar selbst kaum einen Beitrag zur multiplen Validität, erhöht aber gewissermaßen den Beitrag des Tests 8 nachträglich, indem er eine unerwünschte Variable dieses Tests unterdrückt. Als Suppressortest hat Test 3 natürlich ein negatives Beta-Gewicht.

4. Nach der Selektion des sechsten Tests 9 würden wir die Analyse abbrechen, denn die Aufnahme des nächsten Tests 4 führt praktisch zu keiner Erhöhung von R mehr.
5. Auch Test 9 besitzt ein negatives Beta-Gewicht, übt also wahrscheinlich auch eine gewisse Suppressor-Funktion aus.

Was haben wir mit dieser Analyse erreicht?

1. Wir haben aus 10 Tests, deren Einzelvaliditäten bis auf eine unter 0,30 liegen – also außerordentlich gering sind – eine Batterie zusammenstellen können, die immerhin eine multiple Validität von 0,6 aufweist.
2. Wir haben festgestellt, daß die Kombination der sechs Tests 2, 6, 8, 3, 5, 9 unter Berücksichtigung von ökonomischen und präzisionsstatistischen Überlegungen eine optimale Kombination darstellt. Die Aufnahme von Test 4 lohnt sich im Hinblick auf die Testzeitverlängerung nicht, da der dadurch zu gewinnende Zuwachs an Validität für die Batterie statistisch nicht signifikant ist.
3. Wir haben die Möglichkeit, je nach unseren Ansprüchen an die Validität auch kleinere Batterien aufzubauen, die im Verhältnis zu ihrer Untertestzahl ebenfalls optimale Kombinationen sind. Wollten wir uns z. B. mit einem $R = 0{,}5$ begnügen, so würden wir die ersten vier ausgewählten Tests zu einer Batterie zusammenfassen.

Dem praktisch tätigen und mit dem Analysengang nicht vertrauten Diagnostiker mag es seltsam vorkommen, wenn er laut Auswertungsvorschrift dazu angehalten wird, hohe Leistungen in dem einen Untertest als Minuspunkte zu werten. Man würde den scheinbaren Widerspruch im Manual am besten so erklären, daß Test 8 aus statistischen Gründen sehr stark überbewertet wird und diese Überbewertung bei Pbn, die in den verwandten Untertests etwa Gleiches leisten, durch eine negative Bewertung des Tests 3 wieder aufgehoben wird. Die gegensinnige Bewertung hat für diejenigen Pbn eine große Bedeutung, die in den beiden Tests unterschiedlich abschneiden; in diesem Fall kann ein Pb, je nachdem ob die Leistung in Test 8 oder die in Test 3 überwiegt, für den Gesamtpunktwert viel gewinnen oder viel verlieren.

Selbstverständlich darf diese Bewertung eines bestimmten Untertests nicht unter den Pbn bekannt werden, sonst kann grober Unfug getrieben werden, der allerdings im Einzelfall meist sofort als solcher entlarvt werden kann.

14.8 Die Eichung von Testbatterien

Bezüglich der Planung und Durchführung der Eichung von Testbatterien gelten die gleichen Richtlinien wie für die Eichung von Elementartests.

14.8.1 Die Normierung von Testbatterien

Während ein Elementartest nur einen einzigen Punktwert liefert, müssen in einer Testbatterie die Einzelpunktwerte zu einem Gesamtpunktwert zusammengefaßt werden. Man kann deshalb bei der Normierung grundsätzlich auf zwei verschiedene Arten verfahren:

1. Man kann für jeden Untertest z-Werte als Standardwerte ermitteln und diese Standardwerte, ehe man sie kombiniert, mit ihrem zugehörigen Beta-Gewicht vervielfachen. Die Zwischenrechnung des Multiplizierens kann man dem Auswerter ersparen, wenn man den abzählbaren Rohwerten der Untertests tabellarisch gleich die mit dem jeweiligen Beta-Gewicht belasteten Standardwerte zuordnet, so daß der Auswerter lediglich die in der Tabelle aufgesuchten Standardwerte zu addieren braucht, um den Gesamtstandardwert zu erhalten. Dieser wird dann im Sinne des Validitätskriteriums interpretiert.

Rechenbeispiel Nr. 14.15:
Wir wollen uns diese Art der Normierung anhand der in Beispiel 14.14 ausgewählten Testbatterie überlegen. Nehmen wir an, wir hätten jeden der 6 ausgewählten Untertests gemäß den Anweisungen in Kap. 12.3.3 z-normiert und hätten für einen bestimmten Pb_i die folgenden Untertest-Rohwerte erhalten, die wir erst in z-Werte umwandeln und dann mit dem Beta-Gewicht des betreffenden Untertests multiplizieren.

Tabelle 14.9

Test:	2	6	8	3	5	9
X_{it}	35	20	14	7	10	18
z_{it}	0,2	0,8	1,3	0,4	0,5	0,6
β_t	0,3396	0,4366	0,7775	−0,6429	0,4356	−0,3527
z_{git}	0,07	0,35	1,01	−0,26	0,22	−0,21

$$\frac{\sum_t z_{it}}{6} = 0{,}63\,; \qquad \sum_t z_{git} = 1{,}2$$

In analoger Weise würde man zu jedem möglichen Untertest-Rohwert X_{it} den entsprechenden gewogenen Standardwert z_{git} berechnen. In der Normentabelle würden lediglich die X- und die z_g-Kolonnen aufgeführt werden. Nach den in Kap. 12.3.3 angeführten Transformationsformeln kann der z_g-Wert auch noch in einen anderen Standardwert transformiert werden. Der Auswerter erhält also etwa die Anweisung: Der z_g-Wert ist mit 10 zu multiplizieren, und zu diesem Produkt ist die Zahl 100 zu addieren; das Ergebnis wäre ein Z-Wert. Will man es dem Auswerter auch in dieser Hinsicht erleichtern, so kann man gleich 10 z_g

oder 15 z_g berechnen und statt der z_g-Werte tabellarisch aufführen, so daß der Interpret nur noch die entsprechende Konstante zur Summe dieser Werte hinzuzufügen braucht, um den Standardwert der Testbatterie zu erhalten.

2. Ein anderes Verfahren der Normierung besteht darin: Man berechnet nach Formel (14.26) für jeden Untertest t das Rohwertgewicht G_t über die Beta-Gewichte und multipliziert jeden möglichen Abweichungswert $x_t = (X_t - \bar{X}_t)$ des entsprechenden Untertests t mit dem Gewicht G_t. Die x_G-Werte werden tabellarisch neben den abzählbaren X-Werten aufgeführt. Der erste Schritt des Auswertens besteht darin, daß man zu den Rohwerten X_{it} die gewogenen Abweichungsrohwerte x_{git} aufsucht und diese einfach zu einem Gesamtrohwert ${}_{bat}x_{Gi}$ summiert. Der Testautor hat für die Eichstichprobe bereits dasselbe getan und eine Häufigkeitsverteilung des gewogenen Batterie-Abweichungswertes ${}_{bat}x_G$ erhalten, die er auf Normalität überprüft und ebenso wie die Rohwerteverteilung eines einfachen Tests tabellarisch oder graphisch normiert. Der Auswerter hat dann noch in der Tabelle oder der graphischen Darstellung zu ${}_{bat}x_{Gi}$ den entsprechenden Standardwert abzulesen, der nun nicht mehr in z-Werten, sondern direkt in der gewünschten Transformation angegeben werden kann.

Das erste Verfahren entspricht der Durchführung der Standard-Regressionsgleichung (14.23)

$$z_{ci} = z_{1i}\beta_{c1} + z_{2i}\beta_{c2} + z_{3i}\beta_{c3} + \ldots + z_{ki}\beta_{ck}\,. \tag{14.23}$$

Es werden zuerst die Untertest-Häufigkeitsverteilungen normiert und diese normierten Werte dann zu dem Kriteriumstandardwert z_c addiert, der in einem zweiten Schritt noch einmal, z. B. in einen Z- oder T-Wert, transformiert wird.

Das zweite Verfahren geht von der einfachen Rohwerte-Regressionsgleichung, Formel (14.24), aus

$${}_{bat}x_{Gi} = x_{1i}\frac{s_c\beta_{c1}}{s_1} + x_{2i}\frac{s_c\beta_{c2}}{s_2} + x_{3i}\frac{s_c\beta_{c3}}{s_3} + \ldots + x_{ki}\frac{s_c\beta_{ck}}{s_k}\,. \tag{14.24}$$

Hierbei werden zuerst die gewogenen Untertest-Abweichungswerte addiert und nur der Kriterium-Abweichungswert ${}_{bat}x_G$ wird normiert.

Das zweite Verfahren ist dann mit Vorteil anzuwenden, wenn die Untertestrohwerte unterschiedlich verteilt sind, auch wenn die Hypothese der Normalität noch aufrecht erhalten bleiben muß. Wenn jedoch die Hypothese der Normalverteilung aller Untertests verworfen werden muß, so darf überhaupt nur das zweite Normierungsverfahren angewendet werden. Bei diesem können auch Prozentrangnormen abgeleitet werden.

14.8.2 Die Normierung von Profilbatterien

In der Einleitung des Kapitels über die Testbatterien ist bereits angedeutet worden, daß die Scheidung in Profile und Batterien mehr eine begriffliche als eine sachliche ist. In der Tat werden manche Testbatterien gleichzeitig auch im Sinne eines Profils ausgewertet, was umgekehrt allerdings nicht möglich ist. Besonders heterogene Testbatterien sind für eine Doppelauswertung sehr geeignet, da hier neben der Merkmalserfassung und der auf sie gegründeten Vorhersage auch die unterschiedlichen Aspekte des Merkmals interessieren und die Interpretation des Testergebnisses dadurch inhaltlich unter Umständen bereichert wird.

Soll eine Testbatterie gleichzeitig auch als Profil verwendet werden, so wird sich die statistische Untertest-Selektion weniger gut eignen, da Suppressor-Tests in einer Profilbatterie unerwünscht sind. Vielmehr wird man bei der Auswahl nach den rationalen Richtlinien für heterogene Testbatterien verfahren und Tests mit hoher Validität und niedrigen Interkorrelationen auswählen.

Bevor man eine Batterie auch als Profil interpretieren darf, muß man nachweisen, daß sie eine hinreichende Profilreliabilität besitzt.

Bei der Ermittlung und Darstellung der Normen geht man nach dem ersten Verfahren entsprechend der Standard-Regressionsgleichung vor. Man richtet für den Auswerter eine Tabelle mit drei Spalten ein; in der ersten Spalte steht X, in der zweiten Spalte z oder z_g und in der dritten der für die Profildarstellung benötigte Normenwert. Die Werte der zweiten Spalte werden zu z_c addiert und dieser gegebenenfalls transformiert. Man beachte dabei, daß der Mittelwert der Standardwerte des Profils bei der Untertestwägung im allgemeinen nicht gleich dem Standardwert der Batterie sein wird.

Kapitel 15

ZUR INTERPRETATION OBJEKTIVER TESTRESULTATE

15.1 Zur Interpretation einfacher Tests

15.1.1 Der Standardmeßfehler als Unsicherheitsmaß für individuelle Testpunktwerte

a) Jeder statistische Kennwert S ist mit einer gewissen Unsicherheit, einem sogenannten *Standard-* oder *Stichprobenfehler* s_S, behaftet, der nach der Beziehung

$$s_S = \frac{s_{pop}}{\sqrt{N}} \cdot K \qquad (15.1)$$

zur Meßwertestreuung s_{pop} direkt und zur Wurzel des Stichprobenumfanges N indirekt proportional ist. K ist eine spezifische Konstante, für $s_{\bar{X}}$ (Streuung des Mittelwertes) beträgt K = 1, für s_S (Streuung der Streuung) ist $K = \frac{1}{2}$.

Der Standardfehler einer Statistik ermöglicht die Beantwortung von zwei wichtigen Fragen:

1. Ob eine bestimmte Statistik signifikant ist, d. h. ob sie mit Sicherheit vom Wert Null abweicht.

2. Innerhalb welcher Grenzen der Parameter, also die der Population entsprechende Statistik, zu erwarten ist.

Die erste Frage wird über den t-Test nach $t = S/s_S$ entscheiden. Die zweite Frage bezieht sich auf die sogenannten *Vertrauensgrenzen* CL (confidential limits), den Bereich also, innerhalb dessen bei einer vorgegebenen Irrtumswahrscheinlichkeit (P = 5% oder P = 1%) der Parameter, d. h. der „wahre Kennwert" erwartet werden darf.

$$CL_S = S \pm 1{,}96 \cdot s_S \qquad (\text{für } P = 5\%) \qquad (15.2)$$

$$CL_S = S \pm 2{,}58 \cdot s_S \qquad (\text{für } P = 1\%)\,. \qquad (15.3)$$

Mit Hilfe dieser Formeln können wir für jeden Kennwert die *Vertrauensgrenzen* festlegen.

b) In Kap. 10.2 haben wir für die Reliabilität eines Tests die folgende Gleichung abgeleitet:

$$r_{tt} = 1 - \frac{s_e^2}{s_X^2}\,. \qquad (10.4)$$

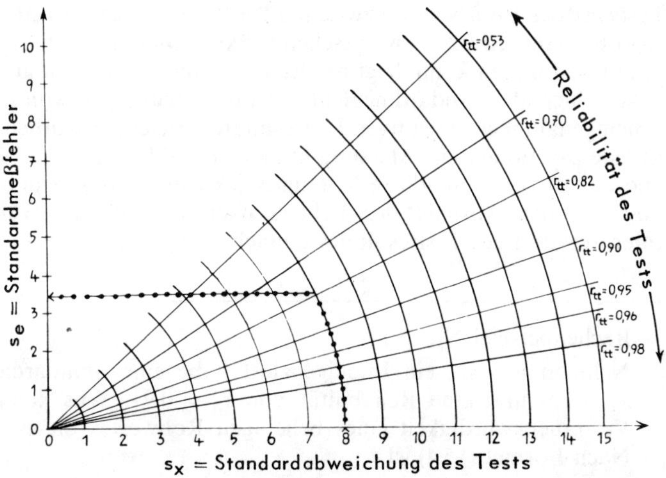

Abb. 15.1: Nomogramm der Beziehungen zwischen Reliabilität r_{tt}, Standardabweichung s_X und Standardmeßfehler s_e.

Löst man diese Gleichung nach s_e^2 auf und radiziert beide Seiten der Gleichung, so gelangt man zu dem bereits mehrfach erwähnten Standardmeßfehler s_e

$$s_e = s_X \sqrt{1 - r_{tt}}\,. \tag{15.4}$$

Definition: Der **Standardmeßfehler** ist derjenige Anteil an der Standardabweichung eines Tests, der zu Lasten seiner Unreliabilität geht[1]).

Abb. 15.1 veranschaulicht die Beziehungen zwischen r_{tt}, s_e und s_X. Sie kann auch mit hinreichender Genauigkeit zur graphischen Abschätzung des Standardmeßfehlers benutzt werden. Gemäß dem Verlauf der punktierten Linie hat ein Test mit einer Standardabweichung von $s_X = 8$ und einer Reliabilität von $r_{tt} = 0{,}82$ einen Standardmeßfehler von $s_e = 3{,}4$.

15.1.2 Die praktische Bedeutung des Standardmeßfehlers

So wie man über den Standardfehler das Vertrauensintervall einer beliebigen Statistik abgrenzen kann, so läßt sich über den Standardmeßfehler das Vertrauensintervall eines Testwerts X_i definieren:

$$CL_X = X_i \pm 1{,}96 \cdot s_e \qquad (\text{für } P = 5\%) \tag{15.5}$$

$$CL_X = X_i \pm 2{,}58 \cdot s_e \qquad (\text{für } P = 1\%)\,. \tag{15.6}$$

Was bedeutet nun etwa die Feststellung, der Testwert eines Pb $X_i = 28$ habe ein Konfidenzintervall von 25 bis 31? Damit ist ausgedrückt, daß der wahre

[1]) Statt von Standardmeßfehler pflegt man in der Fachsprache einfach von Meßfehler zu sprechen.

Testwert des Pb irgendwo zwischen den Grenzen 25 und 31 liegt, allerdings mit einer bestimmten Irrtumswahrscheinlichkeit. Daß man den wahren Testwert nicht genau bestimmen kann, liegt an der mangelnden Reliabilität des Tests.

Was hier als Standardmeßfehler definiert wurde, ist von den Testgegnern als Scheingenauigkeit objektiver Testresultate bezeichnet worden. Selbstverständlich ist jede psychologische Messung mit einem Fehler behaftet. Man kann jedoch – und das ist der wesentliche Vorzug objektiver Tests gegenüber nicht-objektiven Tests – das Ausmaß des Fehlers nach Formel (15.4) abschätzen und die Interpretation des Testresultates danach ausrichten.

Rechenbeispiel Nr. 15.1:

Nehmen wir an, ein Intelligenztest habe eine Standardabweichung von $s_{\bar{X}} = 7{,}0$ und eine Reliabilität von $r_{tt} = 0{,}91$. Was kann man über die Vertrauenswürdigkeit eines beliebigen Rohwertes dieses Tests aussagen? Nach Formel (15.4) ist

$$s_e = 7{,}0 \sqrt{1 - 0{,}91} = 2{,}1\,,$$

so daß der wahre Rohwert eines Pbi nach Formel (15.5)

$$CL_X = X_i \pm 1{,}96 \cdot 2{,}1 = X_i \pm \sim 4$$

mit 5%iger Irrtumswahrscheinlichkeit höchstens 4 Rohwertpunkte über oder 4 Rohwertpunkte unter dem jeweils gemessenen Rohwert X_i liegen wird.

Die Standardmeßfehler verschiedener Tests sind untereinander vergleichbar, wenn man ihr Streuungsmaß vereinheitlicht, also etwa die Verteilungen normiert, wie dies bei der Eichung eines Tests üblich ist. In diesem Falle kann man sich auch den Standardmeßfehler als Interpretationsgrundlage gewissermaßen im Kopf ausrechnen, wenn man die Reliabilität des betreffenden Tests kennt. Für Z-Normen ist z. B. $s_e = 10 \sqrt{1 - r_{tt}}$, da die Standardabweichung der Z-Werte $\sigma_Z = 10$ ist. Für IQ-Normen ist $s_e = 15 \sqrt{1 - r_{tt}}$. Wir bezeichnen in Zukunft den Meßfehler für Standardwerte mit s'_e, um anzudeuten, daß es sich um ein spezielles Streuungsmaß handelt.

Die Bestimmung eines Vertrauensintervalls mittels des Standardmeßfehlers ist allerdings nur dann ganz richtig, wenn man vom wahren Wert T_i auf den beobachteten Testwert X_i schließen würde, nicht jedoch umgekehrt. Der Grund dafür ist, daß zwar entsprechend der Axiomatik der *Klassischen Testtheorie* wahrer Wert und Meßfehler unkorreliert sind (s. Kap. 10.2), nicht jedoch beobachteter Wert und Meßfehler. Berücksichtigt man diese Tatsache, so verändern sich die Formeln zur Bestimmung des Vertrauensintervalls, und die angegebenen Formeln sind nur eine, allerdings recht gute Näherung. Hierauf haben z. B. GULLIKSEN (1950), ANASTASI (1968), CRONBACH (1970), DUDEK (1979) und SCHMOLCK (1980) hingewiesen.

Folgt man der Argumentation von SCHMOLCK, so ist es besser, den wahren Wert und das zugehörige Vertrauensintervall über einen *regressionsanalytischen*

Ansatz zu bestimmen. Für die Schätzung des wahren Wertes können wir die in einem späteren Abschnitt dieses Kapitels dargestellte Formel (15.35) verwenden. Sie lautet hier

$$\tilde{T}_i = r_{TX} \frac{s_T}{s_X} (X_i - \bar{X}) + \bar{T} . \tag{15.7}$$

Wenn man in dieser Formel nach Formel (10.3) s_T/s_X durch $\sqrt{r_{tt}}$ ersetzt, für $\bar{T}$ als Punktschätzung $\bar{X}$ einsetzt und außerdem berücksichtigt, daß $r_{TX} = \sqrt{r_{tt}}$ gilt [1]), dann folgt aus Formel (15.7)

$$\tilde{T}_i = r_{tt} \cdot X_i + \bar{X}(1 - r_{tt}) . \tag{15.8}$$

Der geschätzte wahre Wert T_i ist also nur im Falle von $r_{tt} = 1$ gleich dem Testwert X_i, sonst weicht er um einen gewissen, durch die Reliabilität bestimmten Betrag ab. Ob diese Abweichung vernachlässigt werden kann, wie es üblicherweise der Fall ist, soll eine Modellrechnung im Rechenbeispiel 15.2 zeigen.

Zur Bestimmung des Fehlers dieser Schätzung muß der später in Formel (15.39) dargestellte Standardschätzfehler herangezogen werden. Diese Formel lautet hier

$$s_{TX} = s_T \sqrt{1 - r_{TX}^2} . \tag{15.9}$$

Wenn man auch hier berücksichtigt, daß $s_X/s_T = \sqrt{r_{tt}}$ und $r_{TX} = \sqrt{r_{tt}}$ gilt, dann folgt

$$s_{TX} = s_X \sqrt{r_{tt}} \sqrt{1 - r_{tt}} \tag{15.10}$$

und unter Verwendung von Formel (15.4)

$$s_{TX} = s_e \sqrt{r_{tt}} . \tag{15.11}$$

Bei diesem regressionsanalytischen Ansatz ergibt sich also ein etwas kleineres Vertrauensintervall für den wahren Wert. Die Bedeutung dieser Abweichung soll ebenfalls in Rechenbeispiel 15.2 gezeigt werden.

Rechenbeispiel Nr. 15.2:

In einem Intelligenztest mit einem Mittelwert von 100, einer Standardabweichung von 15 und einer Reliabilität von $r_{tt} = 0{,}90$ haben drei Schüler A, B und C Intelligenzquotienten von 90, 100 und 120 erreicht. In welchem Intervall sind ihre wahren Werte bei einer Irrtumswahrscheinlichkeit von 5% zu erwarten?

Die nach den Formeln (15.8) und (15.11) berechneten Werte sind in Tab. 15.1 zusammengestellt. Zum Vergleich wurden die entsprechenden Werte auch auf herkömmliche Weise nach Formel (15.5) bestimmt.

---

[1]) s. z. B. GULLIKSEN (1950)

Tabelle 15.1

	korrigierter Ansatz			üblicher Ansatz		
	$\tilde{T}_i$	s_{Tx}	Intervall	$\tilde{T}_i$	s_{Tx}	Intervall
Schüler A	91	8,8	82,2– 99,8	90	9,3	80,7– 99,3
Schüler B	100	8,8	91,2–108,8	100	9,3	90,7–109,3
Schüler C	118	8,8	109,2–126,8	120	9,3	110,7–129,3

Es zeigt sich, daß sich bei dem regressionsanalytischen Ansatz das Vertrauensintervall etwas zur Mitte verschiebt, und zwar umso mehr, je extremer der Testwert X_i ist, allerdings um einen Betrag, den man in Anbetracht der Meßgenauigkeit vernachlässigen kann. Die Breite des Vertrauensintervalls ist beim herkömmlichen Ansatz etwas größer, die Aussage ist also konservativer.

Rechenbeispiel 15.2 hat gezeigt, daß für die diagnostische Praxis der herkömmliche Ansatz durchaus ausreicht und daß der regressionsanalytische Ansatz höchstens in Einzelfällen bei sehr extremen Testergebnissen herangezogen werden sollte.

15.1.3 Die Beurteilung interindividueller Unterschiede

Bei der Auslese aufgrund objektiver Testresultate erhebt sich immer wieder die Frage, ob sich zwei Pbn mit wenig unterschiedlichen Resultaten in ein und demselben Test *tatsächlich* ihrer Leistung nach unterscheiden. Es liegt nahe, diese sehr berechtigte Frage über die Konfidenzintervalle beider Testwerte zu beantworten. Überschneiden sich die beiden Konfidenzintervalle nicht, so wird man mit großer Sicherheit beide Pbn als unterschiedlich leistungsfähig bezeichnen. Überschneiden sie sich jedoch, dann wird man die *Null-Hypothese*, nämlich die Annahme, daß kein Unterschied zwischen den Pbn besteht, beibehalten.

Eine schärfere Möglichkeit der Signifikanzprüfung für die Punktwerte zweier Pbn ergibt sich nach folgender Formel

$$z = \frac{X_1 - X_2}{s_{e_1 - e_2}}. \tag{15.12}$$

Hierin ist $s_{e_1 - e_2}$ die Standardabweichung der Differenzen $X_1 - X_2$ unter der Annahme, daß die beiden Punktwerte X_1 und X_2 lediglich aufgrund des Testmeßfehlers abweichen, mit anderen Worten, daß die wahren Punktwerte gleich sind[1]). Da jeder Punktwert mit dem Meßfehler behaftet ist, trifft dies auch für die Differenz der beiden Punktwerte zu.

---

[1]) Es gilt $T_1 = T_2$
Daraus folgt $X_1 - e_1 = X_2 - e_2$ nach (10.1)
Daraus folgt $X_1 - X_2 = e_1 - e_2$

Formel (15.12) kann nun weiter umgeformt werden, weil $s^2_{e_1-e_2} = 2s^2_e$ ist. Es resultiert als praktische Arbeitsformel

$$z = \frac{X_1 - X_2}{\sqrt{2}\, s_e} = \frac{X_1 - X_2}{s_x \sqrt{2(1 - r_{tt})}} . \tag{15.13}$$

Nach dieser Formel können wir für jede zwischen zwei Pbn beobachtete Testpunktedifferenz ihre statistische Bedeutsamkeit erhalten. Ist die Differenz in Rohwerten ausgedrückt, so muß man die Größe der Testpunktestreuung kennen; ist sie in Standardwerten ausgedrückt, so ist mit der Art der Standardwerte s_X eindeutig festgelegt.

Selbstverständlich würde es einen überflüssigen Aufwand bedeuten, wollte man für jede interessierende Differenz in einem bestimmten Test den z-Test durchführen. Vielmehr genügt es, ein für allemal die sogenannte **kritische Differenz** zu bestimmen, deren Überschreitung statistische Bedeutsamkeit ausdrückt. Die kritische Differenz gilt natürlich nur für eine definierte Irrtumswahrscheinlichkeit, die man zweckmäßigerweise als Index – in Anteilen von 1 ausgedrückt – der Differenz anhängt.

Für die Testpraxis kommt meist nur die kritische Differenz auf der 5%-Stufe in Frage, für die der zugehörige z-Wert 1,96 beträgt. Formel (15.13) wäre dann zur numerischen Ermittlung der kritischen Differenzen wie folgt zu schreiben

$$(X_1 - X_2)_{0,05} = 1{,}96 \cdot s_X \sqrt{2(1 - r_{tt})} . \tag{15.14}$$

Wollen wir die kritische Differenz auf der 1%-Stufe bestimmen, so ist z = 2,58 und die Formel würde lauten

$$(X_1 - X_2)_{0,01} = 2{,}58 \cdot s_X \sqrt{2(1 - r_{tt})} . \tag{15.15}$$

Wir können die Formel auch zur Bestimmung der kritischen Differenz bei Standardwerten mit einem definierten σ ausdrücken, z. B. für Z-Werte mit $\sigma_Z = 10$

$$(Z_1 - Z_2)_{0,05} = 1{,}96 \cdot 10 \sqrt{2(1 - r_{tt}} . \tag{15.16}$$

Rechenbeispiel Nr. 15.3:

Es sei gefragt, wie groß die kritische Differenz – ausgedrückt in Einheiten des IQ – bei einem allgemeinen Intelligenztest mit $r_{tt} = 0{,}93$ sei, wenn wir einen sehr strengen Maßstab mit P = 1% anlegen wollen.

$$(IQ_1 - IQ_2)_{0,01} = 2{,}58 \cdot 15 \sqrt{2(1 - 0{,}93)} = 14{,}5$$

Wir stellen also fest: Zwei Pbn, die sich in dem besagten Test um fast 15 IQ-Einheiten unterscheiden, sind mit nahezu absoluter Sicherheit verschieden intelligent. Dabei setzen wir naturgemäß die Validität als logisch begründet voraus; nur unter diesem Aspekt ist die Aussage in ihrer Formulierung zutreffend. Wollten wir uns mit der geringeren Sicherheit von P = 5% begnügen, so würden bereits Unterschiede von 11 und mehr IQ-Punkten bedeutsam sein.

15.1.4 Die Beurteilung intraindividueller Unterschiede

Gelegentlich wird der Fall eintreten, daß ein Pb im Verlauf einer kürzeren oder längeren Zeitspanne mit *demselben* Test oder seiner *Parallelform* erneut untersucht wird. Unter der Voraussetzung, daß kein *Wiederholungsgewinn* zu erwarten ist, läßt sich feststellen, ob sich das fragliche Persönlichkeitsmerkmal während dieser Zeit verändert hat. Umgekehrt läßt sich natürlich auch der Wiederholungsgewinn überprüfen, jetzt unter Annahme der *Konstanz* des Merkmals. Auch hier wird der z-Test Antwort geben können. Man mache sich jedoch den Sinn der Null-Hypothese immer wieder klar: Unterschiede, die nicht gesichert sind, können trotzdem bestehen, nur ist die Wahrscheinlichkeit nicht hoch genug, als daß man auf sie vertrauen könnte.

Rechenbeispiel Nr. 15.4:
Ein Pb wurde mit einem Intelligenztest getestet. Nach 14 Tagen wurde der Test wiederholt. Die beiden Ergebnisse waren $IQ_1 = 110$ und $IQ_2 = 115$. Darf man die Differenz im Sinne eines Wiederholungsgewinns interpretieren?

Wenn wir eine Reliabilität von $r_{tt} = 0{,}92$ annehmen und $P = 5\%$ festlegen, dann ergibt sich die kritische Differenz

$$(IQ_2 - IQ_1)_{0,05} = 1{,}96 \cdot 15 \cdot \sqrt{2(1 - 0{,}92)} = 12\,.$$

Man darf den Leistungszuwachs also nicht interpretieren, da er kleiner als die kritische Differenz ist.

Überprüft man bei einem Pb in regelmäßigen Zeitabständen mittels einer Testserie den veränderlichen Ausprägungsgrad eines Persönlichkeitsmerkmals, so spricht man zweckmäßigerweise von einem **Verlaufsprofil**. Statt einer Testserie können auch verschiedene Tests mit gleichem Validitätsanspruch verwendet werden. Abb. 15.2 gibt ein Verlaufsprofil für den Entwicklungsquotienten.

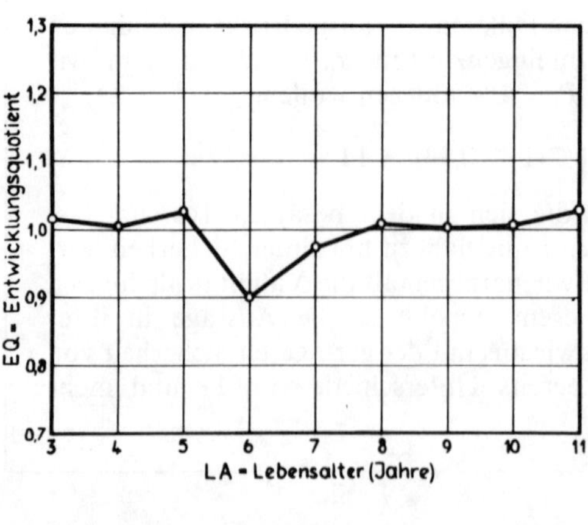

Abb. 15.2: Beispiel eines Verlaufsprofils des Entwicklungsquotienten (EQ).

Man kann nun bei vorübergehender oder anhaltender Abweichung des Verlaufsprofils von der horizontalen Geraden, ausgehend vom letzten gesetzmäßigen Testwert, die z-Werte der folgenden in einer bestimmten Richtung abweichenden Testwerte *kumulativ* summieren (Vorzeichen beachten!) und beim Überschreiten von 1,96 bzw. 2,58 die reale Veränderung definitiv feststellen.

Rechenbeispiel Nr. 15.5:

Halten wir uns an Abb. 15.2 und nehmen wir an, ein Kind hätte vom 3. bis zum 5. Lebensjahr ziemlich konstant einen $\overline{EQ} = 1{,}01$ gezeigt. Wir fragen, ob der Einschnitt bei 6 Jahren ($EQ = 0{,}90$) bedeutsam ist; σ beträgt für den EQ 0,1, die Reliabilität des Entwicklungstests wollen wir mit $r_{tt} = 0{,}75$ und $P = 5\%$ annehmen. Wir berechnen zunächst den z-Wert für die Differenz zwischen der 6-Jahresleistung und dem Mittel der vorhergehenden Leistungen nach Formel (15.13)

$$z_1 = \frac{1{,}01 - 0{,}90}{0{,}1\sqrt{2(1 - 0{,}75)}} = 1{,}56\,.$$

Der beobachtete Leistungsabfall ist statistisch nicht bedeutsam. Beziehen wir die 7-Jahresleistung noch mit ein, so bilden wir den z-Wert der Differenz von $EQ = 1{,}01$ zu $EQ = 0{,}975$.

$$z_2 = \frac{1{,}01 - 0{,}975}{0{,}1\sqrt{2(1 - 0{,}75)}} = 0{,}50$$

Zur Beurteilung des gesamten Einschnittes bei 6 Jahren addieren wir z_1 und z_2 algebraisch: $1{,}5 + 0{,}5 = 2{,}0$. Der Entwicklungseinschnitt ist also bedeutsam und entspricht offenbar einer vorübergehenden Retardation.

In analoger Weise, wie es Beispiel Nr. 15.5 zeigt, können auch allmähliche Veränderungen, z. B. ein linearer Anstieg des EQ, teststatistisch beurteilt werden.

15.1.5 Beurteilung weiterer Unterschiede

GRIESANG (1974) hat eine allgemeine Formel für die kritische Differenz angegeben, von welcher die Formeln (15.9) und (15.10) Sonderfälle sind. Diese Formel gilt für den Fall, daß der Unterschied in den *Mittelwerten* eines Tests, der in *zwei Gruppen* von Pbn durchgeführt worden ist, unter Berücksichtigung der Reliabilität auf Signifikanz geprüft werden soll. Sie lautet:

$$(\bar{X}_1 - \bar{X}_2)_P = z \cdot s_X \sqrt{\frac{N_1 + N_2}{N_1 \cdot N_2}(1 - r_{tt})}\,. \qquad (15.17)$$

Dabei sind N_1 und N_2 die beiden Gruppengrößen. Wenn die beiden Gruppen die gleiche Größe N haben, dann vereinfacht sich die Formel zu

$$(\bar{X}_1 - \bar{X}_2)_P = z \cdot s_X \sqrt{\frac{2}{N}(1 - r_{tt})}\,. \qquad (15.18)$$

Rechenbeispiel Nr. 15.6:

Zwei Stichproben von jeweils 10 Jungen und 10 Mädchen im Alter von 12 Jahren wurden mit einem in T-Werten normierten Wortschatztest untersucht. Die Jungen hatten einem Mittelwert von $\bar{X} = 52$, die Mädchen einen solchen von $\bar{X} = 55$. Darf man diesen Unterschied unter Berücksichtigung der Reliabilität des Tests von nur $r_{tt} = 0{,}8$ bei einer Irrtumswahrscheinlichkeit von 5% interpretieren?

Es ergibt sich die folgende kritische Differenz:

$$(\bar{X}_1 - \bar{X}_2)_{0,05} = 1{,}96 \cdot 10 \cdot \sqrt{\frac{2}{10}(1 - 0{,}8)} = 4\,.$$

Die tatsächliche Differenz von 3 ist kleiner als die kritische Differenz, der Unterschied zwischen den beiden Gruppen darf also nicht interpretiert werden.

Wenn der *Mittelwert* $\bar{X}$ einer Gruppe mit einem vorgegebenen *Normwert* M verglichen werden soll, dann setzt man in Formel (15.13) $N_1 = N$ und $N_2 = \infty$, und es ergibt sich

$$(\bar{X} - M)_P = z \cdot s_X \sqrt{\frac{1}{N}(1 - r_{tt})}\,. \qquad (15.19)$$

Wenn man das Testergebnis eines einzelnen Pbn_i mit dem *Mittelwert* einer Gruppe vergleichen will, setzt man in Formel (15.17) $N_1 = 1$ und $N_2 = N$, und es folgt:

$$(x_i - \bar{X})_P = z \cdot s_X \sqrt{\frac{1 + N}{N}(1 - r_{tt})}\,. \qquad (15.20)$$

Zum Vergleich der Testergebnisse von zwei Pbn setzt man entsprechend $N_1 = 1$ und $N_2 = 1$, und es ergeben sich die bereits bekannten Formeln (15.14) bzw. (15.15).

Wenn man schließlich prüfen will, ob das Testergebnis eines Pbn von einem bestimmten *Normwert* M abweicht oder nicht, dann setzt man in Formel (15.17) $N_1 = 1$ und $N_2 = \infty$:

$$(X_i - M)_P = z \cdot s_X \sqrt{1 - r_{tt}}\,. \qquad (15.21)$$

Rechenbeispiel Nr. 15.7:
Ein Abiturient hat in einem Intelligenztest einen IQ von 122 erreicht. Der Mittelwert „aller" Abiturienten liegt bei 112. Darf man diesen Unterschied interpretieren ($r_{tt} = 0{,}91$, $P = 5\%$)?

Nach Formel (15.21) ist die kritische Differenz

$$(X_i - M)_{0,05} = 1{,}96 \cdot 15 \sqrt{1 - 0{,}91} = 9\,.$$

Die beobachtete Differenz ist mit 10 IQ-Punkten größer als die kritische Differenz, deshalb darf der Unterschied interpretiert werden.

15.2 Zur Interpretation von Testprofilen

15.2.1 Die Bedeutung des Profilreliabilitätskoeffizienten

Die *Profilreliabilität* ist – wie schon in Kap. 14.2.2 näher ausgeführt wurde – anders definiert als die Reliabilität von Einzeltests und Testbatterien; sie impliziert nämlich die Interkorrelationen der Einzeltests.

Nach Formel (14.2) ist die Profilreliabilität $_{prof}r_{tt}$ dann am größten, wenn die Einzeltests hoch reliabel sind und zugleich niedrig interkorrelieren. Umgekehrt kann ein Profil, dessen Interkorrelationen ebenso hoch sind wie dessen Einzelreliabilitäten, nur ein „Scheinprofil" sein; es handelt sich in diesem Falle gewissermaßen um eine Testserie, deren Einzeltests allesamt dasselbe Persönlichkeitsmerkmal untersuchen.

Rechenbeispiel Nr. 15.8:
Ein Viererprofil mit den Reliabilitätskoeffizienten $r_{11} = 0{,}87$; $r_{22} = 0{,}91$; $r_{33} = 0{,}94$; $r_{44} = 0{,}88$ und den Interkorrelationen $r_{12} = 0{,}34$; $r_{13} = 0{,}40$; $r_{14} = 0{,}25$; $r_{23} = 0{,}31$; $r_{24} = 0{,}20$ und $r_{34} = 0{,}60$ hätte nach Formel (14.2) eine Profilreliabilität von

$$_{prof}r_{tt} = \frac{0{,}90 - 0{,}35}{1 - 0{,}35} = 0{,}85\,.$$

Da wir an die Profilreliabilität nicht so hohe Anforderungen stellen wie an die Reliabilität standardisierter Einzeltests, können wir mit dem differentialdiagnostischen Wert dieses Profils sehr zufrieden sein.

Der Reliabilitätskoeffizient eines Profils $_{prof}r_{tt}$ vermittelt nur einen allgemein orientierenden Eindruck, der einer globalen Qualifikation der Profilleistungsfähigkeit gleichkommt. Zur Interpretation von Profildifferenzen ist $_{prof}r_{tt}$ praktisch unbrauchbar. Der diagnostische Wert eines Profils wird durch $_{prof}r_{tt}$ eher verschleiert als geklärt, da hohe und geringe Reliabilitätskoeffizienten sowie hohe und geringe Interkorrelationskoeffizienten gewissermaßen in einen Topf geworfen werden.

Angesichts der Tatsache, daß fast alle psychischen Leistungen positiv miteinander korreliert sind, müssen Profilreliabilitäten über 0,8 als hoch und solche zwischen 0,6 und 0,8 als befriedigend gewertet werden.

15.2.2 Die speziellen Aussagemöglichkeiten eines Testprofils

Ein individuelles Profil kann nach verschiedenen Fragestellungen hin überprüft werden.

1. Zunächst kann ein Profil ebenso wie mehrere voneinander unabhängig durchgeführte Einzeltests interpretiert werden, worüber in Kap. 15.1 ausführlich gesprochen wurde.
2. Die Eigenart eines Profils liegt aber in der *Vergleichbarkeit* der Einzeltests. Diese Vergleichbarkeit ist durch die einheitliche Standardskala gewährleistet; durch sie werden die beobachteten Profilunterschiede einer differentiellen Interpretation erschlossen. Die Kardinalfrage vor der Interpretation wird lauten müssen: Ist das vorliegende Profil ein echtes Profil oder ein Scheinprofil, d. h. sind die beobachteten Unterschiede so ausgeprägt, daß sie nicht durch Zufall entstanden sein können?

Deutet man ein Profil **intuitiv**, so orientiert man sich gewöhnlich an der Absoluthöhe der Unterschiede. Kleine Unterschiede werden vernachlässigt, mittlere mit Vorbehalt und große mit Nachdruck interpretiert. Diese Art der Deutung sieht vollkommen davon ab, daß ein und derselbe absolute Unterschied je nach der Höhe der Reliabilitäten der verglichenen Einzeltests ganz verschiedene Bedeutsamkeit haben kann. Außerdem gibt die intuitive Deutung keine numerisch faßbaren Kriterien für *„Interpretation mit Vorbehalt“* und *„Interpretation mit Nachdruck“* an; trotzdem erfreut sie sich heutzutage vielerorts auch außerhalb Europas noch großer Beliebtheit.

Die **statistische** Profilinterpretation führt über die Konfidenzintervalle der Einzeltests. Für die Deutbarkeit einer Profildifferenz wird gefordert, daß sich die Konfidenzintervalle der beteiligten Tests nicht überschneiden, wie dies Abb. 15.3 für die 5%-Sicherheitsstufe veranschaulicht.

Faßt man die in Abb. 15.3 einander zugewandten Hälften der beiden Konfidenzintervalle zusammen, so erhält man den *kritischen Unterschied* für je zwei Testpunktwerte X_{1i} und X_{2i} eines Profils eines Pb_i nach der folgenden Beziehung

$$(X'_{1i} - X'_{2i})_P = z_{crit}[s_e(X'_1) + s_e(X'_2)] . \qquad (15.22)$$

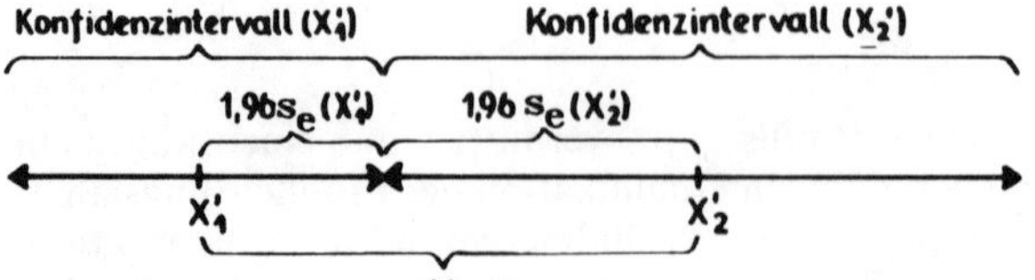

Abb. 15.3: Die Bedeutsamkeit des Unterschiedes zweier Testpunktwerte, beurteilt nach dem Konfidenzintervall.

In dieser Formel bedeuten:

X'_{ti} = Linear transformierter Profilpunkt (Standardwert) des Pb_i im Test t,
z_{crit} = z-Wert, der einer vorgegebenen Irrtumswahrscheinlichkeit P entspricht.

Setzt man für s_e nach Formel (15.4) ein, so kann man die kritische Differenz direkt aus den Reliabilitätskoeffizienten der betreffenden Einzeltests errechnen.

$$(X'_{1i} - X'_{2i})_P = z_{crit} s_x(\sqrt{1 - r_{11}} + \sqrt{1 - r_{22}}) . \tag{15.23}$$

> Rechenbeispiel Nr. 15.9:
>
> Wollten wir wissen, wie groß die kritische Differenz für den ZR-Test (induktives Zahlendenken) und den WÜ-Test (räumliches Vorstellenkönnen) im IST-AMTHAUER (1955) ist, so müßten wir zunächst die beiden Reliabilitätskoeffizienten nachlesen: $r_{tt}(ZR) = 0{,}96$ und $r_{tt}(WÜ) = 0{,}89$. Die Standardwerte des IST haben eine Streuung von s = 10. Begnügen wir uns mit einer Irrtumswahrscheinlichkeit von 5%, so ist $z_{crit} = 1{,}96$. Die kritische Differenz berechnet sich also nach Formel (15.23) zu:
>
> $$(ZR_i - WÜ_i)_{0,05} = 1{,}96 \cdot 10\,(\sqrt{1 - 0{,}96} + \sqrt{1 - 0{,}89}) = 10{,}4 .$$
>
> Die Profilpunkte in ZR und WÜ müßten also mehr als 10 SW-Punkte auseinanderliegen, ehe wir behaupten dürften, daß induktives Zahlendenken bei einem bestimmten Pb_i besser ausgebildet sei als räumliches Vorstellenkönnen oder umgekehrt.

Die Interpretation von Profildifferenzen kann wesentlich präziser und ökonomischer gestaltet werden, wenn man dem Konzept des *Standardmeßfehlers von Profildifferenzen* folgt (LIENERT, 1957):

$$s_{ed} = s_X \sqrt{2 - (r_{11} + r_{22})} . \tag{15.24}$$

Der auf s_{ed} gegründete kritische Unterschied – mit d_{crit} symbolisiert – errechnet sich nach der Beziehung

$$d_{crit} = z_{crit} \cdot s_{ed} = z_{crit}\, s_x \sqrt{2 - (r_{11} + r_{22})} . \tag{15.25}$$

Zweckmäßigerweise stellt man sich die kritischen Differenzen in einer *Matrix* übersichtlich dar, wie dies in Beispiel Nr. 15.10 geschehen ist.

> Rechenbeispiel Nr. 15.10:
>
> Das Testmanual des IST-AMTHAUER (1955) nennt folgende Halbierungskoeffizienten für die Einzeltests: $r_{tt}(SE) = 0{,}91$; $r_{tt}(WA) = 0{,}88$; $r_{tt}(AN) = 0{,}86$; $r_{tt}(GE) = 0{,}93$; $r_{tt}(ME) = 0{,}90$; $r_{tt}(RA) = 0{,}92$; $r_{tt}(ZR) = 0{,}96$; $r_{tt}(FA) = 0{,}84$ und $r_{tt}(WÜ) = 0{,}89$. Die Reliabilität des Gesamt- bzw. Durchschnittpunktwertes beträgt $r_{tt}(TOT) = 0{,}967$; die Streuung der Profilnormen des IST ist $\sigma = 10$.

Rechnen wir uns nun die kritischen Differenzen auf der 5%-Stufe für jedes Testpaar nach Formel (15.25) aus; wir bringen als Beispiel nur die Berechnung der Differenz SE − WA:

$$d_{crit}(SE - WA) = 1{,}96 \cdot 10\sqrt{2 - (0{,}91 + 0{,}88)} = 9{,}0\,.$$

Die Werte tragen wir in die rechte obere Hälfte einer Profildifferenzenmatrix ein.

Tabelle 15.2

Test	SE	WA	AN	GE	ME	RA	ZR	FA	WÜ	TOT
SE	8,3	9,0	9,4	7,8	8,5	8,1	7,1	9,8	8,8	6,8
WA		9,6	10,0	8,5	9,2	8,8	7,8	10,4	9,4	7,6
AN			10,4	9,0	9,6	9,2	8,3	10,7	9,8	8,1
GE				7,3	8,1	7,6	6,5	9,4	8,3	6,5
ME					8,8	8,3	7,3	10,0	9,0	7,1
RA						7,8	6,8	9,6	8,5	6,5
ZR							5,5	8,8	7,6	5,8
FA								11,1	10,2	8,5
WÜ									9,2	7,3
TOT										3,3

Benötigen wir auch die kritischen Differenzen für die Beurteilung von Wiederholungsergebnissen oder für den Vergleich zweier Pbn in dem gleichen Einzeltest, so rechnen wir – wiederum für P = 5% – nach Formel (15.14):

$$d'_{crit}(SE) = 1{,}96 \cdot 10\sqrt{2(1 - 0{,}91)} = 8{,}3\,.$$

Die erhaltenen Werte haben wir in die Diagonalfelder der Tab. 15.2 eingetragen.

Nach der Differenzenmatrix ergeben sich beispielsweise folgende Interpretationsmöglichkeiten:

1. Zwei Pbn besitzen nur dann mit Sicherheit eine unterschiedliche Merkfähigkeit (ME), wenn der Profilwert des einen mindestens um 9 (8,8) SW-Punkte höher liegt als der des anderen.
2. Ein Pb zeigt bei einem Wiederholungsversuch mit der Parallelform des IST unter anderen Bedingungen dann eine signifikant bessere Leistung im praktischen Rechnen, wenn das zweite Resultat im RA-Test mindestens 8 (7,8) SW-Punkte besser ist als das erste Resultat. Wobei wir allerdings voraussetzen, daß der zwischen den Versuchen liegende Zeitraum groß genug ist, um einen Übungsgewinn zu vermeiden.
3. Ein Pb hat dann ein besseres Raumvorstellungs- als induktives Denkvermögen, wenn sein WÜ-Wert mindestens 8 (7,6) SW-Punkte über seinem ZR-Wert liegt. Nach dem weniger präzisen Konfidenzintervallkonzept war hierzu eine Differenz von U_{crit} = 10,4 SW-Punkten erforderlich.

Die Beurteilung von Profildifferenzen wird wesentlich einfacher und ökonomischer, wenn man anstelle der Differenzenmatrix eine **„globale"** kritische Differenz im Testmanual als Interpretationshilfe angibt, die der Untersucher leicht im Gedächtnis behalten kann. Wenn die kritischen Differenzen größenordnungsmäßig gleich sind, wie das etwa in Tab. 15.2 der Fall ist, kann man eine solche globale kritische Differenz D_{crit} folgendermaßen definieren:

$$D_{crit} = \tfrac{1}{2} \cdot (d_{critmax} + d_{critmin}) . \qquad (15.26)$$

In dieser Formel sind $d_{critmax}$ und $d_{critmin}$ die größte und kleinste kritische Differenz. Als Repräsentant für die kritischen Differenzen in Tab. 15.2 ergibt sich die globale kritische Differenz

$$D_{crit} = \tfrac{1}{2}(11{,}1 + 7{,}1) = 9{,}1 .$$

15.2.3 Eine allgemeine Formel zur Prüfung von Profilunterschieden

KRISTOF (1958) hat einen allgemeinen χ^2-Test zur Prüfung des globalen Unterschieds zwischen zwei *Gruppenprofilen* angegeben. Die Formel lautet

$$\chi^2 = \frac{N_1 N_2}{(N_1 + N_2)\, s_X^2} \sum_t \frac{D_t^2}{1 - r_{tt}} \qquad df = k . \qquad (15.27)$$

In dieser Formel sind N_1 und N_2 die beiden Stichprobenumfänge. Die Größen D_t sind die Differenzen der jeweils entsprechenden Subtestmittelwerte.

Aus dieser Formel lassen sich verschiedene Spezialfälle ableiten (s. auch GRIESANG, 1974):

Wenn die beiden Gruppen *gleich groß* sind, dann vereinfacht sich Formel (15.27) zu

$$\chi^2 = \frac{N}{2 s_X^2} \sum_t \frac{D_t^2}{1 - r_{tt}} \qquad df = k . \qquad (15.28)$$

Wenn das *durchschnittliche* Profil einer Gruppe mit einem *Normprofil* verglichen werden soll, dann setzt man in Formel (15.27) $N_1 = N$ und $N_2 = \infty$ ein, und es folgt

$$\chi^2 = \frac{N}{s_x^2} \sum_t \frac{D_t^2}{1 - r_{tt}} \qquad df = k . \qquad (15.29)$$

Beim Vergleich eines *individuellen Testprofils* eines Pbi mit dem *Durchschnittsprofil* einer Gruppe setzt man in Gleichung (15.27) $N_1 = 1$ und $N_2 = N$ ein, und es ergibt sich

$$\chi^2 = \frac{N}{(1 + N)\, s_X^2} \sum_t \frac{D_t^2}{1 - r_{tt}} \qquad df = k . \qquad (15.30)$$

Für den Vergleich eines *individuellen Profils* mit einem *Normprofil* gilt $N_1 = 1$ und $N_2 = \infty$, und es folgt

$$\chi^2 = \frac{1}{s_X^2} \sum_t \frac{D_t^2}{1 - r_{tt}} \qquad df = k . \qquad (15.31)$$

Für den Vergleich der *individuellen* Testprofile von zwei Pbn wird schließlich in Gleichung (15.27) $N_1 = 1$ und $N_2 = 1$ gesetzt, und es gilt

$$\chi^2 = \frac{1}{2 \cdot s_X^2} \sum_t \frac{D_t^2}{1 - r_{tt}} \qquad df = k\,. \tag{15.32}$$

Für nur einen Test und unter Berücksichtigung der Tatsache, daß für einen Freiheitsgrad die standardnormalverteilte Größe z gleich der Quadratwurzel aus χ^2 ist, ergibt sich gerade Gleichung (15.14).

Formel (15.31) sei anhand von Rechenbeispiel 15.11 erläutert.

Rechenbeispiel Nr. 15.11:

Ein Gymnasiast möchte Jura studieren. Bei einer Studienberatung erzielte er im IST-AMTHAUER die in Tabelle 15.3 zusammengestellten Werte. Es ist zu prüfen, ob sich sein Testprofil von dem Normprofil von Juristen bei einem vorgegebenen Risiko von 5% unterscheidet. Tabelle 15.3 enthält auch dieses Normprofil, sowie die aus Tabelle 15.2 entnommenen Reliabilitätskoeffizienten und die einzelnen Zwischenergebnisse, die bei Verwendung von Formel (15.31) anfallen. Dabei ist $Q = D_j^2/(1 - r_{tt})$. Q wird nur auf ganze Zahlen genau bestimmt.

Tabelle 15.3

Test	SE	WA	AN	GE	ME	RA	ZR	FA	WÜ	
RW	105	110	113	115	100	110	112	110	105	
Norm	110	108	111	115	106	103	107	103	98	
r_{tt}	0,91	0,88	0,86	0,93	0,90	0,92	0,96	0,84	0,89	
D_t^2	25	4	4	100	36	9	25	49	49	
$1 - r_{tt}$	0,09	0,12	0,14	0,07	0,10	0,08	0,04	0,16	0,11	$\sum$
Q	278	32	29	00	360	113	625	306	445	2188

$$\chi^2 = \frac{1}{100} \cdot 2188 = 21{,}88\,.$$

In Tafel 5 des Anhangs findet man bei 9 Freiheitsgraden und P = 5% einen kritischen Wert von 16,9. Die Nullhypothese muß verworfen werden, die beiden Profile unterscheiden sich.

15.2.4 Die Ähnlichkeitsbeurteilung von Profilen

Wie man ein Profil intuitiv deuten kann, so kann man auch die *Ähnlichkeit* zweier Profile intuitiv beurteilen. Vielfach erweist sich jedoch die Benutzung eines statistischen Kennwertes als zweckmäßig. Eine Übersicht über mögliche Kennwerte gibt z. B. JANKE (1964).

Betrachtet man nur die Korrelation zweier Profile als einen ausreichenden Index, wie dies etwa DuMAS (1946) vorschlägt, so erhält man zwar einen im Sinne der Korrelation leicht zu interpretierenden Koeffizienten, doch läßt man dabei die Tatsache außer Acht, daß ja auch die Höhe des Profils praktisch eine Rolle spielt. Ein Architekt kann vielleicht ein Profil mit ähnlicher Verlaufsgestalt besitzen wie einer seiner Hilfsarbeiter; eine hohe Korrelation dieser Art würde gewiß keinen Berufsberater zu Fehlschlüssen veranlassen.

OSGOOD und SUCI (1952) haben einen *Ähnlichkeitsindex* D entwickelt, der beide Gesichtspunkte, nämlich den der Profilhöhe und den der Verlaufsgestalt bei der Ähnlichkeitsbeurteilung gleichermaßen berücksichtigt.

$$D = \sqrt{\sum d_t^2} \qquad (15.33)$$

In dieser Formel bedeutet:

d_t = Profildifferenz zweier Pbn in einem beliebigen Test t.

D entspricht einem *geometrischen Modell*: Faßt man die Profildifferenzen d als orthogonale Koordinaten eines mehrdimensionalen Raumes auf, so bedeutet D den Abstand zweier definierter Punkte in diesem Raum.

Rechenbeispiel Nr. 15.12:
Angenommen, es hätten zwei Pbn folgende Fragebogenprofile (in T-Werten) erzielt, und diese sollten mit einem Berufsprofil – etwa dem für soziale Berufe – verglichen werden. Die Daten enthält Tab. 15.4.

Tabelle 15.4

	Extraversion	Dominanz	Neurotizismus	Soziale Einstellung
Pb A	43	39	64	70
Pb B	56	52	45	67
Berufsprofil	51	40	57	65

Wir möchten wissen, welches der beiden Individualprofile A und B dem Berufsprofil P näher steht. Zu diesem Zweck berechnen wir die beiden Ähnlichkeitsindizes D_{AP} und D_{BP} nach Formel (15.32).

$$D_{AP} = \sqrt{(43-51)^2 + (39-40)^2 + (64-57)^2 + (70-65)^2} = 11{,}8$$

$$D_{BP} = \sqrt{(56-51)^2 + (52-40)^2 + (45-57)^2 + (67-65)^2} = 17{,}8\,.$$

Das Profil des Pb A ähnelt also dem typischen Berufsprofil für soziale Berufe mehr als das Profil des Pb B. In gleicher Weise könnten wir auch noch den Ähnlichkeitsindex der beiden Individualprofile zueinander berechnen.

Der Ähnlichkeitsindex D ist nur ein Vergleichsmaß, da er von der Wahl der Profilskala und von den Interkorrelationen abhängt. Ein dem Testinterpreten mehr vertrautes Maß der Ähnlichkeit kann man dadurch gewinnen, daß man den D-Wert in einen Korrelationskoeffizienten umrechnet und ihn damit gewissermaßen auf einfachste Art und Weise standardisiert.

Würde man zwei Profile aufgrund einer Zufallsfolge von Ziffern – also rein zufällig – aufstellen, so würde man einen D-Wert erhalten, der dem doppelten χ^2-Wert bei einer Wahrscheinlichkeit von 50% und bei so vielen Freiheitsgraden, wie der Profiltest Untertests enthält, entspricht. Demgemäß gilt für die Ermittlung von r_P nach einem Vorschlag von CATTELL (1949) die Formel

$$r_P = \frac{2 \cdot \chi^2_{0,50} \cdot s^2_X - \sum_t D^2_t}{2 \cdot \chi^2_{0,50} \cdot s^2_X + \sum_t D^2_t} \qquad df = k\,. \tag{15.33}$$

Ist $\sum D^2_j = 2 \cdot \chi^2_{0,50} s^2_X$, so sind die beiden Profile offensichtlich rein zufällig entstanden, der Zähler von Formel (15.33) wird Null und damit auch r_P. Wenn $\sum D^2_j = 0$ wird, dann müssen die beiden miteinander verglichenen Profile identisch sein, in diesem Fall ist $r_P = +1$. Umgekehrt wenn $\sum D^2_j$ sehr groß wird – also der Unterschied zwischen den beiden Profilen – so spielt der Ausdruck $2 \cdot \chi^2_{0,50} s^2_X$ für die Berechnung von r_P kaum noch eine Rolle, da er im Verhältnis zu $\sum D^2_j$ sehr klein ist, und r_P nähert sich dem Wert -1.

Rechenbeispiel Nr. 15.13:

Würden wir die beiden Ähnlichkeitsindizes D_{AP} und D_{BP} aus Beispiel Nr. 15.12 in Korrelationskoeffizienten umrechnen, so würden sich nach Formel (15.33) folgende Werte ergeben:

$$r_{PA} = \frac{2 \cdot 3{,}36 \cdot 10^2 - 11{,}8^2}{2 \cdot 3{,}36 \cdot 10^2 + 11{,}8^2} = 0{,}66$$

$$r_{PB} = \frac{2 \cdot 3{,}36 \cdot 10^2 - 17{,}8^2}{2 \cdot 3{,}36 \cdot 10^2 + 17{,}8^2} = 0{,}36\,.$$

Wir erhalten also für den Ähnlichkeitsindex D_{AP} einen wesentlich höheren Korrelationskoeffizienten als für den Ähnlichkeitsindex D_{BP}.

Die Höhe des Korrelationskoeffizienten wird wie üblich interpretiert. Korrelationen $>0{,}8$ gelten als sehr groß, solche $>0{,}6$ als groß und solche zwischen 0,6 und 0,4 als mittelhoch.

Wenn man für zwei beliebige Profile sowohl den *Unterschied* mittels einem der in Kap. 15.2.3 beschriebenen χ^2-Tests überprüft als auch den *Grad der Übereinstimmung* mit dem Profilähnlichkeitskoeffizienten $r_{\bar{P}}$ nach CATTELL bestimmt hat, kann man den Zusammenhang zwischen diesen beiden Kennwerten nach HUBER (1973) auf folgende einfache Weise darstellen:

$$r_P = \frac{\chi^2_{0,50} - \chi^2}{\chi^2_{0,50} + \chi^2} \qquad df = k. \tag{15.34}$$

Wenn man in diese Gleichung z. B. für χ^2-Gleichung (15.32) einsetzt, ergibt sich gerade der CATTELLsche Profilähnlichkeitskoeffizient nach Formel (15.33). Diese Substitution ist natürlich für jede der Gleichungen (15.27) bis (15.33) möglich (KRISTOF, 1958). So bietet Gleichung (15.34) die Möglichkeit, für einen beliebigen *Profilvergleich* r_P zu bestimmen, also z. B. für den Vergleich von

- zwei Gruppenprofilen (15.27)
- zwei Gruppenprofilen bei gleichem N (15.28)
- einem Gruppen- mit einem Normprofil (15.29)
- einem individuellen mit einem Gruppenprofil (15.30)
- einem individuellen mit einem Normprofil (15.31)
- zwei individuellen Profilen (15.32)

Der fünfte Fall, also die Berechnung der Übereinstimmung zwischen einem *individuellen Profil* und einem *Normprofil*, soll in Rechenbeispiel 15.14 erläutert werden.

Rechenbeispiel Nr. 15.14:

In Rechenbeispiel 15.11 war das Profil eines Gymnasiasten mit dem aus k = 9 Subtests bestehenden Normprofil von Juristen verglichen worden. Es hatte sich $\chi^2 = 21{,}88$ ergeben. Nach Tafel 5 im Anhang ist $\chi^2_{0,50} = 8{,}34$. Nach Formel (15.34) errechnet sich daraus ein Profilähnlichkeitskoeffizient r_P von

$$r_P = \frac{8{,}34 - 21{,}88}{8{,}34 + 21{,}88} = -0{,}45\,.$$

Die beiden Profile stehen in einem mittleren, aber gegenläufigen Zusammenhang, was man bei einer Inspektion der Werte in Tab. 15.3 leicht erkennen kann.

HUBER (1973) hat den CATTELLschen Profilähnlichkeitskoeffizienten unter Einbeziehung der Reliabilitätsaspekts modifiziert. Er hat ein Korrekturglied *Delta* definiert, das von den Reliabilitäten der Subtests abhängt und um das alle Differenzen D_t vermindert werden. Delta liegt zwischen 0 und D und wird umso größer, je geringer die Reliabilitäten sind. Die Verwendung von Delta führt also zu niedrigeren Schätzungen für χ^2 und r_P. Die genaue Formel kann bei HUBER nachgelesen werden.

15.3 Die Kriteriumvorhersage bei Tests und Testbatterien

Bereits in Kap. 14.6 mußte auf das Prinzip der *Regression* eingegangen werden, ohne daß in diesem Zusammenhang deren Bedeutung für die Interpretation objektiver Testresultate hätte erörtert werden können.

15.3.1 Die einfache Regression bei der Interpretation empirisch valider Tests

Stehen zwei Meßwertreihen wie Test- und Kriteriumwerte in linearer Abhängigkeit, so kann man aufgrund der Regressionsgleichung zu einem beliebigen Testpunktwert den entsprechenden Kriteriumwert voraussagen. Abb. 15.4 wird veranschaulichen, was es mit der Regression auf sich hat und wie eine Voraussage entsteht.

Nehmen wir entsprechend Abb. 15.4 an, es handle sich um einen einfachen Test, dessen Rohwerte X von 0 bis 10 Punkten streuen. Der Test sei an 95 Pbn extern validiert worden. Die Kriteriumwerte Y hätten der Einfachheit halber ebenfalls einen Streuungsbereich von 0 bis 10 Rohpunkten. (Man kann sich ebenso gut denken, Test- und Kriteriumwerte seien für eine 10er Skala normiert worden.)

Nun sei etwa gefragt, welchen Kriteriumwert ein Pb mit 7 Testpunkten voraussichtlich erhalten werde. Oder anders formuliert: Wie wird sich ein Pb mit 7 Testpunkten hinsichtlich derjenigen Tätigkeit, die der Test messen soll, bewähren, wenn für den Grad der Bewährung bis zu 10 Punkten vergeben werden?

Wenn man in Abb. 15.4 daraufhin nachsieht, welche Kriteriumwerte die 13 Pbn mit X = 7 Testpunkten bei der Validierung erreicht haben, so stellt man fest, daß der Kriteriumerfolg dieser 13 Pbn sehr unterschiedlich ist. Vor die Frage gestellt, welcher Kriteriumswert wohl am ehesten zu erwarten ist, wird man sich ohne weiteres für den Mittelwert der beobachteten Kriteriumwerte entscheiden. Dieser ist Y = 6; der Schnittpunkt von Y = 6 und X = 7 wurde mit einem Kreis umrandet. Tatsächlich haben 3 von den 13 Pbn, also 23%, den Kriteriumwert Y = 6 erreicht. Wenn wir der Voraussage einen Irrtum von einem Kriteriumpunkt zubilligen, so sind es bereits 7 von 13 Pbn, also 54%, die die Voraussage erfüllt haben. Man kann aber auch umgekehrt sagen: Wenn wir einen Irrtum von ±1 Y gelten lassen, so wird sich die für einen beliebigen Pb mit 7 Testpunkten auf 6 Kriteriumpunkte gerichtete Voraussage mit 54% Wahrscheinlichkeit als richtig herausstellen.

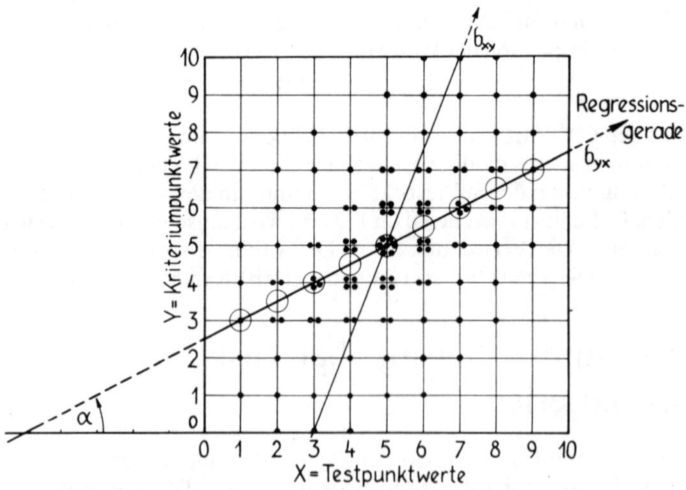

Abb. 15.4: Regression der Kriteriumpunktwerte in Bezug auf die Testpunktwerte.

Verfährt man mit allen möglichen Testpunktwerten in gleicher Weise, so erhält man in der Korrelationstabelle der Abb. 15.4 eine Anzahl von Mittelwerten, die man miteinander verbinden kann. Die Verbindungslinie ist in unserem Demonstrationsfall eine Gerade, die sogenannte **Regressionsgerade**.

Man könnte auch genau umgekehrt vorgehen, nämlich zu jedem Kriteriumwert einen entsprechenden Testwert „vorhersagen" zu wollen. In diesem Falle würde sich eine wesentlich steilere Regressionsgerade ergeben. Man kann ihren Verlauf leicht festlegen, wenn man die horizontalen Punktreihen mittelt und die Mittelpunkte miteinander verbindet[1]).

Jedes Korrelationsdiagramm hat also zwei Regressionslinien, von denen allerdings nur eine, die erstgenannte, eine Bedeutung für die Testinterpretation hat. Zweifellos würde es keinem Psychologen einfallen, die Kriteriumleistung eines Pb empirisch zu ermitteln und auf seine Testleistung, die ja nur Mittel zum Zweck war, zu schließen.

Um die beiden Regressionsgeraden einer Korrelationstabelle unterscheiden zu können, spricht man von der Regression der Y-Werte auf die X-Werte und umgekehrt von der Regression der X-Werte auf die Y-Werte. X und Y fungieren hier abwechselnd als abhängige und unabhängige Variable. Die unabhängige Variable sehen wir als die von vornherein gegebene an, die abhängige Variable ändert sich entsprechend den willkürlichen Änderungen der unabhängigen Variablen.

Woher stammt eigentlich der Begriff ‚*Regression*', und was hat er zu bedeuten? Ein Testwert von 7 Punkten führt zu einer Kriteriumschätzung von 6 Punkten. Ein $X = 9$ entspricht nicht – wie man meinen könnte – einem $Y = 9$, auch nicht einem $Y = 8$, sondern lediglich einem $Y = 7$. Bei einem Pb mit $X = 5$ darf man auch ein $Y = 5$ erwarten. Umgekehrt liegen die Verhältnisse am unteren Ende der Testskala; so paradox es klingen mag: Pbn mit dem niedrigsten Testpunktwert $X = 1$ haben mit $Y = 3$ eine gar nicht so ungünstige Erfolgsprognose, wie man bei alleiniger Berücksichtigung des Testwertes glauben könnte.

Dieses Prinzip hat schon GALTON beobachtet: Kleine Väter hatten meistens größere Söhne, und sehr große Väter hatten kaum jemals ebenso große Söhne. GALTON nannte diese Erscheinung „Regression", ‚*Rückschritt zur Mitte*' könnte man im Deutschen vielleicht am besten sagen.

Worauf beruht nun dieser Rückschritt zur Mitte? Bei dem biologischen Problem offenbar darauf, daß auch die Mutter sowie die vorangehenden Generationen determinierend für die Körpergröße der Söhne gewesen sind – wenn man von einem etwaigen Umwelteinfluß auf die Körpergröße einmal absehen will. Im Falle der Kriteriumsvorhersage liegen die Dinge nicht so einfach. Hier kann man sich vorstellen, daß viele unbekannte Variablen, wie z. B. Erfahrung, Interessen, Lernfähigkeit und andere, sowohl das Testergebnis als auch den Kriteriumwert beeinflussen. Bei extremen Testwerten haben diese Variablen rein zufällig besonders optimal zusammengewirkt. Man kann aber nicht davon ausgehen, daß das beim Kriterium auch so ist. Der entsprechende Kriteriumwert ist deshalb nicht so extrem, er tendiert eher zur Mitte.

---

[1]) Dabei wird man die unliebsame Beobachtung machen, daß die Mittelpunkte nicht auf einer Geraden liegen; in diesem Fall müssen wir möglichst unter Annäherung an alle Punkte eine „Ausgleichsgerade" graphisch festlegen.

Mittels der Regressionsgerade lassen sich also Kriterienwerte aus Testwerten vorhersagen, wie wir es in Abb. 15.4 gezeigt haben. Die Vorhersage wäre einfacher, wenn wir eine analytische Beschreibung der Regressionsgeraden hätten. Dann wäre das aufwendige Korrelationsdiagramm und das Zeichnen der Regressionsgerade – evtl. nach „Augenmaß", nicht mehr nötig. Man müßte den Testwert nur in die Geradengleichung einsetzen und könnte den vorhergesagten Kriteriumwert einfach ausrechnen.

Allgemein läßt sich die *lineare Regressionsgleichung* Y auf X folgendermaßen definieren:

$$\tilde{Y}_i = b_{XY} \cdot X_i + K\,. \tag{15.34}$$

In dieser Gleichung sind X_i der Testwert und $\tilde{Y}_i$ der vorhergesagte Kriterienwert eines Pb_i. b_{XY}, der sog. Regressionskoeffizient, ist der Anstieg der Regressionsgeraden. Dieser Anstieg ist der Tangens des Winkels α zwischen Regressionsgerade und X-Achse in Abb. 15.4. b_{yx} gibt außerdem an, um welchen Betrag sich Y ändert, wenn X um eine Einheit weiterrückt. Ein Blick auf Abb. 15.4 überzeugt davon, daß b_{yx} tatsächlich gleich 0,5 ist: Wenn man etwa von $X = 7$ nach $X = 8$ weiterschreitet, so erhöht sich Y von 6 auf 6,5 Punkte, also um einen halben Punkt.

Da aber alle zur Regressionsgeraden parallellaufenden Geraden dieselbe Steigung aufweisen, muß für die vorliegende Gerade noch ein zweites Bestimmungsstück festgelegt werden. Es ist dies die Strecke, die die Regressionsgerade auf der Y-Achse abschneidet. Diese Strecke, der sog. Achsenabschnitt, wird als Konstante mit K bezeichnet.

Ein Y-Wert kann also dadurch vorhergesagt werden, daß man den im Test erhaltenen X-Wert mit dem Regressionskoeffizienten b_{yx} vervielfacht und die Konstante K algebraisch hinzuzählt. Führen wir einmal die Rechnung für den Testpunktwert $X = 7$ durch:

$$Y\ (\text{für } X = 7) = 7 \cdot 0{,}5 + 2{,}5 = 6\,.$$

Wir gelangen also zu demselben Resultat, wie wir es auch aus Abb. 15.4 ablesen konnten.

Messen wir X und Y von ihren Mittelwerten aus, so verlegen wir den Ursprung des Koordinatensystems in den Punkt $X = 5$, $Y = 5$, so daß auf der neuen Y-Achse die Strecke Null abgeschnitten wird; die Konstante K entfällt also und die Gleichung der Regressionsgeraden schreibt sich in ihrer Abweichungsform

$$\tilde{y}_i = b_{yx} x_i\,. \tag{15.35}$$

Da $y = Y - \bar{Y}$ und $x = X - \bar{X}$ ist, kann man die Abweichungsgleichung auch in der folgenden Form darstellen

$$\tilde{Y}_i = b_{yx}(X_i - \bar{X}) + \bar{Y}\,. \tag{15.36}$$

Statt der Rohwerte kann man in jeder der drei Gleichungen auch die entsprechenden Standardwerte verwenden.

Ehe wir jedoch die Regressionsgleichung praktisch anwenden können, müssen wir einen Weg finden, wie man den Regressionskoeffizienten ohne Verwendung einer konkreten Korrelationstabelle berechnen kann. Empirisch gegeben ist stets nur die Korrelation zwischen Test und Kriterium, der Validitätskoeffizient r_{tc} also. Unter Standardbedingungen, d. h. wenn Test- und Kriteriumwerte das gleiche Streuungsmaß haben oder eben nach der gleichen Skala normiert sind wie in Abb. 15.4, ist der Validitätskoeffizient r_{tc} durch den Tangens des Winkels α geometrisch definiert. Wir könnten also die Validität unseres Testes allein aus der Korrelationstabelle ohne Berechnung des Korrelationskoeffizienten graphisch abschätzen. Wie wir bereits festgestellt hatten, beträgt tg α in Abb. 15.4 – und somit der Validitätskoeffizient für diesen Test – 0,5.

Daß diese Definition nur unter Standardbedingungen gilt, wird sofort deutlich, wenn wir uns einmal vorstellen, daß in Abb. 15.4 die Rohwerte X über die doppelte Punktezahl streuen. Die Regressionsgerade verläuft dann entsprechend flacher, tg α und somit der Regressionskoeffizient werden numerisch absinken. Andererseits ist die Streuung der X-Werte größer geworden. b_{yx} und s_x sind also umgekehrt proportional. Stellt man analoge Überlegungen für die Y-Skala an, so kann man sich leicht davon überzeugen, daß b_{yx} mit wachsendem s_y ebenfalls wächst. Zur Streuung der Kriteriumwerte ist der Regressionskoeffizient also direkt proportional.

Die folgende nur algebraisch zu beweisende Bestimmungsformel für b_{yx} ist nach diesen Ausführungen jedoch ohne weiteres einsichtig

$$b_{yx} = r_{xy} \frac{s_y}{s_x} . \qquad (15.37)$$

Wir standardisieren gewissermaßen den Validitätskoeffizienten, indem wir ihn mit dem Faktor s_y/s_x multiplizieren. Wenn $s_x = s_y$ ist, so ergibt sich für den Quotienten der Wert 1 und der Faktor entfällt.

Setzt man die rechte Seite der Gleichung (15.37) in Formel (15.36) ein, so resultiert

$$\tilde{Y}_i = r_{xy} \frac{s_y}{s_x} (X_i - \bar{X}) + \bar{Y} . \qquad (15.38)$$

Nach dieser Gleichung läßt sich für jeden beobachteten Testwert X_i ein Schätzwert $\tilde{Y}_i$ voraussagen[1]). Bezeichnet man, wie in Kap. 14.6, das Kriterium mit C und den Test sowie den Validitätskoeffizienten in der üblichen Weise, so lautet Gleichung (15.38)

$$C_i = r_{tc} \frac{s_c}{s_t} (X_{ti} - \bar{X}_t) + \bar{C} . \qquad (15.39)$$

Sind Test- und Kriteriumwerte auf dieselbe Normenskala bezogen und entfällt somit der Quotient s_c/s_t als Faktor in Gleichung (15.39), so gibt r_{tc} in diesem Fall unmittelbar den Grad der Regression an, wie z. B. in der folgenden Gleichung

$$Z_{ci} = r_{tc}(Z_{ti} - \bar{Z}_t) + \bar{Z}_c . \qquad (15.40)$$

---

[1]) Da der vorausgesagte Wert nach Abb. 15.4 einem Mittelwert entspricht, den man in der statistischen Schreibweise oft mit einem Querstrich kennzeichnet, wird hier Y als geschätzter Mittelwert mit einem geschwungenen Querstrich (Schlange) geschrieben.

Will man bei der Interpretation von Testresultaten die Regressionsgleichung berücksichtigen – was sehr zu empfehlen ist – so wird sich die Herstellung einer Ablesetabelle lohnen. In dieser Tabelle findet der Untersucher für jeden Testpunktwert den entsprechenden Kriterium-Vorhersagewert. Die Beachtung des Regressionsprinzips wird – besonders bei wenig validen Testen – den Untersucher vor falschen Schlußfolgerungen bewahren.

15.3.2 Die multiple Regression bei der Kriteriumvorhersage

Übertragen wir nun das Regressionsprinzip auf die *multiple* Messung durch eine *Testbatterie*. Wir müssen hier statt der einfachen Regressionskoeffizienten die bereits in Kap. 14.6 beschriebenen *Partialregressionskoeffizienten* erster, zweiter usw. Ordnung verwenden [1]. Die Partialregressionskoeffizienten geben die mögliche Veränderung an, die der Einzeltest einer Testbatterie beim Kriterium bewirken würde, wenn die übrigen Tests keinen Einfluß hätten. Die Einflüsse aller Tests einer Batterie addieren sich algebraisch nach der multiplen Regressionsgleichung, die in ihrer allgemeinen Form für das Kriterium C bereits in Kap. 14.6 angeführt wurde. Formel (14.27)

$$C_i = b_{c1.23...k}(X_{1i} - \bar{X}_1) + b_{c2.13...k}(X_{2i} - \bar{X}_2) + \dots \\ + b_{ck.123...(k-1)}(X_{ki} - \bar{X}_k) + \bar{C}\,.$$

Sind Test- und Kriteriumwerte in derselben Standardskala gemessen, so können statt der erst zu berechnenden Partialregressionskoeffizienten die aus der multiplen Korrelationsrechnung direkt resultierenden Standard-Partialregressionskoeffizienten für die multiple Regressionsgleichung verwendet werden. Formel (14.27) würde dann etwa lauten

$$Z_{ci} = \beta_{c1.23...k}(Z_{1i} - \bar{Z}_1) + \beta_{c2.13...k}(Z_{2i} - \bar{Z}_2) + \dots \\ + \beta_{ck.123...(k-1)}(Z_{ki} - \bar{Z}_k) + \bar{Z}_c\,. \qquad (15.41)$$

Es wäre unmöglich, für jeden Pb eine solche Gleichung durchzurechnen. Man hilft sich zu Interpretationszwecken in der üblichen Weise durch Ablesetabellen. Wie stellt man nun solche Ablesetabellen aus den Daten der Eichstichprobe her? Gegeben sind:

X_t = Rohwerte der Pbn im Untertest t,
$\beta_{ct.12...k}$ = Beta-Gewicht des Untertestes t,
$b_{ct.12...k}$ = Partialregressionskoeffizient k-ter Ordnung für den Untertest t,
$\bar{X}_t$ = Stichprobenmittelwert des Untertestes t,
$\bar{C}_c$ = Stichprobenmittelwert des Kriteriums C.

Nach Gleichung (14.27) kann man die Produkte mit $\bar{X}_t$ ausführen und sie zu einer Konstanten K addieren, wobei

$$K = b_{c1.23...k}\bar{X}_1 + b_{c2.13...k}\bar{X}_2 + \dots + b_{ck.12...(k-1)}\bar{X}_k + \bar{C}$$

[1]) Geometrisch bedeutet ein Partialregressionskoeffizient die Abbildung einer mehrdimensionalen Korrelationstabelle auf die beiden Dimensionen des Kriteriums und des jeweils betrachteten Tests.

ist, so daß sich die Gleichung (14.27) vereinfacht zu

$$C = b_{c1.23...k}X_{1i} + b_{c2.13...k}X_{2i} + \ldots + b_{ck.12...(k-1)}X_{ki} + K\,.$$

Nun fertigt man sich für jedes $(b_{ct.123...k}X_t)$-Glied der Gleichung eine Tabelle an, die alle vorkommenden Werte von X_t und deren Produkte mit den entsprechenden Partialregressionskoeffizienten enthält. Diese Tabellen werden auf ein Blatt nebeneinandergesetzt, und zwar möglichst so, daß für die X-Werte aller Untertests eine gemeinsame Skala am linken Blattrand verwendet werden kann.

Der Untersucher braucht dann lediglich die bei den X-Werten, die ein bestimmter Pb in den einzelnen Untertests der Testbatterie erzielt hat, abgelesenen Produkte und die Konstante K zu addieren, um den Kriterium-Vorhersagewert für diesen Pb zu erhalten. Ist eines der Produkte bei niedrigstem X_t-Wert noch so groß, daß man die Konstante K davon subtrahieren kann, ohne daß sich ein negativer Wert ergibt, so vereinfacht sich die Bestimmung des Kriteriums-Vorhersagewertes wesentlich.

In analoger Weise wie die Kriterium-Vorhersage kann auch die Normierung von *Testbatterien* ökonomisch durchgeführt werden. Die $(b_{ct.123...k}X_t)$-Produkte der Eichstichprobe werden für jeden Pb summiert – K als Konstante kann wegfallen – und die Summen als Batterie-Rohwerte X_{bat} wie üblich normiert.

Um zu einem individuellen Batterie-Resultat den Normwert zu ermitteln, addiert man die tabellarisch vorliegenden Produkte und schlägt zu X_{bat} des betreffenden Pb den entsprechenden Wert in der Normentabelle nach.

Die vorstehenden Anweisungen mögen etwas verwirrend erscheinen; im Prinzip ist aber die multiple Korrelation bzw. die multiple Vorhersage von der einfachen Korrelation bzw. Vorhersage nicht verschieden, denn es handelt sich auch bei ihr letztlich nur um den Zusammenhang zwischen zwei Variablen, nämlich dem tatsächlich ermittelten Validitätskriterium und dem aufgrund mehrerer Tests vorausgesagten Validitätskriterium. Wenn man danach so vorgeht, daß man die Testrohwerte in z-Werte transformiert, die z-Werte mit den zugehörigen Betas gewichtet und die gewichteten z-Werte summiert, so hat man in dieser Summe ein Äquivalent des vorausgesagten Validitätskriteriums. Wenn man dieses vorausgesagte mit dem de facto erhobenen Validitätskriterium nach PEARSON korreliert, so erhält man einen einfachen Validitätskoeffizienten, der mit dem multiplen über die Beta-Gewichte errechneten Validitätskoeffizienten identisch ist. Ihn kann man in der Tat so behandeln, als ob er ein einfacher Validitätskoeffizient wäre, wenn man sich der Voraussetzungen seines Zustandekommens bewußt bleibt.

Alles, was im folgenden Abschnitt 15.4 über die Unsicherheit einer Voraussage ausgeführt wird, gilt deshalb gleichermaßen für den einfachen wie für den multiplen Validitätskoeffizienten.

15.4 Die Unsicherheit der Kriteriumvorhersage

15.4.1 Der Standardschätzfehler als Unsicherheitsmaß der Kriteriumvorhersage

So wie wir in Kap. 10.1.1 die *Gesamtvarianz* eines Tests in einen ‚*wahren*' und einen ‚*Fehlervarianz*'-Anteil aufgespalten haben, so können wir die Varianz des Kriteriums ebenfalls in zwei Komponenten aufgliedern, und zwar in eine durch den Test voraussagbare *‚wahre'* und in eine andere, durch den Test nicht voraussagbare *‚Fehler'*-Komponente.

Wir bezeichnen diese Fehlervarianz mit s_{yx}^2 und nennen die Wurzel s_{yx} **„Standardschätzfehler"**. Anschaulich ist der Standardschätzfehler in Abb. 15.4 die Streuung der Punkte um die Regressionsgerade herum.

Die Formel zur Berechnung des Standardschätzfehlers lautet:

$$s_{yx} = s_y \cdot \sqrt{1 - r_{YX}^2}\,. \tag{15.42}$$

Die Analogie zu Formel (15.4), mit der wir den *Standardmeßfehler* berechnet haben, ist auffällig. Nur wird der Korrelationskoeffizient beim Standardschätzfehler quadriert.

Die Ableitung von Formel (15.42) ist einfach:
Die Varianz des Kriteriums Y setzt sich additiv zusammen aus der durch den Test *„determinierten"* Varianz und der Fehlervarianz, da die Fehler *„Zufallsfehler"* sind (s. dazu auch Formel 10.2). Es gilt also:

$$s_Y^2 = s_{det}^2 + s_{yx}^2\,.$$

Der Anteil der „determinierten" Varianz ist aber durch den *Determinationskoeffizient* $D = r_{yx}^2$ gegeben. Es folgt

$$s_Y^2 = s_Y^2 \cdot r_{yx}^2 + s_{yx}^2\,.$$

Wenn man diese Gleichung nach s_{yx}^2 auflöst und die Wurzel zieht, ergibt sich obige Formel (15.42).

Mittels des Standardschätzfehlers läßt sich die Unsicherheit der Kriteriumschätzung numerisch ausdrücken: Wir hatten vorhin (vgl. 15.3.1) für einen Testwert von $X = 7$ einen Kriteriumwert von $Y = 6$ vorausgesagt, wobei die Kriteriumskala eine 11-Punkte-Skala (C-Skala nach GUILFORD, 1965, S. 524ff.) mit einem Mittelwert von 5 und einer Standardabweichung von $s_y = 2$ gewesen sein möge. Wir möchten wissen, wie genau diese Voraussage unter den gegebenen Umständen ist, d. h. die Grenzen von Y angeben, innerhalb welcher mit einer vorgegebenen Sicherheit der ‚wahre', bei späterer Bewährungskontrolle erhältliche Kriteriumwert liegen muß. Da der Validitätskoeffizient bei der angenommenen gleichen Varianz von Test- und Kriteriumwerten gleich dem Regressionskoeffizienten ist, also $b_{yx} = r_{tc} = 0{,}5$, können wir mit 68% Sicherheit darauf vertrauen, daß der tatsächliche Kriteriumwert des Pb nach Formel (15.42) innerhalb der Grenzen $6 \pm 1s_{yx} = 6 \pm 1 \cdot 2\sqrt{1 - 0{,}5^2} = 6 \pm 1{,}73$ liegt. Für 96% Sicherheit lägen die Konfidenzgrenzen entsprechend bei $6 \pm 2 \cdot 2\sqrt{1 - 0{,}5^2} = 6 \pm 3{,}46$, also bei 9,46 und 2,54! Wir sehen, daß sich das Konfidenzintervall bei hoher Sicherheitsanforderung und relativ niedriger Validität fast über die ganze Spannweite der Kriteriumskala (von 0 bis 10) erstreckt. Wir können mit einer Sicherheit von 96% lediglich ausschließen, daß der Pb im Falle einer individuellen Bewährungskontrolle am Arbeitsplatz die drei niedrigsten (0; 1; 2) oder den höchsten (10) Kriteriumwert erzielen wird.

Nur wenn ein Test einen hohen Validitätskoeffizienten r_{tc} und damit einen niedrigen sog. *Alienationskoeffizienten* $\sqrt{1 - r_{tc}^2}$ aufweist, ist die Voraussage eines Kriteriumwertes aufgrund eines Testwertes einigermaßen sicher bzw. vertrauenswürdig. Selbst bei einem für praktische Verhältnisse extrem hohen Validitätskoeffizienten von 0,80 betrüge der Alienationskoeffizient noch 0,60, und die Konfidenzgrenzen der Kriteriumschätzung für einen Pb mit $Y = 6$ lägen bei 95% Sicherheitsanforderung immer noch zwischen $6 + 1{,}96 \cdot 2 \cdot 0{,}60 = 8{,}35$ und $6 - 1{,}96 \cdot 2 \cdot 0{,}60 = 3{,}65$. Man erkennt daraus, daß es unrealistisch hoher Validitätskoeffizienten bedarf, um individuelle Kriteriumvoraussagen mit hoher Sicherheit machen zu wollen!

15.4.2 Die Unsicherheit der Voraussage eines dichotomischen Kriteriums

Die Auswirkungen des *Alienationskoeffizienten* haben zu viel Pessimismus in bezug auf die Leistungsfähigkeit von Tests zur Voraussage von Eignungskriterien in Schule und Beruf Anlaß gegeben: Wenn die Voraussage mit so hohen Schätzfehleranteilen verbunden ist, und zwar selbst bei Tests mit relativ hoher Validität, hat es dann überhaupt noch Sinn, individuelle Voraussagen zu treffen bzw. darauf eine Ausleseentscheidung zu gründen? Die Frage ist berechtigt, aber wir werden im folgenden sehen, daß die Wirksamkeit der Auslese aufgrund der Voraussage nicht allein von der Validität des voraussagenden Tests, des Prädiktors, wie man ihn auch nennt, sondern ebenso von *Angebot* und *Bedarf* an qualifizierten Arbeitskräften oder Ausbildungsplatzbewerbern abhängt: Es ist ja unmittelbar einleuchtend, daß bei hohem Angebot und geringem Bedarf die Möglichkeit einer *‚scharfen'* Auslese besteht, die Möglichkeit also, nur die Besten im Test zur Bewährung zuzulassen; in diesem Fall werden sich nahezu alle Eingestellten auch bewähren. Wenn andererseits ein höherer Bedarf und ein geringes Angebot besteht, wird man viele nach der Testvoraussage nur mäßig geeignete Bewerber einstellen und damit auch eine größere Zahl von Versagern in Kauf nehmen müssen.

Um die praktische Bedeutung eines Tests als Auslesemittel gerecht beurteilen zu können, müssen wir folgende Faktoren in Rechnung stellen:

1. Die *Validität* des Tests im Hinblick auf eine unausgelesene Population potentieller Bewerber für einen Arbeitsplatz (in Betrieb, Schule und Ausbildungsstätte).
2. Die sog. *Selektionsrate*, d. h. den Anteil des Bedarfs im Verhältnis zum Angebot an Arbeitskräften aus der Bewerberpopulation.
3. Den *Anteil* der *potentiell ‚Geeigneten'* in der unausgelesenen Bewerberpopulation (etwa zu ermitteln nach Einstellung einer Anzahl von Bewerbern ohne jegliche Testauslese).

Mit der Einteilung von Individuen als ‚geeignet' oder ‚ungeeignet', wie sie die Einstellungsentscheidung fordert, haben wir das Kriterium, die Eignung als eine kontinuierliche Variable, in zwei Skalenbereiche zerschnitten oder ‚dichotomiert'. Im Unterschied zu dem bisherigen skalierten Kriterium spricht man von einem dichotomischen Kriterium, bei welchem wir aufgrund des Testwerts lediglich zwischen zwei Kriteriumswerten zu entscheiden, bzw. den Pbn entweder als voraussichtlich geeignet oder als voraussichtlich ungeeignet zu empfehlen haben! Was tragen nun die 3 obigen Faktoren zu dieser Entscheidung bei?

Die folgenden Überlegungen sollen durch Abb. 15.5 erläutert werden:

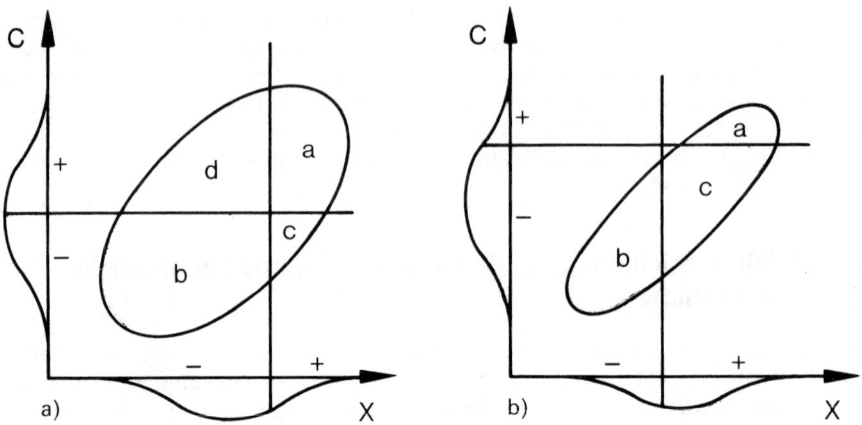

Abb. 15.5: Bewerber-Selektion durch zwei unterschiedlich valide Tests

In Abb. 15.5 wird die Enge des Zusammenhangs zwischen Test und Kriterium durch die Form der „Punktwolke" dargestellt. Die Validität ist bei Abbildung a niedrig, bei Abbildung b hoch. Die senkrechte Linie, die durch die Wolke geht, trennt die ausgelesenen (+) von den zurückgewiesenen (–) Bewerbern. Ihr Fußpunkt ist der sog. **Scheidepunkt** oder – englisch – **cutting point**. Der mit „+" bezeichnete Teil der Testpunkteverteilung unten entspricht also der *Selektionsrate*. Die waagerechte Linie trennt die potentiell Geeigneten (+) von den nicht Geeigneten (–).

Aus Abb. 15.5 kann man unmittelbar die Anteile der *falschen* und *richtigen* Entscheidungen ablesen. Denn die Flächenanteile a und b repräsentieren die zu Recht aufgenommenen bzw. abgelehnten Bewerber. Die Fläche c ist der Anteil der Bewerber, die aufgenommen wurden, sich aber später nicht bewährt haben. Dieser Fehler geht zu Lasten der Institution. Die Fläche d repräsentiert die Bewerber, die abgelehnt werden, obwohl sie später erfolgreich gewesen wären. Dieser Fehler geht zu Lasten der Bewerber.

Wenn man in Abb. 15.5 die Selektionsrate durch Verschieben der senkrechten Linie und den Anteil der Geeigneten durch Verschieben der waagerechten Trennungslinie ändert oder einen weniger validen durch einen valideren Test ersetzt, ändert man den Anteil der richtigen und falschen Entscheidungen.

Die Bedeutung der Validität des Tests ist bekannt und unmittelbar evident: Ein Test mit $r_{tc} = 1$ erlaubt eine eindeutige Zuordnung, da sich Geeignete und Ungeeignete in ihren Testwertverteilungen nicht überlappen, wenn $r_{pbis} = 1$. Der Scheidepunkt (cutting point) der Testwerte sollte dann zweckmäßigerweise so gelegt werden, daß die Selektionsrate möglichst genau dem Anteil der Geeigneten entspricht. Sonst treten trotz der Verwendung eines optimalen Tests Fehlentscheidungen auf. Ist $r_{tc} < 1$, so liegt eine mehr oder weniger große Überlappung der Testwerte von Geeigneten und Ungeeigneten vor, und man wird den Scheidepunkt zweckmäßig so vereinbaren, daß der Anteil der Fehlentscheidungen in der einen Richtung möglichst gleich ist dem Anteil der Fehlentscheidungen in

Rechenbeispiel Nr. 15.15:

Mittels eines Schulreifetests wurden folgende Testwertverteilungen bei Eingeschulten (E) bzw. Schulreifen und Zurückgewiesenen (Z) bzw. Schulunreifen erhalten, wobei der Test keinen Einfluß auf die Entscheidung hatte (LIENERT und KROWARZ, 1959):

	29	31	33	35	SP	37	39	41	43	45	47	49	51	53	55	57
E-Frequenz		3	3	3	|	8	14	25	35	61	52	48	38	22	12	5
Z-Frequenz	2	5	8	7	↓	8	4	7	9	3	1		1			
Testwertklasse	29	31	33	35		37	39	41	43	45	47	49	51	53	55	57

Setzen wir den Scheidepunkt SP bei Testwert 36 an, so haben wir 9/31 = 29% schulreife Kinder zu Unrecht zurückgestellt, auf der anderen Seite aber keinen ebenso großen Anteil Schulunreifer (33/320 = 10%) unter den Schulreifen erhalten. Leider lassen sich die Anteile durch eine andere Wahl von SP nicht mehr annähern[1]).

der anderen Richtung (sofern die Fehlentscheidungen tatsächlich gleiches Gewicht haben, also von praktisch gleich gewichtigen Konsequenzen sind).

Oft kann der cutting point nicht frei gewählt werden, sondern ist im Zusammenhang mit einer bestimmten Selektionsrate vorgegeben. Dann verändern sich natürlich die Anteile der richtigen und der beiden Arten von falschen Entscheidungen, wie man leicht aus Abb. 15.5 erkennen kann.

Ist die Validität eines Tests gleich Null, dann ist keinerlei Voraussage möglich und natürlich auch keine dichotomische Voraussage. Die Validität ist damit als notwendige, wenngleich nicht allein hinreichende Voraussetzung für eine wirksame Eignungsvoraussage erkannt.

Den zweiten Faktor, die *Selektionsrate* und deren Bedeutung haben wir bereits erörtert: Ist wegen hohen Bedarfs keine Selektion möglich, dann wäre der Einsatz selbst eines hoch validen Tests sinnlos, außer zum Zweck seiner Revalidierung. Ist die Selektionsrate aber nicht, wie oben, gleich 1, sondern kleiner als 1 – sagen wir 0,5 –, dann kann ein Test die Quote der Geeigneten unter den Eingestellten merklich erhöhen, wenn er eine hohe, nicht aber wenn er eine geringe Validität besitzt. Ist die Selektionsrate hingegen sehr viel kleiner als 1 – sagen wir 0,1 –, dann ist auch ein Test mit geringer Validität von Nutzen, da dann eben nur die 10% der Pbn mit den höchsten Testleistungen als geeignet empfohlen zu werden brauchen, unter welchen sich auch bei geringer Testvalidität nur wenige Versager befinden werden (s. Abb. 15.5).

Die Bedeutung des dritten Faktors leuchtet ebenso unmittelbar ein: Wenn unter einer Bewerberpopulation – etwa als Hilfsarbeiter – nur oder fast nur Geeignete sind, ist eine Testauslese überflüssig und sinnlos. Die Eignungsauslese wird erst

[1]) Eine Rationale zur Bestimmung des optimalen Scheidepunktes findet sich bei GUILFORD (1950), S. 371ff. Danach läßt sich für das vorstehende Beispiel SP zu 35,3 berechnen.

mit sinkendem Anteil Geeigneter in der Population zunehmend interessanter und effizienter in dem Maße, in dem auch die Selektionsrate abnimmt.

Ob der Einsatz eines hochvaliden Tests im Vergleich zu einem anderen niedrigvaliden Ausleseverfahren sinnvoll ist, hängt also von der Selektionsrate und dem Anteil der Geeigneten ab und kann nicht von vorneherein zugunsten des Tests entschieden werden.

Dieses Problem hat RAATZ (1978) systematisch in einer Modellstudie untersucht. Dabei hat er einen Test mit einer – durchaus realistischen – Validität von $r_{tc} = 0{,}6$ und ein herkömmliches Auswahlverfahren mit einer Validität von $r_{tc} = 0{,}3$ unter verschiedenen Bedingungen miteinander verglichen, wobei er die Tabellen von TAYLOR und RUSSELL verwendete. Er konnte zeigen, daß es manchmal nicht sinnvoll ist, überhaupt einen Test – auch einen hoch validen – zur Auswahl einzusetzen, da der Anteil an Fehlentscheidungen sich kaum verringerte.

Es ergab sich u. a.

- Wenn beide Arten von Fehlern berücksichtigt werden, dann ist der Einsatz eines Tests nicht sinnvoll, wenn die Selektionsrate sehr hoch oder sehr niedrig, und wenn der Anteil der Geeigneten ebenfalls sehr hoch oder sehr niedrig ist.
- Wenn nur der „institutionelle" Fehler betrachtet wird, dann ist die Verwendung eines validen Tests anstatt eines weniger validen Auswahlverfahrens nicht notwendig, wenn fast alle Bewerber aufgenommen werden, oder wenn fast alle geeignet sind.

RAATZ gibt in seinem Beitrag Tabellen an, aus denen man den prozentualen Effektivitätsgewinn durch einen Test für verschiedene Selektionsraten und Anteile von geeigneten Bewerbern ablesen kann. Welche Bedeutung haben die Tabellen von TAYLOR und RUSSELL?

Berücksichtigt man alle drei Faktoren zugleich unter der Annahme, daß sich das Merkmal *Eignung* normal bzw. das Merkmalspaar *Testleistung* (X) und *Eignungsgrad* (Y) binormal verteilt, dann läßt sich der Anteil p der durch einen Eignungstest mit dem Validitätskoeffizienten r_{tc} als geeignet vorausgesagten Bewerber – der Anteil also, von dem man erwartet, daß er sich im Bewährungsfall als tatsächlich geeignet erweisen wird – abschätzen, wenn man den Anteil der Geeigneten in der Bewerberpopulation P und die Selektionsrate SR (Zahl der Benötigten dividiert durch die Zahl der Sich-Bewerbenden) kennt. Tabellen dieser dreifachen Abhängigkeit $p = f(r_{tc}, P, SR)$ haben TAYLOR und RUSSELL (1939) aufgestellt. Ein Auszug daraus befindet sich in Tafel 12 des Anhangs.

Betrachten wir zur Illustration der Anwendung der TAYLOR-RUSSELL-Tafeln das Rechenbeispiel Nr. 15.15. Der Anteil der a priori Geeigneten bzw. Schulreifen ist $P = 329/384 = 0{,}86$. In Zukunft sollen aber unter Verwendung des Schulreifetestes nur jeweils 70% der 6-Jährigen eingeschult werden, da zu viele Schulanfänger das Klassenziel nur mit Mühe erreichen; die Selektionsrate wird also auf $SR = 0{,}7$ festgesetzt. Die Validität des Schulreifetests ergibt sich als biserialer Korrelationskoeffizient zwischen Testwerten und Eignungsklassen (geeignet; ungeeignet), nach Formel (11.10) ein $_{bis}r_{tc} = 0{,}71$. Lesen wir in der Tafel 12 unter den nächstliegenden Werten, also unter $P = 0{,}9$, $SR = 0{,}7$ und $r_{tc} = 0{,}75$ den zugehörigen Wert $p = 0{,}98$ ab, so bedeutet dies die Voraussage, daß unter Anwendung des Tests und unter Auslese der 70% Pbn mit den höchsten

Testwerten (von PR = 100 bis PR = 30 bei standardisierten Tests) 98% Bewährungen und nur 2% Versager zu erwarten sind. Das bedeutet eine Verbesserung um 98% – 86% = 12% gegenüber der Bewährungsquote ohne Anwendung des Schulreifetests! Der Prozentsatz ist zwar numerisch nicht eindrucksvoll, aber wenn man bedenkt, welche Konsequenzen eine zu frühe Einschulung für die Persönlichkeitsentwicklung eines Kindes haben kann, dann erscheint dieser Gewinn in anderem Licht. Das Gleiche gilt für die Auslese von Lehrlingen und Schulungsbewerbern, deren Berufsausbildung – man denke etwa an den Beruf des Flugzeugführers – oft enorme Kosten verursacht. Unter diesem Gesichtspunkt ist der eingangs erwähnte Pessimismus selbst für wenig valide Teste ungerechtfertigt.

Die TAYLOR-RUSSELL-Werte findet man durch partielle Integration über die Korrelationsfläche des Validitätskoeffizienten; einen anschaulich numerischen Zugang zum Verständnis ihrer Herleitung gibt DUBOIS (1965, S. 250–251), aus dessen Buch (S. 252, Tab. 10.7) auch Tafel 12 des Anhangs übernommen wurde.

LITERATURVERZEICHNIS

Abels, D. (1954). Konzentrationsverlaufstest (KVT). Göttingen: Hogrefe.

Adkins, D. C.(1947). Construction and analysis of achievement tests. Washington.

Aiken, L. R. (1979). Relationships between the item difficulty and discrimination indexes. Educational and psychological measurement, 39, 821–824.

Alexander, R., Carson, K. P., Alliger, G. M. & Barett, G. V. (1984). Correction for restriction of range when both X and Y are truncated. Applied psychological measurement. (Spr.) Vol 8 (2), 231–241.

Allport, G. W. (1959). Persönlichkeit, Struktur, Entwicklung und Erfassung der menschlichen Eigenart. Meisenheim a. Gl. (2. Aufl.). (Orginal erschienen 1937: Personality. A psychological interpretation. New York)

American Psychological Association. (1986). Standards for educational and psychological Tests. Washington, D. C.: American Psychological Association.

Amthauer, R. (1953). Intelligenz und Beruf. Zeitschrift für Experimentelle und Angewandte Psychologie, 1, 102.

Amthauer, R. (1955). Der Intelligenz-Struktur-Test (I-S-T). (2.Auflage). Göttingen: Hogrefe.

Amthauer, R. (1970). Der Intelligenz-Struktur-Test (I-S-T 70). (3.Auflage). Göttingen: Hogrefe.

Anastasi, A. (1968). Psychological testing. (3rd ed.). New York: Mac Millan.

Anastasi, A. (1985). Some emerging trends in psychological measurement: A fifty-year perspective. Applied psychological measurement, 9, 121–138.

Arnold, T. W. (1961). Der Pauli-Test. (3. Auflage). München: Barth.

Barth, A.-R. & Lienert, G. A. (1986): Testkonstruktion: Aufgaben- und Probandenanalyse (TC-Analyse) mittels Yule-Koeffizienten. Psychologische Beiträge, 28, 366–374.

Bartussek, D. (1970). Eine Methode zur Bestimmung von Moderatoreffekten. Diagnostica, 16, 57–76.

Bellmann, M. & Sarges, W. (1980). Verständlichkeitsverbesserungen der Testinstruktion und ihre Auswirkungen auf die Leistungen in einem Schulintelligenztest. Zeitschrift für differentielle und diagnostische Psychologie, 1, 137–148.

Binet, A. & Simon, Th. (1905). Methodes nouvelle pour le diagnostic du niveau intellectuel des anormaux. Année Psychologique, 11, 191–244.

Bird, Ch. (1927). The Detection of Cheating in Objective Examinations. School and Society, 25, 261.

Bloom, B. S.(Hrsg.). (1972). Taxonomie von Lernzielen im kognitiven Bereich. Weinheim: Beltz. (Original erschienen 1956: Taxonomie of Educational Objectives. The Classification of Educational Goals. Handbook I: Cognitive Domain. New York: McKay)

Bortz, J. (1984). Lehrbuch der Statistik. (2. Auflage). Berlin, Heidelberg, New York: Springer.

Bösser, T. (1979). Phi-Interkorrelationen seltener Symptome. Psychologische Beiträge, 21, 343–348.

Brennan, R. L. (1972). A generalized upper-lower item discrimnation indes. Educational and psychologcical Measurement, 32, 289–303.

Buse, L. (1977). Die Abhängigkeit des Reliabilitätskoeffizienten von Rateeinflüssen. Zeitschrift für experimentelle und angewandte Psychologie, 24, 546–558.

Campbell, D. T. & Fiske, D. W. (1959). Convergent and discriminant validation by the multitrait-multimethod matrix. Psychological bulletin, 56, 91.

Carroll, J. B. (1945). The effect of difficulty and chance success on correlations between items or between tests. Psychometrika, 10, 1.

Castellan, N. J. (jr.). (1966). On the estimation of the tetrachoric correlation coefficient. Psychometrika, 31, 67–73.

Cattell, R. B. (1949). r_p and other coefficients of pattern similarity. Psychometrika, 14, 279.

Claparàde, El, Courthial, A. & van de Stadt, I. (1932). Rapiditè et qualité. Archive de Psychol., 23, 193.

Clapp, F. L. & Young, P. (1929). Self marking tests. Boston.

Claus & Ebner. (1986). Statistik für Soziologen, Pädagogen, Psychologen und Mediziner. (Bd. 1 Grundlagen). (4. Auflage). Thun, Frankfurt/Main: Harri Deutsch.

Cohen, A. C. Jr. (1957). Restriction and selection in multinormal distributions. Annals of Mathematical Statistics, 28, 731–741.

Conrad, H. S. (1948). Characteristics and uses of item analysis data. Psychological monographs, 62, 8.

Conrad, W., Eberle G., Hornke, L., Kierdorf, B. & Nagel, B. (1976). Mannheimer Intelliglenztest für Kinder und Jugendliche (MIT-KJ). Weinheim: Beltz.

Costin, F. (1970). The optimal number of alternatives in multitple-choice achievement tests: Some empirical evidence for mathematical proof. Eductional and psychological measurement, 30, 353–358.

Costin, F. (1972). Three-choice vs. four-choice items: Implications for reliability and validity for objective achievement tests. Educational and psychological measurement, 32, 1035–1038.

Cronbach, L. J. (1947). Test reliability: Its meaning and determination. Psychometrika, 12, 1.

Cronbach, L. J. (1951). Coefficient alpha and the internal structure of tests. Psychometrika, 16, 297–334.

Cronbach, L. J. (1961, 1970). Essentials of psychological testing. (2nd, 3rd ed.). New York: Harper International Edition.

Cronbach, L. J. & Gleser, G. C. (1965). Psychological tests and personnel decisions. (2nd ed.). Urbana.

Cronbach, L. J. & Meehl, P. E. (1955). Construct validity in psychological tests. Psychological bulletin, 52, 281.

Cronbach, L. J. & Warrington, W. G. (1951). Time-Limit-Tests: Estimating their reliability and degree of speeding. Psychometrika, 16, 167.

Cureton, E. E. (1958). The definition and estimation of test reliability. Educational and psychological measurement, 18, 715–738.

Cureton, E. E. (1966) Kuder-Richardson reliabilities of classroom-tests. Educational and psychological measurement, 26, 13–14.

Cureton, E. E. (1971a). The stability coefficient. Educational and psychological measurement, 31, 45–55.

Cureton, E. E. (1971b). Reliability of multiple-choice tests is the proportion of variance which is true variance. Educational and psychological measurement, 31, 827–829.

Curtis, F. D. & Woods, G. G. (1928). A study of a modified form of the multiple response test. Journal of educational research, 18, 211.

D'Agostino, R. B. & Cureton, E. E. (1975). The 27-percent-rule- revisited. Educational and psychological measurement, 35, 47–50.

Daniels, I. C. (1949). Figure Reasoning Test (FRT). London: Crosby, Lockwood and Son.

Davis, F. B. (1949). The Selection of test items according to difficulty. American psychologist, 4, 243.

Davis, F. B. (1951). Item selection techniques. Lindquist. 261.

Dawes R. M. & Meehl, P. E. (1966). Mixed group validation: A method for determining the validity of diagnostic signs without using criterion groups. Psychological bulletin, 66, 63–67.

Dawes, R. M. (1967). Mixed groups analysis and an application. Ann. Arbor VA Hospital and University of Michigan.

Deaves, K. & Beckel, A. (1942). Auswertung durch Großzahlforschung. Berlin. Diagnostica, 30, 24–46.

Diederich, P. B. (1970). Shortcut i-test correlation for teacher-made tests. Journal of educational research, 7, 43–44.

Dieterich, R. (1973). Psychodiagnostik. München/Basel: Reinhardt.

Dressel, P. L. (1940). Some remarks on the Kuder-Richardson reliability coefficient. Psychometrika, 5, 305.

DuBois, P. H. (1965). An introduction to psychological statistics. New York.

Dudek, F. J. (1979). The continuing misinterpretation of the standard error of measurement. Psychological bulletin, 86, 335–337.

Düker, H. (1949). Über ein Verfahren zur Untersuchung der psychischen Leistungsfähigkeit. Psychologische Forschung, 23, 10.

Düker, H. (herausgegeben von Lienert, G. A.). (1965). Konzentrations-Leistungstests-Test (KLT). Göttingen: Hogrefe.

DuMas, F. M. (1946). A quick method of analysing the similarity between two testprofiles. Journal of clinical psychology, 2, 80.

Dunette, M. D. (1963): A modified model for test validation and selection research. Applied Psychology, 47, 317–323.

Ebel, R. L. (1969). Expected reliability as a function of choices per item. Eductional and psychological measurement, 29, 565–570.

Ebel, O. & Lienert, G. A. (1960). Ein Index zur numerischen Bestimmung der Niveau-Eigenschaft eines psychologischen Tests. Metrica, 3, 117.

Eberle, G. (1980). Analysen zur Speed-Power-Problematik beim Mannheimer Intelligenztest für Kinder und Jugendliche (MIT-KJ). Frankfurt/Main, Bern, Cirencester/U. K. Europäische Hochschulschriften: Reihe 6, Bd. 61.

Edgerton, H. A. & Kolbe, L. (1936). The method of minimum variation for the combination of criteria. Psychometrika, 1, 183.

Edwards, A. L. (1954). Statistical methods for the behavioral Sciences. New York.

Eheim, W. P. (1977). Zur Beeinflußbarkeit der Schwierigkeiten von Mehrfachwahl-Aufgaben. Diagnostica, 23, 193–198.

Eye, A. von (1991). (Hrsg.). Prädiktionsanalyse: [Vorhersagen mit kategorialen Variablen]. Weinheim: Psychologie Verlags-Union.

Eysenck, H. J. (1953). Fragebogen als Meßmittel der Persönlichkeit. Zeitschrift für Experimentelle und Angewandte Psychologie, 1, 291–335.

Eysenck, H. J. (1956a). Wege und Abwege der Psychologie. Hamburg rowohlts deutsche enzyklopädie. (Original erschienen 1953: Uses and abuses of psychology)

Eysenck, H. J. (1956b). Maudsley Personality Inventory (MPI). Göttingen: Hogrefe.

Eysenck, H. J. (1974a). Maudsley- Persönlichkeitsfragebogen (MMQ). Göttingen: Hogrefe.

Eysenck, H. J. (1974b). Eysenck-Persönlichkeitsinventar (EPI). (Deutsche Übersetzung und Bearbeitung: Eggert, D.) Göttingen: Hogrefe.

Ezekiel, M. (1941). Methods of correlation analysis. New York.

Feger, B. (1984). Die Generierung von Testitems zu Lehrtexten. Diagnostica, 30, 24–46.

Feldt, L. S. (1975). Estimation of the reliability of a test divided into two parts of unequal length. Psychometrica, 40, 557–561.

Feldt, L. S., Woodruff, D. J. & Salih, F. A. (1987). Statistical inference for coefficient alpha. Applied psychological measurement, 11, 93–103.

Ferguson, G. A. (1942). Item selection by the constant process. Psychometrika, 7, 19.

Ferguson, G. A. (1966). Statistical analysis in psychology and education. (2nd ed.). New York.

Fischer, G. (Hrsg.). (1968). Psychologische Testtheorie. Bern: Huber.

Fischer, G. (1974). Einführung in die Theorie psychologischer Tests, Grundlagen und Anwendungen. Bern: Huber.

Fischer, G. H. & Forman, A. K. (1982). Veränderungsmessung mittels linearlogistischer Modelle. Zeitschrift für differentielle und diagnostische Psychologie, 3, 75–99.

Flanagan, J. C. (1939). Gerneral considerations in the selection of test items and a short method of estimating the product-moment-coefficient from the data at the tails of the distributions. Journal of educational psychology, 30, 674.

Formann, A. K. & Piswanger, K. (1979). Wiener Matrizentest (WMT). Weinheim: Beltz.

Frary, R. B. (1969). Elimination of the guessing component of multiple-choice test scores: Effect on reliability and validity. Educational and psychological measurement, 29, 665–680.

Frary, R. B. & Zimmerman D. E. (1970). Effect of variation in probability of guessing correctly on reliability of multiple-choice tests. Educational and psychological measurement, 30, 595–605.

Fricke, R. (1974). Kriteriumsorientierte Leistungsmessung. Stuttgart, Berlin, Köln, Mainz: Kohlhammer

Frisbie, D. A. (1981). The relative difficulty ratio – A test and item index. Educational and Psychological Measurement, 41, 333–339.

Gaffney, R. F. & Mcguire, T. O. (1971). Use of optically scored test answer sheets with young Children. Journal of educational measurement, 8, 103–106.

Gage, N. L. (1963). Handbook of research on teaching. Chicago.

Gaylord, R. H. (1969). Estimating test reliability from the item-test correlations. Educational and psychological measurement, 29, 303–304.

Gebelein, H. & Heite, H. J. (1951). Statistische Urteilsbildung. Berlin.

Gebert, A. (1977). Jäger's Phi(G) als Item-Interkorrelationsmaß. Psychologische Beiträge, 19, 336–339.

Ghiselli, E. E. (1963). Moderating effects and differential reliability and validity. Applied psychological measurement, 47, 81–86.

Ghiselli, E. E. (1964). Theory of psychological measurement. New York.

Gittler, G. (1986). Inhaltliche Aspekte bei der Itemselektion nach dem Modell von Rasch. Zeitschrift für experimentelle und angewandte Psychologie, 33, 386–412.

Gittler, G. (1990). Dreidimensionaler Würfeltest. Ein Raschskalierter Test zur Messung des räumliche Vorstellungsvermögens. Weinheim: Beltz.

Glass, G. V., McGaw, B., Smith, M. L. (1981). Meta-analysis in social research. Beverly Hills, Calif: Sage.

Grier, J. B. (1975). The number of alternatives for optimum test reliability. Journal of educational measurement, 12, 109–113.

Griesang, R. (1974). Standardmeßfehler: Formel und Übersichten zu Standardmeßfehlern, kritischen Testwertdifferenzen und kritischen Profildifferenzen. Psychologie und Praxis, 18, 149–162.

Gross, A. L. & Perry, P. (1983). Validating a selection test. A predictive probability approach. Psychometrika, 48, 113–127.

Grubitzsch, S. & Rexilius, G. (1978). Testtheorie – Testpraxis. Reinbeck bei Hamburg.

Guilford, J. P. (1941a). The phi-coefficient and chi-square as indices of item validity. Psychometrika, 6, 11.

Guilford, J. P. (1941b). A simple scoring weight for test items and its reliability. Psychometrika, 6, 367.

Guilford, J. P. (1954). Psychometric methods. (2nd ed.) New York.

Guilford, J. P. (1965). Fundamental statistics in psychology and education. (4th ed.). New York.

Gulliksen, H. (1946). Selection of test items by correlation with an external criterion as applied to mechanical comprehension test-OQT 0–1. OSPD, Publication Board.

Gulliksen, H. (1949). Item selection to maximize test validity. proceedings of the 1948 invitational conference on testing problems-validity. Norms, and verbal factor, Princeton.

Gulliksen, H. (1950a) The reliability of speeded tests. Psychometrika, 15, 259–269.

Gulliksen, H. (1950b). Theory of mental tests. New York.

Gutjahr, W. (1971). Die Messung psychischer Eigenschaften. Berlin: (VEB Deutscher Verlag der Wissenschaften).

Gutman, L. (1945). A basis for analysing test-retest reliability. Psychometrika, 10, 255.

Guttman, L. (1955). Reliability formulas for noncompleted or speeded tests. Psychometrika, 20, 113–124.

Haenisch, H. & Lissmann, U. (1984). Berufsorientierungstest für 8.–10. Klassen (BOT 8–10). Stuttgart, Göttingen: Hogrefe.

Hartmann, H. (1973). Psychologische Diagnostik. Stuttgart, Berlin, Köln, Mainz: Verlag W. Kohlhammer

Hattie, J. (1985). Methodology Review: Assesssing unidimensionality of tests and items. Applied Psychological Measurement.

Hays, W. L. (1963). Statistics for psychologists. New York.

Heckhausen, H. (1980). Motivation und Handeln. Berlin: Springer.

Heiss, R. & Hiltmann, H. (Hrsg.). (1951). Farbpyramidentest (F. P.T.). Bern: Huber.

Heller, K., Gaedike A.-K., Weinläder, H. (1976). Kognitiver Fähigkeitstest 4–13. (KFT 4–13). Weinheim: Beltz.

Herbig, M. (1976). Praxis lehrzielorientierter Tests. Düsseldorf.

Herrmann, T. (1969). Lehrbuch der empirischen Persönlichkeitsforschung. Göttingen: Hogrefe.

Hetzer, H. (1962). Entwicklungstestreihen für das Schulalter (HETR). (7.–13. Schuljahr). Weilburg/Lahn: Manuskript am Päd. Institut: Testmaterialvertrieb: G. May, Marburg/ Lahn.

Hofstätter, P. R. (1938). Über die Faktoren-Analyse. Archiv für die gesamte Psychologie, 190, 223–240.

Hofstätter, P. R. (1949). Die Psychologie der öffentlichen Meinung. Wien.

Hofstätter, P. R. & Wendt, D. (1966). Quantitative Methoden der Psychologie. München: Barth.

Holzinger, K. J. & Clayton, B. (1925). Further experiments in the application of Spearmans prophecy formula. Journal of educational psychologie, 16, 289.

Holzinger, K. J. (1944). Factoring test scores and implications for the method of averages. Psychometrika 9, 155.

Horn, W. (1956). Begabungstestsystem (BTS). Göttingen: Hogrefe.

Horn, W. (1963). Leistungs-Prüf-System (LPS). Göttingen: Hogrefe.

Horn, W. (1969). Prüfsystem für Schul- und Bildungsberatung (PSB). Göttingen: Hogrefe.

Hornke, L. F. (1977) Antwortabhängige Testverfahren: Ein neuartiger Ansatz psychologischen Testens. Diagnostica, 23, 1–14.

Hornke, L. F. & Habon, M. (1984) Erfahrungen zur rationalen Konstruktion von Testaufgaben. Zeitschrift für differentielle und diagnostische Psychologie, 5, 203–212.

Horst, A. P. (1936). Obtaining a composite measure from different measures of the same attributes. Psychometrika, 1, 53.

Horst, A. P. (1941). The prediction of personal adjustment. Social Sciences Res. Council Bulletin 48, 61.

Horst, A. P. (1949). A gerneralized expression for the reliability of measures. Psychometrika, 14, 21.

Horst, P. (1951). Estimating total test reliability from parts of unequal length. Educational and psychological measurement, 11, 368–371.
Horst, A. P. (1954). The estimation of immediate retest reliability. Educational and psychological measurement, 14, 705.
Horst, P. (1965). Factor analysis of data matrices. New York: Holt, Rinehart & Winston.
Horst, P. (1971). Messung und Vorhersage. Weinheim, Berlin, Basel: Beltz. (Original erschienen 1966: Psychological measurement and prediction)
Hotelling, H. (1936). Relation between two sets of variates. Biometrics, 28, 321.
Hoyt, C. J. (1941a). Note on a simplified method of computing test reliability. Educational and psychological measurement, 1, 93.
Hoyt, C. J. (1941b). Test reliability obtained by analysis of variance. Psychometrika, 6, 153.
Huber, H. P. (1967). Zur Frage der varianzanalytischen Reliabilitätsschätzung bei korrelierten Meßfehlern. Archiv für die gesamte Psychologie, 119, 288–296.
Huber, H. P. (1973). Verallgemeinerungen des Cattelschen Profilähnlichkeitskoeffizienten r_p unter dem Aspekt der klassischen Reliabilitätstheorie. Zeitschrift für experimentelle und angewandte Psychologie, 10, 39–53.
Hübner, A. (1956). Schwierigkeitsanalyse des FLT. Unveröffentlichte Hausarbeit aus der Pädagogischen Psychologie für das Lehramt an höheren Schulen. Marburg.
Hull, C. L. (1928). Apitude testing. Yonkes – on – Hudson.
Hylla, E. (1927). Testprüfungen der Intelligenz. Braunschweig, Berlin, Hamburg.
Ingenkamp, K. (1981). Testkritik ohne Alternative. Eine kritische Argumentation radikaler Schultestkritik in der deutschen Fachliteratur. In Jäger, R. S., Ingenkamp, K. & Stark, G. (Hrsg.). Tests und Trends. (S. 71–101). Weinheim: Beltz.
Ingenkamp, K. (1985). Lehrbuch der Pädagogischen Diagnostik. Weinheim/Basel: Beltz Verlag.
Irle, M. & Allehoff, W. (1984). Berufs-Interessen-Test (B-I-T. II). (2. Auflage). Göttingen, Toronto, Zürich: Hogrefe.
Iseler, A. (1970). Leistungsgeschwindigkeit und Leistungsgüte. Weinheim, Berlin, Basel: Beltz.
Jackson, R. W. & Ferguson, G. A. (1941). Studies of the reliability of tests. Bulletin, 12, 132. Department of Educational Research. Toronto.
Jäger, A. O. & Althoff, K. (1984). Wilde-Intelligenz-Test (WIT). Dtsch. Gesellschaft für Personalwesen e.V., Hannover. Frankfurt, Düsseldorf, Göttingen: Hogrefe.
Jäger, R. S. (1974). Bemerkungen zu „Die Standardskala der kritischen Differenz". Diagnostica, 20, 165–168.
Jäger, R. S. (1974). Moderatoransatz als vereinheitlichendes Prinzip. Archiv der Psychologie, 126, 97–113.
Jäger, R. S. (1976). Φ_G – ein statistischer Test zur Bestimmung der Differenzierungsfähigkeit psychologischer Skalen. Psychologische Beiträge, 18, 214–223.
Jäger, R. S. (1978). Differentielle Diagnostizierbarkeit in der psychologischen Diagnostik. Göttingen: Hogrefe.
Jäger, R. S. (1979). Moderatoren, differentielle Diagnostizierbarkeit und Vorhersage – Methodische Überlegungen und Konsequenzen. Diagnostica, 25, 109–124.
Jäger, R. S. (Hrsg.). (1988). Psychologische Diagnostik. Ein Lehrbuch. München, Weinheim: Psychologie Verlags Union.
Janke, W. & Debus, G. (1979). Eigenschaftswörter-Liste (EWL). Göttingen: Hogrefe.
Janke, W. (1964). Klassifikation. In Heiss, R., Groffmann, K. J., & Michel, L. (Hrsg.). Psychologische Diagnostik, Bd. 6, Handbuch der Psychologie. Göttingen: Hogrefe.
Jaspen, N. (1946). Serial correlation. Psychometrika, 11, 23–30.
Jenkins, W. L. (1956). Triserial r – a neglected statistic. Journal of Applied Psychology. 40, 63–64.
Kebeck, G. & Lohaus, A. (1985). Versuchsleiterverhalten und Versuchsergebnis. Zeitschrift für experimentelle und angewandte Psychologie, 32, 75–89.
Kelley, T. L. (1927). Interpretation of educational measurements. New York.

Kendall, M. G. & Stuart, A. (1961). The advanced theory of statistics. Vol. 2: Interference and Relationship. London.

Klapproth, H. E. (1981). Kritik und Weiterentwicklung der Testtheorie. – Realisierungsmöglichkeiten moderner Psychodiagnostik. Psychologie und Praxis, 25, 139–150.

Klauer, K. J. (1972). Einführung in die Theorie lehrzielorientierter Tests. In K. J. Klauer, R. Fricke, M. Herbig, H. Rupprecht, F. Schott (1972), Lehrzielorientierte Tests. Düsseldorf: Schwann.

Klauer, K. J. (1973). Das Experiment in der pädagogischen Forschung. Düsseldorf: Schwann.

Klauer, K. J. (1984). Kontentvalidität. Diagnostica, 30, 1–23.

Klauer, K. J. (1987). Kriteriumsorientierte Tests. Göttingen: Hogrefe.

Kohnen, R. & Lienert, G. A. (1976). Freie und gebundene Wirkungsbeschreibung eines Schlafmittels (Flurazepam) durch gesunde Versuchspersonen. Arzneimittelforschung, 26, 1133–1136.

Kranz, H. T. (1979) Einführung in die klassische Testtheorie. Frankfurt/Main: Fachbuchhandlung für Psychologie.

Krauth, J. & Lienert, G. A. (1973). KFA. Die Konfigurationsfrequenzanalyse und ihre Anwendung in Psychologie und Medizin. Freiburg: Alber-Verlag.

Kristof, W. (1958). Statistische Prüfverfahren zur Beurteilung von Testprofilen. Zeitschrift für experimentelle und angewandte Psychologie, 5, 520–533.

Kristof, W. (1963). Die Verteilung aufgewerteter Zuverlässigkeitskoeffizienten auf der Grundlage von Testhälften. Archiv für die gesamte Psychologie, 115, 230–240.

Kristof, W. (1974). Estimation of reliability and true score variance from a split of a test into three arbitrary parts. Psychometrika, 39, 491–499.

Kubinger, K. D. (1988). Testtheorie: Probabilistische Modelle. In Jäger, R. S. (Hrsg.). Psychologische Diagnostik. Ein Lehrbuch. (S. 264–276). München, Weinheim: Psychologie Verlags Union.

Kubinger, K. D. & Wurst, E. (1985). Adaptives Intelligenz Diagnostikum (AID). Weinheim: Beltz.

Kuder, G. F. & Richardson, W. (1937). The theory of the estimation of test reliability. Psychometrika, 2, 151–160.

Kühn, Rolf (1992). Art und Umfang von Testverfahren der Pädagogischen Diagnostik: Entwicklung zwischen 1970–1990. In Ingenkamp, K., Jäger, R. S., Petillon, H. & Wolf, B. (Hrsg.). Empirische Pädagogik 1970–1990. Bd. 1. (S. 143–151). Weinheim: Deutscher Studien Verlag.

Lauth, G. & Wiedl, K. H. (1985). Zur Veränderbarkeit der Testleistung im CFT-20 durch Instruktionsintensivierung. Diagnostica, 31, 200–209.

Lautsch, E. & von Weber, S. (1990). Die Konfigurationfrequenzanalyse – Methoden und Anwendungen. Berlin: Volk und Wissen.

Lawshe, C. H. (jr.). (1942). A nomograph for estimating the validity of test items. Journal for Applied Psychology, 26, 846.

Lehrl, S. & Kienzel, W. (1973). Die Standardskala der kritischen Differenz. Diagnostica, 19, 75–88.

Leichner, R. (1979). Psychologische Diagnostik. Weinheim/Basel: Beltz.

Lewis, D. (1960). Quantitative Methods in Psychology. New York.

Lienert, G. A. (1956). Zur Interpretation von Testprofilen. Diagnostica, 2, 31.

Lienert, G. A. (1957). Ein statistisches Konzept zur präzisen und rationellen Interpretation von Testprofilen. Zeitschrift für experimentelle und angewandte Psychologie, 4, 319.

Lienert, G. A. (1962). Über die Anwendung von Variablen- Transformationen in der Psychologie. Biometrische Zeitschrift, 4, 145–181.

Lienert, G. A. (1969). Die 'Konfigurationsfrequenzanalyse' als Klassifikationsmethode in der klinischen Psychologie. In Irle, M. (Hrsg.). Bericht über den 27. Kongreß der Dt. Ges. f. Psychol., Tübingen 1968. S. 244–253.

Lienert, G. A. (1986). Verteilungsfreie Methoden in der Biostatistik. (3. Aufl.) Meisenheim/Glan: Hain.

Lienert, G. A. (1980). Zu Hofstätter's Aktualitätsmaß. In Witte, E. H. (Hrsg.). Beiträge zur Sozialpsychologie, Festschrift für P. R. Hofstätter. Weinheim: Beltz. (S. 123–126).

Lienert, G. A. (1987). Schulnoten-Evaluation. Frankfurt/Main: Athenäum Verlag GmbH.

Lienert, G. A. (1988). Angewandte Konfigurationsfrequenzanalyse: ein Reader zur typologischen Forschung in Psychologie und Medizin. Frankfurt/Main: Athenäum.

Lienert, G. A. & Krowarz, B. (1959). Ein Verfahren zur objektiven Beurteilung der körperlich-geistigen Schulreife. Schule und Psychologie, 6, 106–114.

Lienert, G. A. & Orlik, P. (1965). Eine Maßzahl zur Bestimmung der Präzision psychologischer Planversuche. Zeitschrift für Psychologie, 170, 203–216.

Lienert, G. A. & Raatz, U. (1971). Das Rangkorrelationsverhältnis η_{H^2} als nicht-lineares Abhängigkeitsmaß. Biometrische Zeitschrift, 13, 407–415. Berlin: Akademie Verlag.

Lienert, G. A. & Raatz, U. (1981). Item homogeneity defined by multivariate summetry. Applied Psychological Measurement, 5, 263–269.

Lienert, G. A. & Sporer, S. L. (1982). Interkorrelationen seltener Symptome mittels Nullfeld-korrigierter Yule-Koeffizienten. Psychologische Beiträge, 24, 411–418.

Lindquist, E. F. & Cook, W. W. (1933). Experimental procedures in test evaluation. The Journal of experimental education, 1, 163.

Lindquist, E. F. (1951). Educational measurement. Washington.

Linn, R. L. (1988). Educational Measurement. (3rd ed.). New York. Am. Counc. Educ./Macmillan.

Lord, F. M. & Novick, M. R. (1968). Statistical theories of mental test scores. Reading. Mess.: Addison-Wesley.

Lückert, H. R. (1965). Stanford-Binet Intelligenz-Test (SIT). Göttingen: Hogrefe.

Magnusson, D. (1969). Testtheorie. Wien.

Maxwell, A. E. (1968). The effect of correlated errors on estimates of reliability coefficients. Educational and psychological measurement, 28, 803–811.

McCall, W. A. (1939). Measurement. New York.

McClusky, H. Y. (1934). An experimental comparison of two methods of correcting the outcome of an examination. School and society, 40, 566.

McCornack, R. L. (1959). An evaluation of two methods of cross- validation. Psychological Reports, 5, 127–130.

McNemar, Q. (1962). Psychological statistics. (3rd ed.). New York.

Meili, R. (1961). Lehrbuch der Psychologischen Diagnostik. 4. Aufl. Bern.

Messick, R. J. (1987). Validity. In Linn (1988).

Metzger, W. (1952). Das Experiment in der Psychologie. Studium Generale 5, 142–163.

Michel, L. (1964). Allgemeine Grundlagen psychometrischer Tests. In Heiss, R. (Hrsg.). Handbuch der Psychologie, (Bd. 6: Psychologische Diagnostik). Göttingen: Hogrefe.

Michel, L., & Mai, N. (1968). Entscheidungstheorie und Probleme der Diagnostik bei CRONBACH und GLESER. Diagnostica, 14, 99–121.

Michelsen, U. A. & Müller, J. (1988). Eingrenzung der Häufigkeit einzelner Ereignisse beim Test auf Gleichverteilung. Ein Instrument zur Distraktorenanalyse. Diagnostica, 34, 119–135.

Mietzel, G. (1973). Kombinierter Schultest (KS 3,4,5). Braunschweig: Georg Westermann Verlag.

Mittenecker, E. & Toman, W. (1972). Persönlichkeits- und Interessentest (PIT). (2. Auflage). Bern, Stuttgart, Wien: Huber.

Mittenecker, E. (1951). Über Elementenanalyse psychologischer Tests. Statististische Vierteljahresschrift IV, 125.

Mittenecker, E. (1964). Planung und statistische Auswertung von Experimenten. 5. Aufl. Wien.

Möbus, C. (1983). Die praktische Bedeutung der Testfairness als zusätzliches Kriterium zu Reliabilität und Validität. In Horn, R., Ingenkamp, K. & Jäger, R. S. (Hrsg.). Tests und Trends 3. Jahrbuch der Pädagogischen Diagnostik. (S.155–201). Weinheim, Basel: Beltz Verlag.

Mollenkopf, W. G. (1950). An experimental study of the effects on item analysis data of changing item placement and test time limit. Psychometrika, 15, 291.

Moosbrugger, H. & Müller, H. (1981). Ein klassisches latentadditives Testmodell (KLA-Modell). In Michaelis, W. (Hrsg.). Bericht über den 32. Kongreß der Deutschen Gesellschaft für Psychologie in Zürich 1980. (S. 483–486). Göttingen: Hogrefe.

Moosbrugger, H. & Zistler, R. (1991). Wie befreit man die Itemtrennschärfe von den Zwängen der Itemschwierigkeit? Ein überfälliger Beitrag zur Überwindung eines Methodenartefaktes. In der Zusammenfassung: 33. Tagung experimentell arbeitender Psychologen. 24.–28. März 1991. (S. 218). Justus-Liebig- Universität. Gießen.

Mosier, Ch. I. (1943). On the reliability of a weighted composite. Psychometrika, 8, 161.

Mosier, Ch. I., Cureton, E. E., Katzell, R. A. & Wherry, R. J. (1951). Symposion: The need and the means of cross-validation. Educational and psychological measurement, 11, 5.

Mühlberg, K. (1982). Zur Ermittlung des Fehlers von psychologischen Meßverfahren auf der Basis von Retestuntersuchungen. Probleme und Ergebnisse der Psychologie, 80, 81–87.

Norman, W. T. (1965). Double-Split Cross-Validation: An extension of Mosiers design. Two undesireable alternatives, and some enigmatic results. Journal of applied psychology, 49, 348–357.

Orlik, T. (1965). Zur varianzanalytischen Schätzung der Zuverlässigkeit psychologischer Messungen. Archiv für die gesamte Psychologie, 117, 280–286.

Osgood, Ch. E. & Suci, G. J. (1952). A measure of relation determined by both mean differences and profile information. Psychological bulletin, 49, 251.

Paterson, D. G. & Darley, J. G. (1936). Men, woman and jobs. University of Minnesota Press.

Paterson, D. G. & Tinker, M. A. (1930). Time-Limit versus work-limit methods. American journal of psychology, 42, 101.

Pearson, K. (1903). Mathematical contributions to the theory of evolution XI. Philos. Transactions of the Royal Soc. of London. Ser. A. 200, 1.

Peatman, J. G. (1963). Introduction to applied statistics. New York. Personnel Decisions. (2nd ed.), Urban.

Peters, Ch.C. & van Voorhis, W. R. (1940). Statistical procedures and their mathematical basics. New York: McGraw Hill.

Plackett, R. L. (1974). The analysis of categorical data. London: Griffin.

Preston, R. C. (1965). The multiple-choice test as an instrument in perpetuating false concepts. Educational and psychological Measurement, 25, 11–116.

Prichard, J. W. (1943). Motor performance as a chance factor in test scores. Educational research, 37, 181. Psychometrica, 7, 19.

Raatz, U. (1968). Neuere Ansätze zur Theorie der Reliabilität. In Fischer, G. H. (Hrsg.). Psychologische Testtheorie. 159–177. Bern: Verlag Huber.

Raatz, U. (1971). Die Schätzung des tetrachorischen Korrelationskoeffizienten bei extremen Randverhältnissen. Archiv für Psychologie, 123, 189–194.

Raatz, U. (1978a). Zur Interpretation von Testergebnissen. Lernzielorientierter Unterricht, 1, 27–33.

Raatz, U. (1978b). Was können Tests bei Entscheidungsproblemen leisten? Lernzielorientierter Unterricht, 2, 30–39.

Raatz, U. (1980). Kritische Bemerkungen zur Anwendung von mulitple-choice-Aufgaben in Mathematiktests. Lernzielorientierter Unterricht, 1, 25–30.

Raatz, U. (1992). Testkritik und ihre möglichen Auswirkungen auf das Schultestangebot. In Ingenkamp, K., Jäger, R. S., Petillon, H. & Wolf, B. (Hrsg.). Empirische Pädagogik 1970–1990 (Bd. 1, S. 151–169). Weinheim.

Raatz, U. & Klein-Braley, C. (1983). Ein neuer Ansatz zur Messung der Sprachleistung. Der C-Test: Theorie und Praxis. In R. Horn, K. Ingenkamp & Jäger, R. S. (Hrsg.). Tests und Trends 3. (107–138). Weinheim: Beltz.

Raatz, U. & Klein-Braley, C. (1992). C-Test Deutsch für 4. Klassen CT-D 4, Deutsche Schultests. Weinheim: Beltz.

Rajaratnam, N., Cronbach, L. J. & Glaser, G. C. (1965). Generalizability of stratified-parallel tests. Psychometrika, 30, 39–56.

Raju, S. N. (1977). A generalization of coefficient alpha. Psychometrika, 42, 549–565.

Ramseyer, G. C. & V. M Cashen (1971). The effect of practice sessions on the use of separate answer sheets by first and second grades. Journal of educational measurement, 8, 177–181

Rapp, G. (1975). Messung und Evaluierung von Lernergebnissen in der Schule. Bad Heilbrunn: Verlag Julius Klinkhardt.

Richardson, M. W. (1936a). Notes on the rationale of item analysis. Psychometrika, 1, 69.

Richardson, M. W. (1936b). The relation between the difficulty and the differential validity of a test. Psychometrika, 1, 33.

Rorschach, H. (1921). Psychodiagnostik. Bern: Bircher.

Rosenzweig, S. (1957). Rosenzweig Picture Frustration Test (PFT). (Bearbeitung: Duhm, Hansen (Form für Kinder); Hörmann, Moog (Form für Erwachsene). Göttingen: Hogrefe.

Rossolimo, G. (1926). Das psychologische Profil. Halle.

Rowley, G. L. (1974). Which examinees ar most favoured by use of multiple choice tests. Journal of educational measurement, 11, 15–23.

Ruch, G. M. & Stoddard, G. D. (1925). Comparative reliabilities of five types of objektive examinations. Journal of educational psychology, 16, 89.

Rulon, P. J. (1930). A graph for estimating reliability in one range knowing it in another. Journal of educational psychology, 21, 140.

Rütter, T. (1973). Formen der Testaufgabe. München: Beck.

Sarris, V. & Lienert, G. A. (1974). Konstruktion und Bewährung von klinisch-psychologischen Testverfahren. In Schraml, W. & Baumann, U. (Hrsg.). Klinische Psychologie II (Kap. 8). Bern: Huber.

Saunders, D. R. (1956). Moderator variables in prediction. Educational and psychological measurement, 16, 209–222.

Schaefer, R. E. (1976). Eine Alternative zur konventionellen Methode der Beantwortung und Auswertung von Tests mit Mehrfachwahlantwort. Diagnostica, 22, 49–63.

Scheier, I. H. (1958). What is an „objective“ test?. Psychological Review, 4, 147–157.

Schelten, A. (1980). Grundlagen der Testbeurteilung und Testerstellung. Heidelberg: Quelle und Meyer.

Schmidt, F. L. (1988). Validity generalization and the future of criterion-related validity. In Wainer & Braun (1988), 173–190.

Schmolek, P. (1980). Zur Schätzung des wahren Wertes: Regressionseffekte bei differentiellen und experimentellen Fragestellungen (Forschungsbericht 80.02, April 1980). München: Hochschule der Bundeswehr München.

Schott, F. (1973). Anwendungsmöglichkeiten einer Matrix aus zweidimensionalen Aufgabenklassen in der psychologischen Therapie. Psychologische Praxis, 17, 125–136.

Schubö, W. & Vehlinger, H.-M. (1986). Handbuch der Programmiererversion 2.2 SPSSX. Stuttgart: Fischer.

Sixtl, F. (1967). Meßmethoden der Psychologie. Beltz: Weinheim.

Spearman, Ch. (1904). General intelligence, objectively determined and measured. American journal of psychology, 15, 201–293.

Spearman, Ch. (1927). The abilities of man. New York: McMillan.

Spielberger, C. D. (Hrsg.). (1966). Anxiety and behavior. New York N. Y.: Academie Press, XIV, 414 p.

Spitzer, I. (1957). Die leistungsteigernde und zuverlässigkeitsalternierende Wirkung der Motivation in Schnelligkeits- und Niveautesten (Unveröff. Prüfungsarbeit für das Lehramt an Sonderschulen, Lehrgang zur Ausbildung von Sonderschullehrern). Marburg.

Stafford, R. E. (1971). The speededness quotient: A new descriptive statistic for tests. Journal of educational measurement, 8, 275–277.

Stelzl, I. (1971). Zur Reliabilität von Score-Differenzen auf Skalen mit teilweisen identischen Items. Zeitschrift für experimentelle und angewandte Psychologie, 18, 157–165.

Stern, W. (1912). Die psychologischen Methoden der Intelligenzprüfung und deren Anwendung an Schulkindern. Leipzig.

Tack, W. H. (1986). Reliabilitäts- und Effektfunktionen – ein Ansatz zur Zuverlässigkeit von Meßwertänderungen. Diagnostica 32, 48–63.

Tate, R. F. (1954). Correlation between a discrete and a continous variable. Point-biserial correlation. Annals of Mathematical Statistics 25, 603.

Tate, R. F. (1955). The Theory of correlation between two continous variables when one is dichotomized. Biometrics, 42, 205.

Taylor, H. C. & Russell, J. T. (1939). The relationship of validity coefficients to the practical effectivness of tests in selection: Discussion and tables. Journal of Applied Psychology 23, 565–578.

Testkuratorium (1986). Beschreibung der einzelnen Kriterien für die Testbeurteilung. Zeitschrift für Differentielle und Diagnostische Psychologie, 7, 173–174.

Thorndike, R. L. (1949). Personnel selection, test and measurement methods. New York.

Thurstone, L. L. (1925). The fundamentals of statistics. New York.

Thurstone, L. L. (1938). Primary mental abilities. University of Chicago Press.

Thurstone, L. L. (1944). A factorial study of perception. Chicago.

Toops, H. A. (1944). The criterion. Educational and psychological measurement. 4, 290.

Torgerson, W. S. (1958). Theory and methods of scaling. New York: J. Wiley & Sons.

Travers, R. M.W. (1951). Rational hypotheses in the construction of tests. Educational and psychological measurement, 11, 128.

Traxler, A. E. (1951). Administering and scoring the objective test. In Lindquist (1951), 329ff.

Tucker, L. R. (1946). Maximum validity of a test with equivalent items. Psychometrika, 11, 1.

Tversky, A. On the optimal number of alternatives at a choice point. Journal of Mathematical Psychology, 1, 1964, 386–391.

Tyler, R. W. (1973). Curriculum und Unterricht. Düsseldorf: Schwann. (Original erschienen 1971: Basic Principles of Curriculum and Instruction)

Ulrich, R. (1985). Die Beziehung zwischen Testlänge und Validität für nicht-parallele Aufgaben: Verschiedene Methoden der Validitätsmaximierung. Zeitschrift für differentielle und diagnostische Psychologie, 6, 32–45.

Vernon, P. E. (1948). Indices of item consistency and validity. British Journal of Psychology, Statistical Section, 1, 152.

von Solth, K. (1954). Bestimmung der Tendenzbereitschaft und des Veränderungsgrades bei monovarianten biologischen Vorgängen. Klinische Wochenschrift, 32, 179–181.

von Solth, K. (1955). Die Bestimmung der analytischen Struktur bei dynamischen biologischen Vorgängen. Klin. Wschr. 33, 234.

Vukovich, A. F. (1964). Die Konstruktion psychologischer Tests. In Heiss, R., Groffmann, K. J. & Michel, L. (Hrsg.). Handbuch der Psychologie (Bd. 6, Kap. 3: Psychologische Diagnostik). Göttingen: Hogrefe.

Wainer, H. & Braun, H. I. (1988). Test validity. Hillsdale, NJ: Lawrence Erlbaum Assoc.

Walker, H. H. & Lev, J. (1953). Statistical inference. New York.

Warren, H. C. (1934). Dictionary of psychology. Boston.

Wechsler, D. (1956). Hamburg-Wechsler-Intelligenztest für Erwachsene (HAWIE). (Bearbeitung: Hardesty, Lauber). Bondy, C. (Hrsg.). Bern: Huber.

Wendeler, J. (1973). Frankfurter Denkaufgaben für 3.–6. Klassen (FDA 3–6). Weinheim: Beltz.

Wendeler, J. (1981). Lernzieltests im Unterricht. Weinheim/Basel: Beltz.

Werner, J. (1976). Varianzanalytische Maße zur Reliabilitätsbestimmung von ratings. Zeitschrift für experimentelle und angewandte Psychologie, 23, 489–500.

Wesman, A. G. (1949). The effect of speed on item-test correlation coefficients. Educational and psychological measurement, 9, 51.

Wherry, R. J. (1940a). An aproximation method for obtaining a maximizes multiple criterion. Psychometrika, 5, 109.

Wherry, R. J. (1940b). The Wherry-Doolittle test selection method. In Stead, W. H., Shartle, C. L. et al. Occupational Counseling Techniques. New York.

Wilks, S. S. (1946). Sample criteria for testing equality of means, equality of variances and equality of covariances in a normal multivariate distribution. The Am. Math. Stat. 17, 257.

Winer, B. J. (1971). Statistical principles in experimental design. New York: Mc Graw Hill.

Witte, E. H. (1973). Ein Konstruktionsprinzip für Profilähnlichkeitskoeffizienten mit einer Zufallswertzentrierung und einem inferenzstatistischem Bezug. Diagnostica, 19, 131–139.

Witte, E. H. (1974). Bemerkungen zu den Prüfformeln für Profilverläufe von KRISTOF (1958) und dem Profilähnlichkeitskoeffizienten von HUBER (1973). Zeitschrift für experimentelle und angewandte Psychologie, 21, 483–490.

Witte, E. H. & Casper, F. M. (1976). Zur Identifizierbarkeit von Schwierigkeitsfaktoren. Diagnostica, 22, 126–138.

Wottawa, H. (1980). Grundriß der Testtheorie. München: Juventa.

Wright, B. A. (1933). An experimental created conflict expressed in a projektive technique. Psychological bulletin, 38, 718.

Yule, G. U. (1912). On the methods of measuring association between two attributes. J. Roy. Stat. Soc. 75, 579–652.

Zedeck, S., Cascio, W. F. (1984). Psychological issues in personnel decisions. Annual Review of Psychology, 35, 461–518.

Zimmer, A. C. (1984). Risikoverhalten bei der Beantwortung von Mehrfach-Wahl-Aufgaben. Diagnostica, 30, 267–281.

Zimmerman, D. W. (1970). Variability of test scores and split-half reliability coefficient. Educational and psychological measurement, 30, 259–266.

ANHANG

Tafel 1

Die Funktionen z, φ, y der Standardnormalverteilung (N = 1, $\mu = 0$, $\sigma = 1$)

Standard-wert: z	Fläche von M bis z : φ	Ordinate in z : y	Standard-wert: z	Fläche von M bis z : φ	Ordinate in z : y
0,00	0,0000	0,3989	1,75	0,4599	0,0863
0,05	0,0199	0,3984	1,80	0,4641	0,0790
0,10	0,0398	0,3970	1,85	0,4678	0,0721
0,15	0,0596	0,3945	1,90	0,4713	0,0656
0,20	0,0793	0,3910	1,95	0,4744	0,0596
0,25	0,0987	0,3867	2,00	0,4772	0,0540
0,30	0,1179	0,3814	2,05	0,4798	0,0488
0,35	0,1368	0,3752	2,10	0,4821	0,0440
0,40	0,1554	0,3683	2,15	0,4842	0,0396
0,45	0,1736	0,3605	2,20	0,4861	0,0355
0,50	0,1915	0,3521	2,25	0,4878	0,0317
0,55	0,2088	0,3429	2,30	0,4893	0,0283
0,60	0,2257	0,3332	2,35	0,4906	0,0252
0,65	0,2422	0,3220	2,40	0,4918	0,0224
0,70	0,2580	0,3123	2,45	0,4929	0,0198
0,75	0,2734	0,3011	2,50	0,4938	0,0175
0,80	0,2881	0,2897	2,55	0,4946	0,0145
0,85	0,3023	0,2780	2,60	0,4953	0,0136
0,90	0,3159	0,2661	2,65	0,4960	0,0119
0,95	0,3289	0,2541	2,70	0,4965	0,0104
1,00	0,3413	0,2420	2,80	0,4974	0,0079
1,05	0,3531	0,2299	2,90	0,4981	0,0060
1,10	0,3643	0,2179	3,00	0,49865	0,0044
1,15	0,3749	0,2059	3,10	0,49903	0,0033
1,20	0,3849	0,1942	3,20	0,49931	0,0024
1,25	0,3944	0,1826	3,40	0,49966	0,0012
1,30	0,4032	0,1714	3,60	0,49984	0,00061
1,35	0,4115	0,1604	3,80	0,499928	0,00029
1,40	0,4192	0,1497	4,00	0,4999683	0,00013
1,45	0,4265	0,1394	4,50	0,4999966	0,000015
1,50	0,4332	0,1295	5,00	0,4999997	0,0000015
1,55	0,4394	0,1200	6,00	0,4999999	0,000000006
1,60	0,4452	0,1109			
1,65	0,4505	0,1023			
1,70	0,4554	0,0940			

Tafel 2
Die Transformation von Testnormen

T	cum f%	PR	z	Z	IQ	Schul-noten	C	T	cum f%	PR	z	Z	IQ	SN	C
20	0,13	0	-3,0	70	55		-1	50	50,00	50	0,0	100	100	3	5
21	0,19	0	-2,9	71	'			51	53,98	54	0,1	101	'		
22	0,26	0	-2,8	72	58			52	57,93	58	0,2	102	103		
23	0,33	0	-2,7	73	'			53	61,79	62	0,3	103	'		
24	0,47	0	-2,6	74	61			54	65,54	66	0,4	104	106		
25	0,62	1	-2,5	75	'		0	55	69,15	69	0,5	105	'		6
26	0,82	1	-2,4	76	64			56	72,57	73	0,6	106	109		
27	1,07	1	-2,3	77	'			57	75,80	76	0,7	107	'		
28	1,39	1	-2,2	78	67			58	78,81	79	0,8	108	112		
29	1,79	2	-2,1	79	'			59	81,59	82	0,9	109	'		
30	2,28	2	-2,0	80	70	5	1	60	84,10	84	1,0	110	115	2	7
31	2,87	3	-1,9	81	'			61	86,43	86	1,1	111	'		
32	3,59	3	-1,8	82	73			62	88,49	88	1,2	112	118		
33	4,46	4	-1,7	83	'			63	90,32	90	1,3	113	'		
34	5,48	5	-1,6	84	76			64	91,92	92	1,4	114	121		
35	6,68	7	-1,5	85	'		2	65	93,32	93	1,5	115	'		8
36	8,08	8	-1,4	86	79			66	94,52	95	1,6	116	124		
37	9,68	10	-1,3	87	'			67	95,54	96	1,7	117	'		
38	11,51	12	-1,2	88	82			68	96,41	96	1,8	118	127		
39	13,57	13	-1,1	89	'			69	97,13	97	1,9	119	'		
40	15,87	16	-1,0	90	85	4	3	70	97,72	98	2,0	120	130	1	9
41	18,41	18	-0,9	91	'			71	98,21	98	2,1	121	'		
42	21,19	21	-0,8	92	88			72	98,61	99	2,2	122	133		
43	24,20	24	-0,7	93	'			73	98,93	99	2,3	123	'		
44	27,43	27	-0,6	94	91			74	99,18	99	2,4	124	136		
45	30,85	31	-0,5	95	'		4	75	99,38	100	2,5	125	'		10
46	34,46	34	-0,4	96	94			76	99,53	100	2,6	126	139		
47	38,21	38	-0,3	97	'			77	99,65	100	2,7	127	'		
48	42,07	42	-0,2	98	97			78	99,74	100	2,8	128	142		
49	46,02	46	-0,1	99	'			79	99,81	100	2,9	129	'		
50	50,00	50	0,0	100	100	3	5	80	99,87	100	3,0	130	145		11
50+10z	$\frac{cumf-\frac{f}{2}}{N}$	dito	$\frac{X-M}{\sigma}$	100+10z	100+15z	3−z	5+2 z	50+10z	$\frac{cumf-\frac{f}{2}}{N}$	dito	$\frac{X-M}{\sigma}$	100+10z	100+15z	3−z	5+2z

Tafel 3

Die Funktionen p, q, z, y in der Standardnormalverteilung

$\frac{zy}{p}$	$\frac{p}{y}$	$\sqrt{\frac{p}{q}}$	p (q)	y	pq	$\sqrt{pq}$	$\frac{\sqrt{pq}}{y}$	$\frac{1}{2\sqrt{pq}}$	q (p)	$\sqrt{\frac{q}{p}}$	$\frac{q}{y}$	$\frac{zy}{q}$
-0,0626	37,15	9,950	0,99	0,0267	0,0099	0,0995	3,733	5,0251	0,01	0,1005	0,3752	6,2002
-0,1015	20,24	7,000	0,98	0,0484	0,0196	0,1400	2,892	3,5714	0,02	0,1429	0,4131	4,9719
-0,1319	14,26	5,686	0,97	0,0680	0,0291	0,1706	2,507	2,931	0,03	0,1759	0,4409	4,2657
-0,1571	11,14	4,899	0,96	0,0862	0,0384	0,1960	2,274	2,551	0,04	0,2041	0,4642	3,7717
-0,1786	9,211	4,359	0,95	0,1031	0,0475	0,2179	2,113	2,295	0,05	0,2294	0,4848	3,3928
-0,1970	7,891	3,958	0,94	0,1191	0,0564	0,2375	1,994	2,105	0,06	0,2526	0,5037	3,0868
-0,2131	6,926	3,645	0,93	0,1343	0,0651	0,2551	1,900	1,960	0,07	0,2744	0,5213	2,8307
-0,2271	6,188	3,391	0,92	0,1487	0,0736	0,2713	1,852	1,843	0,08	0,2949	0,5831	2,6110
-0,2393	5,604	3,180	0,91	0,1624	0,0819	0,2862	1,762	1,747	0,09	0,3145	0,5542	2,4191
-0,2499	5,128	3,000	0,90	0,1775	0,0900	0,3000	1,709	1,667	0,10	0,3333	0,5698	2,2491
-0,2591	4,733	2,844	0,89	0,1880	0,0979	0,3129	1,664	1,598	0,11	0,3516	0,5850	2,0966
-0,2671	4,399	2,708	0,88	0,2000	0,1056	0,3250	1,625	1,539	0,12	0,3693	0,5999	1,9587
-0,2739	4,112	2,587	0,87	0,2115	0,1131	0,3363	1,590	1,487	0,13	0,3866	0,6145	1,8330
-0,2796	3,864	2,478	0,86	0,2226	0,1204	0,3470	1,559	1,441	0,14	0,4035	0,6290	1,7175
-0,2843	3,646	2,380	0,85	0,2332	0,1275	0,3571	1,532	1,400	0,15	0,4201	0,6433	1,6110
-0,2880	3,452	2,291	0,84	0,2433	0,1344	0,3666	1,507	1,364	0,16	0,4364	0,6576	1,5123
-0,2909	3,280	2,210	0,83	0,2531	0,1411	0,3756	1,484	1,331	0,17	0,4526	0,6718	1,4203
-0,2929	3,125	2,134	0,82	0,2624	0,1476	0,3842	1,464	1,301	0,18	0,4685	0,6860	1,3344
-0,2941	2,985	2,065	0,81	0,2714	0,1539	0,3923	1,446	1,275	0,19	0,4843	0,7002	1,2538
-0,2946	2,858	2,000	0,80	0,2800	0,1600	0,4000	1,429	1,250	0,20	0,5000	0,7144	1,1781
-0,2942	2,741	1,940	0,79	0,2882	0,1659	0,4073	1,413	1,228	0,21	0,5156	0,7287	1,1067
-0,2931	2,634	1,883	0,78	0,2961	0,1716	0,4142	1,399	1,207	0,22	0,5311	0,7430	1,0393
-0,2913	2,536	1,830	0,77	0,3036	0,1771	0,4208	1,386	1,188	0,23	0,5465	0,7575	0,9754
-0,2889	2,445	1,780	0,76	0,3109	0,1824	0,4271	1,374	1,171	0,24	0,5620	0,7720	0,9149
-0,2858	2,360	1,732	0,75	0,3178	0,1875	0,4330	1,363	1,155	0,25	0,5774	0,7867	0,8573

Tafel 3 (Fortsetzung)

$\frac{zy}{p}$	$\frac{p}{y}$	$\sqrt{\frac{p}{q}}$	p (q)	y	pq	$\sqrt{pq}$	$\frac{\sqrt{pq}}{y}$	$\frac{1}{2\sqrt{pq}}$	q (p)	$\sqrt{\frac{q}{p}}$	$\frac{q}{y}$	$\frac{zy}{q}$
-0,2820	2,281	1,687	0,74	0,3244	0,1924	0,4386	1,352	1,140	0,26	0,5927	0,8016	0,8026
-0,2775	2,208	1,644	0,73	0,3306	0,1971	0,4440	1,343	1,126	0,27	0,6082	0,8166	0,7504
-0,2725	2,139	1,604	0,72	0,3366	0,2016	0,4490	1,334	1,114	0,28	0,6236	0,8318	0,7006
-0,2668	2,074	1,565	0,71	0,3423	0,2059	0,4538	1,326	1,102	0,29	0,6391	0,8472	0,6532
-0,2605	2,013	1,528	0,70	0,3477	0,2100	0,4583	1,318	1,091	0,30	0,6547	0,8628	0,6078
-0,2535	1,956	1,492	0,69	0,3528	0,2139	0,4625	1,311	1,081	0,31	0,6703	0,8787	0,5643
-0,3460	1,902	1,458	0,68	0,3576	0,2176	0,4665	1,304	1,072	0,32	0,6860	0,8949	0,5227
-0,2378	1,850	1,425	0,67	0,3621	0,2211	0,4702	1,298	1,063	0,33	0,7018	0,9112	0,4828
-0,2290	1,801	1,393	0,66	0,3664	0,2244	0,4737	1,293	1,056	0,34	0,7177	0,9279	0,4445
-0,2196	1,755	1,363	0,65	0,3704	0,2275	0,4770	1,288	1,048	0,35	0,7338	0,9449	0,4078
-0,2095	1,711	1,333	0,64	0,3741	0,2304	0,4800	1,283	1,042	0,36	0,7500	0,9623	0,3725
-0,1989	1,669	1,305	0,63	0,3776	0,2331	0,4828	1,279	1,036	0,37	0,7664	0,9800	0,3387
-0,1876	1,628	1,277	0,62	0,3808	0,2356	0,4854	1,275	1,030	0,38	0,7829	0,9980	0,3061
-0,1757	1,590	1,251	0,61	0,3837	0,2379	0,4877	1,271	1,025	0,39	0,7996	1,016	0,2748
-0,1631	1,553	1,225	0,60	0,3863	0,2400	0,4899	1,268	1,021	0,40	0,8165	1,035	0,2447
-0,1499	1,518	1,200	0,59	0,3888	0,2419	0,4918	1,265	1,017	0,41	0,8336	1,055	0,2158
-0,1361	1,484	1,175	0,58	0,3909	0,2436	0,4936	1,263	1,013	0,42	0,8510	1,074	0,1879
-0,1215	1,451	1,151	0,57	0,3928	0,2451	0,4951	1,260	1,010	0,43	0,8686	1,095	0,1611
-0,1063	1,420	1,128	0,56	0,3944	0,2464	0,4964	1,259	1,007	0,44	0,8864	1,116	0,1353
-0,0904	1,390	1,106	0,55	0,3958	0,2475	0,4975	1,257	1,005	0,45	0,9045	1,137	0,1105
-0,0738	1,360	1,083	0,54	0,3969	0,2484	0,4984	1,256	1,003	0,46	0,9230	1,159	0,0867
-0,0566	1,332	1,062	0,53	0,3978	0,2491	0,4991	1,255	1,002	0,47	0,9417	1,181	0,0637
-0,0384	1,305	1,041	0,52	0,3984	0,2496	0,4996	1,254	1,001	0,48	0,9608	1,205	0,0416
-0,0196	1,279	1,020	0,51	0,3988	0,2499	0,4999	1,253	1,000	0,49	0,9802	1,229	0,0204
-0,0000	1,253	1,000	0,50	0,3989	0,2500	0,5000	1,253	1,000	0,50	1,0000	1,253	0,0000

Wenn $p < 0,5$, so ist anstelle von p das (p) abzulesen, d.h., p und q sind gegeneinander auszutauschen!

Tafel 4

t - Werte für P = 5 % und P = 1 %

df	$t_{0,05}$	$t_{0,01}$
1	12,71	63,66
2	4,30	9,92
3	3,18	5,84
4	2,78	4,60
5	2,57	4,03
6	2,45	3,71
7	2,36	3,50
8	2,31	3,36
9	2,26	3,25
10	2,23	3,17
11	2,20	3,11
12	2,18	3,06
14	2,14	2,98
17	2,11	2,90
20	2,09	2,84
24	2,06	2,80
30	2,04	2,75
40	2,02	2,71
50	2,01	2,68
70	2,00	2,65
100	1,98	2,63
200	1,97	2,60
400	1,97	2,59
∞	1,96	2,58

Tafel 5

χ^2 - Werte für P = 50 %, P = 5 % und P = 1 %

df	$\chi^2_{0,50}$	$\chi^2_{0,05}$	$\chi^2_{0,01}$
1	0,455	3,841	6,635
2	1,39	5,991	9,210
3	2,37	7,815	11,345
4	3,36	9,488	13,277
5	4,35	11,070	15,086
6	5,35	12,592	16,812
7	6,35	14,067	18,475
8	7,34	15,507	20,090
9	8,34	16,919	21,666
10	9,34	18,307	23,209
11	10,3	19,675	24,725
12	11,3	21,026	26,217
13	12,3	22,362	27,688
14	13,3	23,685	29,141
15	14,3	24,996	30,578
16	15,3	26,296	32,000
17	16,3	27,587	33,409
18	17,3	28,869	34,805
19	18,3	30,144	36,191
20	19,3	31,410	37,566
21	20,3	32,671	38,932
22	21,3	33,924	40,289
23	22,3	35,172	41,638
24	23,3	36,415	42,980
25	24,3	37,652	44,314
26	25,3	38,885	45,642
27	26,3	40,113	46,963
28	27,3	41,337	48,278
29	28,3	42,557	49,588
30	29,3	43,773	50,892

Tafel 6

F-Werte für P = 5% und P = 1 %

df_1 = Freiheitsgrade der größeren Varianz

df_2 = Freiheitsgrade der kleineren Varianz

df_2	1	2	3	4	5	6	8	12	24	∞
1	161	200	216	225	230	234	239	244	249	254
	4052	4999	5403	5625	5764	5859	5981	6106	6234	6366
2	18,51	19,00	19,16	19,25	19,30	19,33	19,37	19,41	19,45	19,50
	98,49	99,01	99,17	99,25	99,30	99,33	99,36	99,42	99,46	99,50
3	10,13	9,55	9,28	9,12	9,01	8,94	8,84	8,74	8,64	8,53
	34,12	30,81	29,46	28,71	28,24	27,91	27,49	27,05	26,60	26,12
4	7,71	6,94	6,59	6,39	6,26	6,16	6,04	5,91	5,77	5,63
	21,20	18,00	16,69	15,98	15,52	15,21	14,80	14,37	13,93	13,46
5	6,61	5,79	5,41	5,19	5,05	4,95	4,82	4,68	4,53	4,36
	16,26	13,27	12,06	11,39	10,97	10,67	10,27	9,89	9,47	9,02
6	5,99	5,14	4,76	4,53	4,39	4,28	4,15	4,00	3,84	3,67
	13,74	10,92	9,78	9,15	8,75	8,47	8,10	7,72	7,31	6,88
7	5,59	4,74	4,35	4,12	3,97	3,87	3,73	3,57	3,41	3,23
	12,25	9,55	8,45	7,85	7,46	7,19	6,84	6,47	6,07	5,65
8	5,32	4,46	4,07	3,84	3,69	3,58	3,44	3,28	3,12	2,93
	11,26	8,65	7,59	7,01	6,63	6,37	6,03	5,67	5,28	4,86
9	5,12	4,26	3,86	3,63	3,48	3,37	3,23	3,07	2,90	2,71
	10,56	8,02	6,99	6,42	6,06	5,80	5,47	5,11	4,73	4,31
10	4,96	4,10	3,71	3,48	3,33	3,22	3,07	2,91	2,74	2,54
	10,04	7,56	6,55	5,99	5,64	5,39	5,06	4,71	4,33	3,91
11	4,84	3,98	3,59	3,36	3,20	3,09	2,95	2,79	2,61	2,40
	9,65	7,20	6,22	5,67	5,32	5,07	4,74	4,40	4,02	3,60
12	4,75	3,88	3,49	3,26	3,11	3,00	2,85	2,69	2,50	2,30
	9,33	6,93	5,95	5,41	5,06	4,82	4,50	4,16	3,78	3,36
14	4,60	3,74	3,34	3,11	2,96	2,85	2,70	2,53	2,35	2,13
	8,86	6,51	5,56	5,03	4,69	4,46	4,14	3,80	3,43	3,00
17	4,45	3,59	3,20	2,96	2,81	2,70	2,55	2,38	2,19	1,96
	8,40	6,11	5,18	4,67	4,34	4,10	3,79	3,45	3,08	2,65
20	4,35	3,49	3,10	2,87	2,71	2,60	2,45	2,28	2,08	1,84
	8,10	5,85	4,94	4,43	4,10	3,87	3,56	3,23	2,86	2,42
24	4,26	3,40	3,01	2,78	2,62	2,51	2,36	2,18	1,98	1,73
	7,82	5,61	4,72	4,22	3,90	3,67	3,36	3,03	2,66	2,21
30	4,17	3,32	2,92	2,69	2,53	2,42	2,27	2,09	1,89	1,62
	7,56	5,39	4,51	4,02	3,70	3,47	3,17	2,84	2,47	2,01
40	4,08	3,23	2,84	2,61	2,45	2,34	2,18	2,00	1,79	1,52
	7,31	5,18	4,31	3,83	3,51	3,29	2,99	2,66	2,29	1,82
50	4,03	3,18	2,79	2,56	2,40	2,29	2,13	1,95	1,74	1,44
	7,17	5,06	4,20	3,72	3,41	3,19	2,89	2,56	2,18	1,68
70	3,98	3,13	2,74	2,50	2,35	2,23	2,07	1,89	1,67	1,35
	7,01	4,92	4,07	3,60	3,29	3,07	2,78	2,45	2,07	1,53
100	3,94	3,09	2,70	2,46	2,30	2,19	2,03	1,85	1,63	1,26
	6,90	4,82	3,98	3,51	3,21	2,99	2,69	2,37	1,98	1,39
300	3,87	3,03	2,64	2,41	2,25	2,13	1,97	1,79	1,55	1,10
	6,72	4,68	3,85	3,38	3,08	2,86	2,57	2,24	1,85	1,14
∞	3,84	2,99	2,60	2,37	2,21	2,09	1,94	1,75	1,52	1,00
	6,64	4,60	3,78	3,32	3,02	2,80	2,51	2,18	1,79	1,00

Tafel 7

Die Bestimmung des tetrachorischen Korrelationskoeffizienten r_{tet} nach der Cosinus-Pi-Formel

ad/bc	r_{tet}	ad/bc	r_{tet}	ad/bc	r_{tet}
0-1.00	0.00	2.49-2.55	0.35	8.50- 8.90	0.70
1.01-1.03	0.01	2.56-2.63	0.36	8.91- 9.35	0.71
1.04-1.06	0.02	2.64-2.71	0.37	9.36- 9.82	0.72
1.07-1.08	0.03	2.72-2.79	0.38	9.83-10.33	0.73
1.09-1.11	0.04	2.80-2.87	0.39	10.34-10.90	0.74
1.12-1.14	0.05	2.88-2.96	0.40	10.91-11.51	0.75
1.15-1.17	0.06	2.97-3.05	0.41	11.52-12.16	0.76
1.18-1.20	0.07	3.06-3.14	0.42	12.17-12.89	0.77
1.21-1.23	0.08	3.15-3.24	0.43	12.90-13.70	0.78
1.24-1.27	0.09	3.25-3.34	0.44	13.71-14.58	0.79
1.28-1.30	0.10	3.35-3.45	0.45	14.59-15.57	0.80
1.31-1.33	0.11	3.46-3.56	0.46	15.58-16.65	0.81
1.34-1.37	0.12	3.57-3.68	0.47	16.66-17.88	0.82
1.38-1.40	0.13	3.69-3.80	0.48	17.89-19.28	0.83
1.41-1.44	0.14	3.81-3.92	0.49	19.29-20.85	0.84
1.45-1.48	0.15	3.93-4.06	0.50	20.86-22.68	0.85
1.49-1.52	0.16	4.07-4.20	0.51	22.69-24.76	0.86
1.53-1.56	0.17	4.21-4.34	0.52	24.77-27.22	0.87
1.57-1.60	0.18	4.35-4.49	0.53	27.23-30.09	0.88
1.61-1.64	0.19	4.50-4.66	0.54	30.10-33.60	0.89
1.65-1.69	0.20	4.67-4.82	0.55	33.61-37.79	0.90
1.70-1.73	0.21	4.83-4.99	0.56	37.80-43.06	0.91
1.74-1.78	0.22	5.00-5.18	0.57	43.07-49.83	0.92
1.79-1.83	0.23	5.19-5.38	0.58	49.84-58.79	0.93
1.84-1.88	0.24	5.39-5.59	0.59	58.80-70.95	0.94
1.89-1.93	0.25	5.60-5.80	0.60	70.96-89.01	0.95
1.94-1.98	0.26	5.81-6.03	0.61	89.02-117.5	0.96
1.99-2.04	0.27	6.04-6.28	0.62	117.6 -169.7	0.97
2.05-2.10	0.28	6.29-6.54	0.63	169.7 -293.1	0.98
2.11-2.15	0.29	6.55-6.81	0.64	293.1 -923.9	0.99
2.16-2.22	0.30	6.82-7.10	0.65	ad/bc > 924	1.00
2.23-2.28	0.31	7.11-7.42	0.66		
2.29-2.34	0.32	7.43-7.75	0.67		
2.35-2.41	0.33	7.76-8.11	0.68		
2.42-2.48	0.34	8.12-8.49	0.69		

Tafel 8

Die Transformation des Korrelationskoeffizienten r in die Korrelationsziffer z' (FISHER)

r	z'	r	z'	r	z'	r	z'	r	z'	r	z'
0,25	0,26	0,40	0,42	0,55	0,62	0,70	0,87	0,85	1,26	0,950	1,83
0,26	0,27	0,41	0,44	0,56	0,63	0,71	0,89	0,86	1,29	0,955	1,89
0,27	0,28	0,42	0,45	0,57	0,64	0,72	0,91	0,87	1,33	0,960	1,95
0,28	0,29	0,43	0,46	0,58	0,66	0,73	0,93	0,88	1,38	0,965	2,01
0,29	0,30	0,44	0,47	0,59	0,68	0,74	0,95	0,89	1,42	0,970	2,09
0,30	0,31	0,45	0,48	0,60	0,69	0,75	0,97	0,90	1,47	0,975	2,18
0,31	0,32	0,46	0,50	0,61	0,71	0,76	1,00	0,905	1,50	0,980	2,30
0,32	0,33	0,47	0,51	0,62	0,73	0,77	1,02	0,910	1,53	0,985	2,44
0,33	0,34	0,48	0,52	0,63	0,74	0,78	1,05	0,915	1,56	0,990	2,65
0,34	0,35	0,49	0,54	0,64	0,76	0,79	1,07	0,920	1,59	0,995	2,99
0,35	0,37	0,50	0,55	0,65	0,78	0,80	1,10	0,925	1,62		
0,36	0,38	0,51	0,56	0,66	0,79	0,81	1,13	0,930	1,66		
0,37	0,39	0,52	0,58	0,67	0,81	0,82	1,16	0,935	1,70		
0,38	0,40	0,53	0,59	0,68	0,83	0,83	1,19	0,940	1,74		
0,39	0,41	0,54	0,60	0,69	0,85	0,84	1,22	0,945	1,78		

Für $r < 0,25$ ist $r = z'$

Tafel 9
MOSIER'sches Nomogramm
zur Ablesung von r_{tet}

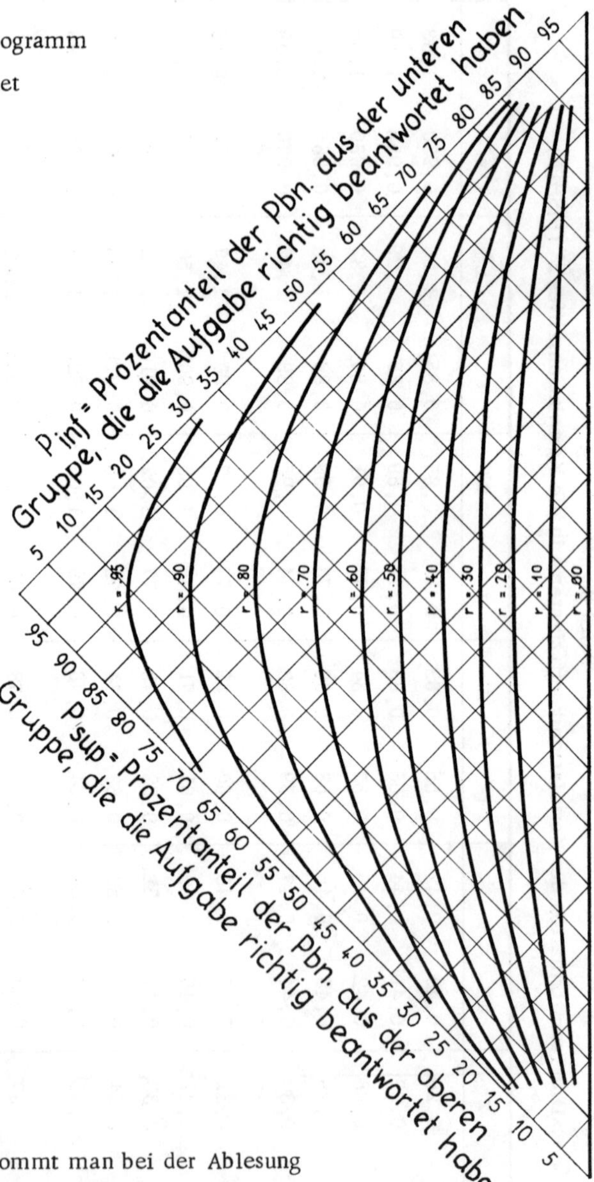

(Anmerkung: Kommt man bei der Ablesung außerhalb des Dreiecks, so ist P_{inf} und P_{sup} zu vertauschen und r_{tet} mit negativem Vorzeichen zu versehen.)

Tafel 10
GUILFORD'sches Nomogramm
zur Ablesung von r_ϕ

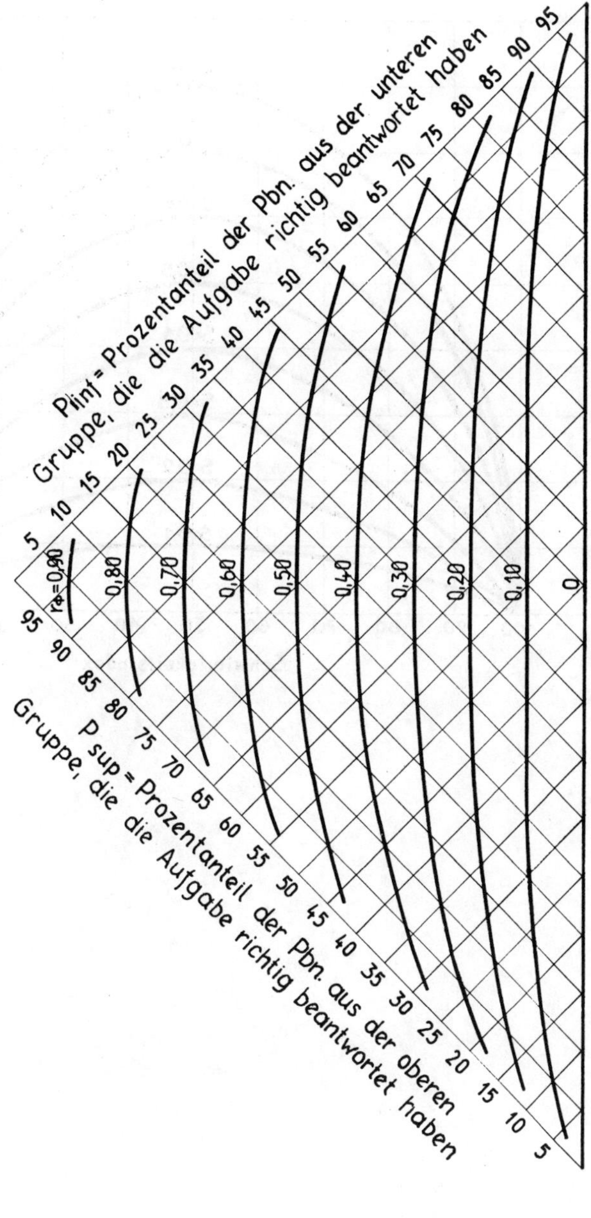

Tafel 11
Nomogramm zur Ablesung von S

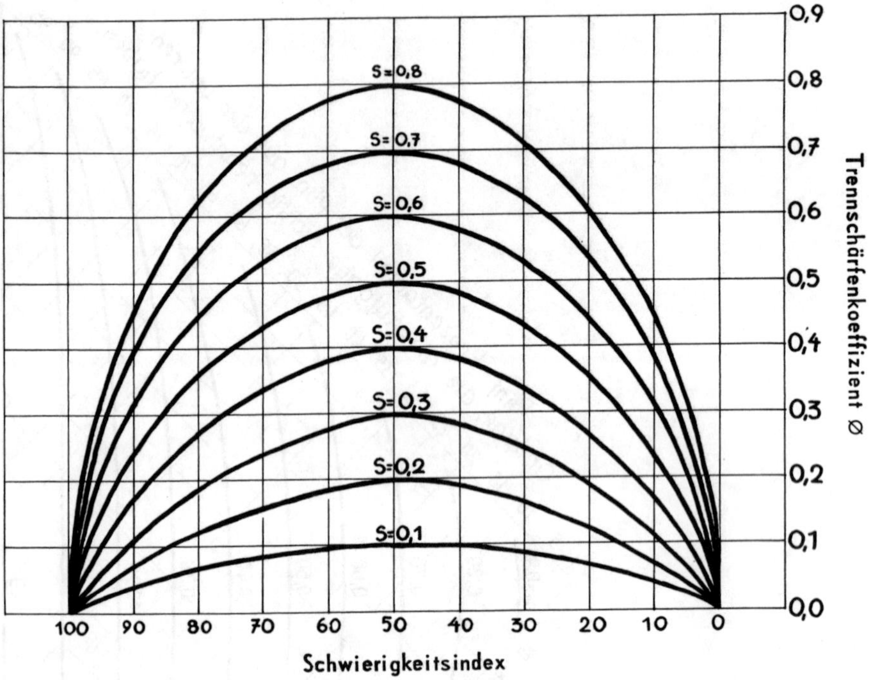

Tafel 12

TAYLOR-RUSSELL-TAFELN (Auszug)

Erwarteter Anteil ‚Geeigneter' in der ausgelesenen Stichprobe in Abhängigkeit von Testvalidität, Selektionsrate und dem Prozentsatz P ‚Geeigneter' in der unausgelesenen Population [1])

	Selektionsrate					Selektionsrate					Selektionsrate				
	.90	.70	.50	.30	.10	.90	.70	.50	.30	.10	.90	.70	.50	.30	.10
Validität	(P = .10)					(P = .20)					(P = .30)				
.95	.11	.14	.20	.33	.78	.22	.29	.40	.64	.97	.33	.43	.60	.85	1.00
.85	.11	.14	.20	.31	.62	.22	.28	.39	.56	.85	.33	.43	.56	.74	.94
.75	.11	.14	.19	.29	.51	.22	.28	.37	.50	.74	.33	.42	.52	.67	.86
.65	.11	.14	.18	.26	.43	.22	.27	.35	.45	.64	.33	.40	.49	.60	.78
.55	.11	.14	.17	.23	.36	.22	.27	.32	.41	.56	.33	.39	.46	.55	.69
.45	.11	.13	.16	.20	.29	.22	.26	.30	.36	.48	.32	.37	.43	.50	.61
.35	.11	.13	.15	.18	.24	.22	.24	.28	.32	.41	.32	.36	.40	.45	.54
.25	.11	.12	.13	.16	.19	.21	.23	.26	.29	.34	.32	.34	.37	.41	.47
.15	.10	.11	.12	.13	.15	.21	.22	.23	.25	.28	.31	.33	.34	.36	.40
.05	.10	.10	.11	.11	.12	.20	.21	.21	.22	.23	.30	.31	.31	.32	.33
Validität	(P = .40)					(P = .50)					(P = .60)				
.95	.44	.57	.77	.96	1.00	.56	.71	.90	.99	1.00	.67	.84	.97	1.00	1.00
.85	.44	.56	.71	.86	.98	.55	.69	.82	.94	.99	.66	.80	.91	.97	1.00
.75	.44	.54	.66	.79	.93	.55	.66	.77	.87	.97	.66	.77	.86	.93	.99
.65	.44	.52	.62	.72	.87	.55	.64	.73	.82	.92	.65	.74	.82	.89	.96
.55	.44	.50	.58	.67	.79	.54	.61	.69	.76	.87	.64	.71	.78	.84	.92
.45	.43	.49	.54	.61	.72	.53	.59	.65	.71	.81	.64	.69	.74	.80	.87
.35	.42	.47	.51	.56	.65	.53	.57	.61	.66	.74	.63	.67	.71	.75	.82
.25	.42	.45	.48	.51	.58	.52	.55	.58	.62	.67	.62	.65	.68	.71	.76
.15	.41	.43	.45	.47	.50	.51	.53	.55	.57	.61	.61	.63	.65	.67	.70
.05	.40	.41	.42	.42	.43	.50	.51	.52	.52	.54	.60	.61	.62	.62	.63
Validität	(P = .70)					(P = .80)					(P = .90)				
.95	.78	.94	.99	1.00	1.00	.89	.99	1.00	1.00	1.00	.98	1.00	1.00	1.00	1.00
.85	.77	.89	.96	.99	1.00	.87	.96	.99	1.00	1.00	.96	.99	1.00	1.00	1.00
.75	.76	.86	.92	.97	1.00	.86	.93	.97	.99	1.00	.95	.98	.99	1.00	1.00
.65	.75	.83	.89	.94	.98	.85	.91	.95	.97	.99	.94	.97	.98	.99	1.00
.55	.74	.81	.86	.91	.96	.84	.89	.92	.95	.98	.93	.96	.97	.99	1.00
.45	.73	.78	.83	.87	.93	.83	.87	.90	.93	.96	.92	.94	.96	.98	.99
.35	.73	.76	.80	.83	.89	.82	.85	.89	.90	.94	.92	.93	.95	.96	.98
.25	.72	.75	.77	.80	.84	.82	.84	.86	.88	.91	.91	.92	.93	.95	.96
.15	.71	.73	.74	.76	.79	.81	.82	.83	.85	.87	.91	.91	.92	.93	.94
.05	.70	.71	.71	.72	.73	.80	.81	.81	.82	.82	.90	.90	.91	.91	.91

[1]) Auszug aus TAYLOR and RUSSELL (1939) nach DUBOIS (1965) mit Genehmigung der Verlage THE AMERICAN PSYCHOLOGICAL ASSOCIATION, INC. und HARPER AND ROW, PUBLISHERS.

Tafel 13
Nomogramm zur Korrektur des tetrachorischen Korrelationskoeffizienten nach RAATZ (1971)

Nomogramm

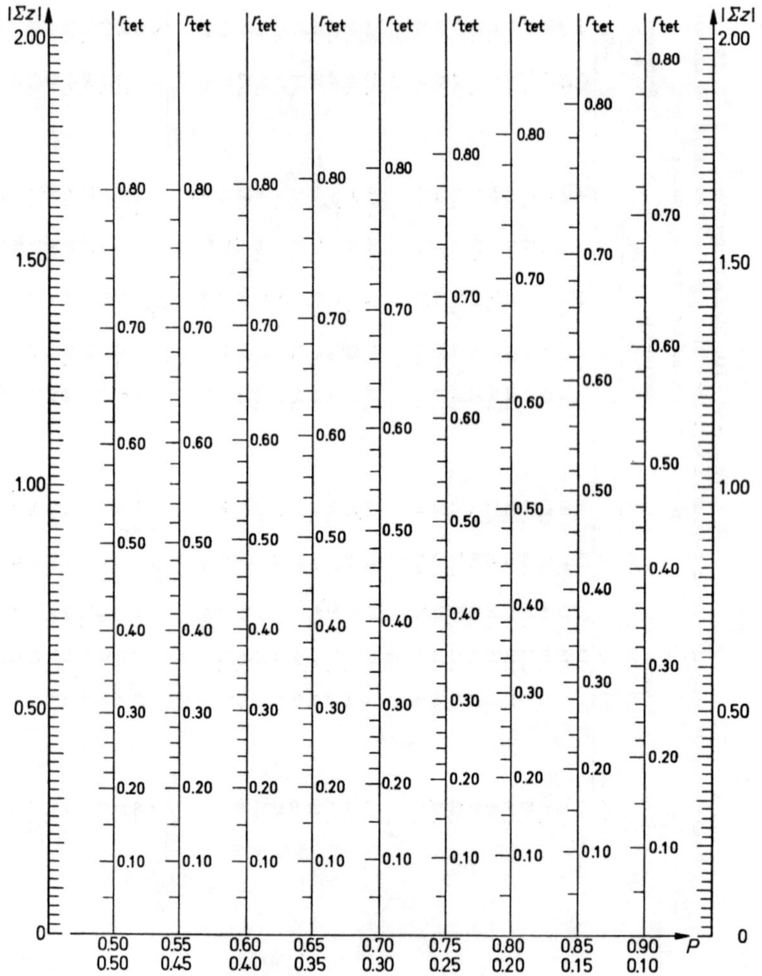

Tafel 14
Tabellen zur Beurteilung der Gleichverteilung von Distraktoren bei Mehrfach-Wahl-Aufgaben
(MICHELSEN und MÜLLER, 1988)

Distraktorengrenzen für 3 Distraktoren bei einem Risiko von 5%									
Zahl der Falsch-antworten	Grenzen des unteren/oberen Intervalls U(U), U(O)/O(U), O(O)								
NF	U(U)	O(U)	U(O)	O(O)	NF	U(U)	O(U)	U(O)	O(O)
					51	9	12	22	25
					52	10	11	24	25
3	0	0	2	2	53	10	13	24	26
4	0	0	3	3	54	10	12	24	26
5	0	0	4	4	55	10	12	24	26
6	0	0	4	4	56	11	13	25	27
7	0	0	5	5	57	11	13	25	27
8	0	0	5	5	58	11	14	25	28
9	0	1	5	6	59	11	13	25	28
10	0	0	6	6	60	12	13	27	28
11	0	1	6	7	61	12	14	27	29
12	1	1	7	7	62	12	14	27	29
13	1	1	8	8	63	12	16	26	30
14	1	1	8	8	64	13	15	28	30
15	1	2	8	9	65	13	14	28	30
16	1	2	8	9	66	13	16	28	31
17	1	2	8	10	67	13	15	28	31
18	2	2	10	10	68	14	17	30	32
19	2	3	10	11	69	14	16	30	32
20	2	3	10	11	70	14	16	30	32
21	2	4	10	12	71	14	17	29	33
22	2	3	10	12	72	15	17	31	33
23	3	4	12	13	73	15	18	31	34
24	3	4	12	13	74	15	18	31	34
25	3	5	12	14	75	16	17	33	34
26	3	4	12	14	76	16	19	33	35
27	4	4	14	14	77	16	18	33	35
28	4	5	14	15	78	16	20	32	36
29	4	5	14	15	79	17	19	34	36
30	4	6	14	16	80	17	19	34	36
31	4	5	14	16	81	17	20	34	37
32	5	7	16	17	82	17	20	33	37
33	5	6	16	17	83	18	21	36	38
34	5	8	16	18	84	18	21	35	38
35	5	7	16	18	85	18	20	35	38
36	6	7	17	18	86	18	22	34	39
37	6	8	18	19	87	19	21	37	39
38	6	7	18	19	88	19	23	37	40
39	6	9	17	20	89	19	22	36	40
40	7	8	19	20	90	20	22	38	40

Distraktorengrenzen für 3 Distraktoren bei einem Risiko von 5%									
Zahl der Falsch- antworten	Grenzen des unteren/oberen Intervalls U(U), U(O)/O(U), O(O)								
NF	U(U)	O(U)	U(O)	O(O)	NF	U(U)	O(U)	U(O)	O(O)
41	7	10	19	21	91	20	23	38	41
42	7	9	19	21	92	20	23	38	41
43	7	8	19	21	93	20	25	37	42
44	8	10	21	22	94	21	24	40	42
45	8	9	21	22	95	21	23	40	42
46	8	11	21	23	96	21	25	39	43
47	8	10	21	23	97	21	24	38	43
48	9	10	22	23	98	22	26	41	44
49	9	11	22	24	99	22	25	41	44
50	9	10	22	24	100	22	27	40	44

Distraktorengrenzen für 4 Distraktoren bei einem Risiko von 5%									
Zahl der Falsch- antworten	Grenzen des unteren/oberen Intervalls U(U), U(O)/O(U), O(O)								
NF	U(U)	O(U)	U(O)	O(O)	NF	U(U)	O(U)	U(O)	O(O)
					51	5	9	17	21
					52	5	9	17	21
3	0	0	2	2	53	5	10	17	22
4	0	0	3	3	54	5	10	17	22
5	0	0	3	3	55	5	10	17	22
6	0	0	4	4	56	5	11	17	23
7	0	0	4	4	57	6	11	18	23
18	0	1	3	5	58	6	10	19	23
19	0	1	4	5	59	6	12	19	24
10	0	1	4	6	60	6	11	19	24
11	0	1	5	6	61	6	11	19	24
12	0	2	5	7	62	6	12	19	25
13	0	1	5	7	63	7	12	20	25
14	0	2	6	8	64	7	12	20	25
15	0	2	6	8	65	7	13	20	26
16	0	2	6	8	66	7	13	20	26
17	0	2	6	9	67	7	12	20	26
28	0	2	7	9	68	8	12	22	26
29	0	3	7	10	69	8	13	22	27
20	0	3	7	10	70	8	13	22	27
21	0	3	7	10	71	8	13	22	27
22	0	4	7	11	72	8	14	22	28

Distraktorengrenzen für 4 Distraktoren bei einem Risiko von 5%									
Zahl der Falsch-antworten	Grenzen des unteren/oberen Intervalls U(U), U(O)/O(U), O(O)								
NF	U(U)	O(U)	U(O)	O(O)	NF	U(U)	O(U)	U(O)	O(O)
23	0	3	8	11	73	8	14	22	28
24	1	3	9	11	74	9	14	23	28
25	1	4	9	12	75	9	15	23	29
26	1	4	9	12	76	9	15	23	29
27	1	5	9	13	77	9	15	23	29
38	1	4	10	13	78	9	16	23	30
39	1	4	10	13	79	9	15	23	30
30	1	5	10	14	80	10	15	25	30
31	2	5	11	14	81	10	16	25	31
32	2	5	11	14	82	10	16	25	31
33	2	6	11	15	83	10	16	25	31
34	2	6	11	15	84	10	17	25	32
35	2	6	12	15	85	11	17	26	32
36	2	6	12	16	86	11	17	26	32
37	2	6	12	16	87	11	18	26	33
48	3	6	13	16	88	11	18	26	33
49	3	7	13	17	89	11	17	26	33
40	3	7	13	17	90	12	17	28	33
41	3	8	13	18	91	12	18	28	34
42	3	7	14	18	92	12	18	28	34
43	3	7	14	18	93	12	18	28	34
44	3	9	13	19	94	12	19	28	35
45	4	8	15	19	95	12	19	28	35
46	4	8	15	19	96	13	19	29	35
47	4	9	15	20	97	13	20	29	36
48	4	9	15	20	98	13	20	29	36
49	4	9	15	20	99	13	19	29	36
50	4	10	15	21	100	13	21	29	37

Anmerkung: Die Tabelle für 4 Distraktoren ist der o. g. Veröffentlichung entnommen. Die Tabelle für 3 Distraktoren wurde von den Verfassern persönlich zur Verfügung gestellt.

SACHVERZEICHNIS

FACHRICHTUNG 6.4 - PSYCHOLOGIE
BIBLIOTHEK
UNIVERSITÄT DES SAARLANDES
POSTFACH 11 50
D-66041 SAARBRÜCKEN